KB271873

근대계몽기 문학과 독자의 발견

근대계몽기 문학과 독자의 발견

전 은 경

도서출판 역락

머리말

　나에게는 세 분의 아버지가 있다. 불꽃처럼 즐겁게 살다 가신 아버지는 세상을 향해 즐겁게 투쟁하는 법을 나에게 가르쳐 주셨고, 남편을 통해 만난 아버지는 내가 이 길을 계속 갈 수 있도록 지지해 주셨으며, 배움의 도정에서 만난 아버지는 소설이라는 세계에 내 인생을 걸도록 만드셨다.

　소설이란 무엇인가. 그저 재미있다고 생각했던 소설이 지금 내게는 살아가는 힘이 되고 있다. 학부 3학년 현대문학사 수업 시간에 만난 소설은 나에게 그야말로 충격 그 자체였다. 소설이 세상을 변화시키고 움직일 수 있다는 것을 그 수업을 통해 알게 되었다. "세계에 대한 너의 투쟁 속에서 세계를 지원하라." 프란츠 카프카의 말을 소설 속에서 발견하고 말았다. 그래서 나는 소설에 내 인생을 걸었다. 그리고 나는 그 수업을 하셨던 분을 스승으로 모시게 되었다. 소설은 끊임없이 '지금'과 '여기'를 이야기한다. 소설은 프란츠 카프카의 말처럼 자기 나름의 방식대로 세상을 변혁시키고 지지한다. 그래서 나는 여전히 소설을 통해 세상을 변화시키고 싶다. 소설은 사람들의 이야기이다. 그것도 세상을 자기 나름의 방식대로 변화시키는 사람들의 목소리이다.

　나의 스승은 내게 늘 시대의 '반장'을 잡으라고 하셨다. 한 반의 반장을 잡으면 그 반 전체를 이해하고 통솔할 수 있다는 말씀이셨다. 운명처럼 만난 식민지 시대, 그것도 일제강점으로 가장 어두웠던 시대, 1910년대의 반장은 누구였을까. 소설을 독립된 개체로 본다면 반장은 이광수의 『무정』일지도 모른다. 그런데 소설을 독립된 개체가 아니라 하나의 공간, 소통의 장으로 이해한다면 그 반장은 연구자의 시각에 따라 바뀔 수도 있다. 그리고 나는 그곳에서 신문과 번안소설과 독자를 만났다.

임화의 말처럼 우리 근대문학사는 "이식문화의 역사"이다. 그러나 그
것은 단절을 의미하는 것이 아니었다. 서양의 것에 대한 무조건적인 답
습도 아니었고, 일본 문화에 대한 식민 사관도 아니었다. 그것은 바로 이
식과 창조의 역동적인 과정, 새로운 문화의 창조가 시작되는 부분이었다.
그것은 고유문화와 외래문화가 서로 섞여들어 문화 혼화가 일어나는 바
로 그곳에서 새로운 문화가 창조된다는 것이다. 그리고 이식과 창조 그
사이에 서 있는 것이 바로『매일신보』에 연재된 번안소설이었다.

번안소설은 식민 지배 담론과 독자들의 욕망이 갈등하는 장 안에서 탄
생했다. 독자들의 욕망이 얽혀 들고 있는 그곳에서 식민지 조선인들은『매
일신보』에 연재되는 번안소설을 향유했다. 이수일과 심순애에게 빠져들
었던 독자들은 수많은 이야기들을 신문매체의 <독자투고란>과 <독자
편지>에 쏟아내었다. 그것이 때로는 칭찬이 되기도 하고, 때로는 불만이
되기도 하면서 어느 순간 신문매체가 원하는 방향과는 전혀 다른 길로
흘러가기 시작했다. 조선 후기에 소설을 좋아했던 사람들, 번안소설을 보
며 울고 웃던 사람들, 세상에 대해 불평을 해대던 사람들, 3·1 만세 운
동 때 거리로 뛰어나갔던 사람들, 그러면서 알게 모르게 '대중'이라는 이
름으로 우리의 문화사를 움직이며 다시 쓰는 사람들. 그렇게 우리의 문
화공간에는 사람이 있었고 그 사람들은 목소리를 내고 있었다.

백 년 전 그곳에서 나는 현재를 꿈꾼다. 수많은 목소리가 매체 속에서
터져 나왔다는 것을, 그리고 그 매체 속에서 소설이 그 수많은 목소리를
끌어내고 있다는 것을 보여주고 싶다. 이것이 우리 문화의 내적 토대의
힘이라 생각한다. 문화의 단절이란 없다. 문학이 만들어내는 문화라는 장

은 새로운 것을 끊임없이 창조해내고 있다. 그래서 나는 우리 근대사에서 가장 힘들었던 시기, 그리고 가장 암울했던 시기 1910년대에서 우리 문학사의 가능성을 발견했다. 그 시기에 '의사소통의 장'을 만들어내었던 식민지 조선인들의 목소리 안에 새로운 문화를 창조하는 힘이 존재하고 있었다. 과학기술과 인터넷이 엄청나게 발달한 지금 이 시대에도 그 창조의 힘은 여전하다. 그리하여 나는 여전히 이 소설이라는 길을 즐거워하며 걸을 수밖에 없다.

이 책의 제목에 '근대계몽기'라고 붙인 이유는 1900년대와 1910년대 모두 계몽의 범주 안에 있기 때문이다. 이 시대를 계몽기라고 처음 부른 것은 북한의 연구자들에 의해서였다. 지금은 학계에서 1900년대와 1910년대를 모두 아우르는 말로 많이 사용되고 있다. 이 책의 1부는 2008년 6월에 나온 박사논문을 수정·보완한 것으로, 1910년대 매체와 번안소설, 그것을 향유한 독자들에 관한 연구이다. 이 독자들의 욕망이 단순한 욕망을 넘어 일제의 식민 지배 담론을 교란하는 탈식민주의적 저항을 보여주고 있다는 것을 문화론적인 측면에서 접근하고자 했다. 이와 동시에 1910년대의 『매일신보』에서 번안소설을 가능케 한 1900년대의 『대한매일신보』의 번안소설에 대한 연구도 2부에 실었다. 또한 1910년대 『매일신보』에 실린 번안소설과 독자들의 욕망이 얼마나 강하게 결합하고 있는지를 보여주기 위해 1910년대의 잡지 『학지광』과 『청춘』의 경향과도 비교·대조하여 이해를 돕고자 하였다.

감사가 기적을 낳는다고 했던가. 그러나 나는 그 과정이 바뀐 것 같다. 이미 너무 많은 기적을 느껴서 감사하지 않을 수가 없다. 내가 가진 복이 너무도 많지만, 그 가운데에도 가장 큰 것은 人福일 것이다. 나를 소설의 길로 인도하셨고 몸소 연구자의 본을 보여주시는 지도교수 이주형 선생님께 무엇보다 감사드린다. 또한 지금까지도 못난 제자를 지도해주시고 연구의 길로 이끌어 주시는 경북대학교 현대문학 선생님들께도 감사함을 전하고 싶다. 박사논문을 심사하시면서 먼 곳까지 흔쾌히 오셔서 애정 어린 지도를 해 주신 김영민 선생님과 박종홍 선생님께도 고개 숙여 감사드린다. 그리고 무엇보다도 대학원의 힘이 무엇인지 가르쳐 준 나의 선·후배와 동학들에게도 감사드린다. 함께 하기 때문에 이 길을 걸어올 수 있었고, 또한 앞으로도 걸어갈 수 있는 힘을 얻게 된다. 흔쾌히 출판을 허락해 주신 도서출판 역락의 이대현 사장님과 아름답게 책을 편집해 주신 편집부의 권분옥 팀장님과 편집부 선생님들께도 감사드린다.

그리고 정직과 성실로 나를 이끌어주신 나의 어머니와, 늘 나를 걱정하며 아껴주시는 시부모님께 무한한 애정과 감사를 드린다. 이분들이 계시지 않았다면, 지금의 나도 없었을 것이다. 내 공부의 동역자이자 같은 길을 걸으면서 늘 든든하게 지켜주는 나의 남편, 그리고 나 자신을 바르게 살게 해 주는 나의 딸에게 이 고마움을 전하고 싶다. 마지막으로 내 삶의 목적이 되시는 하늘에 계신 우리 아버지께 이 책을 바친다.

2009년 3월
전 은 경

차례

제1부

1910년대 『매일신보』 번안소설과 독자

제1장 문화 창조와 번안

1. 번안에 대한 인식 전환의 문제

우리는 1910년대를 이광수와 『무정』의 시대로 기억한다. 김윤식·정호웅은 이 시기를 "이인직이 대표하는 개화공간의 소설을 넘어 소설사의 새로운 단계가 펼쳐지게 된"[1] 시기로 설명한다. 이주형은 근대의 문명에 대한 절대적인 믿음을 가지고 있었던 개화기를 거쳐 1910년대에 이르게 되면서 지식인들이 자신들의 기대와 믿음이 무산되고 있음을 깨닫기 시작했다고 지적한다.[2]

번안소설은 이렇게 지식인들이 방황하는 사이 그 공백을 메우면서 식민지 대중들의 폭발적인 인기를 얻었다. 따라서 1910년대 번안소설은 신

---

[1] 김윤식·정호웅은 이인직이 계몽과 흥미를 접목시켜 '이념성과 흥미성의 균형감각'을 이루었으며, 이광수도 『무정』을 통해 이인직과 마찬가지로 당대의 이념성과 흥미성의 동시적 결합을 보여주었다고 설명한다(김윤식·정호웅, 『한국소설사』, 예하, 1993, 61~81면 참조).

[2] 이주형은 개화기에 지식인들이 신교육을 통해 민족적 선각자나 사회적 지도자가 되어 개인적 욕망과 집단적 사명감을 실현한다는 목표를 가졌으나, 일제강점 후 그 기대가 무산되면서 조선의 지식인들이 기대와 현실의 부조화 속에 방황할 수밖에 없었다고 설명한다(이주형, 『한국근대소설연구』, 창비, 1995, 214면 참조).

소설과 『무정』 사이에 있는 장르라 할 수 있다. 기존 논의가 주로 근대문학사의 큰 틀을 중심으로 진행되었다면, 이제 그것을 바탕으로 신소설에서 『무정』으로 넘어가는 과정을 좀 더 세밀하게 들여다 볼 필요가 있다.

1910년대의 대중들은 민족의 고통에 대한 고민보다는 눈물과 자극적인 소재에 열광했다. 그리고 그들을 열광시켰던 번안소설가들이 있었다. 거시담론에서 보면 그 당시 대중들을 열광시킨 소설들은 원전을 모방한 표절에 불과했다. 또한 번안소설은 자극적이고 선정적인 소재로 식민지 민중을 교란시키는 마취제였을 뿐이었다. 그렇다면 이러한 마취제에 열광했던 식민지 조선인들과, 1919년 3·1운동을 이끌었던 민중들은 전혀 별개의 인물들이었을까? 통속적인 위안이 필요한 대중들과 부당한 처지에 저항할 줄 아는 민중들은 별개가 아니다. 이는 단지 관점의 차이, 시대적 조건의 차이에 따라 다르게 보일 뿐이다. 채만식조차 1910년대에 읽은 작품으로 『장한몽』을 꼽고 있는 만큼 이러한 작품의 의미를 해명하고, 그러한 작품에 열광했던 독자들의 입장을 다시 바라볼 필요가 있다.

번안소설에 대한 기존의 연구3)는 번안소설 자체에 대한 회의에서부터 시작된다. 권영민4)은 번안소설의 형식으로 발표된 것은 번역 소개와는 달리 표절 행위이므로 긍정적인 문학활동으로 간주되기 어렵다고 말한다. 전광용5)의 경우에도 이와 같이 번안소설에 대해서 강경한 입장을 취하는데, "자국문학에 대한 모독이요, 작가 자신 스스로에 대한 자살행위이요, 문학사의 역행적인 현상"이라고까지 보고 있다. 최원식6) 역시 『장한몽』이 그 당대 대중에게 신파적인 눈물 뒤에 얄팍한 해소적 위안을 준

---

3) 김병철의 『한국근대번역문학사연구』(을유문화사, 1975)는 전체 근대문학사 가운데 서양문학의 이입을 대조한 최초의 것으로 번역문학사의 입장에서 가장 기본서라 할 수 있다.

4) 권영민, 「일재 조중환의 번안소설들」, 김열규 편, 『신문학과 시대의식』, 새문사, 1981.

5) 전광용, 『신소설 연구』, 새문사, 1986.

6) 최원식, 「장한몽과 위안으로서의 문학」, 『민족문학의 논리』, 창작과 비평사, 1982.

것으로 평가한다. 번안소설이 문학적 가치가 없다는 것은 일본 가정소설
의 모방이라는 차원에서 번안소설이 순수한 독창성을 가지지 못했기 때
문에 내려진 평가이다. 그러나 모방이라는 개념을 확대 재해석하여 수용
자의 문화적 조건과 토대의 개입이라는 측면을 고려한다면, 그러한 모방
속에도 충분히 창의성이 개입될 가능성이 있다.

사실 이러한 번안소설에 대한 연구는 비교문학적 연구7)로 진행되어
왔다. 또한 번안소설이 많이 알려지지 못했기 때문에 알려진 몇몇 작품에
논의가 국한되어 있다.8) 이런 비교문학적 접근 방법은 작품과 작품 간의
상호관계를 밝히는데 유용하다. 그러나 번안소설이라는 장르 그 자체가
가지고 있는 사회문화적인 의사소통구조라는 관점에는 접근하지 못하고
있다. 또한 일부 작품만 다루고 있기 때문에 1910년대 전반에 걸쳐 있는
번안소설의 존재 양상과 형식, 특징이 매체와 문화적 토대 속에서 심도
있게 밝혀질 필요가 있다.

이러한 면에서 연극론 혹은 희곡론의 관점에서 접근한 신파극의 레퍼
토리로서의 연구9)는 텍스트를 넘어선 문화론적 접근이라는 측면에서 소

---

7) 김순전, 『한일 근대소설의 비교문학적 연구』, 태학사, 1998.
한광수, 「『金色夜叉』의 宮－超明治式 女人의 方向」, 『국제문화연구』 14집, 청주대학교
국제문제연구소, 1997.
한광수, 「尾崎紅葉의 「金色夜叉」, 그리고 小栗風葉의 「金色夜叉終篇」과 趙重桓의 「장
한몽」」, 『일어일문학연구』 42집, 한국일어일문학회, 2002. 8.
권두연, 「『장한몽』 연구」, 연세대 석사논문, 2003.
권정희, 「해협을 넘은 '국민문학'－조선에서의 『불여귀』 수용 양상」, 사에구사 도시
카스 편, 『한국 근대문학과 일본』, 소명, 2003.
8) 대부분이 『장한몽』에 집중되어 있으나, 그 가운데 주목해 볼 논의로는 다음의 논문
들이 있다.
이재선, 「번안소설고－「금색야차」의 수용과 변용의 경우」, 『한국개화기소설연구』,
일조각, 1985.
강금숙, 「신소설 <눈물> 연구」, 『이화어문논집』 7집, 이화여대 이화어문학회, 1984.
박진영, 「'이수일과 심순애 이야기'의 대중문예적 성격과 계보」, 『현대문학의 연구』
23집, 한국문학연구학회, 2004. 7.
박진영, 「1910년대 번안소설과 '정탐소설'의 매혹－하몽 이상협의 『정부원』」, 『대동
문화연구』 52집, 성균관대 대동문화연구원, 2005. 12.

설 연구에 활용될 여지가 있다. 특히 작가 중심의 연구에서 탈피하여 매체와 독자를 고려하는 한편, 연극 관객과 신문연재소설 독자가 겹치는 현상에 주목할 필요가 있다.

그런데 최근에 주목되는 것은 문화론적 차원에서 독자들에 대한 새로운 평가가 이루어지고 있다는 점이다. 1910년대 독자 관계 연구로 주목해 볼 논문은, 1910년대의 독자 특히 지식인 독자층을 주목하여 본 이재봉의 논의,10) 연극의 관객과 소설의 독자가 순환된다고 본 최태원의 논의,11) 1910년의 독자층들은 감정의 동일화를 보여준다고 본 천정환의 논의,12) 그리고 글쓰기 방식을 통해 번역의 근대성과 『정부원』의 독자의 반응에 주목한 권용선의 논의13) 등이 있다. 또한 번안소설 작가와 그 시대의 관계를 고찰한 박진영의 논의14)를 들 수 있는데, 이러한 논의는 번안소설과 독자에 대한 새로운 시각을 제공하는 것으로 그 의의가 있다고 할 수 있다. 그러나 번안소설이 신문연재소설이며, 식민지 정책의 일환이면서도 그러한 신문이라는 매체에 크게 자리 잡은 신문 독자와의 연관관계 속에서는 설명되지 못하고 있다.

이런 기존 논의를 살펴볼 때, 세 가지 정도의 문제점을 지적할 수 있

---

9) 신파극에 관한 논의가 활발한데 대표적 논의는 다음과 같다.
    양승국, 『한국 신연극 연구』, 연극과 인간, 2001.
    김재석, 「근대극 전환기 한일 신파극의 근대성에 대한 비교연극학적 연구」, 『한국극예술연구』 17집, 한국극예술학회, 2003.
    김재석, 「<金色夜叉>와 <長恨夢>의 변이에 나타난 한일 신파극의 대중성 비교 연구」, 『어문학』 84집, 한국어문학회, 2004. 6.
10) 이재봉, 「한국 근대소설의 형성과정 연구」, 부산대 박사논문, 2000.
11) 최태원, 「번안소설·미디어·대중성」, 사에구사 도시카쓰 편, 『한국근대문학과 일본』, 소명, 2003.
12) 천정환, 「한국 근대 소설 독자와 소설 수용 양상에 대한 연구」, 서울대 박사논문, 2002.
13) 권용선, 「1910년대 '근대적 글쓰기'의 형성과정 연구」, 인하대 박사논문, 2004.
14) 박진영, 「일재 조중환과 번안소설의 시대」, 『민족문학사연구』 26호, 민족문학사학회, 2004. 11.
    박진영, 「1910년대 번안소설과 '실패한 연애'의 시대-일재 조중환의 『쌍옥루』와 『장한몽』」, 『상허학보』 15집, 상허학회, 2005. 9.

다. 첫째, 기존 논의가 독자와 번안소설에 대한 연구로 확장되고는 있으나 아직 그 논의가 제대로 진행되지 못하고 있는 실정이다. 또한 연구되었다고 하더라도 단편적인 작품에 한정되어 있는 한계가 있다. 둘째, 신문연재소설을 다루고 있으면서도 일본작품과의 비교 연구를 통해서 그 차이점만 지적할 뿐, 번안소설가들의 작가의식에 대한 논의가 미흡하다. 셋째, 독자층에 대한 논의가 진행되어 독자와 관객의 상관관계라는 측면에서 논의의 성과가 있으나 다층적인 독자의 측면을 한 단면으로만 파악하는 한계가 있다. 결국 매체·작가·독자의 상호관계 속에서 번안소설의 장르의 특성과 의미가 추출되지 못하고 있음으로써 번안소설이 가지고 있는 가치에 대한 평가가 이루어지지 못했던 것이다.

근대의 얼굴이 야누스적인 형태로 억압과 자유를 한 손에 잡고 있듯이 1910년대 문학 역시 虛와 實은 함께 존재하고 있다. 민족주의자의 문학이든 혹은 대중문학이든 모두 그 虛와 實은 존재할 수밖에 없다. 이는 결국 엘리트 중심의 소설과 대중소설에 대해 선과 악이라는 획일적인 가치를 부가할 수 있는가라는 의문을 던지게 만든다. 일제 기관지로서의『매일신보』가 이룬 虛와 實은 그 시대 안에서 재구되어야 한다. 이는 다시 말해서『매일신보』와 대중번안소설이 무엇을 발견했고 또 무엇을 이루어내었는지 살펴보아야 한다는 것이다.

『매일신보』의 교시적인 성격과 대중적인 성격 속에서 식민지 대중을 재발견해 보는 것은 1910년대 우리 문학사를 다각도로 바라보는 데 도움을 줄 것이다. 번안소설이 가지는 신문연재소설의 방식은 작가가 신문에 연재하기 때문에 나타날 수 있는 '신문정책과 작가의 결탁성'이라는 특징과 함께, 신문 매체에 매회 연재됨으로 인해서 나타나는 '작가와 독자의 소통성'이라는 특징 역시 가지고 있다. 더 이상 한 작가의 전유물로서 작품을 읽을 수는 없을 것이다. 그 사회와, 그 사회의 영향관계 속에 있는 작가와, 그것을 공유하고 변형시키는 참여적인 독자 속에서 하나의 작품을 이해해야 한다. 또한 전혀 의도하지 않은 곳에서 혹은 전혀 반대의 의도를 가진 곳에서 저항적 담론이나 위협적인 요소가 나타난다는 것 역시 근대의 아이러니라 할 수 있다.

따라서 이 글에서는 1910년대의 번안소설이 등장하게 되는 배경과 그 양가적 특성, 그리고 번안소설 탄생이 미친 영향 등을 신문 매체, 작가, 독자의 상호소통성 안에서 살펴볼 것이다. 이러한 문제의식을 바탕으로 1910년대 사회적 상황 속에서 독자를 바라볼 것이다. 기존 논의에서 간과되어 온 당대 미시적 담론을 이끌고 있는 독자의 능동성에 적극적인 해석을 가해 보고자 한다. 이를 통해 번안소설에 대한 새로운 가치를 발견하고 근대 소설 독자층의 출현과 분화, 이후 근대 여성 독자의 형성을 살필 수 있는 계기가 마련될 것으로 생각한다.

2. 이식과 창조의 변증법과 '제3의 者'

임화는 「新文學史의 方法」에서 "新文學史란 移植文化의 歷史"라고 말한 바 있다. 그는 "문화의 이식, 외국문학의 수입은 이미 일정 한도로 축적된 자기 문화의 유산을 토대로 하지 않고는 불가능하다"라고 보면서 외국문학의 이식은 단순한 이입이 아니라 자신의 문화의 유산의 전제 속에 이루어진다고 설명했다. 또한 "문화 이식이 고도화되면 될수록 반대로 문화 창조가 내부로부터 성숙"하게 되며, 문화간의 교섭의 결과는 '제3의 者'15)가 된다는 논리를 폈다.

> 그러나 외래 문화의 수입이 우리 조선과 같이 이식문화, 모방 문화의 길을 걷는 역사의 지방에서는 유산은 否定될 客體로 化하고 오히려 외래 문화가 주체적인 의미를 띠우지 않는가? 바꿔 말하면 외래 문화에 沈溺하게 된다. 또한 그러한 것이 완전히 수행되기는 文明人과 野蠻人과의 사이

---

15) 임화, 「新文學史의 方法」(1940. 1), 『문학의 논리』, 학예사, 1940, 827 · 831~832면.

에서만 가능한 것이다. 東洋諸國과 서양의 문화 교섭은 일견 그것이 純然
한 移植 文化史를 형성함으로서 종결하는 것 같으나, 내재적으로는 또한
이식 문화사 자체를 해체하려는 과정이 진행되는 것이다. 즉 문화 이식이
고도화되면 될수록 반대로 문화 창조가 내부로부터 성숙한다.16)

임화의 이러한 문화에 대한 해석은 끊임없이 문화가 교류되고 접촉되
어 잡종화되어 가는 오늘날의 상황에서도 의미를 가지는 것이라 할 수
있다. 또한 이러한 시각은 근대 초기 번안·번역에 대한 새로운 해석의
가능성을 열어 놓은 것이다. 즉 임화는 문화의 교섭과 혼용 가운데 번역
문학 자체에 대한 연구가 매우 중요하다고 생각했던 것이다. 여기에 빼놓
을 수 없는 것이 1910년대에 성행했던 번안소설 혹은 번역소설이라 할
수 있다. 임화는 이미 "1910년대 중반에 성행하던 何夢, 一齋, 牛步 등의
번안소설도 모두 內地文學, 혹은 和譯으로부터의 重譯"이라고 설명하면서
"創作의 영역에 있어서 맨 먼저 조선인에게 서구 근대문학의 양식을 가
르쳐 준 것이 內地의 창작과 번역"17)임을 간과하지 않았다. 임화의 말처
럼 외래문화와 고유문화 사이의 문화교류, 문화 混和 속에서 나타나는 새
로운 문화의 성질은 그 시대, 그 땅의 사회·경제·문화의 풍토를 기초
로 형성되고 변화하는 것이라 할 수 있을 것이다. 따라서 임화의 '이식문
학론'이 식민사관을 표현하고 있다는 것은 왜곡된 시각이라 할 수 있다.
도리어 임화는 이식과 창조의 역동적인 과정을 강조하고 있으며 이와 동
시에 고유문화의 내적 토대가 외래문화를 어떻게 독특한 우리의 문화로
바꾸어 내고 있는지를 주목하고 있는 것이다.18)

---

16) 임화, 위의 책, 831~832면.

17) 임화, 「新文學史의 方法」, 『문학의 논리』, 앞의 책, 829면.

18) 기존 논의에서는 임화의 '이식문학론'을 식민사관으로 해석해왔다. 임화의 '이식'
  이라는 단어에 대한, 그리고 임화의 문학관에 대한 새로운 논의가 전개되고 있다.
  신승엽(「이식과 창조의 변증법」, 『창작과 비평』, 1991 가을, 173~197면 참조)은 이
  러한 기존논의를 심각한 왜곡이라고 지적한다. 그에 의하면 임화는 식민지로서의
  역사의 특수성을 설명했을 뿐, 임화가 실제로 주장한 것은 '문화이식과 문화창조의

임화의 이러한 시각은 우리 근대문학 형성에 대한 새로운 시각을 제공한다. 임화가 주목한 것은 고유문화의 토대, 전통의 토대 속에서 내적 문화의 변화와 새로운 문화의 창조였다. 이러한 내적 토대가 바로 이식된 문화를 창조적인 문화로 바꿀 수 있게 해 주는 원동력이 되는 것이다.

임화는 '이식과 창조의 변증법'으로 번안소설이라는 장르를 이해했다. 이러한 시각으로 번안소설을 바라본다면 단순한 표절이나 혹은 문학사에서의 퇴보라는 해석과는 또 다른 평가가 가능할 것으로 보인다. 그렇다면 이러한 식민지화된 조선에서 내적 토대로 기능한 것은 무엇이었는지를 살펴보는 것이 가장 핵심적인 사안이 될 것이다. 이는 바로 번안소설이 놓일 위치인 식민지 조선 내부의 작동 원리를 살펴보는 것과 연관된다. 내적 토대인 식민지 조선은, 일본 가정소설의 번안과 대중 번역 소설들이 등장한 매체의 원리와 식민지 조선의 정치적 상황, 그리고 그것을 수용하며 혹은 자신의 의사를 반영하도록 끊임없이 요구했던 식민지 대중으로서의 독자의 상호 역학 관계가 내부 작동 원리로 작용하고 있었다.

그렇다면 1910년대에 유독 팽배했던 번역과는 다른 번안이라는 영역, 혹은 그 의미에 대해 짚어볼 필요가 있을 것이다. 번역(translation)[19]은 실

변증법적 과정'을 보여주고 있다고 주장한다. 하정일(「이식·근대·탈식민」, 문학과사상연구회 편, 『임화문학의 재인식』, 소명, 2004, 80, 86면) 역시 임화를 통해 탈식민적 가능성을 언급하고 있다. 임화가 '이식문학사'를 통해 말하고자 하는 핵심은 전통적인 것과 서구적인 것의 변증법이며, 이 변증법이 이식이 곧 이식의 해체가 되는 원동력이라고 설명한다. 이 글에서도 임화의 '이식문학론'에 대한 해석을 기존의 식민사관이 아닌 탈식민적 가능성으로 보고자 한다.

19) 번역방식에 대한 구분은 크게 직역과 사역(斜譯)으로 나눌 수 있다. 직역은 번역에 관계된 두 언어가 구조적으로, 메타언어적으로 평행을 이룰 경우에 해당하며 이것은 다시 (1) 차용, (2) 모사, (3) 축자 역으로 구분된다. 사역은 번역에 관계된 두 언어가 구조적으로, 메타언어적으로 차이가 날 때 우회하여 번역하는 방식이다. 이것은 다시 (1) 전환, (2) 변조, (3) 등가, (4) 번안 등으로 나뉜다. 그러나 이 사역의 4가지 경우는 명확히 선을 그어 구분하기 힘들도록 서로 연결되어 있다. 그런데 이 사역 가운데 번안은 메시지가 전하는 상황이 역어에 존재 하지 않아 다른 상황에 의해 그 상황이 만들어져야 할 때 쓰이는 것이다. 또한 나머지 세 가지 경우 역시 의미를 제대로 전달하기 위한 우회적 방법이지, 창조적 행위가 개입되는 것은 아니다. J. P. Vinay & J. Darbelnet, "Stylistique comparée du français et de l'anglais", *Méthode*

제로 외국 문화 혹은 문학의 원래 의미를 최대한 살리는 방향으로 진행된다. 물론 이것은 국가 간의 평등한 조건을 전제로 한다. 그러나 1910년대는 일제에 의해 강점된 상황에서 진행된 불평등한 조건 속에 문화의 전이가 이루어진 것이다.

식민지가 되면서 나타난 1910년대의 번안 장르는 독특한 위치를 점하고 있는 것이 사실이다. 1920년대에 표절 개념이 문단에서 나타났으므로 아직 표절 개념이 성립되기 전이기도 했고,[20] 일본 문학이나 서양 문학을 소개한다는 차원에서 적극적으로 이용되기도 했다.

1910년대에 성행한 번안을 표절과는 다른 독자적 영역으로 보고자 한 이재선은 번안의 의미에 대해 독특한 시각을 내어 놓고 있다. 그는 번안의 의식을 표절성과 창의성을 이중적으로 가지고 있는 장르로 인식한다. 즉 "번안은 창작의 경우만을 기준으로 할 때에는 우선 그 출발 자체에서 臺本을 전제하는 이상 표절과 통할 수가 있는 것은 인정해야 한다. 그러나 원작에의 밀접도에 있어서 번안자의 자유가 어느 정도는 許與되어 있기 때문에, 그 점에 있어서 이 자유의 한도 내에서 번안 속에다 창의적 요소를 現在的 時間에 添加시킬 수도 또한 있다"고 할 수 있다. 뿐만 아니

---

de traduction, Didier, Paris, 1958, 46~55면(김효중, 『번역학』, 민음사, 1998, 22면 재인용).

20) 이 표절이라는 개념이 문단에서 문제가 되어 언급된 것은 잡지 『폐허이후』에 실린 염상섭의 글 「筆誅」부터이다. 제목 역시 붓으로 베다, 붓으로 죄인을 척결하다는 뜻을 지니고 있는데, 그 당시 서양의 시나 작품들이 많이 번역되면서 불거진 것으로 이는 표절의 문제를 예술가적 양심으로 해석하고, 이를 범죄로 제단하고자 하는 의식을 보여주는 것이다. 동아일보 월보부록에 실린 노자영의 「잠」이라는 시가 베를렌느(김억 역)의 「검고 끗업는잠은」과 매우 유사함을 지적하고 있다. 먼저 낸 아이디어에 대한 정당한 권리를 가진다는 것, 이것은 예술가의 자존심인 것과 더불어 혹은 상업적 권리도 생각해 볼 수 있을 것이다. 실제로 노자영이 베를렌느의 시를 어느 정도 표절한 것은, 그 당시만 하더라도 예술가의 양심과 같은 것과 연관되리라 생각하지 못했던 점이다. 그러나 염상섭이 이렇게 이것을 예술가의 양심으로 비판함으로써 서양의 유명한 인물의 글을 도용한다는 것은 예술가의 양심을 버리는 행위임과 동시에 범죄적 행위로 취급되기 시작했다. 따라서 번역 혹은 창작 사이에서 1910년대의 번안이라는 조선의 독특한 장르는 표절 개념이 성립되기 이전이었음을 명기해 둔다.

라 이재선은 번안을 "현실적인 그 자체로서는 창의가 없고, 독자적 자유가 훨씬 제한되어 있는 모방보다는 창작적 요소가 플러스될 여지만이라도 가능한 것"[21]으로 파악하고 있다. 특히 그는 표절과 모방의 의미를 분리하여 번안을 모방의 입장에서 설명하고자 하였다. 표절은 "차용이 무단으로 행해지는 도용"이지만, 모방은 정도가 과하면 무단 차용이 될 수도 있으나, 기법습득의 의도라고 파악할 경우 체득한 후에는 "독자의 경지를 개척할 수 있는 미래적 시간의 가능성을 내포"한 것으로 적극적으로 의미화하고 있다.[22]

이재선이 의미화한 부분은 번안에 대해 의의를 다시금 재조명하게 해주는 것이라 할 수 있다. 번안은 창작의 면과 번역의 면이라는 이중적인 성격을 가지고 있다는 것이다. 창작의 면에서 볼 때 표절과 연관될 수 있으나 창작의 의미와 연계될 수 있고, 번역의 입장에서 보면 수용과정의 번역 유형, 즉 번역의 한 변질적 유형일 수도 있다는 것이다. 따라서 이 글에서는 번안의 모방성과 번역의 확대, 그리고 창조성의 개입이라는 측면에서 번안을 개념 짓고자 한다.[23]

이 1910년대의 번안이 어떻게 생성되었는지, 그 문화적인 환경에 대해 살펴볼 필요가 있다. 범박하게 말해 번안이 번역의 넓은 범주 안에 들어간다고 볼 때, 번안 혹은 번역은 피지배 문화가 지배 문화를 식민지의 언어로 번역하는 행위와, 지배 문화가 피지배 문화를 자신들의 제국주의 언어로 번역하는 행위로 나타난다. 피지배 문화는 헤게모니 문화의 작품들을 대중들이 접근 가능하도록 번역한다.[24]

---

21) 이재선, 「번안소설고」, 『한국개화기소설연구』, 일조각, 1985, 315~316면.
22) 이재선, 위의 책, 316면.
23) 이 글에서는 번안의 개념을 확장하여 쓰고자 한다. 1)원작을 그대로 모방하되 내용 수정과 변형이 일어난 경우, 2)'번역'이라고 명시하지만 명칭을 우리식으로 고치고 작가의 논평이 있는 경우, 3)번안소설 작가의 작품으로 번안소설과 유사하면서 창작이 가미된 경우를 1910년대 '번안'이라는 개념 안에 포괄할 것이다. 이 글의 연구 범위는 뒤에서 구체적으로 다루도록 하겠다.
24) 더글라스 로빈슨, 정혜욱 역, 『번역과 제국』, 동문선, 2002, 52~58면 참조.

1910년대의 번안 작가들은 식민지인으로서 헤게모니 문화, 즉 제국주의 문화를 자신의 언어로 번역하는 위치에 있다. 이 과정에서 제국주의자들은 식민지인들 가운데 매개자를 세워 제국주의 담론 혹은 식민 지배 담론을 교시하도록 한다. 또한 이는 좀 더 대중적인 형태로 나타난다. 이러한 점에서 1910년대의 번안소설의 대중적인 성격은 양가적인 경향을 갖는다. 즉 식민 지배 담론이 빨리 대중에게 침투하여 제국주의를 공고히 하고 식민지를 안정화시키려는 전략의 측면에서 이해해야 한다. 다른 한 편으로는 그 대중적인 경향이 또 다른 형태로 변질될 수 있는 틈새를 보이고 있는 것 역시 간과해서는 안 된다.25)

이러한 균열의 틈새는 바로 번역, 번안의 과정상에서 나타난다. "탈식민화란 도상에서부터, 이동성·유동성에서 발생"26)하고 있었다. 이것은 호미 바바가 말하는 부분성을 내포하고 있는 텍스트 즉 번역 텍스트를 가리키는데, 이것은 바로 '불완전성과 실제성'27)의 특징을 지니게 되는 것을 의미한다. 이러한 측면이 바로 임화의 주장대로 내적 토대의 작동 원리에 따라 새로운 문화 창출로 가는 하나의 계기가 되는 것으로 설명할 수 있을 것이다.

따라서 이러한 번안의 과정 속에서 내적 토대로 작용하는 독자의 상황은 모방하되 완전히 모방할 수 없음으로 인해서 생기는 새로운 현상을

---

25) 더글라스 로빈슨은 호미 바바의 이론을 번역에 적용하여 번역 가운데 내포한 탈식민성을 강조한다. 또한 "대중적인 것과 대중주의에 불신을 가지고 이것들이 탈식민화 효과보다는 식민화의 효과를 더 많이 가진다고 생각하는 외국화주의 번역 이론은 본질적으로 엘리트적"이라고 비판한다. 이러한 측면에서 "피식민 민중들은 '언제나' 임시변통으로 삶을 헤쳐 나가며, 그 과정에서 다양한 방식으로 저항하는 모습이 더욱 분명하게" 나타남을 강조한다(더글라스 로빈슨, 『번역과 제국』, 앞의 책, 139~174면 참조).

26) 더글라스 로빈슨, 『번역과 제국』, 앞의 책, 161~162면.

27) 호마 바바는 이러한 "부분적이라는 것은 전체적 체계에 포괄되지 않는 결여를 지닌 부분들로 존재함을 의미한다"고 설명한다. 즉, 모방의 과정 속에서 그러한 텍스트를 모방하되, 또한 완전히 같아지지 않는 부분들, 즉 불완전성과 실제성은 끊임없이 새로운 계기들과 분열을 형성하고 이것은 식민 지배 담론을 분열시키는 위협으로 작용할 수 있다(호미 바바, 『문화의 위치』, 앞의 책, 180면 참조).

불러일으키게 된다. 다시 말해서 거대 담론의 한 측면, 즉 전통적 방법에 의거한다면 번안소설 자체는 어떠한 가치도 없을 수 있으나 번안소설을 문화적 맥락 속에서 읽는다면 새롭게 해석될 수 있다는 것이다. 매체의 담론과 독자의 능동적 욕구가 만나는 자리에 번안소설이 자리하고 있기 때문에 식민담론을 균열시키고 그 속에서 저항을 일으키는 것은 수용자이자 내적 토대인 식민지 독자라 할 수 있다.

이러한 의미에서 작가 중심적으로 문학을 판단하거나, 작품 내적 구조를 파악하는 방법론으로는 번안소설의 가치를 규명할 수 없는 것이다. 매체와 독자, 작가의 상호소통적 방법으로 문화라는 내적 토대 속에서 살펴볼 때에만 1910년대 번안소설의 가치를 발견할 수 있을 것이다. 이는 결국 문학 연구에서 독자의 독서행위, 참여행위를 통해 문학 혹은 텍스트가 구성된다는 독자 수용 이론이 설득력을 얻게 한다.

볼프강 이저는 독자반응비평적 측면에서 「작품 Work」을 「텍스트 Text」와 구분하고 있다.28) 작가가 창조한 「텍스트」는 독자의 독서행위를 통해 재구성되어 구체적 「작품」이 된다는 것이다. "작품의 근사성이 텍스트와 독자 사이에 위치하는 것이라면, 그것의 실현화는 분명히 양자의 상호 작용의 결과"인 것으로 독자를 만나지 않으면 작품이 될 수 없다는 것이다. 문학텍스트 이해란 이것을 읽고 소화시키는 「독자의 반응」에 의해서 이루어지고, 텍스트의 의미내용은 이에 대한 독자의 반응들이 모인 집합체이며, 이를 근거로 작품평가도 이루어져야 한다는 것이다.29)

---

28) 볼프강 이저의 독자 수용 이론은 사실 낯선 것과의 대면으로부터 발생한 풍부해진 자기지식에 신뢰를 두는 가다머의 해석학의 영향을 받고 있다. 또한 후기 구조주의자인 롤랑 바르트 역시 읽는 텍스트와 쓰는 텍스트의 구분을 통해 독자의 적극적인 개입을 언급한 바 있다(레이먼 셀던, 현대문학이론연구회편, 『현대문학이론』, 문학과 지성사, 1990, 31면 / 앤 제퍼슨·데이비드 로비, 김정신 역, 『현대문학이론』, 문예출판사, 1991, 164~165면 / 테리 이글턴, 김명환 외 역, 『문학이론입문』, 창작과 비평사, 1997, 102면 참조).

29) 볼프강 이저, 「텍스트와 독자의 공동유희」, 차봉희 편저 『독자반응비평』, 고려원, 1993, 232면 / 차봉희, 「독자반응비평의 이론」, 같은 책, 19면 참조.

1910년대의 번안소설은 신문이라는 매체에 실리게 된다. 따라서 그것을 번안한 작가는 중간자적 입장에서 『매일신보』라는 매체의 입장과 조율하거나 혹은 자신의 의지를 『매일신보』의 식민 담론에 일치시키는 결탁성의 차원에서 소설을 전개시켜 나가게 된다. 그러나 또 한편으로 『매일신보』는 신문 매체이므로 독자와의 상관성 속에 놓여 있다. 이러한 점에서 볼 때, 작가는 매체와 결탁한 식민 지배 담론의 요구와 독자들의 욕망 사이에서 집필하게 된다. 이 과정 속에서 번안소설에는 신문 매체의 영향과 독자의 욕망, 그리고 그 사이를 조율하는 작가의 의도가 개입된다. 따라서 번안소설은 어느 하나의 영향 아래에만 있는 것이 아니라 복합적인 관계 속에 놓이게 되는 것이다. 다시 말해 식민 지배 담론과 독자들의 요구가 갈등하는 그 장에서 번안소설이 탄생한 것이다.

즉 하나의 작품은 작가만의 소산이 아니라, 식민지 토대와, 작품을 실은 매체, 그리고 그것을 받아들이고 모방하고 새롭게 창조하는 독자에 의해서 완성되는 것이라 할 수 있다. 이러한 문화론적인 방법은 번안소설을 신문·작가·독자가 만나 창조해가는 하나의 문화로 읽음으로써 번안소설의 의의와 가치를 새롭게 해석해 낼 수 있게 할 것이다.

이러한 입장에서 이 글에서 다루는 연구의 범위는 다음 세 가지로 나누어 볼 수 있다.

첫째, 원작의 내용을 바탕으로 하되, 식민지인의 상황에 따라 내용을 수정하거나 약간의 변형을 가한 경우,

둘째, '번역'이라는 이름으로 등장하고는 있으나 이름, 지명, 상황 등을 우리 식으로 고치고, 상황에 따라 작가가 논평을 가한 경우,

셋째, 번안소설과 관계된 창작 소설의 경우를 그 범위로 넣는다. 이는 '번안'이 아닌 창작이라고는 하지만, 그 작가가 그 이전까지 번안소설의 작가로 신문에 연재했고, 그 이후 자신의 창작이라는 이름으로 낸 경우이다. 물론 완전히 번안한 것은 아니라고 하더라도 일반적인 창작소설과는 달리 번안소설과 매우 유사한 창작 소설의 경우를 이 글의 연구 범위로

한다.

이 글에서 다루는 번안소설의 영역은 좀 더 확장된 의미로 번역까지 포괄한다. 1910년대의 번역의 경우, 지명과 이름 등을 바꾸거나 서양 문물을 설명하기 위해 작가가 개입하고 있으므로 이러한 면도 큰 영역에서 번안소설의 범위로 잡는다. 또한 번안소설가가 쓴 창작 소설의 경우에도 그 내용 전개나 실린 매체가 같고, 번안한 작품의 큰 자장 안에 있는 것으로 보아 연구 범위에 포함시킬 것이다.

따라서 이 글에서 다루고자 하는 작품을 정리해보면 다음과 같다. 조중환의 작품은 단행본 『불여귀』(1912)와 『매일신보』에 연재한 『쌍옥루』(1912. 7. 17~1913. 2. 4), 『장한몽』(1913. 5. 13~1913. 10. 1), 『국의향』(1913. 10. 2~1913. 12. 28), 『단장록』(1914. 1. 1~1914. 6. 9), 『비봉담』(1914. 7. 21~1914. 10. 28), 『속장한몽』(1915. 5. 20~1915. 12. 26)이 있다. 이상협은 단행본 『재봉춘』(1912)과 『매일신보』에 『눈물』(1913. 7. 16~1914. 1. 21), 『정부원』(1914. 10. 29~1915. 5. 19), 『해왕성』(1916. 2. 10~1917. 3. 31), 『무궁화』(1918. 1. 25~1918. 7. 27)를 연재했다. 민태원은 『애사』(1918. 7. 28~1919. 2. 8), 『설중매』(1919. 6. 2~1919. 8. 31)를 『매일신보』에 연재했다. 그 밖에 심우섭이 『형제』(1914. 6. 11~1914. 7. 19), 『산중화』(1917. 4. 3~1917. 9. 19)를, 진학문이 『홍루』(1917. 9. 21~1918. 1. 16)를 연재한 바 있다. 이 가운데 조중환의 『비봉담』, 『속장한몽』, 이상협의 『무궁화』, 심우섭의 『산중화』, 민태원의 『설중매』 등은 창작에 가깝다고 할 수 있다.30) 그러나 그 이전까지 번안·번역을 담당해왔다는 점과 그 내용의 전개가 앞의 소설들과 유사하다는 점에서 번안의 영향 속에 나타난 창작으로 보고, 이 글의 연구 범위에 포함시키고자 한다.31)

---

30) 이상협의 『눈물』은 기존 논의에서 대체로 창작으로 알려져 있다. 그러나 임화의 글을 보면 "일인(日人)이 서양 통속소설에서 의역 개작한 『눈물』"이라고 나오며, 임화는 스스로 이를 번안이라 칭하고 있다. 따라서, 이상협의 『눈물』은 순수 창작이 아니라 서양의 소설을 일역한 것을 다시 재번안한 번안소설로 보아야 한다(임화, 「조선소설에 관한 보고」, 임규찬·한진일 편, 『임화 <신문학사>』, 한길사, 1993, 423면).

이 글은 위의 연구 범위 안에서 문화론적 입장에서 논의를 전개하고자 한다. 첫째, 제2장에서는 1910년대 번안소설의 등장 배경을 우선 살펴볼 것이다. 1에서는 신문과 일제의 식민 지배 담론의 성격을, 2에서는 신문이 가지고 있는 근대 매체적 성격으로서의 <독자투고란>의 성립과 그 의미를 다루고자 한다. 먼저 1은 신문의 대중화정책과 함께 1910년대에 새롭게 등장하게 되는 문화론적 맥락의 차원에서 배경을 다룬다. 1의 소절 1)에서는 식민지화 되면서 나타나는 일제의 정책과, 이를 통해 1910년대 유일한 신문인 『매일신보』가 등장하게 되는 배경을 살펴, 1900년대와 1910년대의 번안소설의 차이점을 우선 짚고자 한다. 1의 소절 2)에서는 신문의 판매 부수 확장 정책에 의해 도입된 신문번안소설의 등장을 살펴본다. 2는 번안소설의 독자의 성향을 파악하기 위하여, 우선 신문에 등장한 <독자투고란>을 통해 그 배경을 다룬다. 2의 소절 1)에서는 『매일신보』에 처음으로 등장하게 되는 <독자투고란>의 성립 과정과 그 양상을 다루고, 2의 소절 2)에서는 이렇게 등장한 신문 독자의 역할과 '문자화'가 가지고 있는 의미를 분석할 것이다.

둘째, 제3장에서는 1910년대의 번안소설의 전개 양상을 다룰 것이다. 각 절은 1910년대에 가장 영향력 있었던 번안소설가들인 조중환, 이상협, 민태원의 작품을 다루고, 그 사이 연관되는 부분에 심우섭과 진학문의 작품을 다룰 것이다. 각 절의 소절 1)은 신문 매체의 특징과 식민 지배 담론의 요구적 차원에서 번안소설에 개입된 부분을 분석할 것이다. 또한 각

---

31) 1900년대의 경우, 대부분이 단행본이었음에 반하여, 1910년대 번안소설의 경우는, 『매일신보』에 연재된 신문번안소설과 잡지 『청춘』에 실린 단편적인 번역본들이라 할 수 있다. 단행본으로 나온 번안소설은 김교제가 번역한 『비행선』, 『일만구천방』 등의 추리·과학 소설 및 최남선이 번역한 『불상한동무』, 이광수의 『검둥의 설움』 등 총 14편이었고, 잡지·신문에 게재된 것이 36편으로 1910년대 번안소설은 총 50편 정도에 해당된다. 그 가운데 이 글에서는 독자와의 소통이 많았던 『매일신보』에 연재된 신문번안소설을 범위로 잡고자 한다. 『청춘』이나 친일 잡지 등에 실렸던 번안소설이나, 단행본의 경우는 다른 논문에서 논의할 것이다(김병철, 『한국근대번역문학사연구』, 앞의 책, 170~176, 312~316면 참조).

절의 소절 2)는 신문 매체라는 상업적 특징 때문에 고려할 수밖에 없었던
독자의 욕망과 번안소설이 연계된 부분을 분석할 것이다. 신문연재소설
의 특징인 매체와의 결탁성과, 독자와의 소통성이라는 측면에서 번안소
설이 양가적인 양상을 띠게 되는 것을 설명하고자 한다. 즉 식민 지배 담
론의 요구와 독자들의 욕망이 부딪치면서 발생한 번안소설의 특징을 도
출해 낼 것이다.

셋째로 제4장에서는 번안소설이 근대 독자 형성과 신문연재소설에 미
친 영향에 대해 논의할 것이다. 1은 번안소설을 통해 형성된 소설 독자층
의 분화를 살펴보고, 번안소설이 근대적 독자를 훈련시키는 과정을 분석
할 것이다. 또한 독자층이 식민 지배 담론 혹은 『매일신보』 담론과 어떠
한 면에서 분리되고 분열을 일으키는지를 설명함으로써, 번안에 의해 촉
발된 독자들이 도리어 번안의 의도를 넘어서면서 저항적 독자층으로 형
성되는지를 분석할 것이다. 2에서는 이 번안소설이 근대 소설과 혹은 그
이후 대중소설에 미친 영향력을 검토하여 번안소설의 소설사적 의의를
살필 것이다. 2의 1)에서는 이 번안소설과 『무정』의 유사성을 살펴봄으로
써, 그 번안이 근대 소설과 창작에 미친 영향력을 분석할 것이다. 2의 2)
에서는 1930년대 폭발적으로 등장한 대중소설 혹은 통속소설로 불리는
신문연재소설의 전형화가 이미 1910년대에 이루어졌음을 봄으로써, 이
번안소설이 어떠한 방식으로 후대에 개입하고 또한 우리 식으로 변형되
는지를 검토할 것이다.

마지막으로 제5장에서는 우선 신문·작가·독자의 상호소통성 속에서
탄생한 번안소설을 통해 1910년대 문화공간이 형성되는 과정을 살펴볼
것이다. 그리고 이를 통해 번안 과정의 탈식민성과 그 대중화가 가지고
있는 가치와 의의를 밝힐 것이다. 논자는 이러한 과정을 통해 번안소설을
신문·작가·독자의 상호 소통 속에서 읽어야 할 이유와 그 현재적 의미
를 도출할 것으로 기대한다.

제2장 1910년대 번안소설의 등장 배경

1. 신문의 대중화 정책과 신문번안소설의 등장

1) 일제의 언론통폐합과 번안소설의 변화

1910년대의 언론의 상황은 일제 치하의 신문지법을 통해 파악할 수 있다. 일본은 1906년 통감정치를 실시하면서 자신들의 기관지를 발행하고, 또 한편으로 1907년 7월 24일에는 법률 제1호 '신문지법'을 공포하기에 이른다.[1] 이 신문지법을 통해 일제는 첫째, 신문발행의 허가제와 보증금제를 두어 새로운 신문등록을 억제했으며, 둘째, 당국이 신문종사자에 대한 심사권을 가짐으로써 항상 당국의 허가를 받게 했고, 셋째, 발행 전신문 2부씩을 내부 관할관청에서 사전 검열하였다. 따라서 일제는 이러한 엄격한 처벌규정으로 언론을 일본 통감부의 권력 아래에 두었다.[2]

---

1) 정진석, 『한국언론사』, 나남, 1990, 214면.
2) 이러한 언론규제를 강력하게 한 일제는 한반도 강점 이후 1919년 3·1 만세 운동이 일어나기 전까지 한국인에게 단 한 건의 신문 발행도 허가해 주지 않았다(김진두, 「1910년대 매일신보의 성격에 관한 연구」, 중앙대 박사논문, 1995, 21~22면 참조/ 황민호, 「1910년대 조선총독부의 언론정책과 『매일신보』」, 수요역사연구회 편, 『식민지조선과 매일신보 1910년대』, 신서원, 2003, 13~17면 참조).

일본은 이러한 '신문지법'을 미리 만들어 언론을 규제하고 강점 후에
는 언론사를 더욱 압박했다. 당대 유일한 한글 신문인 『매일신보』의 성
격은 도쿠토미(德富蘇峰)[3]가 경성일보의 감독으로 취임한 후 『매일신보』에
대한 훈시에서 극명히 드러난다.

  1. 매일신보가 신문지로서 존재하는 이유는 우리가 천황폐하의 인애(仁
     愛)하심과 일본인 일시동인(一視同仁)하심을 받들어 이를 한국에 선
     전함에 있고,
  1. 집필자는 공정을 기하여 결코 편사(偏私), 편당(偏黨)하는 마음에서
     필(筆)을 농(弄)하는 등의 일이 없도록 함을 요하며,
  1. 문장은 간결 명료하게 하고,
  1. 일반의 소론은 온건 타당함을 기하여 결코 궤언망설(詭言妄舌)을 고
     취함을 삼가라.
  1. 매일신보는 경성일보와 제휴하고 항시 그 보조를 동일하게 할 것.[4]

 "매일신보가 신문지로서 존재하는 이유"는 "천황계하의 인애하심과 일
본의 一視同仁하심을 받들어 이를 한국에 선전"하는 것이며, "일반의 所
論은 온건타당함을 기하며 결코 詭言妄言을 고취함을 삼가"하고, "매일신
보는 경성일보와 제휴하고 항시 그 보조를 동일하게 하라"고 되어 있다.
따라서 『매일신보』는 일본체제를 선전하고 총독부의 정책을 전달하는 기
능을 담당하고, 소속 역시 일본어 신문인 『경성일보』 산하에 놓이게 되

---

3) 『경성일보』는 1906년 9월 1일에 통감부 기관지로 창간된 신문으로 1910년 『매일신
   보』와 통합되었을 때, 새 경성일보의 최고책임자로 일본 귀족원 의원이며 일본 국민
   신문 사장인 도쿠토미(德富蘇峰)가 맡게 되었다. 처음에는 총독부가 도쿠토미에게 『대
   한매일신보』의 경영을 맡기려 했으나 도쿠토미가 이 기회에 일체의 신문을 일어판
   경성일보에 집중시키는 것이 좋겠다는 의견을 내놓아 이것이 받아들여졌다고 한다.
   도쿠토미는 일본의 한국침략을 미화하고 침략을 정당하다고 주장했다. 또한 그는 한
   국인에게 언론의 자유를 준다고 운운하는 것은 "정말로 위험천만의 일"이라고 말한
   바 있다. 즉 한국인에게 언론 자유를 준다면 이는 혁명사상의 '온상'이 될 우려가 있
   다는 논리인 것이다(정진석, 「총독부기관지 매일신보의 사람들」 6, 『신문과 방송』
   252호, 1991. 12, 46~49면 참조).
4) 정진석, 위의 글, 49면.

었다. 내용상에서도 온건 타당해야 하며 남을 책망·비난하는 말, 혹은 허망한 말을 금하도록 규정했다.

『매일신보』는 일제 강점의 정당성을 강화하기 위해 조선의 열악한 상황이 문명화되어야 함을 강조했다. 따라서 『매일신보』의 사회면에서 발견된 조선의 모습은 범죄와 성적 문란과 무질서의 아노미적 상황으로 묘사되었다. 사회면의 고발조의 기사는 특히 여성들의 일탈에 훨씬 집중되어 있었다.5) 또한 『매일신보』는 유교적 효·열과 근대적 여성 교육에 대한 중요성 역시 강조했다. 이는 바로 일제의 정책 혹은 『매일신보』 정책의 이중적 잣대를 보여주는 것이라 할 수 있다. 즉 근대의 교육을 받은 여성이 방종하는 것을 경고하면서 다른 한편으로는 제대로 된 근대적 현모양처 교육을 강조한다. 『매일신보』가 사회면에서 사회를 교정하기 위해 고발한 일탈적 여성들의 모습은 <독자투고란>을 통해서도 나타난다. 이렇게 유교적 여성상을 왜곡시켜 일본 제국주의를 위한 현모양처론에 끼워 맞추는 『매일신보』의 여성 정책은 1910년대 번안소설에서 보이는 여성의식의 근간이 된다.

이러한 신문지법의 규율은 신문 상황의 규제와 함께 소설에도 영향력

---

5) **음란함에 대한 기사**로 姦淫詗捕(1910. 9. 3) / 沒廉恥女學生(1912. 4. 7) / 박셩녀의간악(1912. 12. 28) / 不貞男女의例行(1913. 3. 21) / 계집강짜로불을노아(1913. 4. 13) / 부정남녀징역션고(1913. 4. 22) / 계집이가즈식을나(1913. 5. 1) / 세상에몹슬계집년(1913. 5. 1) / 명옥의더러운힝실(1913. 5. 23) / 어린년의악독혼일(1913. 6. 19) / 醉行婦와慘毒夫(1913. 7. 3) / 未嫁處女의○行(1913. 10. 21) / 男女는不可無別(1913. 11. 15) / 타락혼女의自現(1914. 12. 24) 등의 기사가 있으며, **이혼에 대한 기사**로 信女背夫(1910. 9. 21) / 怪美人의作心三日－리혼결혼의분쥬혼계집(1912. 3. 10) / 리혼이셩풍이로군(1912. 5. 9) / 리혼이셩중이야(1912. 6. 11) / 암만히도못살겟소(1913. 5. 10) / 맹자부부의이혼(1913. 5. 23) / 離婚裁判이何多(1913. 5. 23) / 離婚請求와說論(1913. 6. 1) / 이혼폐해의滋甚(1913. 11. 27) / 리혼홀밧긔업군(1912. 6. 7) 등이 있다. **남편살해에 대한 기사**로 악녀의殺本夫본셔방쥭인계집(1912. 10. 5) / 간부간부의힝흉(1913. 1. 17) / 툭흐면셔방을쥭여(1913. 5. 11) / 아옥국에약타먹여(1913. 7. 25) / 얼풋흐면셔방쥭여(1913. 7. 27) 등이 있고, **인신매매와 매음에 관한 기사**로 行爲不精(1910. 10. 11) / 密賣淫女檢擧(1912. 9. 10) / 유부녀의 유인(1912. 10. 6) / 밀매음흐다가벌등희(1912. 10. 8) / 우미혼리경긔(1912. 12. 20) / 飲食店에檢擧(1913. 1. 21) / 명옥의더러운힝실(1913. 5. 23) / 계집유인으로영업(1913. 6. 12) 등의 기사를 들 수 있다.

을 행사했다. 1900년대의 번안소설의 특징과 비교해 볼 때, 1910년대 『매일신보』에 연재된 번안소설은 이와 다른 성격을 지니고 있음을 알 수 있다. 실제로 1900년대의 번역·번안소설은 주로 역사 전기물의 형태를 띠고 있었고, 정치소설, 과학소설 등의 형태를 띤 것도 있었다.[6]

> 소위, 션악수졍이라 홈은, 피츠의 더거리, ㅎ는 말이니, 착ㅎ다 ㅎ는 것은, 뎌것이, 이보다 낫다는 것이요, 악ㅎ다 ㅎ는 것은, 이게 뎌보다 못ㅎ다 ㅎ는 것이니, 우리가, 쟝슈촌을 멸망ㅎ랴는 것을, 남들이, 약ㅎ다 독ㅎ다 홀지라도, 이는 불과 샤회상에, 조고만 인졍으로, 평론ㅎ는 것이라 텬디의, 대법공심을, 말ㅎ즈면, 싱존경쟁ㅎ는 셰계에, 우등인죵이, 익이고, 열등인죵은 패ㅎ며, 약ㅎ 즈가, 고기되고, 강ㅎ 즈가 먹으며, 묵어온 물건은, 집기고, 거벼온 물건은, 쓰는 것이, 텬디 간에, 썅썅ㅎ 리치라,[7]

『철세계』는 최초의 과학소설이라는 이름으로 이해조가 번역하였다. 이는 프랑스의 J. 베른 작 『철세계』를 번역한 것인데, 이해조의 번역본 『철세계』는 슐체를 '인비'로 사라젱을 '좌선'으로 이름을 바꾸고 작품 내용도 원본과 매우 다르게 전개하고 있다.[8] 특히 위의 인용 부분에서처럼 대포와 무기를 통해 우승열패 사상과 제국주의 사상을 주장하는 연철촌의 인비를 근대의술과 위생, 복지를 강조하는 좌선의 장수촌과 대비하면서 비판한다. 이러한 인비에 대한 비판은 『철세계』를 통해 근대적 문명

---

6) 19세기 후반부터 번역문학이 집중적으로 간행되기 시작하는데, 외국의 역사나, 독립을 이룩한 과정 및 독립에 결정적인 기여를 한 인물들의 전기를 주로 번역하였다. 「세계식민사」·「월남망국사」 등과 「미국독립사」, 「이태리독립사」, 「라란부인전」이나 「나파륜」·「피득대제」·「비사맥전」 등의 위인전기물, 「이태리건국삼걸전」·「서사건국지」 등에 보이는 독립투사들의 일대기적 행적 기술은, 애국·계몽적 성격을 강하게 보여주는 번역물들이라 할 수 있다. 그러나 이러한 번역물들은 대부분 완역이라기보다는 초역이거나 줄거리 정도로 번역·소개되었다(윤병로, 『한국근·현대문학사』, 명문당, 1991, 38~39면 참조).
7) 이해조, 『철세계』, 『신소설·번안(역) 소설』 3권, 아세아문화사, 1978, 282~283면.
8) 김재국, 「한국과학소설의 현황」, 대중문학연구회 편, 『과학소설이란 무엇인가』, 국학자료원, 2000, 97면.

을 받아들이되 군국주의적이고 제국주의적인 경향을 반대하면서 민중을 이롭게 하는 방향에서 진행되어야 한다는 작가적 의식이 들어 있다. 즉 "당시 국권을 침탈해오는 제국들에 의해 위기에 놓여 있는 민족의 주체적 생존과 발전이라는 과제를 달성하기 위해, 철에 의한 무기개발이라는 과학사상을 과학소설의 번역으로 계몽"[9]하려한 의도라고 파악된다.

> 나의 말삼흔 바 권리가 동등이 됨은 여러분도 다 아시눈 바어니와 타일 협회성립흔 찌에 지산과 지식이 업눈 자라 흐야 하등인민을 정권에 참여치 못흐게 흘 리치가 업눈 것은 명백홈이오 구라파에서도 영미졔국은 동등권리의 쥬의를 힝흐고 호올로 압제를 쥬장흐눈 덕국과 아라스등국에눈 전제정치를 힝치 말지어다[10]

정치소설이라 불리는 구연학의 『설중매』 역시 이러한 민족주의적 계몽과 연결되어 있다. 이 소설은 하등 인민, 민중의 참정권을 주장함과 더불어 독일 등의 제국주의, 전제정치를 비판하고 있다. 사실 1900년대의 번역·번안소설들의 경우, 양식이 조금씩 다를지라도 그 작가적 의도는 민족의식과 애국 계몽적 차원에서의 문명에 대한 긍정 등으로 드러난다. 최원식이 지적하고 있듯이 1910년대 문학은 1900년대와 현저한 차이를 보여준다.[11] 1900년대의 경우, 민족주의적 경향의 작가는 민족 잡지나 단행본에서 애국 계몽적이거나 민족과 연계된 신문명 혹은 자유민권운동 등의 내용을 담아내었다.

---

9) 김교봉, 「『철세계』의 과학소설적 성격」, 『과학소설이란 무엇인가』, 위의 책, 133면.
10) 구연학, 『설중매』, 『신소설·번안(역) 소설』 3권, 아세아문화사, 1978, 10면.
11) 최원식(「『장한몽』과 위안으로서의 문학」, 앞의 책, 69면)은 이 땅에 들어온 일본문화의 성격이 1900년대와 1910년대 사이에 차이가 난다는 점에 주목하고 있다. 일본 소설 번안인 『설중매』(1908)와 『장한몽』(1913)을 예로 들어, 전자는 유신관료에 대항하여 치열하게 전개되었던 일본 자유민권운동 시대의 대표적인 정치소설인 데 반하여, 후자는 자유민권운동의 퇴조와 함께 일본 근대문학이 정치로부터 퇴각한 시기의 소설로 그 차이를 설명하고 있다. 즉 일제는 중국 통로를 폐쇄한 후 일본 문화가 식민지 조선에 본격적으로 이식되었다고 보고 있다.

1900년대의 신문의 경우도 이와 마찬가지로 민족과 연관된 애국 계몽적 사설과 신문소설이 나타난다. 『대한매일신보』의 경우, 번안소설로 추정되는 『국치전』과 『매국노』를 연재하였다. 『국치전』은 『대한매일신보』 한글판 1907년 7월 9일부터 1908년 6월 9일까지 연재되었다. 연재 횟수를 명기하지는 않았으나 총 204회에 걸쳐 11개월 동안 장기간 연재되었다. 분량을 보면 106회 21줄(1907. 12. 19), 170회 78줄(1908. 4. 4), 204회 55줄(1908. 5. 20) 등으로 나타나 짧게는 한 면의 총 6단 중 1단 정도를 차지하는 것이 대부분이며 길 경우 2단 정도의 길이로 나타난다. 대개 13칸 20줄에서 80줄 가량의 분량을 보이고 있다.

일본 작품의 번역일 확률이 높은 『국치전』은 민족을 위해 일하는 한 남자를 둘러싼 3명의 여성 이야기로 구성되어 있다.[12] 내용 구성의 경우 국치라는 인물이 나라를 위해 연설을 하며 나라의 사업을 위해 헌신하고 또한 이 나라의 문명개화를 위해 영국 등으로 외국 유학을 하면서 나라의 일을 담당하는 것으로 나타난다. 이러한 정치 연설적인 측면과 함께 다른 한 축으로 여성과의 자유연애가 등장한다. 어렸을 때부터 집안끼리의 약속이자 서로 결혼하기로 약속한 송엽부인이 있으나, 국치는 송엽부인과 부인회의 간부로 활동하는 죽지부인, 매화부인 사이에서 자신을 향한 여인들의 사랑을 즐긴다. 또한 결혼은 송엽부인과 하지만 송엽부인은 자신의 집과 가족, 부모를 봉양하게 하고, 죽지부인과 매화부인과 함께 영국으로 외국유학을 다니기도 한다. 한편으로는 영국에서 만난 유나부인과도 미묘한 애정의 모습을 보여주기도 한다. 따라서 국치의 정치연설

---

12) 박수미는 『국치전』이 일본 번역 가능성에 대해 등장인물의 이름이 일본식이라는 점과 국치가 평상시 칼을 휴대한다는 사실, 국치가 매화, 죽지와 함께 유학을 떠나는 나라가 영국이라는 점, 유나부인의 이야기 중 '룡마라흐는 션싱'이라는 부분이 나오는데, 이 부분이 메이지 시대의 실존 인물인 개혁운동가이자 검객 '사카모토 료마'와 연관된다는 점, 인물들간의 관계가 남성과 어울려 유희하거나 자유연애를 주제로 토론하는 점 등을 들어 일본 번역의 가능성을 설명하고 있다(박수미, 「개화기 신문소설 연구」, 성균관대 박사논문, 2005, 55~58면 참조).

이 상당한 분량을 차지하고는 있으나, 다른 한편에서는 한 남자를 둘러싼 여러 여성들의 애정을 보여주는 부분이 드러나고 있다.

> 슯흐고 분흐고 강기흔 뜻을 붓쳐 지은 글이라 그도 또흔 나라를 망흐는 디 속이 샹흔 피 눈물을 뿌리다가 그늠겨지 방울노 이 글을 지은 것이 아니냐13)

> 슯흐도다 현금시디를 엇어흔 시디라 흐느냐 흐면 내 몸과 내 집과 내 나라 이 위급흐고 존망흐난 쩌로다 태셔의 문명흔 각국은 날노 셩흐여가고 동양의 쇠잔흔 삼국은 쩌로 연흐여 가는지라 이쩌를 비유흐여 말흐면 방휼지셰라 흐겟스니 방휼지셰는 무엇시냐흐면 방이라흐는 것은 죠기방 즈요 휼이라흐는 것은 새휼즈이니 새가 죠기를 쩍어 먹으랴고 주둥이로 죠기살을 콕 쏘으니 조기가 입을 버려 새의 주둥이를 셔로 물고 쩍으랴 흐는 새와 아니 쩍히려는 조기나 힐란흐는 즁에 고기 잡각라 돈니던 늙으니 흐나히 달녀들여 새도 잡고 조기도 주어 가지고 간다흐니 동양 삼국이 셔로 강포 흐는 쩌에 태셔 각국이 달녀들어 쩨앗슬거시라14)

이러한 『국치전』이 민족계몽과 애국을 가장 주된 목적으로 삼고 있는 『대한매일신보』에 실린 것은 이 작품에 민족과 문명에 대한 계몽이 드러나고 있다는 것이 주된 이유일 것이다. 『국치전』에서 자유연애 부분이 드러나 급진적인 부분을 보여주고는 있으나, 여성은 여전히 남성에 대해 종속적으로 드러나며, 남성을 향해 끊임없는 순종과 애정을 보여준다.

『매국노』(나라픈는놈)는 『대한매일신보』 한글판 1908년 10월 25일부터 1909년 7월 14일까지 약 9개월 가량 연재되었다. 총 151회 가량 연재되었는데 미완인 채로 연재를 마쳤다. 덕국 소덕몽의 저술이라 밝혀져 있으며 독일의 극작가 Hermann Sudermann(1857~1928)을 이르는 것으로 그의 장편 Der Katzensteg(1889)을 우리말로 중역하여 연재한 것이다. 또한 이 『매

---

13) 『국치전』 7회분, 『대한매일신보』, 1907. 7. 16.
14) 『국치전』 33회분, 『대한매일신보』, 1907. 8. 31.

국노』는 중국의 『賣國奴』를 번안한 것으로 알려져 있다.15) 분량에 있어서 길 경우 13칸 88줄 2단 반(26회 분, 1908. 12. 4)에서 3단 가까이 연재되었으며, 일반적으로 한 단이나 한 단 반 정도의 분량으로 나타난다.

내용상으로 보면, 주인공 아만천총은 원래 이름이 사나특요셔로, 그 아버지 사나특 남작과 싸우고 이름을 아만천총이라 바꾸고 자신의 나라 독일이 프랑스의 나폴레옹과 맞서 싸울 때 전쟁에 지원하여 혁혁한 공을 세운다. 그러나 그 아버지 사나특 남작은 프랑스 군사와 결탁하여 나라에 배신하게 되고, 이 때문에 사나특 남작은 마을 사람들로부터 위협을 받다가 결국 중풍으로 쓰러져 죽게 된다. 그의 충실한 하녀인 율리가 그 시신을 장사지내려 하나 마을 사람들의 폭력으로 겨우 목숨만 연명한다. 요셔는 율리와 함께 아버지의 시신을 묻고, 그 아버지의 죄값을 치르기 위해 나라를 위한 전쟁에 계속 나가서 공을 세우게 된다. 결국 자신의 충실한 종인 율리가 죽고, 자신의 애인이었던 복데는 자신을 배신한다. 그 가운데 율리를 죽이고, 자신을 끊임없이 괴롭히는 민촌장과 그 아들 민극대에게 복수하고자 하는 데에서 『매국노』의 연재가 끊어진다.

1900년대의 『대한매일신보』의 『국치전』이나 『매국노』의 경우는 『대한매일신보』의 사설에서 보이는 애국 계몽이나 민족애를 고취시키는 측면들 때문에 연재되었을 확률이 높다. 또한 내용상으로도 한 회, 한 회 끊어지기보다는 회장체로 내용 가운데 분량상으로 끊어지는 식으로 편집되어 있다.16) 물론 『국치전』은 11개월 204회, 『매국노』는 9개월가량 151회

---

15) 박수미는 중국의 『賣國奴』와 『대한매일신보』 한글판에 연재된 『매국노』는 회장체 형식의 소제목 개수와 내용이 같고, 일본어본은 구성과 내용 면에서 앞의 두 권보다 더 독일어 원본의 구성과 형식에 가깝다는 점에서 그 근거를 들고 있다. 이 중국의 『賣國奴』는 手象小說 三十一一四十八輯, 1904년 8월 11일부터 1905년 4월 19일까지 실린 것으로 번역자는 오도라고 한다. 이 『매국노』의 모본과의 비교는 박수미의 앞의 논문, 199~207면 참조.

16) 『대한매일신보』의 『국치전』, 『매국노』 등에서 보이는 신문연재소설적 특징이나, 여성에 대한 인식 등에 대한 분석은 2부에서 살펴보고, 이 장에서는 1910년대와의 비교적 차원에서만 언급하고자 한다.

연재되는 등 장기간 이어지고 있다. 그런데 1910년대의 경우와 비교해
보면, 분량의 경우 대조를 보인다. 예를 들어 이상협의 『정부원』에서 71
회 연재분(1915. 1. 30)의 경우, 17칸 150줄에 해당한다. 따라서 1910년대의
신문연재 번안소설의 경우 분량 상으로도 2~3배 정도 더 많음을 볼 수
있다.

계몽이나 민족정신을 일깨우던 1900년대와 달리 1910년대가 되면 전
혀 다른 상황이 연출된다. 일제 강점의 시작과 그 이전부터 시행된 언론
통폐합 정책인 신문지법은 자유로운 언론을 차단시키고 오로지 일제 기
관지인 『매일신보』를 통해 폐쇄적이고 강압적인 언론 정책을 펼치기 시
작했다는 것이다. 따라서 1910년대의 번안소설은 『매일신보』의 식민지
안정화 정책과 대중화 전략에 연계된다. 즉 1910년대의 번안소설은 일본
추수자에 의해서 일본 가정소설의 선정적이고 감정을 자극하는 내용을
기본 줄거리로 하여 일제 기관지인 『매일신보』라는 매체를 통해서 나타
나게 된 것이다.

2) 신문의 판매 부수 확장 정책과 신문번안소설의 등장

『매일신보』는 일제강점 이튿날인 1910년 8월 30일부터 大韓每日申報의
'大韓' 두 자를 떼고 每日申報라는 제호로 총독부의 기관지가 되었다.[17]
또한 『매일신보』는 조선의 인사들에게 식민 지배 체제에 순종하고 새로
운 모범 및 행동을 취하라는 권고성의 사설을 싣는다. 『매일신보』는 이
와 같은 사설을 통해 조속하고 효과적인 식민체제의 정착과 그를 통한
사회안정을 모색하였다고 할 수 있다.[18] 『매일신보』는 초대사장 吉野로
부터 시작하여 부사장과 주필, 편집국장 등은 일본인이 담당하고 있었다.

---

17) 정진석, 「每日申(新)報硏究」, 인석박유봉박사화갑기념논총, 1980, 252면.
18) 심재욱, 「1910년대 『매일신보』의 식민지지배론」, 수요역사연구회 편, 『식민지 조선
  과 매일신보 1910년대』, 신서원, 2003, 211~213면 참조.

卞一, 鮮于日 등 조선인이 편집장이 되기는 했으나 일인 편집국장 아래에 있는 조선인 편집장에 불과했다.[19] 실제로 『매일신보』는 조선총독부가 새로운 정책을 발표할 때마다 정책의 내용이나 성격에 대해 총독부의 입장에서 보도했다. 또한 행정담당자들과의 대담내용을 연속적으로 게재함으로써 총독부 기관지로서의 역할을 다하고 있었다.[20]

이러한 상황에서 일인 편집국장 아래에 있는 경파주임인 일재 조중환의 역할은 자못 막중하다고 할 수 있었을 것이다. 『매일신보』의 편집방향 자체가 일제의 기관지로서 총독부의 정책의 보급이었다면, 이 속에서 번안소설가로서의 조중환의 역할은 『매일신보』가 담당하는 일제의 동화와 식민지 안정화 정책 속에서 식민지인들에게 효과적으로 침투하는 것이었을 것이다. 더 많은 식민지인들에게 일제의 정책을 알리려면, 그 정책을 그대로 싣고 알리는 『매일신보』를 식민지 조선인들에게 많이 읽히는 수밖에 없다. 따라서 『매일신보』의 판매 부수의 확장은 매우 중요한 문제가 된다.

『대한매일신보』 시절의 판매 부수를 살펴보면, 1906년 10월 30일 4천 부 이하였다가 1907년 7월 31일 7천 부 이상, 1907년 9월 3일 국한문 8천 부, 한글 3천 부로 증가했으며, 1908년 4월 30일 이후로는 국한문과 한글 신문을 합쳐서 1만 부 이상이 팔려 나가게 된다.

『대한매일신보』와 영문판의 발행부수가 만부를 돌파했다는 것은 그때까지는 한국 언론사상 최고의 기록이었다. 신보가 1906년에 4천부나 발행되었다는 사실만으로도 이미 다른 신문의 발행부수를 앞질렀던 것이지만 1907년 하반기부터는 서울에서 발행되던 신문 전체의 발행부수를 모두 합쳐도 『대한매일신보』와 영문판의 부수에 못 미치는 정도였다. 한편 일본 측이 1908년도에 조사한 각 일간지의 발행부수를 보면 『대한매일신

---

19) 정진석, 「每日申(新)報 硏究」, 위의 글, 253~256면 참조.
20) 황민호, 「1910년대 조선총독부의 언론정책과 『매일신보』」, 수요역사연구회 편, 『식민지 조선과 매일신보 1910년대』, 신서원, 2003, 25면.

보』국한문판과 한글판 전체 부수는 서울의 다른 네 개 일간지 부수를 합친 것보다 약간 적은 것으로 나타났다. 이 조사에 의하면 신보는 8,083부였는데 민족지인 『제국신문』, 『황성신문』과 친일지인 『국민신보』, 『대한신문』의 네 신문 총 발행부수는 8,484부였다.[21]

이러한 측면에서 『대한매일신보』는 다른 신문의 발행부수에 비해 엄청난 양이 팔리고 있었음을 알 수 있다. 그러나 『대한매일신보』에서 『매일신보』로 변환되면서 판매 부수는 급격히 떨어지게 된다. 당시 한민족의 수는 약 1,300만 명에 국문으로 된 신문은 조선총독부 기관지나마 『매일신보』와 지방지 『경남일보』뿐이었는데 이들 신문의 발행부수는 각 3천부를 겨우 밑돌았다.[22]

실제로 『매일신보』가 크게 확장되는 것은 1912년이 되면서였다. 1912년 12월 13일 신보자체 광고를 보면, "광고의 효력절대"라고 하면서 "新年號는 左와 如히 大增刷를 홀쑨뎌러 數萬部를 增刊ᄒ야 各地方으로 廣佈홀 터인 故로 廣告의 效力이 極히 偉大"하다고 선전한다. 이 社告를 통해서 그들이 수만부를 증간할 계획임을 알 수 있다. 또한 당시 "一時間에 一萬部를 刷出ᄒ는 輪轉機라도 一臺로는 到底히 刊出키 難훈 念慮가 有"하다면서 "佛國 마루노니 會社"에 "世界最大式의 輪轉機를 注文"해 놓았다고 선전한다.[23] 이것을 볼 때 초창기 3천부에서 시작하여 시간당 만부를 생산해내는 기계로도 모자랄 지경으로 판매 부수가 증가되었음을 알 수 있다.

이십만의 익독쟈로, 쥬초를 잡고 이천만의 형뎨ᄌ미로, 지목을 삼아, 지은 우리 미일신보의 독쟈구락부가, 범연홀 리치가 잇나요 「구락부원」[24]

『쌍옥루』의 연재가 끝나고 『장한몽』이 연재되기 6일 전의 <독자투고

---

21) 정진석, 『한국언론사』, 나남, 2001, 239~240면 참조.
22) 한원영, 『한국 근대 신문연재소설연구』, 이회문화사, 1996, 68면.
23) 「我紙의 大發展－新年劈頭의 大計劃」, 『매일신보』, 1912. 12. 13.
24) '독쟈구락부', 『매일신보』, 1913. 5. 7.

란>을 보면, 『매일신보』 편집부가 독자를 이십만으로 보고 있음이 드러
난다. 위의 인용은 『매일신보』를 통해 많은 경계를 받고 있다는 투고에
대해 「구락부원」이라는 한 편집부 기자가 자신의 의견을 피력한 것이다.
『매일신보』에서 직접 말하는 대로 독자를 20만으로 잡을 수는 없다고 하
더라도 상당 부분 독자가 증가하고 있었을 것으로 추정된다.

> **本紙의 新計劃**
> 　　每日申報논 近來 當호 急務로 逐日發展되야 一時間 二万枚의 刷出力이 有
> 호 貳臺의 輪轉機의 晝夜 轟轟의 聲이 不止호야도 오히려 不足의 遺憾이 不
> 無호니 本報의 如斯히 發展됨은 讀者諸君의 愛護에 職 由홈이 實로 多大훈
> 바이라 玆에 本報논 永遠혼 方針으로 左의 二大計劃을 實行호야 讀者諸君
> 의 平素好意를 報謝코져호노라[25]

　　1913년 7월 23일에는 5면에 신보자체 광고를 통해 시간당 만부를 찍을
수 있는 윤전기가 2대가 생겼으며, 이 기계가 주야로 정지하지 않고 인쇄
하고 있다고 선전한다. 따라서 시간당 2만 부씩 찍어내고 있다는 것인데,
기사의 말처럼 24시간 가동하지는 않았다 하더라도 10만부 이상 찍어내
었을 것으로 가정된다. 이는 2달 전 『매일신보』 편집부에서 스스로 20만
독자로 표명한 이후, 새 기계를 들여놓는 등 『매일신보』의 부수가 증가
하고 있음을 실제로 보여주는 것이다. 또한 이러한 판매 부수 확장 전략
으로써 「질의해답」과 「통속현상」 난을 새로 개설하여 독자의 참여를 유
도하기도 했다.[26]

　　1915년 8월 24일 『매일신보』 1면을 보면 "「共進會와 我每日申報─六十
日間增刷頁數二百四十萬」"이라고 광고를 통해 "一日에 一萬部를 增刷호야
九月一日브터 十月三十一日꼬지 六十日間" 배포하겠다며, "六十萬部大增

---

25) 「我紙의 大發展─新年劈頭의 大計劃」, 『매일신보』, 1913. 7. 23.
26) 「입격쟈」─"이번에, 본인은, 긔샤 스등상품을 타셔, 감샤훈 일이 만습니다, 이후브
　　터는, 한공일에 한번식, 현상을 호신다지오, 본인은 한번도, 빠지지 안겟습니다"('독
　　쟈구락부', 『매일신보』, 1913. 7. 27)

刷"라는 제목을 크게 띄운다. "本紙一部가 四頁인즉 即 四万部이오 此를 六十日間에 乘ᄒ면 二百四十万頁"이라는 것이다.

> 귀샤에셔ᄂᆞᆫ 공진회를 긔회로 륙십일동안이나 미일 일만 쟝식 신문을 더 박여셔 벽항궁촌에ᄭ지라도 널니 알게ᄒ시고 아조 지면과 긔ᄉᆞ를 대쇄신ᄒ야 시면몰을 닉신다지오 귀보의 온전ᄒᆞᆫ신 발뎐을 축하합니다[27]

이러한 『매일신보』의 증간에 대해서도 독자들은 반기고 있다. 1912년부터 1915년까지 『매일신보』는 판매 부수가 크게 증가하고 있음을 알 수 있다. 그런데 이러한 시기는 조중환이 『쌍옥루』를 필두로 신문연재소설을 써나가던 때와 매우 유사하다. 실제로 1912년 12월의 한 시간에 만부를 찍는 하나의 윤전기만으로는 불가능하다는 시점은 『쌍옥루』하편이 13회로 연재 중이었으며, 1913년 7월 25일 역시 『장한몽』 61회 연재, 1915년 8월 25일은 『속장한몽』 53회 연재 중이었다. 따라서 조일재가 번안소설을 연재하던 기간인 1912년부터 1915년은 『매일신보』의 발전과도 맞물리는 기간이었다. 이 때 이상협의 『눈물』이 가세하면서 이러한 번안소설에 대해서 독자들은 계속 호응을 보낸다.[28] "귀샤 신보에, 련일 게지되ᄂᆞᆫ, 쟝한몽과 눈물 두 쇼셜은, 참 ᄌᆞ미가 만어요, 신문이 좀 늣게 오면, 아조 발광[29]"이 난다는 이야기나, "귀보에 게지ᄒᆞᄂᆞᆫ 쇼셜 쟝한몽 속편은 참 ᄌᆞ미잇게 보ᄂᆞᆫ 바인디 간간 수삼일식 게지치 안이ᄒ야 독쟈의 실망이 만으니 이후에ᄂᆞᆫ 련속ᄒ야 간단이 업게 ᄒ야 주셔요"[30]라는 독자의 투고

---

27) 「一讀者」, <독자기별>(『속장한몽』 53회 연재중), 『매일신보』, 1915. 8. 25.

28) "연흥사─ ᄉᆞ동연흥사 유일단 일ᄒᆡᆼ은 요ᄉᆞ이, ᄉᆞ동연흥사에셔, 연일 흥ᄒᆡᆼᄒ야, 일반의 죠흔 평판을 잇음은, 견일부터 잇셧거니와, 근일에ᄂᆞᆫ, 더욱 기슐이 졍미ᄒ야, 죠션연극계에, 뎨일위를 뎜령ᄒ얏스며, 직작이 십칠일야에ᄂᆞᆫ 본샤 신보, ᄉᆞ면쇼셜, 쟝ᄒᆞᆫ몽 전편만, 흥ᄒᆡᆼᄒ얏ᄂᆞᆫ디, 리슈일 심슌이의 셩질을, 조곰도 위비흠이업시, 그디로 묘사ᄒ야, 일반관긱의, 대환영을 밧앗고, 직작야ᄂᆞᆫ 쟝너에, 관람긱이, 만원ᄒᆞᄂᆞᆫ 셩황을 일우엇다더라"(『쟝한몽』 66회 연재중, 『매일신보』, 1913. 7. 29)

29) 「익독쟈」, '독쟈구락부'(『쟝한몽』 69회 연재중), 『매일신보』, 1913. 8. 2.

30) 「群山讀者」, '독자기별'(『속장한몽』 31회 연재중), 『매일신보』, 1915. 7. 17.

는 조중환의 신문연재소설의 인기를 짐작하게 한다.

장한몽을보고
　趙一齋 선생 座下
　本人은 全北南原郡南原面西錦里二統三戶張鎌一(장겸일)올시다 本人이 每
日申報溝瀆數年에 先生임 小說장편을 견남ᄒ오면 지미잇고 의원헌 말삼
엇지 칭양ᄒ리요 전편에 雙玉淚노 ᄒ드라도 일반구독쟈가 每日先生任 츅
원이올시다 今에 長恨夢으로 ᄒ드라도 沈순익가 다시 更生ᄒ오며 李守一
이ᄀᆺ치 단정코 얌젼ᄒ 샤롬이 엇져다가 崔만경 솜시에 提手가 되야셔요
先生님 슈단으로 李슈일 沈순익 두 사롬 시이에 고목이 更逢春케 ᄒ심을
伏視(복시)이옵ᄂ다 우리 每日申報 万万成視耳[31]

　심지어 장겸일이라는 독자는 조중환의 창작 소설인 『속장한몽』을 읽
고 자신의 감동을 적어 보낸다. 이 독자는 조중환이 『매일신보』에 연재
했던 소설인 『쌍옥루』, 『장한몽』, 『속장한몽』을 모두 읽고 각각의 자신의
평을 덧붙이고 있다. 따라서 이러한 독자의 말을 통해 볼 때, 당시 조중
환의 소설에 대해 매우 선호하는 특정 독자들 또한 생겨났다고도 할 수
있을 것이다. 또한 이러한 독자는 적극적으로 자신의 의견을 내세워 "先
生님 슈단으로 李슈일 沈순익 두 사롬 시이에 고목이 更逢春케 ᄒ심을 伏
視"한다며 긍정적 결말을 내어 달라고 요구하기도 했다. 따라서 독자를
적극적으로 끌어들인 조중환과 이상협의 번안소설은 『매일신보』의 판매
부수를 확장시키는 데 큰 역할을 했던 것이다. 또한 이러한 인기 소설의
연재 중에 연극화한 신파극 공연은 더욱더 독자를 흡입했다.

　「긔뎌싱」―슈동 연흥샤에셔, 홍ᄒᆼᄒ는, 유일단 일ᄒᆼ은, 미일신보샤, 평
양지국 쥬최 남션시찰단을, 초뎌ᄒ야, 연극을 관람케 ᄒ랴고, 미일신보에
나는, 쟝한몽 연극을, 공일날밤에, 홍ᄒᆼᄒ다 홉듸다, 연극도 못보던 시연
극이오, 미일신보 반익활인권도 잇스니, 됴흔 긔회 놋치지 말고, 쏙구경을

―――――――――

31) 『속장한몽』 14회 연재중, 『매일신보』, 1915. 6. 12.

가볼스가, 더군다나 리일은, 공일이지[32]

또한 『매일신보』는 신파극 관람의 경우 『매일신보』 독자에 대해 반액 할인권을 제공하여 더 많은 독자층을 유혹했다. 또한 이는 연극 전에 소설을 먼저 보고 내용을 파악할 수 있다는 장점과 연극을 보고 싶은 사람들에게는 반액 할인권까지 제공함으로써 판매 부수를 확장시키는 데에도 큰 영향력을 미쳤다. '이극셩'이라는 한 독자는 "연홍샤, 쟝한몽 연극은, 참 즈미잇습듸다, 사롬은, 엇지 그리도, 만히 드러가는지 미일 여젼ᄒ던 걸이오, 잇흔날브터는 즁편이라지오, 샹편 보고, 즁편 안 볼 슈 잇나, 불가불 일즉언이 가, 보아야 ᄒ겟스니, 할인권 박인 신문이나, 오날은 일즉이 돌이게 ᄒ십시오"[33]라며, 할인권을 얻어 빨리 연극을 보고 싶으니 신문을 일찍 돌려달라고 요구하기까지 한다. 독자들의 직접적인 발언은 그 당시 연극의 인기를 가늠케 한다.

이상협의 번안소설인 『눈물』도 역시 신파극으로 공연되면서 가히 폭발적인 인기를 누렸다. 사진과 함께 실린 『눈물』 연극 현장의 엄청난 인파와 <독자투고란>의 폭발적인 반응은 소설 『눈물』의 인기와 병행된 연극 『눈물』의 대성공이 『매일신보』의 치밀한 판매 부수 확장 전략의 성공과 맞물려 있음을 알게 해 준다.

소설 『눈물』의 애독자들은 소설 재미 그대로 연극을 보겠다고 하거나 "본리 쇼셜을, 질겨 보지 안는디, 우연히 귀 신보의 나는 「눈물」은, 첫 번부터 보앗더니, 엇지 즈미가 잇는지, 참 미일 신문 오는 것이, 더듸여 못 견듸겟셔요, 혁신단 일힝이, 그와 갓치 즈미잇는, 쇼셜 연극을 혼다 ᄒ니, 불가불 한 번 보아야 ᄒ겟습니다"라며 개성에서 올라오겠다는 애독자도 있었다. 또한 자신을 "셔씨부인만 못지 안케, 츰혹혼 사롬"이라 소개한 독자는 할인권을 베어서 꼭 연극을 보러가겠다고 다짐하기도 한다.[34] 연

---

32) '독쟈구락부'(『장한몽』 65회 연재 중), 『매일신보』, 1913. 7. 27.
33) '독쟈구락부', 『매일신보』, 1913. 11. 4.

극을 보기 전 기대에 들떴던 독자들은 연극 구경을 마치고서도 『눈물』 연극에 대한 칭찬에 여념이 없다. '모신사'라고 밝힌 독자는 "인졔부터, 계속ᄒ야 게지될 하권도, 졍신츠려 ᄌ세히 볼 터이니, 그권ᄭ지 맛건든 상하권을 합쳐서, 한 번 연극을, ᄯ ᄒ야주십시오"라고 요청한다. 즉 이 다음 내용부터 소설을 열심히 볼 테니 『눈물』 연재가 마치고 나면 전체를 한 번 더 연극을 해달라며 요구하는 것이다.[35)]

이와 같이 신문에 연재된 소설 자체의 흥미, 소설로 보던 것을 연극으로 보는 재미와 『매일신보』의 신파극 반액 할인권 제공 등은 『매일신보』의 판매 부수를 확장시키는 데 기여하였다. 또한 이는 조중환과 이상협의 번안소설이 『매일신보』의 판매 부수 증가에 많은 영향력을 행사하고 있었음을 알 수 있게 한다. 이러한 1910년대의 『매일신보』의 판매 부수 확장 전략은 1900년대까지 계몽성과 대중성이 만나면서 이루어진 신문 서사문학들의 모습에서, 오락성이라는 측면으로 이행되는 매체상의 정책 변환에서 이루어지고 있다고도 할 수 있다.[36)]

---

34) '독쟈구락부', 『매일신보』, 1913. 10. 26.

35) 그 밖에도 『매일신보』 1913년 10월 28일 '독쟈구락부'에는 다음과 같이 독자들의 폭발적인 반응을 볼 수 있다. 눈물이란 쇼셜은 엇지ᄒ면, 그러케 쇼셜로도, ᄌ미잇고 연극으로도, ᄌ미잇슴닛가, 그런 쇼셜과, 그런 연극이 만잇스면, 참 우리 죠션 풍회에 유익ᄒᆫ 일이, 만켓셔오, 나는 쇼셜져작ᄒ신 이에게, 무ᄒᆫ 감샤ᄒᆫ 뜻을 표ᄒ며, 이후에도 더욱더욱, 우리 샤회 풍화를 위ᄒ야, 그와 ᄀᆺ치, 됴흔 쇼셜을 만히 너이시기를 바람니다 「한인독쟈」 / 눈물연극구경은, 참 눈물이던 걸이오, 부인셕에셔는, 셔로 약됴를 뎡ᄒᆫ듯이 일졔히 우는디 이 사룸은 스나희것만은 눈물이 ᄯ러지던 걸이오 참 그 눈물구경을 ᄒ고 눈물을 안이흘니면 졍말 구경ᄒ얏다구는 못ᄒ겟든 걸이오 「다졍싱」 / 1913년 10월 29일에 연흥샤, 눈물연극은 미일갈스록, ᄌ미가 더 잇던 걸이오, 여러 비우들이 모다 날마다 런습을 썩 잘ᄒ닛가 아마 지됴가 썩 느는 것이지오 「한신스」 / 이 사룸은, 눈물연극구경을 ᄒ랴고 젼위ᄒ야 엇져녁 ᄶᅢ 셔울을 올나왓다가 만원이라고 표를 팔지 안이ᄒ야 홀일업시 하로를 더 묵게 되는디 오늘이나 일즈기가면, 좀 드러가 볼는지오 「인쳔싱」 / 무부기보화는, 스무일헤날 져녁에, 눈물연극구경을 왓다가, 엇지도 그리 만히 우는지, 그 계집이야말로, 참 다졍ᄒ던 걸, 화류계녀ᄌ들은, 인졍이 젹다고 ᄒ더구면은, 보화를, 두고 보면은 그럿치 안턴 걸이오 「풍류랑」 / 나는 눈물연극구경을 갓다가, 부인셕에셔, 일졔히 우는 것을 보면은, 졀로 눈물이, 것잡지 못ᄒ게 쏘다져요 / 「사동싱」.

36) 『매일신보』에서 일본 가정소설 번안에 적극적으로 지원한 데에는 판매 부수 확장

결국 이는 『매일신보』가 일제 기관지로서의 역할 때문이기도 했다. 즉 1900년대까지의 애국계몽적인 내용에서 벗어나 식민지인의 관심도를 단순 오락적인 차원으로 이동시키고자 한 의도였던 것이다. 즉 일제 정책적 차원에서 식민지인들의 시선을 오락적 향락으로 옮기려는 과정 속에서 1910년대 신문번안소설이 등장했다고 설명할 수 있을 것이다.

2. 〈독자투고란〉의 성립과 문자화의 사회적 의미

1) 〈독자투고란〉의 성립과 전체적 양상

1910년대 유일한 신문이었던 『매일신보』는 조선의 신문으로서는 거의 최초라 할 수 있는 근대적인 양식의 〈독자투고란〉을 만들었다.[37] 이

전략과 더불어, 오락성 강화 역시 간과될 수 없는 원인이라 할 수 있다. 김영민은 이를 1900년대의 신문과 1910년대의 신문을 비교하면서 소설사적인 차원에서 설명한다. 즉 1900년대의 신문들은 계몽의 목적을 달성하기 위한 방편으로 서사 자료를 활용했으며 "계몽성과 대중성이 만나는 과정에서 탄생한 것이 1900년대 신문에 수록된 대부분의 서사문학 자료들의 모습"이었다는 것이다. 그러나 1910년 전반기의 『매일신보』는 계몽성에는 큰 관심 없이, 대중성과 오락성 그 자체를 목표로 선택했다고 설명한다(김영민, 「1910년대 신문의 역할과 근대소설의 정착 과정」, 연세대 근대한국학연구소 기초학문연구팀 편, 『한국 근대 서사양식의 발생 및 전개와 매체의 역할』, 소명, 2005, 153면).

37) 1900년대에도 독자투고란은 다양한 방식으로 나타나고 있다. 『대한매일신보』의 경우, 독자투고는 '기서'나 '편편기담', '투서', '사조, 시', '잡보기사' 등으로 다양하게 이루어졌다. 또한 『독립신문』의 경우, '논설', '잡보', '별보', '외방통신난' 등에 게재되었다. 그러나 개인적 투고가 많고, 단독으로 실리는 경우가 대부분으로 다양한 소리의 반영이라기보다는 교육받은 인물들에 국한되어 있었다. 또한 여성 독자보다 남성 독자에게 치중되고, 내용 역시 애국적인 상황이 대부분인 점이 『매일신보』 독자투고란과의 차이점이라 할 수 있다. 따라서 많은 사람의 목소리가 대거 참여하고, 소설이나 문학, 연극, 문화면에 대한 다양한 이야기가 등장하며, 많은 부녀자 계층, 하층 계층이 다양하게 참여한다는 점, 그리고 신문 편집인과의 마찰을 일으키면서 독자들의 권익을 키워 간다는 점에서 『매일신보』 〈독자투고란〉은 앞 시대보다도 근대적인 형태를 띠고 있다고 할 수 있다(김영희, 「『대한매일신보』 독자의 신문 인식과 신문 접촉 양상」, 한국언론사연구회 편, 『대한매일신보연구』, 커뮤

<독자투고란>은 『매일신보』가 한글체로 통합하면서 보이기 시작한다. 『매일신보』의 <독자투고란>은 '塗聽途說'(1912. 3. 1~1912. 8. 23), '四面八方'(1912. 8. 24~1912. 10. 23), '독쟈구락부'(1912. 11. 6~1913. 12. 4), '매일구락부'(1913. 12. 5~1913. 12. 7), '투셔함'(1913. 12. 12~1914. 1. 11), '독자기별'(1914. 1. 13~1916. 2. 15)로 변화된다. 또한 1916년 2월 16일부터 1919년 6월 15일까지는 잠정적으로 폐지되어 이 기간 동안에는 총 36일간 게재되는 데 그쳤다.

[표 1] 1910년대 신문 독자란의 내용 통계

소재	세부 내용	1912년	1913년	1914년	1915년	1916~1919년	총계
문학	조중환	0	2	2	2	0	6
	이상협	0	1	2	5	1	9
	일반문학	0	1	4	0	2	7
	제반출판	4	0	3	0	0	7
연극	조중환 / 이상협	0	10 / 11	5 / 4	3 / 0	0	33
	신파극 / 비판 / 칭찬	0/0/3	4/1/4	3/0/2	1/1/0	1/0/2	22
	일반연극 / 비판 / 칭찬	11/3/1	5/1/0	4/3/6	9/1/0	1/1/0	46
	기생연주회 / 비판 / 칭찬	8/0/1	9/2/5	12/9/4	6/4/1	4/0/1	66
극장	일반	3	15	15	10	1	44
	비판	8	56	40	31	7	142
	칭찬	5	4	19	1	0	29
남성 비판	일반	16	94	146	148	18	422
	여성입장에서 비판	10	21	14	5	2	52
일반 여성 비판	일반	13	51	51	35	3	153
	기생, 밀매음	15	127	146	115	14	417
	첩	4	6	5	10	0	25
	여학생	1	22	9	2	1	35
	바람피우는 여자	5	15	32	8	3	63
이혼	이혼	0	8	11	4	1	24

니케이션북스, 2004, 339~387면 / 서순화, 「『독립신문』의 독자투고 연구」, 충남대 박사논문, 1996, Ⅲ장 Ⅳ장 참조).

여성 관련	밀매음녀, 기생 자신	4	13	10	3	0	30
	일반 기생 관련	6	8	17	22	3	56
	여성 관련	7	3	3	5	0	18
신문 관련	신문사 칭찬, 옹호	28	60	28	59	5	180
	신문 효용	8	0	3	0	1	12
	신문사비판	0	6	7	4	1	18
	신문 관련	27	63	69	54	21	234
일제 옹호	일제옹호	57	10	21	18	2	108
	일제일반정책관련	0	2	1	3	0	6
	일제여성정책	5	0	0	0	0	5
일제 비판	일제비판	3	0	4	1	1	9
	문명, 신식 비판	0	0	10	1	0	11
	구식, 구습 옹호	0	1	1	0	0	2
	물가폭등, 빈곤	46	31	23	36	15	151
사회사 비판	일반	91	263	269	351	80	1054
	자식관련	6	9	8	3	0	26
	구습	8	11	8	5	1	33
	위생	20	49	47	66	19	141
	도박, 노름	7	29	33	35	10	114
	술, 방탕	22	60	79	112	29	302
	학생 비판	3	33	0	12	3	51
	관공서, 이장 면장 비판	0	1	0	5	0	6
	미신 비판	2	12	17	19	5	55
	당국에 대한 요구	1	2	2	2	6	13
일반 사회일	일반 사회일	77	160	130	190	43	600
	문명, 자선가 칭찬	39	31	9	135	18	232
	열녀, 효녀 칭찬	1	2	1	4	0	8
학교 관련	학교	6	12	8	40	6	72
	여성 교육	1	6	4	3	0	14
	학교관련 비판	0	3	2	3	0	8
기타	날씨	14	38	22	51	8	133
	농사	8	12	4	10	1	35
	개인사정	17	23	24	3	3	70
	기타	3	0	0	0	0	3
총계		628	1425	1336	1489	344	5222

　　1910년대 『매일신보』 <독자투고란>의 내용을 살펴보면, 위의 표와 같이 정리해 볼 수 있다. 『매일신보』에서 <독자투고란>이 처음 시작한 연도인 1912년에서 1919년까지 독자투고 개수는 총 5,222개였다. 연대별로 볼 때, 1913년과 1915년이 유독 독자란이 많은 것을 알 수 있다.

[표 2] 1910년대 신문 독자란의 내용 통계 도표

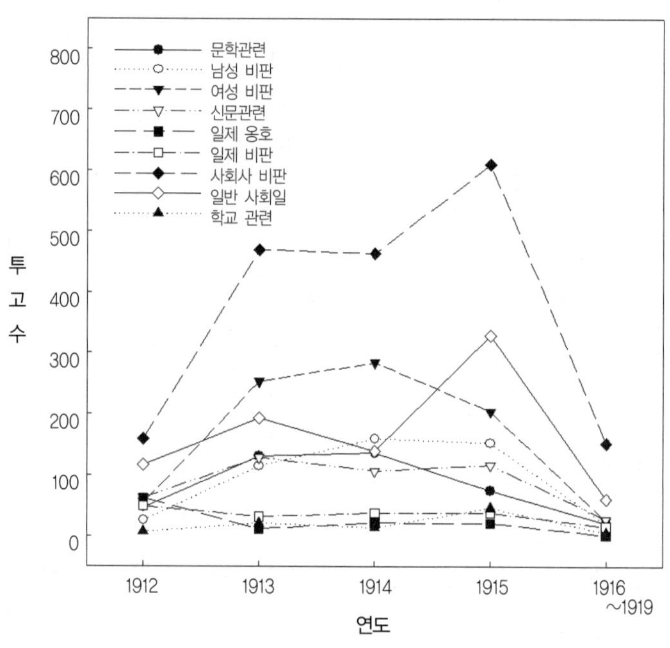

　　[표 2]를 보면, <독자투고란>에 투고한 내용의 대부분이 사회사 비판이었음을 알 수 있다. 여성 비판의 경우는 1913년과 1914년에 가장 많았다가 다시 하향 곡선을 그리고 있다. 즉 시간이 지날수록 여성에 대한 비판이 줄어들고 있음을 알 수 있다. 실제 그 내용상의 분포를 보면, 사회사 비판이 총 1,796개로 전체 양의 약 34.4%를 차지하고 있다. 여성 비판은 총 718개로 약 13.8%, 남성에 대한 비판은 그 보다 적은 474개로 약

9.1%로 나타난다. 문학, 연극 관련은 411개로 약 7.8%, 일제 옹호가 108
개로 약 2.1%, 일제에 대한 비판이나 사회에 대한 불만이 약 3.3% 정도
로 나타나고 있다. 따라서 사회상의 비판이나 여성, 기생 관련 비판이 그
대부분을 이루고 있다고 해도 과언이 아니다.

[표 3] 지방 독자층의 연대별 투고량

	1912년	1913년	1914년	1915년	1916~1919년	총 계
평안남도 / 평양	5	8	5	12	7	27
평안북도 / 의주	0	35	27	18	1	81
황해도 / 개성	4	57	13	42	7	123
함경남도 / 함흥	0	8	11	25	5	49
경기도 / 인천	14	92	39	34	16	195
충청북도	1	0	2	2	1	6
충청남도 / 공주	0	0	0	18	3	21
전라북도	0	0	1	5	3	9
전라남도 / 제주	3	3	11	7	0	24
강원도	0	2	7	7	1	17
경상북도 / 대구	2	2	0	3	6	13
경상남도 / 진주	0	5	22	49	6	82
일반 지방	4	6	2	5	4	21
총계	33 (5.25%)	218 (15.3%)	153 (11.45%)	227 (15.24%)	60 (17.5%)	691 총5222개 중(13.2%)

또한 초기에는 각 지방 지국이 제대로 설립되지 못한 단계라서 지방인
이 <독자기별>에 참가할 수 없었다. 대개 지방민은 경기도나 평양, 개성
등 큰 도시 위주로 참여했다. 그러나 『매일신보』가 점점 세력을 확장하
고 판매 부수가 늘어가면서 지방 지국도 많이 설립되자 새롭게 지국이
설립되는 곳마다 독자들의 투고가 이어지게 되었다.

> "나는 항샹 귀샤에 무엇을 줌 젹어보니고 십흐나 데일 방법을 몰나 못흐
> 눈터 다른 싀골긔스는 만히 납듸다만은 우리 강원도의 일은, 도모지 나지
> 아는 고로, 우리네 독쟈들은, 좀 섭섭흐던 걸이오, 방법이 엇더흔가요"[38)]

　강원도의 한 독자는 강원도의 일은 잘 나지 않는다며, 자신 고향의 사람들은 매우 섭섭하다고 신문에 항의를 한다. 그러자 <편집계>는 "무슨 일이든지 확실한 일은 환영"한다며 독려한다. 또한 원산의 한 독자는 "함남지국 스무실을 원산으로 옴겨온듸요, 원산도 발전하겠군"이라고 하면서 원산에 지국이 생긴 것을 기뻐하기도 한다. 다른 함남 사람은 "요스히 눈, 함남쇼식이, 만히 잇셔 엇지 즈미잇눈지 지국에 게신 기자샹, 아조 고마워요, 그 중 즈미눈 삼면이야"[39)]라고 하면서 지국이 생기면서 '독자기별'도 재미있고, 자신들의 지방 소식이 실리게 된 것에 대해 좋아한다. 즉 이렇게 지방 소식을 많이 싣는 것은 지방민에 대한 독자층의 확대와 판매 부수 확장을 위한 『매일신보』의 또 다른 전략이었다. 따라서 1915년 1월 30일부터는 '긔별係'에서는 서울 독자에게 미안하지만 지방에서 온 것을 먼저 내겠다고 광고를 내고 지방에서 온 투고만 싣게 된다. 1월 30일의 경우 인천, 안성, 의주에서 온 것, 1월 31일에 경우는 진주, 의주, 평양, 개성, 대구, 통영 등 서울 지역은 완전히 배제시키고 지방만 실음으로써 지방 독자들의 호응을 얻고자 했다. 함흥이나 진주의 경우, 지국을 세워 달라는 요구도 빈번하게 나왔다. 또한 그러한 요구 이후 독자들은 활발하게 투고를 하기 시작했다. 분포도상으로 볼 때, 지방의 비중이 서서히 늘어가고 있었으며 <독자투고란>에서 아주 빈번하게 지방 통신이 나타났다. 이는 독자가 서울, 경기에만 한정된 것이 아니라 전국적으로 분포하고 있었음을 보여 주는 것이다.

　이렇게 <독자투고란>에서 지방 독자의 비율에 신경을 쓴 것도 판매

---

38) '독자기별'(『단장록』 연재중), 『매일신보』, 1914. 1. 21.
39) '독자기별'(『단장록』 연재중), 『매일신보』, 1914. 4. 30.

부수를 늘리기 위한 전략으로 볼 수 있다. 자기 고장의 이야기는 잘 보이지 않는다고 더 많이 내어달라는 건의가 심심치 않게 나타나고 있고,『매일신보』입장에서도 지역민의 흥미를 유발하기 위해서 이러한 요구를 적극적으로 수용했을 것이다.

[표 4] 여성으로 명시화된 독자투고

	1912년	1913년	1914년	1915년	1916~ 1919년	총 계
귀부인	3	3	1	2	0	9
일반 부인	28	43	31	17	5	124
빈가부	4	1	3	0	0	8
여학생	2	8	2	0	0	12
기생	8	15	10	3	2	38
늙은 하녀	0	3	3	1	0	7
일반 하녀	2	8	3	0	0	13
처녀	1	1	0	0	0	2
과부	4	2	0	0	0	6
첩	7	2	1	1	0	11
밀매음녀	7	5	0	0	0	12
뚜쟁이	1	0	0	0	0	1
하이칼나(신여성)	1	2	0	0	0	3
여러 번 결혼, 이혼녀	1	1	1	0	0	3
여광대	0	1	0	0	0	1
승녀	0	0	1	0	0	1
총 계	69	95	56	24	7	251(4.8%)

한편 성별 비율로 볼 때, 여성으로 명시화된 독자투고의 양은 250개로, 약 4.8% 정도에 미치고 있다. 또한 1913년을 최고치로 해서 그 이후는 점점 줄어드는 양상을 보여준다. 그렇다면 갈수록 여자 독자층은 줄어들었다고 생각해야 하는가? 이는 [표 1]에서 남성 비판 항목의 변화 추이와 함께 생각해 볼 필요가 있다.

사회사의 비판은 대체로 여성의 성적 타락이나 이혼 등과 같이 질서를 파괴하는 여성에 대한 비판이 주를 이루고 있다. 전체 <독자투고란>이 해를 거듭할수록 증가한 만큼 여성 비판적인 독자투고 역시 증가한 것은 당연하다. 그러나 1914년 이후부터 남성 비판이 급격하게 늘었다는 점은 여성 비판을 가하는 목소리와 함께 남성에 대한 불만의식도 같이 표출되고 있었음을 시사해 준다. 이렇게 볼 때 실제로 자신이 여성임을 밝힌 독자들보다 자신의 성정체성을 숨긴 채, 은근히 남성을 비판하는 여성들이 많았다고 볼 수 있다. 그리고 내용상으로도 바람을 피우거나 첩을 둔 남성, 본처를 내쫓은 남성에 대한 비판의 강도가 매우 높고, 부녀자를 희롱하는 남성 역시 자주 언급되고 있다. 살기 어렵다고 불평하는 것과 김치 담가 먹을 돈이 없다거나 쌀 사 먹을 돈이 없다는 것은 집안일을 담당하는 여성의 입장에서 쓴 것이라 할 수 있다. 그렇다면 여성임을 명시하지는 않았지만, 익명성을 유지한 채 남성에 대한 비판을 끊임없이 가하고 있었던 여성 독자들이 해를 거듭할수록 늘어갔음을 미루어 짐작할 수 있다.

[표 5] 여성으로 명시화된 독자 투고 도표

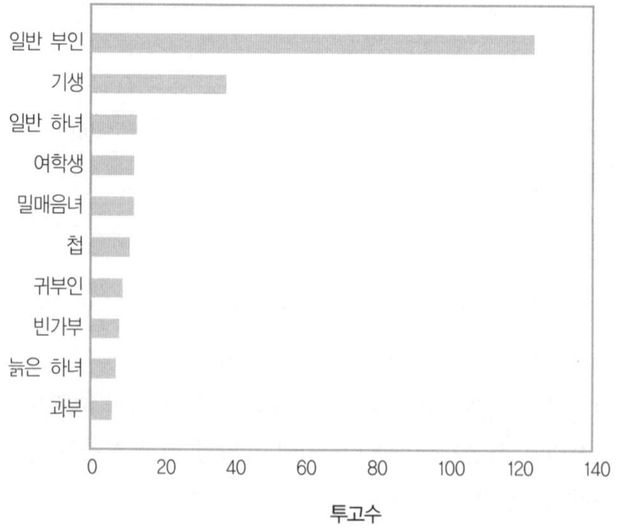

자신을 여성으로 밝힌 경우에도 일반 여염집 부인이 132명으로 여성 전체의 약 52.6%를 차지하고 있다. 또 한편으로는 남성이나 사회적으로 끊임없이 비판받는 당사자들이 자신의 목소리를 거침없이 내어놓기도 한다. 행실이 부정하거나 기생, 밀매음녀의 입장에 있는 여성이 총 69명으로, 여성 전체의 27.5%를 차지하고 있다.

사실 1912년 초기의 경우, 『매일신보』의 <독자투고란>이라 하더라도 신문사의 편집진이나 기자가 개입하는 경우도 많았다. 즉 이런 경우는 하루 분량 전부가 각각의 대화로 이루어져 있다거나 문답식 혹은 일제 찬양 등과 같은 내용이 반복적으로 나오는 것을 확인할 수 있다. 또한 독자들이 물가가 비싸서 살기 힘들다고 끊임없이 불평을 해댈 때, 편집자가 개입하여 교화하고 변명하는 경우도 있었다. 한 예로 1912년 7월 3일의 경우, 문답 형식으로 이루어져 있는데, 탐관오리에서 벗어난 것을 기뻐해야 한다면서 쌀값 오르는 것을 탓하지 말고 더욱더 부지런해져야 한다고 역설한다. 따라서 초기 <독자투고란>은 정책을 알리는 것과 민심을 알아보고 조선인의 불만을 달래는 기능도 하고 있었다.

<독자투고란>이 <도청도설>의 이름으로 나온 1912년 전반기의 경우, 이러한 편집진의 교화, 계도의 목소리는 44번 가량 보이고 있다. 1912년 8월 23일 「愛讀者」는 "귀보, 도쳥도셜을, 하도 오리 드르닛가, 지리흔 싱각이 좀 싱기오, 인져는 다른 말삼, 좀 드러봅시다그려"라고 말하면서, <도청도설>에 대한 불만을 토로한다. 이에 대해 「本報係」는 "도쳥도셜은 지금도 한이 업소만은, 이독쟈게셔, 모쳐럼 쳥ᄒ는 것을, 안이 듯겟소, 리일브터는 다른 문톄로 곳쳐보지오"라며 그 발언을 수용한다. 그래서 8월 25일부터는 <사면팔방>으로 이름을 바꾸지만 그 내용은 크게 달라지지 않았다. 이러한 전체 분위기가 바뀌는 것은 1912년 11월 6일부터 새로운 이름으로 단장한 <독자구락부>에서이다. 즉 편집자의 개입이 아닌 독자의 소리로만 이루어지고, 편집자는 신문에 직접 물어오거나 경계하는 일이 있을 경우, '일계원', '계원', '계', '편집계' 등의 명칭을 명시하여

대답하는 형식을 취한다. 1915년 1월 21일에 '독자대표'라고 자신을 명시한 한 독자가 "요스히 귀보 독자기별을 보온 즉 주미가 잇셔야지오 일반이 먼져 보기는 독주긔별인디 주금으로는 주미잇도록 너여쥬셔요"라며 편집계에 요구한다. 그러나 1912년과는 달리 편집진은 "누구는 주미잇게 너일 쥴을 몰으겟소만은 독자기별은 일톄 독쟈의 츠지닛가 아모조록 주미잇게 흐야 쥬시구려"로 응답한다. 이미 성숙한 독자들 앞에서 1912년처럼 허구로 지어낼 수는 없는 상황이었기 때문이다.

이러한 <독자투고란>은 3면에 위치하면서 단연 여성들의 인기를 끌었다. 『매일신보』의 편집 방식은 1면과 2면은 국한문체인 반면, 3면은 순한글체를 중심으로 사회의 사건·사고 소식이나 혹은 기생 등의 이야기와 같은 흥밋거리를 실었다. 이러한 신문의 3면의 특징상, <독자투고란> 역시 같은 맥락에서 한문보다는 한글에 익숙한 여성들이 읽기 좋았을 것이다. "우리 마누라는 귀보만 오게 되면 독자기별만 보기에 골몰이야"(『매일신보』, 1914. 12. 25)라는 독자투고를 통해 <독자기별>이 여성에게 인기가 있었음을 확인할 수 있다. 심지어 <독자기별란>이 "웨 확장이 못되는지"(『매일신보』, 1915. 1. 26)라며 항의하기도 했다.

끊임없이 사회의 문제점을 비난하고 불평의 소리를 쏟아내자, 편집계가 적극적으로 그러한 글들을 내지 않겠다며 경고한다.[40] 사실 이러한 비판들은 귀족이나 관공서 직원들에게 대해서도 이어졌고, "감안히 잇난

---

40) 이러한 경고의 말들은 1915. 1. 28 / 1915. 2. 4 / 1915. 7. 23 / 1915. 12. 15 / 1916. 11. 21 / 1918. 9. 19 / 1918. 12. 14 등에서 끊임없이 나타나고 있다. 그러나 이미 독자들의 수준은 『매일신보』의 울타리를 넘어서고 있었다. "본인도 귀보롤 익독흐는디 데일 먼져보는 것은 독자기별이온 바 사룸의 무음이 엇지면 그런지 쏙 누구를 히치고 공격을 하여야 참 주미가 잇다고 흐고 그럿치 안으면 볼 것이 업다고들 흐기에 본인은 대단 불가홀 줄을 권고흐엿셔요 엇져면 쏙 공격흐는 것만 됴와흐는지 모르겟슴니다"(「일애독자」, 1914. 12. 27)라는 한 독자의 글을 통해 독자들이 얼마나 그러한 욕들을 재미있어 하고 속시원해 했는지 알 수 있다. 특히 해가 거듭될수록 남성들에 비판이 늘어났다는 점에서 많은 여성 독자들의 대리만족 역시 일으켰을 것으로 예상된다.

사룸도 공연히 건디린단 말이야"[41]라며 사실 무근의 이야기도 속속들이 이어져 나왔다. 따라서 매일의 독자란의 글에서 마지막 글 한 개씩은 사실무근이라며 억울함을 호소하는 글들로 이루어져 있다. 심지어는 비판 전문인까지 나타난다.[42] 이러한 상황은 조선에 문명을 주었다는 일본 식민주의의 정당성을 위협하고도 남았다. 세상이 문명화되면 될수록 사회가 나빠지고 도덕적으로 문란하며 가난 때문에 살기가 어렵다면, 아무리 봉건주의에서 해방되었지 않느냐고 『매일신보』가 주장한다 하더라도 식민지 조선인들의 불만을 잠재울 수는 없었을 것이다. 따라서 『매일신보』는 1916년 2월 16일을 끝으로 1919년 6월 16일까지 식민지의 질서와 안정화를 해치는 〈독자투고란〉을 잠정적으로 폐쇄할 수밖에 없었다.

2) 신문 독자의 문자화와 잠재적 소설 독자로서의 의미

1910년대의 번안소설의 특징은 『매일신보』의 판매 부수 확장을 위한 전략적 차원에서 출현한다는 점이다. 즉 대표적인 번안소설 대부분이 『매일신보』를 통해서 발표되고 있다. 또한 그 통로 역시 일본에 의한 것이었다. 이는 『청춘』에 드러나는 번역문학들과의 차이를 보인다.[43] 1910년대 『청춘』에 실린 서양 문학은 외래어 표기나 지명, 이름까지 최대한 살린 것이면서 동시에 내용적 면에서도 가정소설과는 거리가 먼 인간 자체에 대한

---

41) 「願望子」, 『매일신보』, 1915. 3. 5.

42) 「淸進洞一妓」 "귀보를 련속 구독ᄒ올 ᄯᅢ마다 감샤ᄒᆫ 말숨이야 엇지 다 엿즈오릿가 한 가지 말숨ᄒᆞᆯ 바는 엇던김○규는밤낫업시 비가 오나 눈이 오나 기싱집단이기를 한 직업으로 알고 공연히 기싱험담이나 ᄒᆞ며 일업시 괴롭게 ᄒᆞ기 ᄯᅢ문에 참 기싱된 이 사룸은 진정죽겟셔요 엇져면 남즈로되야셔 그 모양인지"(『매일신보』, 1915. 2. 11)

43) 최남선은 『청춘』에 『너 참 불상타』(유고, 1호 부록, 1914. 10), 『갱생』(톨스토이, 2호, 1914. 11), 『실락원』(밀턴, 3호, 1914. 12), 『돈기호전기』(세르반테스, 4호, 1915. 1), 『켄터베리기』(초서, 6~9호, 1915. 3~1917. 7)를 연재하였다. 한기형(「최남선의 잡지 발간과 초기 근대문학의 재편」, 『대동문화연구』 45집, 성균관대 대동문화연구원, 2004, 229면)은 이러한 최남선의 태도를 근대 한국문학이 따라야 할 서양 고전의 전범을 보여준 것으로 설명한다.

고민이 담겨 있다. 이에 반해『매일신보』에 실린 소설들은 원전에 대한 철저한 번역이라기보다는 대체로 각색과 번안적 요소가 강했다. 또한 창작이라 하더라도 작가들 스스로 번안한 소설의 아류 정도로 나타나 넓은 의미에서 보면 번안적 차원에 머물고 있다. 이러한 오락 위주의 번안소설이 전략적으로 실린 것은 최초였기 때문에 이 번안소설의 독자 혹은 더 확장하여『매일신보』의 독자의 성향 역시 독특한 방식으로 드러나게 되었다.

먼저 신문의 <독자투고란>은 '塗聽途說'(1912. 3. 1~1912. 8. 23), '四面八方'(1912. 8. 24~1912. 10. 23), '독쟈구락부'(1912. 11. 6~1913. 12. 4), '매일구락부'(1913. 12. 5~1913. 12. 7), '투셔함'(1913. 12. 12~1914. 1. 11), '독자기별'(1914. 1. 13~1916. 2. 15)로 변화된다. 초기에는『매일신보』 정책과 일본의 문명성 등을 찬양하는 내용이 많았다면, 점점 매음 고발, 남녀 학생들의 음란함, 연극장의 더러운 소문, 기생 관계 이야기 등이 주류를 이루었다. 이러한 모습은 아이러니하게도『매일신보』 스스로가 조선의 아노미 상황을 고발하던 것으로 독자들이 이에 재미를 느끼며 그 기사들을 모방하기 시작하면서 나타났다.

<독자투고란>은『매일신보』의 판매 부수를 늘이고자 벌였던 여러 정책들 중 하나였다. 그러나 일제 강점 후 안정기라 할 수 있는 1915년 이후에도 사회가 안정되지 못하고 <독자투고란>에 강점 초기의 조선의 아노미적 상황이 그대로 재현되자 일제와『매일신보』는 <독자투고란>을 매우 경계하게 되었다. <편집계>에서는 여러 차례 사회의 모범될 만한 이야깃거리를 투고하라고 경고한다. 그렇지만 독자들은 여전히『매일신보』 편집진의 기대와는 반대로 사회 전반에 대한 비난과 음란함, 범죄, 기생 문제들을 계속해서 이야기한다. 그래서『매일신보』는 <독자투고란>을 1916년 2월 16일부터 1919년 6월 15일까지 3년 4개월간 잠정적으로 폐쇄시키고 만다. 그러나 이 사이에 <독자투고란>은 완전히 폐쇄된 것이 아니라 총 36번 정도 게재되었다가 폐쇄되기를 반복했다.44)

폐쇄되기 전인 1916년 2월 16일 이전이나 다시 정규적으로 게재된 1919

년 6월 16일 이후는 거의 매일 <독자투고란>이 『매일신보』에 나왔다. 이러한 상황과 비교해 보면, 3년 4개월 동안 36번의 <독자투고란>의 등장은 독자들의 원성을 잠재우기 위한 임시방편에 불과했음을 알 수 있다.[45] 또한 이렇게 꾸준히 게재되지 못했다는 것은 <독자투고란>의 내용이 일제 혹은 『매일신보』의 정책과 상이했음을 단적으로 보여주는 것이다.

<독자투고란>이 폐쇄된 가운데 간혹 나오던 투고란에서 <편집계>는 요즈음 '독자기별'을 다시 냈는데, 독자들의 투고가 매우 나쁜 쪽이라며 비판한다. 밀매음이나 남의 단점을 들추어내는 등의 말은 싣지 않겠다고 하면서, "시디를 쏫츠 도덕심으로 모범될만흔 것을 긔록호야 보늬기를 바"란다고 경고한다.[46] 이 도덕과 모범적인 이야기는 바로 '신문지법'에서 요구하는 '온건타당'한 말을 의미한다. 특히 주의해서 볼 것은 <편집계>에서 "시대를 좇아서" 사회에 덕이 되어야 한다는 것인데, 이미 이 말은 지금의 세상이 매우 문명화된 질서정연한 상태라는 것을 전제한다. 이렇게 <편집계>가 단단히 주의를 준 후에도, 당국이나 자선가들에 대한 칭찬보다는 사회 비판과 조선 사회의 무질서함을 고발하는 내용이 많이 등장한다.[47] <편집계>가 스스로 그러한 비난과 비판의 말들은 싣지

---

44) 1916년의 경우, <독자투고란>이 3. 31 / 5. 27 / 6. 2 / 6. 4 / 6. 9 / 7. 16 / 11. 17 / 11. 18 / 11. 19 / 11. 21 / 11. 23 / 11. 25 / 11. 28 / 11. 29 / 12. 1 등으로 총 15번 나온다. 3월에 1번, 5월에 1번, 6월에 3번, 7월에 1번, 11월에 8번, 12월에 1번으로 대개 1번 정도에 그치고 그 1번조차 나오지 않은 달도 4달이나 되었다. 1917년의 경우는 단 한편의 <독자투고란>도 실리지 않았다. 3. 2 / 3. 3 / 3. 7 / 3. 13, 3면에 <사면팔방>이 실려 있지만, 독자가 직접 참여한 것이 아니라, 기자가 들은 말을 써 놓은 "누가─했다더라" 형식으로, 잡다한 내용의 전달 정도이다. 1918년에는 9. 19 / 9. 20 / 9. 21 / 9. 22 / 9. 28 / 10. 3 / 10. 6 / 10. 8 / 12. 14 / 12. 15 / 12. 17 / 12. 19 / 12. 20 / 12. 21 / 12. 22 / 12. 23 / 12. 26으로 총 17번 <독자투고란>이 나타난다. 9월에 5번, 10월에 3번, 12월에 9번 나오며, 9개월간은 단 한편도 나오지 않았다. 또한 1919년에는 1. 9 / 1. 17 / 1. 18 / 1. 21로 1월에만 총 4번이 실린 후, 1919년 6월 16일까지 또다시 폐쇄된다.
45) 1916년 6월 16일부터 다시 등장하는 <독자기별>의 게재상황을 보면, 6월에 16일 이후 13번, 7월에 27번, 8월에 24번으로 그 이후는 거의 빠지지 않고 게재되고 있음을 알 수 있다.
46) 「係」, 「투셔함」(<해왕성>(171회 연재중)), 『매일신보』, 1916. 11. 21.
47) "일뎡훈직업이업눈쳥년비들이" "가옥도디미미 뎐당ᄒ기에 싱밋친놈짓ᄒ며 부정훈

않겠다고 했음에도 불구하고 <투셔함>에 실린 내용이 이와 같다면 다른 투고의 내용들은 이보다 더 심했음을 알 수 있다. 결국 <독자투고란>은 <편집계>의 경고 후 며칠 안 되어 다시 폐쇄된다.

1916년 12월 1일 이후 다시 1년 9개월 동안 전혀 볼 수 없었던 <독자투고란>이 "독쟈 여러분의 간절훈 희망을 져바리기 어려워"(1918. 9. 19) 다시 시작되었음을 <편집계>의 글을 통해 알 수 있다. <독자투고란>이 도리어 『매일신보』 정책에 위험요소가 되어 폐쇄하였으나, 이를 재개한 것은 독자들의 강력한 항의 때문이었다고 할 수 있다. 1918년 10월 8일까지 띄엄띄엄 8번 가량 게재되던 <독자투고란>이 또 폐쇄되자 독자들의 원성은 강도가 세진다. 「직동학싱」이라는 독자가 "각금 독쟈구락부에 쟈미스러운 말을 긔별ᄒ야 드리건만은 잘 니여주지 안이"한다며 원망하자, <편집계>는 "안령과 풍속에 거릿기지 안이ᄒ는 긔사"(『매일신보』, 1918. 12. 14)만 내겠다며, '신문지법'에서 요구하는 정책을 똑같이 반복해서 이야기한다. 이후 『매일신보』 역시 독자들의 원성에 어쩔 수 없이 며칠 <독자기별>을 내지만, 그 내용은 쌀값이 올라 살기 어려운 경기와 비싼 석유값, 여러 사회 각처의 문제점의 토로로 나타난다. 사실 3·1운동 직전인 1918년 말과 1919년 초의 상황은 사회 전체를 불안하게 했을 것이다. 간혹 등장하는 엄격하게 사전검열이 된 <독자구락부>에서조차 그러한 사회 분위기를 느낄 수 있다.

『매일신보』의 독자들, 즉 <독자투고란>에 등장하는 독자들은 1910년대의 독특한 상황 속에서 소설의 잠재적 독자가 되었다. 즉 『매일신보』가 유일한 신문이었다는 점, 조중환의 번안소설이 인기를 얻어감에 따라 <독자투고란> 역시 확장되어 갔다는 점, 순한글체를 사용한 4면에 번안

일이 충싱쳡쥴훈단말"「警告生」(『매일신보』, 1916. 11. 21) / "경셩너무뢰잡비들이사룸팔아먹기에이골이나셔아죠야단"「告發生」(『매일신보』, 1916. 11. 25) / "됴션의 쇼위 연극이라는 것을보면 도리혀사회를히치며 풍긔를문란케ᄒ야 그폐히가막심훈모양"「慨嘆生」(『매일신보』, 1916. 11. 28) / "이세상 풍긔는엇더케되야그런지 전에못보던부모거러지판질과 혈죡간지판질이왕왕히잇슴듸다그려"「痛歎生」(『매일신보』, 1916. 11. 29) / "통영시너에는근일도젹소문"「統營注意生」(『매일신보』, 1916. 11. 29)

소설을 실음으로써 독자층이 대중화되었다는 점, 그리고 그 4면에 번안소설과 <독자투고란>이 함께 실렸다는 점 등은 이 <독자투고란>의 독자들이 번안소설의 잠재적 독자라는 사실을 시사하는 바이면서 동시에 소설 독자들의 성향을 그들의 성향을 통해 재구해낼 수 있게 한다.

『매일신보』의 강력한 정책 하에서 독자층은 활기를 띠어가고 있었다. 1910년부터 12년까지의 『매일신보』의 정책은 미개한 조선 상황의 고발을 통해 식민지 지배의 합리화를 꾀하고 있었다면, 1914년에서 1915년, 식민지가 안정화되어야 하는 중기에 이르면 식민지의 혜택을 강조하는 것으로 나타난다. 따라서 초기에는 조선의 일탈된 상황이 식민지 지배에 대한 합리화의 도구가 될 수 있었다면, 중기에는 이러한 상황이 도리어 역전되어 식민지 안정화를 뒤흔들 수 있는 위험요소로 변하게 된다. 급기야 『매일신보』는 식민지인을 교화하는 효·열에 관한 기사를 싣고자 하나 독자들의 반응은 전혀 다르게 나타난다. 독자들은 매음기사가 왜 없느냐, 연극장 기사가 왜 없느냐 등의 질문과 함께 "연극장 더러온 소문이, 날마다 나는터" "긔샤에셔는, 아모 말슴이 업스니 웬일"[48]이냐며 질타하고, '편집계'는 며칠 더 지켜보겠다는 식으로 발뺌한다.

이러한 기사들에 대해 『매일신보』가 거부하자 독자들은 독자의 소리를 통해 사회 전반을 고발해낸다. 물론 그러한 일탈적 기사에 재미도 느끼고 있다. 특히 "제일 걱정되는 것은, 남녀간 학싱들, 틈틈이 찌여 안즌 것"[49]이라며, 연극장을 둘러싼 행태에 대해 연일 많은 이야기가 쏟아져 나온다. 따라서 『매일신보』는 그러한 "계집의 말이 안이면 남을 욕흐는 말"은 소용이 없다며 "세상 사롬의게 모범될 만흔 일"[50] 등의 교화적인 내용을 실어달라고 하지만, 독자들은 편집자가 원하는 모범적인 일보다는 일탈된 사회상에 대해 끊임없이 투고한다.

---

48) 「탐보즈」, '독쟈구락부'(<장한몽> 82회 연재중), 『매일신보』, 1913. 8. 17.
49) 「긔탄싱」, '독쟈구락부'(<장한몽> 98회 연재중), 『매일신보』, 1913. 9. 5.
50) 「독자긔별계」, '독자기별', 『매일신보』, 1915. 7. 23.

　심지어 이러한 독자의 소리에 대한 열성적인 독자마저 생기고, 독자의 소리에 게재되지 않자 항의하는 독자[51]도 나타난다. 그들에게 있어서 독자가 스스로 신문 매체에 글을 싣는다는 것은 새로운 흥밋거리였다. 기자들의 시각으로 본 세상이 아니라 자신들의 눈으로 본 세상을 그려낸다는 것에 대한 놀라움이었고, 동시에 자신들이 근대적 매체에 참여하고 있다는 기쁨 역시 누리고 있었다.

　소통되는 것에 대한 새로움으로, 독자들끼리 대화를 나누기도 한다. 1913년 12월 5일자 『매일신보』의 독자란에 「동감싱」이라는 독자는 "어계독쟈구락부에 쇼개ㅎ신, 불평긔의 투셔논, 참 샹쾌ㅎ옵듸다"라며 앞서 불평등하게 대우하는 연극장의 문제를 투고한 독자에게 공감을 표한다. 이러한 투고를 보면 당시 성장하고 있던 독자층의 모습을 볼 수 있다. 신문연재소설을 통하여 신문과 연극장이 연계됨으로써 많은 독자들이 관객과 서로 교차되는데, 이 때문에 연극장의 문제는 민감하게 독자층에게 다가오게 된다. 따라서 신분이나 경제력에 따라 불평등하게 대우되는 연극장의 문제는 근대화되어가고 있는 독자들에게는 불쾌하게 느껴지는 것이다. 따라서 서로가 이를 불평하고 고발함으로써 독자들끼리는 서로 교감을 주고받게 되었던 것이다. 이것은 독자들이 매체를 통하여 영향력을 행사할 수 있게 된 것을 의미한다.[52] 결국 이들의 끊임없는 불평 불만과 일

---

51) "여보시오, 나는 귀보 삼면의, 독쟈구락부를 아조 편기로, 환영ㅎ고 질겨ㅎ논듸, 각금 가다가, 궐ㅎ는 째가잇는 것은, 아조졔발이야오, 아모조록, 하로라도궐치마시고, 줄곳너여쥬시기를, 이 사롬은 간절히 바라나이다."(「일구락부원」, '독쟈구락부'(<장한몽> 82회 연재중), 『매일신보』, 1913. 8. 17)

52) Harbermas, Jürgen(*Knowledge and Human Interests*, trans. by Jeremy J. Shapiro, Heinemann London, 1972, 175~176면)은 의사소통의 장의 특징을 다음과 같이 말한다. "hermeneutic methods aim at maintaining the intersubjectivity of mutual understanding in ordinary language communication and in action according to common norms. (중략) It makes possible the form of unconstrained consensus and the type of open intersubjectivity on which communicative action depends. ; the vertical one of one's own individual life history and the collective tradition to which one belongs, and the horizontal one of mediation between the traditions of different

탈적 목소리들은 편집계의 제재를 받다 못해 1916년 2월 16일부터 1919
년 6월 15일까지 <독자투고란>이 폐쇄되는 지경에까지 이르렀다.

그러나 이 폐쇄된 순간조차 36번의 간헐적인 <독자투고란>을 통해 독
자들은 자신들의 불만과 살기 힘든 사정을 토로하기에 이르고, 며칠 재개
되다가 다시 폐쇄되는 상황이 반복한다. 만약 <독자투고란>이 폐쇄된 3
년 4개월 동안 36번 정도 재개를 시도했던 사실이 없었다면, 『매일신보』
의 단순한 민심 수습 정도로 해석할 수도 있다. 그러나 36번의 과정 동안
끊임없이 신문 독자와 『매일신보』 편집진은 싸움을 전개한다. 안녕과 질
서에 위배되는 말을 쓰지 말라는 수십 차례의 경고에도 흔들리지 않고
물가 비싼 상황과 조선 현실에 대한 독자들의 불평과 불만은 편집진이
사전 검열함에도 불구하고 완전히 감출 수 없었다. 검열되어 나온 정도가
36번의 간헐적인 <독자투고란>에 등장하는 불평의 내용인 만큼 식민지
대중은 신문에 드러난 것보다 훨씬 더 삶이 피폐했고, 삶이 피폐한 만큼
저항적이었다. 또한 이미 작동해서 돌아가기 시작한 근대적 의사소통의
장53)으로서의 <독자투고란>의 성향을 『매일신보』는 규제할 수 없었던
것이다. 즉 작동하는 공론장인 의사소통의 장은, 자율적인 성격을 통해

---

individuals, groups, and cultures." 이러한 면은 하버마스가 말하는 의사소통의 장과
맞닿아 있다. 즉 강제하지 않는 동의와 공통감(unconstrained consensus), 열린 간주
관성(open intersubjectivity)을 토대로 자율적인 소통이 일어난다는 것이다. 또한 이
러한 자율적인 소통(의사소통 합리성 : interpretive activities)은 해방에 대한 관심으
로 이어질 수밖에 없음을 시사한다.

53) 하버마스는 하위 문화적 공론장의 개방적이고 융합적인 네트워크 형성에 주목한다.
‘약한’ 공중이 ‘여론’의 운반자”로 역할하면서 어느 정도 자생적으로 형성되며 “이
들이 모두 합쳐져서 결국 완전히 조직될 수 없는 ‘야생적’ 복합체를 형성”한다. 이
공론장은 불평등한 사회적 권력과 구조적 폭력에 의해 억압과 배제를 당하기도 하
지만 그러나 “이 매체 속에서 절차적으로 규제된 공론장에 비해 새로운 문제들이
더 민감하게 지각되고, 자기이해의 담론이 더 광범위하고 더 표현적으로 이루어지
며, 집합적 정체성과 욕구의 해석이 더 자유롭게 표현될 수 있다.” 이러한 점에서
1910년대 <독자투고란>을 중심으로 형성된 하위 계층적 의사소통의 장은 구조적
폭력과 억압에도 불구하고 자신들의 의견과 욕구를 끊임없이 쏟아낸 것이다(위르
겐 하버마스, 한상진 · 박영도 역, 『사실성과 타당성』, 나남, 2000, 374~375면).

미디어의 통제로부터 이탈해 나가서 오히려 『매일신보』의 식민 지배 담론에 균열을 가하기 시작한 것이다.[54]

일제가 공포한 '신문지법'은 일본의 문명성을 강조하는 것으로 조선 강점 후에는 더 강력히 자신들의 식민지화를 정당화시키려고 했다. 일본의 문명성을 알리되, 질서를 교란시키는 말을 해서는 안 된다는 것은 서로 이율배반이 될 수밖에 없다. 일본의 문명성은 상대적 열등을 강조함으로써 부각될 수 있는 문제이므로 조선의 열등한 상황이 전면에 내세워졌다. 그러나 한편으로는 사회의 안녕과 질서를 해치는 말을 금함으로써 이미 그 안에 모순을 내포하고 있었다. 따라서 같은 조선을 비난하는 말이라 하더라도, 조선 총독부 산하 식민주의 담론을 유포하는 『매일신보』의 목소리와 피식민지인인 조선 독자들의 목소리는 전혀 다른 양상이 될 수밖에 없었다. 즉 조선의 독자들의 목소리는, 일제가 조장한 고발을 따라하는 모방적 행위에 불과한 듯이 보였지만 나중에는 일제의 정책을 위협하게 되어 결국 〈독자투고란〉 자체가 폐쇄되는 상황까지 발생했다. 일제의 입장에서 보면, 그들의 정책적 이분법이 오히려 그들 스스로에게 위협으로 되돌아오도록 만들었다고도 볼 수 있다.[55]

또한 이렇게 '문자화'된 신문 독자란의 독자들을 통해 소설 독자의 상을 들여다 볼 수 있다고 할 것이다. 실제로 번안소설이나 『매일신보』는

---

54) 하버마스(위의 책, 454면)는 매스 커뮤니케이션 사회학에서 매스미디어에 의해 공론장이 지배당하고 있는 주장에 대해 다음과 같이 반박한다. "매스 커뮤니케이션 사회학은 공론장을, 행정권력과 사회권력에 의해 침윤되고 매스미디어에 의해 지배당하고 있는 것으로 묘사한다. 그러나 이와 같은 소극적 평가는 정지상태의 공론장에만 해당된다. 공론장이 움직이는 순간, 자신의 입장을 표명하는 공중의 권위를 받쳐주는 그 구조가 진동하기 시작하고 이어서 시민사회와 정치적 체계사이의 세력관계가 달라진다."

55) 호미 바바는 식민주의 문화를 피식민지인들이 모방하는 가운데 탈식민적 저항의 계기가 생성된다고 말한다. 이는 같으나 완전히 같지 않음에서 나오는 차이가 도리어 식민주의 담론을 분열시키는 결과를 초래하는 것을 의미하며 피식민자들이 모방 행위 속에 나타나는 차이를 통해 '불길한 눈의 응시'로 되돌려 줌으로써, 저항의 계기를 형성한다 (호미 바바, 나병철 역, 『문화의 위치』, 소명, 2002, 118~120 · 177~191면 참조).

이 신문 독자란을 통해 식민지 대중의 모습을 파악했을 것이고, 독자의 욕구와 욕망을 이용하여 번안소설이나 신문의 판매 전략을 짰을 것이다. 또한 전체지면이 4면밖에 되지 않는 상황에서 특히 번안소설이 순한글면인 3면에 실린 점 등을 볼 때, 신문 독자들은 잠재적인 소설 독자로 받아들일 수 있을 것이다.

제3장 1910년대 번안소설의 전개 양상

1. 근대적 여성관과 독자의 발견–조중환

일재 조중환(1884~1947)은 일본어 학교였던『경성학당』중학부를 졸업한 뒤 도일하여 '니혼대학'(日本大學)을 마쳤다.[1] 일본 유학을 마치고 귀국한 이후 1907년부터『대한매일신보』에서, 일제강점 후에는『매일신보』에서 기자로 활동했다. 1915년의『매일신보』편제를 보면, 형식상의 한국인 편집장 선우일 아래에, 조중환이 정치·경제를 담당하는 경파주임을, 이상협이 사회·문화 담당인 연파주임을 맡았다. 1917년 조중환이 맡았던 정치·경제 담당의 경파주임이 김환으로 바뀌고, 조중환은 1918년『매일신보』를 퇴사했다.[2] 따라서 조중환은『매일신보』의 경파 주임이었던 1910년대의 전반기, 특히 1915년까지 언론인과 번안소설가로서 최고의 전성기를 누렸다고 할 수 있다.

한편 1912년부터 조중환은 윤백남과 함께 혁신단의 신파극에 불만을 품고 제대로 된 신파극을 보여 주고자 문수성을 창단한다.[3] 이 때 조중

---

1) 조중환의 생몰년과 행적에 대해서는 박진영의「일재 조중환과 번안소설의 시대」(앞의 논문) 참조

2) 정진석,「총독부 기관지 매일신보의 사람들」6, 앞의 글, 50~55면 참조.

환은 일본 신파극의 레퍼토리를 적극 수용하고자 했다. 일재 조중환이 처음 시도한 번역은 『불여귀』(1912)였는데 이 작품은 신파극으로 공연하기 위해 각색 작업을 하는 가운데 나오게 되었다. 이 『불여귀』는 1910년대에 그가 번안한 소설 가운데 유일하게 여주인공이 죽는 비극적 결말을 보이고 있다. 이후 그는 1912년 7월 『매일신보』에 『쌍옥루』를 필두로 일본 신파극의 대본 소설을 번안하여 연재하기 시작한다. 그가 『매일신보』에 번안해 연재한 소설로는 『쌍옥루』(1912. 7. 17~1913. 2. 4), 『장한몽』(1913. 5. 13~1913. 10. 1), 『국의향』(1913. 10. 2~1913. 12. 28), 『단장록』(1914. 1. 1~1914. 6. 9), 『비봉담』(1914. 7. 21~1914. 10. 28), 『속 장한몽』(1915. 5. 20~1915. 12. 26)이 있다. 그의 이런 작업은 1915년 이상협에게 번안소설의 대표자 자리를 내어 줄 때까지 계속되었다.

이 장의 1)에서는 조중환이 『매일신보』라는 일제 기관지에 자신의 번안소설을 실었다는 점과 일본 신파극을 전범으로 삼았던 조중환의 의식과 『매일신보』를 통해 유포된 식민 지배 담론과 결탁하고 있는 측면을 먼저 살필 것이다. 또한 그러한 신문의 정책적 상황이 어떻게 번안소설과 연계되어 나타나는지를 분석해 볼 것이다.

2)에서는 또 다른 한편에서 신문이라는 근대 매체가 독자를 필요로 하고, 그것이 상업적 판매와 연계됨으로써 더욱더 독자의 기호에 신경을 쓸 수밖에 없었던 점을 주목해 번안소설과 독자의 욕망이라는 측면을 살펴볼 것이다. 특히 1910년대 『매일신보』 3면에 나온 사회면 기사들을 통해 당대 식민지인들의 모습을 살펴보고, <독자투고란>에 등장하는 독자의 소리와 연관하여 독자의 욕망을 추출할 것이다. 또한 이 독자의 욕망과 번안소설이 어떻게 연계되는지를 살펴볼 것이다.

---

3) 즉 "닉디에셔 다년 유학ᄒ던 죠즁환(趙重桓) 윤교즁(尹敎重) 졔씨 등이 죠션의 연극이 부픽홈을 긔탄ᄒ고 문슈셩(文秀星)이라ᄂ 신연극을 연구ᄒ야 풍쇽의 모범을 지을 목뎍"(『매일신보』, 1912. 3. 27)을 지녔던 것이다.

1) 가부장제의 확장으로서의 국가관

(1) 일제의 식민지 여성 교육과 신문의 현모양처 담론

1910년대 『매일신보』의 사설은 약 1600여 회에 이르며, 이 중에서 각 계층에 대한 권고 및 경고를 발하고 있는 권고성의 사설은 160회에 달하고 있다. 이러한 권고성 사설은 조선귀족·지방관리·학생·종교계·학교, 심지어는 부랑자들에 이르는 각계각층의 인사들을 그 대상으로 하고 있다. 주된 내용은 이들에게 자신의 직분에 충실할 것을 강조하고, 식민 지배체제에 순종하고 이른바 '신시정'에 걸맞은 새로운 모범 및 행동을 취하라는 내용으로 이루어져 있다. 『매일신보』는 이와 같은 사설을 통해 조속하고 효과적인 식민체제의 정착과 그를 통한 사회 안정을 모색했다고 할 수 있다.[4]

따라서 첫 번째 논설로 「동화의 주의」를 내세워 "일본의 문명훈 정치 아리에서 흠끽 화ㅎ는 디경에 나아가셔 극동의 평화쥬의를 영구히 쩌러지지 아니케"[5] 하자며, 동화를 내세우게 된다. 이러한 정책에는 일본의 근대적 문명을 통해 식민지 조선이 문명화된 근대를 이루어 나갈 것이라는 논조가 들어 있다. 따라서 이러한 정책에 위배되는 일탈적인 행위는 개화해야 할 미개한 것으로 연일 언급되었다. 특히 『매일신보』는 여성이 근대에 가장 큰 혜택을 얻었다고 보고, 식민지인들이 남성과 여성의 문제로 눈을 돌리게 만들었다. 『매일신보』에서 나타나는 여성 담론은 여성을 교육 현장으로 불러내면서 그들을 교육하여 현모양처로 만들려고 한다.[6]

---

4) 심재욱, 「1910년대 『매일신보』의 식민지지배론－조선귀족·지방관리에 대한 사설을 중심으로」, 수요역사연구회 편, 『식민지 조선과 매일신보 1910년대』, 신서원, 2003, 211~213면 참조.
5) 「同化의 主義 (論說)」, 『매일신보』, 1910. 8. 30.
6) 정세화는 일본의 식민지 정책수행에 있어 가장 중요한 수단이 된 것은 교육이라고 보고 있다. 이것은 일본 제국주의가 '동화 즉 황민화'의 사상을 주장함으로써, 후진 민족을 선진 민족화한다는 문화일원적 사상에서 유래한다. 이러한 황민화 사상의 구

　　國民이 獨具한 特性이 有ㅎ야 上自法律道德으로 下至風俗習慣 文學美術
에 一種精神이 不滅ㅎ야 智識也―新ㅎ고 聞見也―新ㅎ고 學術也―新ㅎ고
教育也―新ㅎ야 舊日의 腐敗한 思想을 革祛ㅎ고 今日의 新鮮き 思想을 注
入ㅎ면 古時人物이 今時人物을 作ㅎ야 刮目相對ㅎᄂ 日에 前日吳 下見兒蒙
이 아니될지로다[7]

위의 글은 근대라는 새로운 시대에는 예전의 부패한 사상을 없애고 새
로운 사상으로 혁신해야 한다고 주장한다. 따라서 이러한 새로움을 위하
여 "桃源春日에 探鑽き 舊夢을 忽醒"해야하고, "舞臺春風에 新鮮き 空氣를
飽吸ㅎ며 聯袂疾馳ㅎ면 無限き 樂土"[8]에 있을 수 있다는 논리를 편다. 이
러한 입장에서 내세워지는 것이 조선 여인의 무지였다. 무지한 조선 여인
은 새로운 시대에 맞는 자녀를 생산할 수 없다는 것이다. 동경여자고등사
범학교장과의 인터뷰를 통해 "朝鮮人은 元來로 教育이 減劣ㅎ야 貧賤이
日甚ㅎ더니 數十年以來로 新風潮가 噓入ㅎ야 學校가 振興ㅎ나 家庭의 教育
이 無ㅎ던 人民이라 一朝一夕에 氣質을 變化시키 難き 所以"[9]라고 조선의
가정교육이 없음을 문제점으로 지적한다. 따라서 여자 교육의 시급함을
주장하게 되는데, "孟母가 三遷의 教가 有ㅎ엿스니 婦女ᄂ 家庭에셔 兒童
을 訓化ㅎᄂ 主宰(주재)인즉 絶大き 權威를 抱有き 자라 教育의 捷徑은 女
子教育에"[10] 있다고 여성을 교육 현장으로 불러내고 있는 것이다. 이러한
측면은 자녀 교육에 대한 여성의 역할을 강조하는 것으로 나타난다.

　　凡子女의 模範될 者ᄂ 師보다 愈近ㅎ며 父보다 愈親ㅎ야 直接으로 切近
且親き者ᄂ 母가 是已라…然히 則女子의 教育이 男子의 教育보다 尤急(우
급)き지라 若女子가 常識이無ㅎ면 엇지 此와 如き 重大責任을 負하리오[11]

현은 교육을 통하는 길밖에 없다고 그는 주장한다(정세화,「한국근대여성교육」,『한
국여성사』2, 이화여자대학교 출판부, 1993, 322면).
7)「新思想의 注入(사설)」,『매일신보』, 1910. 8. 31.
8)「改革의 時代 (사설)」,『매일신보』, 1910. 9. 7.
9)「家庭教育의 必要」,『매일신보』, 1910. 9. 16.
10)「女子 教育의 急務」,『매일신보』, 1910. 9. 22.

> 大抵子女의 直接關係는 父보다 母가 尤密(우밀)ᄒ니 彼小兒의 日見ᄒ는바
> 이 母에 止ᄒ고 日聞ᄒ는바이 母에 止ᄒ야 母가 善ᄒ면 小兒가 엇지 獨惡
> ᄒ며 母가 愚ᄒ면 小兒가 獨智홀가12)

이러한 논설들은 자녀 교육의 측면에서 무지한 여성은 그 자녀를 제대로 교육할 수 없기 때문에 남성 교육보다 여성 교육이 더 시급하다고 주장한다. 즉 어머니의 교육에 의해서 아이가 선하고 지혜로워질 수 있다는 논리를 편다. 따라서 "여자라도 샹당ᄒ 학문이 업스면 도뎌히 남의 안히 노릇도 홀 슈 업"고 가정 자체도 제대로 이루어지지 못한다고 주장한다.

> 도리혀 학교에 단이던 계집아희는 건방지닛가 며느리로 다려가지 안켓
> 다는 집이만흔즉 공연히 쑬ᄌ식을 학교에 보너엿다가 사롬만 버리고 싀
> 집갈 째ᄭ지 놋칠가 겁너이는 부모가 만흐나 이난한 어리셕은 싱각이라
> 오날이 어졔와 짠판 리일이 오날과 다른 이 세상에 압흘 그다지 너여다
> 보지 못 ᄒ고 엇더케 ᄒ는가 (중략) 귀ᄒ ᄌ식이 공부 못 ᄒ얏다고 즁민
> 보너는 집마다 퇴ㅅ자요 입드는 사롬마다 그 ᄌ식은 버린 ᄌ식이라고 흉
> 볼 것은 오놀날 안져셔 짐작홀 것이니…요힝으로 공부 못 ᄒ 쑬쟈식을 샹
> 당히 학식도 잇고 진취셩도 잇는 샤람의게로 싀집을 보닐지라도 기화ᄒ
> 남편에 안히의 쳐샤 졉뎌ᄒ는 것을 보면 ᄌ연 마옴에 깃겁지 못ᄒ 싱각이
> 싱겨 필경은 금슬이 불화ᄒ 디경에 이르리니 (중략) 쏘 녀학교에 쑬ᄌ식
> 을 보너면 건방지고 들쎠셔 사롬을 버린다ᄒ나 (중략) 학교에 단니는 녀
> ᄌ라도 역시 뎨 셩질 짜름이오 졔 위인에 달린 것이오 (중략) 녀ᄌ를 가라
> 치기 위ᄒ야 녀학교를 세운 이상에는 아못됴록 녀ᄌ에게 샹당ᄒ고 녀ᄌ
> 의 힝실이 유조ᄒ도록 가라칠 것이오 (중략) 녀학교에셔는 본러 학싱의게
> 학문을 가라침보다 힝실을 가라치기롤 쥬장을 삼아 힘을씨는 바라13)

연일 여학생의 방탕함 문제를 비판14)하고 있음에도 불구하고 『매일신

---

11) 「子女敎養의 必究」, 『매일신보』, 1910. 11. 19.
12) 「女學校卒業生에게 對ᄒ야」, 『매일신보』, 1911. 4. 8.
13) 「女兒의 學校敎育의 可否」, 『매일신보』, 1914. 10. 27.
14) "多少淫佚의 徒가 諸君의 衣飾을 풍倣ᄒ야 個個히 賢智夫人을 作ᄒ야 未來民族의 母

보』의 여성 담론은 여전히 여성을 교육의 장으로 끌어내려 한다. 제대로 된 며느리와 아내와 어머니의 역할을 하기 위해서는 교육이 필요하다는 것이다.[15] 이러한 현모양처 담론은 서양과는 달리 사회가 근대화되기 이전에 성립되고 있다. 즉 조선과 일본에서의 현모양처 담론은 자본주의적인 근대화가 이루어지기 이전에 "근대 국가와 국민의 형성이라는 목적 아래 적용"되고 있었던 것이다. 이는 "차세대인 '질이 좋은' 국민 육성이 요청되면서" 현모로서의 역할이 주목된 것이라 할 수 있다. 일본 식민 담론이 "여성에게 국가적, 사회적 책임을 부여하면서 현모로서의 역할"을 강조했던 것이라 할 수 있다. 그러나 일제에 의해 강조된 어머니로서의 역할은 국민이라는 전제 아래에서만 남성의 역할과 동등하다고 인식되었던 것으로 여성의 인권을 위한 것은 아니었다.[16]

결국 현모양처 담론[17]은 식민지 여성을 황국신민, 즉 '국민'으로 만들

가 될 責任을 自擔ᄒ지어다"(「警告女學生界」, 『매일신보』, 1910. 12. 4)

"畢竟 東離西走ᄒ야 放浪自度ᄒ다가 末路悲境은 諸君도 可以推知ᄒ리라 然ᄒ즉 女子의 敎育이 有ᄒ 時가 女子의 敎育이 無ᄒ 時보다 其 弊害가 便甚ᄒ지니 誰가 其女를 敎育코져ᄒ며 誰가 知識이 有ᄒ 女子를 娶코져 ᄒ리오"(「警告女子界」, 『매일신보』, 1911. 2. 7)

"무단히 三三五五가 一隊를 作ᄒ야 此에 歷訪ᄒ며, 彼에 暫逗ᄒ야 汗慢(한만)ᄒ 言笑로 多日을 送ᄒᄂ 弊가 有ᄒ니 一隊內에 或一人이라도 不正當ᄒ者가 有ᄒ면 ○猶同器의 歎을 豈免(기면)ᄒ리오"(「女學生의 鑑戒」, 『매일신보』, 1913. 9. 26)

15) 찬드라 탈파드 모한티는 엘리자베스 코위(Elizabeth Cowie)의 말을 인용하면서 가족 질서의 강조가 가지고 있는 억압을 설명한다. 코위는 남성과 여성을 아버지로 남편으로 아내로 누이 등으로 구분하는 정치적 본성을 강조하는 맥락에서 친족 구조를 이데올로기적 실천으로 분석해야 한다고 강조한다. 코위는 여성으로서 여성은 가족 속에 자리 잡지 않는다고 제안한다. 오히려 여성으로서의 여성은 친족구조의 결과로서 가족 속에 구성되며, 집단 속에서 집단에 의해 정의된다고 설명한다 (Chandra Talpade Mohanty, 문현아 역, 『경계없는 페미니즘』, 여미연, 2005, 50면 참조). 따라서 일제의 여성 교육 정책은 여성의 인권을 위하는 것이 아니라 식민지 안에서 집단, 가족의 테두리 안에 안정적으로 가두어 두기 위한 방책이었다고 할 수 있다. 따라서 여성은 일제 식민 담론과 가부장적 가족 질서라는 이중적인 억압을 받았다고 할 수 있다.

16) 川本綾(가와모토 아야), 「조선과 일본에서의 현모양처 사상에 대한 비교연구」, 서울대 석사논문, 1999, 12~13면 참조.

17) 일본은 1910년대에 '황국 여성'을 만드는 전초작업으로 철저한 복종형 여성상을

려 했던 것이다. 또한 교육된 여성을 천황 중심, 남성 중심의 근대로 편입시키려 한다. 이 때 강조되는 것이 유교적 질서, 충, 효, 열 등이다.[18) 일제는 조선의 음탕함을 질타하면서, 문명화라는 이름 아래에 식민지 조선의 풍속을 개량하고자 했다. 또한 여성의 교육적 질을 높임으로써, 식민지 국민의 생산자로 여성의 역할을 정립하고자 했다.

조중환의 근대성도 이에 호응한다고 할 수 있다. 자신이 번안한 작품 속에서 그는 근대의 문물을 활용해야 함을 주장하되 이 근대적 혜택이 가부장제적 가족 제도 속에서 이루어져야 한다는 것을 강조했다. 즉 그의 소설에서 식민담론의 지배 아래에 있는 가부장제적 정조관과 가족질서의 강화를 발견할 수 있는 것이다.

일제에 의해 강요된 현모양처의 담론은 결국 일본 제국주의의 황국신민 담론에 다름 아니었다. 또한 그것은 여성들을 교육을 통해 개화한 식민지 '국민'으로 만들어 식민지의 안정화를 도모하고자 했다. 따라서 『매일신보』는 근대에 가장 큰 혜택을 본 여성을 화두로 삼아 여성의 근대적 교육을 강조하고, 이를 통해 형성되는 여성의 지위 향상을 강조함으로써, 여성들이 식민지 지배 체제를 승인하도록 만들고 있는 것이다. 또한 여성에게 이권을 가져다 준 일본의 문명화된 힘을 강조하고 있는 것으로도 볼 수 있다.

여성의 이상상으로 제시하고 있다. 또한 부녀자의 덕목으로 종순, 온화, 정조를 내세운다(정세화, 앞의 책, 330~331면 참조).

18) "聖德이 如天ᄒ신 天皇陛下끠셔ᄂ 新附國民中에셔 孝子節婦의 鄕黨에 模範될者롤 選擇ᄒ샤 褒賞을賜ᄒ실터"(「孝子와 烈女」, 『매일신보』, 1910. 11. 3)
"近者에 風敎가 解弛ᄒ야 五倫과 三綱이 掃如(소여)ᄒ더니 何幸히 天賦의 性을 失치 안이ᄒ고 孝烈을 全히혼 者"(「孝烈의 褒楊(포양)」, 『매일신보』, 1910. 11. 5)
"然혼則 孝烈은, 孝烈者自己의 特性에셔 出홀 쑨 안이라, 卽時運의 文明에셔 生홈이라"(「文明과 孝烈」, 『매일신보』, 1912. 3. 19)
이러한 열녀와 효자를 칭찬하고 상을 줌으로써 일본 제국주의는 충, 효, 열을 통하여 천황 중심으로 통합하려 한 것이며 이를 통하여 식민지 조선을 신민화하려 한 것이다.

(2) 가부장제의 확장과 왜곡된 근대적 여성관

일재 조중환은 신문연재소설에서 독자의 호응을 이끌어 낼 수 있는 일본 가정소설을 가져와 조선의 현실에 맞게 번안하였다. 조중환은 이렇게 독자의 요구를 반영하면서도, 한편으로는 『매일신보』의 정책적 측면에서 독자들을 교화하려 했다. 즉 식민지 안정화 정책과 교호하는 내용으로 극을 전개시킴으로써 독자들을 식민지 정책 내부로 끌어들이고자 했다. 따라서 조중환은 문명화된 일본의 시혜가 가진 여성 교육의 긍정점을 부각하면서 동시에 식민지 안정화와 건강한 식민 사회의 육성을 위해서 여성들에게 정조를 지킬 것을 요구한다. 이것은 일본의 식민지 안정화 정책에 부응한다. 조중환의 번안소설에서는 근대적 여성이 되어 일탈적 행위를 하는 여성과 정조를 지키는 여성이 이분화되고 있다. 그러나 그가 정조를 강조한다고 해서 그것이 단순하게 근대 문명을 비판하는 것으로 생각할 수는 없다. 이 작품들에서 드러내고자 하는 것은 신소설들에서 나타나는 신여성과 구여성의 단순한 대비가 아니다. 이러한 양분된 특징은 두 인물로 드러나는 것이 아니라, 한 인물 속에서 양가적 의미로 나타나고 있다.

예를 들어 『쌍옥루』(1912. 7. 17~1913. 2. 4)에서는 여학생 이경자가 서병삼과 방탕한 연애 끝에 아이까지 가졌으나 서병삼으로부터 버림받는 내용이 전개된다. 이경자의 아버지는 그 아이를 멀리 보내고, 딸에게는 아이가 죽었다고 거짓말을 한다. 이경자는 자신의 과거 행각을 숨긴 채 정욱조와 결혼하게 된다. 정욱조는 다시 여주인공에게 정조를 요구한다.

> 「나는 셔씨도 원망치 안이ᄒ고, 권씨부인도, 나는 원망할 슈 업고, 이것은 다 너가, 쑬인 종ᄌ에서, 거두는 결과라고 싱각ᄒ면, 그 쑌이라, 아모리 ᄒ여도, 나의 육신은 비록 움작이나, 마암은 발셔 죽은지, 오린지라 (중략) 계집의 뎨일 붓그러운, 이럿틋 부정ᄒ 몸이 되어, 남편에게는, 니친 비 되엿스니, 누구를 향ᄒ야, 얼골을 들며 누구를 디ᄒ야, 수작을 ᄒ리오」[19]

---

19) 『쌍옥루』 전편 39회, 『매일신보』, 1912. 8. 31.

근대 교육을 받았음에도 불구하고 이경자는 자신이 함부로 몸을 허락하여 일이 이러한 지경에 이르렀다며 모든 문제를 자신의 탓으로 돌린다. 또한 이러한 자신의 과거가 두 번째 남편 정욱조에게 알려지면서 그에게조차 버림받게 된다. 이 과정에서 이경자는 서병삼과의 사이에서 난 아이 정남과 정욱조와의 사이에 난 아이 옥남이 동시에 바다에 빠져 죽자, 그것이 자신의 죗값이라 생각한다. 결국 이경자는 "익국부인회 격십조 평양지구병원"에서 간호부로 일하면서 정욱조에 대한 자신의 정조와 의리를 지킴으로써 정욱조의 아내라는 자신의 자리를 회복할 수 있게 된다.

> 순익는 자기의 아름득옴이, 얼마나 가치가 되는지 스스로 짐작ᄒ는 바이라 그런고로, 친가의 지산을 물니여, 근근히, 니외가 살아가고져 홈은, 결코 심슌익의, 소망이 안이라. 그 녀즈는 일즉이 미쳔ᄒ 몸으로도, 귀인이 부인이 된 일을 보앗스며, 쏘는 지산가로. 안희의 츄ᄒ 얼굴을, 실혀ᄒ여 도라보지 안이 ᄒ고, 쏫과 ᄀᆺ치 아름득운, 쇼실올 구ᄒ야 친일(親昵)ᄒ는 모양도 보앗는지라, (중략) 여자는 즈식으로, 능히 부귀를 엇으리라, 깁히 밋엇스며, 쏘는 아름득온 용모로 ᄒ야, 용이히, 부귀를 겸득ᄒ는 녀즈의, 약간을 보앗스디, 즈기와 ᄀᆺ치 아름득온 녀즈는, 보지 못ᄒ얏던 싱각도 ᄒ다.[20]

『장한몽』(1913. 5. 13~1913. 10. 1)에서 심순애는 돈에 이끌려 이수일을 배신한다. 순애는 허영심으로 인하여 "귀하고 부하고 명망 있는 사람이" 자신을 맞으러 올 것으로 기대하고 있다. 『장한몽』에서는 "한 번 금강셕의 헌황ᄒ 광치에 홀닌 마음은, 얼마간 지각을 일은지라, 지금ᄭ지, 홍긔잇시 노은 웃이, 스스로 손이 어지러워지고, 용밍이 죠곰도 일어나지 안이 ᄒ다"[21]라는 부분을 넣어 원본 『금색야차』에서 보이지 않던 심순애의 허영심을 부각시키고 있다.[22]

---

20) 『장한몽』 6회, '孤依(외로온의탁)(일)', 『매일신보』, 1913. 5. 18.
21) 『장한몽』 3회, '쳑수회(삼)', 『매일신보』, 1913. 5. 15.
22) 일어 원본과의 대조는 권두연의 「『장한몽』 연구」(앞의 논문) 참조.

　　또한 근대적인 여성이면서 사채업을 하는 최만경 역시 비판적으로 그려진다. 이수일은, 적극적으로 자신을 유혹하는 근대적 여성 최만경에 대해 "최만경의 호올노 흥에 올나, 술짠을 거듭흐는 모양을, 심히 온당치 못흐여 넉이는 긔식"23)을 보인다. 즉 이수일의 눈을 통해서 최만경의 방탕한 모습을 비판하고 있는 것이다.

　　일본 제국주의는 유교적 질서를 식민 지배 담론의 일환으로 바꾸어 마치 조선의 미풍양속을 인정하는 듯한 태도를 보인다. 그러나 실제로는 정절과 의리를 강조하고, 이를 통하여 식민지 조선을 천황 중심으로 일원화시키려 했다.24) 이러한 측면은 조선의 유교적 윤리를 강조하는 것으로 나타난다. 사실 조선총독부는 1910년대에 '황국 여성'을 만드는 전초 작업으로 철저한 복종형 여성상을 이상형으로 제시한다. 또한 부녀자의 덕목으로 종순, 온화, 정조를 내세우고 있다. 겉으로 보기에는 충효의 강조가 식민 지배 담론과는 전혀 다른 형태로, 도리어 저항의 요소로 보일 수도 있다. 그러나 조선총독부가 정한 현모양처, 황국 여성의 모습은 더욱더 순종하는 여성이었다. 이는 가부장제의 틀 안에서 남성에게 종속되고, 다시 천황이라는 일원적인 권력에 종속되는 것을 의미한다. 물론 교육의 강조 역시 함께 이루어지고 있다. 이 때 교육은 식민지 여성들이 남성과 동등해진다거나 우월해지도록 만드는 교육이 아니었다. 도리어 이 교육은 여성들의 자유롭고자 하는 갈망을 주저앉히고, 가정에 충실하게끔 만드는 것이 급선무였다. 만약, 남성에 대한 여성의 권익 향상이라는 방향으로 교육이 진행된다면, 실제로 식민지 여성을 통제하지도 못할 뿐만 아니라, 도리어 식민지 정책을 위협하는 저항의 계기가 형성될 수도 있었다. 따라서 식민지 여성에게 교육은 시키되, 그 교육은 현모양처로 아이

---

23) 『장한몽』 28회, '料理店(료리뎜)(삼)', 『매일신보』, 1913. 6. 13.

24) 『매일신보』는 연일 열녀의 칭찬(「孝子와 烈女」(『매일신보』, 1910. 11. 3), 「孝烈의 褒揚」(『매일신보』, 1910. 11. 5)과 더불어 방종한 여자사회와 부인사회, 여학생들을 향해 경고한다(「警告女學生界」, 『매일신보』, 1910. 12. 4), 「警告婦人社會」(『매일신보』, 1911. 1. 11, 「警告女子界」, 『매일신보』, 1911. 2. 7).

를 제대로 키울 수 있고, 남편에게 복종하여 가정을 제대로 다스릴 수 있을 정도로만 한정된다. 일제는 교육과 함께 여성에게 남성에 대한 복종을 강요함으로써, 여성을 남성 중심, 천황 중심의 황국신민으로 만들려고 하는 것이다. 식민 지배에 정당화와 함께 식민지를 안정화시키기 위한 전략으로서 미풍양속을 살리는 듯한 이면에는 이렇듯 천황에 대한 절대적 충성이 강요되고 있었다. 일제의 기관지인 『매일신보』에서는 이러한 취지하에 조선의 미풍양속을 강조한다.

> 귀중ᄒ도다, 우리 죠션 젼리의, 됴흔 풍쇽과, 아름다운, 습관이여 직힐지어다, 우리 민족의, 쟈랑ᄒ 만흔, 됴흔 풍쇽과, 아름다운 습관을, (중략) 로수에, 시로온 지식은 한아도, 넛치 못ᄒ고, 몸에는, 화려한 양복을 입으면, 능히 문명국의, 션진쟈가, 될 쥴로 싱각ᄒ는가, 밥 한 숏 지을 줄 모르고, 옷 한 가지, 쬐미일 줄 몰나도, 입으로는, 남녀동등권이니, 무엇이니, 짓거리면, 능히 쟝릭, 집안의 졍승되는 량쳐현모(良妻賢母)가 될가[25]

위의 신문기사는 이렇게 가정 일에 소홀하고, 밥이나 바느질 하나 제대로 못하고서는 현모양처가 될 수도 없고, 그런 인물이 남녀평등을 외쳐봤자 문명인 역시 될 수 없음을 말하고 있다. 그런데 모순적이게도 이 글이 실린 날 『장한몽』 26회 연재에는 남편이 있는 최만경이 적극적으로 이수일을 유혹하면서 요리점으로 끌고 가는 장면이 나온다. 또한 1913년 6월 13일 『매일신보』에서는 '家庭成功 賢夫人'이라는 제목으로 "한 녀ᄌ의 몸으로, 굿건흔 ᄆᆞ음과, 강건흔 졍신을 가져 가쟝을 도아, 삼십 여 년간의, 쟝구흔 셰월을, 하로와 갓치 당초에, 작뎡흔 ᄆᆞ음을 변치 안이ᄒ고, 낫과 밤을 도아, 열심히 가뎡홍복의, 목뎍을 달ᄒ야, 오날은 남의게 조곰도, 그리옴이 업시, 되엿는지라"[26]라고 하면서 현모양처의 실제 모범을 제시한다. 연재소설 『장한몽』에서는 자신의 일을 가진 유부녀가 미혼의

---

25) 「良風美俗의 保存」, 『매일신보』, 1913. 6. 11.
26) 「家庭成功 賢夫人」, 『매일신보』, 1913. 6. 13.

남자를 적극적으로 유혹하는 장면이 연일 연재되고 있었지만, 『매일신보』
의 기사나 사설에서는 유교적 충·효·열을 강조하며 정절과 의리를 지
키지 못하는 여성을 비판하고 있었다. 이것은 충·효를 강조하여 천황
중심주의를 이루려는 식민 지배 담론의 또 다른 표현이라 할 수 있다. 이
러한 측면은 조중환의 다른 작품에서도 자주 발견된다.

『단장록』(1914. 1. 1~1914. 6. 9)에서도 서양의 문물을 취한 김정자라는
인물은 사치스럽고 악독한 인물로 그려지고 있다.

> 김정ᄌ라 ᄒᄂᆞᆫ 녀ᄌᄂᆞᆫ, 여러 ᄒᆡ 동안 미국에 잇셧스며, 더욱이, 부호의
> 집에셔, 극치극샤로 지니다가, 죠션으로 도라오믹, 만목에 보이ᄂᆞᆫ 것은,
> 모다 초솔ᄒᆞ고, 화려ᄒᆞᆫ 것은 젹음으로, 의복도 죠션복은 젼폐ᄒᆞ고, 양복만
> 쓰며, 가옥도 죠션집은 실타ᄒᆞᆞ, 시로히, 룡산 강변 놉흔, 언덕우에, 셔양
> 집과, 일본, 졔도의, 극치ᄒᆞᆫ 집을 건츅ᄒᆞ고, 그곳으로 이졉ᄒᆞ니, 나갈 ᄊᆡᄂᆞᆫ,
> ᄌ동챠가 등딕ᄒᆞ고 드러오면, 여러 시비 등이, 압혜셔 슈죵ᄒᆞᄋᆞ, 가위 녀
> 즁 호걸이라[27]

> 「증셔를 보닛가, ᄌ셰히 아시겟소 이 증셔ᄂᆞᆫ, 외면으로ᄂᆞᆫ, 천원팔이에게
> 권리가 잇지마ᄂᆞᆫ, 실상은, 너의 돈으로 닉 말을 좃ᄎᆞ ᄒᆞᆫ 일이닛가, 이 돈
> 을 밋ᄂᆡ이기 젼에ᄂᆞᆫ, 당신이 닉게 딕ᄒᆞᆫ, 의무가 잇고, ᄯᅩᄂᆞᆫ 너가 당신의
> ᄒᆞᄂᆞᆫ ᄉᆞ업과, 당신의 ᄌᆞ산과, 당신의 명예에 딕ᄒᆞᄋᆞ, 조고만치라도, 권리
> 가 업ᄂᆞᆫ 것은 안이윈다」[28]

이러한 김정자가 등장하는 장의 제목은 '惡魔'로 나타난다. 사치스럽고
방탕한 김정자는 원래 기생이었다가 정준모와 혼인하고 아들 자성이까지
낳았다. 그러나 김정자는 가정생활을 견디지 못하고 도망을 갔다가 미국
인과 재혼한다. 그 미국인이 죽자 엄청난 재산을 유산으로 받아 조선으로
돌아와서는 자신의 아들 자성이를 찾고 싶은 마음에 정준모에게 사정을

---

27) 『단장록』 24회, 『매일신보』, 1914. 1. 30.
28) 『단장록』 27회, 『매일신보』, 1914. 2. 3.

하고 용서를 구하지만 정준모는 용서치 않는다. 정준모가 자신을 자성이의 친모로 인정해 주지 않자, 김정자는 자신의 돈을 가지고 정준모의 채권을 잡아 그를 협박한다. 정준모로서는 가정과 아이까지 버리고 도망간 김정자를 결코 용서할 수 없었던 것이다. 김정자는 정준모의 두 번째 부인인 황씨 부인과 대비되면서 악인으로 그려지고 있다. 이렇게 근대의 교육을 받고, 외국 생활까지 한 신여성은 극히 부정적으로 그려진 반면, '정조'를 지키는 황씨 부인은 긍정적으로 그려짐으로써, 두 여성을 대비시키고 있다.

『쌍옥루』에서 이경자는 자신의 잘못을 깨닫고 속죄하는 마음으로 간호부가 되어 봉사한다. 또한 예전의 서병삼에게로 되돌아가지 않고 정욱조에 대한 자신의 지조를 지키려한다. 정욱조는 여성과 남성이 동등함을 주장하면서도, 여성에게 '정조'가 요구된다는 상호배반적인 윤리의식을 지니고 있다. 그는 '정조'를 중요하게 생각한다는 측면에서 서양이나 일본보다 우리가 도리어 더 문명하다고 여긴다. '정조'는 서양의 근대적 인식과 일본의 제국주의적 담론, 그리고 우리의 전통적 가치가 혼용되는 가운데, 그 틈새에서 나타나는 상징이다.

『장한몽』에서는 심순애라는 여자주인공이 돈의 가치를 좇아 이수일을 버리고 김중배와 결혼한다. 그러나 심순애는 김중배에 대해 회의를 느끼고 이수일을 위해 4년 간이나 정조를 지키는데, 결국 김중배의 간계에 넘어가 정조를 빼앗긴 후 자살까지 하려 한다. 심순애가 결혼 후에도 정조를 지키려 한다는 부분은 원작에도 없는 무리한 설정이다. 또한 이와 함께『장한몽』에서 주목해 볼 것은 기생 옥향의 행로이다.

> "저로서는 그런 일은 할 수 없었기 때문에 이제까지 한번도 손님을 받아본 적은 없습니다."
> "그렇다면 이렇게 말할 수 있겠군요. 당신은 안에서만 일하고 바깥 손님은 받지 않고 이 분만 지키면서—그런 거군요."
> "그렇습니다." (중략)

간이치가 왜 울었는가? 그는 매춘을 하는 한 필부조차 죽기보다 어려운 절개를 지키고, 끝까지 지키기 힘든 의리를 지켜서 결국 빼앗기지 않는 자가 있다는 사실에 울었던 것이다.[29]

「아이고, 천만에……슝흔말슴도흐시네, 그런일을흐얏슬 리가, 잇슴닛가」
「허허 그러면, 옥향씨는 일은바 미챵불미음으로, 직조와 소리는, 팔앗슬지언정, 이곳뎌곳에, 몸은 허락흔 일이 업고, 다만 쟝리의 빅년을, 의탁홀 최원보씨에게만, 졍을 두엇다흐는 말이로구료!」
「네, 그런 말슴이올시다」 (중략)
슈일의 눈물을 흘니는 것은, 무엇을, 위흐여 감동됨이뇨, 그 녀ㅈ는, 미챵미음흐는 일기 쳔기로도 능히 죽기로써 결심흐고, 의리와 졍졀을, 온젼히 직힘을 엇고 리욕에 그 ᄆ음을, 쎄앗기지, 안이홈을 탄복흐여 울고 잇슴이라[30]

위의 인용을 살펴보면, 『금색야차』의 내용이 『장한몽』에 그대로 전이되고 있음을 알 수 있다. 그러나 『장한몽』으로 옮겨질 때는 제국의 의지, 제국의 윤리, 제국의 논리가 좀 더 강조된 형식이 되는데, 그것은 의리, 정절에 대한 강조를 통해 알 수 있다. 『금색야차』에서의 간단한 말들은 『장한몽』에서는 보다 감정이 실리고 반복된 채로 나타난다. 매창매음하는 기생조차 절개를 지키는 모습이 원본보다 강화되고 과장되면서, 의리와 정절을 강조하고 있다.

이후라도, 옥향씨는 남편되는, 최원보씨를 위흐여, 죽을 일이 잇거던, 아모 째라도 죽으시오, 아모 째라도, 남편을 위흐여셔, 죽으리라 흐는, 마암은 잇지 말고, 가지고 계시오
억쳔만인 즁으로셔, 다만 한 사롬을 바라고, 잇는 이상에는, 물론 그 사롬을 위흐여셔는, 목슘이라도, 앗기지 안이홀, 마암이 잇셔야지, 만일 쳐음브터, 그 마암이 업슬 것 ᄀᆞᆺ흐면, 츠라리 그 ᄉ나희를 단념흐는 편이 됴

---

29) 오자키 코요, 『속속 금색야차』, 서석연 역, 『금색야차』, 범우사, 1992, 356~357면, 이하 쪽수만 표기.
30) 『장한몽』 102회, '쳥량암(십)', 『매일신보』, 1913. 9. 10.

흘 것이요 한번 마암에 먹은 사롬에게는 뼈가 부셔지고, 목슘이, 업셔지더
리도 결단코 마암을, 변기후지 말아야후지, 공연히 외양으로만, 졍이 들엇
는니, 너안이면, 내가 살 슈 업겟는니 후는 것은, 대개 속마암은, 짜로 잇
고 후는 것인딩, 그러훈 줄은, 아지 못후고 진심으로 졍을 두고 스모후는
사롬이 잇다가 홀연 일죠일칙에, 니여 박차고, 도라보지 안이후면, 그 소
박마진 사롬의 ᄆᆞ음이, 엇더후겟는가, 싱각후야 보오31)

『금색야차』에서는 간이치(『장한몽』의 이수일 역)는 시즈(『장한몽』의 옥향 역)
의 마음을 높이 사면서 그것이 그녀의 보물이라며 그 마음가짐을 잊지
말라고 한다. 그러나 『장한몽』에서는 이와 매우 유사하면서도 사랑보다
는 여성이 남성에 대해 순종해야 하는 것을 더욱 부각된다. 즉 『금색야
차』에는 없는 '남편'이라는 말이 두 번이나 반복되면서, 남편에 대한 순
종과 절대적 사랑을 강조한다. 또한 『금색야차』와 『장한몽』의 공통점은
하나만 사랑하고, 그 하나를 위해 죽으라고 하는데, 이것은 전체주의 국
가적 발상이다. 이것은 일본 근대의 가장 주된 측면으로, 국가주의, 식민
지주의, 제국주의의 한 전형을 보여주고 있다고 할 것이다.32)

옥향은 "매창 불매음으로 재주와 소리는 팔았을지언정 이곳저곳에 몸
은 허락한 일이 없고, 다만 장래에 백년을 의탁할 최원보씨에게만 정을
두었"던 것이다. 개화기에는 일본 자본과 더불어 매춘업도 수입된다. 이
매춘업은 전통 기생과는 달리 매음을 직업으로 하는 것이다. 그런데 옥향
은 전통 기생처럼 자신이 정을 둔 최원보를 위해 정조를 지키려는 다짐
을 하고, 자신의 기생 어머니가 김중배에게 자신을 팔려고 하자 최원보와
함께 자살까지 결심한다. 이렇게 『장한몽』은 기생인 옥향까지 절개를 지
키게 하는 모습을 원본인 『금색야차』에서보다도 더 강조하여 나타내고
있다.

---

31) 『장한몽』 103회, '청량암(십일)', 『매일신보』, 1913. 9. 11.
32) 전은경, 「번안 과정에 나타나는 『장한몽』의 양가성 연구」, 『어문학』 85집, 한국어
　　문학회, 441~468면 참조.

이렇게 기생이 지조를 지키는 면은 『국의향』(1913. 10. 2~1913. 12. 28)에
서도 똑같이 드러난다. 『국의향』이 학계에 잘 알려지지 않은 관계로 그
줄거리를 살펴보면 다음과 같다. 강국희는 이현섭과 사랑하는 사이였으
나, 이현섭은 일본 유학 도중 국희를 배신하고 일본인인 하나꼬와 결혼한
다. 국희의 오빠인 원춘은 최주사에게 집을 저당 잡히고, 국희가 종으로
팔려 가야 할 찰나, 김용목의 의붓동생이자 기생 진주집의 아들인 김용남
이 반지를 내놓아 도와준다. 그런데 김용남은 김용목의 간계로 반지를 훔
친 것으로 오해받아 순사에게 잡힌다. 국희는 김용남과 최주사를 피해 달
아나다가 인신매매를 당해 진주 영업집에 팔린다. 옆집에 살던 진주집의
도움으로 서울로 오게 되고 김용남과 결혼을 하지만, 가정 생계 때문에
국향이라는 이름으로 기생 노릇을 하게 된다. 이후 이현섭은 다시 국향을
손에 넣으려 하고 진주집은 기생인 국향이 마음에 들지 않아, 결국 자신
의 아들과 이혼시킨다. 이현섭은 강원춘과 짜고 국향을 산에 데리고 가
겁탈하려 하지만, 김용목이 나타나 강원춘을 죽이고 이현섭은 도망간다.
국향의 시동생인 김용학이 국향에게 자신의 어머니 진주집도 국향을 박
해한 것을 후회한다며 돌아가자고 하는 데서 이 소설은 끝맺고 있다.

> 만일 본인이 몸을 허락고즈하면, 그 몸을 엿보던 사룸들은, 서로 닷호
> 아, 수효를 헤아리기, 어려울지로터, 국향은, 다만, 기예만 팔 쓴이요, 지
> 금에 기싱과 ㅈ치, 츄루혼 거동은, 일절 거절ㅎ는 고로, 엇더혼 손은 심히,
> 묘히 녁이지 아는 곳도 잇다, 그러나 국향이도, 년긔가 십구셰요, 일홈이
> 기싱이여눌, 엇지ㅎ여 남녀간에, 련이를 아지 못ㅎ얏스리오 죠션도 녀즈
> 가, 학교에 단이게 된 이후로, 국향은 학교에 입학ㅎ얏더니, 엇더혼 남즈
> 의, 아름다이 본 비되여, 비로소 처음으로 잇는, 즈유결혼을, 리현셥이라
> ㅎ는 남즈학싱과, 미졋더라, 그 남녀 두 사룸스이에, 불꽃이듯 ㅎ던 련이
> 가, 몃희를 지너지 못ㅎ야, 어름갓치 식엇스니, 한번식은, 련이가 어나 곳
> 으로브터, 다시 더워지리오
> 아―국향은, 그 째에 비로소, 실련ㅎ는 녀즈가 되얏도다, 풍파에 나빗기
> 는 외로온, 일엽편쥬 갓ㅎ야, 젼도를 비관ㅎ는 녀즈가 되얏도다, 그 사룸

이, 이럿틋 무졍ᄒ거던, 나는 무슴 일로, 흘을로 근심ᄒ리오ᄒ야, 삽시간
에, 그 사롬에게 디ᄒᆫ 졍의ᄂᆞ, 렁담무졍ᄒ 녀ᄌᆞ가 되엿더라33)

여학교까지 다녔던 국희(국향)는 김용목과 자신의 오빠 강원춘의 간계
에 빠져 인신매매로 기생이 되었으나, 김용남과의 결혼 후에도 생계 수단
으로 기생일을 계속한다. 그 후 국향의 예전 애인인 리현섭이 다시 국향
을 갖고자 김용남과 헤어지게 만들지만, 국향은 "기예만 팔 쑨이요, 지금
에 기셩과 갓치, 츄루ᄒᆞᆫ 거동은, 일졀거졀"하며 자신의 정조를 지킨다.

그런데 기생일지라도 정조를 지키는 국향에 대해서 묘사하는 가운데,
국향이 예전에 학교를 다녔으며 그 학교에서 남자와 자유연애를 한 사실
을 동시에 보여주고 있다. 특히 국향이 여학교를 다니면서 연애를 했고,
그 남자에게 배신당하는 것으로 설정함과 동시에 국향이 모진 풍파를 겪
었다고 설명하는 것은, 국향 역시 문제적 인물임을 은연중에 보여주는 것
이라 할 수 있다. 『쌍옥루』의 이경자가 연애를 잘못하여 그 죄값을 치러
야 하는 것처럼, 『국의향』의 강국희(국향) 역시 잘못된 연애를 했던 자신
을 후회하면서 기생이지만 정절을 지켜 나가는 것으로 설정된 것이다. 그
당시의 상황으로 볼 때, 근대의 영입은 기생들의 정조를 인정치 않는 사회
상으로 바꾸어 놓았으나, 『장한몽』에서 등장하는 기생 옥향과 『국의향』의
국향은 자신의 애인과 남편에 대해 정조를 지키려 한다.

또한 여성의 '정조'는 자유연애와 삼각관계 속에서 등장하고 있다. 『쌍
옥루』의 이경자는 신여성으로 교육받고 자유연애를 하다가 서병삼으로부
터 버림받게 된다. 이후 그것을 속이고 정욱조와 결혼하지만, 정욱조는
다시 여주인공에게 정조를 요구하게 된다. 처음 정욱조가 요구한 정조라
는 것은 전통적 의미의 순결을 의미하는 것이었다. 그런데 다시 이경자를
받아들일 때는 정욱조에 대한 도리를 다하며 지조를 지키는 '정조'가 된
다. 즉 자신의 어리석음을 후회하고 이혼한 후에도 다른 남자를 만나지

---

33) 『국의향』 40회, '淚痕(루흔)(오)', 『매일신보』, 1913. 11. 23.

않고 봉사활동을 하면서 정욱조를 기다리는 모습에서 새로운 '정조' 개념이 발생된 것이다.

『장한몽』에서는 근대의 자본 논리와 영합되어 사랑보다 돈이 우선 되는 심순애의 모습이 나타나지만, 나중에 심순애는 돈을 밝혔던 자신을 후회하고 다시 사랑을 선택한다. 『장한몽』에서 드러나는 '정조' 역시 『쌍옥루』처럼 마음의 의리를 지키는 것으로 나타난다. 이미 김중배에게 육체의 순결은 빼앗긴 심순애이지만, 심순애는 결혼을 해서도 이수일을 향한 마음의 정조를 지키려 하는 것이다.

근대화되어 가고 있던 당시 상황 속에서 지켜야 할 윤리관으로 정조를 내세우고 있는 것이다. 조중환의 번안소설에서는 근대적 교육을 받은 신여성의 모습이 일탈된 행위를 하는 여성과 정조를 지키는 여성으로 이분화되어 나타나고 있다. 그러나 조중환이 정조를 강조한다고 해서 그것이 단순하게 근대문명을 비판하고 있다고 생각할 수는 없다. 이 작품들에서 드러내고자 하는 것은 신소설들에서 나타나는 단순한 신여성과 구여성의 대비가 아니다. 즉 하나는 선인으로 정조를 지키는 인물, 다른 하나는 악인으로 일탈된 행위를 하는 인물로 나눌 수 있는 것이 아니라, 이러한 양면을 모두 한 사람의 인물이 양가적으로 가지고 있다는 것이다.

> 어머니는 걸풋ㅎ면, 집안을 더럽혀 놋는다고, 말슴을 ㅎ시니, 어머니끠 소눈기, 일샹 이견 안목만 가지고, 보시는 말슴이지오, 세샹이라는 것은 졈졈, 풍속이 변ㅎ야 가는 것인딩, 녜닛젼ㅎ고, 지금ㅎ고, 엇지 비교홈가, 그것도, 억지의 말슴이올시다 더구나, 지금 형은, 병으로 하여셔 누어지닉는 째라, 평샹시보다, 더욱, 병인의 마음을, 위로ㅎ여 쥬쟈면, 안희되는 사름이, 그럿케 ㅎ지 안코, 엇지홈닛가, 녯젹 사름들갓치 쳐음 혼인ㅎ면, 말도 안이ㅎ고, 닉외간인지, 남남끼린지, 꼰둙을 알 수 업시 지닉는 것이 올습닛가, 아모리 싱각ㅎ야도, 어머니말슴은, 반딕홀 슈밧게 업슴니다, 그럿틋 닉외간에, 정의가 샹합하여, 지닉는 것을, 무슴 꼰둙으로, 리혼을 식이려고 ㅎ심닛가 아모리 부모의, 심바람이라도, 그런 심바람은, 홀 슈 업슴니다[34)

『단장록』에서 며느리 황씨부인을 쫓아 낸 정준모의 어머니 최씨부인
이나,『국의향』에서 기생이라 하여 국향을 쫓아 낸 진주집 모두 비판의
대상이 되고 있고, 나중에는 최씨부인이나 진주집 모두 잘못을 뉘우치고
있다. 위의 지문에서처럼 김용학은 세상과 풍속이 변했음에도 예전 기준
으로 기생이라 며느리로 받아들일 수 없다는 어머니 진주집을 비판한다.
또한『쌍옥루』의 이경자를 돌봐 주는 노파가 병원의 이점을 알지 못하는
것 역시 무지의 소산으로 비판된다. 이러한 면은 문명을 알지 못하고 구
시대적인 습관을 버리지 못하는 식민지인들을 비판하고 있는 것이라 할
수 있다.

> 얼마 안이되여, 경즈가 다시, 간호부쟝이 되어, 그곳 병원에셔만, 일흠
> 이 잇슬 쑨 안이라, 일반 너외국의 학계에논, 일기 모범덕, 간호부라 일러
> 져, 종성이 회쟈ᄒ며, 그 슈하에 잇논 간호부등은, 모다 경즈의 덕에 감화
> 되야, 지금ᄭ지, 여러 간호부등은 간호부의 쳔직을, 아지 못ᄒ고, 병쟈에
> 게로브터 뢰물을 밧고, 병치료에 친소를 붓치여, 각종 폐단이, 격지 안이
> ᄒ더니, 이졔논 젼혀 변ᄒ야, 모다 즈긔의 칙임을 씨닷고, 고샹혼 리샹에
> 향ᄒ야, 진보ᄒ논 풍속을 양셩일반간호뷰의, 긔풍을 긔혁ᄒ야, 평양젹십즈
> 샤병원의 신용이, 죠션너디에, 낫타낫슬 쑨이 안이라, 일본과, 쳥국 사룸
> 등도 깃거히 이 병원에, 입원코즈홈에 일으럿더라[35]

결국 조중환은 이 작품들을 통해 신여성과 구여성의 갈등을 보여주고
있는 것이 아니라, 근대화 속에서 근대문물의 혜택을 받고 있는 신여성의
문제적 모습과 이들이 나아가야 할 방향을 보여주고자 했던 것이다. 따라
서 위의 예문처럼 여학교에 다니면서 남자와 연애한 후 신세를 망친 이
경자는 나중에는 정욱조에 대한 정조를 지키는 바람직한 여성이 된다. 결
국 이경자가 방탕했던 자신의 죄를 회개하고 간호부가 되어 "진보ᄒ논
풍속을 양셩"하는 것은 긍정적으로 그려지고 있다. 그 결과 공익사업으로

---

34)『국의향』52회, '蟬聲(셔셩)',『매일신보』, 1913. 12. 9.
35)『쌍옥루』하편 47회,『매일신보』, 1913. 2. 1.

간호부가 되어 일하는 이경자는 후에 정욱조를 간호해 줌으로써 정욱조
의 아내라는 자신의 자리를 회복한다.

『장한몽』과 『속장한몽』에서의 심순애 역시 같은 모습으로 등장한다.
심순애가 돈을 쫓아 애인을 배신함으로써 상실되었던 정조는 결국 김중
배와의 결혼 속에서도 자신의 정조를 지키려하는 모습과 또한 정조를 잃
은 후 자살하려는 행위를 통해 회복되고 있다. 『속장한몽』에서 심순애는
자신을 처로 두고도 남편 이수일이 최만경을 첩으로 삼는 유처취처(有妻娶
妻)의 상황 속에서도 이수일에 대한 정조를 지키는 행위를 통해 다시 아
내의 위치로 돌아간다. 『단장록』의 경우에도 김정자가 근대적 여성으로
서의 일탈된 모습을 보여주지만, 뉘우치고 남편에게 복종하는 모습을 동
시에 보여 줌으로써 어머니인 자신의 위치를 회복시키고 있다. 『국의향』
역시 국희가 자유연애의 실패 후 모진 고생을 하지만 결국 기생이면서도
남편에 대한 정조와 신의를 지켜 시어머니에게 인정받게 된다.

이렇게 조중환은 일탈적인 여성과 정조를 지키는 여성을 한 여성을 통
하여 양가적으로 보여주고 있다. 이것을 단순하게 근대의 문물을 비판하
고 유교적 가부장제로 돌아가자는 의미, 혹은 일본 제국주의의 근대화에
반대하여 조선적인 유교로 돌아가자는 의미로 받아들일 수는 없다. 실제
로 『국의향』에서 기생이라 국향을 며느리로 받아들이지 못하는 진주집이
나, 『쌍옥루』에서 이경자에게 병원에서 아이를 낳아서는 안 된다고 말하
는 무지한 노파의 모습은 비판되고 있기 때문이다. 이러한 측면에서 볼
때, 조중환은 근대화 속에서 근대문물의 혜택을 받고 있는 신여성의 문제
적 모습을 제시함과 동시에 그들이 가야 할 방향을 보여 주고자 했음을
알 수 있다. 가족질서는 국가질서를 의미한다. 따라서 근대의 여성의 모
습을 반영하면서도, 이 근대적 여성의 방탕한 행태의 결과를 비극으로 맺
어놓고 이에 대한 대가를 치르게 함으로써 가족질서 내로 회귀하도록 여
성들에게 강조하고 있다. 자유연애로 정조를 잃은 이경자나 심순애는 그
에 상응하는 대가, 즉 간호부로의 봉사나 자살 등의 행위를 통해 정조를

되살리며, 국향은 기생이면서도 끝까지 자신의 정조를 지키는 행위를 통하여 근대의 여성들이 가야 할 방향을 제시한다. 이렇게 볼 때 조중환은 근대적 문물 자체를 비판하고 있는 것이 아니라 여성의 일탈적 행위를 비판하며, 근대적 교육과 문명은 여성이 가정의 질서 내로 회귀될 때 안전한 것임을 강조하고 있다고 할 수 있겠다.

조중환의 근대성은 『매일신보』의 여성 담론과 매우 밀접한 관련을 맺고 있다. 『매일신보』에서 나타나는 여성 담론은 여성을 교육현장으로 불러내면서, 그들을 교육하여 현모양처로 만들려고 한다. 이는 조선의 음탕함을 질타하면서 그것을 문명화시키려 하며, 풍속을 개량하고, 여성의 교육적 질을 높여 식민지 국민의 생산자로 여성의 역할을 세우고 있는 것이다.

따라서 조중환 소설에서의 근대성도 그러한 식민 담론에 호응된다고 할 수 있다. 그의 소설에서 볼 수 있는 정조관과 가족질서의 강조는 근대의 문물을 활용하되, 그러한 근대화는 가족질서를 해치지 않는 범위 안에서만 이루어져야 함을 나타내는 것이다. 이러한 현모양처 담론은 결국 일본 제국주의의 황국 신민화 담론에 다름 아니며, 또한 이를 통해 여성을 식민지 '국민'으로 호명하려는 것이다.[36]

결국 조중환의 근대적 여성관은 일제의 정책 아래 식민지 여성교육을 받아 자녀를 잘 양육하며, 남편에게 순종하는 현모양처의 여성상이라는 것이 드러난다. 따라서 조중환의 근대적 여성관도 근대의 문물을 누리고 근대적 교육을 받되, 여성을 다시 가족의 질서 내로 회귀시켜 국가 질서의 안정을 꾀하는 등 식민지 안정화 정책 내부에서 진행되는 왜곡된 근대적 여성관의 모습을 띠고 있다.[37]

---

36) 현모양처 담론과 충, 효, 열과 같은 유교적 경향이 황국신민화 담론과 연계되는 것은 전은경, 「조일재 신문연재소설에 나타난 근대적 여성관」, 『현대소설연구』 23호, 한국현대소설학회, 2004. 9, 334~335면. / 전은경, 「번안 과정에 나타나는 『장한몽』의 양가성 연구」, 앞의 글, 448~449면 참조

37) 김재석(「근대극 전환기 한일 신파극의 근대성에 대한 비교연극학적 연구」, 『한국극

2) 일탈적 여성성의 표출과 독자의 발견

(1) 식민지 여성들의 일탈성과 소설 독자의 반응

『매일신보』의 식민지 안정화 정책에도 불구하고, 근대 문물을 급격히 접하고 있던 당대 식민지 조선 여성들의 현실은 일탈적이었다. 한 예로 의주에 사는 하씨 여성은 "엇던 강습소에 입학ᄒ야, 일삭 동안을 단이 더니" 남편에게 "금일부터는, 피차간에 침소를, 각기 덩ᄒ고, 자는 것이 됴타"하며, "이즈음은, 최국찬으로 더부러, 아쥬 리혼 신쳥"[38]을 한다. 이 기사에서 은연 중에 강조하는 것은 하씨와 같이 교육받은 여성은 복종하는 여성인 황국신민이 되지 못하고 도리어 가정을 깨뜨리고 있다는 것이다.

이혼 신청은 엄청나게 쏟아져 "얼풋ᄒ면 리혼을 청구"ᄒ다며 『매일신보』 기사에서 여러 차례 비판되기도 했다. 또한 여학생의 자유연애와 일탈행위, 여성들의 이혼청구와 간음, 남편 살해 등이 끊임없이 나타났다. 더 이상 여성들은 가족의 굴레에 갇혀 자신의 성적 욕망을 가두어 두지 않았다. 남편의 끊임없는 구타에 대응하거나 혹은 다른 남자와의 관계로 인해 이혼을 청구하기도 했다. 물론 『매일신보』가 풍속 개량이라는 측면에서 이를 활용하고 있기는 했지만, 신문 매체에 끊임없이 게재되고 있는 이러한 여성들의 모습은 일제 기관지 정책을 교란시켰다. 따라서 당시의 여성의 일탈된 상황 자체가 『매일신보』 담론에 '불길한 눈의 응시'[39]로

예술연구』 17집, 한국극예술연구회, 2003, 36면)은 1910년대 신파극 담당자를 "일본이 제시하는 식민지 지배 이념에 동일화하는 착한 주체들"이라고 설명한다.

38) 「하셩녀의 낫분힝실」, 3면 기사, 『매일신보』, 1913. 9. 16.

39) 호미 바바는 살아 남아 잔존하는 눈, 즉 피식민자의 시선은, "탈식민지적 이산의 시학을 나타내는 '역사', 즉 '글쓰기' 작용으로서 역사의 구조의 기호"라고 본다. 특히 여기에서 강조되는 것은 "이 파편적인 눈이 탈식민지적 상황의 여성의 글쓰기를 입증한다는 점이다. 그 같은 눈의 유포와 반복은 성적 차별을 고착화하려는 관음증적 욕망과 인종주의적 고정관념에 대한 물신화된 욕망을 좌절시킨다." 여기에서 발생되는 "불길한 눈의 응시"는 "권력의 행사에 동화되는 극히 단순화된 양

나타남으로써『매일신보』의 담론은 분열을 겪을 수밖에 없었다.

　한 예로 여성들이 서서히 독자층을 형성하게 되자『매일신보』는 부녀자들을 위해 1914년 8월 4일 3면에「부녀신문」난을 만들었다. 그러나 실상은 "미무시논 부녀의 심성이 보임(1914. 8. 12)", "참논 것(1914. 8. 13)", "남편을 안심케 흐라(1914. 8. 19)" 등의 부녀의 교화를 목적으로 황국 여성을 만들려 하고 있었다. 그러나 근대문명을 접해가기 시작한 여성 독자들에게는 이러한 교화정책이 맞지 않았을 것이다. 따라서 이「부녀신문」은 8월 4일에서 23일까지 13회를 게재하고 폐쇄되고 만다. 이것은 황국신민이 되지 못한 여성들의 일탈행위가 신문의 교화정책을 분열시킨 결과라 할 수 있을 것이다.

　이러한 측면에서 신문기자였던 조중환이 자신의 소설 연재로『매일신보』의 판매 부수에 영향을 주었던 것은 그만큼 대중의 요구에 부합하는 현실감각 때문이었다고 볼 수 있다.[40] 신문정책과 결탁된 작가라도 한편으로는 독자와의 소통이라는 신문의 특성을 간과할 수가 없다.

　신문 독자의 성향 속에서 찾아 볼 수 있는 소설 독자들의 반응을 도표화해 보면 다음과 같다.

극성이나 이항대립(자아 / 타자)을 동요"시키는 역할을 해낸다(호미 바바, 나병철 역,『문화의 위치』, 소명, 2002, 119면).

40) 양승국은 소설의 각색 공연 작품 중 <장한몽>(7회), <눈물>(5회), <단장록>(5회), <불여귀>(5회), <쌍옥루>(5회) 등이 가장 인기가 있었으며, 이 중 <눈물> 외에는 조중환의 번안이라는 점에 주의할 필요가 있다고 본다. 또한 1910년대 한국 신파극이 일본의 원작에 충실할수록 관객들의 호응을 얻지 못했으며, 한국에서 공연된 것은 일본 본토에서 공연되지 않은 새로운 레퍼토리들이었다는 사실에 주목하고 있다. 특별히 '모자이합형'(母子離合)이 인기가 있었다고 본다(양승국,『한국 신연극 연구』, 연극과 인간, 2001, 91~118면 참조).

[표 6] 조중환 소설 관련 〈독자투고란〉의 반응

개수	작품	날짜	독자란 이름	성별	투고자 이름	주제	내　　　용
1	쌍옥루 연재후	1913. 4. 29.	독자 구락부		연흥샤 일힝	연극 관련	"이십구일부터, 본샤에셔미일신보에긔지ㅎ얏던, 쌍옥루를, 연극으로홍힝ㅎ눈디, 그날은오후여셧시부터시작홀터이오, 아모됴록, 구경을 일즉이오섯스면도켓셔요, 관람ᄉ시눈, 손님이 답지ㅎ실터이닛가, 쌋딕ㅎ면, 도로가시게되겟스오니"
2	〃	1913. 4. 30.	〃	여	한녀ᄌ	〃	"오눌져녁브터ᄉ동연홍샤에셔, 미일신보에, 게지ㅎ얏던, 쌍옥루연극을혼다눈디, 미일신보에 빅인, 반익권을가지고가면, 반갑으로, 구경을 한다던가, 저녁이나일즉이히치우고, 사룸만히, 모히기젼에몬져좀가봥야홀터인디우리령감이어셔드러와야지쥬머니터름을좀ㅎ지"
3	〃	1913. 5. 10	〃		관극쟈	〃	"앗다엇져녁, 연홍샤쌍옥루연극이야말로, 춤 즈미잇게잘도홉되다, 나죵판막에나오눈 것은, 엇지 슯은지, 눈물이참져졀로나던걸이오, 우 리ㅁ옴이, 그러홀 째에, 졍말그경경을당혼, 리 경즈의ㅁ옴이야말로, 참엇더ㅎ겟소, 그것이 다만, 연극으로구경홀 쑨안이라, 이셰샹에눈, 그와ᄀ혼신셰를당혼쟉, 업지안이홀터이지, 그 리기에, 남녀를물론ㅎ고, 쳥춘시졀에 쌋딕ㅎ 면, 셔병삼이나, 리경즈의 신셰까되기가, 십샹 팔구야"
4	〃	1913. 5. 1.	〃		입바른 스람	〃	연극장 다니는 사람
5	〃	1913. 5. 1.	〃	여	한부인	〃	쌍옥루 공연 갔으나 너무 많아 못봄 또 가야지, 옆집 아씨도 또 간다고 함
6	〃	1913. 5. 2.	〃	여	한부인	〃	어셔, 연홍샤구경을좀ㅎ랴고, ᄉ동어구로드러가랴닛가, 사룸이엇지만흔지, 쳣지표를샬슈가 잇셔야지, 쌍옥루연극은, 즈미가얼마나만키에, 그러케, 사룸이드러 쬐이눈지, 오눌져녁에눈, 나도 꼭흔번구경을가야홀터인디
7	〃	1913. 5. 2.	〃		구경 못혼쟈	〃	연홍샤쌍옥루연극은, 오날져녁ᄭ지라지오, 미일사룸이엇지답지ㅎ눈지, 지금썻, 구경ㅎ고십허도, 못혼사룸이만흔모양이니, 몃칠만더, 연긔를ㅎ야쥬엇스면
8	〃	1915. 12. 29.	〃		觀覽者	〃	"혁신단에셔눈 뎐일긔보에 낫던 쌍옥루쇼셜을 홍힝ㅎ눈디 그졍경이곡진기졍이되여 부인셕에 셔눈 안악네들이 노상눈물을흘니고잇던것이오"

1	장한몽 연재전	1913. 5. 10.	〃	광무뎌 구경군	〃	"광무뎌구경을 갓더니, 거긔스무원들이, 무슴 광고지수빅쟝식을, 가지고, 샹즁하관람쟈에게, 난호아주기에 무엇인가하엿더니, 즈셔히보닛가, 신쇼셜에는, ㄱ쟝읏듬되는, 쟝한몽이 오얼 십삼일브터게지 홀터이라고 ㅁ일신보샤에서, 광고ᄒ눈것입듸다 그려 광고췌지만보아도, 한 번볼만히 어셔좀보앗스면
2	9회	1913. 5. 22.	〃	넘려싱	〃	참탈들낫셔, 암만ᄒ야도탈이야, 한달에돈삼亽 원식타는, 녀즈직공의빈한ᄒ몸으로, 의복은 쭉 쥬속으로만, 어르니, 어디셔돈들이, 그러케나 눈지그돈싱기눈일이암만ᄒ야도, 탈이지
3	9회	1913. 5. 22.	〃	알고 십혼쟈	〃	요시셰샹에눈, 참알슈업눈일도만아, 돈업다눈 뎌연극쟝은, 미일터질디경이오, 힝셰눈양견ᄒ 다눈듸, 료리집, 외샹지촉은미일셩화갓고, 문 박으로, 노리눈잘차려도, 졔집굴독에셔눈, 연 긔가몃칠식뭇치니, 그것이엇진일인지오
4	11회	1913. 5. 24.	〃	미일 목도쟈	〃	엇던연극쟝에눈엇던, 나마익기계집들이, 미일 뎌여셔눈듸, 그 쪼락션이눈참가관이던걸, 머 리뎔은, 압흐로너울너울 쪄러지고, 얼골에희 박아지를, 뒤집어쓰고, 그날치눈모양이, 쏙독 갑이ㅈ던걸, 조곰더두고보아셔, 엇더ᄒ이라눈 것, 아조밝히여고ᄒ리오리다
5	14회	1913. 5. 28.	〃	긔막 히눈 쟈	〃	요亽이각연극쟝에, 엇지ᄒ학싱이, 그리만하요, 연극쟝으로 공부를ᄒ러오눈지 그러케, 구경오 고십혼ㅁ옴이, 간졀ᄒ거던, 학싱모즈나좀버셔 놋코왓스면그교표달닌, 학싱모즈를쓰고, 녀등 쳐다보눈 것은, 참亽룸이눈으로, 보기가어려 워, 그나그뿐인가, 져의ᄭᅵ리쪼인물평판을ᄒ지 오 참긔가막켜
6	17회	1913. 5. 31.	〃	극쟝압 친구	〃	미일밤이면, 무슨ᄭᅡ닭으로, 연극쟝대문어구에 눈, 사롬이빅차일치듯모혀셧눈지, 돈은업셔, 드러갈슈눈업고, 구경은좀ᄒ고십허셔, 셧눈쟈 도잇고, 구경ᄒ러드러가기눈, 돈이앗갑고, 들 낙날낙ᄒ눈계집구경은, 좀ᄒ고십흔것이지, 일 업눈작쟈들, 아츰이면대낫ᄭᅡ지즈지말고, 이젼 녁에, 일즉이계집에가셔, 잠이나즈지
7	17회	1913. 5. 31.	〃	무亽긱	소셜 내용	셰샹에셔아마인졔눈, 녀학싱으라면, 버린것으 로알더니, 지금은, 쇼셜을보아도 녀학싱이ᄭᅵ 여야만, 즈미잇게녁이눈, 모양이야, 이것을보 면, 그리도무슨혜두가, 좀 쑤러져가눈것갓더 구면은

8	29회	1913. 6. 14.	〃	여	빈가 부인	소설 내용	우리똘도올에다섯살이되얏는디, 유치원에, 좀 드려보넛스면좃켓셔도, 원슈의돈빅원이, 잇셔야지 돈업난 싯둙으로, 가라칠즈식을, 못가라치니, 이런분호일이 어듸잇셔, 그지산만하, 주체못호난이들유치원에, 긔본금좀만히긔부호야, 우리네구차혼즈식좀, 가라치게호시구려, 밤낫 쏭쌍거리난버릇, 죠곰만버리고
9	65회	1913. 7. 27.	〃		긔더싱	연극 관련	슈동연흥샤에셔, 흥힝호는, 유일단일힝은, 미일신보샤, 평양지국쥬최남션시찰단을, 초디호야, 연극을관람케호랴고, 미일신보에나는, 쟝한몽연극을, 공일날밤에, 흥힝혼다홉듸다, 연극도못보던시연극이오, 미일신보반익활인권도잇스니, 됴혼긔회놋치지말고, 쏙구경을가볼ㅅ가, 더군다나릭일은, 공일이지
10	68회	1913. 8. 1.	〃		설음 잇는 온나	〃	일젼밤연흥스에, 구경을좀갓더니, 구경은커냥, 울기를통가웃이나울고왓셔, 그날맛츰, 쟝한몽을실디로흥힝호는디, 심슌이가, 대동강물에쌔지러나아갈째, 울연혼달은, 희미호게빗치여잇고, 파도는흉용호야, 사롬의심쟝을놀나게호는디, 그 째쳐량히부는, 단쇼쇼릭는, 심슌이와, 구경군으로호야곰 일층마음을, 감동케호야, 모다슬허호는동시에, 나는희음업시울고, 동정을표호얏지, 참가히비극이라호겟셔
11	69회	1913. 8. 2.	〃		익독쟈	소설 요구	귀샤신보에, 련일게지되는, 쟝한몽과눈물두쇼셜은, 참즈미가만어요, 신문이좀늣게오면, 아조발광이나요
12	69회	1913. 8. 2.	〃		경고싱	연극 관련	요ㅅ히, 각연극쟝에가칭신문긔쟈, 가칭관리가 썩만은모양이니, 구경이, 졍히호고십거던, 돈을변통호야가지고, 구경을갈것이지, 공연히신문긔쟈나, 관리의톄면을, 손샹케호는지그리들마오
13	71회	1913. 8. 5.	〃		가가싱	소설 내용	아, 셰쌍이엇더케되얏는지, 녀편네들이, 사나회를보면, 뉘외를혼다든구면, 지금은도로혀, 사나회가녀편네를보면, 뉘외를호게되엿스니, 참긔믹힌일이야
14	82회	1913. 8. 17.	〃		탐보즈	연극 관련	요시엇던연극쟝더러온소문이, 날마다나는디, 그쇼문을들은닛가, 한두가지큰일이안이던걸이오, 귀샤에셔는, 그런말도못들으셧셔요, 아모말숨이업스니, 웬일이야오
15	82회	1913. 8. 17.	〃		편즙계	〃	그말도올흔말이오마는발셔부터, 그런츄루혼말을, 들은뒤로가증혼품으로호면, 한번경계를,

							호엿겟지마는, 혹시기과호눈일이, 잇슬가호엿더니, 여상맛찬가지라호니, 몃칠더보아서
16	93회	1913. 8. 30.	〃		비밀 정탐	〃	요셰눈밤에녀학싱이하도만히단이기에엇의녀즈아학교가낫나호고, 즈셰히탐지를호야보 도, 그런일은, 업다호듸다, 우리셩미가근본걱겁호야, 무슨의심나눈일이잇스며 긔어히알고야고만두닛가, 한열흘두고, 밤마다녀학싱뒤를더여셔, 보앗지오, 그럿더니그글비오라가눈데눈, 학교가안이오, 큼직큼직혼, 연극쟝이고요, 그녀즈들은학싱이안라, 미음실습싱입듸다그려, 허허공연히 쓸데업눈일에, 이만쎳거던, 그런데 또한가지모를것이, 잇셔요, 그 손에, 뒤들고디이눈보즈에눈, 무엇을쌋눈지, 무슨형겁보모라기, 슈지조각이, 드럿지오, 차차탐지호눈듸로, 또긔별호야, 드리오리다
17	95회	1913. 9. 2.	〃		의극쟈	〃	신파신파호고 써들던신연극은, 모조리도업고, 예서제셔들니눈 것은, 날라리쇼고소리 뿐이니 또다시구연극에, 감칠맛들을붓쳣눈지
18	98회	1913. 9. 5.	〃		긔탄싱	〃	각연극쟝의졍황을보면, 우습구도긔막힌일이, 만치오만은, 고만다덥허두고, 뎨일걱졍되눈 것은, 남녀간학싱들, 틈틈이끼여안즌 것, 참눈에 쌍심지가올나와요, 각학교의쥬무호눈이를, 단속좀, 도뎌히호시오, 일향심호디경이면, 그학싱의셩명과학교의, 일홈꼬지도사호야, 셰상에 공포호도록호겟슴이다
19	연재후	1913. 11. 2.	〃		의극쟈	〃	연흥샤쟝한몽연극은, 참즈미잇고도, 됴습듸다, 어졔눈천쟝절이라고, 하로슈엿스닛가, 오날은 아조일즉이가셔 편호게 좀보으야겟셔요
20	〃	1913. 11. 4.	〃		의극싱	〃	연흥샤, 쟝한몽연극은, 참즈미잇습듸다, 사룸은, 엇지그리도, 만히드러가눈지미일여젼호던걸이오, 잇흔날브터눈즁편이라지오, 샹편보고, 즁편안볼슈읍나, 불가불일즉언이가, 보아야호겟스니, 할인권빅인신문이나, 오날은 일즉이 돌이게호십시오
21	〃	1914. 2. 11.	독자 기별		일독자	〃	스동연흥샤에셔눈오늘밤부터, 리일밤 꼬지, 의도폭발연주회를연다눈듸, 쟝한몽쇼셜을, 또쩍찌게혼답듸다, 더구나, 미일신보할인권을 베혀가지고가면반익식이리요, 나도구경좀히야
22	〃	1915. 7. 24.	〃		(통영)	〃	우리통영극장에셔 혁신단림셩구일힝이 미일신보련지쇼셜 쟝한몽을흥힝호눈듸 참즈미가 잇셔요 그런듸, 부인셕을잠간보닛가 눈물흘니

							눈 것은 모다 츈한로골에 그럴듯훈친구가 만터군
23	〃	1915. 12. 7.	〃		일독자	〃	지난번 혁신단신연극을가셔보닛가 귀보연지쇼셜장한몽을ᄒ눈뎌 참심슌이와리슈일이가 대동강변에셔셔로리별을ᄒ나나졍경이야 실로 돈 쎠문에피눈물을흘니입듸다 그려
1	국의향 연재후	1914. 2. 15.	〃		觀劇生	소설 연극	요시, 연흥샤에셔, 미일신보에난쇼셜, 국의향을흥힝ᄒ눈뎌, 엇지구경이됴흔지, 더구나, 국회가불샹히죽겟셔
1	단쟝록 78~79 사이	1914. 4. 21.	〃		好劇生	〃	그동안련속히나는미일신보일면쇼셜단쟝록은보기에도참즈미잇고 졍말비극거리라ᄒ겟더니 오늘밤부터, 스동문슈셩일힝이, 실디로대대뎍 흥힝훈답듸다, 오늘은긔어코, 열일졋치고구경가야ᄒ겟다
2	80회	1914. 4. 23.	〃	여	一婦人	연극 관련	스동문슈셩일힝은, 그젹 쯰밤부터, 귀보일면에나는, 쇼셜단쟝록을실디로흥힝ᄒ눈뎌, 참즈미도만코, 사름도답지야, 엇더케잘들ᄒ눈지, 우리눈구경갓다가, 공연히비극만봅고, 통가웃이나울엇셔
3	82~83 사이	1914. 4. 26.	〃		希望子	〃	여보 단쟝록은 오날 쯘지ᄒ고, 맛친다지요 그런즉쳥컨뎌, 다년환영을 밧던, 눈물연극이나, 흥힝ᄒ얏스면, 도켓셔요간절히바룹니다
4	99 ~100	1914. 5. 20.	〃		일독자	소설 요구	우리가항샹즈미잇겝던단쟝록쇼셜은, 하로동안볼슈업스니아조심심히셔, 듁겟셔요,그엇젼일일가요, 좀알엇스면
5	〃	1914. 5. 20.	〃		일계원	소설 관련	붓기가괴이치안쇼만은 우연히쇼셜긔쟈가병으로인ᄒ야, 부득이귀을ᄒ엿스니, 그리아시요
1	비봉담 5회	1914. 7. 25.	〃		일독자	소설 내용	요시련일 계지ᄒ시는 기보일면비봉담이라는쇼셜은 참즈미가 만허요 처음브터의스ᄒ고 계집씨리 다졍히구눈속을 보닛가 나죵에눈 엇더케될눈지 모르겟지마는 춤즈미잇습듸다요
2	38~39 사이	1914. 9. 18.	〃		질문생	소설 요구	요시 멋칠동안을귀보일면에나던비봉담쇼셜이 아죠나지안이ᄒ던걸이오 엇지 훈일인지좀알고져흡니다
3	〃	1914. 9. 18.	〃		일계원	소설 관련	얼마동안넘우궐을ᄒ야셔 독쟈졔균에더ᄒ야미안ᄒ오나 스셰샹져작쟈의 신병으로 그리ᄒ얏스나 일간 곳계쇽ᄒ겟소
4	65회 (최종)	1914. 10. 28.	〃		갈망자	소설 관련	연지ᄒ던 비봉담쇼셜은일간맛치고 쏘멋비뎌나은 졍부원이라는쇼셜이 나오날지오 어셔좀보앗스면 언의날브터게지되느요

1	속 장한몽 14회	1915. 6. 12.	독자 편지 (16칸 20줄)	남	장겸일	소설 내용	<쟝한몽을보고> 趙一齋 선생 座下 本人은 全北南原郡南原面西錦里二統三戶張鎌一(장겸일)올시다 本人이 每日申報溝瀆數年에 先生임小說장편을견남ㅎ오면지미잇고이원헌말삼엇지칭양ㅎ리요 전편에雙玉淚노ㅎ드라도일반구독쟈가 每日先生任축원이올시다 今에 長恨夢으로ㅎ드라도 沈슌이가 다시 更生ㅎ오며 李守一이ᄀᆞ치단정코얌젼혼샤룸이엇져다가崔만경솜시에 提手가되야셔요 先生님슈단으로李슈일 沈슌이두사룸싀이에고목이 更逢春케ㅎ심을 伏視(복시)이읍닉다 우리 每日申報 万万成視耳
2	31회	1915. 7. 17.	독자 기별		群山讀者	소설 요구	귀보에게지ㅎ눈쇼셜쟝한몽속편은 참ᄌᆞ미잇게 보눈바인디 간간수삼일식 게지치안이ㅎ야 독쟈의실망이만으니 이후에눈 련속ㅎ야 간단이업게 ㅎ야주셔요 안이나눈티눈아조질식이올시다
3	125회	1915. 11. 27.	"		期然生	소설 내용	요시도민젹에잇눈 첩의일홈을 쎼여달나고 쳥원이만흔게야 참쳡엇눈사람들은 찰하리 한째 오입ㅎ눈것이낫겟던걸
4	139회	1915. 12. 17.	"		是非生	"	요시쳡엇눈ᄉᆞ룸들 쥬의홀일이야 쳡 찜문에 가뎡풍파라던지 쏘눈ᄌᆞ살ㅎ눈일이 만흔가보아요 유쳐취쳡은 인ᄉᆞ상에 안될일이야
5	연재후	1915. 12. 28.	"		一讀者	"	귀보쇼셜쟝한몽은일반우리독쟈가극히ᄌᆞ미를붓쳐익독ㅎ야오며리슈일이ㅎ고슌이희슌이가언제나맛나나ㅎ고 참답답ㅎ기가그지업더니 나죵에 리슈일이ㅎ고셔로 맛난것을보닛가 엇지샹쾌ㅎ고됴흔지요 인졔눈꼿을맛첫겟지요
6	연재후	1915. 12. 28.	"		一係員	"	그걸로쎠 꼿을맛첫지요만은 이뒤브터눈 더욱 ᄌᆞ미잇눈쇼셜이 나올터이니 그리아시도 더욱 익독ㅎ시기룰바라오

위의 표에서 보면, 조중환의 소설이나 그 소설의 신파극 공연 관련으로 47회의 독자투고와 <독자 편지>가 나타나고 있다. 그런데 <독자투고란>이 46회이고, <독자 편지>는 단 1회에 불과했다.

<독자투고란> 가운데에서도 '독쟈구락부'(1912. 11. 6~1913. 12. 4)와 '독자기별'(1914. 1. 13~1916. 2. 15) 기간이었을 때가 대부분을 차지하고 있다. '독쟈구락부'의 경우가 28회, '독자기별'의 경우가 18회, 그리고 <독자 편지>가 1회 나오고 있다. <독자투고란>의 변화 속에서도 '독쟈구락부'와

'독자기별'의 명칭으로 오래 머물게 되었다. 사실 이러한 면은 <독자투고란>의 처음 명칭이었던 '도청도설'(1912. 3. 1~1912. 8. 23)이나 '사면팔방'(1912. 8. 24~1912. 10. 23) 등이 그리 활발하지 못했다는 점과 대조된다. 즉 이 <독자투고란>이 활발히 진행되기 시작했던 것은 조중환의 『쌍옥루』 이후 『장한몽』에 이르러서였다. 따라서 이 작품들의 인기와 <독자투고란>의 인기는 그 궤를 같이하고 있었던 것이다. 또한 이 때문에 이 시절에 <독자투고란> 속에서도 소설 독자의 모습을 많이 발견할 수 있다.

[표 7] 조중환 소설 관련 <독자투고란>의 주제 통계

주제별 내용	횟 수
연극 관련	16 (약 34%)
소설-연극 관련	10 (약 21.3%)
소설 내용 관련	6 (약 12.8%)
소설 연재 요구	5 (약 10.6%)
연극 관련 요구	4 (약 8.5%)
편집계의 대답	4 (약 8.5%)
소설 내용 요구	2 (약 4.26%)
총 계	47(회)

조중환의 소설과 관련된 투고를 살펴보면, 연극 관련 내용이 가장 많은 부분을 차지하고 있다. 이 부분은 16개로 전체 47개 중 약 34%를 차지한다. 그 다음으로는 소설과 연극을 연계시키는 내용이 약 21.3%를 차지하고 있다. 예를 들어, 신문에 연재된 조중환의 소설이 연극으로 공연되니 보러 가겠다는 등의 내용을 담고 있다. 그 외에는 내용에 대한 짧은 감상을 보여주거나, 재미있으니 연재를 끊지 말고 계속해 달라는 요구가 이어진다. 반면 내용에 대한 요구는 단 2개에 그치고 있다. 조중환의 번안소설 연재가 『매일신보』의 독자층이 처음 성장하던 초창기였기 때문에 독자들의 반응 역시 매우 단순했다. 소설을 연극으로 보고 싶다든가, 연극 공연의 한 레퍼토리로 인식하고 있었음을 알 수 있다.

[표 8] 조중환 소설 관련 〈독자투고란〉의 주제 통계 도표

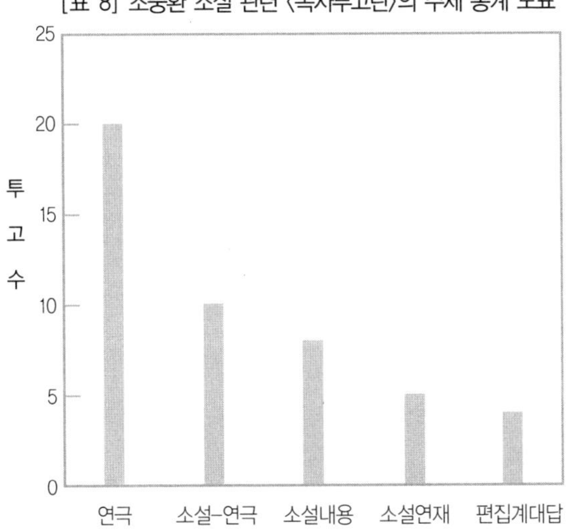

조중환 소설과 관련한 〈독자투고란〉의 내용은 결국 연극관련이 가장
많았고, 소설과 연극을 연계해서 얘기하는 경우가 그 다음을 잇고 있다.
즉 조중환의 소설이 소설로서 자리를 잡았다기보다는 연극을 위한 대본
의 역할 정도에 머무르고 있었음을 알 수 있다. 각 작품별 〈독자투고란〉
의 총 계수는 다음과 같다.

[표 9] 작품별 〈독자투고란〉의 독자 성향

	『쌍옥루』	『장한몽』	『국의향』	『단장록』	『비봉담』	『속장한몽』
연극 관련	4	12	0	0	0	0
소설-연극 관련	3	4	1	2	0	0
소설 내용 관련	0	3	0	0	1	2
소설 연재 요구	0	1	0	1	2	1
연극 관련 요구	1	2	0	1	0	0
편집계의 대답	0	1	0	1	1	1
소설 내용 요구	0	0	0	0	0	2
총 계	8	23	1	5	4	6

조중환의 번안소설 중, 가장 많은 투고가 이루어졌던 작품은 『장한몽』
이었다. 전체 47개 가운데 23개의 독자평이 이어져 전체의 약 48.9%를
차지하고 있다. 그 뒤로 『쌍옥루』 8개, 『단장록』 5개 등으로 이어지고 있
다. 작품별 개수를 도표화하면 다음과 같다.

[표 10] 작품별 〈독자투고란〉의 독자 성향 도표

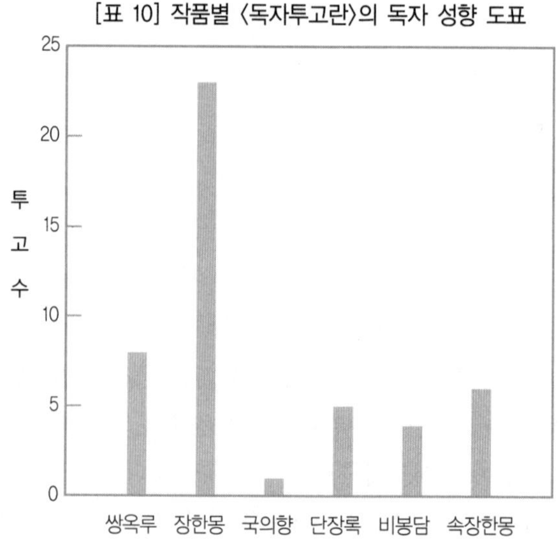

앞서 서술한 바대로 1910년대 초반기에 『쌍옥루』, 『장한몽』이 연재되
었을 때에는 대체로 연극 관련 투고가 많았다. 그런데 뒤로 갈수록 연극
보다는 소설로, 그리고 단순한 감상보다는 소설 연재에 대한 요구나 소설
내용에 대한 요구가 나타나기 시작했다. 실제로 『쌍옥루』나 『장한몽』에
서는 전체 양의 대부분이 연극 관련 내용이다. 그런데 『국의향』, 『단장
록』, 『비봉담』, 『속장한몽』 등에 이르러서는 연극 자체만의 평가는 전혀
나오지 않고 있다. 물론 『국의향』과 『단장록』의 경우는 신파극으로 공연
이 되어 당대 대단한 인기를 누렸기 때문에 소설과 연극을 연계해 보는
평이 존재하고는 있다. 그러나 『비봉담』과 『속장한몽』의 경우는 신파극

으로 공연되지 않았고, 오로지 소설로만 존재하게 됨으로써 아예 그러한 연극 관계 평은 나타나지 않았다. 『속장한몽』의 경우에는 신파극 공연을 준비하다가 배우가 병이 들어 실제로는 공연되지 못했다. 즉 처음부터 연극을 할 것이라는 전제가 있었기 때문에, 완전히 연극으로부터 독립되었다고는 볼 수 없다. 이렇게 『매일신보』는 신파극의 레퍼토리로서 소설 연재를 염두에 두었지만, 여러 제반 상황에 의해 연극으로 공연되지 못하고 이들 작품은 소설로만 남게 되었던 것이다. 이는 독자들에게 연극에 대한 관심과 연극평보다는 소설에 대한 기대와 요구가 나타나도록 만든 계기가 되었을 것으로 보인다.

특히 『속장한몽』의 경우에는 그 앞의 소설연재에서는 보이지 않던 소설의 내용에 대한 요구를 보이기도 했다. 이수일과 심순애의 행복한 결말을 요구하는 독자의 소리가 하나는 <독자투고란>으로, 또 하나는 <독자 편지> 형식으로 나타났다. 이러한 <독자 편지>를 통한 독자들의 적극적인 참여는 특히 이상협의 소설이 연재될 때 활발하게 전개되었다.

[표 11] 조중환 소설 관련 <독자투고란>의 투고자 성별

성 별	남	여	모호함
횟 수	1	6	40

조중환의 번안소설과 관련하여 <독자투고란>의 투고자의 성별을 보면, 총 47개 중 여성 투고자로 명시화된 것은 6개로 전체의 약 12.8%이다. 정확하게 남성이라고 지칭된 것은 한 개이며, 나머지는 그 성별을 알기 어렵다. 그러나 내용상 연극이 보고 싶다는 이야기이거나, 연재를 계속 이어달라는 내용 등이 보이는 점에서 자신을 밝히지 않은 여성 독자들이 상당수 더 있었을 것으로 추정된다. 또한 국한문체를 쓴 경우는 <독자 편지> 형식의 단 한 명에 불과하고 모두 한글로 기재되었던 점으로 보아 남성보다는 여성, 지식인보다는 중하위층 남성이나 여성들의 호

응이 많았을 것으로 보인다.

　　이러한 상황에서 볼 때, 조중환은 판매 부수의 확대 전략상 당대 식민지인들의 취향을 파악하고, 또한 이들의 흥미를 끌어야만 했다. 따라서 일본의 가정소설을 번안하면서도, 식민지 조선의 독자층들이 호응하는 부분들을 가져올 수밖에 없었고, 당시의 일탈적인 사회상들을 담아낼 수밖에 없었다. 세상은 변해 가고 있었고 근대적 교육을 누리는 여자들이 증가하면서 소설 속에서조차 여학생 문제를 다루지 않고서는 이야기의 흥미를 유발시킬 수 없는 지경에 이르렀다. "셰샹에셔 아마 인제눈, 녀학싱이라면, 버린 것으로 알더니, 지금은, 쇼셜을 보아도 녀학싱이 씨여야만, 즈미잇게 녁이눈 모양"41)이라는 독자의 말은 이를 뒷받침해 준다. 따라서 조중환은 인신매매나 음란함, 여학생의 자유연애나 이혼 등을 스스로 비판했음에도 불구하고 작품 속에서 이러한 상황을 재현한다.

　　『쌍옥루』나 『비봉담』의 경우, 아버지 몰래 자유연애를 한 여학생의 불행한 모습이 그려진다. 『장한몽』에서는 자유연애뿐만 아니라, 이혼의 문제, 자본을 인식하기 시작한 근대적 여성의 적극적 모습이 나타난다. 심순애의 경우 돈이라는 근대 자본을 쫓아 김중배와 결혼했다가 이혼하고 다시 이수일과 결합한다.

> 「슈일씨눈 쩌레만이가, 내게엇더케되눈사룸으로아시오」 (중략)
> 「쩌레만이눈, 내게 원슈라고 말ㅎ여도, 관계치 안소, 남들은 나다려, 쩌레만이 ㅎ고, 닉외라고 말ㅎ눈, 사룸도 잇스나, 내 마암에눈아무럿치도 안이ㅎ게 싱각ㅎ고 잇소 그러ㅎ닛가, 내가 됴와ㅎ눈, 량반ㅎ고, 내 마암터로 밋치든지, 됴와 지닉든지, 아모 허물도, 될 것이 업습니다 슈일씨, 아모조록, 쩌레만이를 보시거든, 최만경이눈 내게 홀녀셔, 귀치안케, 일상 짜라 단이려고 ㅎ니, 우리집, 계집하인으로라도, 다려갈 터이니, 그리 알나고 말솜ㅎ여 쥬시오, 그리만 ㅎ여 쥬시면, 나눈 일평싱을, 당신딕에셔, 하인으로라도, 지닉겟소」42)

---

41) 「무스킥」, '독쟈구락부'(『장한몽』 17회 연재중), 『매일신보』, 1913. 5. 31.

또한 근대적인 여성이라 할 수 있는 최만경은 늙은 남편이 중풍으로 쓰러지자 고리대금업에 뛰어들어 자신의 수완을 발휘하고, 적극적으로 수일을 유혹하는 근대적 여성으로 나타난다. 이 부분은 『금색야차』의 적극적인 미쓰에와 별반 차이가 없이 『장한몽』에서 최만경의 성격으로 그려진다. 미쓰에는 새롭게 등장하고 있는 근대적 여성의 성향을 띤다. 미쓰에는 자신의 현재 남편인 "'아카가시'가 '나'의 무엇인가"라고 당차게 물을 수 있는 여성이다. 미쓰에는 '나' 중심적 사고를 통해 내가 좋아하는 사람이라면 법적으로 결혼했더라도 상관없다는 태도를 취한다. 『장한몽』의 최만경 역시 미쓰에가 조선화된 인물로, 근대적 여성으로 그려진다. 이렇게 자기 주장이 강하고 당당한 여성의 모습은 기생인 옥향에게서도 나타난다.

　『금색야차』에서의 시즈(『장한몽』의 옥향) 역시 자신이 기생임에도 불구하고, 도미야마 다다쓰구가 애인 있는 자신에게 귀찮게 매달리고 사랑을 방해하는 데에 매우 격분한다. 따라서 추근대는 도미야마 다다쓰구의 이마에 접시를 던지고는 시야마에게로 달려온다. 이와 같은 맥락에서 『장한몽』의 줄거리 역시 전개되고 있으나, 옥향은 이에 한 수 더 나아간다. "나는 엇지 미운지, 너가 이 세상을, 떠나갈 졔, 마지막 분푸리로 그 놈의 몸둥아리를, 한반이라도, 짜기여 노아셔, 아조 다시, 셰상에 츌누를 흐지 못흐게, 병신을 만다라 노아야 흐겟소"[43]라며 더 크게 분풀이를 했어야 한다고 분개한다. 실제로 기생이 지체 높은 남자에게 이러한 발언을 하기는 어려웠을 것이다. 그럼에도 자신의 사랑을 방해했기 때문에 그것이 정당하다고 말한다. 이러한 측면에서 볼 때, 기생은 하나의 직업적 형태이지 예전처럼 단순히 남자의 유희 대상으로만 취급될 수 없음을 보여 주는 단초라 할 수 있겠다.

　『단장록』의 김정자 역시 최만경와 유사한 인물이다. 김정자는 원래 기

---

42) 『장한몽』 87회, '질투(소)', 『매일신보』, 1913. 8. 23.
43) 『장한몽』 96회, '쳥량암(소)', 『매일신보』, 1913. 9. 3.

생이었다가 정준모와 혼인하고 아들 자성이까지 낳았다. 그러나 이내 가
정생활을 견디지 못하고 도망을 갔다가 미국인과 재혼한다. 남편이 죽자
엄청난 재산을 유산으로 받아 조선으로 돌아와서는 자성이를 만나기 위
해 정준모에게 사정을 하고 용서를 구한다. 그러나 정준모는 용서치 않는
다. 이에 김정자는 자신의 돈으로 정준모의 채권을 잡아 자식을 보여 달
라며 그를 협박한다. 결국 김정자는 가정의 질서에 안주할 수 없어 뛰쳐
나가고 싶어 했던 일탈된 여성의 한 단면으로 재현된다.

> 「대톄 나는 동양풍속으로, 남존녀비라 ᄒᆞᆫ는 말을, 반디ᄒᆞᆫ는 사롬인고로,
> 디위의 등급을, ᄯᅡ라셔는 피츠의 남ᄌᆞ 스이라도, 놉고 ᄂᆞ진 구별이 잇스려
> 니와, 스나희와, 녀편네 스이에는, 텬품타고 나기는, 다갓치 탓거눌, 그곳
> 에 엇지, 스나희는 놉고, 녀ᄌᆞ는 낫다ᄒᆞᆫ는 리치가, 잇겟소, 그러나 오늘날,
> 이 셰샹녀ᄌᆞ의, 쳐디를 감안이 볼 것 갓흐면, 거의 남ᄌᆞ에게 눌녀셔, 고기
> 도 들지 못ᄒᆞᆫ는 모양이오, 닉외간으로, 말하여도, 스ᄂᆞ희는, 졔 ᄆᆞᆷ디로,
> 함부로, 거동을 ᄒᆞ되, 그 안희되는 사롬으로ᄒᆞ야는, 졍졀을, 직히는 것이
> 일반풍속이 되어, 스나희는, 의례히 그러홈 줄로 알며, 녀ᄌᆞ는, ᄯᅩ호 의례
> 히 그 압박을 밧을 줄로 아니, 그리ᄒᆞ고야, 엇지 녀ᄌᆞ의 디위를, 보존ᄒᆞ며,
> 디위가 잇는 나라 녀ᄌᆞ라 ᄒᆞ겟ᄂᆞ냐」44)

남녀의 평등을 말하는 부분 역시 독자들의 요구와 분리될 수 없는 부
분이다. 『쌍옥루』에서 이경자는 서병삼에게 버림받고 자신의 과거를 속
인 채 정욱조와 재혼한다. 정욱조는 자신을 근대적인 인물로 자처하며 남
녀는 평등하며 서로가 존경해야 한다고 이경자에게 이야기한다. 이러한
정욱조라는 인물은 근대적 교육에 의해 지위가 향상된 여성이 바라는 남
성상이라 할 수 있다. 따라서 여성 교육의 문제 역시 소설 속에 반영된다.
번안 끝에 내놓은 조중환의 창작물인 『속장한몽』에서도 여성 교육의
문제는 나타나고 있다. 『장한몽』의 속편인 『속장한몽』은 『장한몽』 이후

---

44) 『쌍옥루』 중편 21회, 『매일신보』, 1912. 10. 22.

의 이야기를 담고 있다. 『속장한몽』은 이수일과 심순애가 결혼한 이후의 내용이 전개되며 최만경이 이수일의 첩으로 들어오면서 갈등이 발생한다. "최만경은 이수일의 무정홈을 한호야 기성 노릇으로 몸을 바리엿다가 슈일은 순익와 동거호게 된 후 순익도 권호얏거니와 슈일의 모 옴에도 젼후 졍셰를 싱각호미 칙은홈을 익의지 못호야 드디여"45) 최만경을 첩으로 들이게 된다. 사실 이렇게 이수일이 최만경을 첩으로 삼게 된 것 역시 순애의 권유이기도 했다. 그러나 최만경은 심순애와 백낙관이 바람을 피워 희순을 낳았다며, 희순이 이수일의 딸이 아니라 백낙관의 딸이라고 거짓말을 한다. 따라서 최만경은 자신의 일가 동생되는 춘자와 짜고 춘자의 남편 김철영을 이수일의 대리인으로 내세워 순애를 쫓아내게 된다. 김철영이 고용한 희순의 유모 간난어멈은 김철영과 결탁하지 않고 진남할멈과 순애의 사정에 감복하여 희순을 정성으로 돌본다. 희순의 유모 간난어멈은 김철영과 그 처 춘자가 아기를 죽이려 하자 데리고 나와 자신의 딸처럼 키운다.

> 「(상략) 우리 아가는 이 어멈의 쫄이 되얏다고 비록 돈은 업슬지라도 니 가슴의 졍셩으로 아기 한 사롬은 남부럽지 안이호게 양육홀 터인데 요스이는 녀편네라도 학교에 단여야호니 학교에 단이여 졸업훈 후에 어머니되시는 아씨를 츠즈가게 남으로 잇는 니 모옴이 이러홀게는 친어머니 되시는 아씨의 모옴이야 오작 맛나보고 십흐시리요만은」46)

> 「리년부터는 아가도 학교에 다녀야지 그러히셔 공부를 잘호여 가지고 녀편네라도 남의 스나히 부럽지 안이호게 잘 되여쥬게」47)

오해를 받고 쫓겨난 심순애를 대신하여 그의 딸 화순을 키우는 유모 간난어멈은 신분이 낮음에도 불구하고 "요스이는 녀편네라도 학교에 단

---

45) 『속장한몽』 3회, 『매일신보』, 1915. 5. 27.
46) 『속장한몽』 33회, 『매일신보』, 1915. 7. 20.
47) 『속장한몽』 34회, 『매일신보』, 1915. 7. 22.

여야” 한다거나 여자도 교육을 받아 “녀편네라도 남의 스나히 부럽지 안이ㅎ게” 되어야 한다고 생각한다. 여기에서도 역시 당대 현실이 반영되고 있으며, 근대의 문물을 통하여 달라지고 있는 여성의 모습이 재현되고 있는 것이다.

또한 1910년대 조중환의 소설이 연재되는 시기에 급증하기 시작한 기생 독자층의 모습 역시 그의 연재소설에 반영된다. 모자이합형의 소재나 이혼, 밀매음, 첩 혹은 기생의 문제가 인기가 있었던 것은 그 당시 기생이 독자로 엄청나게 등장한 데 기인한다. 이러한 부분은 당대 기생의 상황, 즉 매음을 하는 모습이나 첩으로 들어가는 모습 등으로 나타나는데, 특기할 점은 이러한 측면에서도 독자로서의 기생의 요구가 반영되고 있다는 것이다. 기생이 신문을 들고 다니면서 모르는 글자를 물어보는 것[48]과 밀매음하던 기생이 신문에 글을 쓰는[49] 등, 많은 기생들이 <독자투고란>에 투고한다.

> 「억지라도 분슈업는, 억지의 말삼이지요, 세샹에 그런 일이, 어디 잇슴
> 닛가, 어머니끠셔는, 한ㄓ 천업을 ㅎ던 사름이라고, 흠결을 잡으시나, 아
> 모리 천업은 ㅎ엿슬지라도, 싀부모를 공경ㅎ고, 남편을 잘 밧들면, 그 외

---

48) “여보 이 세상에는, 화류계를 단여도, 무식ㅎ면 안이되겟습디다, 일전에 엇던, 기싱의 집에를 갓더니, 쥬인 기싱이 미일신보를 보다가, 나다려, 모를 글즈를 무러요, 그러나 나로 말ㅎ면, 돈푼은 잇지만은, 글이야 엇지 알겟소, 뭇는 글즈를, 가라쳐 쥬지 못하고, 묵묵히 안젼더니, 기싱이 말ㅎ기를, 남즈되고 글을 모른단 말이요 ㅎ는디, 얼골이 자연, 확끈확끈 흠되다 그려, 그럴 뿐 안이라, 다른 곳은 엇더흔지, 의쥬기싱은, 누구누구 홀 것업시, 신보는, 보지 안는 사름이 업셔요, 이것을 보면, 의쥬 녀즈샤회에는, 기싱샤회가, 몬져 긔명을 ㅎ엿나 보와요”(「의슈가갸싱」, ‘독쟈구락부’(『장한몽』 105회 연재 중), 『매일신보』, 1913. 9. 13)

49) “여보, 신보샤에 잇는 사름들은, 모다 신츌귀몰ㅎ디다, 은밀ㅎ게 ㅎ는 일을, 엇지 그러케 소샹히 알고, 긔록ㅎ는지, 슘도 한번 크게 쉬일 수가, 업구려, 우리 의쥬로 말ㅎ야도, 그러케 큰 곳은, 못 되지만은, 쇼읍과 달나셔, 간혹 은밀ㅎ게 흔 일이 잇더니, 신보지국이, 셜립된 후로는, 저근 일과 큰 일을 물론ㅎ고, 도모지 슘길 수가, 업셔요, 우리는 다른 샤름과도 달나, 밀미음을 약간ㅎ는디, 흠결이 드러날가, 겁이 나셔, 항상 줄에 안진 시몸이로구료”(「의쥬은근쟈」, ‘독쟈구락부’(『장한몽』 106회 연재 중), 『매일신보』, 1913. 9. 14)

에서, 더 됴흔 며느리가, 어디 잇슴닛가 그뿐 안이라, 형슈가, 기싱 노릇흔
것은, 즈긔가 질겨셔 흔 것도 안이요, 모도가 우리 집안을 위ᄒᆞᄂᆞᆫ 마음으
로 흔 것인디 그 공을 싱각ᄒᆞ여 쥬기로 지금 와셔 그런 박졀흔 말을, 엇
지 홈닛가」 (중략)
　「어머니는 걸풋ᄒᆞ면, 집안을 더럽혀 놋는다고, 말슴을 ᄒᆞ시니, 어머니끠
소눈기, 일샹 이젼 안목만 가지고, 보시는 말슴이지오, 셰샹이라는 것은
졈졈, 풍속이 변ᄒᆞ야가는 것인디, 네닛젼ᄒᆞ고, 지금ᄒᆞ고, 엇지 비교홈가,
그것도, 억지의 말슴이올시다 (중략) 녯젹 사롬들갓치 처음 혼인ᄒᆞ면, 말
도 안이ᄒᆞ고, 니외간인지, 남남끼린지, ᄭᆞ닭을 알 수 업시 지ᄂᆞ는 것이 올
슴닛가, 아모리 싱각ᄒᆞ야도, 어머니 말슴은, 반디홀 슈밧게 업슴니다, 그
럿틋 니외간에, 졍의가 샹합하여, 지ᄂᆞ는 것을, 무슴 ᄭᆞ닭으로, 리혼을 식
이려고 ᄒᆞ심닛가 아모리 부모의, 심바람이라도, 그런 심바람은, 홀 슈 업
슴니다」50)

　이러한 예로 『국의향』에서는 기생도 생계수단으로서의 직업으로 표현
된다. 여학교까지 다녔던 국희(국향)는 인신매매로 진주에서 기생으로 팔
린다. 그러나 진주집의 도움으로 그곳에서 벗어나 서울로 올라오게 된다.
그 후 진주집의 아들 김용남과 결혼하게 되나 결혼 후에도 생계 때문에
다시 기생 일을 시작한다.
　그런데 처음에는 국향을 긍정적으로 평가했던 진주집이 나중에는 국향
이 기생이기 때문에 정실며느리로 받아들일 수 없다며 자신의 아들과 이
혼시키려 한다. 그의 둘째 아들 김용학은 "일샹 이젼 안목만 가지고, 보
시는 말슴이지오, 셰샹이라는 것은 졈졈, 풍속이 변ᄒᆞ야 가는 것인디, 네
닛젼ᄒᆞ고, 지금ᄒᆞ고, 엇지 비교" 하느냐며 그 어머니를 비판한다. 이러한
부분은 기생이라 하더라도 자신의 의지에 따라 남편을 가질 수도 있고
생계를 위한 수단으로 기생직을 직업으로 가질 수도 있음을 보여준다.
　『속장한몽』에서 최만경과 춘자의 대화 속에서도 당대 여성의 기대가
반영된다. 김철영의 처, 춘자가 남편 김철영의 난봉에 화가 나서 "나도

---

50) 『국의향』 52회, '蟬聲', 『매일신보』, 1913. 12. 9.

ᄆᆞ음ᄃᆡ로 놀고 십으면 놀고 구경가고 십으면 구경가고 태평세계로 잘 놀아보지 김텰영이만 ᄆᆞ암ᄃᆡ로 놀게 두고 나난 뒤돈만 드려ᄃᆡ이노라고 ᄒᆞ고 십지 안은 말ᄒᆞ러 단이노라고 근심은 안이홀톄"51)라며 자신도 마음대로 놀아보겠다고 말한다. 예전 같으면 조신하게 남편을 접대하고 공양하며 인내하는 것이 여성의 미덕이었으나 근대의 자유로움을 서서히 맛보고 있던 여성들을 이러한 전대의 모습을 그대로 받아들일 수는 없었다. 도리어 이들은 남성들과 마찬가지로 한번 놀아 보겠다고 당차게 나온다.

> 「여보셔요 빅락관씨 셰샹에는 ᄒᆞᆫ 계집은 첩을 삼고 한 사룸은 안희를 삼아 두 계집이 한 남편을 셤기는 일이 젹지 안이ᄒᆞ지오 소셜에도 그런 일이 만코 연극에도 그러ᄒᆞᆫ 일이 젹지 안이ᄒᆞ나 나는 그 일은 못ᄒᆞ겟습니다 나는 엇더ᄒᆞᆫ 일이 잇슬지라도 최만경이 잇는 우에 덥쳐가기는 실습니다 나는 남편에 ᄃᆡᄒᆞᆫ 이정은 죠곰도 변치 안이ᄒᆞ엿습니다 남편과 한 집안에 잇지는 안이홀지라도 남편에게 향ᄒᆞᆫ 마음은 텰셕ᄀᆞᆺ치 되엿스니 두 계집을 좌우에 두고 잇는 것은 ᄉᆞ나희의 힝복이 안인 줄로 알고 잇습니다. 더구나 신사의 톄면으로 엇지 그런 일을 ᄒᆞ겟습니가」52)

순애는 남편에 대한 절대복종의 태도를 보이면서도 동시에 첩을 얻어 두 여자의 남편 노릇을 하는 남편을 비판한다. 두 계집을 가지는 것은 근대의 신사가 할 행위가 아니라는 것이다. 이는 순애를 통하여 여성의 문제가 드러난 것이라 할 수 있다. 따라서 이 부분은 남녀평등에 대한 지식이 커가고 있는 당대 독자들의 의식이 반영되어 나타난 것이라 할 수 있다.

> 「최만경은 안희가 안이야 아모리 ᄒᆞ야도 지금은 정말 안희는 안이오」
> 「(전략)삼년동안을 무ᄉᆞ히 동거ᄒᆞ면 법률샹으로는 의례히 부부로 인정ᄒᆞ는 것이 원다 쳐음에는 돈으로 삿던지 ᄶᅡ에서 엇던던지간에 임의 사실상 부부가된 이샹에는 유쳐ᄎᆔ쳐의 죄는 면ᄒᆞ지 못홀 터이니 만일 최만경

---

51) 『속장한몽』 30회, 『매일신보』, 1915. 7. 16.
52) 『속장한몽』 138회, 『매일신보』, 1915. 12. 16.

> 씨가 고쇼롤 ᄒ면 로형은 형ᄉ피고인이 될 것이오 지판 결과에논 로형의
> 디위가 엇지 될논지 알 슈 업고 리슈일의 집안은 결단나는 날이니 그일을
> 싱각ᄒ여 보아야지」[53]

이러한 측면은 최만경의 대리자인 김철영과 이수일이 맞설 때도 나타
난다. 이수일이 최만경은 단순히 데리고 있는 하인과 다름없을 뿐 부인이
아니라고 하자, 김철영은 삼 년 동안을 무사히 동거하면 법률상으로 부부
로 인정된다며 유처취처(有妻娶妻)의 죄가 있다고 논박한다. 이 부분은 조
중환이 첩 자체의 문제점을 짚고 있기는 하지만, 남성들의 문제적 행위를
지적해내고 있으며 첩 스스로의 권리 역시 보여준다. 기생이 첩이 되었을
때, 유처취처는 불가능하다는 법의 판결은 동시에 첩의 권익도 보호하는
입장이 될 수 있다. 따라서 첩의 권리까지 말할 수 있게 된 것은 독자들
의 욕망과 부합되는 문제이다.

> 「期然生」―요시도 민적에 잇는 첩의 일홈을 ᄲ여달나고 청원이 만흔게
> 야 참 첩엇는 사롬들은 찰하리 한째 오입ᄒ는 것이 낫겟던걸[54]
> 「是非生」―요시 첩엇는 스롬들 쥬의ᄒ을 일이야 첩 ᄶ문에 가뎡풍파라던
> 지 ᄯ논 ᄌ살ᄒ논 일이 만흔가 보아요 유처취첩은 인ᄉᆼ에 안될 일이
> 야[55]

『속장한몽』이 연재되는 가운데 이러한 첩의 문제에 대해서 독자들은
스스로가 자신들의 목소리를 나타낸다. 유처취처는 불가하다는 내용이
연일 소설 속에서 게재되고 있는 가운데 독자들 또한 그러한 첩의 문제
에 관심을 기울인다. 조중환은 첩의 문제와 같은 당대의 시대적 상황을
신문연재소설에 담아내고, 소설을 통해 독자들은 그러한 상황을 다시 짚
어낸다. 따라서 독자들은 소설의 상황과 실제 현실의 상황을 겹쳐 보고

---

53) 『속장한몽』 66회, 『매일신보』, 1915. 9. 12.
54) '독자기별'(『속장한몽』 125회 연재중), 『매일신보』, 1915. 11. 27.
55) '독자기별'(『속장한몽』 139회 연재중), 『매일신보』, 1915. 12. 17.

있었으며, 그 소설을 자신들의 삶에 반영해 보기도 했다. 서로의 관계를 통하여 자신들의 의사를 반영해 보기도 했다.

『단장록』(1914. 1. 1~1914. 6. 9)과 『비봉담』(1914. 7. 21~1914. 10. 28) 사이에 연재된 심우섭이 번안한 『형제』에서도 여성 독자들의 욕구나 적극적인 모습이 등장하고 있다. 『형제』는 런던 타임즈에 나온 영국 소설을 일본에서 번역한 『過去の罪』를 재번역한 번안소설이다. 이는 나중에 정극단에 의해 전 10장으로 각색되어 1914년 8월 4일부터 공연되어 많은 인기를 누렸다.[56) 이 소설은 첫 번째로 번안 각색, 연극까지 공연된 서양의 것이라 할 수 있다.

『형제』는 형인 한영식과 동생 한철식의 우애를 그리고 있다. 동생 한철식이 추위 때문에 털외투를 훔치고 그 훔친 죄를 형 영식이 대신하여 한 달 징역을 살다 나온다. 그 이후 그 둘은 상해로 가고 한영식은 청국 상해 요리점에서 일하게 된다. 그러던 중에 도둑이 일어로 말하는 것을 알아들은 한영식이 손님의 가방을 훔치려던 도둑을 잡게 된다. 그 인연으로 손님인 은행장 진기장의 배려로 은행의 수위로 취직했다가 다시 중요한 일어 문건을 해결하면서 비서에까지 오르는 등 높은 위치까지 승진하게 된다. 그 후 철식은 오박사의 딸 오영자와 약혼하게 되고 한영식은 인천 지점장이 되어 가려던 찰나, 인천에서 한영식이 전과범이라는 서류가 도착하면서 한영식은 같은 은행에서 자신을 질투하던 서상욱의 간계에 의해 쫓겨나게 된다. 그 후 한철식과 오영자가 탄 자동차가 사고가 나고 중상을 입은 한철식은 목사와 진기장 앞에서 실제로는 자신이 도둑질을 했음을 고백하고 죽는다. 이 후 한영식과 진경희는 결혼하고 미망인이 된 오영자와 그의 아들은 한영식이 돌보게 된다. 인천에 있는 한영식의 어머니 무덤에 온 가족이 왔다가 오영자는 시부모의 산소를 모시며 자신은 인천에서 살겠다고 하는 것으로 소설은 끝난다.

---

56) 양승국, 앞의 책, 109~110면.

이 번안소설은 원전이 영국 소설이기 때문에 적극적이고 강인한 여성
의 모습이 상당히 서구적인 편이라 할 수 있다.

> 한영식은 경희의 말을 짜러 「슷쟝씌셔는 지금 밧부신 일이 잇스니 잠
> 간 기다리시오」 ᄒ며 정답지 안이ᄒ게 디답ᄒ다 그러나 경희는 조곰도
> 섭섭히 알지 안이ᄒ는 모양으로 「그러면 기다리지요 여긔 안져셔 기다려
> 도 관계치 안켓셔요」 영 「관계치 안소 여긔 안지시오」 ᄒ며 엽헤잇는 교
> 의를 니여민다
> 한영식은 이와 ᄀᆺ치 경희를 안져 기다리게 ᄒ고 다시 셔상옥을 도라보
> 며 무슨 말을 ᄒ랴ᄒ는 것을 경희는 가로막어 교의에 안지도 안이ᄒ고
> 「한영식씨 웨 요젼 반공일날 오지 안이ᄒ셧셔요 공치자고 약조ᄭ지 ᄒ지
> 안이ᄒ셧슴닛가 여러 동싱들은 기다리다 못ᄒ엿지요」 기다리다 못ᄒ 사
> 롬이 과연 그 아오들인지 ᄯᅩᄒ 모르리로다[57]

은행장인 진기장에게 완전한 신임을 얻은 한영식은 진기장의 비서가
되어 은행에서 은행장 다음으로 높은 자리에서 일을 하게 되었다. 그런데
진기장의 딸인 진경희가 은행에 찾아와서 자신을 좋아하는 문서과장 서
상욱은 거들떠 보지도 않고 한영식에게만 끊임없이 관심을 보인다. 그러
나 한영식은 그런 경희에게 사무적으로 대할 뿐, 전혀 관심도 없고 더 차
갑게 대하기까지 한다. 이렇게 자신에게 정답게 굴지 않는 한영식의 태도
에 진경희는 전혀 개의치 않고 왜 반공일날 공치는 놀이를 할 때 오지 않
았냐며 섭섭해 한다. 서술자의 평처럼 목을 빼고 기다린 사람은 동생이
아니라 진경희 자신이었던 것이다.

> 경희는 부친의 ᄒ시는말을 고요히 듯고 잇고 진씨는 필경 그 쌀이 이
> 말을 드르면 경희의 영식에게 디ᄒ 의정이 일시에 살아질 줄 알앗더니 쳔
> 만쯧밧게 경희는 이 말을 듯더니 그 눈은 광치가 나고 그 얼골에는 샹긔
> 가 되며 「그ᄭᅩ짓 것이 다 무엇이야요 외투 한 벌이 그리 대단ᄒ가요 다른

---

57) 『형제』 5회, (구) '진경희(陳敬姬)', 『매일신보』, 1914. 6. 16.

사름들은 무엇이라 ᄒᆞ던지 나는 한영식에게 동정을 표ᄒᆞᆷ니다 참말 그 어
룬은 됴흔 사름이지요」 ᄒᆞ는 어죠난 비상히 격앙호 모양이라
   경희의 영식에 디흔 ᄋᆡ정을 이져 바리도록ᄒᆞ는 진씨의 말은 맛치 불우
혜 기름을 분것과 ᄀᆞᆺ치 되엿도다58)

진경희는 그 이후 영식이 전과자였다는 사실을 알게 되지만, 그 말을
듣고서도 자신이 영식을 좋아하는 마음에는 변화가 없다. 이러한 면모는
차갑던 영식의 마음도 변화시키기에 이른다.

   ᄌᆞ긔의 지나간 ᄉᆞ정을 ᄌᆞ셔히 알면셔도 그 ᄀᆞᆺ치 ᄯᅡᆺ듯한 동정을 품고 잇
는 아름다운 사름이 한아 잇도다 오영ᄌᆞ에게 디흔 간절ᄒᆞ던 정이 업셔지
며 그 디신에 ᄯᅩ 한 명의 미인이 싱기엿스니 먼져 번의 미인은 ᄌᆞ긔를 번
민ᄒᆞ게 ᄒᆞ얏고 이번 미인은 ᄌᆞ긔를 위로ᄒᆞ게 흔다59)

사실 영식은 자신의 동생의 약혼자인 오영자를 보고 첫눈에 반하게 된
다. 한영식은 동생의 소개로 오영자를 처음 보는 자리에서 "잠간 정신이
황홀ᄒᆞ여 그 미려흔 광경에 눈이 흐리여 져편으로부터 졂은 부인이 연보
를 가벼히 옴기여 갓가히 옴을 ᄭᅢ닷지 못"60)할 정도로 오영자의 미모에
놀라고 그 이후 오영자를 잊지 못하여 괴로워 하게 된다. 그렇지만 오영
자가 자신의 동생의 약혼자이기에 스스로 자신의 마음을 접고자 한다.
   이러한 상황에서 진경희는 끊임없이 영식에게 자신의 마음을 숨기지
않고 드러내고 있다. 이러한 면은 조중환의 번안소설과도 상당히 달라지
는 부분이라 할 수 있다. 조중환의 소설들의 주인공들은 대체로 남성과
여성이 동시에 서로에게 좋은 감정이 생겨 연애를 하는 것으로 나타난다.
즉 이전까지 연재소설의 연애는 이미 시작된 상황에서 진행이 되지 연애
의 과정을 보여주고 있지는 않다. 연애보다는 자유연애라는 짧은 서술에

---

58) 『형제』 18회, (삽십오) '화상첨유(火上添油)', 『매일신보』, 1914. 7. 2.
59) 『형제』 19회, (삽십구) '렬려젼(烈女傳)', 『매일신보』, 1914. 7. 4.
60) 『형제』 8회, (십륙) '쳥결(淸潔)', 『매일신보』, 1914. 6. 19.

의해서 정리되어 나타나고 곧바로 결혼의 문제로 넘어가는 것이 대부분이다. 그런데『형제』는 이와는 다르다. 한영식과 진경희가 좋아하게 되는 과정이 드러나고 있는 것이다. 물론 그러한 연애의 과정이 중심축을 형성하고 있지는 않다. 그러나 미세하나마 한영식이 오영자와 진경희 사이에서 갈등하는 부분이 나오고 있다.

또한 조중환의 소설에서는 남성에게 적극적으로 자신의 사랑을 고백하고 구애하는 여성은 대체로 악인인 경우가 많다.『장한몽』과『속장한몽』의 최만경이나『단장록』의 김정자(룡선)는 각각 심순애와 황씨부인의 대척점에 있으면서 선에 대한 대항자, 즉 악의 축을 형성한다. 그렇기에 최만경과 김정자의 적극적인 면모는 현숙함이나 정숙한 여인의 모습과는 거리가 먼 부정적인 것으로 제시되는 것이다.

그런데『형제』에서는 지위가 있고, 학식이 있는 진기장의 딸, 진경희라는 인물이 자신이 좋아하는 남성을 향해 적극적으로 구애 행위를 한다. 자신이 좋아하는 남성이 자신을 좋아하든 하지 않든 간에 그러한 것에 매이지 않고, 자신의 감정에 충실하게 적극적으로 자신의 호의를 표시한다. 또한 이러한 적극적인 구애는 갈등하던 남자로 하여금 자신 쪽으로 마음을 돌리게까지 만든다. 이것은 현모양처 담론에서 본다면, 정숙한 여성의 모습과는 거리가 먼 것이다. 진경희는 결국 자신의 사랑을 쟁취하여 자신의 욕망을 성취하고 있는 것이다. 이는 결국 서양의 소설로부터 번안했기 때문에 나타날 수 있는 부분이다. 즉 서양의 근대적 여성의 형태가 번안으로 변형된다고 하더라도 그러한 원전이 가지고 있는 적극적인 여성의 모습이 삽입되어 오면서 이러한 면들은 독자들의 욕망과도 맞아떨어지게 되었던 것이다.

> "여보 긔쟈 션싱님 요시 귀보일면에 나는 형뎨라는 쇼셜을 련일 밧아보오미 참 주미가 잇셔요 엇져면 형뎨간에 우의가 지극ᄒᆞ야 셔로 도아가며 친목돈이로 지너가는 것을 보닛가 우리 독쟈의 감샹은 말ᄒᆞᆯ 슈 업셔요 아마 비극 즁에는 그런 비극이 쏘 업슬 뜻ᄒᆞ던 거리오"[61]

위의 독자의 말을 보면, 『형제』는 양면적인 부분이 있다. 즉 전체 내용의 줄거리는 형제간의 우애와 오해가 큰 축으로 잡혀 있고, 그 사이에 한영식과 진경희, 오경자의 애정의 축이 섞여 있다. 따라서 여성들에게는 이러한 연애담이, 남성들에게는 형제간의 문제와 남성들의 사회적 성공에 대한 이야기가 흥미를 줄 수 있으므로 남성 독자와 여성 독자 모두에게 흥미를 끌 수 있는 여지가 있었다.

실제로 심우섭의 『형제』 이후 연재된 조중환의 『비봉담』(1914. 7. 21~1914. 10. 28)은 임의사와 박화순의 연애담이 이어진다. 보통 1~2회에서 연애는 끝나고 결혼 이후 사건이 전체의 대부분을 차지하던 이전과는 달리 연애라는 측면과 범인을 찾아가는 탐정소설적 측면이 서로 연계되고 있다.

> "요시련일 게지ᄒ시는 기보 일면 비봉담이라논 쇼셜은 참 ᄌ미가 만허
> 요 쳐음브터 의ᄉᄒ고 계집끼리 다졍히 구논 속을 보닛가 나죵에논 엇더
> 케 될논지 모르겟지마논 춤 ᄌ미 잇습듸다요 「일독자」"[62]

『비봉담』은 첫회부터 박화순과 임달성의 연애로 시작된다. 이 둘은 부모 몰래 교제를 하고 있다. 그런데 부모의 입장은 박화순은 고준식과 임달성은 류정숙이라는 여자와 혼인시키려 하는 상황이다. 이렇게 부모에게도 말하지 못하고 박화순과 의사인 임달성이 연애를 하며 고민하는 모습들이 4회까지 연속 게재되는 것을 보고 한 독자는 처음부터 연애하는 모습이 무척 재미있다고까지 이야기한다.

『비봉담』에 나타나는 이러한 면은 이전의 번안소설들로부터 배워온 것이라 할 수 있다. 사실 『비봉담』은 조중환이 이제까지 번안한 소설들과 함께 자신의 창작적 기술을 넣은 것일 확률이 높다. 완전한 창작은 아니라 하더라도 상당 부분 창작적인 요소가 있다. 특히 지명의 구체성이나

---

61) 「일독자」, 『매일신보』, 1914. 6. 17.
62) '독자기별'(『비봉담』 5회), 『매일신보』, 1914. 7. 25.

진주 촉석루 가는 길에 현재에도 실제로 '비봉못'이 존재하는 것으로 보아 조중환이 나름대로 창작적 요소를 상당히 가미한 것이라고 볼 수 있을 것이다.

번안소설은 이미 원전을 확보한 채로 그것을 그대로 모방하거나 그대로 번역하기도 하고 그 안에 작가가 창의적인 것을 부가하기도 한다. 원전이 가지고 있는 여성의 자유로운 의사와 행동들은 번안이라는 형태로 소설에 반영되기도 한다. 혹은 식민지 여성들의 욕망 또는 관심에 합당하게끔 만들기도 하고 관심을 끌 수 있는 부분을 조금 더 강조하기도 한다. 여성의 인권이나, 첩, 기생의 권리 문제 등은 서양 혹은 서양을 닮아 가려던 일본의 텍스트 속에 잠재해 있었다. 이것이 식민지 조선에 번안이라는 형식 속에 묻어 들어온 것이다. 그리고 또 한편으로는 독자들의 욕구를 반영하려는 조중환이 그러한 독자의 취미와 맞닿은 텍스트를 번안하고자 한 것이고 더 나아가 더욱 강조하기에 이른 것이라 할 수 있다.

(2) 독자의 발견과 대중적 요소

최원식의 말처럼 삼각 구도의 연애 구도가 제대로 정립된 것은 조중환이 번안한 『장한몽』으로부터라 할 수 있다. 이 삼각 구도는 두 가지 축으로 형성되고 있다. 한 축은 심순애-이수일-김중배-최만경의 구도(이수일-심순애-김중배, 심순애-이수일-최만경)이고, 다른 한 축은 옥향-김중배-최원보의 구도이다. 심순애는 이수일을 배신하고 김중배와 결혼하는 것으로 드러나, 실제 정조와 의리를 배신하는 것으로 설정된다. 최만경은 자신의 남편이 있음에도 불구하고, 이수일을 진심으로 좋아하기에 남편은 아무 상관없다며 이수일에게 접근함으로써 정조나 의리와는 전혀 거리가 먼 인물로 드러난다. 이에 반해, 옥향은 직업이 기생임에도 불구하고, 김중배를 거부하고, 최원보에 대한 정조와 의리를 지키는 것으로 설정된다.

이러한 대립적인 두 삼각 구조가 이중적으로 자리 잡고 있는 것은 바로 식민 담론 특히 현모양처 담론과 일탈적인 욕구의 분출이라는 여성의 욕망 사이에 번안소설이 놓여 있기 때문이라고 해야 할 것이다. 순애가 결혼하고서도 4년 동안이나 정조를 지키고 있었다는 설정은 원작인 『금색야차』에는 없는 무리한 설정으로 바로 식민 지배 담론 특히 현모양처 담론 속으로 독자를 이끌기 위해서라 할 수 있다. 그러나 독자의 일탈적인 욕망은 도리어 다른 면에서 더욱 잘 드러난다. 즉 한 번 결혼한 여자가 자신이 좋아하는 미혼의 남자와 다시 결혼하거나 사랑을 쟁취하고, 기생이 자신의 욕구대로 행동하며, 첩의 권리를 말하면서 남자들의 횡포에 비판을 가하는 것에 많은 여성 독자들은 위안과 대리 만족을 느꼈을 것이다. 이러한 독자의 성향을 맞추면서 일제가 요구하는 현모양처 담론으로 가기 위한 도구로 이 삼각 구도의 이중 구조가 이용되는 것이다. 실제로 『금색야차』에서부터 이러한 구도가 성립된다. 그러나 『장한몽』에서는 그 이중 구조를 사용하면서도 더욱더 도덕적이고 정조를 내세우는 담론으로 이끌려는 경향이 있었다. 따라서 두 번째 축인 기생 옥향의 정조를 원본보다 강조하여 남편 최원보 앞에 완전히 복종하는 여성상을 제시하기까지 하는 것이다.

이는 대중소설의 전형[63]을 이루게 되기도 하는데, 이러한 굴곡적 경향은 번안소설이 결국 식민 지배 담론으로서의 현모양처 담론과 독자들의 일탈적 욕망 사이 갈등의 장에서 나타났기 때문에 드러나게 되는 것이다.

---

63) 임성래는 「대중문학을 어떻게 이해할 것인가」(대중문학연구회편, 『대중문학이란 무엇인가』, 평민사, 1995, 23면)에서 대중문학이 "여가 산업으로서의 상품성을 높이기 위해서는 여가를 즐기려는 독자들의 욕구를 충족시켜야만 한다"고 보면서, 이를 위해 "대중문학은 작품의 흥미성에 특별한 관심"을 갖지 않을 수 없으며, 독자의 흥미를 유지하는 기법을 마련할 수밖에 없다고 설명한다. 이 기법으로 "독자들의 관심사인 당대 사회 문제에서 소재를 택하는 것", "독자들의 꿈의 현실화인 초인적 주인공의 등장", "인간 내면의 권선징악적 욕구의 반영인 정의의 승리", "줄거리의 전개 과정에서 긴장감을 고조시켰다가 결정적 위기에서 작품을 중단하는 단절 기법", "애정을 바탕으로 한 주인공과 악한의 대결 구도" 등을 제시하고 있다.

조중환은 신문연재소설이라는 형식을 띠고 신문의 발행부수에 영향을 미쳐야 하는 상황에서, 독자의 흥미를 유발하기 위해 소설의 화법상으로도 더 적극적으로 독자를 참여시키려 한다. 『비봉담』에서 조중환은 새로운 화법을 시도한다. 즉 작가가 독자를 의식하여 글을 써나가고 있다. 예를 들어 '독자 여러분이여'라거나 '독자시여' 등의 화두를 사건의 전개 사이사이에 던지고 있으며, 이를 통하여 독자와의 교감을 꾀한다.

> 독쟈시여 첩은 이와 곳치 담판을 ᄒ얏는 고로 비록 고쥰식과 혼가지로 려힝을 혼다 ᄒ야도 죽은 림의ᄉ에게 디ᄒ여 뎡절을 더렵히는 칙망은 듯지 안이ᄒ리로다 독쟈 여러분도 첩이 림의ᄉ에게 향ᄒ는 마음을 諒히시리로다[64]
> 그러나 첩은 류졍슉을 물속에 ᄲ차치게 혼 일이 업슴은 독쟈 여러분이 확실혼 증거가 되시리로다[65]

박화순은 실수로 자신의 애인인 임의사를 비봉담에 빠뜨린다. 작가는 이러한 상황을 독자가 앞에서 이미 읽었기 때문에 독자들이 박화순의 결백을 알고 있는 것으로 설정한다. 또한 여성 스스로가 다른 사람 앞에서 자신을 낮추어 부르는 '첩'이라는 어휘를 소설 전체의 서술자로 잡아 박화순이 직접 자신의 이야기를 독자들에게 하고 있는 듯한 분위기 역시 연출한다. 즉 서술자가 박화순을 대변하는 입장을 취하는 듯 보이면서도 한편으로 박화순 스스로가 자신의 이야기를 하고 있다는 이중적 분위기를 내보임으로써, 독자들로 하여금 주인공에게 거리감을 느끼지 않도록 새로운 시도를 한 것이다.

> 이상 뎨일회로브터 뎨이십오회ᄭ지는 그쌔ᄭ지 지너인 첩의ᄉ졍이라 독쟈시여 이와 곳치 길고 길게 쇼셜곳치 긔록ᄒ야 노은 것은 즉 첩의 유셔로다 조금이라도 ᄉ실을 슘기지 안이ᄒ얏스며 보퇴이지도 안이ᄒ얏도다[66]

---

64) 『비봉담』 16회, 『매일신보』, 1914. 8. 8.
65) 『비봉담』 18회, 『매일신보』, 1914. 8. 11.

또한 앞에 연재한 1회에서 25회까지의 소설은 '첩'의 유서라는 형식을 취하고 있다. 따라서 독자들이 첩의 유서를 직접 읽었다는 식의 화법을 전개하고 있다. 이렇게 함으로써 작가의 개입에 의해서가 아니라 독자 스스로가 소설의 내용에 더욱 근접하다고 느끼게 함으로써, 독자의 참여를 유도하고 있는 것이다. 이러한 화법의 사용은 독자층의 형성과 더불어 신문연재소설의 작가와 독자의 소통성이라는 측면에서 설명될 수 있는 부분이라 하겠다.

한편으로 조중환은 신문연재소설의 묘미를 살려 소위 '다음 호에 계속'이라는 기법을 『비봉담』에서 조금씩 보여준다. 박화순이 자신의 누명을 벗을 길이 없자, 유서를 적는 25회 연재분은 "하느님 아버지시여 첩의 긔도를 밧으시옵소셔 독쟈시여 첩의 죄를 용셔ᄒ소셔"67)라고 하면서 끝맺는다. 이 연재분은 박화순의 유서로 기승전결을 맺고, 독자들이 박화순이 자살을 기도하는 것은 아닌지, 누명은 벗겨질 것인지에 대해 유추하도록 만든다. 또한 26회 분에서도 박화순이 유서를 적은 후 열병으로 쓰러졌다가 의식이 들 때, 임의사의 목소리가 들리고 "첩은 놀니여 눈을 쓰고 아ᅳ독쟈시여 림의ᄉ의 형용은 과연 첩의 엽헤 잇도다"68)라고 하면서 그 회분을 끝맺고 있다. 쓰러진 박화순 앞에 죽었다던 임의사가 나타나면서 극적인 효과를 일으킨 뒤 그 회분을 종결함으로써 독자들의 흥미와 궁금증을 불러일으키는 것이다.

『속장한몽』에서도 심순애와 그의 딸 희순이가 서로 알아보지 못하고 만났다가 심순애가 희순이를 자신의 딸은 아닌지 의심하는 장면에서 이러한 '다음 호에 계속'이라는 기법이 사용된다.

「아버지다 봉희야 나는 너의 아버지야 익비롤 몰나」 ᄒ며 안아 일으켜

---

66) 『비봉담』 25회, 『매일신보』, 1914. 8. 19.
67) 『비봉담』 25회, 『매일신보』, 1914. 8. 19.
68) 『비봉담』 26회, 『매일신보』, 1914. 8. 20.

희순의 울며 소리치는 것도 도라보지 안이코 급히 인력거에 담아 살갓치
다라는다
    얌전이는 인력거를 좃츠가며 마음것 쇼리를 다ᄒ여 「여보여보 니말슴
들으오」 ᄒ며 얌전이는 발을 구른다69)

실제로 최만경은 딸 봉희를 낳고, 최만경의 친척인 김철영의 처 추자
는 아들 룡이를 낳게 된다. 최만경은 자신의 입지를 강하게 하고자 추자
의 아들 룡이와 자신의 딸을 서로 바꾼다. 따라서 최만경의 딸 봉희와 심
순애의 딸 희순은 서로 자매간으로 굉장히 닮은 것으로 설정된다. 김철영
은 봉희를 잃어버리고 찾다가 심순애의 딸 희순을 자신의 딸로 착각하고
인력거에 급히 태워가 버린다. 이러한 상황에서 보면, 이 장면의 극적 효
과는 뛰어나다. 겨우 심순애와 그의 딸 희순이 상봉하여 서로를 알아보기
직전인 장면에서 서로 곧 알아보리라고 독자들은 기대한다. 그러나 김철
영이 다시 나타나 희순을 납치해 가는 모습에서 독자들은 또 한번 안타
까워하게 되고, 그 다음 상황에 대해서 궁금해 하게 된다. 따라서 한 회
의 연재분에서 극적으로 모녀의 상봉하는 모습과 마지막 부분에 극적으
로 다시 헤어지는 장면으로 결말짓는 것은 그 다음 회에 대해 독자들의
관심을 유도하고 있음을 알 수 있다.
    이보다 앞서 『장한몽』에서는 43회(『매일신보』, 1913. 7. 1), 81회(『매일신보』,
1913. 8. 16), 99회(『매일신보』, 1913. 9. 6) 연재분에서 삽화70)를 통해 다음 내
용을 알 수 있게 해 준다. 43회의 경우, 조병권과 신장우가 채무독촉을
하러 온 이수일을 설득하나 듣지 않는 내용으로, 삽화에는 남자가 다른
남자를 치려는 듯한 그림이 그려져 있다. 그러나 실제로 때리는 것은 44

---

69) 『속장한몽』 96회, 『매일신보』, 1915. 10. 20.
70) 신문연재소설의 특징이라 할 수 있는 삽화는 '시각적인 자극과 흥미를 위해 삽입'
    되어 왔으며 '신문 부수 판매의 증가를 위한 기능과 역할'을 해왔다. 1910년대 『매
    일신보』에서 볼 수 있는 삽화의 유형은 대화 장면과 사건 장면, 갈등 및 상념의 표
    현, 로맨스의 표현, 배경 묘사 장면 등으로 나누어 볼 수 있다(강민성, 「한국 근대
    신문소설 삽화 연구」, 이화여대 석사논문, 2002, 40~51면 참조).

회이다. 또한 81회에서는 일하는 노파가 이수일에게 백락관이 왔다고 알리는 장면으로 끝나는데, 삽화에서는 백락관이 아니라 어떤 여자가 왔음을 그리고 있다. 따라서 다음 회에서 백락관이 아니라 심순애가 찾아올 것임을 미리 보여준다. 99회에서는 두 남녀가 술에 독약을 타서 자살하려는 장면인데, 삽화에는 두 남녀 사이에 어떤 남자가 방으로 들어오는 장면을 그림으로써 이 연인의 자살이 실패할 것임을 암시한다. 따라서 이러한 삽화가 다음 호에 대한 기대와 호기심을 유발시키고 있는 것을 알 수 있다.[71)

조중환은 『장한몽』, 『국의향』, 『단장록』에서는 각 회에 제목을 붙여서 제목 단위로 글의 기승전결을 보여주었다. 예를 들어 『단장록』에서는 '제지회샤'라는 제목으로 첫 회부터 제4회까지 연재되며, 각 회에는 '제지회샤(일)', '제지회샤(이)'라는 식으로 순서가 매겨져 있다. 따라서 같은 장으로 묶이는 연재분은 그 속에서 기승전결이 드러난다. 그러나 그 이후 『비봉담』과 『속장한몽』에서는 앞에서 보여주던 소제목들을 없애고, 각 회마다 기승전결의 형식을 보여준다. 또한 각 회의 끝부분에는 갑자기 등장한 상황, 혹은 인물, 사건들이 나타나면서 그 다음 회분에 대한 흥미 역시 유발시킨다. 따라서 위에서 살펴본 독자에 대한 직접적으로 유도하는 화법이나, '다음 호에 계속'이라는 기법의 사용은 독자층의 형성과 더불어 신문연재소설의 작가와 독자의 소통성이라는 측면에서 설명될 부분이라 하겠다.

결국 그 당시 사회상으로 신문지상에서 악행으로 고발되던 자유연애의 행태, 이혼 문제, 기생 문제, 인신매매 등의 모습들이 소설 속에서 재현된

---

71) 신문대중소설의 형태상의 구조 가운데 삽화의 역할은 매우 중요하다. 쟈끄 구아마르는 "독자에게 '숨이 끊어지게' 할 정도로 숨 돌릴 틈을 주지 않"을 정도로 독자들을 끌어간다고 설명한다. 또한 이 때 "빼놓을 수 없는 삽화는 여기에서 거의 배경 역할을 한다. 삽화의 정확성은 작가로 하여금 더 자세하게 묘사를 해야 하는 수고를 덜어주며, 군말들은 신속한 독서를 조장"하고 있다고 설명한다(쟈끄 구아마르, 김중현 역, 「대중소설의 형태상의 구조」, 앞의 책, 136면).

다. 또한 여성교육의 등장과 남녀평등 문제, 그리고 첩으로서의 기생의 권리 등이 독자의 요구와 병합되어 나타나며 이를 통하여 여성들의 권리는 보다 강하게 주장된다. 또한 조중환은 기법상으로도 독자의 참여를 유도한다. 세상이 바뀌고 풍속이 변하고 있는 시대의 모습은 이렇게 소설 속에 재현되었다. 이러한 모습을 발빠르게 잡아내어 번안하여 연재한 조중환은 대중의 호응을 이끌어 낼 수 있었다. 또한 무엇보다도 이러한 조중환의 대중에 대한 정확한 파악은 신문 부수의 확장과 더불어 많은 독자들의 참여와 호응을 일으킴으로써 <독자투고란>을 기하급수적 성장으로 이끌어 갔다.

따라서 조중환은 식민 지배 담론에 결탁되어 있는 면이 있기는 하지만 이상협이나 민태원에 비해서 가장 근대적인 여성 인물을 보여 주고 있다고 할 수 있다. 뒤의 절에서 언급하겠지만 이상협이나 민태원의 소설에서의 여성은 자유로운 여성으로 묘사되기보다는 유교적 여성상이 훨씬 더 강화된 형태로 나타난다. 반면 조중환의 번안소설에서는 문제적 여성들의 자유연애와 첩이나 여성의 권리를 발언한다는 점에서 당대 여성들의 기대와 맞닿아 있다고 할 수 있다. 이러한 면에서 '근대적인 여성관'이 엿보인다고 할 수 있을 것이다. 물론 이러한 면은 독자의 호응을 얻기 위한 한 방편이었다고 할 수 있다. 자유로운 여성을 묘사하고 번안하면서도 자신 나름대로 유교적 여성을 표현하고자 했던 것은, 작가적 의도라는 측면에서 상호 이질적이다. 조중환이 보여 주고자 한 근대적 여성관과 작품을 통해 제시되고 독자에 호응된 근대적 여성관은 서로 상충되어 다르다고 할 수 있다. 이러한 근대적 여성관이 공통되면서 이질적으로 나누어지는 부분은 결국 식민 담론의 욕구와 독자의 욕망 사이에서 이질적인 형태로 드러나면서 교차하는 1910년대 조중환의 번안소설에 담긴 특징이라 할 수 있을 것이다.

결론적으로 말하자면 번안소설은 식민 지배 담론과 결탁된 요구와 근대라는 자유 앞에 자신의 일탈적 욕구를 끊임없이 분출하던 독자의 욕망이 얽힌 곳에서 등장하게 된 것이다. 이 둘은 서로 갈등하고 있으나 그러한 갈등은 작가의 조율과 작가의 의도에 의해 또다시 굴곡을 겪게 된다. 따라서 그 속에서 탄생하게 된 번안소설은 서로 상반된 의미를 지니게 되었던 것이다. 이는 신문, 작가, 독자가 서로 얽히고 갈등하면서 생성된 것이라 할 수 있다.

특히 1910년대 전반기까지 조중환의 번안소설은 판매 부수 확장 전략과 맞물려 있었다. 그것 때문에 많은 수의 독자가 필요했고, 그러한 전략으로서 공략 대상이 된 것이 식민지 여성이었다. 조중환은 그들의 욕망과 일탈성을 인정하고 소설 속에 끌어들이면서도, 한편으로는 정조를 강조하는 방식으로 굴절시킨다. 이러한 여성을 공략하기 위해 일본 가정소설을 가지고 오게 되었고, 조선의 식민지 여성들은 전략적으로 『매일신보』에 호명된 것이라 할 수 있다.

『매일신보』가 판매 부수를 확장시키기 위해서는 고정적인 독자를 확보해야만 했다. 조중환의 번안소설은 그가 『매일신보』에 연재하기 시작한 1912년 7월 17일부터 1915년 12월 26일까지 『매일신보』의 확장과 함께 함과 동시에, 그 『매일신보』의 전략에 따라 유발된 <독자투고란>이 가장 활발하게 움직인 때라 할 수 있다. 이러한 판매 부수 확장 전략은 『매일신보』와 『매일신보』에 실린 번안소설과 그 번안소설이 연재 되는 중간에 각색되어 공연된 연극까지 모두를 아우르며 나타나게 되었다. 따라서 이러한 전략에 따라 신문 독자와 번안소설 독자, 연극 관객은 서로 얽혀들 수밖에 없었다. 이러한 독자들을 통합하면서 『매일신보』의 확장을 도모했던 것, 독자의 반응을 이끌어 내었던 것은 바로 조중환의 번안소설이었던 것이다.

조중환은 식민지 조선 여성의 욕망과 흥미를 잡아내기 위해 다른 그 누구보다도 여성의 입장을 강조하게 된다. 따라서 그러한 번안의 과정을 겪은 후, 『장한몽』의 인기에 힘입어 자신의 창작인 『속장한몽』을 비로소 연재하게 되었을 때, 이러한 여성적인 면, 기생의 면, 그리고 첩의 면 등에 신경을 쓰게 되는 것이다. 시류를 따르는 것, 그러면서 독자의 흥미와 대중을 의식하는 것, 이것이 조중환의 번안소설에 담겨 있다. 이러한 면은 바로 독자의 발견과 독자의 욕망의 수용이라는 측면이 1910년대에 비로소 등장한 것이라 할 것이다.

2. 문명화 담론과 소설 독자층의 분화—이상협

하몽 이상협은 조중환과 더불어 『매일신보』 기자로 일하면서 일제하의 편집기자로는 최고의 귀재라고 불릴 정도로 뛰어난 명성을 날렸다. 1915년 『매일신보』에서 조중환이 정치·경제를 담당하는 경파주임을 역임했을 때, 이상협은 사회·문화 담당인 연파주임을 맡았다. 1918년에는 경파와 연파 편제에서 4개과로 변형되어, 편집과장에 이상협, 경제과장에 윤교중, 외교과장에 방태영, 사회과장에 민태원, 지방과장에 심우섭이 재임했다. 변화된 것이 있다면 조중환이 빠지고 대신 이상협이 편집과장이 되면서 실권을 거의 장악했다는 사실이다.[72]

이상협은 1912년 『매일신보』에 입사하여, 1915년 조중환이 경파주임을 담당하던 시기에 연파주임을 담당하고 1918년 9월 18일부터 발행 겸 편집인이었다가 1919년 5월 퇴사했다. 그 후 『동아일보』 창간에 참여했고 『조선일보』, 『중외일보』를 거쳐 1933년 10월 20일 다시 『매일신보』로 돌아와 부사장 직책을 맡게 되어, 1940년 9월 20일까지 『매일신보』의 핵심 인물이 된다.[73]

또한 그는 3·1운동 이후 일제의 한국인 신문 발행을 허용하는 방침이

---

72) 정진석, 「每日申(新)報研究」, 앞의 논문, 252~256면 참조. / 김진두, 앞의 논문, 29~30면 참조.
73) 정진석, '연도별 매신 종사자 명단'과 '매일신보의 인물들' 약력, 「총독부 기관지 매일신보의 사람들」, 앞의 글, 55~60면 참조

제정되면서 1920년 1월 6일자로 허가된 3개의 민간 신문이 발행되자 그들 신문사에서 엄청난 두각을 나타내었다. 특히 『동아일보』의 발행 허가를 자신의 명의로 얻어내어 초대 발행 겸 편집을 맡았고 『동아일보』의 내분으로 여러 명의 제작진을 끌고 『조선일보』로 옮기면서 『조선일보』에 일대 혁신을 가하였다. 이 후 최남선과 진학문이 주도하던 『시대일보』가 자금난으로 발행이 중단되자, 이상협은 이를 『중외일보(中外日報)』로 이름을 바꾸어 1926년 9월 18일자로 창간하였다. 그는 언론과 편집의 귀재답게 "조선이 농업국이라는 사실에 비추어 농촌 독자를 대상으로 한 농업란을 만들고, 오늘날에는 모든 신문이 싣는 바둑과 장기대전을 게재하여 오락적인 취향이라는 일부의 비판도 받았으나 새로운 독자의 개발에 기발한 재능을 과시"하기도 했다.74)

이상협은 1912년 8월 10일 『재봉춘』을 발간하고 『매일신보』 기자로 있으면서 『눈물』(1913. 7. 16~1914. 1. 21), 『정부원』(1914. 10. 29~ 1915. 5. 19), 『해왕성』(1916. 2. 10~1917. 3. 31), 『무궁화』(1918. 1. 25~1918. 7. 27)를 연재했다. 1916년 2월 16일부터 1919년 6월 15일까지 『매일신보』의 <독자투고란>조차 잠정적으로 폐쇄되었을 만큼 규제의 강도가 높았던 암흑기에 이상협의 소설이 꾸준히 실렸다는 것은 그의 소설이 『매일신보』의 정책과 맞아떨어지고 있었음을 반증해주는 것이라 하겠다. 『눈물』은 일본 소설을 번안한 것이라고 하며 『무궁화』는 창작인 듯하나, 앞서 번안·번역한 소설들에 영향을 받은 것으로 보는 것이 타당할 것이다.

따라서 1)에서는 강화된 『매일신보』의 정책과 이상협의 번안소설이 어떤 면에서 교호하고 결탁되는지를 살필 것이다. 이는 『매일신보』의 일제 식민 정책과 맞닿는 부분으로, 번안소설에서 일제 문명을 옹호하는 측면과 맞닿아 있다.

이와 동시에 2)에서는 <독자투고란>이 폐쇄될 정도로 『매일신보』 편

---

74) 정진석, 「민간 3대 신문의 언론인들」 7, 『신문과 방송』 253호, 1992. 1, 56~57면 참조.

집계의 요구와 독자들의 욕망이 상충될 때, 독자들을 규제하려 하면서도 독자들의 욕망과 연계되는 부분이 어떠한 방식으로 번안소설에 스며 있는지를 살펴볼 것이다. 특히 신문 편집의 귀재로 근대 신문 형성에 큰 역할을 한 이상협이 어떻게 독자의 욕구를 잡아내고 흥미를 유발하는지를 살펴봄으로써 번안소설이 신문·작가·독자의 욕구가 서로 대결하고 갈등하는 가운데 탄생되고 있음을 발견할 수 있으리라 예상된다.

1) 근대 문명국으로서의 식민지 조선 사회 강조

(1) 식민지 안정화 정책과 문명화에 대한 찬양

조중환이 <독자투고란>을 성장시키는 방향에서 일조했다면, 이상협은 그 반대로 <독자투고란>이 폐쇄된 가운데 『해왕성』을 단독으로 게재하기에 이른다. 즉 <독자투고란>이 폐쇄될 정도로 일제의 정책이 강압적이었던 바로 그 시기에 이상협은 가장 활발한 활동을 한 것이다. 1915년 이후로 식민지가 안정기에 접어들어, 독자의 취향에 맞춘 번안소설을 통해 굳이 독자층을 불러 모을 필요가 없어진 상황에서 이상협은 '신문지법'을 충실하게 따랐다고 할 수 있다. 이상협이 지향한 것은 바로 편집계에서 요구하는 사회의 안녕과 질서, 그리고 규율이었다.

1915년부터 조중환은 경파주임으로, 이상협은 연파주임으로 있다가 1917년 경파주임이 김환으로 전환될 때도 이상협은 그대로 연파주임을 맡았다. 또한 더 나아가 1918년 편집장 선우일이 그만두고, 그 자리를 이상협이 맡으면서 이상협은 1910년대 『매일신보』 최고의 언론인으로 자리잡았다.

여기에서 편집장이던 선우일이 그만둔 자리를 이상협이 차지하게 된다는 것과 선우일이 그만두게 된 배경을 통해 당시 『매일신보』와 일제 식민지 정책에 대한 이해를 도울 수 있다. 선우일은 이장훈(1910. 6~1910. 10.

21), 변일(1910. 10. 22~1915. 1. 29)에 이어 형식상이긴 하나 조선인 편집장을 맡아 1915년 1월 30일부터 1918년 9월 17일까지 역임했다. 선우일이 『매일신보』를 떠난 것은 "조선의 귀족과 부호들을 비난하는 글을 실었기 때문"이라고 하는데, 이 문제를 일으킨 논설은 "빈민구제(貧民救濟)에 대하야 귀족부호(貴族富豪)여"였다. 이 논설은 일본과 조선 모두 쌀값 폭등으로 형편이 어려운데 일본은 천황까지 내탕금을 내어 놓으나 조선의 귀족과 부호는 조선 민족의 피와 눈물로 잘 살게 되었으면서도 빈민 구제를 하지 않고 있다며 맹렬하게 비판하는 내용이었다. 그러나 강점 당시 일제는 이완용, 송병준 등 친일파와 대신들에게 돈과 작위를 주었기 때문에 총독부 기관지인 『매일신보』에 이러한 글을 싣는다는 것은 있을 수 없는 일이었다.[75] 이 사건을 계기로 선우일은 편집장의 자리에서 밀려난 것이고, 그 자리를 꿰어 찬 사람이 바로 최고의 언론인인 이상협이었다.

이렇게 『매일신보』에는 일제와 관련된 귀족, 친일파 등에 대한 비판도 전혀 허용되지 않았고, 심지어 독자들이 살기 어렵다고 비판하는 것조차 언급될 수 없는 지경에 이르렀다. 1915년 이후 식민지가 안정화 되어야 하는 상황에서 식민지 조선에 일어나는 문제와 일탈들은 일제가 정당화했던 식민지화를 흔드는 일이 되었다. 조선의 문명화를 위해 일제가 식민화했다는 논리는 안정되어야 할 중반기를 지나면서도 나을 기미 없이 더욱더 열악한 방향으로 흐를 때, 『매일신보』는 조선의 문명화된 모습을 좀 더 강하게 강조하는 방향으로 나아가게 된 것이다.

이상협은 번안소설을 통해 일본의 시혜 덕택에 식민지 사회가 근대 문명국이 되었다고 강조한다. 먼저 일본의 문명성의 강조라는 측면에서 볼 때, 『해왕성』은 이상협의 식민 지배 담론을 아주 뛰어나게 표현한 작품이라 할 수 있다. 이상협은 원작의 나폴레옹 시대를 조선이 식민지 되기 직전인 개화기의 동아시아의 상황으로 바꾸어 놓았다. 이미 『정부원』을

---

75) 정진석, 「총독부 기관지 매일신보의 사람들」, 앞의 논문, 50면 참조.

번역하면서도 조선의 이름과 도시로 바꾸어 놓은 전적이 있는 이상협은
『해왕성』을 연재하는 가운데 '하몽으로부터 독쟈에'라고 하면서 『해왕
성』을 집필하는 어려움을 토로한다. "이리도 싱각ᄒ고 져리도 싱각ᄒ야
쓴 뒤에는 ᄆᆞᆷ에 맛지 안이ᄒ야 제쳐버리고 ᄯᅩ 다시 쓴 뒤에는 ᄯᅩ ᄆᆞᆷ
과 합지 못 ᄒ야 다시 찌져 바리고 이러케 ᄒ기 수ᄎ"76)라고 심경을 고
백한다. 이상협은 이 글에서 『해왕성』이 뒤마의 원작을 일본에서 번역하
고 그것을 다시 재번역한 행위이기는 하지만 자신이 여러 가지로 개입하
고 있음을 시사한다.77)

드른즉 드를사록 이상한 인물이라. 거의 임금이라 하야도 좃타 문뎡
「그래도 그런 일을 하면 정부에서 그 사람을 잡지 안나」 선인은 됴롱하는
듯이 「홍, 잡아요, 언으 나라 정부에 그러한 힘이 잇다고요, 뎨 일등의 속
력을 가진 군함으로 뒤를 쫏챠도 저 유람선은 못 ᄯᅡ라감니다. 한 시간에
이삼십리는 분명히 뒤지지오, 그리고 저 량반이 피신을 하랴면 아모의 집
에를 가던지 넉넉히 숨어잇슬 수가 잇는데요」 하고 아조 자긔도 그 사람
의 부하이나 된 듯이 입에 침이 업게 칭찬을 한다.78)

양운과 숙정 사이에서 난 아들 양문정은 해왕 백작(장준봉)을 만나게 되
는데, 정부에 대해서는 아랑곳없이 정부에서 쫓는 마적당의 괴수를 도망
치게 도와주는 모습에 놀라게 된다. 선인은 정부에서 건드리지 못하는 준

---

76) 이상협, 「『해왕성』중간에잠시멈츄고 – 하몽으로부터독쟈에 – 」, 『매일신보』, 1916.
7. 11.
77) 실제로 『해왕성』은 알렉산더 뒤마 페르의 *Comte de Monte Cristo*가 원본이며 그 직
접적인 대본은 黑岩淚香이 번역한 『巖窟王』(1905. 7)으로 일역본이다. 목차 상의 장
의 구분은 거의 일치하고 있다. 그러나 제1장의 내용 비교를 해 보면 전혀 다르다.
시대와 상황, 그리고 지명, 이름 모두 다르게 번안함으로써, 일역서의 번안을 다시
중역했음을 알 수 있다(김병철, 『한국근대번역문학사연구』, 앞의 책, 348~350면 참
조). 또한 『매일신보』(1916. 1. 20)에는, "동양 수정에 맛도록 돌라 쑤며 령롱훈 필
법으로 긔록"했다며, 이상협이 서양의 소설을 동양적으로 꾸몄다고 『해왕성』을 대
대적으로 광고하고 있다.
78) 『해왕성』 91회, '홍! 잡아요? 언으나라에서', 『매일신보』, 1916. 7. 20.

봉에 대해 매우 존경하면서도 한편으로는 무능력한 정부에 대해 매우 비
판적인 태도를 보인다. 여기에 묘사된 정부의 모습은 개화기 때의 조선의
모습과도 유사하다. 따라서 일제 식민지가 되기 전의 무능력한 정부와 부
패한 정치가 판도를 이루던 때를 비판하는 것으로 읽힐 여지가 있다. 이
는 문명한 일본과 야만인 조선의 이분법적 사고를 보여 주는 부분으로
일제 식민주의 정책과 연계된 부분이라 할 것이다.

이러한 일본의 문명성을 강조하는 측면은 중국인과 일본인의 위상 차
이에서도 확연히 드러난다.

> 월모어 경은 객실에 들어오자마자 말했다.
> "알고 계시겠지만 나는 프랑스 어를 못합니다."
> "우리 말을 하는 것을 좋아하시지 않는다는 것은 알고 있습니다."
> 경시총감의 사자가 대답했다.
> "그러나 당신은 프랑스 어로 하셔도 상관없습니다. 말을 할 수는 없습
> 니다만 알아듣기는 하니까요."
> "나는 회화 정도의 영어라면 쉽게 할 수 있으니까 염려하지 않으셔도
> 됩니다." (중략)
> "기껏해야 오륙십만 정도겠지요. 어쨌든 인색한 사람이니까요."
> 월모어 경은 분명하게 증오에 휩싸여서 지껄이고 있었다. 그리고 백작
> 의 어디를 비난해야 좋을지 몰라서 인색한 점을 공격하는 것이었다.[79]

> 량 「홀일업지오, 변변치 못ᄒ나마 일본말로 엿줍깃습니다」 후작은 미
> 우 깃거ᄒᄂᆞᆫ 모양으로 「응, 춤 과연 일본말을 잘ᄒᄂᆞᆫ걸, 미우 희한ᄒᆫ 일이
> 야, 아조 일본사롬과 어됴가 다르지 안이ᄒᆫ데, 그만ᄒ면 나도 조곰도 거리
> 낄 것 업시 무엇이던지 이약이를 ᄒ지」 량 「네―황감ᄒ외다, 실상 오늘
> 저녁에 이와 갓치 시간약조를 청ᄒᆞ야 가지고 뵈오라 오기는 이전부터 친
> 히 아신다ᄂᆞᆫ 희왕빅쟉의 말슴을 드르랴ᄒ와서」 후작은 ᄯᅩ 상을 찡긔이며
> 「희왕빅쟉의일……그것은 말ᄒ지 안킷소, 나는 그놈과……안이 빅쟉과
> 큰 원수이닛가 너가 ᄒᄂᆞᆫ 말은 결코 공평치 못ᄒ야……」 량총쟝은 도리

---

79) A. 뒤마, 김성호 역, 『몽테 크리스토 백작』 II, 청목, 1993, 119~120면.

혀 감복ᄒ얏다. 보통 사롬이면은 ᄌ긔 원수의 일이닛가, 경찰쳥에서 뭇기
가 무서웁게 의기양양ᄒ야 잇는 터로 험담을 홀 터인디……과연 무스의
호협훈 긔풍을 숭상ᄒᄂ 일본 귀족이라[80]

원작에서 윌모어 경과 경시총감의 사자는 서로 거의 대등하게 대화를
나누고 있다. 경시총감의 사자는 영국의 귀족인 윌모어 경에게 어느 정도
의 예의만 갖추고 있지 무조건 경의를 표하고 있는 것은 아니다. 그러나
『해왕성』에서 일본 도조 백작과 양총장의 대화는 거의 주인과 하인의 대
화처럼 이루어진다. 즉 일본 백작은 완전히 하인에게 하듯이 아주낮춤체
를 쓰고 있고, 거기에 비해 양총장은 중국의 검찰 총장으로 매우 높은 직
위임에도 불구하고 "황감ᄒ외다"와 같은 아주높임체를 쓰고 있다. 중국
의 검찰총장이 일본 백작에게 사용하는 이러한 격식체는 이상협의 손에
의해 만들어진 것이라 할 수 있다.[81] 따라서 예전에 조선이 섬겼던 대국
인 중국이 일본 앞에서 하인을 자처하는 듯한 어법 태도는 일본이 중국
보다 훨씬 앞서 있음을 간접적으로 시사해 주는 것이라 할 수 있다.

또한 일본 귀족이 성격은 매우 별나고 자랑을 많이 하나, 실제로 원수
에 관해서는 자신의 말이 공평하지 못하기에 말할 수 없다고 하면서 일
본인이 신사임을 보여주고 있다. 특히 일본인이 무사의 기풍을 숭상하기

---

80) 『해왕성』 157회, '세가지의수단', 『매일신보』, 1916. 10. 25.
81) 이상협의 『해왕성』은 "혁명당의 총두목 손일션이가 광동셩셩『광동셩셩』에셔 혁명
    란리를 쑤미다가 실픠를 당ᄒ고 「하와이」로 도망훈 그 이듬히 이월 이십구일이라
    미국의 셔편히안으로부터 맛참 그 「하와이」셤을 것쳐 지나의 항구 상히「上海」에 긔
    원「開遠」이라는 풍범션이 드러왓다"(『매일신보』, 1916. 2. 10)로 시작된다.
    "拿翁がエルバの島に流されて早十ケ月はどを經た千八百十五年二月二十九日であゐ。
    地中海の東岸から恰度そのエルバの島の附近を經て佛蘭西の港, 馬而寒へ, 巴丸と言ふ
    帆前船が入つて來た。"(黑岩淚香, 『巖窟王』, 김병철, 『한국근대번역문학사연구』, 앞
    의 책, 350면, 원문 재인용)와 비교해 보면, 이상협이 대본으로 삼은 『암굴왕』의 내
    용과는 다르게 진행되고 있음을 알 수 있다. 『암굴왕』에서 지중해를 거쳐 'エルバ'
    (에르파)섬을 지나가는 프랑스의 배를 이상협은 하와이를 지나가는 중국 상해의 배
    로 바꾸어 설명하고 있다. 중국 혁명당 두목 손일선의 상황을 끌어오고 동양적 설정
    을 만든 것은 이상협의 창작이 개입되었음을 보여주는 것이라 할 수 있다.

에 올바르고 공평하다는 것을 나타내 주는 것이다. 원작에서 윌모어 경은 단지 몽테 크리스토 백작에 대한 적개심을 적나라하게 드러낸다. 그러나 『해왕성』에서 일본 백작을 그렇게 남을 중상모략하는 듯이 표현한다면, 일본의 우월하고 문명적이고 신사적인 이미지를 해치게 된다. 따라서 『해왕성』에서는 원작과는 달리 일본 백작 스스로 자신은 해왕 백작과 큰 원수라서, 자신의 말은 공평치 못하다고 말하는 것으로 나타난다. 일본 백작이 일본 무사의 기풍을 숭상하므로 올바르고 공평하여, 남을 중상모략하지 않는 인물로 그려냄으로써 일본의 우월성과 문명성은 더욱 고취된다. 이상협이 『해왕성』을 써 나가면서 고심했다는 부분은 아마 이렇게 식민 지배 담론과 연관된 부분일 것으로 예상된다.

다음으로 경찰 혹은 재판 등으로 대표되는 일제 치하 공권력에 대한 신뢰성을 들 수 있다.

> 「흥 누구더러 나가란 말이야, 이 집도 니 집이오, 이 집에 잇는 재산도, 니것이야, 이전에는 아모리, 죠필환의 지산이라도, 지금은 니 일흠으로, 등긔증명꼬지 맛흔, 니 지산이란 말이다 나가기는, 누구더러 나가란 말이냐 너 곳흔 년이나 어셔 쌜니 나가거라」
> 「동긔증명만 니이면, 죄당신의 지산인 듯ㅎ오, 도적질ㅎ야, 쎄아슨 것도 증명만 니이면, 니것이 되는 법은, 이 셰샹에는, 업단 말이야, 니입 한 번만 잘못 써러지면, 엇의가, 엇더케 될지 모로니, 공연히 여러 말 말고, 쌜니 어듸로던지 나가요, 진정 니 집에는, 안이 붓쳐들 터이니」[82]

『눈물』에서는 기독교인인 마야대좌를 만나 완전히 회개하고 선한 사람이 된 평양집이 조필환의 재산과 집을 빼앗은 장철수에게 가서 집을 도로 내놓으라고 한다. 그러나 장철수는 조필환의 집을 자신의 이름으로 등기했으니 자신의 재산이라고 한다. 이에 대해 평양집은 도적질하여 빼앗은 것을 증명만 하면 되찾을 수 있다며 지금의 공정한 법에 대해 언급

---

82) 『눈물』 106회, 『매일신보』, 1913. 12. 19.

한다. 즉 도적질한 재산은 보호하지 않는다는 것으로 공정한 법, 공정한
사회의 모습을 강조하고 있다. 이러한 경찰에 대한 믿음은 서씨부인이 장
철수의 일을 경찰에 고발하고 싶지만 세상에 소문나는 것이 두려워 못한
다는 부분에서도 나타난다. "경찰셔에 고발ᄒ면, 용이히, 구원ᄒ겟지
만"[83]이라고 하면서 경찰서에 고발하면 정의롭게 해결될 수 있다는 발언
을 통하여 일본 경찰, 순사에 대한 믿음을 은연중에 심어 주고 있다.

> 경찰이라는 것은 요ᄉ이 현져히 진보되야 지금 셰상에는 전혀 사름의
> 권리와 명예와 안녕을 보호ᄒ 뿐이오 가령 형ᄉ뎡탐이라도 돌연히 그 명
> 함을 니여서 명예 잇는 집주인의게 면회를 요구ᄒ는 톄면 업는 일은 힝치
> 안코 직무로 인ᄒ야 부득이ᄒ 쌔에는 그 직명을 감츄고 다만 「긴급즁대
> ᄒ 일로 면회를 쳥ᄒ라 한다」고 말ᄒ야 면회ᄒ 후에야 좌우에 사름이 잇
> 나 도라보고 비로소 뎡탐은 직무를 말흔다 ᄒ지만은 그견에 형ᄉ뎡탐은
> 남의 신분과 명예를 존즁히 역이지 안코 「형ᄉ뎡탐」이라는 명함은 누구
> 에 집에던지 아모 쥬져업시 드리미는 표적으로만 알앗는고로 형ᄉ뎡탐
> 아모긔가 돌연히 명함을 드리밀고 미리부인의게 면회를 쳥흠도 그쌔에는
> 별로 괴이히 녁일바이 업다고 ᄒ는지[84]

이러한 경찰에 대한 믿음은 『정부원』[85]에서도 나타난다. 『정부원』은
서양소설을 서양적으로 옮겨보고자 하면서도 인물의 이름과 지명 등은
한글로 표기하면서 작가의 직접적 설명이 아주 많이 개입되어 있다.[86]
따라서 『정부원』 속에서의 내용이 현실의 내용과 다를 때에는 시대의 상

---

83) 『눈물』 110회, 『매일신보』, 1913. 12. 26.
84) 『정부원』 84회, 『매일신보』, 1915. 2. 17.
85) 이 『정부원』 역시 서양소설을 일본 黑岩涙香이 『捨小舟』로 번역한 것을 다시 이상
협이 이를 대본으로 하여 중역한 것이다(김병철, 『한국근대번역문학사연구』, 앞의
책, 344~346면).
86) 권용선(「1910년대 '근대적 글쓰기'의 형성과정 연구」, 앞의 논문, 63~68면 참조)은
『정부원』을 통해 번역의식이 발생되었다고 평가내리고 있다. 특히 그는 이러한 번
역의식이 생기게 된 원인을 이상협이 「만고기담」을 번역하면서 최대한 원전의 분위
기를 살리는 쪽으로 나아감을 통해 발생했다고 본다. 권용선의 '번역의식'에 대한
평가는 번안에서 번역으로 가는 길목을 설명하는 주목할 만한 논의라 할 수 있다.

황으로 설명을 하고 있다. 위의 인용에서처럼 『정부원』 안에서 무례한 경찰의 태도에 대해서 작가가 직접 나서서 그것을 변명했던 것이다. 따라서 우선 경찰이 지금 매우 진보되었으며 지금 세상에서는 사람의 권리, 명예, 안녕을 보호함을 강조한 후에 소설을 이어나가고 있다. 또한 정혜가 남편을 살인미수한 혐의로 재판을 받을 때도 위의 방법이 사용된다. "시의 직판은 지금 셰상과 ㄱ치 진보치 못 ㅎ고 지판관이 모다 엄즁ㅎ 것만 슝쟝ㅎ야 대긔는 피고인과 죄인의 구별을 이져바리고 미결의 혐이쟈를 긔결ㅎ 죄슈와 ㄱ치 녁이며 온당치 못ㅎ 심문법을 쓰고 뭇지 못홀 일ᄭ지 힐문ㅎ야 도릐혀 셰상의 물론을 일으키ㅎ 일도 만핫는디"87)라고 하여 소설 당대 상황과 지금 현실 상황이 다름을 강조한 후에 소설 내용을 전개시키는 것이다. 따라서 지금의 경찰은 공명정대하고 사람의 권리와 명예, 안녕을 중요하게 생각하며 아주 진보된 형태라는 것을 누차 강조함으로써 일제 식민 정치하의 사회가 매우 바람직하게 흘러가고 있음을 계속 주입하고 있다.

또 다른 한편으로 보이는 것이 신문의 공정성과 중요성에 대한 강조이다.

> 「나는 ᄉ실을 됴샤ㅎ기 위ㅎ야 친히 안남국ᄭ지 갓다가 왓습니다, 너무 칙임이 즁대ㅎ 일이닛가」 안남국ᄭ지 출쟝ㅎ얏다홈은 미우 칙임을 즁히 녁인 일이라. 외면으로 보기에 칙임을 소홀히 하는 듯ㅎ 신문샤에서도 이다지 직칙을 다ㅎ는가하고 양문뎡이는 저윽이 의외로도 녁이며 다소는 밍무악을 존경ㅎ는 마음도 깁허젓다.88)

신문에 양운의 불명예스러운 기사가 나서 양문정이 신문기자인 맹무악에게 결투를 신청한다. 그러나 맹무악은 자신이 이 사실을 정확하게 조사하기 위해 실제로 안남국까지 가서 조사했다고 한다. 이를 보고 양문정이 매우 감탄하고 그를 존경하게 된다. 양문정이 신문사에 가지는 불신은 일

---

87) 『정부원』 87회, 『매일신보』, 1915. 2. 21.
88) 『해왕성』 187회, '한권의긔록', 『매일신보』, 1916. 12. 13.

반인들의 생각을 대변한 것이라 할 수 있다. 그러나 작가는 성실한 신문 기자의 모습을 보여줌으로써 일반인들이 가지고 있는 신문사에 대한 불신감을 없애려 한다. 신문기자들이 얼마나 최선을 다해 사실 확인 조사를 하는지를 보여주면서, 결국 신문의 기사는 모두 정확한 사실만을 싣는다는 것을 강조하는 것이다. 이는 또한 신문의 담론 즉 식민 지배 담론 역시 정확한 사실이니 믿으라는 의미이기도 한 것이다.

> 모르셀 백작(쟈니나와 페르낭—논)만이 아무 것도 모르고 있었다. 그는 중상 기사가 실린 그 신문을 받아 보지 못했던 것이다.[89]
> 그러나 가엽슨 것은 이날 아춤에 양쟝군이 신문을 보지 안코 즈졍원 회의쟝에 나온 일이라. 어나 날 어나 ㅼㅐ에 즈긔의게 관계 잇는 일이 날는지 알 수 업는 고로 세샹에 나션 사룸은 하로의 스무를 보기 전에 반다시 신문을 보지 안이ᄒᆞ면 안되겟다. 더구나 귀족사회의 사룸들은 문학에 디훈 즈미가 깁허셔 다만 그 즈미만으로도 아참마다 신문을 보지 안코는 견듸지 못홀 디경이지만은 슯흐다 그러한 곳에 이르르는 양운이는 급히 된 귀족이라. 무슨 일이던지 다른 귀족과 다름업시 외양은 ᄭᅮ미고 지니이지만은 어렷슬 ㅼㅐ부터 학문에 즈미 붓친 일이 업슴으로 신문 보지 안키를 그러케 어려웁게 싱각지 안는다. 이날 아춤에도 긴급훈 두세 쟝의 편지가 잇섯슴으로 그것을 먼저 ᄒᆞ고 신문을 뒤로 미럿다가 그동안에 즈졍원 출석홀 시각이 되얏는 고로 아모 근심업시 나아왓다.[90]

<원본>에서는 모르셀 백작이 자신의 죄악을 폭로한 기사를 보지 못한 이유를 단순히 "중상 기사가 실린 그 신문을 받아 보지 못했던 것"으로 설명한다. 이에 반해 신문의 판매 부수 확장에 심혈을 기울이는 『매일신보』기자인 이상협은 이 부분을 그대로 번역하지 않고, 신문에 대한 중요성을 강조하여 덧붙인다. 즉 신문을 안 보면 무식할 뿐만 아니라, 세상사와 자신의 지식을 위해 신문이 꼭 필요함을 강조하고 있는 것이다. 즉 외

---

89) A. 뒤마, 김성호 역, 『몽테 크리스토 백작』 II, 청목, 1993, 276면.
90) 『해왕성』 190회, '전신이굿어올라오는 듯', 『매일신보』, 1916. 12. 16.

양만을 꾸민다고 해서 학문을 하는 사람 혹은 지식인 혹은 근대인이 될 수 없다는 것이다. 그러한 근대적 인물이 되기 위해서는 신문을 꼭 봐야 한다는 논리를 전개한다. 결국 이상협은 일본의 문명성에 대한 강조와 경찰 공권력의 공명정대성, 신문의 중요성 등을 통해 식민 지배 담론을 풀어내고 있음을 확인할 수 있다.

(2) 현모양처 교육의 교두보로서의 여학교

이상협 소설에서 주인공으로 등장하는 여성은 누가 보더라도 지식과 덕망이 풍부하고 교양과 품행이 단정한 인물로 설정되어 있다. 이러한 주인공 여성의 모습은 조중환 작품에 등장하는 여성들과 비교해 볼 때 매우 상반됨을 알 수 있다. 조중환의 가장 대표적인 번안소설인 『장한몽』의 여주인공 심순애의 경우, 『눈물』에 나오는 서씨부인과는 매우 대조적이다. 원작인 『금색야차』의 미야와는 달리 『장한몽』의 심순애는 집주인 김소사의 딸 순이에게 금강석에 대해 물어볼 정도로 허영심이 가득하여 이 때문에 김중배와 결혼하는 것으로 설정된다. 그러나 결혼 후에는 자신의 허영심을 뉘우치고 남편과의 잠자리도 거부하며 이수일에 대한 정조를 지키려 한다. 그러다가 결국에는 남편 김중배에게 강제로 순결을 빼앗기자 자살 시도까지 하면서 이를 이전 자신의 죄과에 대한 면죄부로 삼게 된다. 심순애는 돈에 혹하여 다른 남자와 결혼까지 한 유부녀로 문제가 있는 인물인 것이다.[91] 반면 남편이 계획적으로 자신을 내쫓고 첩과 같이

---

91) 조중환의 소설에 등장하는 여성의 모습을 살펴보면, 자유연애를 하다가 아이까지 낳고 버림받은 후 속이고 다시 결혼하는 『쌍옥루』의 이경자, 돈의 유혹에 빠져 애인을 버리고 다른 남자의 아내가 되었다가 다시 자신의 애인과 결혼하는 『장한몽』의 심순애, 역시 유부녀이면서 당당하게 이수일에게 사랑을 구애하는 『장한몽』의 최만경, 그리고 결국 이수일과 첩으로라도 결혼하게 되는 『속장한몽』의 최만경, 부모 몰래 자유연애를 하다가 애인을 살해한 혐의까지 뒤집어쓰게 된 『비봉담』의 박화순은 모두 스스로의 잘못으로 일탈적 행위를 한 문제 있는 여성들이라 할 수 있다.

살고 있음에도 불구하고 남편에 대한 지조와 믿음을 지키는 서씨부인은 정숙한 여성의 모습을 띤다. 즉 『눈물』의 서씨부인, 『정부원』의 정혜, 『무궁화』의 옥정과 기생 무궁화는 모두 매우 정숙한 여성으로 등장하고 있는 것이다.

> 「얼골 한번만 다시 보앗스면, 말슴 한번만, 셔로 밧고아 보앗스면 세상에, 엇던 몹슬 사룸이, 나와 무슴 원슈가 잇길닉, 이다지, 원슈를 밧쳐셔, 남의 못홀 노릇을, 이러케 ㅎ노 지금, 우리 가쟝은, 무엇을 ㅎ고 계신가, 됙에 계신가 스진을 ㅎ셧나, 나의 무죄혼 줄은 모르시고, 언이 째, 언아 곳에셔던지, 힝실 그른, 못된 것이라고 싱각하시겟지」92)

서씨부인은 여전히 자신을 버린 남편을 생각하면서 그를 원망하지 않고, 자신을 모략한 편지를 원망하는 순종적 여성의 모습을 보여준다. 따라서 자신의 옛집이 불타는 꿈속에서도 "그 중에도 집 타난 싱각보다도 더 간절한 것은 남편의 안부"이며, "눈을 번쩍 쓰고, 남편을 구원고져, 스방을 도라보니"93)라고 하면서 불이 나서 놀란 와중에도 남편 걱정부터 먼저하며 남편을 구하고자 한다.

이상협은 "셔양사룸의 쇼셜을 셔양사룸의 쇼셜ㄳ치 번역ㅎ야 수다혼 독쟈의게 보이고져 흠은 본일브터 게지ㅎᄂ 뎡부원(貞婦怨)이 쳐음"이라고 설명한다. 또한 "셔양이라ㅎ야도 우리와 물정풍속은 얼마쯤 셔로 다룰 망졍 인졍이라는 것은 그네나 우리네나 녯날이나 지금이나 다를 바이 업"94)다고 설명한다. 이로 미루어볼 때 『정부원』을 이상협이 선택했다면, 그 사상 자체에 대한 동의가 전제되어 있는 것이다. 또한 서양이나 동양이나, 과거나 현재나 모두 통할 것이라고 말하는 것을 통해 이미 과거적인 차원의 정숙함을 강조하고 있음을 알 수 있다. 『정부원』의 정혜는 거

---

92) 『눈물』 101회, 『매일신보』, 1913. 12. 10.
93) 『눈물』 103회, 『매일신보』, 1913. 12. 13.
94) 何夢 이상협, 「「貞婦怨」에 對ㅎ야」, 『매일신보』, 1914. 10. 29.

지로 돌아다니다가 정세홍 남작에게 구원을 받고는 결혼까지 하게 된다. 그러나 정혜는 정세홍의 조카 정택기와 그의 친구 라철의 음모로 자신과 라철이 부정한 관계인 것으로 남작의 오해를 받아 쫓겨나게 된다. 그러나 그녀는 남작을 원망하지 않으며 남작에게 누를 끼치지 않고자 자신이 출현하는 연극장에서조차 얼굴을 가려서 소위 익면 부인이라는 호칭으로 노래를 부른다. 『정부원』은 한 남편에 대해 끊임없는 애정과 지조를 지키는 정숙한 여성을 주인공으로 한다는 점에서 이상협의 다른 작품과도 다를 바가 없다. 『눈물』의 서씨부인과 『무궁화』의 옥정은 모두 부모가 정해 준 정략결혼으로 부모의 말씀에 순종하면서 끝까지 남편에 대한 책무와 정혼자에 대한 정절을 지키고자 한다.

> "그럼, 결국……."
> 신부는 쓴웃음을 지었다.[95]

> 「응, 준 일년 반이나기다리다니, 놀나웁게 뎡졀을 즉혓네그려, 준봉이도 아마 마음에 흡족할걸」 호고 법亽는 됴롱호는 듯이 말한다. 법亽의 마옴에는 슉뎡이를 벌셔 더럽게 썩어진 녀亽라고 작뎡호야 아죠 졍쩌러진 말이라[96]

　이러한 정숙함에 대한 강조는 다른 번안소설인 『해왕성』에서도 드러난다. 원작 『몽테 크리스토 백작』과 비교해 볼 때 그 차이는 선명하다. 위의 『해왕성』 인용은 자신을 감옥에 넣은 자들을 향해 복수의 칼을 가는 장준봉이 무공법사로 변장하여 맨 처음으로 자신의 집주인인 왕걸대를 찾아가 자신이 잡혀간 이후 상황을 물어보는 장면이다. 그 때 왕걸대는 숙정이 1년 6개월 동안 기다리다가 친척인 양운과 결혼했다고 알려준다. 그러나 이 장면은 원작과 비교해볼 때는 매우 상이하다는 것을 알 수

---

95) A. 뒤마, 김성호 역, 『몽테 크리스토 백작』 Ⅰ, 청목, 1991, 201면.
96) 『해왕성』 67회, '슉뎡이논혼인ᄒ얏다', 『매일신보』, 1916. 6. 15.

있다. 원작에서는 메르세데스가 페르낭과 결혼한 것에 대해 신부가 단지 쓴웃음만 짓고 있을 뿐인데 『해왕성』으로 번역되었을 때는 숙정이에게 정절이라는 판단기준을 내세운다. 즉 정절도 지키지 못하고 더럽게 썩어진 여자라고 비판하고 있는 것이다. 물론 『해왕성』 역시 뒤마의 원작을 그대로 번역한 것이 아니라 일본소설이 서양소설을 번역한 것을 중역한 것이다. 그러나 이상협이 창작한 소설들에서도 작가가 스스로 평하는 부분이 많이 나온다는 점에서 볼 때, 이상협이 『해왕성』에서도 자신의 생각을 조금씩 넣었을 확률이 높다. 어쨌든 원작과 달라지고 있는 이 부분은 여성의 정숙함과 정절을 보다 강조하는 것으로 여성이 정절과 의리를 지키지 못한 것에 대해 직접적으로 책망하고 있는 것이라 볼 수 있다.

이상협 소설에 등장하는 결혼은 자유연애보다는 부모가 정한 정략결혼이라는 특징을 가지고 있다. 『눈물』의 서씨 부인과 『무궁화』의 옥정은 자신의 친아버지가 은혜를 베풀어 자신의 집에서 뒷바라지 한 인물을 남편으로 맞이하게 된다. 『눈물』의 경우, 서씨 부인의 아버지 서협판이 미리 조필환을 도와 공부를 시키고는 자신의 딸과 결혼시키기로 마음에 정해두어 결혼이 성사된다. 즉 서씨 부인 스스로의 자발적 의지에 의해서 형성된 결혼이 아니라 아버지 서협판에 의해 일방적으로 이루어진 것이라 할 수 있다. 물론 서씨 부인이 어릴 때 조필환에게 가정 교습을 받기는 하나, 결국 그들의 결혼은 아버지에 의한 결혼이라고 볼 수밖에 없다. 『무궁화』의 옥정의 경우도 마찬가지이다. 심진국의 아버지와 옥정의 아버지 김교리는 이미 오래 전부터 심진국과 옥정을 결혼시키기로 약속했고 이를 지킬 것을 자식들에게 명령한다. 또한 옥정과 진국은 이에 대해 전혀 반감을 갖지 않고 도리어 애정을 가지고 이 약속을 지키려고 한다. 따라서 김교리가 죽은 후 옥정의 계모 홍부인이 돈 때문에 송관수와 자신을 결혼시키려 하자 부모의 결혼 약속을 지키고자 남장까지 해서 먼저 떠난 진국을 찾아 가출한다. 이러한 측면은 조중환의 소설들에서 보이던 자유연애와는 전혀 다르게 나타나는 것이라 하겠다.

이러한 유교적 습성은 교육에서도 나타난다. 즉 이상협의 소설에 나타나는 여성들은 근대의 교육이 아닌 유교적 교육을 받고 자랐다. 『눈물』의 서씨 부인이나 『무궁화』의 옥정은 집에서 유교적 교육을 받고 현모양처의 자격을 갖추게 된다. 사실 번안소설인 『정부원』의 정혜도 집안에서 교육받고 이미 현모양처의 미덕을 갖춘 것으로 설정되어 있으며, 『해왕성』에서의 숙정 역시 근대교육을 받지 않고 집안에서 교육받은 것으로 되어 있다.97)

남복혼 녀즈가 수상혼 힝식으로 아모 소긔도 업시 돌연히 어두운 밤에 챠져 와서 가련혼 자긔 스졍을 쑤며디이면셔 학교에 몸을 붓쳐달라ᄒ니 엇더혼 사롬이던지 의심이 안이날 수가 업고 엇더혼 학교의 션싱이던지 이것을 허락홀 리눈 업눈 것이다98)

그러나 잇흔날 아참에 경찰셔댱이 샤진ᄒ야셔 이 말을 듯고눈 미우 분히 녁엿다 됴션에 녀학교의 교육이라눈 것이 이제 쳐음으로 이러나눈 ᄯ에 이것을 장희ᄒ눈 무리들이 잇셔셔눈 젼도에 방희가 젹지 안이홀 터인 고로 그러혼 자눈 맛당히 엄즁ᄒ게 쳐벌홀 일이라 ᄒ야 두 명을 쏙ᄀ치 스므여들헤 동안 구류에 쳐ᄒ얏다99)

『무궁화』의 경우는 진국이를 찾아 시골에서 서울로 올라온 옥정이 여학교에 다니는 것으로 설정되어 있기는 하지만 이는 근대교육이라 하더라도 일제의 정책적 차원에서 나타나는 것이다. 남장한 옥정이 송관수와

---

97) 이러한 여성의 교육 상황은 조중환의 작품들에 나타나는 여성의 상황과 매우 대조적이다. 조중환 작품의 여성들은 대부분 근대의 교육을 받은 여학생으로 등장한다. 물론 이러한 근대적 교육을 받은 여학생이 자유분방하고 방종해서 결국 죄값을 치르도록 하고는 있지만, 조중환은 <독자투고란>과 신문 사회면에 번번이 고발되던 여학생의 문제를 소설 속에 등장시켜 현 시대와의 거리를 좁혔다. 반면 이상협은 근대 속에서 전근대적 여성의 모습을 그려냄으로써, 현 독자들의 기대와의 거리감은 조중환에 비해 멀다고 할 수 있다.
98) 『무궁화』 68회, '지극혼고싱(十七)', 『매일신보』, 1918. 4. 25.
99) 『무궁화』 74회, '지극혼고싱(二三)', 『매일신보』, 1918. 5. 2.

홍명호를 피해 여학교에 들어와 자신을 이 학교에 다니게 해달라고 일본 여선생에게 애원하지만, 여선생은 이를 거절한다. 여선생이 인정이 없는 것으로 보일 수도 있지만, 위의 인용과 같이 다음 회의 첫 부분에 그렇게 할 수밖에 없는 여학교 선생의 입장을 변명하고 있다. 이는 독자들이 일본 여선생을 비난하지 못하도록 차단하는 역할을 한다. 한편으로는 이상한 사람을 함부로 들이지 않는 여학교의 엄격함을 강조하는 것으로 볼 수도 있다. 이러한 면은 여학교 앞에서 옥정이를 내놓으라고 난동을 부리던 송관수와 홍명호가 경찰에 잡혀왔을 때 경찰서장이 매우 분개하는 데에서 찾을 수 있다. 조선 여학교 교육이 처음 나타나는 때에 방해하는 무리들에 대해 매우 엄중히 처벌하는 것을 보여줌으로써 조선 여학교의 정숙함과 조심성을 강조하고 있는 것이다.

> 이 녀인이 당초 우리집에 올 째이라던지 또는 오늘 져녁일로 보아도 그 마음에는 필경 그 비밀이 감초아 잇는 것은 분명ᄒ다 몸이 졂은녀ᄌ이라 세상의 리약이거리 되기도 쉬우며 더욱 이 쳐디가 학문보다 힝실을 더 가리는 녀학교의 션싱이라 만일 경력도 자셰히 알지 못ᄒ고 큰 비밀을 가진 녀ᄌ를 잠시 인정에 계관ᄒ야 마음놋코 두엇다가 ᄌ긔 일홈ᄭ지 씨여셔 세상에 큰 소문거리가 되는 날에는 ᄌ긔의 신상이라던지 학교의 톄면에, 크게 관계되는 일이라고 신션싱은 압뒤를 계교ᄒ야 마음을 결단ᄒ얏다. 이러케 마음을 먹는 신션싱도 또한 무정ᄒ 수는 업다[100]

이는 옥정이 신세지는 한국인 여선생인 신선생의 모습에서도 나타난다. 신선생은 공원에서 심진국과 마주친 이후 옥정을 의심하여 이 상황을 알아보려 한다. 젊은 여자가 남자를 만나면 세상의 이야깃거리가 되기 쉬운 법인데 여학교란 학문보다도 행실이 더 중요한 곳이라 그러한 소문이라도 나면 선생 자신뿐 아니라 학교의 체면과 명예에 관계된다고 여긴다. "이러케 마음을 먹는 신션싱도 또한 무정ᄒ 수는 업다"고 덧붙

---

100) 『무궁화』 88회, '긔구ᄒ신세(四)', 『매일신보』, 1918. 5. 21.

여 놓은 서술자의 평을 통해 신선생의 생각에 대해서 독자들이 무정하다고 생각하지 못하도록 작가가 미리 차단하고 있다. 따라서 여학교의 엄격함을 계속 강조하면서 작가는 독자들의 생각을 그렇게 이끌어가고 있는 것이다.

이러한 면은 바로 이상협 소설에서 등장하는 여학교나 여성 문제가 모두 식민담론 '현모양처' 담론과 연계되어 있음을 보여주는 것이다.

> 녀즈의 셩질은 남즈의 셩질과 ᄀᆞᆺ지 안이ᄒᆞ니 만일 가뎡과 학교가 셔로 련락ᄒᆞ야 엄ᄒᆞ게 감독ᄒᆞ지 안이ᄒᆞ면 여러 가지 페가 싱기는 것이라 혹 눈만 놉게 되야 집에 잇스나 혼인을 ᄒᆞ야 남즈와 동거ᄒᆞ나 모든 일이 눈에 차지 안이ᄒᆞ야 졔 ᄒᆡᆼ실 졔 직죠는 닥지도 못ᄒᆞ면셔 엇더튼지 남의
>
> ◀눈에 반짝쓰이게
>
> 옷이나 잘 입고 십허ᄒᆞ야 교육ᄒᆞᆫ 보람은 업고 교육ᄒᆞᆫ 폐ᄒᆡ만 잇게 되면 참 한심ᄒᆞᆫ 일이라 ᄒᆞᆯ지라 그리ᄒᆞᆫ즉 녀즈롤 교육ᄒᆞᄂᆞᆫ 동시에 엄즁히 감독ᄒᆞ야 남의 안ᄒᆡ가 되거던 슌량한 부인이 되게 ᄒᆞ며 남의 모친이 되거던 현슉ᄒᆞᆫ 모친이 되게ᄒᆞᆯ지라 경셩 안에 잇는 녀학교 싱도 즁에도 이샹ᄒᆞ게 트러언진 셔양식머리 지르르 흐르는 비단옷과 반짝반짝ᄒᆞᄂᆞᆫ 구쓰와 찬란한 금테 안경을 쓰고 흔들흔들 도라단이는 죠치 못ᄒᆞᆫ 학싱이 혹 눈에 쓰이니 이는 일시
>
> ◀허영심에 쏫긴 바이
>
> 되야 졔 한 몸과 졔 한 집을 능히 원만히 보존치 못ᄒᆞᆯ 뿐더러 일반 녀즈 사회와 녀학싱게에 비샹한 ᄒᆡ독을 ᄭᅵ치는 것인즉 녀즈롤 학교에 보ᄂᆡ는 날부터 이러ᄒᆞᆫ 뎜에 쥬의ᄒᆞ기를 바라며 ᄯᅩ 교육에 죵ᄉᆞᄒᆞᄂᆞᆫ 여러 사람들도 쥬의ᄒᆞ기롤 바라노라[101]

1916년 3월 3일자(『해왕성』 연재 중) 5면에 "도부 평양녀즈 고등보통학교 교장"이 『매일신보』 기자와 대담한 내용을 「女子敎育과 注意」라는 제목으로 게재한다. 이는 단적인 두 마디로 일제의 여성 교육 정책을 말해 준

---

101) 「女子敎育과 注意」(5면, 『해왕성』 연재 중), 『매일신보』, 1916. 3. 3.

다. 즉 "녀즈는 학교에 보너십시오"와 "그리고 엄즁히 감독ㅎ시오"로 축약되는 것이다. 여자가 교육을 받아야 하는 것은 근대 교육을 받은 남자의 아내 될 자격과 그를 도울 능력을 기름과 동시에 현숙한 모친이 되어 자식을 제대로 양육하기 위함이다. 그러나 여자는 자질 상 방탕하고 겉멋만 부릴 확률이 있으니 여학교에 보내되 매우 엄격하고 엄중히 감독해야 한다는 것이다.

이러한 면은 앞서 보았던 『무궁화』 속에 등장한 여학교에 대한 언급과도 상통하는 것이다. 사실 <독자투고란>이 폐쇄되기까지 『매일신보』는 여성들의 일탈적 욕망이 큰 문제 거리였다. 『매일신보』는 조선이 일본을 통해 문명화되어 결국 발전하고 있다는 확신을 피식민지인에게 주고자 했다. 그러나 이 문명을 받아들인 여성들은 예전보다도 더 심하게 방탕해졌고 자신들의 욕망을 드러내었다. 이렇게 사회가 문명화되기 전보다 더 혼란스러워지자 자연히 피식민지인들은 이 문명을 준 일본에 대해 비판하기 시작했다. 따라서 『매일신보』는 식민 지배 담론을 보다 효과적으로 교시하면서 여성들과 사회의 일탈을 막기 위해 끊임없이 강하게 여학교 문제를 현모양처 교육과 연계시키고자 했던 것이다.

또한 『무궁화』(19회)가 연재 중인 1918년 2월 16일에는 3면의 <各學校돌님>에서 경성여자고등보통학교 이야기가 나온다. "朝鮮의 女子도 在來에 家庭을 改良"해야 하기 때문에 여성이 학교에 가야 하며, 이 학교의 주요한 과목으로 기예과의 재봉, 가사, 수예를 들고 있다. 또한 이 학교의 졸업생은 "혹은 敎員 혹은 主婦가 되야 朝鮮 女子界의 牛耳를 잡는다"라고 한다. 즉 주부가 되어 현모양처로서 가정을 바로잡기 위해 여성이 교육을 받아야 한다는 것이다.

위에서 살펴본 바를 정리하면, 이상협 소설에 등장하는 여성들은 근대적 교육을 받은 것이 아니라 가정에서 유교적 교육을 받아 성장했고 자유연애가 아니라 부모끼리 정한 결혼을 하며 이 결혼을 지키기 위해 자신의 절개와 지조를 다 바치는 현모양처의 형상을 하고 있다. 이러한 점에서 이 여성들은 근대라는 이름을 달고는 있으나 그 속은 전혀 근대 여성의 모습이 아닌 왜곡된 유교적 여성의 모습을 띠고 있음을 알 수 있다. 또한 이러한 유교적 여성의 모습은 조선총독부의 여성 교육 정책인 현모양처 교육의 유교적 자질 배양과 맞아떨어지는 부분이라 할 수 있겠다.

2) 강한 여성상의 재현과 소설 독자층의 분화

(1) 서구 근대적 소설의 이입과 강인한 여성상

이상협은, <독자투고란> 폐쇄 당시에조차 자신의 소설이 연재될 정도로 일제와 결탁되어 있었다. 조중환보다도 더 식민 지배 담론을 교시하려는 성향이 강했다. 그러나 이상협 역시 일제의 정책을 모방하고 있는 측면과, 서양의 소설을 번안하는 과정 사이에서 어쩔 수 없이 나타나는 분열이 보인다.

예를 들어 이상협의 소설에 등장하는 여성은 매우 떳떳하고 당당하며 자신의 주장도 강하게 내세울 줄 안다. 물론 조중환의 소설과 같은 일탈적인 여성이 아니기는 하지만, 자신이 아니라고 할 때는 절대로 꺾지 않는 여성의 강한 의지를 보여준다.

> 이러케꼬지 간곤타락ᄒ얏슬지라도 신샹의 붓그러옴을 말ᄒ고 타인의 구졔를 밧으랴고는 안이ᄒ다 이는 빌어먹는 여자의 마옴이 안이라 실로 귀부인, 실로 녀쟝부의 심지로다
> 쇼녀가 남쟉에게 ᄌ긔룰 말ᄒ 째에 「나」라 일커름은 거지가 귀족에게 디ᄒ야 너무 방ᄌᆞᄒᆫ 듯ᄒ지만은 「져」라 ᄒᄂᆫ 말은 뎍당치 못ᄒ기 그디로 씀이라[102]

남작 정세홍의 조카 정택기는 워낙에 방탕하여 원래 정혼한 여자의 하

---

[102]『정부원』14회,『매일신보』, 1914. 11. 14.

녀인 장옥경을 농락하고는 버린다. 그 장옥경이 편지를 남기고 자살하자 남작 정세홍은 조카에게 이를 문책한다. 결국 남작 정세홍은 조카 정택기를 자신의 후계자로 삼지 않겠다고 다짐하게 된다. 정택기를 내쫓고 시골로 내려간 정세홍은 자신의 창 앞에서 구슬프게 <정부원>을 부르는 젊은 여자의 노래를 듣고는 불쌍히 여겨 자신이 묵고 있는 주막으로 그 소녀를 데려오게 된다. 그러나 이 거지 소녀는 자신의 가난한 모습에 대해 전혀 굴함이나 부끄러움 없이 당당한 태도로 이야기를 한다. 여기에서 소녀는 자신을 '나'라고 지칭한다. 이는 사실 서양적인 어법상에서는 아무 문제가 없는 것이나 존칭을 가지고 있는 한글의 입장에서는 이대로 쓰는 데 문제가 생길 수도 있다. 따라서 이상협은 해결책으로 그 문답 이후 자신의 평을 달아 놓았다. 사실 서양적인 어투는 상대를 지칭하는 높임법이 없기 때문에 여성들이 남성을 동등하게 대하는 말투는 설명을 필요로 할 수밖에 없었다. 그러나 자신이 어떠한 상황이건 또 아무리 지체가 높건, 남성이건 간에 자신을 '나'라 지칭하며 당당하게 말하는 모습은 서양적 근대 여성 모습의 이입을 보여주는 것이다. 이와 동시에, 이러한 근대적 여성의 당당한 모습은 식민지 여성들에게 상당 부분 영향을 주었을 것이다. 식민지의 여성들은 실제로 그렇게 하지는 못하더라도 대리 만족을 느꼈을 수도 있다.

> 뎡혜부인은 지금ᄭᅡ지 은인으로 공경ᄒ고 남편으로 사랑ᄒ던 남작에게 이 모양 당ᄒ는 것을 싱각ᄒ미 비록 결곡미몰ᄒ나 그리도 녀ᄌ의 ᄆ음에 원통ᄒ고 분ᄒ고 슯흠이 가삼을 터지는 듯ᄒ지만은 우러도 쓸 ᄃ 업다 임의 ᄉ랑ᄒ는 정의가 ᄭᅳᆫ어진 사롬에게 변변치 못ᄒ게 우는 얼골을 보여셔 큰 죄를 짓고 스스로 붓그러움을 견듸지 못ᄒ야 눈물을 흘닌다고 싱각을 ᄒ게 홀 ᄭᅡ닭이 잇스랴[103]

> 뎡혜 「녜—부부가 되얏던 일ᄭᅡ지 이져 바렷습니다 인연을 ᄭᅳᆫ코 아죠

---

103) 『정부원』 55회, 『매일신보』, 1915. 1. 9.

남이 되여셔 무신 용셔ᄒ고 용셔 못ᄒ고 홀 일이 어디 잇슴닛가」 ᄒ고 디
답ᄒᄂ는 소리 정말 지닉인 일은 모다 이져 바린 것 ᄀᆺ고 전혀 타인에게 디
ᄒᆷ보다도 더욱 렁렁히 들릴 ᄲ뿐104)

『정부원』에서 정혜는 남편에게 아무리 자신의 문제없음을 고해도 남편
이 오해하고 듣지 않자, 스스로 남편을 떠나버린다. 이러한 설정은 『정부
원』 역시 원작이 서양의 소설이기에 가능한 것이다. 예를 들어 『눈물』의
서씨부인은 쫓겨나는 것으로 나타난다. 그러나 『정부원』에서는 자신을 믿
어주지 않는 남편이라면 굶어죽더라도 남편에게 애걸하지 않고 집에서 자
기 발로 나오는 강인한 여성의 모습이 형상화된다. 나중에 남편이 찾아와
죄를 뉘우쳐도 계속해서 그 제의를 거절하기까지 한다. 이러한 여성은 온
순한 동양적인 여성이 아니라, 근대적이면서 당찬 서양적인 여성의 모습
이 반영된 것이라 하겠다. 또한 이는 식민 지배 담론의 치장 안에 숨겨진
근대적 여성의 기운으로, 독자들에게 많은 영향을 주었을 것으로 예상된
다. 이는 『정부원』이 엄청난 인기를 누린 데에서도 확인할 수 있다.
　이러한 강인한 여성은 여장부의 형태로 나타나기도 한다.

　무궁화의 기싱노릇은 경성의 화류계에셔 전례를 ᄭ치친 일이 만타 첫지
ᄂ는 남의게 몸을 팔리지 안코 져의 부모 슬하에셔 기싱 노릇을 ᄒᄂ는 것이
그 당시에ᄂ는 전례에 업ᄂ는 일이오 둘지ᄂ는 지조로써 손을 위로ᄒ고 금젼으
로써 뎡졀의 희롱을 맛기지 안이ᄒᆫ다ᄂ는 것이 젼일에 업던 희한ᄒᆫ 일이다
　이러ᄒᆫ 소문이 퍼지닛가 무궁화ᄂ는 화류계에 한 유명ᄒᆫ 리약이거리가
되얏다105)

「(전략) 무궁화의 돈이라ᄒ야도 결단코 다른 기싱과 갓치 더러움게 번
돈이 안이라 닉 지조를 파라서 가쟝 졍결ᄒ게 모흔 돈이닛가 장부의 학비
로 얼마동안 취용ᄒ기에 그러케 비루ᄒᆫ 것은 안이올시다」106)

<hr>

104) 『정부원』 128회, 『매일신보』, 1915. 4. 14.
105) 『무궁화』 47회, '긔이훈인연(六)', 『매일신보』, 1918. 3. 23.
106) 『무궁화』 51회, '긔이훈인연(十)', 『매일신보』, 1918. 3. 28.

이상협의 또 다른 소설 『무궁화』에서 가난한 심진국은 학비 때문에 기생집으로 물건을 팔러 다니다가 기생 무궁화를 만나게 된다. 그런데 이 무궁화라는 기생은 남에게 몸을 팔지 않고, 또한 진짜 부모 밑에서 기생일을 하고 있다. 이는 이전과는 매우 다른 행태로, 기생일 자체가 하나의 직업임을 보여주는 것이다. 기생이 하나의 직업임을 보여주었던 조중환의 소설 『국의향』에서의 기생 국향과도 매우 유사한 부분이다. 기생 무궁화는 자신의 재주를 통해 기생일을 하고 있다. 또한 무궁화가 심진국의 학비를 대주면서 하는 말에서도 무궁화의 당당함을 읽을 수 있다. 즉 몸을 판 것이 아니라 재주를 판 것이라는 무궁화의 말은, 직업인으로서의 자신의 당당함을 드러내는 것이다. 몸을 판 것이 아니므로 떳떳할 수 있다는 것이다.

> 「(전략) 아버지 져는 마음을 결단ㅎ얏습니다 김옥뎡의 뎡렬ㅎ 힝실을 위ㅎ야 져는 심진국이와 혼인언약ㅎ 것을 씨쳐바리겟습니다 아버지씨셔 긔워 즁간에 드셧던 일이니 아버지씨셔 조토록 파의를 ㅎ야주십시오 그리고 파의ㅎ 뒤에는 무궁화가 다시 그 두 사롭의 혼인을 위ㅎ야 힘자라는 디로 죠력을 ㅎ겟습니다.」[107]

또한 기생 무궁화는 심진국을 사랑하지만 오래 전 심진국과 정혼한 옥정을 보고 스스로 심진국과의 혼인 언약을 깨버린다. 이미 그는 아버지로 섬기는 류선생을 통해 심진국과 혼인을 언약한 상황이지만 스스로의 판단으로 자신의 혼인을 파의시켜버리는 결단력 있고 용기 있는 행동을 보여준다.

이렇게 근대적이면서 강인한 여성들의 모습들과 함께 여성에 대한 진보적인 생각은 천풍 심우섭의 『산중화』에서도 드러난다. 심우섭은 『형제』를 1914년 6월 11일부터 7월 19일까지 『매일신보』에 번안하여 연재하였다. 이 후 심우섭은 1917년 4월 3일부터 1917년 9월 19일까지 이상협의 『해

---

107) 『무궁화』 112회, '어엽분원수(四)', 『매일신보』, 1918. 6. 23.

왕성』이 마친 자리에 『산중화』를 연재했다. 『산중화』는 심우섭의 창작으로 되어 있기는 하나, 영국을 배경으로 하고 구체적인 습관이나 지역에서 서양적인 분위기가 매우 자세하게 설명되고 있기 때문에 번안되었을 확률도 매우 높다. 특히 앞서 『형제』가 영국의 소설을 번안한 것이므로, 그러한 번안의 연장선상에 있을 가능성이 높다.

『산중화』는 자작 조중화와 시골 촌장의 딸 강희정의 결혼과 이별, 다시 재결합으로 이어지는 구성으로 내용이 전개된다. 인도 토병이 폭동을 일으켜 강수인이라는 영국의 한 시골 소년이 전쟁에 참여하고, 이때 중요한 서류를 가지고 본부에 전해 주다가 결국 사망한다. 이 때 중위였던 조중화는 이 소년의 유언대로 그 소년의 아버지와 누이를 맡겠다고 하고 그 집을 찾아갔다가 그 누이 강희정과 사랑에 빠져 결혼하게 된다. 그러나 조중화의 어머니는 자신의 아들이 친정 당질녀 김명희와 결혼하기를 바랐기 때문에 시골 출신 강희정을 무시하고 귀족에 관한 모든 일은 김명희가 처리하도록 한다. 따라서 모든 면에서 밀려난 강희정은 결국 김명희의 간계로 스스로 조중화 자작의 부인 자리에서 물러나게 된다. 그 때 강희정은 몰래 제노바로 떠나려 하고 자신과 매우 닮은 하녀 배정자가 그 주인을 따르려 한다. 강희정은 배정자를 제노바에 먼저 보내고 자신은 그 이후 다른 곳에 있다가 제노바에서 배정자를 만나려고 하나, 이미 배정자가 탄 제노바행 기차가 충돌을 일으켜 배정자는 죽고 만다. 이 배정자의 시신을 강희정의 시신으로 착각한 조중화는 자신의 행동을 매우 후회하게 된다.

> 「네─무슨 까닭인지는 나도 모릅니다마는 바로 말씀ᄒ자면 집안이 넘어 자미가 업셔 그리ᄒᆫ 것인지도 모르겟습니다」
> 강슌틱 「그러면 나ᄂᆫ 자쟉이 그른 줄로 싱각ᄒ오 안희의 마음이 질겁지 아니ᄒᆫ 곳이 잇스면 남편이 되야 그것을 질겁게 ᄒ야 줄 도리가 업지 아니ᄒᆯ 것이오 나ᄂᆫ 자작을 밋고 너 ᄯᆯ을 부탁ᄒᆞ얏더니 자작은 나의 부탁을 비반ᄒᆞ얏소」108)

위의 인용 부분은 강희정이 죽었다는 소식이 전해지면서 강희정의 아버지 강순태가 처음으로 사위인 조자작의 집에 찾아 온 장면이다. 강순태는 조자작에게 왜 자신의 딸이 밤에 제노바 행 기차를 탔는지를 추궁한다. 조자작은 차마 거짓말은 하지 못하고 집안이 너무 재미가 없어 그런 것 같다고 변명한다. 그러자 장인인 강순태는 매우 강경하게 조자작을 문책한다. 남편의 의무는 아내가 즐겁지 않으면 즐겁게 해주는 것이 도리라는 것이다. 이는 부인이 남편을 위해 희생해야 하고 남편을 위해 자신의 즐거움을 완전히 바쳐야 한다는 현모양처 담론과는 어긋나는 부분이라 하겠다. 즉 남편 역시 아내를 즐겁게 해주어야 하는 의무가 있다는 것으로 매우 진보적인 생각이라 할 수 있다.

> (쥬의) 우리 됴션에셔는 일반 아히들에게 디ᄒᆞ야는 죤디를 ᄒᆞ지 아니ᄒᆞ는 습관이나 다른 사룸을 디ᄒᆞ야 나진 말을 쓰는 것은 실례이며 ᄌ긔의 ᄌ질이외에는 아모리 ᄋ히일지라도 상당히 존칭ᄒᆞ는 것이 올흠으로 김뎡숙 부인이 렬호를 디ᄒᆞ야 ᄒᆞ는 말도 대기 샹당한 존칭을 쓰는 것이라 싱각ᄒᆞ야 보라 입에셔 졋니가 나는 어린아히들일지라도 그 부모된 샤룸의 큰 죄악으로 무리ᄒᆞᆫ 혼인만 ᄒᆞ고 보면 소위 어룬이라는 디졉을 밧고 혼인을 ᄒᆞ지 안이ᄒᆞ면 어느 ᄶᆡᄭ지던지 아히 노릇을ᄒᆞ는 우리 됴션의 악ᄒᆞᆫ 풍쇽을 싱각ᄒᆞ라 원리 남의 ᄌᆞ식에 디ᄒᆞ야 아모리 어릴지라도 「ᄒᆡ라」 라는 말을 쓰는 것은 심히 불가ᄒᆞ니라[109]

강희정은 김정숙이라는 이름으로 살면서 명희가 지은 학교의 선생으로 오게 된다. 그 때 희정은 자신의 아들 철호에게 높임말을 쓴다. 이 부분에 대해서 작가는 서양적 습관에 대해서 설명을 덧붙이고 있다. 즉 아무리 어리다고 하더라도 서양에서는 아이에게도 존대를 한다며 그렇지 못한 조선에 대해 비판하는 설명을 덧붙여 놓았다. 이러한 면은 서양 문학의 반영으로서 여성과 아이에 대한 좀 더 나은 대우와 존중을 보여주는

---

108) 『산중화』 50회, '장인의션고', 『매일신보』, 1917. 6. 10.
109) 『산중화』 77회, '텬디도업고세계도업다', 『매일신보』, 1917. 7. 18.

부분이라 할 것이다. 이는 서양 문학을 번역하는 행위 속에서 이입되는 것으로 당대 독자들의 의식을 향상시키는 역할을 했을 것으로 보인다.

진학문의 『홍루』에서도 서양 소설을 번안했기 때문에 나타나는 여성에 대한 색다른 시각을 보여준다. 진학문(순성)의 『홍루』는 뒤마 피스의 『춘희』를 우리 식으로 번안한 소설로 심우섭(천풍)의 소설 『산중화』의 연재에 이어서 1917년 9월 21일부터 1918년 1월 16일까지 연재된다. 사실 이 『홍루』는 『춘희』를 번역했다는 자체에서부터 이전 소설들과는 매우 다르다고 할 수 있다. 이전까지는 정숙하고 현숙한 여성, 정조를 지키는 여성을 소재로 삼은 소설들이 번역되어 왔다. 그러나 뒤마 피스의 『춘희』는 노는 여자 즉 기생과 같은 매춘부의 이야기였기 때문이다. 그 당시의 뒤마 피스도 이 매춘부의 이야기인 『춘희』를 쓰기 위해서는 독자들을 향해 당부의 말을 하지 않을 수 없었다.

> 내가 이 점을 이만큼 강조하는 것도, 이 이야기를 읽으시는 분 중에는 이 책이 악덕과 매춘의 변명에 지나지 않는다고 말하고, 이미 던져 버리려고 하시는 분이 틀림없이 많이 계시리라 생각하기 때문이다. 게다가 저자가 나이가 젊은 탓도 있어 그런 걱정이 한층 더해질지도 모른다. 그러나 그렇게 생각하고 계시는 분은 제발 오해를 버려 주기 바란다. 그리고 그와 같은 염려만으로 망설이신다면 부디 계속 읽어 주기 바라는 바이다.110)

> 내가 지금 이 말을 ᄒᆞᄂᆞᆫ 것은 이 쇼셜을 읽으랴 ᄒᆞᄂᆞᆫ 샤룸즁에 질에짐작으로 이 소셜이 도덕에 버셔나고 잡된 일을 역셩드러 쓴 것이 안인가 ᄒᆞ야 다 읽지도 안이ᄒᆞ고 집어더지고 나무랄 사룸이 만흘가ᄒᆞ야 ᄒᆞᄂᆞᆫ 말이라 만일 그러케 싱각ᄒᆞᄂᆞᆫ 사룸이 잇다 ᄒᆞ면 그는 덜 싱각ᄒᆞᆫ 일이라 홀지라 그러ᄒᆞᆫ 의혹으로써 이 소셜을 집어 더진다ᄒᆞ면 나는 셩심으로 독자에게 안심ᄒᆞ고 ᄭᆞᆺᄭᆞ지 읽어보시기를 권하노라111)

---

110) 뒤마 피스, 양원달 역, 『춘희』, 신원출판사, 1999, 33면.
111) 『홍루』 5회, ‘二의 二’, 『매일신보』, 1917. 9. 26.

위의 인용을 비교해 보면, 진학문이 원본과 거의 유사하게 번역해 놓았음을 알 수 있다. 뒤마 피스 역시 매춘부의 이야기를 쓴다는 자체가 부담일 수 있었기에 유명한 작가들 역시 매춘부들에 대해 애정과 동정을 가진 적이 있다는 예까지 들면서 자신의 소설에 대해 변명하고 있다. 진학문은 이러한 변명을 그대로 옮겨 놓으면서 조금 더 강조하여 설명한다. 원본에서 그저 "던져 버리려고 하시는 분"이라고 표현했는데 반해 진학문은 "집어더지고 나무랄 사롬"으로 번역해 놓았다. 즉 도덕적이지 않으면 『매일신보』의 현모양처 담론과도 상충될 수 있으므로 독자에게 "안심하고" 끝까지 읽으라고 설명하고 있는 것이다.

이렇게 진학문이 신경을 쓰는 것은 이제까지 기생이 소재로 된 소설은 있었으나, 그 기생들은 대게 악역을 담당하거나, 혹은 조중환의 『국의향』처럼 지조와 절개를 가진 여성이었기 때문이다. 그러나 이에 비해 『춘희』는 원래 매춘부였고, 사랑하는 남자를 만나고 나서도 다시 다른 남자와 관계를 맺는 것으로 나타나기 때문에 이제까지의 소설의 기생이나 여자들과는 전혀 다를 뿐만 아니라 성적으로 매우 문란한 상황이 적나라하게 묘사되어 있다. 따라서 진학문은 처음부터 이러한 면에 신경을 쓰고 독자들에게 안심하라며 당부하고 있는 것이다.

『홍루』의 내용은 원작 『춘희』의 내용과 거의 유사하지만 이름, 지명 및 상황을 조선식으로 바꾸어 놓았다. 이 소설은 매춘부 혹은 기생인 곽매경과 유영만의 사랑이야기로, 곽매경이 죽고 난 후 그의 물품 경매에서 서술자가 『민려화전』을 구입하게 되고 이를 알고 찾아온 유영만의 이야기를 서술자가 풀어내는 방식으로 진행된다. 유영만은 곽매경을 사랑하여 둘이 시골에서 살림까지 차리지만 유영만의 아버지의 반대로 결국 곽매경은 유영만을 포기하고 예전의 생활, 즉 곽매경의 생활을 책임지던 공작에게로 돌아가게 된다. 이를 오해한 유영만은 곽매경에게 복수하고자 다른 기생인 오동월과 사귀게 되고, 괴로워하던 곽매경은 유영만에게 편지 겸 일기를 남기고 죽게 된다. 곽매경은 유영만을 위해 유영만을 떠난 것임을 일기를 통해 밝히고, 유영만이 후회하는 것으로 끝을 맺는다.

곽매경은 유영만을 만나기 전에도 여러 남자와 관계를 맺던 매우 문란했던 여자였고 유영만을 만나면서도 백작, 공작 할 것 없이 여러 남자와 관계를 맺었다. 그 후 유영만과 살림을 차려 잠시 같이 살 동안에는 다른 남자를 만나지 않고 사치도 금하지만 유영만의 아버지 때문에 헤어진 후에는 다시 예전 생활로 돌아가 남자들과 관계를 맺다가 지병인 폐병으로 비참하게 생을 마감한다. 이런 점에서 그 이전 소설에 등장하던 기생, 즉 『국의향』이나 『무정』에 등장하던 국향이나 월향(영채)과는 전혀 다른 모습을 보여준다. 즉 전자의 기생은 절개와 지조를 지키던 기생이었으나, 곽매경은 그야말로 당대의 문란한 혹은 일반적인 기생들과 전혀 다를 바가 없었다.

> 그러나 마르그리트를 사랑한 남자들은 이미 대단한 것이 못되었고, 마르그리트 쪽에서 좋아하게 된 사내들은 아직 그것을 알아차리지 못했던 것입니다.
> 즉 이 여자 속에는 우연한 계기로 창부가 된 처녀와, 그 창부에서 우연한 계기로 정말 가련한, 참으로 청초한 처녀로 돌아갈 지도 모르는 창부가 엿보이는 것이었습니다. 게다가 마르그리트에게는 아직 자랑할 수 있는 자존심과 독립심이 있었습니다. 그리하여 이 두 개의 기질은, 상처 입은 경우에는 수치심과 마찬가지의 작용을 하는 것입니다.112)

> 민경이를 사랑혼 사름은 만헛겟지만 민경이가 참으로 사랑ᄒ야 즈긔의 마음을 셜파혼 사나희는 하나도 업슬 것이올시다
> 말ᄒ자면 민경이는 아조 졍ᄒ고 졍혼 처녀로셔 엇지 우연코 쳔혼 영업을 ᄒ게 된 것이니 그가 비록 쳔혼 영업은홀망졍 잘ᄒ면 ᄯᅩ 다시 졍한 쳐녀가 될 수 잇는 계집이올시다
> 민경이는 긔긔가 잇고 고집이 셰니 이 두 가지 셩질을 가지고 잇는 것이 곳 그가 아즉도 부끄러움을 아는 증거올시다113)

---

112) 『춘희』, 앞의 책, 105~106면.
113) 『홍루』 22회, '七의 二', 『매일신보』, 1917. 10. 16.

위에서 인용한 부분은 매경이가 노는 계집이라는 설명과 상충되는 부분이라 할 수 있다. 이 후의 내용상으로 볼 때 매경은 기생과 같은 입장에서 노는 계집으로 표현되며 동시에 여러 남자를 만나고 돈을 얻는다. 그런데 그러한 매경이 "정한 계집"이 될 수 있다고 하는 것은 정신적으로는 마음을 잘 주지 않는다는 점에 있다. 이 부분은 원본과 비교해 볼 때, 진학문의 자의적인 해석이 가미된 것이라 할 수 있다. 원본에서는 매경 즉 마르그리트가 다른 남자에게 사랑도 받고 자신도 사랑한 적이 있음이 드러난다. 그러나 『홍루』로 옮겨 올 때는 매경이 진정으로 사랑하여 자기의 마음을 보여준 남자는 이때까지 없었던 것으로 나타난다. 따라서 매경은 유영만을 처음으로 사랑한 것이므로, 육적인 부분은 남자와 관계하나 정신적인 면에서 정조를 지키고 있었다고 생각하게 하는 것이다. 정신적 정조까지 강조할 만큼 진학문이 유영만과의 사랑의 합리성을 말하고 싶어했다고 할 수도 있을 것이다.

그런데 사실 정신적 정조가 있으니 몸을 팔더라도 처녀의 모습으로 돌아갈 수 있다고 말하는 부분은 매우 독특한 부분임과 동시에 매우 급진적이라고도 할 수 있는 부분이다. 1910년대의 어떤 소설이건, 일본 소설에서조차도 여성 부분에서 이만큼 진보적이기는 힘들 것으로 보인다. 이는 번역이라 가능한 일이었을 것이다. 『장한몽』의 원작인 『금색야차』의 미야의 경우 아이를 낳기도 하지만 정숙한 여인으로 설정되어 있고 그 아이가 죽은 이후에는 남편과 관계를 가지지 않는 것으로 나온다. 그렇게 보면 이렇게 생계 때문이라고 하더라도 끊임없이 많은 남자와 관계를 가지면서 그 남자들로부터 받은 돈으로 사치하고 방탕한 생활을 하다가 마음을 준 남자를 만나 그 이후 정실히 행동하면 정한 여자가 된다는 것은 매우 진보적인 시각인 것이다. 당대 기생들, 혹은 매춘부들이 이러한 내용을 본다면 매우 흥미를 느꼈을 것이다. 이와 동시에 자신의 처지를 이 소설을 통해서 투영해 보면서 방탕한 매경이 좋은 남자를 만나는 것에 대리 만족을 느꼈을 것이다.

「져런 답답흔 말삼 보앗나 남의 스정도 좀 싱각합시오 내가 만일 훌륭
흔 스대부딕 마나님으로 믹년 십만원 용츠가 잇눈디 그것이 부죡ㅎ야 다
른 사나희를 샹죵ㅎ눈 터 갓흐면 영감 무르시눈 말삼에 딕ㅎ야 다시 엿줄
말솜이 업슴니다마눈 나를 엇던 샤롬으로 아심닛가 공작부인도 아니오
후작부인도 아니오 아모 것 아닌 곽믹경이란 한 녀주외다 빗은 이만원이
나 잇고 졔 지산은 한 푼도 업눈디 일년에 스만원식 용츠가 잇셔야 지닉
눈 샤롬이올시다 이쯤 말삼ㅎ면 영감끠셔 더 무르실 말삼이 업스실 것이
오 나도 대답홀 필요가 업슴니다」114)

유영만은, 매경이 자신에게는 잔다고 거짓말하고는 백작을 불러들여
논 것을 알게 되어 질투를 하며 매경이를 질타한다. 매경은 이에 대해 답
답해 하며 자신의 처지를 말한다. 자신은 다른 사내를 상대할 수밖에 없
다면서 원래부터 알던 것이 아니냐며 질투하는 유영만에게 자신의 입장
을 당당하게 표명한다. 즉 자신은 공작 부인도 후작 부인도 아닌 기생 혹
은 노는 여자인 '매경'이라는 것이다. 매경은 더 나아가 "나의 몸을 사랑
ㅎ지 말고 나의 마음을 사랑ㅎ야 줄 만흔 덕스러운 사나희를 만나기가
원이올시다"115)라며, 자신의 마음을 사랑해 달라며 당당하게 요구한다.
이런 당당함은 바로 서양의 소설이기 때문에 가능한 것이며 이러한 서양
의 강한 여성상의 이입은 식민지 조선의 여성들에게 알게 모르게 스며들
어가고 있었을 것이다.

讀者의 聲

션싱님 나눈 어시던지 붓그러움이 업눈 스롬이외다 속에눈 조고마흔
지식도 업눈 무식흔 사롬이외다 그러나 소설은 만히 질깁니다 그리셔 우
리가 가쟝 사랑ㅎ고 우리에 사랑을 열러쥬눈 믹일신문 중에도 이 사롬은
쇼셜을 가쟝 익독ㅎ옵니다 연고로 그 젼에 「졍부원」을 보왓슬 쌔에도 붓
그러움을 무릅쓰고 감동심을 익이지 못ㅎ며 감샹딕로 딕강 말삼흔 거시
잇스외다 그러나 지금 믹일 긔직되눈 「홍루」롤 보고 무한흔 감상과 인싱

---

114) 『홍루』 46회, '十三의 一', 『매일신보』, 1917. 11. 17.
115) 『홍루』 48회, '十三의 三', 『매일신보』, 1917. 11. 20.

에 슬픔이 엇더훈 거신지를 디강 끼다랏스오며 션성이 우리 동포 쳥년들
에게 경고되는 「홍루」를 우리가 보고 이 셰상에 연이라 ᄒᆞ는거시 엇더훈
거신지 끼닷게 ᄒᆞ시니 그 감스훔을 익이지 못ᄒᆞ여 군두목으로 디강 알외
나이다(昌成洞—讀者 李正珪)116)

사실 독자의 소리에 나오는 것은 남성들의 목소리이다. 기생들과 여성
에게도 인기가 있었겠으나, 남성들 역시 이 소설에 대해 매우 홍미진진해
했다. 위의 이정규라는 독자는 이미 『정부원』에서도 자신의 감상을 말한
바 있다고 말한다. 또한 이 『홍루』를 통해 '연애'를 깨닫고 있다고 말한
다. 서양의 근대 소설을 통해 연애를 새롭게 배운다는 것, 또한 그것이
그 당대 교육받은 남성들에게 영향을 끼치고 있었다는 것은 이 독자의
말로부터 알 수 있다. 이 이정규라는 독자는 그 연애의 과정에서 유영식
이 얼마나 많이 애를 쓰고 있는가에 주목한다. "오날날 「瞬星先生」 덕에
「紅淚」롤 보왓스니 이 셰상에 연이라 ᄒᆞ는 거슬 끼다르시오 처음에 유영
만이가 곽미경이를 만나셔 사랑을 밧고자 홀 째에 얼마나 이롤 써스며
얼마나 하날끠 축수ᄒᆞ엿슬가 미경이가 안이면 죽을 줄로 싱각훈 샤름이
안인가 디관졀 연이가 무엇신가 인싱에 쾌락 연이가 업스면 우리 인싱에
화긔를 무어스로 도으리요 연이나 인싱에 연이와 이정은 결단코 밋을 것
은 안이오 연이를 연이로만 싱각홀 거시 안이라 인싱에 디격이로다"라고
하며, 연애와 애정이 얼마나 인생에 중요한 지를 『홍루』를 통해 알게 되
었다고 설명한다.

讀者의 聲
　홍루애 독자로 말ᄒᆞ면 전반도에 물론 만켓지요 그러ᄂᆞ 그 애독이란 愛
字가 참으로 의미잇는 애자인지요 혹은 통속의 의미에 지나지 못훈지요
　아—곽매경의 애야말로 참 신성훈 애올시다 그야말로참 진이요 선이요
미라 ᄒᆞ겟슴니다 유영만과 곽미경 사이의 연애가 과연 엇더ᄒᆞ엿셧슴닛가

---

116) '讀者의 聲', 『홍루』 83회, '二十의 四', 『매일신보』, 1918. 1. 11.

그러나 곽민경은 그 싱명 보담도 중한 연애롤 버렷슴니다 유영만은 그것
을 이해홀 능력이 업셧슴니다 畢竟유영만의 애는 성욕적에 지너지 못ᄒ엿
슴니다 아ー곽민경의 애 그 신성훈 애 그 진이요 선이요 미인 애는 畢竟
유영만의 애 그 성욕의 애 그 가면의 애를 정복ᄒ고 말앗슴니다 유영만이
가 저자를 차져와서「민려화전」쳥구ᄒ던 이후의 생활이 엇더ᄒ엿슴닛가
그 이후의 유영만의 애는 전일의 유영만의 애와난 동일로 론ᄒ기 어려울
것이올시다 곽민경의 애에 지지 안홀 것이올시다「충주 校峴柳興湜」117)

다른 남성 독자인 유흥식 역시 이『홍루』를 통해 '愛'의 의미 즉 연애
의 참 의미를 알았다고 한다. 유영만이 처음에 가지고 있던 사랑은 성욕
에 불과한 것이었으나 곽매경의 진정한 사랑을 통하여 진실한 연애, 진실
한 사랑을 얻게 되었다는 것이다. 곽매경이 원래 남성과 많은 교제를 가
졌던 매춘부이건, 유영만을 위해서건 간에 유영만과 헤어지고 다시 다른
남자들을 만난 상황들에 대해서는 비판하지 않는다. 단지 곽매경의 정신
적인 면, 마음의 지조와 연애를 높이 사고 있는 것이다. 이러한 면은 이
전의 소설들에서 나타나던 경향과는 매우 이질적인 것이다. 처음부터 고
결하며 끝까지 자신의 정절을 지키던 그 전의 인물과는 달리 이 소설로
부터는 '연애'라는 것에 대한 발견과 여성에 대한 새로운 생각을 보여주
게 만든 것이라 할 수 있다.

讀者의 聲

　(상략) 옥덩이와진국이ﾂ흔「로ー만쓰」가 K讀者와 A孃 사이에 現出되
얏슴니다
　(중략) 近日에 무궁화를 읽고 A孃의 身上을 念慮도 ᄒ며 疑心도 홉니다
그리ᄒ고 무궁화가 이 K讀者와 A孃의 波瀾重疊훈 戀愛을 描寫훈것이 아닌
가 半疑ᄒ노라「仁川K生」118)

---

117) '讀者의 聲', 『홍루』 87회(마지막회), 『매일신보』, 1918. 1. 16.
118) 『무궁화』 40회, 『매일신보』, 1918. 3. 12.

『홍루』에서 보여준 그러한 연애의 감정은『무궁화』에서도 볼 수 있다. 즉 한 남성 독자는 옥정이와 진국이 사이를 자신의 연애담과 비교하면서 가슴아파한다. 이러한 면모는 번안소설들을 통하여 남녀의 연애라는 것을 알게 되고 그러한 연애를 직접 겪은 젊은 남성 독자들은 이에 대해 매우 공감하고 있음을 보여준다고 할 것이다. 즉 결혼 후 남편에게 버림받고 아이와 헤어져 있어야 하는 그 이전의 일본 가정소설의 전형적인 줄거리가 여성 혹은 부인 독자들과 기생들의 호응을 받았다면, 그 이후 결혼에 이르기까지 그들이 겪는 갈등과 구체적인 연애의 과정은 젊은 남성 독자들의 호응을 받은 것이다.[119)]

(2) 〈독자투고란〉 폐쇄와 〈독자 편지〉 양식의 출현

이상협 소설이 연재되는 동안 그의 번안소설은 독자들에게 엄청난 인기를 끌었고, 〈독자투고란〉과 〈독자 편지〉 양식을 통해 독자들은 적극적으로 자신들의 소설에 대한 애정과 당부를 호소한다. 〈독자투고란〉과 〈독자 편지〉에서 나타나는 독자의 소리는 다음의 표와 같다.

[표 12] 〈독자투고란〉에서 보이는 소설 관련 독자(총 27회)

개수	작품	날짜	독자란 이름	성별	투고자 이름	주제	내　　　용
1	눈물 14회	1913. 8. 2.	독자 구락부		이독쟈	소설	귀샤신보에, 련일게지되는, 쟝한몽과눈물두 쇼셜은, 참즈미가만어요, 신문이좀늣게오면, 아조발광이나요

---

119) 사실 남성들이 호응했을 부분은『해왕성』에서도 발견된다.『해왕성』역시 이상협이 끊임없이 식민 지배 담론으로 바꾸려고는 했으나, 타인에 의해 시련을 겪은 장준봉이 거침없이 복수하는 모습은 피식민지인들에게 통쾌함을 자아내게 했을 것이다. 이상협이 유포하고자 했던 식민 지배 담론의 이면에는, 서양 혹은 일본의 것을 가져오면서 그것에 내포된 또 다른 저항적 성향, 탈식민적 성향 역시 들어 있을 수밖에 없었다. 이러한 분열적 경향은 결국 독자층의 성향과 연관된다.

2	73회	1913. 10. 22.	〃		눈물 인독쟈	소설 연극	귀신보에나는, 눈물이라는쇼셜도, 졈졈더쟈미잇셔가고, 혁신단림셩구일힝도 스동연흥샤에셔, 다시흥힝혼다니, 그쇼셜로, 연극이 나한번ᄒ야, 실디로 그불샹혼 봉남이모즈의, 참혹혼졍경을구경케ᄒ셧스면, 엇더홀는지오, 소셜도 참쟈미잇고, 비우도 썩한슉ᄒ니, 우리눈물인독쟈를위ᄒ야, 한번구경케ᄒ야쥬십시오, 신문지에, 할인권이나 좀 끼시구요, 어셔좀그러케ᄒ셔요
3	76회	1913. 10. 26.	〃	여	한부인	〃	이십오일져녁부터, 스동연흥샤에셔「눈물」연극을혼다지오, 쇼셜도그러케즈미가잇스닛가, 연극으로는, 오작즈미가, 잇슬나구요, 나도우리령감의허락을 좀엇어가지고, 불가불가보어야ᄒ겟습니다
4	76회	1913. 10. 26.	〃		긔셩 인독자	〃	본인은본러쇼셜을, 질겨보지안는디, 우연히 귀신보의나는「눈물」은, 첫번부터보앗더니, 엇지즈미가잇는지, 참미일신문오는 것이, 더듸여못견듸겟셔요, 혁신단일힝이, 그와ᄀᆺ치즈미잇는, 쇼셜연극을혼다ᄒ니, 불가불한번보아야ᄒ겟습니다, 오눌두시완힝챠로, 구경을ᄒ랴올나가오니, 인도나좀잘ᄒ야주십시오
5	76회	1913. 10. 26.	〃	여	소박 마진 부인	〃	이사롬은신셰가. 셔씨부인만못지안케, 춤혹혼사롬이올시다 다힝히귀신문으로젹지안히위로로「눈물」쇼셜이난후에는아조셔씨부인이불샹ᄒ고눈압헤그형샹을보는듯ᄒ야, 언의날울지안이혼날이업습니다, 쏘이번에혁신단에셔, 눈물연극을혼다ᄒ니, 다른사롬은, 엇지힛든나갓흔, 쇼박덕이는, 불가불혼번가보겟습니다, 귀신문할인권만, 버혀가지고가면, 샹등이라도, 단십오젼이요하등이면, 단오
6	76~77 회 사이	1913. 10. 28.	〃	남	모신스	연극	연흥샤눈물연극구경은, 참굉쟝ᄒ던걸이요, 연극쟝구경을, 즈러로만히단엿셔도, 그런구경은, 참쳐음보앗셔요, 슯ᄒ고도즈미잇고, 쾌ᄒ고도분ᄒ야, 보는사롬으로, 여러 가지 감졍이졀로이러나, 우리인싱애, 큰교훈이되겟던걸이요, 인졔부터, 계속ᄒ야게지될하권도, 졍신츠려즈셰히볼터이니, 그권ᄭ지맛건든샹하권을합쳐셔, 한번연극을, 쏘ᄒ야주십시오

7	76~77 회 사이	1913. 10. 28.	〃		한이 독쟈	소설 연극	눈물이란쇼셜은엇지ᄒ면, 그러케쇼셜로도, 즈미잇고연극으로도, 즈미잇슴닛가, 그런쇼셜과, 그런연극이만잇스면, 참우리죠션풍회에유익훈일이, 만켓셔오, 나ᄂ쇼셜져작ᄒ신이에게, 무훈감샤훈ᄯᆺ을표ᄒ며, 이후에도더욱더욱, 우리샤회풍화를위ᄒ야, 그과ᄀᆺ치, 됴흔쇼셜을만히닉이시기를바람니다
8	76~77 회 사이	1913. 10. 28.	〃		다졍싱	연극	눈물연극구경은, 참눈물이던걸이오, 부인셕에셔ᄂ, 셔로약됴를뎡훈듯이일졔히우ᄂ더이사롬은ᄉ나희것만은눈물이 쩌러지던걸이오참그눈물구경을ᄒ고눈물을안이흘니면졍말구경ᄒ얏다구ᄂ못ᄒ겟든걸이오
9	76~77 회 사이	1913. 10. 29.	〃	남	한신ᄉ	〃	연홍샤, 눈물연극은ᄆᆡ일갈ᄉ록, 즈미가더잇던걸이오, 여러비우들이모다날마다련습을썩잘ᄒ닛가 아마지됴가썩ᄂᄂ것이지오
10	76~77 회 사이	1913. 10. 29.	〃		인쳔싱	〃	이사롬은, 눈물연극구경을ᄒ랴고전위ᄒ야엇져녁 째셔울을올나왓다가만원이라고표를팔지안이ᄒ야홀일업시하로를더묵게되ᄂ더오놀이나일즈깅가면, 좀드러가볼ᄂ지오
11	76~77 회 사이	1913. 10. 29.	〃		풍류랑	〃	무부기보화ᄂ, 스무일헤날져녁에, 눈물연극구경을왓다가, 엇지도그리만히우ᄂ지, 그계집이야말로, 참다졍ᄒ던걸, 화류계녀ᄌ들은, 인졍이젹다고ᄒ더구면은, 보화를, 두고보면은그럿치안턴걸이오
12	76~77 회 사이	1913. 10. 29.	〃		사동싱	〃	나ᄂ눈물연극구경을갓다가, 부인셕에서, 일졔히우ᄂ것을보면은, 졀로눈물이, 것잡지못ᄒ게쏘다져요
13	연재후	1914. 1. 25.	투셔함		일독쟈	〃	졍월초하로날브터, 연홍사에셔ᄂ, 눈물연극을훈다지요, 이번에ᄂ, 아조즈미잇게훈답듸다, 어셔좀보아야
14	〃	1914. 1. 28.	독자 기별	여	一婦人	〃	눈물 극(연홍사 ― 임성구일행) 구경하고 싶으나 사람많아 못 봄
15	〃	1914. 2. 3.	〃			〃	ᄉ동연홍샤에셔ᄂ 요시신부가, 신랑목민이ᄂ연극을 실디로흥힝ᄒᄂ디, 사롬도만코, 구경도죳습ᄂ듸다, 가뎡샹, 뎨일경계거리란말야
16	〃	1914. 2. 6.	〃			〃	요시ᄂ 엇더케되야그런지의례히녀편네가연극쟝에만ᄀᆺ다오면, 쉽짜증을닉고, 비단옷히달나고트젹이를닉이ᄂ구려에이그것참

17	〃	1914. 2. 8.	〃			〃	요시 연극쟝에는스나희보다, 녀편네구경군이, 엇더케 만흔지, 밤이면테를메이게된다나요 에구참
18	〃	1914. 4. 26.	〃			〃	여보 단쟝록은 오날 ㅅ지ㅎ고, 맛친다지요 그런즉쳥컨더, 다년환영을 밧던, 눈물연극이나, 흥힝ㅎ얏스면, 도켓셔요간졀히바롭니다
19	〃	1914. 4. 30.	〃		一讀者	〃	스동문슈셩일힝은어졔밤부터눈물연극을흥힝흔다지오 그런더, 전보다긔량흔것도만코, 아조즈미잇더요, 오날밤미일신보난의에는 할인권을버혀가지고, 구경이나가겟다
20	〃	1914. 9. 26.	〃		눈물 愛讀者	소설 연극	귀보에게지되야 대환영을 밧던쇼셜「눈물」을신문에난터로 벗겨쓴것이잇던시츠례츠례로 신문지로 오려모흐신이가잇거던 이「독자기별」로 통지ㅎ시오 파실의향이잇스면 샹당흔샤례롤 ㅎ오리다
1	정부원	1914. 10. 28.	〃		갈망자	소설 기대	연지ㅎ던 비봉담쇼셜은일간맛치고 쏘몃비더나은 정부원이라는쇼셜이 나오난지오 어셔좀보앗스면 언의날브터게지되느요
2	56회	1915. 1. 10.	〃		催促生	소설 요구	아조즈미잇는귀보쇼셜뎡혜셜화는 너무경제마르시고될슈잇는더로다구산다구산들녀주셔요 너무답답
3	66회	1915. 1. 24.	〃		일독자	〃	하몽션싱님 이곤ㅎ시더라도 민일간단업시 정부원을 너여쥬셔오 일요일에보지못ㅎ야도 궁금흔더 가다가단편쇼셜을너이기 찐문에 아조락망이올시다 신문이오면 정부원면져 보는터인더 그럴젹이면 션싱님을 은근히원망홈니다 도-쇼 요로시구 넹아이마스
4	86회	1915. 2. 19.	〃		일독자	〃	귀보쇼셜 정부원이 날마다 취미가진진ㅎ야가는더 뎨일불상흔 것은 정혜밧게업셔요 너무 쇼셜을 쨟막ㅎ게니잇가 쏙감질만나고죽겟셔요 아죠즈미는 그만이야요
5	108회	1915. 3. 19.	〃		甘味生	소설 내용 추측	귀보일면쇼셜 정부원은 점점갈스록 즈미가점점더잇셔요 쏙쇼셜칙이나되얏스면 한번에다보아 바릴터이지만은 쏙쨟막쨟막흔더가셔는 안달증이나거던요 아마 쳔웅달이에 슈작이 암만히도 슈샹스러워요
6	150회	1915. 5. 12.	〃	여	愛讀 婦人	소설 요구	본인은 남보다유달니「뎡부원」쇼셜을 더옥즈미롤붓쳐가며 놀마다모음을 죠리여가면

							셔라도 져녁 쌔면방울쇼러나기만 고더ㅎ는 더 일반이다즈미롤붓첫지오만은 본인은 일 층더흔 듯 싱각ㅎ는걸이오 그런더「덩부원」 은얼마잇스면 씃을맛칠터이오이왕낫던「장 한몽」의속편이 쏘난다지오 어츠피 씃을맛 치실터이거던 아조싀원ㅎ게ㅎ야쥬셔요 이 것한가지 특청이올시다
1	해왕셩	1916. 1. 20.	〃		일독자	소설 기대	귀보에예고흔신쇼셜 희왕셩은 말슴만들어 도 참즈미잇겟던걸이오 어셔좀보앗스면

이상협 소설이 식민 지배 담론을 유포하고 있을 때, 간혹 등장한 독자 투고란의 내용은 그가 제시하고 있는 사회의 안녕·질서와는 거리가 있다. 독자들은 당국과 현실 생활에 대해 불만으로 가득 차 있었다. 문명화되면 모두가 잘 살 것이라는 말이 시간이 지나면서 효력을 상실하고, 실제 자신들의 삶은 그 이전보다 더욱 살기 힘들어져 버렸다. 이러한 상황이 그들에게 불평불만이 가득한 목소리를 내도록 만들었던 것이다.[120] <독자투고란>이 극심한 경제난, 당국에 대한 불만, 전차에 대한 불만, 여러 사회의 문제점에 대한 고발 등의 모습을 담아내고 있었기 때문에, 독자들의 원성에 의해 다시 개설되었다가도 중단되는 일이 계속 반복되었다.[121]

---

120) "젼에 보지 못ㅎ던 참혹흔 슈회에 익은 보리는 쩌나가고 심은 벼는 츄슈홀 여망이 업셔 경북션북의 빈한흔 농민은 긔아가 목젼에 닥쳐잇도다 리지민의 구호는 졍부에셔도 상당히 방법을 강구ㅎ겟지만은 독지의 지산가로 이와 ㄹᆺ치 가련흔 동포롤 위ㅎ야 다쇼간 구원의 은혜롤 더질 사롬이 업슬가"「三南過客」, '독자기별', (『해왕셩』 88회 연재중('큰일을ㅎ랴고북경에')), 『매일신보』, 1916. 7. 16.

121) 삼남지역의 농민은 수해를 통해 이재민이 많이 발생하고, 기아가 목전인 상황이다. 이러한 상황에서 한 농민은 살기 어려워진 것에 대한 걱정으로 도와달라는 말을 한다. 사실 1916년 2월 16일부터 잠정적인 독자란 폐쇄에 들어간 『매일신보』는 3. 31 / 5. 27 / 6. 2 / 6. 4 / 6. 9까지 간헐적으로 독자란을 열었다가 다시 닫았다가 하고 있었다. 그러던 중 7월 16일 다시 독자란을 열지만, 이 때 수해와 기아에 허덕이던 어려운 상황에서 11월 17일까지 다시 독자란을 폐쇄하게 된다. 그만큼 살기 어려워진 상황에서 <독자투고란>에서 보이는 목소리들은 불평과 원망, 어려운 환경에 대한 호소만 나올 뿐이기 때문에 『매일신보』는 아예 <독자투고란>

그동안 독자기별이 끗쳣다가 요ㅅ히 비로소 몃칠지 다시 나기는 ㅎ나 세상 인심이 엇지ㅎ야 그런지 독자로부터 미양 보닉오는 투셔를 보면 남의 명예를 회손ㅎ거나 쏘는 중상뎍 주셔가 만흐며 그럿치 안으면 밀믜음 갓흔 것들의 잡된 말이 잇슨즉 엇지 한심홀 비 안이리오 남의 단쳐보다 장쳐가 조흐며 시디를 쏫츠 도덕심으로 모범될 만흔 것을 긔록ㅎ야 보닉기를 바라며 그와 갓흔 중상뎍의 것은 일절 게지치 안켓스니 특히 주의ㅎ시기를 바라오 「係」[122]

<독자투고란>은 1916년 7월 16일 이후 다시 쉬었다가 11월 17일, 18일, 19일, 21일에 다시 등장한다. 「편집계」는, <독자기별>이 없다가 요 며칠 냈는데 독자들의 이야기가 남을 비판하거나 사회를 교란시키는 매우 나쁜 쪽의 이야기라면서 독자들을 비판하고 있다. 결국 이들은 밀매음이나 남의 단점과 같은 부정적인 내용은 싣지 않겠다며 덕이 되는 것, 모범이 되는 이야기만 내겠다는 강경한 입장을 취한다. 그 후 <독자투고란>은 11월 23일, 25일, 28일, 29일, 12월 1일까지 다섯 번 정도 더 나온 후 1년 9개월가량 자취를 완전히 감추고 만다.[123]

이렇게 <독자기별란>이 완전히 폐쇄되었기 때문에 독자들의 목소리는 신문에 등장할 수 없게 되었다. 그런데 유일하게 독자들이 자신의 소리를 낼 수 있는 공간은 문학 즉 당시 연재되던 소설에 대한 감상을 보내는 '독자로브터'라는 '편지' 공간이었다.[124] 이상협의 번안소설과 관련된

을 닫아버린 것이다.

122) '투셔함', 『해왕성』 171회 연재 중, 『매일신보』, 1916. 11. 21.

123) "금년의 진장은 작년에 비ㅎ면 엇더케 빗싸졋는지 여간 형세로는 엄두도 닐 수 업던 걸 그런더 그동안 비치갑은 조곰 쩌러지고 무갑이 빗싸진 모양이야" 「街路商民」, '투셔함'(『해왕성』 168회 연재 중('파혼홀언턱거리는')), 『매일신보』, 1916. 11. 17.

위에서 제시된 사회상의 이야기를 보면 불평불만과 사회의 안 좋은 점, 그리고 남을 비판하는 말들도 많았지만 살기 어려워진 상황, 물가가 올라가 식민지 조선인의 삶이 더욱더 피폐해지는 상황이 <독자투고란>에 반영되었다. 편집계는 결국 이러한 말들로 조선인들이 선동이 될까 걱정하여 이를 경계한 것으로 볼 수 있다.

124) 권용선은 「1910년대 '근대적 글쓰기'의 형성과정 연구」(앞의 책)에서 근대적 글쓰

<독자 편지> 형식의 독자투고의 실제 양상은 다음의 표와 같다.

[표 13] 〈독자 편지〉 형식의 소설 관련 독자 투고

개수	작품	날짜	분량	성별	투고자 이름	주제	내용
1	정부원 28회	1914. 12. 2.	16칸 7줄		大邱 某官吏	소설 감상	긔이흔스실ᄌ미잇는 필벌「뎡부원」한편이 하늘에셔쩌러졋나 짜에셔소삿나 갈스록긔이ᄒ고 볼스록 쟈미잇는 「뎡부원」아 너는나의 쥬야침두에 왕리ᄒ는 뎡혜와함끠 만고에일홈이젼ᄒ리라
2	28회	1914. 12. 2.	16칸 7줄	여	京城 仁寺洞 李○子	소설 내용 요구	긔쟈션셩님남의감질좀 고만너십시오 원종일고 더ᄒ던 「뎡부원」ᄌ미가아조무어라 말홀수업슬쌔에 고만톡끈으면 엇더케ᄒ잔말이오 고다음이궁금히셔 밤에잠이와야지오
3	28회	1914. 12. 2.	16칸 10줄	여	開城 東廓 薄命女	소설 감상	셰샹에초년고싱은 이사름보다 더만흔이가 다시는업슬줄알앗더니 「뎡부원」의 그불샹흔 뎡혜의몸에 쏘무슨겁운이 덥허쓰이랴는것ᄀᆺᄒ니 졔싱각뎡혜싱각이 아울너일어나 눈물이나셔 못견디겟습니다
4	28회	1914. 12. 2.	16칸 11줄		京城 公平洞 金○淳	소설 내용 요구	뎡부원을 지시는긔쟈님이여 그불샹히죽은 션장의원혼이 뎡부원을쓰실째마다 긔쟈님붓 씃헤셔요리죠리붓허단이리다 붓씃이 죠회에다아셔 싸각싸각홀째마다 불샹흔션장의원혼이 울며부르지지는줄알고 하로밧비 원슈갑는 것을 상쾌히보여쥬십시오 샹관업는우리도 원슈갑흔 것을보면 츔을덩실츄겟습니다
5	28회	1914. 12. 2.	16칸 11줄		京城 某病院 六號室 患者	소설 연재 요구	하몽션싱님 니말듯소병원쇽적막흔밤중 병든몸혼쟈주어 낫이라말벗업고 밤이라잠업는디 션싱의 「뎡부원」한낫되는니벗이오 한번보고 두번보고 보고 쏘볼스록ᄌ미잇는그스실에 압품잇고 ᄆᆞ옴 쓸려 병든몸이위로됨이 만을중에뎨일이오 「뎡부원」글된품이쇼셜중에쳐음이오부디부듸궐치말고 미일미일너여주오
6	35회	1914. 12. 11.	16칸 7줄		京城 勸農洞 愛讀者	소설 내용 추측	아— 이몹슬라털아네가과연사람이냐 악마이냐 그텬연흔긔싟으로 졔반흉계를 진힝ᄒ야가는모양 싱각홀슈록 몸셔리가친다 음험흔네얼골에 필경은벽력불이 쩌러질줄 네가모르느냐

기의 발전 과정을 분석하고 있다. 그 가운데 번역과 독자 편지의 관계에 대해 논의하면서 특히 『정부원』에서 시작된 <독자 편지>에 대해 주목한 바 있다.

7	35회	1914. 12. 11.	16칸 9줄		全州 伊洞面 金○泌	소설 감상	불샹흔뎡혜 가상흔뎡혜어엽분뎡혜밋고 씬흔듯 흔뎡혜찬물에옥갓흔뎡혜이젼에보지못ᄒ고 지금에듯지못흔뎡혜 남편의게 더러운치의롤밧으면서 남편의친구 대좌의병을 지셩으로구호ᄒ눈그뎡혜 지금의졂은녀ᄌ들 졔발이뎡부원을유심히보고이뎡혜롤본쓰시오
8	35회	1914. 12. 11.	16칸 9줄	여	京城壽 松面少 女貞愛	소설 내용 요구	남작의집대유산인지무숨연희인지뎡혜눈가지안토록ᄒ야쥬십시오 쇼셜쓰시눈션싱님졔발뎡혜눈 거긔가지막게ᄒ야쥬십시오 암만싱각ᄒ야도 그노리에갓다가눈 뎡혜에게 큰불이나릴것ᄀᆺ하요 뎡혜눈 이사름의쥬야잇지못ᄒ눈 동무올시다
9	46회	1914. 12. 25.	17칸 25줄		박동 어느 쇼학교 辛○株	〃	하몽션싱 나눈년쳔홈으로 셰수를다보지못ᄒ얏고 단문홈으로 쇼셜을다읽지못ᄒ얏스나 독쟈로ᄒ야곰비샹흔감정을일으키눈쇼셜은 형뎨소셜과 쏘이뎡부원이라싱각홉니다 쳥츈에몸으로 부귀에뜻이업고 힝걸ᄒ얏스나 가히분수를직히엿고 은인을맛나 은혜갑기로결심ᄒ고 나의몸은열조각이날지라도 잠시도 은인을잇지안이ᄒ얏스나 비은망덕ᄒ눈쟈 가히본밧을지로다 몸은고탐우에잇고 운명은 다시도라오지못홀 긔괴흔길로갓스며 엽헤눈녀승에ᄉᄌᄀᆺ흔 만고악인이잇고 멀리눈돍과 긔의소리가들리며 째눈야반이되야 머리털에눈이슬이나렷스되 공포ᄒ눈빗과 근심ᄒ눈일이업다ᄒ니 아그졀긔의굿음이여 쏘흔그에 ᄆ음이단아홉이여 쳔수가안인가 뉘능히 짜르리오니 그에졀ᄒ얏ᄂ니 아이셰상에 이러흔남ᄌ가잇슬가 쏘흔녀ᄌ가 잇슬가 이쇼셜로인ᄒ야 ᄭᅵ다른일만키를원ᄒ오며 이다음에도 이와ᄀᆺ흔 쇼셜을 소기ᄒ심 바라ᄂ이다
10	139회	1915. 4. 29.	17칸 18줄		大邱一 好樂生	소설 감상	「뎡부원을보고」 하몽션싱님! 뎡부원은 참좃습듸다 안이뇨타홀슈가업습니다 엇던사름은 쇼셜이라면 그것 쓸더업다ᄒ더니 이번뎡부원을보더니 그만흥복이 슐슐나오눈모양이라요 그 뎡혜의 텬지음악과ᄌ티와 그 졍렬그효셩그담대 그ᄌ인그심지 측량업습듸다 나눈이뎡혜롤 칭찬ᄒ난동시에 쳔용달을말홉니다 대덕즁상대덕이오 변ᄉ즁상등변ᄉ요 슈단가즁상슈단가요 악인즁상악인 참가히악인영웅입듸다 엇지그러케 쇼셜을만다릿든지 이와ᄀᆺ흔뎡혜가잇고 뎌와ᄀᆺ흔쳔용달 모르거니와 쳔용달은뎡혜

							칭찬의원료
11	142회	1915. 5. 2.	16칸 68줄		東萊郡 沙下面 槐亭里 文正昊	〃	(전략) 어느날도 「그하몽션싱붓이 안이시면 이뎡혜부인의눈물력ᄉ롤 뉘능히우리글로 이러케ᄭᅵ지그러니오럿가」(번역은번역이지만은) 그뎡혜부인일이안이더면 이하몽션싱의붓곳을 뉘능히 능히졔졀로이러케ᄭᅵ지 움작이게ᄒ리오」누구에게뭇ᄂᆞᆫ듯이믓고보니 다만 칙상이나를치어다볼쏜 ◎「그럿치별로업셔」 이러케나ᄂᆞᆫ너가더답ᄒ고마랏슴니다 참「뎡부원」은 슌젼한유리글 우리글이글로되는 션봉이외다 참 「뎡부원」은 얌젼ᄒ부인모단부인이 부인되는 모범이외다 (중략) ◎ 우리가뎡에 늘언이안친 부인들아 「더욱졂은처녀와운이」, 앗씨들 ᄭᅵ셔 춤말얌젼ᄒ부덕을 가졋ᄂᆞ냐 「뎡부원」에게비ᄒ고져 (부분 발췌)
12	145회	1915. 5. 6.	17칸 80줄		高陽郡 東湖 李正珪	소설 내용 요구	◎ 하몽션싱님 한마듸간졀히 쳥홀일이잇슴니다 구쇼셜과신쇼셜을 물론ᄒ고 대기ᄂᆞᆫ미양쏫치 시원치못ᄒ고 혹분헌 ᄶᅢ에도 고만긋치고 혹슯흔 ᄶᅢ에 ᄭᅵ지이르러 고만긋치ᄂᆞᆫ일이 흔ᄒ니 ◎ 이 「졍부원」으로 말ᄒ면졔일「졍부원」의원인되ᄂᆞᆫ 천장쇠가잡히ᄂᆞᆫ터 ᄭᅵ지이으럿스니 한가지분은 ᄭᅵ졋스나 ◎ 지공무사ᄒ신 하ᄂᆞ님ᄭᅴᄂᆞᆫ 미양무슨일이든지 공변되이ᄒ시ᄂᆞᆫ고로 졍혜의악마되ᄂᆞᆫ 져교활무쌍ᄒ 악한라텰과 그버금졍퇵긔의 쟝리운 명은가히츄측홀일이나 시원상쾌이니눈으로보ᄂᆞᆫ이만ᄀᆞᆺ지못ᄒ오니 ◎ 아못조록부듸부듸 「졍부원」을쾌락홀더ᄭᅵ지이르게ᄒ시고 「약졍부원」이 ᄭᅩᆺᄭᅵ지 져슬치안이ᄒ엿드리도 션싱님의 ○○붓더를앗기지마시고 ᄭᅩᆺ ᄭᅵ지 져술ᄒ야셔라도 여러이독ᄌ의 심신을샹쾌ᄒ게ᄒ심을복망 (부분 발췌)
13	146회	1915. 5. 7.	17칸 69줄		京城 蓬萊町 二四七 番地 李廣鉉	소설 감상	◎ 엇던사롬은 영국쇼셜이니 이터리국인의쇼셜이다ᄒ고 보지안ᄂᆞᆫ 사롬도잇고 더강보ᄂᆞᆫ 량반은 「뎡부원」의 글이 너무지리ᄒ다고 하몽션싱님을원망ᄒᄂᆞᆫ사롬도잇겟지오만은 ◎ 「뎡부원」의 쇼셜을보고나셔는 싱각ᄒ온즉 이와ᄀᆞᆺ흔귀족에ᄶᅡ님이 이와ᄀᆞᆺ치죵리고싱으로 초년을격노 ◎ 션싱님 녯말에일으기를 홍진비러ᄒ고 고진감리라고ᄒ지안습닛가 그말을뎡혜부인의게로

							가게ᄒᆞ야쥬시기를 복망ᄒᆞᆸᄂᆞ이다 ◎ 하몽선싱님 하몽선싱님의 필법이 안이시면 누가능히 사룸의무ᄋᆞᆷ이겨결로 이러케ᄭᆞ지 움작이게ᄒᆞ오리오 (부분 발췌)
14	154회	1915. 5. 18.	17칸 94줄		釜山 府大新 洞二九 二番地 李鍾蓮	소설 내용 요구	◎ 션싱션싱 션싱의 붓 ᄭᅮᆺ가 번역은엇지이와 ᄀᆞᆺ치 교묘ᄒᆞᆷ으로 독쟈의심졍을감동케ᄒᆞ며 문쟈의이득을 츙분케ᄒᆞ오 ◎ 션싱의붓ᄭᅮᆺ이 안이시면 뎡혜의졍조와 뎡혜의루명과 뎡혜의불ᄒᆡᆼ을누가능히긔록ᄒᆞ야 뎡혜신샹을 결빅케ᄒᆞ며 ◎ 악인의대담과 악인의흉계와 악인의비밀을 뉘가과히명념ᄒᆞ야 질칙ᄒᆞ게ᄒᆞ리요 ◎ 다만션싱의 붓ᄭᅮᆺᄒᆞ나이라 그러무로 뎡혜의ᄉᆞ실이 미일긔지되여오미 독쟈ᄂᆞᆫ 눌로계속ᄒᆞ여 인독ᄒᆞᄂᆞᆫ마ᄋᆞᆷ으로 미일신조에도착ᄒᆞᄂᆞᆫ신문중 뎡혜신샹에 ᄯᅩ엇더ᄒᆞᆫ불ᄒᆡᆼ이 싱겻스며 악인흉계에 여하ᄒᆞᆫᄉᆞ샹이낫ᄂᆞᆫ지 실로두려온싱각을 이겨바릴수업습니다 (부분 발췌)
15	155회	1915. 5. 19.	17칸 61줄		釜山 府大新 洞二九 二番地 李鍾蓮	소설 감상	◎ 텬리도무심ᄒᆞ다 쇽담에 죄ᄂᆞᆫ지은더로지앙을밧고 공은닥근터로 션덕을밧ᄂᆞᆫ다더니 일로말미암아 이럼인지 텬디가류회ᄒᆞ고 ᄉᆞ시가슌환ᄒᆞ야명텬이감동ᄒᆞ고 귀신이목우ᄒᆞ사 결빅ᄒᆞᆫ졍조와 현슉ᄒᆞᆫ지조를가진 뎡혜의싱명은 모진바람과 혹독ᄒᆞᆫ눈이날리ᄂᆞᆫ 엄동셜한을겨오맛치고 만물을 발싱ᄒᆞᄂᆞᆫ 삼츈세계에나아오고 두려운흉계와 비밀ᄒᆞᆫᄉᆞ샹을품은 악인의운명은 황혼에져문날이 졈졈핍박ᄒᆞ야 암혁ᄒᆞᆫ셰계를일우ᄂᆞᆫ 구렁에드러간다 ◎ 아ー 쳔리가 무신홀가 남의인연을 ᄭᅳᆫ코 남의영광을 ᄌᆞ긔의몸에구코져ᄒᆞ든 그로쳐녀구옥경은 남의ᄉᆞ랑을엇고져ᄒᆞ든독약에 ᄌᆞ긔의싱명을 일허바리던 그신문을볼째에 독쟈ᄂᆞᆫ사룸다려 아ー여보이거림을 좀나려다보오 투긔만코욕심만흔 그구옥겨이야ᄒᆞ며 남작의손에든 약병을가라쳐이약병인가 그약병이야ᄒᆞ며 아ー두려워라 남작의싱명은 엇지그독약을피ᄒᆞ얏나 (부분 발췌)
16	연재후	1915. 5. 21.	16칸 144줄		金鳳觀	〃	◎ 貞婦怨을愛讀ᄒᆞ시고滿天下우리 兄弟姉妹諸氏여本人도 每日申報貞婦怨폐ー지를안고 諸氏와ᄀᆞᆺ치ᄉᆞ랑ᄒᆞ고더욱ᄉᆞ랑ᄒᆞ야ᄌᆞ든ᄌᆞ리에일어나면 新聞愛取函(신문애취함)브터먼져손이가ᄂᆞᆫ한

							사룸이올시다 ◎ 貞婦怨은 小說이안이오 偉大한 女性貞惠婦人의눈물 歷史라ㅎ겟스니엇지 他小說에 相較ㅎ야 同日에말ㅎ리오아―우리의 婦人界에 貞惠갓흔 貞婦가잇스랴 寒心흔일이로다 (부분 발췌)
1	해왕성	1916. 3. 5.	17칸 79줄	여	최○ 이	소설 연재 요구	(1)海王星히왕셩에 對되ㅎ야 (부분 발췌) 비록 쇼셜의 지나지못ㅎ는 글이오나이글을일글째마다 분기흔마암을 춤을길이업습는지라 연ㅎ오나 엇지명명ㅎ신하나님씌옵셔 장쥰봉又튼 사룸을 영원토록 토옥싱활을ㅎ게ㅎ시며 슉뎡又흔여즈로ㅎ야곰 영영 원한을 먹음게ㅎ시며 대팔과양검스又흔 무도흔즈롤 영영쳐벌치안이ㅎ시리오 필경은 장쥰봉이가 토옥을 버서나셔 그리우든 부친과 슉뎡을 만나반기며 더덕되난 즈들을 쳐치ㅎ야원슈를 갑흘터이오나 그째을기다리고즈ㅎ오면 일만독즈는 간장이다 슬어질뿐만불시라 마음병을 엇기가십상팔구는 되올지라 본인은히왕셩이 탄싱흔이후로 민일 신보를사모ㅎ는마옴이 더욱간절ㅎ와 ㅎ도이십스시간을 기다리는마옴이 이십스일을 기다리는것보다 오히려비승ㅎ오며 쪼는십칠회롤 기다리다가분젼인의 방울쇼리롤 듯고한다름에나아가 바다보오니 신문은두장이나 되오나 히왕셩은 글즈도볼슈업스오니 금은보비나 일은것보다오히려 비나락심이되온지라 본인은 민일 신보사폐지가모다 히왕셩이 긔직되지못흠을한ㅎ오며 당초의히왕셩을 십오륙회까지터여본거시도로혀 후회막급이로소이다. 대졍오년슘월슘일 최○이비셔
2		1916. 6. 1.	17칸 69줄		일독자 文正昊	〃	**해왕성을 보다가 (부분 발췌)** 그러나다힝히 실어쥬는션장놈이 포셩을듯고 쥰봉을의심ㅎ니 쥰봉의압길이 쏘엇지될고하로 에한장식 바다보는신문이 엇지더듸고기달니는지 익가타는듯ㅎ외다 「小說」들이모다이 「海王星」과又치즈미엇을것又ㅎ면 나난쇼셜만 보리라 누구의게던지 「何夢先生」과又치글지을지죠가잇다ㅎ면 나도쇼셜만드는공부를ㅎ야보리로다 나는션싱의 말삼과又치 나도만일안히가 잇셧드면 날마다 싸홈이 날번ㅎ얏습니다 힝왕셩이고샹ㅎ고 즈미나닛가 이뒤에는 몰으겟지마는 오늘꺼지를 한졍ㅎ야말ㅎ즈면 이히왕셩보담 나흔쇼셜이 우리쇼셜계에는 업슬줄로 말삼흠니다 이것은한권쇼기ㅎ야주시옵 아직이만두

						고 하로도 쎄지말고 늘희왕성을게지호야쥬심을 편집국쟝 죡하끠비옵닉다
3		1916. 6. 1.	17칸 53줄	경성 부락원 동거 리○ 현	〃	희왕성을고딕타가 수일을 두고 분젼인을고딕호다가 션싱의필젹즉희왕성이 불긔지되옴을보면은 신문이힘업시 손호고 작별호는 쎄에심히락심이되옵는지라 이와굿치 수일을경과홀동안의 락심되는 것을 싱각호오면 취초에희왕성을연독훈일이 후회가 나오며 도로혀 션싱을 원망호는딕선지 이를지니션싱은 널니통촉호시샤 일만긔샤롤물니치시고 날마다 희왕성을뵈여쥬옵기롤 절망절망이오며 쏘는쟝쥰봉의일은 슈년간고싱과 죠흔션싱되는즉다라법샤의 학문과 교환호얏스오나 오히려싱각호오면 쥰봉의 딕덕되는쟈즉 왕걸딕, 대팔, 양운, 양검샤등사인은 오히려은인으로 딕우할슈가잇스오니 복명션싱은 이글을걸작호실시의 우즈들의죄샹을 근심호시샤너머샹심치마시옵소서 연하오나 미건훈온 언사로션싱의귀를어즈럽게호옵는 허물을 무릅쓰고 두어즈샹달호옵기는 다만 희왕성의 그후소식을알고즈하미오니 특별이 용셔호야 쥬시옵기를 원만바라오며이만 물닉샹
4	83~84 회 사이	1916. 7. 11.		하몽	작가 답변	즁간에잠시멈츄고 - 하몽으로부터독쟈에 (부분 발췌) (상략)더욱이 간혹 쓴이는 쌔에는 독쟈로부터 질칙도드르며 쏘훈부듸계속호야긔지호라고 간졀훈요쳥의 글발이 쓴이지안이홈에 이르러는 등에셔찬쌈이흐름을 금치못훈일이 한두번안이언만은 하로동안이라도 붓을머므르는사롬은 독쟈의고딕호실 싱각을홀째에 고딕호는독쟈보다도 마음에 한층더괴로옵건만은 人졍의부득이훈데셔 나오는줄을 헤아리시기랄바라노라 (중략) 그는독쟈가 다힝히환영호야 쥬시는일이라 경향의독쟈로부터 부쳐쥬시는바 쌋듯훈동졍은 아름다온 글발을이루어 쓰는사롬의 칙샹에 더져드러오는쌔에 쓰는사롬은 즈긔의벗 쟝쥰봉을딕신호야감샤훈 눈물이흐름을 참아금치못훈지한두번이안이오 쓰는사롬의 한갓귀즁훈 긔념되는 「독쟈의쇼리」는 「눈물」과「뎡부원」 쎄의것과 합호야 손그릇에싸여잇기 임의놉하셔 별로히시간을삼지안이호면 슈효롤셰이기

							어렵게되얏노라 (중략) 지금「희왕성」의스실이다른편으로면ᄒ야나가고져 싱각ᄒ는동안에 한증의힘을ᄶᄶ보랴고 이리도싱각ᄒ고 져리도싱각ᄒ야쓴뒤에ᄂ ᄆᆞ음에 맛지안이ᄒ야 졔쳐바리고 ᄯ다시쓴뒤에ᄂ ᄯᄆᆞ음과합지못ᄒ야 다시ᄶᄌᄂᄂ바리고 이러케ᄒ기수ᄎ에 일요일의일쥬야롤 허비ᄒ고도 오히려싱각은 질뎡되지못ᄒ고「희왕셩」의 뎨목아리에 무엇이던지 치일시간은박지ᄒ얏기 이젼부터 독쟈졔군의게 한번고ᄒ고져 ᄆᆞ음먹엇던일 살외여 삼가감ᄉᄒᆞᆫ뜻을 표격ᄒ고져홈이로다 실상말ᄒ면 금일ᄭ지의 계속된속에도 다수ᄒᆞᆫ독자의간졀ᄒᆞᆫ 뜻으로 편지롤붓쳐 열심히 희망ᄒ시ᄂᄂ데 ᄭᆯ니워 져졀로쓰ᄂᄂ사룸의붓이 그편으로 ᄭᆯ니여간일이 만앗고 지금에직시붓을 잇지못홈도 독자의 요구가 너무만ᄒ셔 실상ᄆᆞ음이 여러갈ᄂᆡ로갈니우ᄂᄂᄭᆰ이라 쓰ᄂᄂ사룸이 미리확실히 작뎡ᄒᆞᆫ싱각이 엇지업스리요만은 다만독쟈의 간곡한셩의롤 아모됴록은 져바리지말고져ᄒ는 ᄭᆰ이로라(하략)
5	98~99 회 사이	1916. 7. 29.			一讀者 金師寅 暎荷生	소설 내용 요구	海王星의 滋味 장쥰봉이가대양은힝에 비밀셔기라ᄒ고 셔씨롤 무궁ᄒᆞᆫ수심을 더ᄒ게ᄒ며 셔씨의ᄯᆯ옥혜의게 지극ᄒᆞᆫ이원을밧을ᅒ에 죵시쟝쥰봉에이름을 가라치지안이ᄒ니 나ᄂ진실노 답답하얏슴이다 대양은힝에셔긔가오면 셔씨ᄂ졷살안이ᄒ야셔ᄂ 안되겟다ᄒ야 류혈포롤입에다가더이고 방아쇠롤 ᄭᆞ러올렷다가 시계의바늘이열한시의곳에 거의다아니 셔씨ᄂ 아죠류혈포롤 노으랴홀ᅒ에나ᄂ엇지위험ᄒᆞᆫ지 눈이캄캄ᄒ야 셔씨롤무○면 죠곰기달여보시오 조곰기달여보시오 ᄒ고부루지졋슴이다 임의침몰된 긔원호가 싱각밧게샹희항구에 드러옴을보고 수쳔명사룸의입으로부터 셔원창씨만셰소리가 이러날ᅒ에 나ᄂ엇지 깁ᄲᆫ지 ᄶᅱ놀기를 마지안이ᄒ얏슴니다 아―쟝쥰봉에 수단이여 신츌귀몰리라ᄒ야도 ᄯ한과언이 안이로다필경에ᄂ「善惡」이낫ᄒ나고「因果」가업지안이홀지나 아즉「海王星」의죵말을못보오니실로「望盡成火」올시다편집국쟝각하여「海王星」을하로도ᄶ지마시고 만이만이니시와「申報」바다보ᄂ사룸으로ᄒ야곰속히「海王星」의결과를보게ᄒ심을바라나이다
6	연재	1918.	17칸		舊丁巳	〃	녀의연인으로 녀즈에게 너무침혹홀ᅒ 반다시「海

	후	3. 14.	102줄	臘月除夜 一讀者 金鍾秀		王星」가운디슉뎡이가 즈긔아달문뎡을살녀달나고이결하니빅작은이거슬허락ㅎ고자긔는세상을 하직ㅎ고즈ㅎ던 한편을 일너봄이다 포악ㅎ이를만이ㅎ야 명예와복락이 졈졈놉하가는샤룸을 보고나도 져사룸을모범ㅎ얏스면 훌쩌는 반다시「海王星」가운디 황디팔,양운,량보텬,왕걸디가복수등 여러악인이니죵결과에 엇더ㅎ디옥에 쌔졋는지자셰이일너봄이다 사업에다다라 두미를 찻지못ㅎ야답답훌쩌는 반다시「海王星」가운디히왕빅쟉,무공법사,더양은힝비밀셔기,도진후쟉,소노공등여러가지이름을가진당준봉에수단하에서 시원훈츔을츄나이다(부분 발췌)
1	『무궁화』 20회	1918. 2. 16.	16칸 23줄	碧溪生	〃	**讀者의聲** 先生의筆端에셔葆蕾(보뢰)를열고香氣를吐ㅎ는 無窮花…참無窮花올시다 나는無窮花를 조와ㅎ는사람이올시다 그가운디에셔도先生의人情을 살피는觀念이 그度를 極흠은 歎服치아니ㅎㄹ수업슴니다 나는 주먹으로 冊床을치고 形體업는 진국이와옥뎡이롤 眼前에寫生畵로 그려놋코 힘닷는디로 도와주려고도ㅎ고 洪氏나 宋氏間의 凶計룰 낫낫치일너주려고도흠니다 同時에 洪氏와宋氏도 沙半成半으로 민드러 眼前에 셰워놋코 발길로차고 밥고ㅎ다가甚ㅎ면 尺刀를쌔여들고 져! 凶漢들의 목을 치려고도ㅎ여요 참先生의 주신힘이격지아니함니다 이만한勇氣도 先生의 힘이올시다 이만한是非心도 先生의功이올시다 卽先生의 培養흔 無窮花香氣를듯다가 안졋다가 벌덕이러나면서 쌍을구르난힘을 어덧디난말이올시다 結局은 何如間참 無窮花는 無窮花올시다 만히 努力ㅎ야 더큰힘을주십시요
2	40회	1918. 3. 12.	16칸 46줄	仁川K生	소설 감상	**讀者의聲** (부분 발췌) 噫ㅎ다好事多魔는古今을通ㅎ야變흠이업도다讀者諸氏는每日揭載되는무궁화를읽으시고 K讀者와 異體同感이되실줄암니다그러나K讀者는數年前에엇던境遇로因ㅎ야 單身隻形(단신척형)으로 孤獨흔生活을 四顧無親흔 萍地에셔寓送 ㅎ얏슴니다 그쎄에 千萬夢外에옥뎡이와진국이ㄹ흔「로-만쓰」가 K讀者와 A孃사이에現出되얏슴니다 (중략) 一別音容○茫한 近日에무궁화를읽고 A孃의 身上을 念慮도ㅎ며 疑心도흠니다그리ㅎ고무궁화가이 K讀者와A孃의 波瀾重疊(파한중첩)흔 戀愛을 描寫흔것이아닌가 半疑ㅎ노라

3	42회	1918. 3. 14.	17칸 102줄		舊丁巳 臘月除 夜 一讀者 金鍾秀	소설 내용 요구	여러 가지교훈가운디 어두운잠을씨이고 발근 광명을맛보던「今日」에 다시「無窮花」를 구경ᄒ게되얏도다 옥뎡이와 진국이스이에 인연이깁푼「無窮花」여 만리장정에 외로운꼿이 되얏스니 져무셔운홍부인의 거문구름 져송관수의사 당업ᄂᆞᆫ비 져홍명호의모진바람 모다외로운「無窮花」에 핍박이 졈졈놉하갈것이라 이ᄀᆞᆺ치간ᄂᆞᆫ 신고로피ᄂᆞᆫ꼿을 구경ᄒᆞᄂᆞᆫ 십만독자도 참아견디기어렵도록 참혹ᄒ고 슬푸고 무셔운디경을 지나다시 참아견디기어렵도록 깁푸고 시원ᄒ고 아름다운날을 볼거이라아!「無窮花」인 옥뎡이여 아!「무궁화」의진국이여( )라피ᄂᆞᆫ꼿에 풍우가만은이졔(無窮花)에비롯함이 아니라 조판이 후로항상한법이니 용밍가운디 용밍을더ᄒ고 결심가운디결심을ᄒᆞ야 더ᄒᆞ야겨! 거문구름 모진비부ᄂᆞᆫ 바람에 쩍거지지마라 언졔나슬푼 눈물을거두고 (靑天白日下)에셔 깁쌘 우슴으로화려하게피여잇ᄂᆞᆫ (無窮花)를구경활난지모다 (부분 발췌)
4	54~55 회 사이	1918. 4. 5.	16칸 13줄		北郭隱 夫錦崍 生	소설 감상	竟使讀者로 感淚珊然矣일싀" "一以讀 先生之慧鑑焉ᄒᆞ노니" 완전한 한문체, 하몽의 『무궁화』에 대한 감탄 (부분 발췌)
5	54~55 회 사이	1918. 4. 5.	16칸 26줄		務安西 海生拜	소설 내용 추측	無窮花야말로 無窮無窮ᄒ게滋味잇ᄂᆞᆫ無窮花야요 弄談갓지만은밥맛시無窮花맛갓트면노날어먹겟다고ᄒᆞᄂᆞᆫ 讀者도잇습듸다 洪婦人의 凶毒ᄒ 謀計도옥뎡의 明敏ᄒ貞操에 失敗되야 진국이가 無事히 難關을 脫出ᄒ얏스니 春水浮萍갓치 無依無托ᄒ 沈진국과 四面으로 惡魔의 攻擊을 受ᄒ난옥뎡이가 將來엇더ᄒ 機會로엇더케아버지의 유언이實行될난지아모리잇고자ᄒ여도잇지못활 걱정이야요다맛 先生의ᄒ붓으로 滿天下讀者를 웃게ᄒ시던지울게ᄒ시던지 處分만긔다리나이다 (부분 발췌)
6	54~55 회 사이	1918. 4. 5.	16칸 25줄		大邱에 셔安生	소설 내용 요구	**無窮花를보고** 何夢先生이주신無窮花 ― 참 無窮히사인 無窮花올시다 나는 無窮花香氣에 醉ᄒ듯시 無窮花를 사랑ᄒᄂᆞᆫ사름이올시다 先生의주신 人情과 慈悲之心 ― 모도다 先生의주신힘이올시다 ― 참으로 感祝ᄒᆷ니다 然ᄒ오나 愛情의血淚와갓치 千辛萬苦로심진국이와옥뎡의두사름 을나는힘자라ᄂᆞᆫ디로도아주고도아주고 目的에 成功에 到達활쎠신

							지 援助ㅎ겟슴니다그리고 凶惡漢洪氏와 宋氏間 에 不義한 凶計가 目前에 映ㅎ얏스며나는칼을 쌔여들고-져 惡漢들의목을치고더심ㅎ며죽이 려고도홈니다이만홈도 先生의주신精力과勇氣 올시다아! 無窮花의 結局이안니면 判斷ㅎ지안 니치못홀것시나 何如間無窮ㅎ고無窮ㅎ無窮花올 시다 無窮花를사랑ㅎ고사랑홀스록無窮花ㅎ趣味 가 深히 津津(진진)홈니다-참 先生의주신 無窮 花一步를 進ㅎ야 先生의 精力과 勇氣를 合ㅎ야 勇敢ㅎ 義活氣로 下ㅎ심도先生의 厚意올시다

위에서 본 바대로, 조중환의 경우와는 달리 이상협의 번안소설에 대한 소설 독자들의 반응은 <독자 편지>라는 형식으로 대거 등장하게 되었다. 앞서 말한 바와 같이 <독자투고란>이 『매일신보』의 식민지 안정화 정책을 분열시키고, 자신들의 경고를 무시하는 방향으로 흐르자, 『매일신보』가 <독자투고란>을 3년 4개월간 폐쇄함으로써 빚어진 일이라 할 수 있다. 물론 <독자 편지>라는 형식은 <독자투고란>이 폐쇄되기 전인 『정부원』 연재 때부터 나타난 것이다. <독자투고란>이 폐쇄된 이후 소설 독자들은 이 <독자 편지> 형식을 더욱더 적극적으로 이용하기에 이르렀다.

[표 14] 이상협 소설과 관련된 <독자투고란>의 독자 반응

<독자투고란>에 나타난 소설 독자 반응	횟 수
연극 관련 일반	10(약37%)
연극 관련 요구	4(약14.8%)
소설 감상과 연극 관계	4(약14.8%)
소설 연재 요구	4(약14.8%)
소설 내용 요구	3(약11.1%)
소설 내용에 대한 추측	1(약3.7%)
소설 신문연재본 구입 의뢰	1(약3.7%)
총 계	27(회)

이상협의 번안소설과 관련된 <독자투고란>의 독자 반응을 먼저 보면,

역시 <독자투고란>이 폐쇄되기 이전인 1913~1915년 사이의 소설『눈물』,『정부원』과 관련되어 나타난다. 그 내용상으로 볼 때도 앞서 보았던 조중환 소설의 독자처럼 연극 관련 반응이 약 37% 정도로 가장 높았다. 또한 소설과 연극에 대한 요구라는 측면이 좀 더 강화되어 있다. 이 가운데에서도 소설에 대한 요구가 좀 더 적극적이라 할 수 있다. 즉 한 회 한 회 좀 시원하게 보여 달라거나,『정부원』에서 끝을 확실하고 시원하게 행복한 결말로 내어 달라고 요구하기도 한다.『눈물』의 한 애독자는『눈물』연재 1년이 지난 후에『눈물』을 신문에 난 대로 모은 사람이 있다면 그것을 사겠다고 말하기도 한다. 그리고『정부원』에서 천웅달의 수작이 아무래도 수상하다는 추측도 내놓는 등 나름대로 독자들의 소리가 다양하게 나타나고 있다. 또한 독자 반응의 총 개수의 경우 조중환의 번안소설 관계 독자란의 개수는 47개였는데 비하여, 이상협의 번안소설 관계 독자란의 개수는 27개로 반 가까이나 적다.

[표 15] 작품별 〈독자투고란〉의 독자 성향

주제별 내용	『눈물』	『정부원』	『해왕성』	『무궁화』
연극 관련 일반	10	0	0	0
연극 관련 요구	4	0	0	0
소설 감상과 연극 관계	4	0	0	0
소설 연재 요구	1	2	1	0
소설 내용 요구	0	3	0	0
소설 내용 추측	0	1	0	0
소설 신문연재본 구입 의뢰	1	0	0	0
총 계	20	6	1	0

이상협의 작품별로 <독자투고란>에 나타난 독자의 소리를 살펴보면,『눈물』의 독자의 소리가 가장 많았다.『눈물』과『정부원』두 작품 다 엄청난 인기를 얻었으나 <독자투고란>의 독자의 투고양은 20개와 6개로

그 차이가 많이 난다. 그런데 이것은 『눈물』의 경우 <독자투고란>에 치중되어 있던 데 반하여, 『정부원』은 그 인기에 힘입어 소설 <독자 편지> 양식이 처음 등장하면서 독자들의 반응이 <독자투고란>보다는 <독자 편지>에 집중되었기 때문에 <독자투고란>에서는 그리 많은 양이 나타나고 있지는 않다. 또한 <독자투고란>에서는 앞의 조중환의 작품에서와 마찬가지로 대체로 연극 관련이 상당수를 차지하고 있다.

[표 16] 이상협 소설과 관계된 <독자투고란>의 투고자의 성별

성별	남	여	모호함
횟수	3	4	20

이상협의 번안소설과 관계된 <독자투고란> 투고자의 성별의 경우, 남성을 구체적으로 명시한 경우가 3건, 여성임을 구체적으로 명시한 경우가 3건, 그리고 그 성별을 알기 어려운 경우가 21건으로 나타났다.

한편 『정부원』부터 시작된 <독자 편지> 양식에 대한 주제별 내용을 살펴보면 다음과 같다.

[표 17] 이상협 소설과 관계된 <독자 편지> 형식의 내용

<독자 편지>의 주제별 내용	횟 수
소설 내용 감상과 칭찬	10(약37%)
소설 내용 요구	10(약37%)
소설 연재 요구	4(약14.8%)
소설 내용 추측	2(약7.4%)
작가의 답변	1(약0.3%)
연극 관련	0
총 계	27

이상협의 번안소설에 대한 독자들의 반응은 1914년 『정부원』이 연재

되었던 때 이후로 등장한 <독자 편지> 양식에 훨씬 강하게 나타났다. 따라서 이상협의 소설이 연재되는 중에 독자들의 반응은 <독자투고란>보다는 <독자 편지> 양식에서 더 많이 볼 수 있다. 조중환이 이러한 <독자 편지>를 한 개 받은데 비해, 이상협은 27개로 월등히 많았다. 이상협의 번안소설과 관계된 <독자 편지> 형식의 내용은 앞에 <독자투고란>에서 드러났던 내용에 비해서 정확하게 소설 관계 내용만 드러내고 있다는 것이 그 특징이다.

[표 18] 이상협 소설에서 〈독자투고란〉과 〈독자 편지〉의 투고수 비교

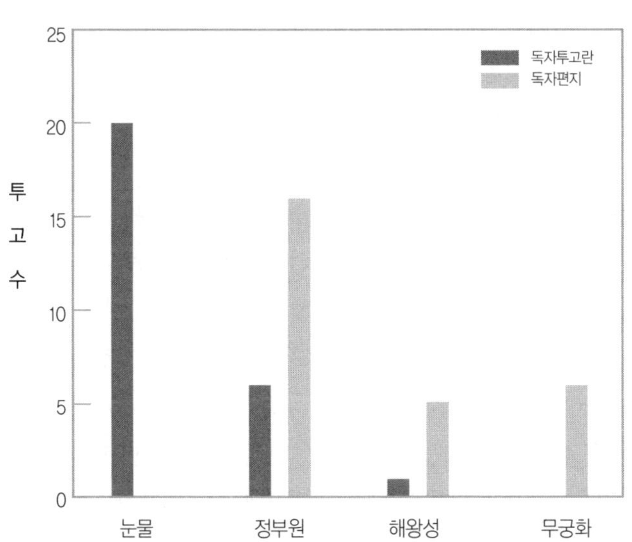

조중환 소설에 대한 <독자투고란>의 반응이나 이상협 소설에 대한 <독자투고란>의 반응은 둘 다 연극 관계가 가장 많았다. 즉 <독자투고란>이 폐쇄되기 바로 직전인 1916년 2월 15일까지는 독자들이 <독자투고란>을 통해 자신들의 반응을 보임으로써 신문 독자·소설 독자·연극 관객이 뒤섞여 드러나고 있었던 것이다. 그런데 <독자투고란>이 폐쇄되

면서는 소설에 대한 <독자 편지> 양식만이 소설 독자의 감상과 요구를 표출하는 유일한 통로가 되어 독자들은 <독자 편지>에 훨씬 집중하게 되었다. <독자투고란>을 통해서는 3~4줄 정도밖에 적지 못했으나 <독자 편지>라는 양식을 통해서는 길게는 144줄씩 적을 수 있는 비교적 방대한 공간이 주어짐으로써, 소설 독자들의 감상과 요구가 자세하게 문자로 나타날 수 있게 된 것이다.

내용면에서 볼 때, <독자투고란>의 경우 연극 관련이 가장 많은 양을 차지했지만 <독자 편지> 양식에서는 연극 관련은 단 하나도 나오지 않았다. 대신 소설 내용의 감상과 칭찬, 소설 내용에 대한 요구가 각각 37%로 이러한 소설과 연관된 부분은 총 74%에 해당하여 대다수를 차지하였다. 또한 <독자투고란>의 경우 소설 내용에 대한 요구가 총 27개 가운데 3개로 약 11.1%에 불과했다. 그러나 <독자 편지> 양식에서는 소설 내용에 대한 요구가 전체의 약 37%를 차지하면서 독자들의 요구가 그 앞에 비해 훨씬 강화되고 양적으로도 많아졌음을 보여준다.

『정부원』에서 원수 갚는 것을 상쾌하게 보여 달라는 것이나, 위험하니 정혜를 남작의 집인 '대유산'에 가지 않도록 해 달라고 부탁하거나, 또한 끝까지 긍정적으로 그려달라고 독자들은 요구하기 시작했다. 또한 『해왕성』에서는 긍정적이고 시원한 결말을 내어달라거나, 『무궁화』에서 옥정과 심진국을 이어달라는 등의 다양한 내용들을 요구한다. 예를 들어 『정부원』의 경우, 주인공 정혜가 남작의 집 '대유산 대회'에 가는 것은 작품 속에서 가장 큰 갈등 요소로 작용한다. 그러나 이 작품이 번안 작품이기 때문에 원본은 엄연히 존재하며 이 때문에 전체 줄거리를 완전히 바꿀 수는 없는 실정이었다. 따라서 정혜가 그러한 음모가 있는 위험한 대유산 대회에 가지 않게 해달라는 독자의 부탁이 있음에도 불구하고 작가는 당연히 이를 따를 수 없는 것이다. 원수를 갚는 것이나, 긍정적인 결말 등은 모두 원본과 마찬가지로 그려지되, 좀 더 감정적이고 독자들이 보기에 상쾌하게 소설 속에서 나타내고 있다. 예를 들어 『해왕성』의 경우 역시 양운의 잘못이 실린 신문의 상황을 확대하고 양운을 훨씬 더 우매하게 몰아 장준봉의 복수를 좀 더 강화하고 있으며, 『무궁화』에서 무궁화와 심진국이 아니라, 옥정과 심진국의 연애를 행복한 결말로 맺고 있다.

이 외에도 편지를 통해 끊임없이 소설을 연재해 달라는 독자들의 요구가 많아지자 작가 스스로 답변하기도 하는 등, 작가 역시 독자의 요구에 적극적으로 답하고 호응하고자 노력한다. 즉 번안이라는 특수한 장르 속에서 원본과 독자의 요구 사이에 작가가 다양한 방식으로 개입하고 있는 것이다. 또한 이러한 면이 독자의 흥미를 붙들어 두는 역할을 하고 있는 것이다.

[표 19] 작품별 〈독자 편지〉 양식의 독자 성향

주제별 내용	『눈물』	『정부원』	『해왕성』	『무궁화』
소설 내용 감상과 칭찬	0	8	0	2
소설 내용 요구	0	6	1	3
소설 연재 요구	0	1	3	0
소설 내용 추측	0	1	0	1
작가의 답변	0	0	1	0
총 계	0	16	5	6

이상협의 번안소설이 연재되는 가운데, 작품별 〈독자 편지〉 양식의 독자의 성향을 보면 위의 표와 같다. 『정부원』부터 〈독자 편지〉 양식이 처음 등장되었기 때문에 『눈물』의 경우는 〈독자투고란〉을 통한 참여만 있을 뿐 〈독자 편지〉로 참여한 경우는 단 한 건도 없었다. 그런데 사실 투고된 〈독자 편지〉의 개수로만 볼 때는 『정부원』이 가장 많고, 〈독자투고란〉이 폐쇄된 이후 연재했던 『해왕성』과 『무궁화』는 그 이전에 비해 〈독자 편지〉의 개수가 더 적다고 말할 수도 있다. 그러나 『정부원』의 경우는 〈독자투고란〉의 형식과 거의 비슷하여 3~4줄의 짧은 분량 정도의 감상이 대부분이었다. 반면, 『해왕성』과 『무궁화』의 경우는 연재되었

던 소설 이상으로 장문의 편지가 많았고, 또한 내용 역시 소설 내용에 대
한 요구나 추측 등의 모습을 보이기도 했다. 따라서 더욱 적극적인 독자
의 모습을 보였다고 할 수 있다. 특기할 것은 『정부원』에서 보였던 독자
가 다시 『해왕성』이나 『무궁화』의 독자로 되풀이되고 독자 스스로도 그
이전에 편지를 보냈었다는 언급을 한다는 사실이다. <독자 편지>의 내
용 속에서도 이상협의 번안소설은 다 보았다고 하면서, 그 앞의 소설들의
내용까지 세세히 언급한 경우도 있었다. 이는 소설의 인기가 높아지면서
독자들이 자신이 좋아하는 작가에 대해 마니아 층을 형성하기 시작했다
고도 볼 수 있다. 이는 소설의 인기가 단발적으로 끝나는 것이 아니라 한
작가의 다른 작품으로 이어지면서 그 작가의 작품을 기다려 읽고 또 그
작가의 작품이라면 당연히 좋을 것이라고 여기는 것을 의미한다. 이러한
양상은 바로 번안소설의 작가들이 독자들의 욕망과 요구를 매우 잘 잡아
냄으로써 나타난 것이라고 할 수 있다. 그러므로 이러한 <독자 편지>를
통해 독자들의 욕망을 읽어내는 작가들, 그리고 독자들의 흥미를 붙들려
는 작가들이 대거 양산되었을 것이라는 추측을 해 볼 수 있다.

[표 20] 이상협 소설과 관계된 <독자 편지> 투고자의 성별

성별	남	여	모호함	작가
횟 수	18(약 66.7%)	4(약 14.8%)	4(약 14.8%)	1(약 3.7%)

이상협의 번안소설과 관계된 <독자 편지> 투고자의 성별을 보면, 남
성이 18명으로 약 66.7%를, 여성이 4명으로 약 14.8%를, 그리고 신원을
알 수 없는 독자가 4명으로 약 14.8%를 차지하고 있다. 그런데 이렇게 신
원을 알 수 없는 경우는 병실의 환자이거나 학교 급사 등의 중하층이거
나 여성일 확률이 높다. 즉 지식인 남성들이 국한문체로 100여 줄에 걸쳐
소설 연재분만큼이나 길게 자신들의 <독자 편지>를 띄우고 있지만, 또
한편에서는 이와 비슷한 양의 한글로 여성들이 이렇게 긴 장문의 <독자

편지>를 쓰게 되었다는 것 역시 그 이전의 3~4줄의 <독자투고란>에 비해 크게 발전한 것이라 할 수 있다.

결국 <독자투고란>의 폐쇄는 의도하지 않은 결과를 가져왔다. <독자투고란>에서 소설 독자들이 활발히 분리되어 나오도록 유도한 것이다. 이렇게 소설 독자를 일반 독자층으로부터 분리시킨 데에는 이상협의 소설이 매우 큰 역할을 했다. 이미 『정부원』에서부터 소설과 관계된 글만 따로 분리되어 나오기 시작했다. '독자로브터'(1914. 12. 2)라는 제목으로 소설이 연재된 곳에 바로 연결해서 『정부원』에 대한 독자들의 희망과 평가가 실렸다. 독자들은 모두 칭찬, 연재를 궐하지 말아달라는 당부, 주인공을 구해 달라, 원혼을 풀어 달라 등의 요구를 해댄다. 특이한 것은 이상협이 마지막을 독자들의 궁금증을 유발하는 방향으로 끝내고 있고 이에 대해 독자들이 반응하고 있다는 것이다. "「뎡부원」 즈미가 아조 무어라 말홀 수 업슬 째에 고만 톡 쓴으면 엇더케 ᄒ잔 말이오"125)라는 발언은 이상협이 독자의 관심 유발에 성공하고 있음을 말해 주는 단적인 예이다.126) 이렇게 신문 독자들로부터 소설 독자들이 자신들이 읽고 재미있어 하던 소설에 대해 평가를 담은 편지를 보내게 된 것은 그만큼 소설의 흥미, 즉 독자를 끌어당기는 전략이 있었기 때문이라고도 할 수 있다.

『눈물』의 경우, 애정 갈등이 『장한몽』과 마찬가지로 크게 두 축으로 드러나고 있다. 한 축은 서씨 부인 — 조필환 — 평양집이고, 다른 한 축은 평양집 — 조필환 — 장철수 — 전주집의 구조이다.127) 여성의 정절의 면으로

---

125) 「京城仁寺洞李○子」(『정부원』 28회 연재 중), 『매일신보』, 1914. 12. 2.

126) 『정부원』이 연재되는 동안, 『정부원』 독자들의 편지는 28회(1914. 12. 2), 35회(1914. 12. 11), 46회(1914. 12. 25), 142회(1915. 5. 2), 145회(1915. 5. 6), 146회(1915. 5. 7), 154회(1915. 5. 18), 155회(1915. 5. 19) 때 총 8번에 걸쳐서 나오게 된다.

127) 강금숙은 『눈물』의 애정 갈등을 조필환을 향한 본처 서씨 부인과 첩 평양집의 관계와 장철수에 대한 평양집과 전주집의 관계가 거의 평행선의 구조를 지니고 있다고 본다. 전자의 서씨 부인은 절대순종의 전통 여성으로서의 애정을 지녔다면, 평양집은 돈을 목적으로 한 위장된 애정이며, 후자의 경우는 평양집이 맹목적 순

볼 때 서씨 부인의 축은 남자를 배신하지 않는 지조와 절개가 있는 배울 만한 여성으로 나오고 있다. 그에 반해 평양집은 정부 장철수와 짜고 조필환을 배신하기도 하고, 또 믿었던 장철수는 다시 평양집을 버리고 전주집에게로 감으로써, 결국 지조 없는 여성의 말로를 보여 주고 있기도 하다.

또한 『눈물』은 독자들에게 눈물을 흘릴 것을 강요하기도 한다.

> 셔씨부인이, 이 가련흔 모양을 보면, 그 ㅁ음이, 과연 엇더흘가, 피를 토ㅎ면서 그 자리에셔, 긔졀ㅎ기에, 이르리로다 긔쟈가, 이 스실을 긔록ㅎ며, 이 근경을 싱각ㅎ다가, 홀연 두 눈으로부터, 눈물이, 죠희 우에 쩌러지니, 마르지 못흔 먹물위ㅎ야, 글즈의 형용을, 알아보지 못ㅎ도록 번지고, 붓잡은 손에, 긔운이 것치며, 눈물이 어리인 두 눈에는, 쇠잔흔 등잔불이, 둘식 셋식 되어보이는 고로 부득이 더지는 붓더가, 칙샹 아리로 쩌러짐을, 도라보지 안코, 불상흔 봉남이를 위ㅎ야, 나오랴 ㅎ는눈 말을, 금치안이ㅎ며, 한 마듸 탄식ㅎ얏노라128)

서술자는 기자라고 스스로 밝히며 자신의 심회를 그대로 적는다. 그 다음에는 봉남이를 위로하는 장황한 말들이 이어지고 있다. "여러 독쟈도, 너를 위ㅎ야, 긔챠와 갓치 더운 눈물을, 앗기지 안키를 바란다"로 맺으며 독자들의 눈물을 강조하고 권유한다. 특히 여성들의 입장에 비추어서 감동을 자아내고자 유도하고 있다.

이는 『눈물』의 연극 공연에서도 드러나는데, 1914년 1월 30일 『매일신보』 광고를 보면 "눈물劇의 大盛況 婦人觀劇會 特設"이라며 "음력쵸엿시 날은 부인만 구경ㅎ오 눈물 연극의 데삼일 남은 날이 겨오 하로 하로는 부인만 입쟝"이라고 여성 관객들만을 초청하고 있다.

수의 사랑을 갈구하는 반면, 전주집은 잇달은 사건과 충격으로 장철수에게 도피하는 면모를 보여주고 있다고 설명한다(강금숙, 「신소설 「눈물」 연구」, 『이화어문논집』 7, 1984, 61면).

128) 『눈물』 64회, 『매일신보』, 1913. 10. 7.

어졔날 임의 보함과 굿치 남ㅈ보다도 부인이 특별히 익독ᄒ던 「눈물」
의 쇼설 남ㅈ보다도 부인이 더 간졀히 보고져 ᄒ는 「눈물」의 연극은 남아
지날이 임의 진ᄒ야도 남ㅈ의 관긱이 미일 답지홈을 인ᄒ야 여러 부인은
문 밧게셔 도라가는 일이 극히 만앗고 ᄯ호 고리의 습관으로 인ᄒ야 남ㅈ
와 한 집에 모히기를 ᄭ리는 샹등 샤회의 부인은 간졀히 구경홀 ᄆ음이
잇셔도 극장에 드러오기를 쥬져홈으로 본샤에셔는 이를 유감으로 녁이고
특별히 평시에 「눈물」을 ᄉ랑ᄒ야 일근 부인 독쟈를 위ᄒ야 본 삼십일일
(음력쵸륙일) 오후 한시브터 연흥샤 안에 부인 독쟈 관극회를 열고 츌입
ᄒ는 어구를 엄즁히 취체ᄒ야 부인이외에는 남ㅈ는 한 사름이라도 입쟝
ᄒ기를 거졀ᄒ고 특별히 입쟝료금을 크게 감ᄒ야 이층에 평균 십오 젼 아
리층에 평균 십 젼으로 일반 부인의 입쟝을 환영ᄒ야 ㅈ미잇고 편안ᄒ도
록 연극 구경에 밧치리니 두 번 보기 어려운 (눈물)연극 두 번 잇기 어려
운 본샤 쥬최의 부인 독쟈 관극회의 죠흔 긔회를 일치마시오 한 번 놋치
면 길게 후회되고 유감이 되리이다[129]

그 다음날인 1월 31일에는 연극 <눈물> 공연이 왜 여성들만을 위해서
열리는지에 대해 설명해 주고 있다. "本社主催婦人讀者눈물觀劇會"라고
표제를 단 이 광고는 실제로 소설 『눈물』 역시 부인들이 더 좋아했으나,
연극장에 남성들이 너무 많아 상등 사회의 부인은 남성들과 함께 관람하
는 것을 꺼린다는 이야기를 한다. 따라서 평소 이 소설 『눈물』을 더 사랑
하던 부인들을 위해 부인들만을 위한 공연을 한다는 것이다. "ᄯ 이 부인
관극회에는 동아 연초 회사에서 경품으로 준비한으로 졔조ᄒ야 교묘ᄒ
그림을 노아 졀묘미려ᄒ 부인의 지갑 슈빅 긔와 기타 맛죠흔 권연쵸 슈
빅 갑을 부인 관긱ᄌ에게 그져 쥰다ᄒ니 ᄯ호 죠흔 긔회의 죠흔 경품이
겟더라"라고 하면서, 부인들에게 지갑과 권연초를 경품으로 준다며 적극
적으로 여성 관객들을 끌어들이고자 한다.

앞서 본 바와 같이 외적인 측면에서 관객을 유치하기 위해 경품으로
유혹하는 한편, 이 소설의 내적 측면에서도 여성들의 공감을 이끌어내고

---

129) '본지광고', 『매일신보』, 1914. 1. 31.

있다. 즉 여성들에게 이처럼 공감을 얻고 인기를 끌었던 이유는 여성들
자신의 처지와 맞아떨어지는 부분이 있었기 때문이다.

> 이사룸은 신세가 셔씨부인만 못지 안케, 춤혹훈 사룸이올시다 다힝히
> 귀 신문으로 젹지안히 위로로 「눈물」 쇼셜이 난 후에는 아조 셔씨부인
> 이 불상호고 눈 압헤 그 형샹을 보는 듯호야, 언의날 울지 안이훈 날이
> 업슴니다, 쏘 이번에 혁신단에셔, 눈물 연극을 혼다 호니, 다른 사룸은,
> 엇지 힛든 나갓흔, 쇼박덕이는, 불가불 훈 번 가보겟슴니다, 귀 신문 할
> 인권만, 버혀 가지고 가면, 샹등이라도, 단 십오 젼이요 하등이면, 단 오
> 젼 「소박마진부인」130)

실제로 '(독자로브터)'라는 난에는 서씨부인과 같은 처지의 여성이 매
우 공감한다는 내용으로 투고를 보내왔다.131) 자신이 소박을 맞았기 때
문에 서씨 부인의 처지에 자신의 상황을 겹쳐보며 동일시하게 되는 것이
다. 서씨 부인의 고통이 자신의 고통과 이어져 더욱 눈물을 흘리게 되면
서 여성 독자들은 이 소설『눈물』에 전폭적인 지지를 보냈던 것이다. 또
한 62회(1913. 10. 3)부터는 서씨 부인을 내쫓고 첩인 평양집과 잘 살던 조
필환이 도리어 평양집과 장철수의 간계에 빠져 집안에 유폐 감금되었을
때 많은 여성 독자들은 통쾌함과 대리만족을 느꼈을 것이다.

> 긔쟈 션싱님 남의 감질 좀 고만 닉십시오 원죵일 고디호던 「뎡부원」
> 즈미가 아조 무어라 말홀 수 업슬 째에 고만 톡 쓴으면 엇더케 호쟌 말이

---

130) '독자구락부'(『눈물』 76회 연재 중), 『매일신보』, 1913. 10. 26.
131) **革新團의 눈물演劇** / 혁신단에셔눈물연극 한량업는자미가잇소 지난 칠월부터, 금일까
지, 본지 일면에 게지호야, 독쟈의 디갈치와, 만흔 동정을 밧은 쇼셜 「눈물」은 회
수가 나아감을 좃차 독쟈의 칭찬이, 더욱 셩대호야, 미일 본샤에 도달호는, 칭숑의
투셔가, 수십 쟝에 느리지 안이 호는 즁, 특히 일반 부인은, 불상훈 셔씨부인과,
가련훈 봉남의, 비참훈 수졍에 디호야, 신문을 디홀 째마다, 눈물을 금치 못훈다는
디,(『매일신보』, 1913. 10. 25)
결국 광고에서 말하듯이, 이상협의 연재 번안소설『눈물』을 애독하면서 많은 일
반 부인 독자들이 눈물로 공감했던 것은 사실이었다.

오 고 다음이 궁금히셔 밤에 잠이 와야지오 (京城仁寺洞李〇子)
　세상에 초년 고성은 이 사롬보다 더 만흔 이가 다시는 업슬 줄 알앗더
니 「뎡부원」의 그 불상훈 뎡혜의 몸에 쏘 무슨 겁운이 덥허 쓰이랴는 것
ᄀᆺ흐니 제 싱각 뎡혜 싱각이 아울너 일어나 눈물이 나셔 못 견디겟습니다
(開城東廓薄命女)[132]

『정부원』 21회(1914. 11. 22)에 정세홍이 정혜에게 사랑을 고백하고 정혜
역시 그 마음을 받아들여 22회(1914. 11. 25)에 두 사람은 부부의 연을 맺게
된다. 그런데 23회(1914. 11. 26)에서는 정세홍의 조카 정택기와 그의 친구
라철의 이야기가 전개되면서 앞으로의 사건이 정혜에게 불리한 쪽으로
흐를 것 같은 분위기를 내비치게 된다. 라철은 독약실험을 하다가 정택기
가 들어오자 황급히 숨긴다. 또한 라철은 정택기에게 정세홍 앞으로 사죄
의 편지를 쓰게 하여 정택기가 다시 정세홍 집으로 드나들 수 있도록 돕
는다. 25회(1914. 11. 28)에서 라철은 태화원 근처에서 그림을 그리는 척 하
다가 정택기와 미리 짜고 놀라는 척하며 정세홍 부부에게 접근하게 된다.
이러한 상황 속에서 28회(1914. 12. 2)에서 라철은 정택기가 정세홍으로부
터 재산을 얻을 경우, 이 년동안 삼십만 원씩 달라고 하는 증서를 주고받
는데 이러한 장면이 연출될 때 '開城東廓薄命女'라는 독자는 불안감을 감
추지 못하고 자신의 고생했던 상황과 정혜의 상황을 겹쳐보면서 안타깝
게 여긴다. 즉 앞으로 일이 정혜에게 점점 불리한 쪽으로 흐를 때, 독자는
불안감과 함께 어떻게 될 것인지에 대한 궁금함을 가지게 되는 것이다.
또한 특히 부인 독자들은 자신의 입장과 비추어 가며 생각하게 될 것이
다. 이렇게 한 장면 한 장면에 대한 불안감을 높여 감으로써 독자들은 더
욱더 흥미가 유발될 수밖에 없었다. 이는 독자들이 흥미를 느낄 즈음에
끊어버려 독자들이 그 다음 내용이 궁금해서 잠을 이루지 못할 정도로 만
들었다. 이렇게 독자들을 끌어들이는 것이 이상협의 전략이었던 것이다.

---

132) 『정부원』 28회, 『매일신보』, 1914. 12. 2.

또한 이 전략은 매우 성공적이어서 독자들은 끊임없는 관심을 보여주고 있다.133)

> 그럿치만 이와 ᄀᆞ흔 부부 ᄉᆞ이ᄂᆞᆫ 온슌ᄒᆞ게 갈나지지 못홀 것이라 싱나 무릇 쎡위임이나 한 모양인즉 반다시 모골이 송연ᄒᆞ게 두려운 형셰로 갈라지ᄂᆞᆫ 것을 볼 ᄯᅢ가 잇스리라 그 ᄯᅢᄂᆞᆫ 멀지도 안코 벌셔 목젼에 갓가왓도다134)

> 남작의 집 대유산인지 무슴 연희인지 뎡혜ᄂᆞᆫ 가지 안토록 ᄒᆞ야쥬십시오 쇼셜쓰시ᄂᆞᆫ 션싱님 졔발 뎡혜ᄂᆞᆫ 거긔 가지 말게 ᄒᆞ야 쥬십시오 암만 싱각ᄒᆞ야도 그 노리에 갓다가ᄂᆞᆫ 뎡혜에게 큰불이 나릴 것 ᄀᆞ하요 뎡혜ᄂᆞᆫ 이 사롭의 쥬야 잇지 못ᄒᆞᄂᆞᆫ 동무올시다 「城壽松面少女貞愛」135)

『정부원』 30회(1914. 12. 4)에 라철이 풍금을 타고, 정혜가 노래를 부르자 좌중이 모두 칭찬하는 장면이 연출된다. 구옥경은 일부러 정세홍에게 부인과 라철이 친척이 아니냐며 라정혜로 들은 듯하다고 말해서 정세홍은 그것에 대해 마음에 담아 두게 된다. 즉 정혜는 실제 자신의 아버지는 이후작이나 어릴 때 천응달에게 유괴되어 양부 천응달의 딸 천정혜라 불리는데, 정세홍이 정혜를 처음 만났을 때 정혜는 자신을 이정혜라 소개한 바 있었다. 즉 구옥경은 라철과 정혜가 너무 친해서 친척인 줄 알았다고 말함으로써, 둘 사이에 대한 정세홍의 의심을 불러일으켜 갈등을 형성하

---

133) "평양집은, 총부리로, 갓가히 닥아셔면셔, 죽이라고 악쓰는 소릭가, 밋처 맛치지 못ᄒᆞ야······················짜탕········ 류혈포 부리 에ᄂᆞᆫ, 연긔가 폴삭"(『눈물』 107회, 『매일신보』, 1913. 12. 20)
　　이렇게 독자의 흥미를 끄는 부분은 『눈물』에서도 보이는데 한 예로 107회의 마지막 부분의 경우, 장철수가 화가 나서 총으로 죽이려 하자, 평양집은 자신을 죽이라며 소리 지르는 장면이 연출된다. 그러다 총소리 나는 부분에서 끝을 맺음으로써 누가 죽었는지, 어떠한 상황이 이 후에 벌어질지에 대한 독자의 흥미와 관심을 유발하고 있다.
134) 『정부원』 34회, 『매일신보』, 1914. 12. 10.
135) 『정부원』 35회, 『매일신보』, 1914. 12. 11.

고 있는 것이다. 결국 31회(1914. 12. 5)에서 구옥경의 속임수에 속은 정남 작은 라철과 정혜 사이를 연인 사이로 의심하게 된다. 이러한 상황 가운 데 라철이 점점 간계를 짜오는 찰나, 위에 인용된 34회에서는 이 두 부부 사이가 벌어질 날이 멀지 않았고 벌써 목전에 가까웠다고 언급하며 그 회를 마무리 짓는다. 따라서 34회분이 연재된 바로 다음 날 34회까지의 내용을 본 독자는 35회에서 정혜를 그 남작의 집 대유산에 가지 못하게 해달라고 작가에게 부탁하고 있는 것이다. 이는 34회에서 독자의 홍미를 강하게 유발하여 독자들이 그 뒤의 전개에 대해 궁금해 하고 동시에 안 타깝고 불안한 감정까지 들도록 만든다.

> 「얼마 안이 되야 그 별장에서 병이 점점 침중ᄒ야 명희는 드디여 이 세샹
> 을 바리고 다시 김뎡슉 부인이 녜젼 디위롤 회복ᄒ야 ᄌ작부인이 되얏다」
> 이 갓치 긔록홀 것갓흐면 여러 독쟈들은 크게 깃버ᄒ야 치하를 만히 ᄒ겟
> 지만은 대뎌 세상일은 그ᄭ치 소셜 모양으로 잘 되야가지는 못혼다136)

이렇게 독자의 궁금증을 유발하는 작가의 태도는 심우섭(천풍)의 『산중 화』에서도 잘 나타난다. 『산중화』에서 주인공 강희정은 조자작과 결혼하 지만, 명희의 간계로 결국 강희정 스스로 조자작 부인의 지위를 버리고 집에서 나오게 된다. 엎친 데 덮친 격으로 철도 사고로 강희정은 죽은 것 으로 상황이 전개되어 결국 명희가 조자작과 결혼하는 상황까지 벌어지 게 된다. 그 이후 명희가 경영하는 학교 선생님으로 오게 된 강희정은 머 리와 눈썹을 염색하고 과부인 체하며 김정숙이라는 이름으로 행세하게 된다. 그 때 명희가 앓아눕게 되는데, 작가는 이 상황에서 명희가 결국 그대로 죽어 강희정(김정숙)이 제자리로 돌아가기를 독자들은 모두 바랄 것이라고 먼저 선수를 친다. 그러나 작가는 그럴 수 없다고 함으로써 독 자들의 예상을 뒤엎어버려 더욱더 독자들의 홍미를 유발하고 있다. 뒤에

---

136) 『산중화』 84회, '전디료양', 『매일신보』, 1917. 7. 26.

일반적으로 예상되는 이야기를 작가가 직접 언급하여 흥미를 유발한다고
할 수 있다. 즉 뻔한 예상 결말을 얘기하여 독자들이 "결국 그렇군, 그럴
줄 알았다"라는 마음을 들게 한 다음, 그렇지 않다고 함으로써 반전을 꾀
한다. 이러한 면은 독자를 의식하는 부분으로, 번안소설이 전개되면서 점
점 독자의 흥미를 유발하는 전략들이 개발되고 발전되어 감을 보여주는
것이라 하겠다.

이렇게 독자의 흥미를 유발하는 전략은 『무궁화』에서도 엿볼 수 있다.
번안소설 끝에 자신의 창작 소설을 내놓은 이상협의 『무궁화』는 사실 완
전한 창작이라고 보기는 어렵다.137) 『무궁화』에서는 개화기의 신소설적
인 요소와 번안소설적 요소 그리고 『무정』의 영향까지 복합적으로 재현
된다. 부모의 약속에 의해 관계를 맺는 부분이나 그것을 지켜나가려는 주
인공들의 의지와 기생의 강인한 모습들이 신소설적인 요소와 번안적인
요소가 섞여서 드러나고 있다. 그리고 『무정』에서 형식이 부잣집 딸인
선형과, 기생이지만 매우 고귀한 혈통의 영채 사이에서 갈등하던 모습이
『무궁화』에서는 아버지의 약속으로 맺어진 김옥정과, 기생이지만 지조
있고 여장부의 모습을 띤 무궁화 사이에서 갈등하는 심진국을 통해 드러
난다. 번안소설의 삼각관계에서는 두 주인공을 방해하는 인물은 대체로
악인의 모습을 띠는 데 반하여, 『무정』에서 보이는 삼각관계의 주인공은
모두 정상적이면서 긍정적 인물로 그려졌다. 따라서 형식이 누구와 연결
될 것인가에 대해 독자들의 기대가 모아질 수밖에 없었다. 그런데 『무궁
화』의 경우도 이와 유사한 형태로, 김옥정과 무궁화 모두 지조 있고 긍정
적인 여성으로 그려지고 있는 것이다. 따라서 『무정』의 아류이긴 하나,

---

137) 진학문의 『홍루』와 이광수의 『개척자』 이후 이상협의 『무궁화』가 연재되는데, 연
재 광고 속에서 보면 "하몽의 정성과 힘을 다ᄒᆞ야 궁리혼지 반년만에 엇은 쇼셜"
(『매일신보』, 1918. 1. 24, 4면 광고)이라고 하며 창작임을 알리고 있다. 물론 창작
일 확률이 높으나, 또 한편으로 그 이전에 자신이 번안·번역한 소설들의 영향 하
에 이루어진 것이므로 완전한 창작이라기보다는 이전 소설과의 복합관계 속에서
영향을 받은 소설이라고 보아야 할 것이다.

심진국이 누구와 연결될지에 대한 독자들의 궁금증이 일어날 수밖에 없
었다.

無窮花를보고

何夢先生이주신無窮花─참 無窮히사인 無窮花올시다 나는 無窮花香氣에
醉혼듯시 無窮花를 사랑ᄒᆞᆫ 사름이올시다 (중략) 千辛萬苦로 심진국이와
옥뎡의 두 사름을 나는 힘자라는 디로 도아주고 도아주고 目的에 成功에
到達홀 ᄯᅦᄭᅡ지 援助ᄒᆞ겟습니다 (大邱에셔 安生)138)

『무궁화』 연재 면 '무궁화' 제목 아래에는 연재소설 대신 독자의 소리
로 채워져 있다. 그 가운데 '大邱에서 安生'이라는 한 독자는 『무궁화』에
대해 극찬하면서 그 주인공에게 감정이입도 하고, 나아가 악한은 망하고
두 주인공은 잘 되었으면 좋겠다는 염원을 적어 보낸다. 특히 심진국과
옥정이 이어지기를 바라는 독자의 소망을 작가에게 요구하고 있다. 이러
한 면은 작가가 결말을 의도하는 데 어느 정도 영향을 주었을 것이다. 또
한 그러한 독자의 목소리를 통해 작가는 독자의 성향을 파악해 가며 자
신의 글을 진행시켜 나가게 되는 것이다. 따라서 이러한 독자의 반응들은
소설 『무궁화』 속에 반영되어 기생 무궁화가 아닌 옥정과 심진국이 이어
지는 것으로 결말이 나게 된다.

하몽션싱님 한마듸 간절히 쳥홀 일이 잇습니다 구쇼셜과 신쇼셜을 물
론ᄒᆞ고 대기는 미양 ᄭᅳᆺ치 시원치 못ᄒᆞ고 혹 분헌 ᄯᅢ에도 고만 긋치고 혹
슯흔 ᄯᅢ에ᄭᅡ지 이르러 고만 긋치는 일이 흔ᄒᆞ니
이 「졍부원」으로 말ᄒᆞ면 졔일 「졍부원」의 원인되는 쳔쟝쇠가 잡히는
디ᄭᅡ지 이으럿스니 한가지 분은 ᄯᅥ졋스나
지공 무사ᄒᆞ신 하ᄂᆞ님끠는 미양 무슨 일이든지 공변되이 ᄒᆞ시는 고로
졍혜의 악마되는 져 교활무쌍ᄒᆞᆫ 악한 라텰과 그 버금 졍틱긔의 쟝리 운명
은 가히 츄측홀 일이나 시원상쾌이 너눈으로 보는이만 ᄀᆞᆺ지 못ᄒᆞ오니

---

138) '讀者의 聲', 『매일신보』, 1918. 4. 5.

아못조록 부디부디 「정부원」을 쾌락홀 더ᄭᅡ지 이르게 ᄒ시고 「약정부원」이 ᄭᅳᆺᄭᅡ지 져슬치 안이 혓드려도 션싱님의 ○○붓더를 앗기지 마시고 ᄭᅳᆺᄭᅡ지 져술ᄒ야셔라도 여러 이독ᄌ의 심신을 샹쾌ᄒ게 ᄒ심을 복망139)

高陽郡東湖 李正珪140)라고 자신을 소개한 한 독자는 <뎡부원을보고>라는 장문의 편지글을 띠운다. 그는 구소설이나 신소설의 결말에 불만을 품고 있다. 즉 대충 얼버무리는 식의 결말보다는 구체적인 사건이 해결되고, 악한의 행로 역시 구체적으로 밝혀져야 한다고 말한다. 이러한 면모는 정확한 정황과 사건의 추이가 합리적이고도 논리적으로 이루어질 것을 근대적 독자가 되어가는 독자들이 요구하는 것이라 할 수 있다. 또한 이는 독자들의 요구가 작가에게 직접적으로 가해지는 것으로 독자들이 연재 소설의 전개에 참여하고자 하는 것을 보여주는 것이다. 그 이전의 '京城公平洞金○淳'라는 독자는 "뎡부원을 지시는 긔쟈님이여 그 불샹히 죽은 션장의 원혼이 뎡부원을 쓰실 ᄯᅢ마다 긔쟈님 붓ᄭᅳᆺ헤서 요리죠리 붓허단이리다 붓ᄭᅳᆺ이 죠회에 다아서 싸각싸각홀 ᄯᅢ마다 불샹훈 션장의 원혼이 울며 부르지지는 줄 알고 하로밧비 원슈갑는 것을 샹쾌히 보여쥬십시오 샹관 업는 우리도 원슈 갑흔 것을 보면 춤을 덩실 츄겟습니다"141)라고 하면서 죽은 선장의 원혼도 갚아 달라고 요구한 바 있다. 『정부원』에서는 라철과 정택기, 천응달과 같은 악한의 말로를 아주 자세히 보여주고 있다. 물론 원본 자체가 그러할 수도 있으나, 작가는 이러한 면에서 더욱더 자세하고 세밀하게 표현해 나갔을 것이고, 번안소설은 그러한 독자의 요구를 수용해 가며 발전해 가게 된 것이다.

---

139) 『정부원』 145회, 『매일신보』, 1915. 5. 6.

140) 확실하지는 않으나 『홍루』의 '讀者의 聲'이라는 편지로 감상을 쓴 인물과 동일 인물일 확률이 높다. '讀者의 聲'에서 『정부원』 때 자신이 신문에 글을 내었다는 말을 하고 있다.

141) 『정부원』 28회, 『매일신보』, 1914. 12. 2.

이미 『정부원』이 연재되던 때부터 <독자 편지> 형식의 투고가 시작되었으므로, <독자투고란>이 폐쇄된 『해왕성』이 연재되던 시점에는 이 <독자 편지> 양식을 통해서 소설 독자들의 투고가 분리되어 나올 수밖에 없었다. 한 독자는 『해왕성』이 오랫동안 중단되자 그것에 대해 항의 차원에서 글을 띄운다. 단순하게 빨리 실어달라는 정도에 그치는 것이 아니라 "당초의 히왕셩을 십오륙 회까지 디여 본거시 도로혀 후회막급이로소이다"142)라고 하면서 이렇게 『해왕성』이 오래 게재되지 않을 바에야 처음부터 괜히 읽었다고 후회까지 한다. 예전에 독자들과 같은 차원에서 소설 작가를 향한 칭찬 정도에 그치지 않고, 도리어 작가가 매일 연재하지 않는 것은 독자의 읽을 권리를 빼앗는 것으로 여기며 자신들의 권리를 당당히 이야기하고 있는 것이다.

> 실상 말ᄒ면 금일꼬지의 계속된 속에도 다수ᄒᆫ 독자의 간절ᄒᆫ 쯧으로 편지롤 붓쳐 열심히 희망ᄒ시ᄂᆫ데 끌니워 져졀로 쓰ᄂᆫ 사롬의 붓이 그편으로 끌니여 간 일이 만앗고 지금에 직시 붓을 잇지 못흠도 독자의 요구가 너무 만하셔 실상 ᄆ음이 여러 갈너로 갈니우ᄂᆫ 꼬닭이라 쓰ᄂᆫ 사롬이 미리 확실히 작뎡ᄒᆫ 싱각이 엇지 업스리요만은 다만 독쟈의 간곡한 셩의를 아모됴록은 져바리지 말고져 ᄒᄂᆫ 꼬닭이로라143)

『해왕성』 독자들의 요구가 강력해지자 이를 해명하는 이상협의 글이 나오기까지 한다. 독자의 말 때문에 내용을 바꾼다는 언급조차 나오고 있다. 이상협은 고민하느라 시간이 많이 걸린다며 변명한다. 1916년 7월 9일의 경우에도 84회를 싣지 않고 '금일까지의 대강'이라고 해서 앞의 내용을 요약한다. 또 위의 글처럼 자신이 직접 독자들에게 소설이 연속되지 못하는 상황을 해명하기도 한다. 독자의 원성이 많아지자 작가가 적극적으로 대답을 해야 할 상황이 된 것이다. 이는 독자의 목소리를 무시하지

---

142) 「海王星히왕성에 對디ᄒ야」(최○익비서), 『매일신보』, 1916. 3. 5.
143) 「중간에잠시멈츄고ㅡ하몽으로부터독쟈에」, 『매일신보』, 1916. 7. 11.

못할 정도로 독자가 작가를 재촉하게 된 것이다.

또 하나 주목해 볼 것은 『해왕성』이 매우 긴 장편이기도 했으나 『정부원』까지만 신파극으로 공연되고 『해왕성』은 번역소설로 자리 잡게 된다는 사실이다. 연극과의 분리가 이루어지기 시작한 것으로 볼 수 있다. 실제로 『정부원』과 『해왕성』에 대한 독자들의 장문의 편지를 보면, 이미 그들이 연극으로 보듯이 각각의 장면을 해석하고 자신이 그 인물에 완전히 감정이입되어 행동하는 듯이 묘사해놓고 있다. 文正昊라는 독자는 "이 희왕성보담 나흔 쇼셜이 우리 쇼셜게에는 업슬 줄"로 안다며 이렇게 재미있게 글을 짓는 하몽의 능력에 감탄하면서 자신도 소설을 쓰는 공부를 하고 싶다고까지 말한다.[144] 이러한 소설은 신파극의 레퍼토리가 아닌 소설 그 자체로서 독자들에게 조금씩 인식되기 시작했던 것이다.

『무궁화』가 연재되고 있는 4면의 바로 같은 칸에 이어서 나오는 「讀者의 聲」에는 「碧溪生」이라는 독자가 『무궁화』와 그 작가인 이상협을 매우 칭찬하고 있다. 또한 옥정과 진국의 애달픈 상황과 무궁화의 의리 그리고 악한 송관수와 홍명호에 대해 자신이 그 주인공인 양 스스로 감정이입하여, "先生의 培養혼 無窮花 香氣를 듯다가 안졋다가 벌덕 이러나면서 짱을 구르난 힘을 어덧단 말이올시다"라며 이것이 하몽에게서 받은 '勇氣'와 '是非心'이라며 실제 행동으로까지 표현하고 있다.[145] 독자는 이렇게 소설을 사실적으로 보여주는 것은 이상협의 힘이라며 매우 극찬한다.[146] 이와 같이 독자 스스로 소설 내용을 자세히 평하고, 또한 주인공을 동정

---

144) 『매일신보』, 1916. 6. 1.
145) 「讀者의 聲」(『무궁화』 20회 연재 중), 『매일신보』, 1918. 2. 16.
146) 1918년 4월 5일 「讀者의 聲」은 『무궁화』 연재면에 소설 대신 게재된다. 「北郭隱夫 錦峽生」, 「務安西海生拜」, 「大邱에셔 安生」 등이 하몽에게 편지를 보냈는데, 모두 한자를 사용하는 남성이다. 무안서면의 독자는 "心神에셔 有形無形으로 孔子孟子 가 想狀되듯 기先生애 쏙 案頭에 在혼신듯합듸다"라고 하면서 하몽의 표현이 눈앞에 보이는 듯이 묘사되었다고 칭찬하며, 安生은 "千辛萬苦로 심진국이와 옥뎡의 두 사룸을 나는 힘자라는 터로 도아주고 도아주고" 하겠다면서 마치 자신이 실제로 행동하듯이 묘사한다.

하면서 스스로 감정 이입이 되어 악한에 대해 응징하고, 주인공을 북돋워 주는 식의 독자의 편지는 <독자투고란>에서 보이던 소설 관계 내용과는 판이하게 다르다. 물론 <독자투고란>은 아주 간단한 두세 문장 정도의 짧은 내용을 담기에 적합했다. 따라서 독자들은 재미있다고 하면서 소설 연재가 끊어지지 않게 해 달라는 것이라든가 소설 연재가 연극으로 나오니 가봐야겠다는 등의 아주 짧은 언급 정도로 자신의 소견을 말하는 것에 그쳤다. 그러나 <독자투고란>이 폐쇄된 상황에서 소설 독자들이 자신의 감정과 느낌을 표현하는 길은 그 이전 『정부원』에서부터 나타나던 독자의 편지 형식뿐이었다. 따라서 소설 독자들은 분량 제한이 없는 편지를 통해 자신들이 하고 싶은 말들을 마음껏 쏟아 놓게 되었고, 그 소설의 주인공에 감정이입을 하면서 소설을 적극적으로 즐기기 시작했다. 또한 이렇게 자신들이 소설을 실제적으로 즐기게 된 것은 하몽의 필체의 놀라움에 있다면서 극찬을 아끼지 않는다.

그러나 <독자투고란>이 폐쇄되었던 상황에서 보이는 소설 독자들의 투고는 식민 지배 담론에 찬동하는 언어가 많았다. 또한 양건식과 같이 신지식인층과 같은 박식함은 엿볼 수 없고 인상 비평에 그치는 평들이 대부분이다. 그럼에도 불구하고 이러한 전초적인 소설 독자들의 투고가 있었기에 신지식인층들의 투고 역시 이어질 수 있었던 것으로 보인다. 신지식인층이라 할 수 있는 소설 독자층들이 갑자기 분절적으로 등장한 것이 아니라 이상협의 『정부원』이 연재될 때 보이기 시작한 <독자투고란>에서 벗어나 소설 독자로서 편지를 띄우는 행위에서부터 조금씩 분리되어 나왔다고 볼 수 있다. 또한 이는 <독자투고란>이 폐쇄되는 시기와 맞물리면서 독자의 편지가 유일한 소설 독자들의 소통의 통로가 됨으로써, 더욱더 수면 위로 떠올랐다고 할 수 있다. 따라서 이러한 소설 독자들은 『매일신보』의 <독자투고란>에서 보였던 신문 독자·소설 독자·연극 관객의 통합 형태에서 서서히 벗어나서, 소설 독자가 문면에 나타난 것으로 해석할 수 있다. 특히 소설이 연극의 대본으로 존재했던 상황에서 점차 벗어나, 소설 자체 내에서 흥미를 찾아내도록 하여, 소설 독자층들을 분리해낸 데에는 이상협 소설이 큰 역할을 했다고 할 것이다. 이는 바로 연극의 레퍼토리에 불과했던 소설을 독자적 장르로 분리해내는 역할을 한 것이다.[147] 따라서 1910년대 이상협의 소설은, 바로 이러한 작가·소설·독자의 관계를 형성하여 근대 소설의 토대를 만들어 내었다고 할 수 있다. 이러한 측면은 1910년대 일제 강점 아래 이식과 혼성이라는 차원에서 식민자의 문화 자체와 그 식민자의 문화를 피식민자의 언어로 번역하는 매개자, 그리고 피식민지 문화의 토양을 형성하는 수용자로서의 독자가 상호소통하는 상황에서 발생된 것이다. 또한 이러한 상호소통관계는 식민자의 문화를 모방하되 그 내재된 차이에 의해서 서서히 우리 근대문학을 생성하면서 하나의 문화공간을 만들어낸 것으로 이해되어야 할 것이다.

3. 훈육 통치 사회 구축과 민중의 불만 토로―민태원

민태원(1894~1934)은 충남 서산 출생으로 일본 와세다 대학 정경과를 졸업한 후, 조선에 돌아와 우보(牛步), 부춘산인(富春山人) 등의 필명으로 작품 활동을 했다. 또한 언론인으로서 『동아일보』 사회부장, 『조선일보』와 『중외일보』 편집국장을 역임하기도 했다.

민태원이 처음 『매일신보』에 입사한 것은 1914년이었고, 1918년 이상

---

147) 사실 이러한 부분은 신파극의 상황과도 많이 연관되어 있다. 즉 일본에서 "가와카미오토지로가 '정극'이라는 이름으로 자신의 신파극 활동을 부정하려는 입장에 설 때, 신파극은 더 이상 독자적 미학을 구축할 힘을 가질 수 없는 존재"(김재석, 「근대극 전환기 한일 신파극의 근대성에 대한 비교연극학적 연구」, 한국극예술연구 17집, 2003, 35면)로 전락하는 가운데, 일본의 신파극을 전범으로 삼은 조선의 신파극 역시 입지가 약해질 수밖에 없었다. 이러한 상황 역시 소설이 신파극의 레퍼토리 정도로서가 아니라 소설 자체로 독립되는 것을 더욱 가속화시켰을 것이다.

협이 편집과장일 때 사회과장을 역임하게 된다. 이후 이상협이 『매일신보』를 떠난 후 1920년에는 일본인 사장과 일본인 이사 이하 차석의 위치에까지 오른다. 이때 차석 아래에 편집과장의 지위가 있었다. 그 당시 『매일신보』의 편집진을 보면 차석에 민태원, 편집과장에 김기전, 외사과장에 방태영, 경제과장에 홍승구, 사회과장에 백대진, 지방과장에 남상일이 재임했다.148) 이러한 상황에서 민태원은 『매일신보』에 『애사(哀史)』를 번안 연재한다. 이후 민태원이 1920년대에 『동아일보』에 번안·번역 소설을 싣는 것으로 볼 때, 민태원이 『애사』149)를 필두로 번안·번역에 많은 심혈을 기울였음을 알 수 있다.

본 절의 1)에서는 『매일신보』의 번안소설을 통해 식민 지배 정책이 어떻게 유포되고 강화되고 있는지를, 2)에서는 경제적으로 살기 어려웠던 당대 현실 속의 피식민지인들의 피폐한 삶이 어떠한 방식으로 번안소설과 교호하고 있는지를 살펴볼 것이다.

1) 훈육과 규제를 통한 식민지인 양성

민태원은 빅토르 위고의 작품 『레미제라블』을 『매일신보』에 『애사(哀史)』라는 이름으로 번안 연재한 것으로 알려져 있다. 이는 1918년 7월 28일부터 1919년 2월 8일까지 총 152회로 연재되었다. 사실 이 『레미제라블』 중 ABC契에 관한 부분은 『소년』 제3년 제7권에 번역되었고, 다시 「너참불상타」라는 제목으로 『청춘』 1호(1914. 10. 1)에 초역되어 실린다. 「너참불

---

148) 정진석, '연도별 매신 종사자 명단'과 '매일신보의 인물들' 약력, 「총독부 기관지 매일신보의 사람들」 6, 앞의 글, 53~59면 참조.

149) 박진영은 "창간 초기의 『동아일보』 연재소설란은 거의 전적으로 우보 민태원과 천리구 김동성 두 사람에 의해 유지"되었다고 설명한다. "창간호인 1920년 4월 1일자부터 나도향의 『환희』가 연재되기 시작하는 1922년 11월 21일자까지 단 한 편의 창작 장편소설도 실리지 않았다."고 한다(박진영, 「1910년대 번안소설과 '실패한 연애'의 시대」, 『상허학보』 15집, 2005. 9, 292면 참조).

상타」는 줄거리의 요약이기는 하나, 원전을 대체로 살려 주인공 이름이나 명칭, 지역명 등을 원어 그대로 나타낸다. 그러나 민태원은 『애사』에서 전체 줄거리는 역시 원전을 위배함이 없으나, 이름과 지역 명칭 등은 자신의 임의대로 조선식으로 바꾸고, 또한 원전에 없는 계몽적 부분 역시 조금씩 삽입하고 있다.

　일재 조중환이나 하몽 이상협의 소설과 비교해 볼 때, 민태원의 번안 소설은 여성에 대한 규제가 훨씬 더 강화되어 있다.

> 　녀학싱도 난봉이나건든 더구나 녀직공들이야 말홀 것 잇스랴 쳥년 남녀가 몸을 버리는 것은 참 가엽슨 일이지만은 이 세상이 벌릴 수밧게 업시 만드는 것을 엇지후나 그즁에는 졍말 졔가 잘못후여서 신셰를 맛츄는 사룸도 잇지만은 대개는 홀 수 업서 난봉이 나는 것이다 가난과 얼골 고흔 것은 난봉을 만드는 두 즁킈가 되는 것이니 가난은 뒤에셔 등을 밀어 난봉구덩이로 드리미는 셈이요 고흔 얼울은 압혜셔셔 알낭알낭 꼬여드리는 셈이라 의엽분 녀자의 약혼 마음이 이 두 가지 즁미를 맛나면 엇지되는 줄을 모르고 난봉구덩이에 빠져 바리는 것이다. (중략)
>
> 　졍든 녀자라는 것은 이왕에 침공 노릇을 후다가 바느질품을 파는 이보다 남학싱의 돈으로 편후게 놀고 먹는더 맛을 붓치며 또 한편으로는 남학싱의 귀여워후는 더 반후여셔 손이 풀녀 일도 못후고 학교에 단일 수 업셔 공부도 못후고 그렁져렁 지너는 여자들이엿다.150)

『청춘』의 「녀참불상타」에서는 판틴(황애련)을 남자들의 난봉의 피해자로 기술하고 있다. "파리에 부량한 네 청년이 잇서 각각 여공의 애첩을 두고 행락하다가 다 버리고 갓는데 그 중에 애첩되얏든 판틴이라는 여자가 얼골도 쑥쑥하고 마음도 天眞이라"(『청춘』 1호, 부록 6면)며 판틴을 매우 똑똑하고 착실한 여성으로 설명한다. 그러나 민태원의 『애사』에서는 이러한 여직공들은 여학생들의 문란함보다 더한 것으로 설명하면서 남학생의 돈으로 편하게 놀고먹으며 일하기 싫어하는 여자로 묘사하고 있다. 이

---

150) 『애사』 14회, '황익련', 『매일신보』, 1918. 8. 14.

는 남학생의 난봉을 문제 삼는 것이 아니라 은근히 남자들보다 여자들 스스로 행실을 단정히 하지 못한 데 대한 비판이 들어 있다.

> 그는 자선병원을 넓히여 주엇고 학교를 둘이나 지여주엇고 학교교사도 자긔 돈으로 월급을 주엇고 늙고 병든 로동자를 구제ᄒ기 위ᄒ야 젹지 안이혼 긔본금을 셰웟고 구차혼 사롬을 위ᄒ야 갑업시 지여주논 약국을 셜시ᄒ는 등 여러 가지로 자선사업을 ᄒ엿다 그리고 항상 ᄒ는 말이 「이 셰샹에셔 뎨일 큰 일을 ᄒ논 사람은 유치원의 보모와 학교의 교사라고」 ᄒ엿다
> 그논 쥬일마다 례빗당에 가셔 셜교를 들으며 틈만 잇스면 ○을 보논 더 그논 남녀의 구별을 엄즁히 차려셔 자긔의 공장도 남녀공장을 ᄯᅡ로 지엿스며 ᄯᅩ 남자를 보면 사람이란 고뎡ᄒ여야 쓴다고 일으고 여자를 보면 「졀긔를 직히라」고 일은다151)

> 마들렌씨의 수익은 굉장한 것이었다. 사업을 시작한 지 2년째에는 벌써 남녀가 따로 작업할 수 있는 두 개의 커다란 공장을 세울 수 있었다. 굶주린 자는 누구나 그곳에 갈 수 있었으며, 가기만 하면 반드시 일자리와 빵을 구할 수 있었다. 마들렌 씨는 남자들에게는 선량한 의지, 여자들에게는 순결한 풍습, 그리고 모든 사람들에게는 성실을 요구했다. 그는 남녀를 분리하여 처녀와 부인들이 몸가짐을 바르게 갖도록 직장을 둘로 나누었다. 이 점에 대해서 그는 완고한 편이었다. 그가 엄격했던 것은 오직 이것뿐이었다. (중략) 마들렌 씨는 누구든지 고용했다. 그가 요구한 것은 오직 한 가지, 성실한 사람이 되라! 성실한 여성이 되라! 이것뿐이었다.152)

이미 『레미제라블』의 원본 자체가 남녀를 분리하고 순결함을 강조하고 있다. 이는 일제의 여성 정책과도 매우 맞아 떨어지는 부분이다. 이러한 면이 『레미제라블』을 『매일신보』에 연재하게 한 하나의 이유가 될 수도 있을 것이다. 그러나 민태원은 번안 과정에서 여성의 절개와 순결을 원본보다도 더 강조한다. 즉 원본에서는 성실한 사람과 성실한 여성을 강조하

---

151) 『애사』 17회, '마더런씨', 『매일신보』, 1918. 8. 17.
152) 빅토르 위고, 강명희 역, 『레미제라블』, 하서, 2005, 81~82면.

나, 민태원은 원본에서 말한 여성 순결에 대한 강조를 재삼하고 있는 것이다. 즉 성실한 여성에의 강조를 '절개를 지키는 여성'으로 바꾸어 놓은 것이다. 원본에서는 구체적으로 학교를 짓는다거나 교사가 가장 중요하다는 내용은 보이지 않는데 반해, 민태원은 학교나 교사에 대해 더욱더 강조한다. 이는 일제의 '국민교육' 강조와도 연결된다고 할 수 있다.

사실 이러한 면은 『애사』 다음에 총 76회로 연재된 『설중매』(1919. 6. 2~1919. 8. 31)에서도 나타난다. 이는 동명의 번안소설인 구연학의 정치소설 『설중매』(1908)와는 전혀 다른 내용을 담고 있다. 구연학의 『설중매』가 장매선과 리태순의 결혼과 리태순의 정치적 계몽적 발언과 연계되어 있는 데 반해, 민태원의 『설중매』는 처음부터 매우 선정적이다. 1회부터 술취한 군장교 3명에게 주인공 매희가 겁탈당하는 장면으로 시작하고 있다. 또한 이 겁탈 당하는 장면을 매희가 자신의 부모님 앞에서 직접 이야기하는 것으로 묘사되는데, 그 정황을 매우 선정적이고 자극적으로 자세히 설명하고 있다.

> 요ᄉ히 인쳔에는 불량퍼류가 젹지 안이혼 모양이야요 졂은 녀ᄌ가 길에 나셔면 무엇 추질 것이 잇는지 뒤를 공연히 싸르고 그럿치 안으면 눈이 쌔지도록 바라보고 지나간 후에는 져희끼리 일본말로 이러니 져러니 비평을 ᄒ고 엇던 자는 졂은 녀ᄌ가 잇는 집에다 일부인이 쩍힌 우표를 다시 거짓으로 붓친 봉투에다 셩명도 업시 글시를 만드러써셔 무례불측혼 투셔ᄭ지 함부로 ᄒ는 자가 잇스니 그를 악희라고 할는지 협잡질이라고 홀는지 그들의 젼졍을 위ᄒ야 참 가셕ᄒ여요 졍신들을 좀 추리고 지녓스면 참 고맙겟셔요 「龍岡町驚動人」[153]

이렇게 곽매희가 겁탈당하는 상황이 묘사되고 그 이후 매희와 그 아버지가 자신을 겁탈한 사람을 찾고자 동분서주하는 내용이 연재되는 가운데, 간혹 게재되던 <독자투고란>에는 요즘 불량배들이 많다며 젊은 여

---

153) '독자기별', 『설중매』 18회 연재 중('ᄌ션ᄉ업의단톄(이)'), 『매일신보』, 1919. 6. 21.

자들 뒤를 자꾸 따라 다닌다는 비난의 글이 나온다. 이는 작품의 내용과 실제 상황을 엮어보는 독자들의 해석방식으로 <독자투고란>에는 부랑패 남자들의 여성에 대한 희롱 내지는 폭력이 상당했음을 앞에서 제시한 [표 1]에서도 알 수 있다.

이렇게 억울하게 겁탈당한 곽매희는 귀족 자제를 향해서 원수를 갚으려고 그 억울함을 황제에게까지 고한다. 그런데 문제는 이 황제의 해결 방식이 매희를 겁탈한 구중위와 결혼시킨다는 데 있다. "아버님 정말 원통흡니다 이런 꼴을 볼 디경이면 찰아리 죽으니만 못흡니다"154)라며 완고하게 자신의 복수를 다짐하던 매희가 그 다음 회에서는 "하느님이시여 원컨디 이 사람이 그 사람이게 흐여 쥬소셔 나는 그를 사랑흡니다"155)라고 급선회함으로써 앞뒤 인과관계가 전혀 맞지 않게 진행된다. 세 사람 중 누가 직접적으로 자신을 겁탈했는지 정확하게 모르는 상황에서 황제가 임의로 구중위와 결혼시켰으나, 매희는 구중위와 결혼한 후 갑자기 사랑하게 되어 구중위의 친구가 아니라 구중위가 자신을 겁탈한 사람이었으면 좋겠다는 발언을 하고 있는 것이다. 또한 이후 시누이의 문제를 직접 해결하는 등 남편인 구중위에게 사랑을 얻고자 노력한다. 조중환의 번안소설 등과 비교해 볼 때 여성에 대한 시각이 훨씬 더 완고하고 규제적임을 알 수 있다. 특히 이 강간한 남자와 피해자 여성을 결혼시키는 황제의 결정을 통해 황제는 매우 합리적이고 이성적인 인물이며, 동시에 이 매희의 뒤에 황제가 큰 힘이 되어 주고 있다는 점을 끊임없이 강조하고 있다. 이는 결국 가난한 여성일지라도 절개와 지조를 지킬 경우, 황제 즉 국가의 보호를 받을 수 있으며, 신분 상승을 이룰 수도 있다는 환상을 갖게 하는 것이다.

1919년 8월 31일 마지막회인 76회에서는 구중위가 자신의 저지른 일을 고백하고 매희는 구중위의 친구가 아니라 자신의 남편 구중위가 자신

---

154) 『설중매』 29회, '결혼의형벌(이)', 『매일신보』, 1919. 7. 6.
155) 『설중매』 30회, '결혼의형벌(삼)', 『매일신보』, 1919. 7. 8.

을 겁탈한 것을 다행으로 여긴다. 결국 『설중매』는 매희의 억울함을 알아 주고 일을 해결해 준 황제에 대한 충성과 여성의 지조, 절개를 다루고, 여성이 가져야 할 덕목인 남편에 대한 완전한 헌신을 보여준다. 이는 앞 시대보다도 훨씬 더 여성에 대한 보수적인 시각을 보여주는 것이라 할 수 있다.

이러한 민태원의 의식은 『폐허』에 실은 창작 소설인 두 작품 「어느 소녀」(『폐허』 1호, 1920. 7)와 「음악회」(『폐허』 2호, 1921. 1)에서도 발견할 수 있다. 사실 이 소설은 『폐허』의 동인인 남궁벽이 친분을 가지고 있는 일본의 유명한 논평가이자 예술가인 유종열과 성악가인 아내 유겸자의 이야기를 토대로 만들었다.156) 유겸자가 조선에서 음악회를 가진 것을 민태원이 소설화한 것이다. 주목해 보아야 할 것은 민태원이 이 음악회를 바라보는 시선이다. 제대로 된 음악회를 갖지 못한 것이 서양 문명에 엄청나게 뒤떨어진 양 호들갑을 떠는 민태원의 태도는 서양 문명, 혹은 일본 문명에 대한 동경과 동화를 보여준다.

소설 속에서 유종열로 분해 있는 임정열은 한 마디로 일본과 조선 사이에서 평화를 알리고 인도주의를 널리 전파하는 인물로 그려졌다. 특히 일본과 조선의 반목을 두려워하여, 예술로라도 하나가 되기를 바라는 마음에서 일본 『요미우리 신문』에 「조선의 벗에게 들이난 글」을 싣고 자신의 아내는 조선에서 독창회를 열게 하여 두 민족 간의 화합을 보여주는 것으로 나타난다. 이 상황은 실제 일어났던 일로 소설 속에 안홍석은 바로 남궁벽을 가리킨다. 그런데 3·1운동 이후 문화정책으로 돌아 선 일본의 정책과 소설 속의 인물들을 통해 설파되는 주장은 매우 닮아 있다. 일본과 조선이 하나가 되어야 한다는 것, 지금 조선은 매우 위험하고 무질서한 상황에 놓여 있다는 것, 문학이나 예술로 이러한 분쟁과 분노를 치유해야 한다는 것이 그 골자이다.

---

156) 김윤식·정호웅, 『한국소설사』, 예하, 1994, 94면 참조.

여자의 몸으로 직업을 가지는 것은 불행한일이다. 부자연한일이다. 여
자도 사람이라는 의미로 여자도 인생의 半分이라는 의미로 次代人類의 교
육자라는 의미로 상당한 교육을 할 것은 물론이며 차별 업는 인격을 줄
것은 물론이다. 그러나 이것은 불행이다 여자에게는 이 세상의 무엇보다
도 신성하고 귀중한 천직이 잇다 이 천직을 수행하기에 방해되지 안이하
는 범위에 한하야 여자의 직업은 불행이 안이다
   그러나 경자의 직업은 불행은 안이엇다 부자연일는지는 몰나도 불행하
다고 할 것은 업스며 자기의 의지를 세워가기 위하야는 필요한 일이엇다
그는 곳 그 직업에 대하야 자유로운 태도를 가진 것 가텃다 언제던지 자연
한 생활에 들어갈 자유는 보유하고 잇스며 도리여 그 자연한 생활을 주관
적으로 더 충실하게 하기 위하야 이 직업을 가진 것이라고 할 수 잇섯
다[157)

민태원의 소설 속에 나타나는 여성은 어리석고 무지하거나(「어느 소녀」),
혹은 너무 분방하고, 돈을 밝히는 속악한 여자(「음악회」의 심숙정)로 나타난
다. 민태원의 논평에서처럼 여성은 교육을 받아야 하되, 그 교육이 직업
을 위해서가 아니라 양육을 제대로 하기 위한 여성 교육이 된다. 즉 아이
를 낳아 양육하는 것이 천직인 여성이 직업을 가진다는 것은 불행하다는
것이다. 이 천직을 잘 이행할 수 있는 한에서 직업을 가지는 것이 바람직
하다고 주장한다. 이 작품 속에 등장하는 심숙정은 조중환의 번안소설『장
한몽』의 여성과 다를 바가 없다. 마음에 드는 남성을 만나 그 남자를 만
날 수 있게 해달라고 친구 하경자에게 부탁하지만, 정작 연결이 되었을
때는 약속 장소로 오지 않는다. 그 남자가 돈이 없다는 것을 파악하고 망
설이다가 결국 거절하게 되는 것이다. 남겨진 남자 안홍석은 이에 대해
실망하고 만다. 그는 심숙정이 '금강석 반지, 양식집, 피아노' 등에 팔려
서 자신을 거절했다고 생각하고 조선 여성의 사치와 편력에 대해 비판적
생각을 가지게 된다. 신여성이 자유롭게 남성에 대해 호의를 표하면서도
정작 결혼을 할 때는 경제적 사정을 먼저 보는 속물로 보고 있는 것이다.

---

157) 「음악회」, 『폐허』 2호, 1921. 1, 121~122면.

이러한 면은 『창조』의 동인이 보여주던 왜곡된 여성관과도 결코 다를 바가 없다. 또한 『매일신보』에서 보여주던 여성정책과도 전혀 다를 바가 없다. 방종한 여성, 부만 중시하는 여성을 비판하는 시선으로는 식민지 조선을 바라볼 겨를이 없는 것이다. 이러한 민태원의 창작 소설들에서 그의 의식을 살펴볼 때, 자신도 모르게 일탈적인 여성에 대한 배격과 더불어 근대 교육을 통해서 여성의 삶을 절개와 순결이라는 잣대로 규제하는 훈육 사회[158]로 편입시키려는 의도가 강하게 드러난다.

2) 피식민지인의 불만 토로와 3·1운동의 민중 역량

『애사』의 또 다른 면모에는 식민지 조선의 삶과 맞물리는 부분이 있었다. 대중과 만나야만 하는 대중소설들은 자신들의 의도와는 별개로 대중들의 기호와 연관될 수밖에 없다. 『애사』 역시 그러한 대중들의 기호에 맞닿아 있는 측면이 있다. 『애사』가 연재되던 당시 식민지 조선의 궁핍함은 극에 달하고 있었다. 『애사』는 그러한 조선의 궁핍한 삶과 묘하게 연관되는 측면이 있었다.

> 장팔찬은 몸을 앗기지 안코 잠도 못 자면서 버리를 ᄒᆞ엿스나 슬흐다 자

---

158) 훈육과 통제는 푸코에 의해 제기된 것으로 안토니오 네그리와 마이클 하트는 들뢰즈의 해석을 따라 훈육에서 통제로 이행되고 있음에 주목한다. 즉 훈육사회로서의 제국주의 시대와, 통제사회로서의 제국의 시대를 구분하고 있다. 그들에 따르면 "훈육사회는 관습, 습관, 생산 실행을 생산하고 규제하는 배열장치나 장치의 분산된 네트워크를 통해 사회적 명령이 구축되는 그런 사회이다." 이러한 훈육 권력은 "실제로 사고와 실행의 매개 변수들과 한계들을 구축하고, 정상적인 그리고/혹은 일탈적인 행위들을 제재하고 규정함으로써 지배한다." 반대로 통제사회의 경우는 "명령 메커니즘들이 더욱더 '민주적'이고, 더욱더 사회적 장에 내재적이며, 시민들의 두뇌와 신체 전체에 퍼져 있는" 사회로 설명된다(안토니오 네그리·마이클 하트, 윤수종 역, 『제국』, 이학사, 2001, 52면 참조). 이러한 견해로 볼 때, 이 시기 번안소설의 양상은 정상으로의 복귀, 즉 일탈적인 행위들을 제재하고 규제함으로써 지배 패러다임을 강화하는 훈육사회의 형태를 지니고 있다고 할 것이다.

본업는 사룸에게는 살어가지도 말나는 것이 문명이라는 무셔운 졔도이라
이 가련훈 한 집안은 날노 구차후게 되여간다[159]

　장발장으로서는 약간 마음 내키지 않는 점도 있었으나 의무처럼 여기
며 일을 했다. 그렇게 해서 그의 청춘은 고달프고 힘든 노동 속에서 흘러
가고 있었다. 그에게 그 고장의 '귀여운 여자 친구' 따위는 전혀 없었다.
연애를 하고 있을 시간이 없었던 것이다.[160]

위의 인용은 장팔찬의 억울한 옥살이에 대한 설명 부분이다. 과부가
된 누나의 칠남매의 조카를 먹여 살리려다 억울한 옥살이를 당하게 되는
부분이다. 원본과 비교해보면 민태원이 『애사』의 번안 과정 속에 개입하
고 있음을 알게 된다. 물론 이 부분은 민태원이 원본으로 삼은 일본 번역
본에 있을 수도 있다. 그럼에도 문명에 대한 비판적 생각이나 가난한 삶
에 대한 고통을 묘사한 부분은 식민지 대중의 현실과 맞아 떨어질 수밖
에 없다.

독쟈의소리

　쟝팔찬은 무슨 죄인가요 비곱허 우는 싱질들을 참아보다 못후야 면보
한 조각을 훔친 죄가 무엇이 그리 크오릿가 만일 쟝팔찬에게 큰 죄가 잇
다고 흐면 그는 다만 됴흔 계계롤 타고 나지 못훈 한 가지 일밧게 업다고
싱각홈니다 만일 쟝팔찬이가 나는 길로 비단보에 싸이며 입에다 은슐을
물게 되엿던들 그러훈 죄명을 쓰고 그러훈 고싱을후엿슬 리가 업슴니다
이 셰상에서는 만인계를 탄 사룸이 데일 지조 잇는 사룸이요 데일 위대훈
사룸이라고 흠니다 엇던 로인의 탄식훈 말과 갓치 이 셰샹 사룸은아모 것
보다도 데일 먼져 도흔 운수롤 타고나야만 흐겟슴니다 이 셰상의 모든 졔
도는 잘되는 나무에 물을 쥬고 못되는 나무를 쏩어바리는 셰음임니다 그
져 운수만 잘타면 무슨 일이던지 뜻굿치 될 것이요 팔즈만 됴흐면 겁놀
일이 업다고 흠니다[161]

---

159) 『애사』 8회, '그는무엇을흐랴흐나', 『매일신보』, 1918. 8. 7.
160) 『레미제라블』, 앞의 책, 44면.
161) 『애사』 16회, '죵달식', 『매일신보』, 1918. 8. 16.

황애련의 딸 고셜도가 태날츄 부부 집에서 고생하는 부분이 연재되는 가운데 바로 이어서 독자의 소리가 등장하고 있다. 『애사』 전체를 통틀어서 유일하게 나오는 독자의 소리이기는 하나 이 독자의 소리를 통해서 독자들이 『애사』의 어떤 부분과 호응되고 있는지 짐작할 수 있다. 독자의 소리를 통해서 보더라도 장발장의 가난을 이해하는 모습과 자본의 불합리성이 드러난다. 또한 끊어졌던 <독자기별>이 다시 나오고 있다는 것에도 의미를 둘 필요가 있다.

[표 21] 1916~1919년까지 게재된 <독자투고란>과 번안소설 연재 상황

1916년 <독자투고란>		1918년 <독자투고란>		1919년 <독자투고란>	
3. 31	『해왕성』 24회	9. 19	『애사』 45회	1. 9	『애사』 127회
5. 27	『해왕성』 55회	9. 20	『애사』 46회	1. 17	『애사』 134회
6. 2	『해왕성』 60회	9. 21	『애사』 47회	1. 18	×
6. 4	『해왕성』 62회	9. 22	『애사』 48회	1. 21	×
6. 9	『해왕성』 63회	9. 28	『애사』 52회		
7. 16	『해왕성』 88회	10. 3	『애사』 56회		
11. 17	『해왕성』 168회	10. 6	『애사』 59회		
11. 18	『해왕성』 169회	10. 8	『애사』 60회		
11. 19	『해왕성』 170회	12. 14	『애사』 109회		
11. 21	『해왕성』 171회	12. 15	『애사』 110회		
11. 23	『해왕성』 172회	12. 17	『애사』 112회		
11. 25	『해왕성』 173회	12. 19	『애사』 114회		
11. 28	『해왕성』 175회	12. 20	×		
11. 29	『해왕성』 176회	12. 21	『애사』 115회		
12. 1	『해왕성』 177회	12. 22	『애사』 116회		
		12. 23	×		
		12. 26	『애사』 119회		
총 15번		총 17번		총 4번	

『매일신보』의 <독자투고란>은 1916년 2월 16일부터 1919년 6월 15일까지 3년 4개월간 잠정적으로 폐쇄된다. 그런데 그 사이에 완전히 폐쇄된

것이 아니라 총 36번 정도 <독자투고란>이 게재되었다가 폐쇄되기를
계속 반복했다. 3년 4개월 간 총 36번의 <독자투고란>이 등장한 상황에
서 민태원의 『애사』 연재 중에 <독자투고란>이 21번 등장했다는 것은
주목해 볼 부분이다. 이 때 <독자투고란>이 출현한 것이 완전히 민태원
의 『애사』 때문이라고 말할 수는 없다고 하더라도 이 『애사』의 인기가
하나의 촉매 역할을 했을 것이라는 추측은 충분히 가능하다.

> 엇던 스람이 이것을 싸엇나 엇던 스롬이 짜로히 잇는 것은 안이다
> 그 근쳐 사롬이 셔로 모혀 가지고 이것져것을 함부로 집어다가 싸어 노
> 은 것이다 무엇이던지 방퓌막이가 업셔가지고는 드뎌 하졍부의 군뒤를
> 당홀 수 업는 싱각이 모든 사롬의 가슴속에 잇슨 것이다 안이무슨즛을혼
> 뒤도 업슬 일이지만은 슬퍼라는 것은 이러흥 스람들의 싱각흥는 일이 아
> 니다지면 죽을 쑌이지 죽어바리는 면이 이러흔 무능흔 졍부 포학흔 졍부
> 타락된 졍부 아리 고싱흥는 이보다는 낫다 그러치만은 싸우는 쩌신지 싸
> 워보겟다는 것이 모든 사롬들의 결심흔 바이다.[162]

위의 부분은 프랑스 혁명이 일어나던 상황을 자세히 묘사한 부분이다.
이러한 민중들의 입장과 봉기 모습은 열흘 이상 연재되면서 강조된다.
3·1운동은 당연히 민족 운동이라는 측면에서 생각되어 왔다. 그러나 대
중들이 몰려나올 수 있었던 가장 큰 원인은 그들이 현실적으로 겪고 있
는 생활고 때문이었을 것이다. 이러한 생활 곤란으로 정부에 불평을 품는
자가 상당히 많았을 것이다. 『애사』는 그러한 것을 제대로 반영해준다.
3·1운동이 일어나기 바로 석 달 전에 이러한 내용이 실린 것은 재미있
는 일이다.
『애사』가 실린 때와 3·1운동의 시기가 근접하기도 했지만 이 작품에
서 보이는 민중의 궐기라는 측면과 식민지 대중의 어려운 삶은 유기적
관계에 놓여 있다. 이러한 면 때문에 『애사』는 이제까지 어떠한 소설보

---

162) 『애사』 118회, '민요(二)', 『매일신보』, 1918. 12. 25.

다도 가장 현실감 있게 전개되고 있다고 할 수 있다. 식민지 현실과 맞는 궁핍한 대중이 이러한 번안소설의 주인공으로 등장하고 있는 것이다. 이 부분은 절대로 간과될 수 없는 부분이라 할 것이다. 번안소설은 번안의 과정 속에서 그리고 식민지의 현실적 삶과 연계될 때 또 다른 역동적 저항으로 이어질 수 있다.

식민지는 극한으로 치달은 제국주의가 형상화된 한 표현이다. 그렇다면 그 대항 담론 역시 제국주의라는 잘못된 전범을 따를 경우, 제국주의 혹은 민족주의가 될 확률이 높다. 또한 식민지는 자본주의의 한 극면을 보여주는 공간이다. 이러한 자본의 착취는 피식민지인들 전체를 타자화한다. 식민지 내부에는 민족을 부르짖는 지식인 또 한편에는 가난해서 살기 힘든 식민지 민중이 존재한다. 그리고 이러한 자본의 강탈 앞에서는 살기 힘들다는 일상에 대한 불만이 더 큰 비판이 될 수도 있었을 것이다. 민족이라는 거대 담론보다는 도리어 민중의 가난이 훨씬 더 큰 자극제가 될 수도 있었을 것이다. 즉 <독자투고란> 속에서 찾아볼 수 있는 조선 민중의 지난한 삶과 불평은 완벽해 보이던 일본 제국주의에 균열을 가하고 있다고 볼 수도 있을 것이다.

이러한 3·1 만세 운동 전 열악했던 식민지 조선 민중의 삶은 간헐적으로 등장하던 <독자투고란>을 통해서 확인할 수 있다.

[표 22] 『애사』 연재 중 <독자투고란>의 내용

개수	애사 연재	날짜	성별	지역	투고자 이름	주제 분류	내 용
1	16회	1918. 9. 19.			寄別係	신문 관련	독쟈 여러분의 간절훈 희망을 져바리기 어려워 오릭 간만에 다시 지면의 한 모통이를 버혀셔 독쟈의 리용에 드러오니 아모됴록 청신훈 흥미와 실샹리익이 잇슬 방면으로 셔로 의견을 교환ᄒ시와 독자기별을 게지ᄒ눈 본릭의 뜻이 실망되지 안토록 잘 리용ᄒ시기를 희망홈니다
2	〃	1918. 9. 19.			大路人	사회 사비판	뎐챠는 숭강ᄒ눈사롬이 잇던지업던지 쏘박쏘박뎡류쟝에셔 뎡거를ᄒ얏스면 됴켓습니다 나릴사롬이업눈

	회		남			분류	
							줄알고 그디로진힝ㅎ다가 챠장과 말닷홈이나는 전례가만흔것을보아도 승무원이 쥬의를좀ㅎ여쥬엇스면 좃켓셔요
3	"	1918. 9. 19.			一靑年	신문 관련	총독부와 경긔도이외각도에서 판임문관 견습시험을 보인다는디 ㅈ세흔절ㅊ를 알라면 엇더케ㅎ여야좃겟습닛가
4	"	1918. 9. 19.			係	"	구월구일십일의 총독부관보롤 샹고ㅎ고 그 외에미 진흔것은 각기도청에 문의ㅎ시오
5	"	1918. 9. 19.		원산	元山 商店	"	년젼에귀보에게지흔 일이잇는 법률문데의 질의희답을다시계속ㅎ야 게지ㅎ야쥬셧스면 엇더ㅎ겟습닛가 미우분망ㅎ신즁이나 법률문답은 독쟈의게 미우긴요흔일이니 아모죠록 희답게지ㅎ야쥬시기를 바랍니다
6	"	1918. 9. 19.			係	"	본샤에셔도 법률문답을 다시계속ㅎ기로 니뎡ㅎ고 고명흔 법률가의게 그희답을의뢰ㅎ얏스니 법률희셕에 당ㅎ야의심나는일이잇스니 만히무러쥬시오
7	"	1918. 9. 19.			一老人	일반	얼긔가 차차치워셔 화지가ㅈ질시긔가 도라오니 경찰관헌이굴독검ㅅ롤 한번ㅎ야주셧스면 죠켓습니다 위티흔굴둑을 남의집과 셔로 붓흔데로니여밀고 여간말을ㅎ면 못드른톄ㅎ고 심ㅎ게말ㅎ면 도리혀 시비를ㅎ라드니 (하략)
1	46 회	1918. 9. 20.	남		一兒夫	위생	가을철에 전염병주의, 아이들 홍역주의
2	"	1918. 9. 20.			一運 轉手	사회 비판	(상략) 길에셔 어린ㅇ희가 샹ㅎ는 것은 그부모의게 도틱반의칙임이잇는일인데 무슨ㅅ고가잇스면 우리운젼수만 죽일놈이됩니다 졔발일반시민졔군이 ㅈ녀롤잘기르고 우리운젼수도 삼녀두는셰음으로 ㅇ희들을 길에좀니여놋치마시오
3	"	1918. 9. 20.			一寄 附生	부자 비판	경셩구졔회에는 요ㅅ이돈긔부ㅎ는사롬이 도모지변변치안이ㅎ니 돈잇는사롬 쌀갑오르는데 리익남은사롬은 모도구쥬젼장에를 갓습닛가 이런됴흔ㅅ업에 모르는톄ㅎ고 지산은두엇다가 어듸가쓰랴는가오 ㅈ식이나 난봉을만드러셔 범죄학가라치는교육비에나 쓰랴는가요
4	"	1918. 9. 20.			一居間	사회 비판	벼한셤에 십오원을ㅎ는셰샹에 요ㅅ이다익은곡식을 눗코 벼한셤에 칠원식으로 예미를ㅎ랴는 부랑쟈가 잇다던가요 이러한ㅈ데야말로 벼는파라 무엇ㅎ나요 아죠 쌍뎅이디로 반갑에파라버리는 것이 찰앓셰음 잇고 빌어먹기에 뒤싱각이나 업지요
5	"	1918. 9. 20.			○ 洞人	위생	더러운말슴이나 변쇼에 ○○이잔득차셔 넘칠디경인디 위싱인부는 오지안이ㅎ니 엇더케ㅎ얏스면 속히 가져가게ㅎ겟습닛가

6	〃	1918. 9. 20.			係	신문	社洞京城府衛生實行部로엽셔에다가 수연을쎠셔긔별ㅎ시오
1	47회	1918. 9. 21.			夜市商人	빈곤	일기가 추워져서 빈민들이 살기가 어렵다는 것
2	〃	1918. 9. 21			具米座	사회비판	여러독지가의 거익되는 긔부금으로 경성구졔회에셔 빈민구졔와렴미ㅅ업을 ㅎ는데당ㅎ야 그은혜를입는 사롬들은 독지가에게 감사해야 하나 감사하는 기색 없음
3	〃	1918. 9. 21			一市民	감사	렴미미를 얻어먹어 감사해함
4	〃	1918. 9. 21			一銀行員	전차비판	던챠를 뎡류중마다 셰우지안이ㅎ는데 더ㅎ야 언으분의긔별을 보앗습니다만은 (중략) 챠장운젼수와 승긱사이에 시비가미양되니 이것은분명ㅎ 운전수의잘못ㅎ 까닭이라 우리는던챠를뎡류장마다 셰울 뿐안이라 꼭붉은딕압헤다가 셰우도록쥬의ㅎ기를 (하략)
1	48회	1918. 9. 22.			一煙草商	〃	정부표없이 담배파는 행위를 비판
2	〃	1918. 9. 22				방탕	활동샤진변수는 부랑쟈노릇ㅎ는것이본싴인가오(하략)
3	〃	1918. 9. 22			一行人	위생비판	요사이에도수통아리에서 빨너를ㅎ거나 치소를 씻는 사롬이 미우만ㅎ니 수도계에셔는감시를 죠곰덜ㅎ는 모양인가요 이러케 물을만히쓰는사롬은 니디녀즈가 더만습듸다
4	〃	1918. 9. 22			一老人	〃	썩은 과일을 아이들에게 파는 상인을 경찰에서 단속 해주길 요망
5	〃	1918. 9. 22		대구	大邱有志	일반	이번에 대구공진회 시찰하러 오라는 것
6	〃	1918. 9. 22			一石炭商	당국요구	샹업회의 쇼련합회가 경성에열려셔 여러 가지샹업 발뎐 샹에긴요ㅎ일을 의론ㅎ다ㅎ니 불법의무역으로 물화의시셰를롱락ㅎ야 일반의싱활을 위협ㅎ는 간샹을엄중히쳐벌ㅎ기를 련합회의 결의로당국에쳥원ㅎ기를바롭니다
1	52회	1918. 9. 28.		대구	大邱秋光生	방탕비판	근일우리대구에는불량쟈가미일느러셔 그폐힁가졈차로만하가는딕금일에이것을구졔ㅎ야바릴도리를실힁치아이ㅎ면 나종에 한심ㅎ 디경에이르짓숨니다
2	〃	1918. 9. 28			一隣人	신문	죵로삼뎡목일븩수십몃번디 근쳐에사논오모논 형세가샹당ㅎ사롬이 신문지한쟝도 사보지안이ㅎ고 져녁이면방울소리만 기다리고 잇다가 리웃집에오논신문을 펴보기도젼에 가져다가보니 그런염치업고경계업논사롬이 어듸잇슴닛가 비러다볼터이면 잇혼날이나

							비러가지오
3	〃	1918. 9. 28			白鎭善	칭찬	은률군댱련면댱젼셕영씨는면민의게친쳘홀 쑨안이라 요사이 쌀빅여셕을사드려서 빈민의게더렴혼갑으로 공급ᄒ니 대단히 고마운일이올시다
4	〃	1918. 9. 28			一衛 生家	위생 비판	요사이 엇지혼일인지 좁은골목에는부정혼 것이 만하보이는디 위싱에각별죠심ᄒ여야홀이쎄에 이와ᄀ치부정혼 것이 만하셔야될수가잇습닛가(하략)
5	〃	1918. 9. 28			○○ 壇人	개인 사정	경셩부셔슈현뎡팔십 번디에사는 리문옥이란사롬의 쏠리셩녀는 본가에 와서 지난십일일에 하명슌이라고 다셧살된 아들ᄋ희를 일허바림. 기별해달라는 것
6	〃	1918. 9. 28			南大門 通店員	사회 비판	남의집의 영업쇼용으로 미여노혼뎐화를 별로긴급혼 쇼간도업시 ᄌ긔집뎐화갓치 비러쓰는사롬들이 만흐니 (중략) 시급혼 일이안이거던 뎐화를빌지안토록 주의해달라는 것
1	56 회	1918. 10. 3.		문경	盧筞峰	칭찬	경북문경군호계면구산리김즁비씨 빈민 구제 칭찬
2	〃	1918. 10. 3.	여		一婦人	사회 비판	광화문션뎐챠는 져녁이면경긔도쳥압헤셔 돌나미일쎄에 승긱이밋쳐 나리기젼에불을 쩌셔 부인이나쇼ᄋ는 챠에셔나리기가 미우곤난ᄒ니 기다려달라는 것
3	〃	1918. 10. 3.	개성		開城 有志	칭찬	긔셩군 즁면식현리 량반김달현이는 이번츌졍군인을 위ᄒ야 휼병부에 금십원을밧쳣다ᄒ니 미우긔특혼빅셩이올시다
4	〃	1918. 10. 3.			某食客	방탕 비판	요사이노름이 셩풍ᄒ야 큰판이여긔져서 버러져셔 득실이격지안이혼모양이니 어련하실 것은 안이지만은 경찰당국에셔 각별히검거를ᄒ야쥬십시오
5	〃	1918. 10. 3.			一鄕客	비판	죵로관니의리발소 불친졀
6	〃	1918. 10. 3.	해주		海州 書籍商	서적 비판	셔젹샹죠합에셔십월일일부터는 일체쇼셜의 가격을 시로히뎡ᄒ고 활인을페지ᄒ기로 되얏다ᄒ니 과연이와 갓치실힝을 ᄒ얏스면 파는사롬이나 사는사롬이 모도편ᄒ깃지만은 쟉심삼일이 되지 안이홀는지우리는 셔젹상죠합의 결의를 찬셩ᄒ는동시에 아모죠록 영구히실힝되기를 간졀히바랍니다
7	〃	1918. 10. 3.	대구		新溪趙 重高 ○	일반	대구이번공진회 긔최즁에 빅일쟝을본다는말을 누구혼테드럿는디 어느날보는지 좀긔별ᄒ야 쥬시는이가 잇스면 혼번가셔락졔ᄒ야 보겟구면
1	59 회	1918. 10. 6.			御成 町人	쌀값 고등 비판	쌀갑고등으로인ᄒ야 귀샤의공졍혼신언론과경찰당국의엄즁혼취톄로각미곡쇼미상등은 판미방법을긔량ᄒ야신승푸리를슈용ᄒ야사는이의편의와일반의호평을 엇엇더니 근일에이르러는 이져풍습을길게 곳치지안

							이후고 다시구승푸리라 후야미승에시셰보다 삼수젼식을 가봉후야 부당훈리익을 탐후는간사잉간간츌현후오니 귀사에셔는 이일을 즈세히 묘사후시와 엄경훈필봉으로이러훈 간샹비를 징계후야쥬시와 본인과 갓치박봉싱활후는쟈와일반셰민으로후야곤혹에이르지안토록후시기를바라옵니다 이샹에말슴훈바 이와갓치못된폐단은 미샹조합의 칙임이라후야도 과언이안이온즉 그죠합에디후야도 경셩 더후야쥬시옵쇼셔
2	"	1918. 10. 6.			一屛 門人	"	신곡이나면 쩌러진다 쩌러진다후던 곡가가 신곡이졈졈만히퍼지는 이즈음에 쏘다시 오르기를시작후니이러후다가는 그야말로 풍년들고굴머죽깃습니다 엇더케도리가 잇스면 관청에셔쌀금이 오르지 안토록억졔를후야쥬실수가 업깃습닛가
3	"	1918. 10. 6.			一車掌	사회 비판	잔돈이귀훈줄을번연히알면셔 쏘는던차탈 쩌에 아모죠록거슬르지안토록잔돈을쥰비후야달라고 던차안에쎠붓치기꼬지 후얏는디 시비하는 사람 비판. 잔돈쥰비하라
1	60 회	1918. 10. 8.			一辯 護士	방탕	방탕한 인물 비판
2	"	1918. 10. 8.			南大門 市場人	사회	전차차장비판
3	"	1918. 10. 8.			一學生	칭찬	학비 없는 렴만련이라는 학생 학비 보태준 림원식사회일 칭찬
4	"	1918. 10. 8.			路頭人	방탕	방탕함 비판
1	109 회	1918. 12. 14.			직동 학싱	신문 비판	져는각금독쟈구락부에쟈미스러운말을긔별후야드리건만은잘닉여주지안이후시니엇지도니일이오닛가
2	"	1918. 12. 14.			編輯室 給仕	신문	쟈미스러운말이면 안이닐리치가잇겟소 안령과풍속에거릿기지안이후는긔사로 닉일만훈것이면얼마던지닉는듯홉데다
3	"	1918. 12. 14.			弼雲洞 貧民	일반	진명녀학교에 다니다가란로불에타죽은무남독녀하한집의모는본릭집안이구차후야잘먹이고입히지못후다가합혹히죽인일을시시로 싱각후고통곡후며 밋친사룸모양으로 4햇소리를후는 참샹은볼수업습데다
4	"	1918. 12. 14.			李都事	위생 비판	경셩부의위싱인부즁에 심슐구진 쟈는일쥬일에 한번식 쏭을쳐 갈 쩌에좀죠심을후야셔 푸지안이후고 함부로란잡후게후야 그귀위에모다 쑤리다십히후야 참으로더러워셔 견딜수업습니다 무슨됴훈 방칙을싱각후야 그러훈일이업게후야 쥬십시오
5	"	1918.			一仲介	밀매	얼마동안 밀미음 검거가 중지되는듯후더니 요소이

		12. 14.			人	음 비판	경성안에 또 식주가와 니외슐집을얼보무러트린듯한 퇴기슐집이 쟉고느러가는 모양이니 참한심한일이올시다 경찰당국에서 한번쳔텬벽력의 대검거를ㅎ야쥬셧스면 엇더홀눈지요
6	"	1918. 12. 14.		鐘路 通人	물가 비판	셕유가너무빗사셔 뎐긔등을좀켜볼가ㅎ야도 회사에 쳥구호지 열흘이지나도 도모지쥴을 미여쥬지안이ㅎ니 엇지호셰음이 오닛가 직공이젹으면 느리는지 못ㅎ나요
1	110 회	1918. 12. 15.		樂園 洞人	방탕	술마시고 밤늦게 소리치는 자 비판
2	"	1918. 12. 15.		同感生	위생 비판	리도사의 말슴홈과갓치 대단히더럽게 쏭을쳐가는사롬이 흔히잇는디 더럽게쳣스면 오히려 관계치안겟지오만은 좀곱게쳐달나고 부탁을ㅎ면 더더럽게치는 심사는 참알수업셔요 인부에게 번호를 붓치던지무슨변통을ㅎ여야셔 그러호쟈가잇스면 곳당국에말히셔 그와갓혼일을못ㅎ게ㅎ얏스면 미우좃켁셔요 무슨 됴흔방칙이 업슴닛가
3	"	1918. 12. 15.		衛生家	"	요스이각리발소의소독이미우쇼홀ㅎ야져셔 위싱셜비 검사해달라는 것
4	"	1918. 12. 15.		光熙 重人	물가 비판	쌀갑이작고올라서 요스이는 가을쇼동통이나별로다름이업시 되얏는디 싸젼에가면 안남미도업고 조쌀도조흔것이업스니 그것이엇지호 일이오닛가 이러셔야엄동셜한에 빈한훈 사롬이 먹고살슈가잇슴닛까
1	112 회	1918. 12. 17.		一市民	비판	도로에 나무바리가 통행에 불편을 준다는 말
2	"	1918. 12. 17.		運轉手	"	다셧살이하되는 어린ㅇ히를 길에 혼즈느여놋는 것은 경찰범쳐벌규칙에 위반되는일이지만은 뎐차길근쳐에셔 보호ㅎ는 어룬도업시 혼즈놀게ㅎ는 것은 참 질식훈일이야요 길가에사시는이는 좀쥬의ㅎ야쥬십시요
3	"	1918. 12. 17.		無事客	일반	젊은대스님 저녁이면 나가는데 뒤를 밟아 볼 예정
4	"	1918. 12. 17.	여	金姓女	개인 사정	빅날갓지난어린ㅇ히를일코 흐르는졋을 미일쥬테를 홀수가업는데 혹시어머니업는ㅇ히 졋업는ㅇ히를 맛겨기르시라는어른이 안이계신지오 니즈식이나 조곰도다름업시 귀여웁게기를터이니 그런희망ㅎ시는이가 계시면 독자기별로알녀주십시오
5	"	1918. 12. 17.		寄別係	신문	신교동제싱원 양육부에서 그런사롬을 구ㅎ는일이만흐니 거긔문의ㅎ야 보시나나것도 죠흘듯ㅎ외다
1	114	1918.	부안	扶安	사회	우리고을에사는 김티현 리밍삼의 두사롬은모다쳔여

	회차	날짜		지역	필자	유형	내용
	회	12. 19.			民	유지 비판	셕츄수ᄒᆞ는부자인디 두사롬의소유밧이셔로졉경되야 경계가 분명치못ᄒᆞᆫ탁스올 셔로변호사를디여셔 지판을ᄒᆞ게되엿셔요 각기권리를 쥬장ᄒᆞ노라고 기소ᄭᅡ지ᄒᆞᆫ것이겟지만은 아보다 비쏩이크게도올디려가며 지판질ᄒᆞ는 것은 좀온당치못ᄒᆞᆫ듯ᄒᆞ야요
2	〃	1918. 12. 19.			南門 市場人	〃	요ᄉᆞ이미일신보의 긔사를보고 그불상ᄒᆞᆫ정경의하한 갑을 동졍키위ᄒᆞ야 만흐나젹으나 됴위금을보너는사롬이 만흔모양인디 동대문시당에잇는 리모란자는 신문을보고는 남디문시당에셔 아모아모가돈을보닛더라 ᄯᅩ누구도 보닛다지ᄒᆞ며 빈졍거리는 수작을ᄒᆞ다지오 저는돈이앗가워셔 긔부는못ᄒᆞ나마 남의아름다운힝위를 비웃을것은무엇이야
3	〃	1918. 12. 19.	여		金姓女	신문 감사	져는일젼에 유모를구ᄒᆞ시는 량반이잇스면 미일신보 독자긔별로 통지ᄒᆞ야달나ᄒᆞ얏습더니 기간에샹당ᄒᆞᆫ 곳이잇셔 졋을먹이게 되엿습니다
4	〃	1918. 12. 19.		인천	一老人	방탕	우리인천시너에는 요ᄉᆞ이 청년쥬정군이 아조썩느럿셔요
5	〃	1918. 12. 19.			偶吉	물가 비판	천종만물이구쥬션징으로인ᄒᆞ야 오른다더니 휴션은 된지가 오러것만은 물가나나 써러지지안이ᄒᆞ니 무슨일이오닛가 휴션되기를 고디ᄒᆞ던 것이 허사가되엿습니다 언졔나 물가가 싸게될는지오
1	114 ~ 115 회	1918. 12. 20.			水下 町生	일제 비판	수하뎡과삼각뎡사이의 긔천가길은 요젼녀름상마에 모다무너져셔 인력거는물론통힝치못ᄒᆞ고 사롬의교통에도미우곤난ᄒᆞ디 당국에셔는 수츅ᄒᆞ야줄 싱각을 안이ᄒᆞ는지 너무밧바셔 밋쳐못ᄒᆞ얏는지는 알수업스나 그디로겨울을 나지안토록 속히좀곳쳐쥬엇스면 미우됴켓소
2	〃	1918. 12. 20.		인천	목격 ᄒᆞᆫ 사롬	사회 비판	십륙일부터 인천츅항사에셔 홍힝ᄒᆞ는 림셩구일힝은 엇지건방진지 손님이조곰만 무엇이라ᄒᆞ면 이놈돈 멧견식쥬고 구경을오닛가 비우는 아조 사롬으로알지 안느냐 ᄒᆞ고 일졔히달녀드러셔 막구타ᄒᆞᆫ다는디 지나간십칠일밤에도 신뎡사는 증모에게됴치못ᄒᆞᆫ 말을ᄒᆞ다가 고만경을쳣다고 아조평판이자자ᄒᆞ더군
3	〃	1918. 12. 20.			勸告生	〃	산밋헤셔 셔양졔도의 집을짓고 드러안져셔 고리디금 영업을ᄒᆞ는 젊은아히는 연골격부터 미두에맛을 드리다가 가산을 허록ᄒᆞ게만들고 그보층을ᄒᆞ랴고 지독ᄒᆞᆫ수단을 막써가면셔 돈잡기에 골몰이라지 상당ᄒᆞᆫ 지산이잇고 젼뎡이구만리갓흔 사롬이 남의게 너무 악착ᄒᆞᆫ일을ᄒᆞ면 뒤가좃치못ᄒᆞᆫ법이지
1	115 회	1918. 12. 21.		인천	동리 사롬	〃	인천를목리류셔방집 밤낮으로 매우 수상

2	"	1918. 12. 21.			素人 木商	신문	목상엽업 ᄒ시는 여러분 쯰좀 엿주어봅니다 목샹경우에본구「木ロ」라ᄒᄂ는 것은 나무의어느편을 가라쳐ᄒᄂ는말인지 독자긔별로 자셰히가라쳐주셧스면 더 단감사ᄒ겟셰요
3	"	1918. 12. 21.			龍里 졂은 同志生	노인 비판 세대 갈등	십구일본관에셔 一老人은 졂은사름을위ᄒ야 친졀히 일께워쥬셔셔 감사ᄒᆷ니다 그러나 우리인쳔에는 소위졈잔타고ᄒᄂ는 엇던 령감님들은 신로 심불로를불너가며 화기동을 밤낫으로다니면 긔운이모자람을 한탄ᄒ다든가요 이러ᄒ일이잇스닛가 그네들의ᄌ질들이야 더말ᄒᆯ것잇슴닛가 이령감님들이 먼져 좀께 다르시고 알맛치만ᄒ셧스면 졂은사람을위ᄒ야 젹이 다힝ᄒᆯ가ᄒᆷ니다
4	"	1918. 12. 21.			風聞生	비판	어의동사는 리모ᄂ는그아달이 쥬식에침혹ᄒ야 금젼을 랑비하는 것 비판
1	116 회	1918. 12. 22.		수원	通行生	당국 요구	우리수원셩ᄂᆡ에잇ᄂ는미향교라ᄒᄂ는돌다리ᄂ는미일통ᄒᆼ쟈가슈빅명이나되ᄂ는ᄃᆡ금년여름쟝마에한편이무너져셔교통에 ᄆᆡ우곤난히요 지산가로손쯉ᄂ는그네들은 신문도 못보앗ᄂ는지 남들은 수쳔수만원의돈을드려 수십간의셕교도놋컨만은 그러ᄒᆫ큰사업은 못ᄒᆯ망졍 얼마들지안이ᄒᆯ이러ᄒ것이나마 좀곳치는 이가잇스면 좃켓셔요
2	"	1918. 12. 22.		평택	一乾達	기생 비판	우리평틱은 과히번화ᄒ지도못ᄒᆫ곳에 소위기ᄉᆼ이라ᄒᄂ는 것은 엇지그리만ᄒᆫ지 모르겟셔요 그러ᄒᆫᄃᆡ 그즁에영홍관에잇ᄂ는 기ᄉᆼ들은 손님이소리를ᄒ라ᄒ면 션ᄉᆼ님을 모시지못ᄒᆡ셔 못ᄒᆫ다ᄒ고 익구진담비나틱우고 료리상이나드러오면 오륙명식달녀들어 염치를 불고ᄒ고 맛잇ᄂ는것만 확쓰러먹고 그것도 낫버셔그만ᄉ달ᄂ는다던가요
3	"	1918. 12. 22.		대구	哀歌生	광대	디구공진회셔 크게환영을 밧어 일홈이미우놉흔 화즁션이라 ᄒᄂ는녀비우는 금번셔울구경을 왓다가ᄌ긔 의지조를 강고키위ᄒ야 광무ᄃᆡ에서 출연ᄒᄂ는즁인ᄃᆡ 광ᄃᆡ의소리도 쐐만히 드러보앗지만은 그와갓치잘ᄒ ᄂ는소리ᄂ는 참으로처음들엇셔요
4	"	1918. 12. 22.			慎怒生	전차 비판	지나간이십일오후한시쯤에 동대문ᄒᆼ뎐챠를탓던엇더 ᄒ승긱이종로못밋쳐셔차장에게디ᄒ야 여긔가어디요 무르닛가 챠쟝ᄃᆡ답이 뎍은못보오ᄒᄆᆡ 승긱은이놈아 챠쟝이되여셔 어데라고가라쳐주는 것이 맛당ᄒᆯ거날 뎍은못보오ᄒ니 그러ᄒᆫ법이잇ᄂ냐ᄒᆫ즉 차장은 이놈 아너는 명식이 무엇이냐ᄒ고 한바탕 싸홈을ᄒ엿다 나요 그차쟝의번호를 좀알앗드라면 됴왓슬걸
1	116~	1918.		인천	인천	신문	자동차영업ᄒᄂ이에게 뭇슴니다 가령인쳔에셔자동

	117회	12. 23.			에이싱	챠를한시간 씀비러쓰쟈면셰가얼마나되겟는지독자기별란으로 일러쥬시오
2	〃	1918. 12. 23.			病院神?	사회비판	우리평양에는 병원이 쬐만히잇고 짜라셔 의사도젹지안이훈터 그의사중에는 낫잠만자는이도잇고 공연히 도라단이기만ᄒᆞ는이도잇고 나긔가 능히곳치지도 못홀 것을 약이나팔냐고 그렁져렁ᄒᆞ는 이도잇고 수츌훈다고 남의간을 버혀셔쥭게ᄒᆞ고 시침이를 쎄이는이도잇셔 형형싴싴이올시다
3	〃	1918. 12. 23.			交河愛豚生	개인	독자졔위에게 앙고ᄒᆞ옵나니 누구시던지 양종도야지 「쌔ㅡ구시야」를 기르시거든 식기도야지로 한쌍만사고ᄌᆞᄒᆞ오니 본란에쥬소와 씨명을통지ᄒᆞ심을바라나이다
4	〃	1918. 12. 23.			特告生	남성비판	가짜양장미인 박의션에게 꼼막반ᄒᆞ야 허둥지둥ᄒᆞ야가며 돈일쳔구십원을 먹히인 젼영타라는반편은 일젼에 박의션의입엇던양복몃벌을 종로경찰셔에셔 니여주닛가 하도긔가막히던지 한참이나 벙벙히셔셔입맛만다시더라지 봉리뎡에경영ᄒᆞ던 텰공장에다가 그 양복이나 버허놋코고물샹으로 돌냐 꿈이엇스면엇더홀지
5	〃	1918. 12. 23.			넘려만흔사롬	사회비판	교통이빈번훈큰길복판에셔 아히들이핑이를돌니는것은 미우위험ᄒᆞ여요 부형되는이는 각기쥬의ᄒᆞ야못ᄒᆞ게만류ᄒᆞ는 것이 됴흘뜻ᄒᆞ오 교통이빈번훈큰길복판에셔 아히들이핑이를돌니는것은 미우위험ᄒᆞ여요 부형되는이는 각기쥬의ᄒᆞ야못ᄒᆞ게만류ᄒᆞ는 것이 됴흘뜻ᄒᆞ오 자동쟈나 마차에부듸쳐 부샹훈후에는 후회ᄒᆞ야도소용이업슴니다
1	119회	1918. 12. 26.	영홍	걱정싱	〃	우리영흥사롬들은 (중략) ᄌᆞ긔의약간토디를 쇼송비용에 다집어넛코동셔로결식ᄒᆞ는자가 젹지안이홉니다 이악습을엇지ᄒᆞ면 좀곳처볼는지오
2	〃	1918. 12. 26.			警告子	도박	인쳔부너리에사는 엇더훈 늙으니 쳥년 유인하여 화투판 벌이는 것 비판
3	〃	1918. 12. 26.			孝子洞人	남성비판	쟈하골 효쟈문 네거리근쳐에는 아모것도 안이ᄒᆞ고 쩐쩐히놀고 먹는자가만흔데 그중에 사오명가량은 밤낫으로길거리에모혀셔셔오고가는ᄉᆞ롬을 비웃고조롱ᄒᆞ고 험구덕만ᄒᆞ는디 더구나 통힝ᄒᆞ는 부인에게 더ᄒᆞ야 얼골이 엿부니 키가겻으니크니 겻립시는됴ᄒᆞ나 압흐로보면 아조못싱겻느니ᄒᆞ고 쩌들며 비평을ᄒᆞ니 그러훈못된자들은 단단히버릇을 좀가랏쳤스면 쏫켓셔요
1	127회	1919. 1. 9.			芳山町總代	칭찬	우리방산뎡은 경셩너에셔뎨일빈궁훈동리에 쌀 나눠준 자선가 칭찬

2	〃	1919. 1. 9.	여	김 계홍	남자 비판	져는 본리 평양천기로 경셩에 와서 다동죠합에일흠을두고 리원후라 흐는 자를양부를삼고 스년 동안 기싱노릇을 흐옵는즁 리원후가 제 계집을 삼고 전후괴악훈일이만사와 작년에돈오빅원을엇어쥬고 따로나와 살님을흐옵는디 리원후는 그것을마져 쎄아셔먹으랴고 날마다와셔 다시 기집셔방이되야살자흐면서 괴로베구러 참못살겟슴니다
3	〃	1919. 1. 9.	상주	尙州 市場人	당국 요구	상주시쟝에는 즈리로 수빅명의 즁기인이잇셔 물건미미에 거간을 흐고 약간의 구문으로 싱계를 경영흐던터인디 이번에 엇지흔 싸닭이온지 군쳥의쳐분으로 시쟝즁기인은 거의 전부가 희산되얏는디 군쳥에서는 부정훈 즁기인들이 흥졍의 즁간에셔 롱락을흐야 도로혀 시쟝의 번챵을 방히훈다는 리유로 말미암은듯흐오나 인됴의 싱업을 일은 즁기인들의 졍상은 실로 참혹흐외다 군쳥에셔 힘을쓰시는 길에 상당히 구쳐흐야 쥬시기를 바룹니다
1	134 회	1919. 1. 17.		活動 寫眞通	극장 비판	나는본디활동사진을됴화흐는찌 문에사진이갈니는디로미주일에한번식은 반드시가는디근자에는 련속사진을 만히영사흐야 사진한가지가 이삼삭식걸니는것이잇셔 종편찌지보는동안에 쳐음에본 것은 이져바리여 갈피를 찻지못흐게되는 일이잇스니 그럿케기인사진은 일주일에 스오편식이나 오륙편식영사흐야 속히 묫을니이게 쥬엇스면미우됴켓슴데다
2	〃	1919. 1. 17.		一老人	전차 비판	황금뎡에잇는광무디에나나 언졔가셔보던지 일이삼동에 챠쟝운젼슈가 십여명식 안이 몰녀잇는 찌가업슴데다 그네들은 연극을 구경흐고 츌츌흐면 술잔이나마시고 어름어름흐다가 오젼두시나 셰시찌지 이르러 잠이낫버셔한 도루를잡고 쑤벅쑤벅 졸고잇는 운던수와 작취가 미셩흐야 붉은눈으로 어름어름흐는 차장을흔히보아요 회사에셔 좀 단속을흐야 쥬엇스면 뎐차가 덜 위험흐겟셔요
3	〃	1919. 1. 17.		궁금 쟝이	신문	한참동안셰인의이목을놀니이고 쏘한편으로 우슴거리를 만들어주던 가쟝미인박의션의일은 엇지되얏슴닛가 일쟈검사국으로힝차흐신후에는소식이돈졀흐야 궁금흠니다 좀알게흐야쥬엇스면 엇더흔지요
4	〃	1919. 1. 17.		긔별 계	신문	박의션은 아직 찌지 예심을밧는즁이닛가 공관마당에스는날 다시소식을전훌것이니 좀더기다리시오
1	134 ~ 136	1919. 1. 17.		一學生	극장 비판	쟉일본란에 활동스진통이라 흐는이가 말삼흐신거은 나도 동일흔감졍을 가지고잇슴니다 그러흐나그보다 먼져좀기량흐야줄 것은 변스의셜명이외다 그변스들의 셜명흐는어됴는 엇더흔나라의 사투리인지 갓흔

	(135) 회						됴션사람으로 알아듯지못ᄒ고 통역을 세울지경이외다 더구나 심훈변수는 「하기가되여잇슬젹에」만찻고 사진에더훈 셜명은 쟈셰히 안이ᄒ야주니 좀주의ᄒ야 셜명방법을곳쳐보앗스면 엇더훌지
2	〃	1919. 1. 17.			經驗家	방탕 비판	거지라나 깍졍이라나 구차훈집에셔 여간셩일만 되야도 이챠와셔 흉악이비상ᄒ니 그러케스지가 셩훈 졂은놈들이 핀둥핀둥놀면셔 무리로걸식ᄒᄂ 것은 경찰범쳐벌렁으로도 취톄훌죠문이업슴닛가
3	〃	1919. 1. 17.			金僉知	비판	재를 남의 집화방밋헤 싸아놓는 것 비판
4	〃	1919. 1. 17.			係	신문	셩명을젹어보ᄂ니이ᄂ이보다 그런쟈ᄂ 당장파츌소로 다리고가셔 싹금훈맛을모이ᄂ것이 뎨일쌔를듯ᄒ고
1	136 ~ 137 회	1919. 1. 17.			目擊生	사회 비판	안동에셔 동십쟈교로 넘어가는 중로에 잇ᄂ 조고마훈 리발소쥬인은 통힝ᄒᄂ사롬의유무를불고ᄒ고 길엽의터야에다 오줌을 누다가 맛치 지ᄂ가던학싱 한사람이 이것이 공동변소인가 ᄒᄂ 말을 듯고 미우로ᄒ야네가슌사이냐ᄒ고 힐문(하략), 서로 싸움남
2	〃	1919. 1. 17.		황주	黃州天桂面人	방탕 비판	우리면너ᄂ텰왕한산슌쩌문에 츈가농민들이살수가업셔요 일젼에우리동리사롬이 술지벵셔 한산슌과싸와 죽게마졋ᄂ디 그후에사오십명이 각기몽둥이를 가지고밤중에들어와셔 야료를훈 ᄭᅡ닭에 동리사롬들은 피난 ᄭᅡ지 ᄒ얏슴니다 이러훈무리들은 좀엄중히 취톄ᄒ야쥬셧스면 좃켓셔요
3	〃	1919. 1. 17.			雲泥洞長	남성 비판	일젼밤에 엇더훈 료리집에셔기싱강계션을 다리고놀던 신사한분은 기싱에게 무슨쟉죄를ᄒ얏ᄂ지ᄂ 알수업스나 옷을 ᄶᅵᆻ기고납작ᄒ게 엇어미지면셔도 말한모금못합듸다나도 여러구경 ᄭᅮᆫ에게 ᄊᆞ이여 그광경을 보앗지만은 무슨일이엇던지 궁금ᄒ의다
4	〃	1919. 1. 17.			往十里人	노름	화투골치 투젼판 비판

1916년 12월 1일 이후 1년 9개월가량 중단되었던 <독자투고란>이 1918년 9월 19일(『애사』 45회, "갓침과 도망질(일)")부터 간헐적으로 다시 등장한다. "독쟈 여러분의 간졀훈 희망을 져바리기 어려워 오리간만에 다시 지면의 한 모퉁이를 버혀서 독쟈의 리용에 드러오니 아모됴록 졍신훈 흥미와 실상 리익이 잇슬 방면으로 셔로 의견을 교환ᄒ시와 독자기별을 게지ᄒᄂ 본러의 뜻이 실망되지 안토록 잘 리용ᄒ시기를 희망훕니다(기별

계).”라는 말을 통해 독자들의 그동안의 끊임없는 요구로 편집자가 <독자투고란>을 다시 재개했음을 알 수 있다. 『애사』 연재 가운데 나온 <독자투고란>을 주제별로 수치화하면 다음과 같다.

[표 23] 『애사』 연재 중 <독자투고란>의 주제별 통계

『애사』 연재 중 <독자투고란>의 주제별 분포	횟 수
남성, 방탕, 부랑자 비판	16
일반 사회 일 비판	10
전차 관련 비판	10
위생 비판	9
편집계의 말	8
물가 (쌀값, 기름값) 폭등 / 빈곤 비판	7
자선가 칭찬	6
신문 관련	6
사회 유지 / 재산가 비판	5
당국에 대한 요구	4
연극 / 극장 비판	3
기생 / 여성 비판	2
기생 칭찬(여배우)	1
서적상 비판	1
개인사정 / 기타	8
총 계	96 (회)

주제별로 나누어 보면 남성과 부랑자들, 방탕한 남자들에 대한 비판이 16회로 가장 많다. 이는 여성이나 기생에 대한 비판이 2회인 점과 비교해 볼 때도 차이가 크게 난다. 즉 1910년대 후반기로 갈수록 남성에 대한 비판의 횟수가 상대적으로 많아지고 있다는 것이며, 동시에 자신이 여성임을 밝히지 않은 여성 독자들이 상당수 남성들을 익명으로 비판하고 있었음을 유추해 볼 수 있다.

또한 그 외에도 거의 대부분의 내용은 사회 전반에 대한 비판과 당국

에 대한 요구가 대부분을 차지하고 있다. 이러한 비판은 전체의 약 70.8%에 해당된다. 또한 자선가를 칭찬하는 말의 경우에도 당대 살기 어려운 현실이 드러나 있다는 점과, 신문 관련에서도 <독자투고란>에 잘 내어 주지 않는다고 비난하는 독자의 목소리가 있는 점 등으로 볼 때, 실제로는 살기 어려운 현실에 대한 비판적인 분위기가 이미 <독자투고란> 속에 담겨 있음을 알 수 있다.

독자들이 다시 투고한 <독자투고란>의 내용은 "쌀갑은 빗싸고 각죵 물가는 다락갓다ᄒᆞ야도 각 료리집 각 슐집은 여일히 가득가득ᄒᆞ니 쟝차 엇더케 될 셰음으로 그리 되는지오"163) 라거나 "신곡이 나면 쩌러진다 쩌러진다 ᄒᆞ던 곡가가 신곡이 졈졈 만히 퍼지는 이즈음에 ᄯᅩ 다시 오르기를 시작ᄒᆞ니 이러ᄒᆞ다가는 그야말로 풍년들고 굴머 죽깃슴니다 엇더케 도리가 잇스면 관쳥에셔 쌀금이 오르지 안토록 엇졔를 ᄒᆞ야 쥬실 수가 엄깃슴닛가"164) 등으로 쌀값 폭등 때문에 살기 어렵다는 이야기가 태반을 이루고 있는 것이다.165)

실제 3·1운동 직전의 쌀값 폭등이 얼마나 심각했는지는 <독자투고란>을 통해서 살펴볼 수 있다. 1917년 1월 精米 上品 石당 15원 27전 하던 쌀값이 그 해 10월 24원 14전으로 10원 가량이 올랐다. 게다가 1918년부터 1919년 2월의 경우는 엄청난 상승폭을 보여준다. 즉 1918년 1월 23원 62전에서 8월에 37원 46전으로, 다시 1919년 2월에는 최고치인 40

---

163) 「한심생」(『애사』 53회 연재 중), 『매일신보』, 1918. 9. 29.
164) 『애사』 59회 연재 중, 『매일신보』, 1918. 10. 6.
165) "쌀갑이 작고 올라서" "엄동셜한에 빈한ᄒᆞᆫ 사룸이 먹고 살슈가 잇슴닛까"(「光熙重人」, 1918. 12. 15) / "물가는 쩌러지지 안이ᄒᆞ니 무슨 일이오닛가" "언졔나 물가가 싸게 될는지오"(「偶吉」, 1918. 12. 19) / "사룸의 교통에도 미우 곤난ᄒᆞ더 당국에셔는 수츅ᄒᆞ야줄 싱각을 안이ᄒᆞ는지 너무 밧바셔 밋쳐 못ᄒᆞ얏는지"(「水下町生」, 1918. 12. 20) / "금년 여름장마에 한 편이 무너져셔 교통에 미우 곤난히요 지산가로 손쓥는 그네들은 신문도 못 보앗는지 남들은 수쳔수만 원의 돈을 드려 수십 간의 셕교도 놋컨만은 그러ᄒᆞᆫ 큰 사업은 못ᄒᆞᆯ 망졍 얼마들지 안이ᄒᆞᆯ 이러ᄒᆞᆫ 것이나마 좀 곳치는 이가 잇스면 좃켓셔요"(「通行生」, 1918. 12. 22)

원 44전까지 올랐던 것이다. 결국 이는 1917년 1월과 비교해 본다면 25원 17전이 상승되는 그야말로 쌀소동이 발생하게 된 것이다.166)

> 엇더턴지 평일부터 자긔 디위에 디ᄒ야 부족ᄒ게 싱각ᄒ던 자 ᄯ노는 싱활곤난에 고싱사리를 하던 자 혹은 정부에 디ᄒ야 불평을 품는 자들은 륙혈포가 되면 륙혈포 그도 업스면 식칼 한 자루라도 걱구로 휘여잡고 제각금 갓가운 민보 속으로 모여들엇다 ᄯ노는 의지홀 곳이 업스면 졔손으로 총 알바지를 만드러놋코 사롬오기를 기다리는 일도 잇셧다 홀노 이 일을 아지 못ᄒ고 잇는 스롬은 져 흥만셔 한 사롬뿐이라고 ᄒ여도 가홀 것이다 그와 갓치 락담이 되어 가지고 그와 갓치 한가히 잇는 스롬은 다시 업슬 것이다.
> 팔십 살이 넘은 마쳡지 로인ᄭ지도 참가ᄒ엿고 열한 살인가 열두 살밧게 안이 된 져 퇴날츄의 아들도 참가ᄒ엿다 여자의 몸이로더 봉인이도 남의 뒤는 지지 안이ᄒ엿다 제각금 목뎍ᄒ는 바는 ᄶ로 잇셧다고 홀지라도 그ᄶ의 형편은 가히 슯힌 것이다 정말 혼돈텬지가 되고 말엇다167)

이 글의 말미에서 작가는 악인들이 대거 이 민요에 참여했다고 설명한다. 이러한 모습은 두 가지 측면에서 읽을 수 있다. 한 가지는 일제적인 측면에서 악인들이 참여한 민요는 정당성을 가질 수 없다는 측면이다. 또한 당시의 민요를 민중의 일탈 정도에서 그치는 것으로 보고, 이에 참여한 민중은 교정되어야 할 대상으로 설명한다고도 할 수 있다. 다른 한 가지는 이 소설에서 악인이 존재하지 않을 수도 있다는 측면이다. 살기 어려워서, 민심이 흉흉해져서 이러한 악인이 등장할 수밖에 없었다는 것이라고 해석할 수도 있다.

---

166) 이정은은 3·1운동 직전 상황을 일본 수출과 제1차 세계대전으로 인한 미곡가의 기하급수적 상승과 유행성 독감의 엄습, 그리고 살기 어려워진 노동자들의 시위가 얽히면서 서민들의 사망률이 급증했다고 설명한다. 식민지 조선의 민중의 열악한 상황은 결국 3·1운동으로 이어질 수밖에 없었던 것이다(이정은, 「『매일신보』에 나타난 3·1운동 직전의 사회상황」, 『한국독립운동사연구』 제4집, 독립기념관 한국독립운동사연구소, 1990, 193~220면 참조).

167) 『애사』 118회, '민요(二)', 『매일신보』, 1918. 12. 25.

<독자투고란> 속의 독자들의 목소리, 즉 일제 기관지인 『매일신보』의 편집진의 검열을 거쳐 나타난 독자들의 발언 속에서조차 그 빈곤한 상황을 느낄 수 있을 정도로 물가 폭등과 극도의 가난으로 살기 어려웠던 때에 이 『애사』가 실렸다는 것은 의미가 크다. 『매일신보』의 번안소설은 오락적 차원에서 등장했으며 끊임없이 그러한 역할을 강요당했다고도 할 수 있다. 그리고 동요되는 민심을 가라앉히는 역할과 더불어, 독자의 호응을 얻을 수 있도록 그 당대의 흥미를 찾으려 했을 것이다. 이러한 번안소설은 당대 힘들었던 식민지의 삶과 연계되어 독자들의 호응을 얻었을 것이다. 물론 『애사』에는 아비규환에 무질서한 프랑스 대혁명을 묘사하면서도, 아무 의식 없이 그저 뛰어든 인물들이 민란을 일으켰다는 정도로 나타났다. 이러한 측면은 악인들이나, 평소 불만이 가득한 인물들이 참여하여 그 상황이 혼돈천지라는 말로 표현됨으로써, 프랑스 대혁명을 그리 긍정적으로 그리고 있지는 않다. 그러나 이제까지 어떠한 소설보다도 이 『애사』에는 가장 현실감 있는, 식민지 현실에 대응하는 궁핍한 대중이 주인공으로 등장한다. 바로 이것이 『애사』에서 절대로 간과할 수 없는 부분이라 할 것이다.

> **哀史를 讀ㅎ고 平康 不學生**
> (상략) 그런더 혹의 미인과 홍만셔 사이에 엇더흔 관계가 잇게 될논지 쏘 모든 악한은 얼마나 잘 될논지 그는 이 다음에 알아볼 날이 잇지만은 지금에 차보열이를 만는 빅두 로인의 신셰는 심상홀 것 갓지 안타 그러치만은 하느님이 우익 계셔서 이 셰상선악을 샹벌ㅎ시나니 셜마 쏘 고싱이야 ㅎ랴
> 나종에 우보션싱끠 흔 마듸 고홀 것은 건강흔 테도로 항상 계셔서 이스의 명이 길도록 붓끗으로 약을 잘 묵용식혀서 우리 독쟈의 다정흔 부부 사이에 민일신보를 맛잡고 셔로 먼져 보겟다고 싸홈ㅎ는 광경을 쟉구쟉구 이르키시오 『十二月二日子正』[168]

---

168) '哀史를 讀ㅎ고 (4면)', 『애사』 101~102회 사이, 『매일신보』, 1918. 12. 5.

『애사』의 다른 한 독자는 4면에 16칸 200줄에 해당되는 엄청나게 긴 분량의 편지를 보내기도 한다. 자신의 심상과 감정, 그리고 주인공에 대한 애달픈 심정을 긴 분량으로 토로하고 있다. 또한 이 독자는 『애사』의 재미 때문에 부부가 서로 먼저 보겠다며 『매일신보』를 뺏으려는 싸움까지 벌인다는 말까지 언급하고 있다. 따라서 결국 식민지 대중으로서의 억울함이 소설 속의 상황과 연계되면서 더욱 더 상승 작용을 일으켰다고도 할 수 있을 것이다.

결국 이러한 식민지 대중의 열악한 상황과 민태원의 번안소설 『애사』는 서로 맞물리게 되면서 민태원 자신도 모르게 식민지 대중의 울분을 토로하게 만들었고, 이는 3·1운동과도 연계되는 독특한 상황이 연출된 것이다.

제4장 번안소설의 근대 독자 형성과
신문연재소설에 미친 영향

　번안소설은 식민 지배 담론의 통제와 일탈하고자 하는 독자의 욕망이 상충되는 갈등의 장에서 탄생되었다. 이렇게 탄생한 1910년대 번안소설은 대중화라는 의미 속에서 새로운 의의를 가지게 되었다. 즉 번안소설은 근대 독자를 형성시키는 데 일조하고, 또 한편으로는 근대 소설에도 영향을 끼쳤다. 또한 1930년대 후반 통속소설의 구조적 모형을 1910년대의 번안소설이 제공했다고도 할 수 있다.

　따라서 제4장은 1910년대 번안소설이 미친 영향력과 의의를 살펴볼 것이다. 이를 통해 1910년대의 번안소설로부터 촉발된 근대 독자와 1930년대 대중소설에 끼친 영향력을 동시에 살펴봄으로써, 1910년대 번안소설의 의의와 한계 역시 짚어 볼 수 있으리라 생각한다.

1. 근대적 독자층 형성에 미친 영향

　이 절에서는 번안소설이 근대 독자층 형성에 미친 영향력을 살펴볼 것이다. 특히 번안소설이 대중화 되었을 때 나타나는 탈식민적 경향 역시 살필 수 있다. 즉 번안소설에 의해 촉발된 <독자투고란>에 드러난 독자들과 소설 독자의 문면화를 분석할 것이다. 이는 1910년 유일한 신문이었던 『매일신보』가 근대 매체의 특징을 가지고 처음으로 근대적인 독자의 참여를 시도했다는 점에서 생각해 볼 필요가 있다. 또한 이러한 <독자투고란>을 촉발시키는 데 번안소설이 큰 공헌을 하게 된다. 이러한 의미에서 <독자투고란>에 등장하던 문자로 드러난 독자들을 소설의 잠재적 독자로 상정할 수 있을 것이다.

따라서 1)에서는 <독자투고란>의 등장과 성장 그리고 폐쇄라는 측면과 함께 번안소설의 인기와 맞물리면서 소설 독자층이 분화되는 과정을 분석할 것이다. 특히 신문 판매 부수의 확장이 번안소설의 인기와 연계됨을 밝혀 신문 독자가 번안소설에 의해 촉발되고 있음을 살펴볼 것이다. 이를 통해 번안소설이 이렇게 문면으로 나타난 독자들을 어떻게 근대의 독자로 훈련시키는지도 살펴볼 것이다. 또한 이렇게 번안소설을 읽으며 훈련된 독자들의 반응은 어떻게 다르며, 그 안에서 어떤 식으로 분화되어 가는지도 역시 분석해 볼 것이다.

2)에서는 번안소설에 촉발된 신문 독자들이 어떠한 면에서 『매일신보』의 성향과 같이 가면서도 거기에서 떨어져 나와 독자적인 모습으로 변형되어 가는지를 살필 것이다. 다시 말해서 '상상한 독자'와 실제로 이 매체에 '문자화된 독자'의 간극을 통해 1910년대 독자들, 특히 대중들의 탈식민적 경향까지 분석해 볼 것이다. 이는 상상된 독자를 중심으로 그 독자를 끌어들이려는 매체와 번안소설 작가의 전략, 번안소설에 의해 촉발되고 진행되어 가는 가운데 발생한 이 '문자화된 독자'의 욕망이 서로 어떠한 균열을 일으키는지 살펴볼 것이다.

1) 소설 '읽기'의 훈련과 대중 독자층의 성립

(1) 소설 독자층의 분화와 '훈련되는 독자'

1910년대 『매일신보』의 가장 주된 특징은 독자의 형태가 신문 독자, 소설 독자, 연극 관객이 통합된 형태로 나타난다는 점이다.[1] <독자투고란>이라는 것을 처음으로 시도하는 입장에서 독자라는 개념 자체는 모호할 수밖에 없었다. 이렇게 독자의 형태가 통합되어 나타난 것은 『매일신보』가 일제 기관지로서 조선 총독부 정책의 교시 역할을 해야 했기 때문이다. 그 전신이었던 『대한매일신보』보다 급격히 판매 부수가 떨어진 상황에서 『매일신보』는 신문 독자층을 확보하기 위한 전략을 구상할 수밖에 없었다.

> (一般學生) 연흥샤 혁신단 연극 중에는 무던더금(無典貸金)이라 ᄒᆞ는 것이 데일 잘ᄒᆞᆫ다고 도쳐마다 칭송ᄒᆞ는 것을 드른즉 가히 쳥년 학싱의 큰 징계가 될 만ᄒᆞ다더구면 요ᄉᆞ이 학긔시험에 공부ᄒᆞ노라고 결을이 잇셔야 구경을 가지 언의날 또 ᄒᆞᆫ다고 신문에 광고나 ᄒᆞ얏스면 그날은 졔빅ᄉᆞ하고 한 번 가보겟구면 문명국 연극들은 오날은 무엇을 ᄒᆞ고 릭일은 무엇ᄒᆞᆫ다고 신문에다 광고를 노코 그러도 유의부족ᄒᆞ야 각본을 각쳐로 미리 돌녀셔 일반 관람쟈의 구경 쥰비를 ᄒᆞ게 ᄒᆞᆫ디 죠션 사룸은 영업홀 줄을 알어야지 당쟝 칠푼만 알고 잇다가 돈반은 모른잇가[2]

연극에 대한 전략도 <독자구락부>에 글을 투고한 한 학생의 제의와 연관되어 있다. 사실 이때만 하더라도, 『매일신보』와 신연극은 크게 연관

---

1) 이는 『매일신보』가 유일한 신문이었다는 점과 이 신문에 번안소설이 실리고, 동시에 신문의 판매 부수 확장 전략으로 신파극이 엮이면서 일어난 현상이라 할 수 있다. 최태원(앞의 책, 32~33면)은 이러한 상황을 "독자가 관객으로 초대되고, 관객이 다시 독자로 '호명'되는 순환구조, 그 순환 속에서 새로운 부류의 독자들이 탄생"하고 있다고 설명한다.

2) '독쟈구락부', 『매일신보』, 1912. 3. 15.

이 있지는 않았다. 가끔 하나의 기사로 연극장 기사가 실렸을 뿐,『매일신보』가 구체적으로 개입했다고는 할 수 없다. 그런데 한 학생이 문명국의 연극을 예로 들면서, 신문에 미리 연극 광고를 하고, 각본도 미리 실어서 일반 관람자가 구경 준비를 할 수 있게 해야 한다는 제언을 한 것이다. 당시 일제 강점 이후, 판매 부수가 극도로 떨어진 상황에서 독자의 흥미를 끌어낼 전략이 필요했던 『매일신보』의 입장에서는 좋은 계기가 되었을 것이다. 사실 『대한매일신보』에서 『매일신보』로 바뀐 후 만 부 이상 팔리던 신문이 3,000부로 급속도로 판매 부수가 떨어지면서 『매일신보』는 판매 부수를 확장시킬 방책을 구할 수밖에 없었다. 그러한 전략으로 신파극을 끌어들인 『매일신보』는 신파극의 대본으로서의 레퍼토리를 신문에 연재한다. 이러한 상황에 대한 자구책으로 성립된 번안소설의 연재는 회를 거듭할수록 큰 인기를 끌었고, 조중환의 번안소설 『쌍옥루』, 『장한몽』, 『단장록』 등이나, 심우섭의 『형제』, 이상협의 『눈물』, 『정부원』 등의 인기와 판매 부수의 확장은 그 궤를 같이하고 있었다. 즉 번안소설의 인기가 바로 신문 판매 부수 확장으로 이어진 것이다.

[표 24] 『매일신보』 독자투고란의 연도별 게재 일수

	1912년	1913년	1914년	1915년	1916~1919년	총계
독자투고란 게재일수	196	199	158	256	74	883(일)

사실 『매일신보』 1912년과 1913년의 <독자투고란> 게재 일수는 별반 차이가 없다. 그러나 1912년의 경우 실제 독자의 참여라기보다는 편집진의 의도나 개입이 많았던 것으로 미루어 볼 때 196일이라는 게재일 수는 1913년과 비교할 성질이 못 된다.

[표 25] 『매일신보』 독자투고란의 연도별 게재 일수 도표

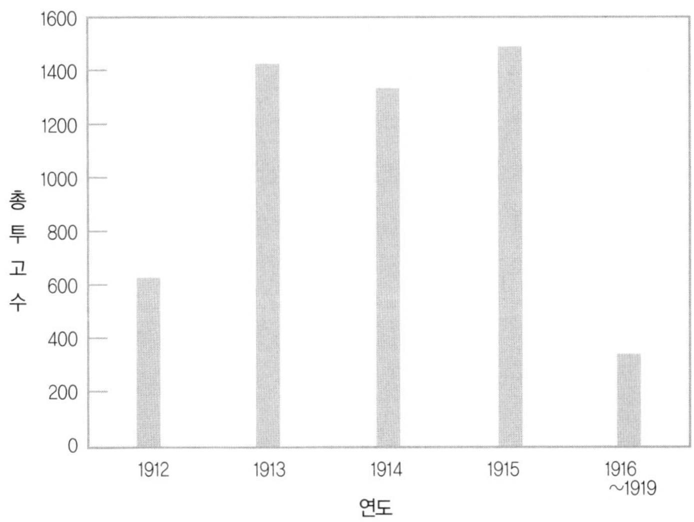

또한 [표 1]의 독자투고의 개수를 비교해 볼 때도 편집자의 의도가 포함된 개수였던 628개에서 1,425개의 순수 독자들의 투고가 실렸다는 것은 기하급수적인 성장이라 할 수 있다. 특히 가장 뚜렷한 증가세와 많은 투고량을 보여주고 있는 1913년과 1915년은 번안소설 작가 조일재와 이상협이 왕성한 활동을 하고 있던 시기임을 감안해 볼 때, 이들 소설이 신문 독자를 이끌고 있다고 해도 과언이 아닐 것이다.3) 따라서 당시 신문 독자는 소설 독자의 자장 안에 있었다고 할 것이다.

소설을 읽은 독자들의 반응4)은 번안소설이 진행됨에 따라 조금씩 달

---

3) 조중환의 경우, 『쌍옥루』(1912. 7. 17~1913. 2. 4), 『장한몽』(1913. 5. 13~1913. 10. 1), 『국의향』(1913. 10. 2~1913. 12. 28), 『단장록』(1914. 1. 1~1914. 6. 9), 『비봉담』(1914. 7. 21~1914. 10. 28), 『속장한몽』(1915. 5. 20~1915. 12. 26)을 연재 중이었고, 이상협의 경우, 『눈물』(1913. 7. 16~1914. 1. 21), 『정부원』(1914. 10. 29~1915. 5. 19), 『해왕성』(1916. 2. 10~1917. 3. 31), 『무궁화』(1918. 1. 25~1918. 7. 27)를 연재 중이었다.

4) 천정환(앞의 논문, 192~193면)은 『정부원』과 『장한몽』에 대한 독자 편지 형식의 글을 '동일화'의 반응으로 설명하고 있으며, 권용선(앞의 논문, 70면)은 서양 소설의 번

라진다. 처음 독자 반응을 일으킨 것은 『매일신보』의 의도에 의해서라고도 할 수 있다. 즉 3면 '연희계'를 통해 "본샤 신보, 스면 쇼셜, 쟝혼몽 전편만, 홍힝ᄒ얏ᄂᆞ듸, 리슈일 심슌익의 셩질을, 조곰도 위비홈이 업시, 그디로 묘사ᄒ야, 일반 관긱의, 대환영을 밧앗"[5]다고 기재함으로써, 성질을 그대로 묘사하는 것이야 말로 좋은 연극이요, 좋은 관람 방식임을 이미 전제하고 있다. 따라서 소설 독자들은 이 소설을 읽으며 이것을 제대로 묘사하는 연극을 당연히 봐야 하는 것처럼 생각하게 되었다. 이러한 일본 가정소설의 번안은 단순한 소설이 아니라 연극화를 위한 대본으로 여겨지고 있었다고 볼 수 있다.

> "구경은커냥, 울기를 통가웃이나 울고왓셔, 그날 맛츰, 쟝한몽을 실디로 홍힝ᄒᄂᆞ듸, 심슌익가, 대동강물에 ᄲᅡ지러 나아갈 ᄯᅢ, 울연혼 달은, 희미ᄒ게 빗치여 잇고, 파도ᄂᆞᆫ 흉용ᄒ야, 사룸의 심쟝을 놀나게 ᄒᄂᆞ듸, 그 ᄯᅢ 쳐량히 부ᄂᆞᆫ, 단쇼 쇼리ᄂᆞᆫ, 심슌익와, 구경군으로ᄒ야곰 일층 마음을, 감동케ᄒ야, 모다 슬허ᄒᄂᆞᆫ 동시에, 나ᄂᆞᆫ 희음업시 울고, 동졍을 표ᄒ얏지, 참가히 비극이라 ᄒ겟셔"[6]

<독자투고란>에 자신을 「셜음잇ᄂᆞᆫ온나」로 기재한 한 독자는 심순애가 대동강에 자살하러 갈 때의 정경을 묘사하면서 달빛이 음산하게 비추는 풍경과 사람을 두렵게 하는 파도에 심장이 떨렸다고 자신의 감상을 표현한다. 즉 음악이나 분위기에 취해서 그러한 비극을 제대로 음미할 수 있었다는 것이다.

따라서 재미있는 소설이 나오면 독자들은 당연히 실감하고 싶은 마음에 연극 공연을 요청하게 되었다. '눈물익독쟈'로 자신을 표현한 한 독자는 "눈물이라는 쇼셜도, 졈졈 더 쟈미잇셔 가고, 혁신단 림셩구 일힝도

역을 통해 독자들이 소설에 대한 의식이 생겨났다고 설명한다.

5) '연희계'(『장한몽』 66회 연재 중), 『매일신보』, 1913. 7. 29.

6) '독쟈구락부', 『장한몽』 68회, 『매일신보』, 1913. 8. 1.

스동 연흥샤에셔, 다시 흥힝훈다니, 그 쇼셜로, 연극이나 한 번 ㅎ야, 실디로 그 불샹훈 봉남이 모즈의, 참혹훈 졍경을 구경케 ㅎ셧스면, 엇더홀는지오"[7]라며 실제로 참혹한 장면을 눈으로 확인하고 싶다고 말한다. '한부인'으로 자신을 소개한 독자는 "쇼셜도 그러케 즈미가 잇스닛가, 연극으로는, 오작 즈미가, 잇슬나구요"[8]라며, 이때만 하더라도 소설로 만족하지 못하고 연극으로 보고 싶다고 독자들은 요구하고 있었다.

그러다 조금씩 "요시 련일 게지ㅎ시는 기보 일면 비봉담이라는 쇼셜은 참 즈미가 만허요 쳐음브터 의스ㅎ고 계집 씨리 다졍히 구는 속을 보닛가 나죵에는 엇더케 될는지 모르겟지마는 춤 즈미잇습듸다요"[9]라며, 이미 주어진 내용으로 미루어 짐작하여 앞으로 있을 일을 예측하기도 한다. 또한 "속싀원하게 끗내달라" 등의 요구는 비일비재하며, 주인공이 위험한 곳에 가지 않게 해달라고 작가에게 적극적으로 요구하기도 한다.[10]

이렇게 작품에 대해 여러 가지 예측과 요구를 하던 독자들 중 한 부인은 "요시 신보롤 본 즉 신년호의 문예를 모집훈다는 말씀을 듯고 나는 싱각ㅎ기롤 우리 가뎡에 당훈 리약이 거리롤 즈미잇게 격어보닐 터이오니 닉여 쥬싯렴닛가"[11]라며, 문예에 자신이 글을 싣고자 의사를 표명하기도 했다. 이렇게 신문을 통해 글을 보던 독자들은 <독자투고란>을 통하여 조금씩 자신의 느낌과 감정을 표현해 내고 자신의 이야기를 해 보고 싶은 욕구도 생기기 시작한 것이다.

사실 어느 정도 신문이 안정기에 접어들고 신파극에 대한 이용가치가 떨어질 즈음 신문이 신파극을 이용하던 상호호환적인 상황은 역전된다.

---

7) '독쟈구락부', 『매일신보』, 1913. 10. 22.

8) '독쟈구락부', 『매일신보』, 1913. 10. 26.

9) 「일독자」, '독자기별', 『매일신보』, 1914. 7. 25.

10) 한 <독자투고란>에 「눈물愛讀者」라는 독자는, "귀보에 게지되야 대환영을 밧던 쇼셜 「눈물」을 신문에 난디로 벗겨쓴 것이 잇던시 츠례츠례로 신문지로 오려 모흐신 이가 잇거던 이 「독자기별」로 통지ㅎ시오 파실 의향이 잇스면 상당훈 샤례롤 ㅎ오리다"(1914. 9. 26)라며 소설에 대한 애정을 보여주기도 했다.

11) '독자기별', 『매일신보』, 1914. 12. 20.

함흥 연극 공연 관계 <독자투고란>을 보면 『매일신보』 무료 이용권을 주겠다고 말함으로써 연극이 신문을 이용하게 되어 반대의 상황이 연출되기도 하였다.12)

결국 <독자투고란>을 통해 소설 독자들은 자신의 감정을 짧게나마 나타내기 시작했음을 알 수 있다. 또한 <독자투고란>이 폐지된 1916년 2월 16일부터 1919년 6월 15일 기간의 경우에는 『정부원』에서부터 보였던 <독자 편지> 형식을 취하여, 소설 독자가 더욱더 문면화되기도 했다.13)

번안소설이 정착되어 감에 따라 독자들의 반응은 이렇게 달라져 가게 된 것이다. 즉 처음에는 재미있는 부분을 직접 보고 싶어 하며 신파극 공연을 기다린다. 이는 묵독이 아직 실현되지 않은 것으로 여전히 음독적 차원에 머물러 있는 양상이라고도 할 수 있다. 즉 혼자서 읽고 상상하는 차원에까지 이르지 못하고 함께 공유하고 실제 상황을 연극으로 보기를 갈망한다는 점에서 음독에서 묵독으로 가는 과도기적 형태라고 말할 수도 있을 것이다.14)

마에다 아이는 음독에서 묵독으로의 전이를 통해 근대적 독자가 등장했다고 설명한다. 근대적 독자가 타인과 교섭 없이 혼자서 묵독한다면, 근대 이전 독자는 "자주적으로 독서하는 의욕과 능력이 부족한 독자로, 혼자서 읽고 이해하는 노력은 아끼면서도 귀로 들으며 즐기려는"15) 음독하는 독자이다. 그런 의미에서 1910년대 『매일신보』 번안소설이 처음 전

---

12) '독자기별', 『매일신보』, 1915. 12. 12.

13) 이 통합된 독자층이 분리된 계기와 소설 독자층의 분화는 전은경의 「1910년대 이상협 소설의 식민 지배 담론」(앞의 논문) 참조.

14) 김재석(「<금색야차>와 <장한몽>의 변이에 나타난 한일 신파극의 대중성 비교 연구」, 앞의 논문, 190면)은 "지문은 문어이지만 회화는 구어라는" "소설 『금색야차』의 문체적 특징이 '음독에서 묵독'으로 옮겨가는 과정에서 생겨난 것"으로 설명한다. 사실 이러한 『금색야차』의 과도기적 경향이 음독에서 묵독으로 가는 과정이라는 식민지 조선인들의 독서 읽기에 영향을 준 것 역시 간과할 수 없을 것이다.

15) 마에다 아이, 유은경·이원희 역, 『일본 근대 독자의 성립』, 이룸, 2003, 168면.

개될 때는, 독자들이 혼자서 읽고 이해하기보다 신파극이라는 장르를 통해서 직접 눈으로 확인할 수 있기를 바랐다. 즉 이는 음독의 확장된 형태로 직접 눈으로 보기를 원하는 과도기적 현상 정도로 설명할 수 있을 것이다.16) 그러나 번안소설이 진행됨에 따라 독자들은 자신의 희망을 작가에게 요구하거나 자신이 문예면에 실제로 써 보내는 등 적극적인 행동에까지 나아가기 시작한다. 또한 이러한 과정에서 신파극을 통해 소설을 확인하는 것이 아니라 소설 자체를 스스로 상상하며 즐기는 모습도 보이게 된다.

실제로 『정부원』까지만 신파극으로 공연되고 『해왕성』은 번역소설로 자리잡게 된다. 연극과의 분리가 이루어지기 시작한 것으로 볼 수 있다. 실제로 文正톳이라는 독자는 "이 희왕셩보담 나흔 쇼셜이 우리 쇼셜게에는 업슬 줄"17)로 안다며 이렇게 재미있게 글을 짓는 하몽의 능력에 감탄하면서 자신도 소설을 쓰는 공부를 하고 싶다고까지 말한다. 『무궁화』의 한 독자는 "先生의 培養흔 無窮花 香氣를 듯다가 안졋다가 벌덕 이러나면서 쌍을 구르난 힘을 어덧디난 말이올시다"18)라고 말하면서 스스로 읽으며 상상하며 즐기는 형태가 조금씩 형성되어가고 있음을 엿볼 수 있다. 이는 음독에서 묵독으로 이행되는 과정으로 이해될 수 있을 것이다.

따라서 이렇게 『정부원』까지만 신파극으로 공연되고 이후 『해왕성』부터 신파극과의 분리가 이루어진 것, 그리고 『해왕성』이 일본식 가정소설을 벗어난 서양의 일반 소설이라는 점은 주목할 만하다. 사실 가정소설의 양식을 벗어난 서양의 소설이면서 1910년대를 통틀어서 이렇게 장기간 연재된 소설은 『해왕성』이 처음이었다. 1916년 2월 10일부터 1917년 3월 31일까지 1년 1개월 20일가량 장기간 연재된 것은 처음 있는 일로 이 분량은 단행본 두 권에 해당되는 것이다. 실제로 이것이 단행본으로 출간될

---

16) 마에다 아이, 『일본 근대 독자의 성립』, 앞의 책, 162~200면 참조.
17) 『매일신보』, 1916. 6. 1.
18) 「讀者의 聲」(『무궁화』 20회 연재 중), 『매일신보』, 1918. 2. 16.

때는 두 권으로 나누어 출판되었다.

이렇게 긴 소설, 거기에다 가정소설적 양식에서 상당히 벗어난 『해왕성』이 연재된 이후에는 그 이전부터 조금씩 존재해 왔던 신지식인층들이 대거 신문소설의 독자로 편입될 수 있었다.[19) 그러한 의미에서 이 『해왕성』은 매우 중요한 작품이라고도 할 수 있다. 이 『해왕성』을 연재한 후 약 1년이 되어갈 때, 지식인층에게 엄청난 호응을 얻은 『무정』이 1917년 1월 1일부터 6월 14일까지 연재되기에 이른 것이다.

이렇게 장기간에 걸쳐서 『해왕성』을 연재하면서 연재 중에 연극으로 보지 않고서도 독자들이 호응할 수 있었던 것은 1912년부터 있어온 번안소설의 연재를 통해서라 할 수 있다. 이는 번안소설이 1910년대 식민지 조선인들, 더 범위를 좁혀 말하면 신문 독자들을 근대 소설 독자로, 혹은 근대 신문소설 독자로 훈련시켰다는 것을 의미한다.

이는 먼저 매회 연재에 대한 훈련이라 할 수 있다. 전체의 내용을 알 수 없는 상황에서 독자들이 흥미를 놓치지 않고 매회 기다려 읽게 된 것은 번안소설을 연재할 때, 작가들이 독자의 흥미를 끌어당기는 전략을 구사했기 때문이었다고 할 수 있다. 그래서 꼭 재미있는 부분에서 끊어져 잠을 잘 수가 없다는 독자의 불평들은 감질나는 작가들의 붓끝의 전략이 성공했다는 것을 반증해준다. 작가들은 표현상에서 끊임없이 독자의 관심을 일으키기 위해 소설 내용에 독자를 참여시키기도 하고, 독자들의 눈물에 호소하기도 하며, 독자들이 이 소설에 개입하도록 유도했던 것이다. 결국 매회 전개되는 연재소설에 대한 기다림은 매일 배달되는 신문에 대한 기다림으로 이어졌던 것이다.

두 번째로 이 번안소설이 연재되는 동안 장기간 이어서 소설을 읽는 훈련을 했다고 할 수 있다. 6개월 혹은 7개월씩 이어지는 신문연재소설은

---

19) 이러한 신지식인들의 출현과 <독자 편지> 양식의 연관성, 그리고 이러한 지식인 남성 독자들을 신문소설 독자로 이끈 이상협의 역할은 전은경의 「1910년대 이상협 소설의 식민 지배 담론」(앞의 논문) 참조.

고소설이나 신소설의 단행본 형식과는 다른 것이다. 이렇게 꾸준히 소설을 읽는다는 것은 소설 외적인 것에 대한 관심을 유발하는 것이 필요했다고도 할 수 있다. 따라서 『매일신보』의 판매 부수 확장과 독자층 확대 전략에 따라 소설이 신파극과 연계됨으로써 독자들의 흥미를 놓치지 않도록 한 것이다. 특히 1915년까지 활약한 조중환은 신파극 담당자로서도 유명했으므로 자신이 번안한 소설을 다시 신파극으로 각색하는 작업은 당연한 것이었을 것이다. 이러한 상황에서 번안소설이 장기간 연재될 때, 처음에는 소설을 연재하는 도중에 번안소설을 연극으로 상연하여 연재되고 있는 번안소설의 이해를 돕는 한편, 끊임없이 독자들의 흥미를 북돋워 주려 했던 것이다.

　세 번째로 시의성과 현실성에 맞는 소재를 활용하고, 독자들의 관심도를 읽어내어 소설에 반영하거나, 그러한 소설을 선택하여 번안하는 작업에 의해 독자들은 이러한 소설을 읽는 습관을 들였을 것이다. 이께다 히로시는 「대중소설의 세계와 반세계」에서 대중소설이 어떻게 공상에서 현실이 되는지를 설명한다. "여러 가지 형태의 독자 참여의 시도나 실록 그 자체 속에 반영된 사실에 대한 관심은 가장 먼 시간이나 공간의 저편에서 연출되는 가장 공상적인 사건들도, 다른 아닌 자기 자신의 '지금·당장'에 직결되는 표현으로서 독자의 마음에 연결되고, 그리고 독자의 마음을 다른 독자와 연결시켜 주는 것"으로 설명한다. 즉 "수동적인 것에 불과한 듯 보이고, 고립된 개개인으로만 보이는 수용자가 그 때 능동성과 공동성을 획득하게" 되는 것이다. 따라서 1910년대 번안소설 역시 독자의 욕구를 읽어내고 그것을 '지금·당장'의 표현을 통해 독자들과 소설, 독자와 독자 사이에까지 소통성을 제공하게 되는 것이다. 이러한 의미에서 1910년대 번안소설에 의해 훈련된 독자들의 능동성과 공동성을 볼 수 있다. 결국 "픽션을 단순한 픽션으로만 두지 않는 이 대중소설의 현실성은 그 현실 속에서 살고 있는 수용자와 함께", "생생하게 살아" 있게 되는 것이다.[20] 이러한 면에서 특히 새롭게 등장

하던 여성의 권익, 강한 여성상, 그리고 자유연애 등은 독자들의 흥미를 유발하기에 용이했던 것이다.[21]

따라서 결국 『해왕성』과 같은 소설도 신문소설 독자들이 읽어나가게 된 것이며 신파극에 대한 이해 없이도 스스로 자신의 방식대로 읽어나갈 수 있게 되었다. 이것은 또한 신문의 〈독자투고란〉 폐쇄와도 연관될 수밖에 없다. 즉 〈독자투고란〉에 한 두 줄의 짧은 감상 정도를 적어오던 독자들은 〈독자투고란〉이 폐쇄됨으로써 독자와 신문, 독자와 독자 간의 상호소통의 공간을 잃어버린 것이다. 그러나 이들은 이미 번안소설의 독자 소통과 근대적인 신문 매체를 조금씩 경험했기 때문에 말하고 싶은 욕구를 '편지'라는 방식으로 전환하여 끊임없이 표출했던 것이다. 그리고 자신의 이야기를 하는 유일한 통로이자 공간이 소설에 대한 '편지' 형식이었으므로 많은 독자들은 신문에 참여하고 싶은 욕망으로 소설을 향한 자신의 감정을 드러내기에 이른 것이다. 또한 매우 긴 장문의 편지를 통해 자신들의 감상과 감정 이입, 그리고 요구, 찬양 등 다양한 형태로 소설을 평하게 됨으로써 독자들은 독자들 스스로 소설을 즐기는 법을 알아나가게 된 것이다. 이러한 면은 결국 번안소설에 의해 독서 행위를 훈련받고 또 한편으로 소설을 읽는 습관으로 이어졌다고 할 수 있다. 이는 번안소설이 근대 소설 독자들을 형성하는 데 큰 역할을 했음을 보여주는 것이다.

---

20) 이께다 히로시, 정한기·김광수 역, 「대중소설의 세계와 반세계」, 『대중문학이란 무엇인가』, 앞의 책, 107면.

21) "대중소설을 읽는다는 행위는 반드시 현실과는 별개의 비현실성에만 관련되는 건 아니다. 특히 픽션으로서의 대중소설과 관련되는 것이 현실의 세계와 관련되는 것과 문자 그대로 등가가 되는 것 같은 시점, 필연코 등가가 안 되면 안 되는 그런 시점이 현실 가운데는 있을 수 있는 법이다. 현실과는 다른 별개의 방식을 찾아가는 길이 현실 그 자체가 된다. 대중소설은 이러한 경우에만 진정 독자의 것이 된다."(이께다 히로시, 「대중소설의 세계와 반세계」, 위의 책, 107면)

東萊郡 沙下面槐亭里 文正昊

　　어느날도 「그 하몽 션싱 붓이 안이시면 이 뎡혜 부인의 눈물력스롤 뉘 능히 우리글로 이러케쏜지 그러니오릿가」(번역은번역이지만은) 그 뎡혜 부인 일이 안이더면 이 하몽 션싱의 붓끗을 뉘능히 능히 졔졀로 이러케쏜 지 움작이게 흐리오」 누구에게 뭇는 듯이 뭇고 보니 다만 칙상이 나롤 치 어다볼 쑨 「그럿치 별로 업셔」 이러케 나눈 니가 뒤답흐고 마랏슴니다[22]

『정부원』을 보고난 후 독자가 보낸 편지에는 『정부원』을 보고 받은 감 동이 고스란히 들어 있다. 특히 여기에는 독자 스스로 문답하는 과정이 포함되어 있다. 하몽 선생의 소설에 대한 감동과 정혜부인에 대한 감동을 스스로에게 물어보면서, 다만 책상만이 자신을 쳐다볼 뿐이라며 자신이 스스로 대답하고 말았다고 언급한다. 이는 결국 사적 공간인 책상 앞에 혼자 앉아 소설을 보는 감동과 더불어 스스로에게 물어보고 대답하는 형 식으로 묵독의 형식을 갖추어가는 것이라 할 수 있다. 이렇게 번안소설은 근대 독자를 훈련시키고 있었던 것이다.

　따라서 이러한 반복된 훈련을 통해 『해왕성』과 같은 소설도 독자들이 받아들이게 되고 남성 지식인들의 호응 역시 얻어갈 수 있었던 것이다. 이는 일본 가정소설, 신파극의 레퍼토리로 사용되던 여성을 중심으로 한 소설에서 남성을 중심으로 하는 소설이 등장하기 시작한 것을 의미한다. 이러한 면은 결국 소설 독자의 층과 폭을 넓혀가는 것을 말한다.

　　(병욱이 음악회를 열겠다는 부분)이란 구절에 당흐얏다 나눈 엇지흔 셰 음인지 무슨 이상흔 감동이 들며 쇼름이 젼신에 쭉 끼치인다 니의 읽던 목소리눈 졈졈 가늘어지기를 시작흔다 어음이 챠츰 분명치 못흐야진다 그러나 보기눈 여젼히 계속흐얏다 이졔눈 심상흔 말구졀도 니게 무슨 감 회를 줄 능력이 잇눈 듯흐다 (아름다운 쳐녀가 동포들에게 한 곡 보낸다 눈 셔장의 말 부분) 여기쏜지 보앗다 나난 이졔 이 다시 더볼 용기가 업 다 챠츰 젹어져 오던 음셩은 그만 아쥬 나오지 못흔다 두 눈에셔 오직 눈

---

22) <뎡부원을보고>, 『뎡부원』 142회, 『매일신보』, 1915. 5. 2.

물만 쩌러질 뿐이엿다 가삼에는 무엇이 식얼거리는 것 갓고 마음은 엇쎠
타 형용홀 수가 업다 나는한참동안 무이식이엿다 칙상 우에 쩌러진 몃 방
울 눈물은 이 슌간의 긔념이다 나는 참말로 울엇구나 부루직이엿도다 아
―「무정」아 네가 참 무정ᄒ고나 나를 필경 톄음케하고야 만단 말이냐 아
―오늘날 이 「무정」을 본 사롬이 몃 사롬인가 보고 마옴에 늣김을 엇은
이가 몃 사롬인가 마옴에 늣기고 그리ᄒ야 눈물을 흘니고 엇지ᄒ면 이 불
샹훈 ᄀᆺ든 동포를 니손으로 건져니일가23)

흔히 『무정』은 최초의 근대 소설이면서 독자의 취향까지 고려했다는
평가를 받고 있다. 논자들에 의해 자주 인용되는 위의 독자의 예는 『무
정』의 새로움 때문에 등장했다고 보기는 어렵다. 즉 이러한 독자가 『무
정』에서 갑자기 등장한 것이 아니라 1910년대의 번안소설들에 의해 훈련
받은 독자들을 통해 나타나게 되었다고 보는 것이 맞을 것이다.

특히 이 독자는 소리를 내어 읽다가, 감동을 받아가면서는 "니의 읽던
목소리는 점점 가늘어지기를 시작한다"고 하여 소리를 점점 낮추어 간다.
그리고 가늘어지던 음성은 "어음이 차츰 분명치 못ᄒ야진다"고 하면서도
그는 "그러나 보기는 여전히 계속ᄒ얏다"라고 하면서 결국 음독으로부터
묵독으로 이어지는 단적인 과정을 보여준다. 즉 차츰 적어지던 음성은 그
만 아주 나오지 못하게 된 것이다.

이렇게 감동을 받은 독자는 책상 위에서 아무 말도 못한 채 가슴에 열
정을 안고 눈물만 떨어뜨린다. 한참동안 무의식 상태였던 이 독자는 책상
위에 떨어진 자신의 눈물을 발견한다. 그리고 정말 자신이 울었다는 것을
깨닫는다. 이러한 과정은 이미 이 독자가 묵독의 과정을 겪고 있고 스스
로 혼자의 방 '책상' 앞에서 책을 읽고 있다는 것을 의미한다. 이 '책상'
은 결국 『정부원』에서 한 독자가 보여주던 '책상'과 상통하는 것이다. 또
한 무의식 상태로 한참의 시간이 흘렀다는 것은 결국 사적인 공간 속에
자신이 존재했다는 것을 의미한다.

---

23) 김기전, '無情 一二二回를 讀ᄒ다가(上)', 『매일신보』, 1917. 6. 15.

이러한 면은 결국 번안소설로부터 훈련받아 온 독자가 음독으로부터 묵독으로, 비개성적인 독법에서 개성적인 독법으로, 공적 공간에서 사적 공간 속에서 '읽기'를 습관화하게 됨으로써 '근대 독자의 형성'을 보여주는 것이다. 따라서 번안소설이 독자를 읽는 습관을 들이게 함과 동시에 근대 소설 독자로 훈련시켰다고 할 것이다.

(2) 소설 독자 반응의 차이와 대중 독자층의 성립

그런데 이러한 독자의 반응에서 남성 독자의 지향과 여성 독자의 지향은 차이를 내포하고 있다. 『매일신보』는 이미 검열의 공간이었다. 그리고 『매일신보』가 원했던 것은 식민지 조선의 안정화와 조속한 일제 정책 전달이었다. 그러한 상황에서 부정하고 일탈적인 것은 질서를 깨뜨리는 것으로 검열의 대상이 될 수밖에 없었다. 그런데 한문이나 국한문 혼용체를 사용하는 고급 독자로서의 남성 독자의 지향 역시 이런 면에서 『매일신보』가 지향하는 바와 맥락이 닿아 있다.[24)]

남성들의 반응을 살펴보면, 『매일신보』3면에서 연일 사건 사고에 등장하던 일탈적 여성들에 대한 징계의 의미로 번안소설을 바라보는 경향이 있다.

> 연흥샤 눈물 연극 구경은, 참 굉쟝ᄒ던 걸이요, 연극쟝 구경을, ᄌ리로 만히 단엿셔도, 그런 구경은, 참 쳐음 보앗셔요, 슯흐고도 ᄌ미잇고, 쾌ᄒ고도 분ᄒ야, 보는 사롬으로, 여러 가지 감정이 절로 이러나, 우리 인싱애, 큰 교훈이 되겟던 걸이요, 인졔부터, 계속ᄒ야 게지될 하권도, 정신ᄎ려

---

24) <독자투고란>에서 남성 독자들은 분리되어 나타나는데, 고등 교육을 받은 남성 고급 독자들과 '인력거꾼'이나 '행랑채 하인' 등으로 대표되는 중하층 남성 독자들로 나누어진다. 여기에서 말하는 남성 독자는 한문이나 국한문 혼용체를 사용하는 고급 독자를 의미한다. 이 남성 독자들의 여성에 대한 생각이 『매일신보』가 주장하는 현모양처 사상과 연결되어 있다는 점에서 대다수 여성 독자와 남성 독자가 차이를 가지고 있다는 것이다.

> ᄌᆞ셰히 볼 터이니, 그권ᄭᆞ지 맛건든 상하권을 합쳐셔, 한 번 연극을, ᄯᅩ ᄒᆞ야 주십시오 「모신ᄉᆞ」
> 눈물이란 쇼셜은 엇지ᄒᆞ면, 그러케 쇼셜로도, ᄌᆞ미잇고 연극으로도, ᄌᆞ미잇슴닛가, 그런 쇼셜과, 그런 연극이 만잇스면, 참 우리 죠션 풍회에 유익ᄒᆞᆫ 일이, 만켓셔오, 나는 쇼셜 져작ᄒᆞ신 이에게, 무ᄒᆞᆫ 감샤ᄒᆞᆫ ᄯᅳᆺ을 표ᄒᆞ며, 이후에도 더욱 더욱, 우리 샤회풍화를 위ᄒᆞ야, 그와 ᄀᆞᆺ치, 됴흔 쇼셜을 만히 ᄂᆡ이시기를 바람니다 「한ᄋᆡ독쟈」[25]

독자 「모신ᄉᆞ」는 "슯ᄒᆞ고도 ᄌᆞ미잇고, 쾌ᄒᆞ고도 분ᄒᆞ야, 보는 사ᄅᆞᆷ으로, 여러 가지 감졍이 졀로 이러나, 우리 인싱애, 큰 교훈이 되겟"다고 평하면서 하권이 마저 게재되면 합쳐서 다시 해달라고 요구한다. 또한 「한ᄋᆡ독쟈」는 "그런 쇼셜과, 그런 연극이 만잇스면, 참 우리 죠션풍회에 유익ᄒᆞᆫ 일이, 만켓셔오, 나는 쇼셜 져작ᄒᆞ신 이에게, 무ᄒᆞᆫ 감샤ᄒᆞᆫ ᄯᅳᆺ을 표ᄒᆞ며, 이후에도 더욱더욱, 우리 샤회풍화를 위ᄒᆞ야, 그과 ᄀᆞᆺ치, 됴흔 쇼셜을 만히 ᄂᆡ이시기를 바람니다"라며 사회 교화적인 차원에서 소설을 이해한다. 즉 소설을 통해 조선의 규율과 여성들의 일탈적 경향을 바로잡겠다는 것이다.

> "눈물 연극으로 경셩인 남녀로쇼의 눈물을, ᄂᆡ가 되도록, ᄶᅡᄂᆡ우셧스니, 그 연극 맛치시거던, 장한몽이나, ᄯᅩ 한 번 연극으로 ᄒᆞ야셔, 쳥츈녀ᄌᆞ를, 징계ᄒᆞ셧스면, 연극도 그런 연극은, 모다 젹치 안이ᄒᆞᆫ, 교훈이 되겟습듸다요 「호극싱」[26]

심지어 「호극싱」이라 자신을 소개한 한 독자는 "눈물 연극으로 경셩인 남녀로쇼의 눈물을, ᄂᆡ가 되도록, ᄶᅡᄂᆡ우셧스니," 그 연극이 마치면 『장한몽』이나 한 번 더 연극 공연으로 보게 해달라고 요청한다. 그런데 그것은 『장한몽』이 재미있기 때문이 아니라 그 『장한몽』을 통해 "쳥츈 녀ᄌᆞ

25) '독쟈구락부', 『매일신보』, 1913. 10. 28.
26) '독쟈구락부', 『매일신보』, 1913. 10. 29.

를, 징계 ᄒ셧스면" 적지 않은 교훈이 되겠다는 것이다. 문제되는 것은 '청춘녀ᄌ'라고 찍어서 언급하고 있다는 점이다. 연일 부랑배나 남성들의 횡포에 대한 비판도 많이 쏟아지던 때임에도 불구하고 남성들은 청춘 여자의 정숙하지 못함과 일탈이 문제라고 생각하고『장한몽』을 통해 여자들을 징계해 달라고 강력히 요청하고 있는 것이다.

> 참「뎡부원」은 순전한 우리글 우리글이 글로 되는 션봉이외다 참「뎡부원」은 얌전ᄒ 부인 모단 부인이 부인되는 모범이외다
> 반도칙집에 가득히 싸인 우리글로 된 칙들아「더욱 소셜들」당신들이 춤 슌전ᄒ 우리글이냐 져「뎡부원을 보시오」
> 우리 가뎡에 늘언이 안친 부인들아「더욱 졂은 처녀와 운이」앗씨들끠 셔 춤말 얌전ᄒ 부덕을 가졋ᄂ냐「뎡부원」에게 비호고져[27]

이는 <뎡부원을보고>라는 편지를『매일신보』에 보낸 東萊郡 沙下面槐亭里 文正톳라는 독자의 경우에도 마찬가지이다. 가정에 늘어앉은 부인들이나 젊은 쳐녀들은『정부원』에서 배우라며 얌전하지 못한 요즘의 젊은 여자들을 향해 경계를 하고 있다. 따라서 남성 독자의 입장에서는 "우리의 부인계에 정혜갓흔 貞婦가 잇스랴 한심흔 일이로다"[28]라는 개탄에 잠길 수밖에 없으며, 정숙한 여성에 대한 갈구를 소설을 통해 담아내고 있는 것이다.[29]

그러나 이에 반해 독자로서의 여성이 바라보는 소설이나 연극은 조금 다른 각도에 놓여 있다. 여성들은 같은 여성의 입장에서 바라봄으로써 동정과 감정 이입이 훨씬 더 강화되어 나타난다. 그 여성을 자신의 입장에

---

27) <뎡부원을보고>,『정부원』142회,『매일신보』, 1915. 5. 2.

28) 金鳳觀,「뎡부원을 보고」,『매일신보』, 1914. 5. 21.

29) 사실 국한문 혼용체를 사용할 수 있는 지식인 독자층 역시 보다 면밀한 분석이 필요한 부분이다. 지식인 독자층 가운데에도『무정』의 독자층들은 계몽적 지식인들의 양상을 보이기도 한다(『무정』독자층에 관한 상세한 논의는 이재봉의 논문(앞의 논문, 125~143면) 참조). 본 논문은 번안소설 독자의 대다수를 차지했던 여성 독자에 초점을 맞추고자 한다.

서 바라보게 되는 것이다. 위에서 언급했던 「설음잇눈온나」(『매일신보』, 1913. 8. 1)라는 독자의 경우에도 심순애를 징계적 차원으로 바라보고 있지 않다. 단지 동정하고 비극적으로 인식할 뿐 심순애가 방탕하여 그렇게 되었다는 쪽으로는 생각하지 않는다.

소설과 연극을 본 「소박마진부인」의 경우 역시 이와 유사하다. 이 독자는 자신을 "신셰가. 셔씨 부인만 못지 안케, 춤혹혼 사롬"이라 소개하면서 "귀 신문으로 젹지 안히 위로로 「눈물」 쇼셜이 난 후에눈 아조 셔씨 부인이 불샹호고 눈 압헤 그 형샹을 보눈 듯호야, 언의 날 울지 안이훈 날이 업슴니다(『매일신보』, 1913. 10. 26)"라며 위로받고 있다고 감상을 말한다. 즉 남성 독자들처럼 그것을 계도나 교훈, 징계로 받아들이고 있지 않다. 도리어 첩을 가진 남성들에 대한 분노를 느낄 뿐인 것이다.

따라서 『매일신보』와 연극과 번안소설의 독자였을 수많은 여성들 특히 첩, 기생, 밀매음녀, 행위 부정한 여성, 이혼녀들이 남성 독자들이 원하는 대로 『장한몽』을 보면서 '청춘녀자를 징계'할 수는 없는 것이다. 『매일신보』가 의도적으로 기생 특집 기사를 실어 기생을 독자로 호명했던 것처럼, 번안소설 속에 나타나는 첩과, 자유연애하는 여성, 기생의 출현 역시 여성 독자들에게는 자신의 처지와 유사하다고 느끼며 긍정적으로 인식했을 것이다.

또한 연극장 출입 때문에 엄청난 비판을 받고 있지만 여염집 여성이든 기생, 첩이든 대다수가 여성이었다. 특히 당시 기생들 역시 신문에 열을 올리고 있었다는 것을 그들이 직접 투고한 글이나 다른 이들이 대신 투고해 준 글에서도 확인할 수 있다.

1914년 12월 22일자 '독자기별'란을 보면, "평양 기싱 김연옥이눈 나히가 열 다섯 살인디 신문명의 스상이 잇셔 민일신보를 쳥구호야 지식을 연구"[30]한다며 열다섯살 기생이 돈을 직접 지불하고 신문을 받아 보기도

---

30) "우리평양은 기싱이 엇더케 긔명이 되얏던지 신문보기에 아죠 열심"(1915. 2. 4)이라는 투고도 있었다.

했다. 또한 광고 기생 조합은 "모두 국어 4년 동안 다 배호고, 너디 노래"31)를 들어간다고 <독자투고란>에 나와 있는 것으로 보아, 그 당시 기생 조합에서 한글과 일어는 어느 정도 읽을 수 있었을 것으로 보인다.

한편으로는 『매일신보』가 전략적으로 기생을 불러들였다고도 할 수 있다. 실제로 명기 100명을 엄선하여 신문에 내고, 그들을 매우 긍정적으로 평가하는 데에서, 기하급수적으로 기생 투고자들이 늘어났다.

> "엇던 사롬의 인연을 엇어, 경셩으로 츌가하니, 그 째는 기싱의 티도와, 심정이 젼혀 변환된 째라, 비로소 학문의 필요홈을 찌닷고, 어나 고등녀학교에 입학ᄒ야, 이년동안에, 국어, 한문, 산슐, 도화, 슈공, 천즈와 기타 뎡샹 필요호 지식을, 즈미잇게 비호다가, 운슈의 식힘을입어, 그 남편과 학우들을, 눈물로 하직ᄒ고, 도로 평양 친뎡을 ᄂ려오니"32)

『매일신보』는 신문의 판매 부수 확장을 위해 기생을 신문 독자로 포섭하려 했다. 이를 위해 '예단일백인'이라는 제목으로 유명한 기생 100명을 선정하고 사진과 약력, 그리고 그들의 삶을 간략히 소개하였다. 이는 기생 인물사였다고 할 수 있다. 위의 인용은 그 한 예로, '츈홍'이라는 기생에 관한 내용이다. 이 츈홍은 기생에 대한 사회적 태도와 필요성이 달라짐을 알고, 고등여학교에 입학하여 상당한 지식을 습득했다고 소개되고 있다. '예단일백인'에 나온 비봉의 경우33)에도 여학교를 나오고, 결혼했다가 남편이 죽자 그 이후 일본에서 가무까지 배우며 학교를 다녔다. 그 이후 기생이 되었다고 소개가 되는데, 기생의 학력이 매우 높다는 것과 함께, 이들의 기구한 삶과 지식을 강조하여 기생을 긍정적으로 소개하고 있음을 알 수 있다.

'예단일백인'으로 비봉이 실린 같은 날 '독자긔별'에는 자신을 '「一童

---

31) '독자긔별', 『매일신보』, 1914. 12. 12.
32) '예단일백인 : 츈홍', 『매일신보』, 1914. 3. 19.
33) '예단일백인 : 비봉', 『매일신보』, 1914. 1. 28.

妓」'로 기생임을 밝히며 "귀샤에셔 예단 일빅인을 날마다 니신단 말을 듯고 나 좀 너여 쥬실가 싱각ᄒ고, 특청이올시다"34)라는 글이 나와 있다. 자신도 내어달라고 요청한 이유는 이렇게 신문에 실림으로써 많은 사람에게 알려지고 자신들의 지위가 올라간다고 생각했기 때문일 것이다. 결국 유명해지고 싶다는 욕구를 '독자기별'란에 표현한 것이다. 1914년 2월 17일자 신문의 '독자기별'란을 보면 귀사예단에 난 옥향에게 결혼을 청구하고 싶으나 돈이 없어 못한다며 아쉬워하는 독자의 글이 소개가 되어 있다. 다른 돈 있는 사람들이 그러한 유명한 '예단일백인'에 난 기생들에게 결혼 청구하는 것을 보니 무척 부럽다는 것이다. 이는 위에서 보여준 자신도 실리고 싶다는 기생의 욕구를 설명해주는 것이라 하겠다. 이렇게 유명해진다는 것은 1910년대 그 당대의 상황으로 보자면 연예인과도 같은 지위를 의미할 것이다. 그 이외에 기생 오옥엽이 『매일신보』에 자신의 글과 사진을 내어 준 것을 감사하며, 산옥이라는 기생과 자신의 사진이 바뀌었다는 이야기도 <독자투고란>을 통해서 이야기한다.35) 그 이외에도 평양, 진주 기생 할 것 없이 연일 '독자기별'란에 참여하고 있다. '평양 화류계'라고 자신을 밝힌 평양의 기생은, "귀보 예단이 나난 후로 는, 우리 평양 화류계에셔는, 아조 ᄌ미를 붓쳐서, 신문을 모다 보는 중이 야오"36)라고 하면서 예단 때문에 기생 독자를 많이 모으게 되었고, 또 그 신문에 실린 기생을 보러 오는 남자들도 많이 생겼다며 좋아한다.

결국 이러한 점을 미루어볼 때, 그 당시 '예단일백인'은 『매일신보』가 자신들의 독자로 기생을 설정하고 있으면서, 그것을 적극적인 판매의 전략으로 삼고 있는 것이라 할 수 있다. 이러한 점은 번안소설과도 이어져 있으며, 혹은 교호하며 가고 있었던 것이다.

사실 이러한 대중소설을 좋아하는 기생, 그리고 기생이 소재가 된 것은

---

34) '독자기별', 『매일신보』, 1914. 1. 18.
35) '독쟈구락부', 『매일신보』, 1913. 6. 6.
36) '독쟈구락부', 『매일신보』, 1914. 2. 18.

이미 19세기 고전 소설에서도 발견된다. 즉 "고전소설에서 애정 문제를 다루고 있는 대부분의 작품에서 여성 주인공들은 기녀인 경우가 대부분"[37]이었으며 이러한 것 역시 조선 시대 후기 내부에서 발생된 여성인식의 변화와 여성들의 욕구가 자연스레 나타난 것이라 할 수 있다. 엄격한 남성 중심의 신분제 사회에서 애정을 나타내는 것은 일반 여염집 규수나 정숙한 여인은 될 수 없었기에 기생이라는 이름으로 변형되었을 뿐인 것이다. 이러한 기생이 등장하는 소설들이 계속 끊임없이 등장하고 이본이 많은 것은 결국 그들의 인기를 보여주는 것이며, 동시에 부녀자층, 여성층의 호응과 욕구 그리고 대리만족이 일어나고 있는 면이라 할 것이다.

이러한 면에서 번안소설이 촉발한 독자층들은 조금씩 서로의 경향이 달라지면서 분화되는 면을 보여주고 있다. 사실 처음 번안소설의 독자층은 부녀자, 기생 그리고 일반 남성들이나 인력거꾼 등 다양한 계층이 섞여 있었다. 그런데 소설이 진행됨에 따라, 단순히 흥미 위주로 읽고 신파극을 보던 독자들은 전혀 다른 양식으로 바뀌게 된 것이다.

남성 독자들의 경우, 국한문을 쓰는 고급 독자와 인력거꾼을 포함하는 중하위층 남성 독자들이 존재했을 것이다. 이 가운데 기생이나, 첩, 부녀자에 이끌려 신파극을 보면서, 혹은 이에 흥미를 느껴 번안소설을 보기 시작했을 것이다. 그리고 그러한 번안소설 속에서 발견한 것은 정숙하고 현숙한 현모양처와 같은 여성상이었다. 그러면서 남성 독자들은 가부장제적 사고에 만족하며 이러한 번안소설에 흥미를 느껴 갔을 것이다. 또한 중반기로 접어들면서 심우섭의 『형제』나 이상협의 『해왕성』 등은 남성 독자들의 경향을 더욱 더 강하게 반영하게 된다. 또한 이러한 고급 독자

---

37) 서혜은은 조선 후기의 '기생'이 주인공인 소설에 대해서 남성 중심 사회에서 자유로운 애정 성취를 위해 기생을 주인공으로 삼았음을 언급한다. 즉 그 당대 여성들의 욕구를 부여한 존재로 설명한다. 이러한 '기생'에 대한 해석과 여성 의식에 대한 연구는 근현대 대중소설을 이해하는 데 주목해 볼만한 논의라 하겠다(서혜은, 「고전소설에 나타난 기녀의 애정 성취 기반과 그 의미」, 『어문론총』 42호, 한국문학언어학회, 2005. 6, 238~239면 참조).

인 한문이나 국한문 혼용체를 쓰던 남성 독자들은 『해왕성』과 『무정』을 거치면서 『무정』에서는 양건식이나 김기전 등과 같은 신지식인들까지 소설의 독자층으로 드러나게 되었던 것이다. 결국 번안소설의 고급 독자인 한문이나 국한문 혼용체를 쓰던 남성 독자들은 『무정』의 독자를 거쳐 일부 20년대 지식인 독자에 편입되기도 하였다.

한편 번안소설의 중하위층 독자라 할 수 있는 일반 여성 독자와 기생, 첩 등의 여성 독자들은 이미 조선 후기 기생의 권익이나 여성 소설에 익숙해 있었으며, 남성 독자들과는 전혀 다른 형태로 여성과 기생, 첩의 권익을 대변하던 번안소설에 흡수되어 갔다. 또한 적극적으로 여성들의 자유연애에 공감해 가며 소위 '저급 독자'라는 오명 속에 성장해 갔을 것이다. 이러한 고급 독자로서 국한문 혼용체를 사용하는 남성 독자와, 중하위층 독자에 해당하는 여성 독자나 고급 독자에 끼이지 못하면서 중하위층 독자에 머물러 있는 중하위층 남성 독자들은 『무정』에서 만나게 되는 것이다. 그리고 이 중하위층 독자들은 『무정』의 독자를 거쳐 20년대 대중 소설 독자층을 형성하였을 것으로 보이며, 특히 여성들의 욕구분출은 20년대 여성 잡지의 원동력이 되었을 것이다. 또 한편으로는 20년대와 30년대의 통속소설, 대중소설의 대중적 기반을 만들었을 것이다.[38] 결국 지식인 독자 형성과 대중 독자층의 성립에 1910년대 번안소설이 상당 부분 영향을 주고 있었다고 말할 수 있을 것이다.

2) '상상된 독자'와 '문자화된 독자'의 거리

근대 매체는 누구에게 무엇을 어떻게 전달해 주느냐에 따라 그 성격이 규정된다. 고급 독자를 대상으로 삼는다면, 양질의 수준은 유지할 수 있

---

38) 이러한 독자층의 분화는 전은경의 「이상협 소설에 나타난 식민 지배 담론」(『현대소설연구』, 25호, 한국현대소설학회, 2005. 3)과 「1910년대 『매일신보』 소설 독자층의 형성 과정 연구」(『현대소설연구』 29호, 한국현대소설학회, 2006. 3) 참조.

지만 소수에 의해서만 향유될 수 있다. 반대로 보통의 일반 대중을 대상으로 삼는다면, 많은 독자층을 확보할 수는 있으나 그만큼 질적으로 낮아질 수밖에 없다.

결국 매체가 대상으로 삼은 독자와 그 독자를 향한 태도, 그리고 독자를 담아내는 형식에 따라 각 매체의 성격이 결정되는 것이다. 매체의 특성은 매체가 그 매체를 유포할 대상으로 삼는 독자 즉 매체에 의해 설정되는 '상상된 독자'와, 그 매체가 실제로 자신의 매체에 기록화한 '문자화된 독자'의 간극이 만들어낸 것으로 정리해 볼 수 있다. 이 '상상된 독자'는 1) 근대의 매체가 대상으로 삼는 독자계층을 의미한다. 또한 2) 그 대상으로 삼은 독자들이 나아가야 할 바람직한 방향까지도 포함한다. 매체는 그러한 독자를 상정하여 두고, 그러한 목표에 맞게 계획을 짜나가게 된다. '문자화된 독자'는 1) 신문이 매체를 통해 '문자'의 기록으로 남긴 독자와 2) 확대할 경우, 스스로 자신의 목소리를 내고자 하는 독자를 의미한다.

『매일신보』는 사설을 통해 식민체제를 효과적으로 정착시키면서 동시에 식민지 사회의 안정을 모색하고자 노력한다.[39] 또한 이러한 정책의 일환으로 여성교육에 눈을 돌리는데,『매일신보』는 제대로 된 며느리와 아내와 어머니의 역할을 하기 위해서는 교육이 필요하다고 주장한다. 그러나 이러한 교육은 여성 주체를 강화시키기 위한 교육이 아니라 안정되고 규율 잡힌 가정을 성립시키기 위함이었다. 따라서 이는 유교적 질서를 재삼 강조함으로써 남성 중심의 가부장제를 강화하고 이를 통해서 식민지 조선을 천황 중심의 국가로 귀속시키고자 한다. 결국『매일신보』는 여성이 근대의 혜택을 가장 크게 받았다고 보고 여성을 화두로 삼아 여성의 근대적 교육을 강조하여 이를 통해 형성되는 여성의 지위 향상을 주시함

---

39) 심재욱, 「1910년대『매일신보』의 식민지지배론—조선귀족·지방관리에 대한 사설을 중심으로」, 수요역사연구회 편, 『식민지 조선과 매일신보 1910년대』, 신서원, 2003, 211~213면 참조.

으로써 여성들이 식민지 지배 체제를 승인하도록 만든다. 또한 여성의 이권을 가져 온 일제의 문명의 힘을 강조하고 있는 것으로 볼 수 있다.

이러한 상황 속에서 『매일신보』는 일제 총독부 기관지로서, 일본 식민 지배 담론을 유포하기 위해 대중화 정책을 폈다. 『매일신보』의 가장 주된 임무는 일제의 식민 지배 논리를 학습시키고 세뇌하는 것이었다. 그러므로 『매일신보』에 의해 '상상된 독자'는 식민지 조선인, 일반 대중들이었다고 할 수 있다. 『매일신보』는 더 많은 대중들에게 자신들의 식민 담론을 유포하고, 그것을 학습시키고자 두 가지 방법을 쓰게 된다. 그 하나는 순한글 표기였고, 다른 하나는 흥미를 유발할 수 있는 대중소설의 기획이었다. 이 한글 사용으로 『매일신보』는 훨씬 더 많은 대중을 불러 모을 수 있었다. 즉 순한글로의 언어통일은 대중을 국민으로서 불러들여 통합하는 일제의 고도의 전략이었다.40)

여기에서 신문에 의해 '상상된 독자'였던 대중은 '문자화된 독자'로 자리 잡게 된다. 즉 독자의 성향을 기록을 통하여 반영하게 된 것이다. 떠돌아다니는 것을 언어로 명시할 때, 이것의 영향력은 매우 커진다. 글을 읽지 못해도 다른 이들이 읽어주는 것을 들으며 즐길 수 있었고, 또한 대필 등을 통해 자신의 의견을 투고하는 등 직접적인 참여가 가능하기도 했다. 신문이 잡지보다 수준이 떨어진다고 하더라도 이러한 <독자투고란>을 통해서 대중의 욕구는 반영될 수 있었다. 문자화된 것은 명시화됨으로써 또 다른 언어를 유포한다. 사실의 적재, 묘사가 가지는 역동성은 저항으로 가는 발판이 될 수 있는 것이다.

---

40) 푸코는 근대에 앞선 고전주의 시대는 그 앞 시대의 언어관과는 단절된다고 설명한다. 고전주의 시대의 언어는 사물과의 친연성을 잃고 "언어의 예술은 <어떤 기호를 만들어내는> 방법이요, 어떤 사물을 기호화하는 동시에 그 사물 주위에 기호들을 배치하는 방법이 된다. 그러므로 그것은 이름 붙이는 기술이요, 지시적인 동시에 장식적인 이중화에 의해 그 이름을 포획하는 기술이요, 그 이름을 가두어 놓고 감추는 기술"로 변환되었다고 지적한다(푸코, 이광래 역, 『말과 사물』, 민음사, 1987, 71면). 이러한 차원에서 한글 신문의 유포와 조선 사회의 악습과 악행을 언어로 명시화하는 것은 정신을 가두어 두는 억압적 담론 기능의 한 측면이다.

<독자투고란>에 투고한 한 독자는 "이 셰샹에눈, 화류계를 단여도, 무식ㅎ면 안이 되겟습듸다"[41)라며 기생들이 『매일신보』를 많이 본다며, 자신이 글을 잘 모르자 무안을 당했다고 한다. 다음 날에는 자신들을 밀매음하는 기생이라고 말하는 독자들이 <독자투고란>에 투고하기도 했다. 이는 『매일신보』를 보던 대중들 속에 어느 정도 교육을 받은 여학생들뿐만 아니라 신문을 서로 돌려보던 기생들 역시 포함되어 있다는 것을 의미한다. 여성들은 『매일신보』에 의해 '상상된 독자'로 상정되었고, '부녀신문'이나 '가정의 친구' 등의 난들은 『매일신보』가 이 '상상된 독자'들을 참여시키고자 구성했던 것들이라 할 수 있다.

<독자투고란>에서 독자가 기록한 조선 여성의 모습은 "아, 셰샹이 엇더케 되얏눈지, 녀편네들이, 사나희를 보면, 니외를 흐다든구면, 지금은 도로혀, 사나희가 녀편네를 보면, 니외를 흐게 되엿스니, 참 긔믹힌 일이야"[42)라고 말할 만큼 남성들이 볼 때, 여성들은 일탈적으로 변해 가고 있었다. 이렇게 당대 여성들의 일탈적인 행위에 대해 독자의 투고가 있을 때, 대중 번안소설의 내용도 이러한 투고와 매우 비슷한 내용이 진행되고 있었다. 『장한몽』에서는 이미 남편이 있는 최만경이 적극적으로 이수일에게 구애를 하고, 이수일은 이를 피하는 장면들이 등장한다. 이 독자의 투고가 있었던 이틀 전인 8월 2일자 69회에서는 심순애가 자살하려던 자신을 구해 준 이수일의 친구 백락관에게 이수일을 만나게 해 달라고 간절히 간청하는 장면들이 등장하고 있었다. 이처럼 조선의 실제 현실과, 번안소설 속의 장면이 서로 섞여 들고 있는데 이러한 번안소설 속의 일탈적 여성의 모습들은 결국 조선 현실의 반영이었다. 여기에는 조선의 부정적 면모를 발견하고 식민 지배의 정당성을 말하고자 하는 의도도 있었을 것이다. 그러나 신문에 의해 문자화된 여성의 모습이 번안소설에 '조선식'이라는 이름으로 변환되어 나타나고, 이를 독자들의 말로 또 다시 문자화시킴

---

41) 「의슈가갸셩」, '독자구락부' (『장한몽』 105회 연재 중) 『매일신보』, 1913. 9. 13.
42) 「가갸셩」, '독자구락부'(『장한몽』 71회 연재 중), 『매일신보』, 1913. 8. 5.

으로써, 여성들의 욕망은 더욱 더 강화되어 가기에 이른 것이다.

잡지가 열정적으로 참여하는 소수를 위한 것이었다면, 신문은 무관심한 다수들을 끌어들여야 하는 대중적인 것이었다. 따라서 신문은 신문의 대중화 정책상 <독자투고란>이 필요했던 것이다. 대중은 『매일신보』로부터 등장했으며, 대중을 한낱 상업적 발상으로 이용하려던 신문사의 의도와, 번안소설의 홍미 유발전략 속에서 나타나게 된 것이다. 결국 『매일신보』가 식민 지배를 정당화하기 위해 조선의 부정적 부분을 문자화시켰던 것들이 도리어 잠재적 대중들에게까지 그러한 일탈적인 상황을 당연하게 받아들이도록 만들었다. 또 그것을 비난하면서도 재미로 느껴 유포함으로써 도리어 대중성에 기여하고 일탈적인 여성을 더욱더 양산해 내고 말았다. 즉 여성 독자를 문면화시키고 잠재적 독자가 아니라 가시적 독자로 문자화시켰으며, 이들의 존재뿐 아니라 그 욕망까지 문자화함으로써 실체화했던 것이다. '문자화된 독자', '기록화된 독자' 등장은 『매일신보』의 판매 부수 확장 전략과 이러한 전략의 하나로서의 번안소설 연재라는 상황이 얽혀 있었던 것이다. 좀 더 많은 홍미를 유발하기 위해 당대 조선 사회의 모습과 기대, 욕망을 반영할 수밖에 없었던 번안작가의 고민이 여기에 있었다. 이는 『매일신보』의 사회면에서 고발당했던 당대 사회와 여성들의 일탈과 연계되어 있었다. 이러한 여성들의 관심을 유발하기 위해 번안작가는 당대 현실의 반영과 더불어 좀 더 자극적인 것을 찾아 여성들의 욕망을 반영하였던 것이다.

정리해 보자면, 『매일신보』는 일본 식민지 지배의 정당성을 위해 구조선의 패악을 신문이라는 매체를 통해 기록하였다. 이들은 구조선의 부정성을 들추는 한편, 질서와 규율이 있는 식민지를 구성하기 위해 언론 정책을 폈다. 『매일신보』에 의해 '상상된 독자'는 바로 구조선의 악습에서 갓 벗어난 식민지 조선인이었다. 또한 이러한 식민지 대중이 질서와 안녕을 유지하는 일본의 한 구성원이 될 것이라 믿었다. 번안소설 역시 같은 맥락에 서 있었다. 대중의 관심을 유발하기 위해 자극적이면서 일탈적인 대중의 욕구를 소설 속에 담아내었다. 그러나 실제 의도는 그러한 일탈적인 대중을 교화하여 질서와 문명이 있는 자리로 되돌아오게끔 하는 것이었다.

이러한 의도는 교육받은 고급 남성 소설 독자에게는 맞아 떨어질 수 있었다. 그들은 『장한몽』을 청년 여자에 대한 징계로 보았고, 『정부원』을 통해 부녀자가 지켜야 할 정조와 도리를 배울 수 있다고 믿었다. 그러나 신문에 의해 고발되고 비판되던 음란한 여성들, 기생, 첩, 매음녀들이 『장한몽』을 통해 스스로 자신을 징계하고, 『정부원』의 정혜처럼 정숙한 여인으로 돌아올 수 있다고 믿는 것은 사실상 불가능한 일이었다. 그들은 실제로 신문과 번안소설의 비판의 대상에서 <독자투고란>을 통해 자신의 목소리를 내는 '문자화된 독자'로 되돌아 왔다. 이러한 부정한 여성들이 남성들에게 연일 욕을 먹으면서도 연극장으로 향한 것은 그들을 끌어당기는 자신들의 이야기가 거기에 있었기 때문이다. 이혼한 여성이 자신이 좋아하는 남성과 결혼할 수 있고, 첩의 권리를 말하며, 남성의 행동에 대해 비판하면서 자신의 욕망을 분출하는 번안소설과 연극에 끌렸던 것이다.

『매일신보』의 <독자투고란> 속에는 한문이나 국한문 혼용체를 쓰는 고급 독자로서의 남성 독자와, 근대의 새로운 문물이라 할 수 있는 인력거를 끌던 인력거꾼이나, 불만을 토로하고 싶어 하던 하인들로 대표되는 중하위층 남성 독자, 그리고 여성으로서의 욕망을 분출하고 싶은 일반 여성 독자들이 뒤섞여 등장하고 있다. 고급 남성 독자의 경우에는 사실 다른 매체나 혹은 그 이전 시대에서도 등장할 수 있었고, 글을 남길 수 있었다. 그러나 『매일신보』의 <독자투고란>을 통해 처음으로 자신의 목소리를 문자화 한 독자는 중하위층 남성 독자와 여성 독자들이라 할 수 있다. 그리고 상당 부분을 여성 독자들이 차지하고 있다고 해도 과언이 아니다.

사실 이러한 면은 『대한매일신보』와의 비교 속에서 드러날 수 있다. 『대한매일신보』의 경우의 독자투고 중 <기서투고자>의 경우를 보면 총 176건 가운데 여성임을 명시한 독자는 17건으로 전체 약 9.7%를 차지하고 있다.[43] 당대 여성들이 신문에 글을 싣기란 매우 힘들다는 것을 생각해 본다면, 스스로를 여성이라고 소개한 독자가 약 10%에 해당된다는 것은 매우 높은 수치라 할 수 있다. 문면에 드러난 여성 독자가 10%이지만, 그 잠재된 독자의 수는 그 이상이라고 예상할 수 있다.

한편 『매일신보』의 <독자투고란>에서 여성이라고 구체적으로 명기한 경우는 251개로 약 4.8% 정도밖에 해당되지 않는다. 그러나 일반 여성에 대한 비판이 초기에 많았음에 비해 갈수록 남성에 대해 비판이 늘어나고 있다는 점과, 살림, 혹은 물가, 쌀값 등 구체적으로 여성의 활동이나 삶과 연계된 비판 내용이 많은 점으로 미루어 여성들이 자신들의 목소리를 익명으로 내었을 확률이 높다. 남성 비판은 총 474개, 물가 폭등과 빈곤 등에 대한 이야기는 151개로 여성임을 밝힌 독자들의 개수와 합칠 경우 총 5,222개 가운데 약 16.8% 해당하며, 여기에 연극, 소설, 신파극, 극장 관련 논의를 넣는다면 더 많아지게 된다. 익명 투고자가 여성이었을 확률이 높은 만큼 자신을 감춘 잠재적 독자로서의 여성은 드러낸 독자보다 훨씬 더 많았을 것이다. 게다가 한글신문으로 여성을 주된 독자로 삼은 『제국신문』의 여성 독자들과 『대한매일신보』의 여성 독자들이 『매일신보』 독자로 포섭, 유입되었을 확률도 무시할 수 없다.

또한 『매일신보』가 정책적으로 여성 가정소설을 선택한 점, 그것을 신연극과 연계시킨 점, 그리고 기생 관련 연재 기사를 낸 점 등을 미루어 본다면, 『대한매일신보』부터 계속해서 여성 독자가 꾸준히 늘어오고 있다고 할 수 있을 것이다. 따라서 『매일신보』는 여성 독자층이 매우 폭넓게 형성되어 있었을 것이다.

따라서 『매일신보』가 문자화 한 독자는 남성 독자보다는 도리어 익명성의 탈을 쓴 여성 독자였다고 할 수 있다. 『매일신보』 스스로가 판매 부수를 확장시키고자 의도적으로 기생이나 여성을 이용하려고 했던 것이다.

---

43) 김영희, 「『대한매일신보』 독자의 신문 인식과 신문 접촉 양상」, 앞의 글, [표 4] 360면 참조.

『매일신보』의 판매 부수가 어느 정도 확장되어 이들이 더 이상 필요 없어졌을 때는 이미 여성 독자들의 위험 수위는 도를 넘어서고 있었고 『매일신보』는 이들을 감당할 수 없었다. 남의 이야기를 하기 좋아하는 독자들은 도리어 『매일신보』를 향해 비판의 화살을 돌렸다. 더 이상 일본을 통해 받아들인 문명은 보기 좋은 것이 아니었다. 그들은 사회에 대한 불만과 부정한 것들을 끊임없이 식민지 조선인에게 유포하고 서로 공유했다. 『매일신보』가 '상상한 독자' 즉 정숙한 현모양처로서의 여성 독자와 <독자투고란>을 통해 '문자화된 독자', 즉 자신의 욕망을 분출하는 여성 독자의 간극은 클 수밖에 없었다. 이 문자화된 독자 속에 여성인 소설 독자층이 존재하고 있었던 것이다.

2. 『무정』과 대중소설의 성립에 미친 영향

1) 『무정』에 끼친 영향

(1) 『무정』의 대중성과 번안소설의 영향

최초의 근대 소설로 평가받고 있는 이광수의 『무정』이 번안소설이 실리던 곳에 연재되었다는 것은 이광수와 번안소설의 연관 관계를 고려하게 만든다. 이광수가 『매일신보』라는 신문 매체의 성격을 이해하고 있었고, 또한 번안소설의 역할에 대해 긍정적으로 받아들이고 있었기에 『매일신보』에 『무정』을 실을 때는 그러한 매체적 상황과 독자에 대한 고려가 있었을 것이다.[44)]

---

44) 김태윤은 이광수의 「문학이란하오」에서 "일제, 하몽 제씨의 번역문학은 조선문학의 기운을 촉흥기에 의미가 심홀줄로 사흥노라"라고 언급한 부분을 통해 이광수가 번안소설에 대해 긍정적인 시각을 보이고 있음에 주목한다. 즉 이러한 텍스트가 이룬 성과에 이광수가 주목하고 있다는 것이다(김태윤, 「1910년대 단편소설과 유학의

사실 기존 논의에서 일재 조중환의 번안소설 『장한몽』이 근대 장편소설에 미친 영향은 이미 검토된 바 있다. 최원식의 말처럼 현실적 유혹에 흔들려 굴복하고 마는 『장한몽』의 삼각관계의 새로움이 『무정』에서도 초점화되고 있다. 또한 『장한몽』은 이광수의 다른 작품인 『재생』과 현진건의 『적도』, 나도향의 『환희』 등에 영향을 주었다.45)

『무정』이 가지고 있는 대중소설적 요소, 즉 번안소설로부터 착안한 면은 독자의 감상성과 흥미를 유발하는 측면이라 할 수 있다. 이 글에서는 『무정』이 가지고 있는 여러 다양한 면모 속에서 번안소설과의 연계지점을 중점으로 살펴볼 것이다.46) 『무정』의 대중소설적인 면은 선정적인 내용과 더불어 『매일신보』 문예면의 독자에 대한 욕구를 이해하기 때문에 나타난 것이다. 번안소설에 호응했던 부녀자층, 혹은 기생들, 그리고 당대 일탈적인 여성들을 상대로 이광수는 그들이 흥미 있어 하는 부분을 두드러지게 과장한다.

> 그러나 영치롤 등에 업고 캄캄흔 밤에 사름 업는 데로 거러가니 등과
> 손에 감각되는 영치의 쌋듯흔 살이 금홀 수 업시 그의 육욕의 즈극ᄒ얏다
> 년계로 말ᄒ면 졔 손녀나 되어만흔 이졔 겨오 열세 살되는 영치에게 디ᄒ
> 야 싴욕을 품는다흠이 이상히 들니려니와 원톄 몸이 건강흔 데다가 마음

문제」, 연세대 석사논문, 2003, 13면 참조).

45) 최원식, 「『장한몽』과 위안으로서의 문학」, 임형택·최원식 편, 『한국근대문학사론』, 한길사, 1982, 258면 참조.

46) 『무정』은 근대 소설의 효시로 알려진 만큼, 그 독특한 위상을 가진 작품이라 할 수 있다. 이는 『매일신보』에서 선정적이고 오락적인 일본 가정소설의 번안이 연재되던 그 자리에 『무정』도 연재됨으로써 그러한 오락성을 가지지 않을 수 없었다. 그러나 또 한편으로는 『무정』이 처음으로 지식인 소설의 한 형태로 『매일신보』에 연재되었다는 점에서 앞의 번안소설들과는 전혀 다른 모습, 즉 단절성 역시 가지고 있었다. 1900년대의 민족 계몽적 차원의 내용을 승계함과 동시에 그것을 독자의 흥미, 자유로운 남녀 연애 등의 구도 등으로 새로움 역시 획득하고 있다. 이러한 면에서 『무정』은 매우 복합적인 양상을 띤다고 할 수 있을 것이다. 이러한 면에서 『무정』의 탈식민성과 '정'의 양가성에 대한 논의(김경미, 「1910년대 이광수 문학에 나타난 '준비론'의 양가성」, 『어문학』 86집, 2004. 12 / 「1910년대 이광수 단편소설의 '정'의 양가성 연구」, 『어문학』 89집, 2005. 9)는 주목해 볼 만하다.

에 도덕과 인륜의 씨가 스러졋스니 이리 흠도 괴이치 안이혼 일이라 (중
략) 그러나 그는 듯지 아니ᄒ고 미친드시 영치를 짱에 눕혓다
  이ᄱ지 ᄒ는 말을 듯고 형식은 젼신이 옷샥ᄒ엿다 마참네 영치는 쳐녀
가 아닌지 오리고나 ᄒ엿다 셜혹 영치가 욕을 보지 아니ᄒ엿노라 ᄒ더라
도 형식은 밋지 아니ᄒ리라 ᄒ얏다 형식은 그악한이 영치를 짱에 업더리
던 광경을 싱각ᄒ고 일변 영치랄 불샹히도 역이고 일변 영치가 더러온 듯
이도 싱각ᄒ얏다[47]

영채가 형식을 찾아와 그동안 자신이 살아왔던 행적을 이야기하던 중
영채가 악한에게 잡혀가 겁탈당하기 직전 장면에서 이야기가 끊어지고,
다시 형식은 자기 생각으로 옮겨온다. 이것은 선정적인 내용으로 독자의
홍미를 유발함과 동시에 그 다음 내용에서 독자들은 영채가 처녀를 잃은
것인지 아닌지에 대해 궁금하게 만들고 있는 것이다. 또한 형식은 결국
영채가 그때 욕을 본 것으로 지레 짐작하여 처녀가 아니라고 생각한다.
따라서 독자 역시 그렇게 생각하도록 유도하고 있는 것이다. 그러나 그
다음 장면에서 외갓집에서부터 영채를 따라온 개가 주인을 위해 악한과
싸워 거꾸러뜨리고는 영채의 품에서 죽고, 결국에는 개가 영채를 구해 주
는 것으로 내용이 전개된다. 이는 결국 처녀를 잃은 것처럼 독자들이 예
상하도록 의도적으로 유도한 다음, 독자의 예상을 어긋나게 내용을 전개
시킴으로써 재미를 더해주는 장면이다. 이러한 영채의 처녀에 대한 유
무[48]는 이 뒤에도 끊임없이 제기되고, 선정성과 홍미를 자극하는 장치로
사용된다.

---

47) 『무정』 11회, 『매일신보』, 1917. 1. 17.
48) 정혜영·류종열은 「근대의 성립과 '연애'의 발견」에서 '처녀성'으로서의 근대적 육
   체적 처녀를 살피고 있다. 특히 『무정』에서 드러나는 '처녀성'에 대한 관심에 주목
   하여 "<무정>에서 '처녀'는 육체성을 지칭하는 새로운 의미로서 재탄생되고 있었
   던 것"(238면)으로 해석한다(정혜영·류종열, 「근대의 성립과 '연애'의 발견」-
   1920년대 문학에 나타난 '처녀성' 성립과정을 중심으로, 『한국현대문학연구』 18집,
   한국현대문학회, 2005. 12, 227~251면).

[표 26] 영채의 처녀성과 연관된 『무정』 36~48회 내용 요약

연재 회	날짜	내　　　용
36회	1917. 2. 16.	계월향(영채)이 남자와 함께 청량리로 놀러가서 여섯시에 들어온다던 이가 8시가 지나도 오지 않는다. 이를 알게 된 형식은 "형식씨 나를건져쥬시오 나는지금 위험ᄒ외다"라며 울고 있는 영채의 소리가 들리는 듯하여 불안해 하며 청량리로 달려 간다.
37회	1917. 2. 17.	형식은 신문기자인 친구 신우선을 만나 사회에서 유력한 자들이 영채를 자기네들 손에 넣으려 한다며 도움을 요청한다. 이때 형식은 신우선에게 영채가 자신을 위해 정절을 지켜왔다는 걸 밝힌다. 형식은 "영치가 방금 엇던 남ᄌ의게 위급ᄒ 위협을 밧는 양이 눈에보이는 듯"하다.
38회	1917. 2. 18.	우선은 난봉꾼인 김현수와 배명식이 월향(영채)을 데리고 나갔다는 말을 듣고는 "월향은 오늘 저녁에는 김현수의 손에 드러가는 줄을 짐작"하게 된다. 우선도 월향을 마음에 두었기에 월향이 김현수의 손에 넘어간 것을 분해하며 이 사건을 신문에 실어 김현수에게 맥주 값이라도 받으려 했다. 그래서 경찰서에 다녀오는 중에 형식을 만나 자초지종을 듣고는 질투하는 마음을 접고 형식을 도와주기로 한다.
39회	1917. 2. 20.	청량사 암자에서 김현수와 배명식이 월향을 겁탈하는 현장에 형식과 우선이 들이닥친다. "녀ᄌ는두손으로 낫을가리우고 흑흑늣긴다 손과발은동혀믜엿다 그러고치마와바지는ᄶ씨엿다 머리치는풀려 등에쌜렷고 알에일수에셔는 ᄲᆞᆯ간 피가흐른다." 흐트러진 영채의 모습과 좌절하는 형식의 심정이 매우 자세히 묘사된다.
40회	1917. 2. 21.	형사가 김현수와 배명식을 포박하여 나오고, 형식은 이들에 대해 분노한다. "그네는 려염집 부인이 남의 남ᄌ와 희롱홈이 죄인 줄을 알건만은 기ᄉᆡᆼ ᄀᆞᆺ흔 것은 의례히 아모나 희롱ᄒ는 것이 맛당ᄒ다 ᄒ다 려염집 부녀에게는 정절이 잇스되 기ᄉᆡᆼ에게는 정절이 업는 것이라ᄒᆞᆫ다" 기생은 강간해도 된다고 생각하는 남성들에 대한 형식의 분노가 매우 자세히 묘사된다.
42회 (실제 41회)	1917. 2. 22.	"「치마를 왜 ᄶᅥᆻ겨? 치마를 ᄶ씨도록 반항홀 것이 무엇이어?」 ᄒ고 로파는 호독호독 늣기는 영치의 등을 보며 싱각 ᄒ다 못싱긴 김현슈가 영치의게 ᄶ밀치우던 양과 더 못싱긴 ᄇᆡ명식이가 ᄶ밀치고 악을 부리는 영치의 팔을 잡아쥬던 양과 영치가 니를 ᄲᅡ드득ᄒ고 갈던 양을 생각ᄒ고 로파는 ᄯᅩ ᄒ 번 우섯다." 울고 있는 영채를 보며 노파가 영채가 겁탈 당하는 장면을 상상하는 장면이 매우 자세히 묘사된다.
41회 (실제 42회)	1917. 2. 23.	노파가 다시 영채가 가여운 생각이 들어 위로하는데 영채는 입술을 물어뜯어 피가 흐른다. 노파가 명주수건으로 피묻은 영채의 입술을 닦아주는데 그 피묻은 수건을 보면서 영채는 더러운 피라며 분노한다. 영채가 강간당하던 장면, 즉 "김현슈의 그 즘싱 ᄀᆞᆺ흔 눈 그것헤셔서 ᄶᆞᆷ나나는 손슈건으로 영치의 입을 트러막던 ᄇᆡ명식의 몸양 ᄇᆡ명식이가 영치의 두 팔을 ᄭᅪᆨ붓들 ᄶᅢ에 밋친 듯ᄒᆞᆫ 김현슈가 두 손으로 ᄌᆞ긔의 두 귀를 ᄭᅪᆨ 붓들고 슐닙시와 구린니 나는 입을 ᄌᆞ긔의 입에 티던 모양"이 영채의 생각을 통해 다시 재구된다.
43회	1917. 2. 24.	형식이 집에 돌아와 괴로워하는 장면을 주인집 노파의 눈을 통해서 보여준다. 평상시와는 달리 형식이 매우 괴로워하여 노파가 의아해한다. 노파는 형식이 걱

		정되어 한참을 밖에서 걱정하며 바라보고, 형식의 방에는 늦은 밤까지 불이 켜져 있다고 묘사된다.
44회	1917. 2. 25.	형식이 청량사에서 본 영채의 강간 장면을 다시 떠올리는 장면이 매우 자세하게 묘사된다. "김현슈가 영창을 쩌들고 일어나던 양과 영치의 입슐에 피가 흐르던 것과 영치의 옷이 흘너느려 하연 허리가 한쯤이나 드려 낫던 것을 싱각ᄒᆞ얏다." 형식은 영채가 정말로 김현수에게 정절을 빼앗겼는지 어떤지 계속 생각하는 장면이 나오면서 영채의 강간 장면이 자세하게 묘사된다. 그러면서 형식은 영채가 처녀일리 만무하다며 분노한다.
45회	1917. 2. 27.	형식은 어제의 곱던 영채가 아니라 순결을 잃은 더러운 영채라고 영채를 기억한다. 그에 비해 선형은 처녀인 깨끗한 여인으로 찬양하는 모습이 묘사된다. 선형의 모습은 "그 머리로셔 나는 향늬 그 칙당을 집고 잇던 투명ᄒᆞᆫ 뜻ᄒᆞ 하얀 손ᄭᅡ락 그 조곰 구기고 쩌가 무든 옥식 모시치마 그 넙젹ᄒᆞᆫ 옥식리본 그 격삼 등에 쌈이 비어 부드럽고 고은 살이 쌜ᄀᆞᆺ게 비쵯던 양이 말ᄒᆞᆯ 수 업는 향긔와 쾌미를 가지고 형식의 피곤ᄒᆞᆫ 신경을 ᄌᆞ극ᄒᆞᆫ다."
46회	1917. 2. 28.	형식에게 우선이 찾아오고 그런 우선을 모습을 보면서 무슨 일이 있는가 하고 형식은 불안해한다. 우선은 "형식의 인격이 의례히 영치로 안히를 삼으리라 ᄒᆞ얏다 그러나 영치로 안히롤 삼으면 형식의 머릿속에 쳥량ᄉᆞ 일이 늘 남아잇셔 형식을 괴롭게 ᄒᆞ리라 ᄒᆞ얏다 그러나 형식을 괴롭게 ᄒᆞ고 아니ᄒᆞ게 홈은 ᄌᆞ긔의 손에 잇다 ᄒᆞ얏다." 형식이 식사를 다하기가 무섭게 우선은 형식을 데리고 나간다. 그런 우선 때문에 형식은 매우 불안해한다.
47회	1917. 3. 1.	우선은 형식을 영채의 집으로 데려 간다. 형식은 "그러나 「벌셔 느졋다」 하엿다 벌셔 영치는 쳐녀가 안이리 ᄒᆞ엿다." 그러면서 형식은 또다시 영채와 선형을 비교한다. 그리고 행랑어멈이 나와 영채가 아침 첫차로 평양에 갔다고 전한다. 형식의 마음은 어제 불안해 하며 영채의 집을 들렀던 때와는 달리 도리어 마음이 안정된다. 그리고 방안으로 들어간다.
48회	1917. 3. 2.	형식은 영채의 방에 가서 방 벽에 걸린 피묻은 치마를 보고 괴로워한다. "그벽에 는찌겨진치마가걸렷다 형식의머리쇽에는 쳥량리광격이 빙그르돈다 그치마압ᄌᆞ락에는 피가무덧다." 형식은 영채가 입술을 물었던 것처럼 자신도 입술을 물면서 그날 돌아오던 전차 속에서 영채가 찢어진 치마를 감추던 모습을 떠올린다. 결국 형식은 영채가 정절을 잃은 사실을 확인하고 실망하고 만다.

『무정』에서 영채가 겁탈 당하는 장면은 매우 자세히 여러 번 반복되어 서술된다. 『무정』 연재 36회에서 48회(1917. 2. 16~3. 2)까지 근 13일 동안 13회에 걸쳐 영채의 강간 사건은 매우 선정적으로 다시금 재구되고 있다. 위의 도표는 36회에서 48회까지의 내용을 요약한 것이다. 특히 영채가 처녀성을 잃었는지 어땠는지에 대한 내용과 겁탈 장면들이 여러 사람의 상상을 통해서 자꾸만 반복된다. 실제 겁탈 상황뿐만 아니라 노파의 상상과 영채 자신의 분노, 그리고 형식의 회상과 상상, 형식과 우선의 대화

속에서 끊임없이 재구되고 반복되고 있다.

　① 녀즈는 두 손으로 낫을 가리우고 흑흑 늣긴다 손과 발은 동혀 미엿다 그러고 치마와 바지는 찌찌엿다 머리치는 풀려 등에 쌀렷고 알에 입슐에셔는 쌜간 피가 흐른다 방한편구석에는 믹주병과 어름 그릇이 넘 느른흐고 엇던 것은 찌여졋다 형식은 얼른치마로 몸을 가리오고 손발 동여민 녀즈를 안아 니르키엿다 녀즈는 얼거미운 두 손으로 낫츨 가리운 디로 울기만 흔다 (중략) 형식은 웃득 셔셔 옷고름이 왼통 풀어지고 옷이 흘러나려 하연 허리가 한쎅이나 니여노인 것을 보고 시로온 슯흠이 싱긴다[49]

　② 「치마를 왜 찟겨? 치마를 찌찌도록 반항홀 것이 무엇이어?」 흐고 로파는 호독호독 늣기는 영치의 등을 보며 싱각흔다 못싱긴 김현슈가 영치의게 쩌밀치우던 양과 더 못싱긴 비명식이가 쩌밀치고 악을 부리는 영치의 팔을 잡아쥬던 양과 영치가 니를 쌔드득흐고 갈던 양을 생각흐고 로파는 쪼 흔번 우섯다[50]

　③ 김현슈가 영창을 쩌들고 일어나던 양과 영치의 입슐에 피가 흐르던 것과 영치의 옷이 흘너ᄂ려 하연 허리가 한쏨어나 드려낫던 것을 싱각흐얏다 그러고 우션이가 「모－짜메짜」 흐던 것을 싱각흐얏다 영치는 과연 김현수에게 몸을 더럽힘이 되얏는가 흐고 싱각을 흐얏다 (중략) 그러나 그 손발을 동여민 것이 무슨 뜻일가 그 치마와 바지가 찌져지고 다리가 드러낫슴이 무슨 뜻일가[51]

　①은 실제로 이형식과 신우선이 영채가 훼절된 현장에 당도한 실제 상황이다. 사실 이 부분은 사건에 전개상 필요한 부분이라고도 할 수 있다. 그러나 ②와 ③의 경우는 끊임없이 앞의 장면을 상상하고 다시 생각하고 묘사함으로써 그 장면이 되풀이되는 가운데 선정성의 강도가 더욱 강화된다. 또한 찢어진 치마와 흘러내린 옷, 그리고 그 사이로 보이는 허리와

---

49) 『무정』 39회, 『매일신보』, 1917. 2. 20.
50) 『무정』 42회(실제로는 41회), 『매일신보』, 1917. 2. 22.
51) 『무정』 44회, 『매일신보』, 1917. 2. 25.

다리에 대한 묘사가 실제 상황에서도 매우 적나라하게 묘사되고 있다. 또한 노파의 상상이나 형식이 혼자 방에서 생각하는 장면에서도 끊임없이 찢어진 치마와 속살에 대한 묘사가 선정적으로 언급됨으로써 대중의 흥미를 자극하고 있다.52)

영치는 물어뜯긴 입술이 앓흘가 보아서 부드러운 면쥬슈건으로 가만가만히 피를 씻는다 씨스면 쏘 나오고 씨스면 쏘 나오고 깁히 박힌 두 압니 발자국으로 시뻘간 피방울이 련호야 소사 나온다 명쥬수건은 그만 피로 울긋붉웃호게 되고 말앗다 로파는 「휘」호고 한슘을 쉬며 그 피뭇은 수건을 보앗다 「져것은 피로고나」 호얏다 그러고 치마 압자락이 찌져진 것을 싱각호고 앗가 쳥량리일을 싱각호고 「우후! 이 피가 이졔는 더러운 피가 되엿고나」호고 로파에게셔 피무든 슈건을 쎄아셔 입으로 쌕쌕찌지며 쏘 「이 피가 더러온 피로고나 더러온 피로고나!」 하고 몸을 우들썬다
영치의 눈압혜는 앗가 쳥량리에서 맛나던 광경이 더욱 분명호게 보인다 김현슈의 그 즘싱ᄀᆞᆺ흔 눈 그것헤셔서 쌈니 나는 손슈건으로 영치의 입을 트러막던 비명식의 몸양 비명식이가 영치의 두 팔을 꽉붓들 쎠에 밋친 듯혼 김현슈가 두 손으로 즈긔의 두 귀를 꽉붓들고 슐닙시와 구린니 나는 입을 즈긔의 입에 디던 모양 「이 계집을 빗그러 뭡시다」 호고 김현수가 즈긔의 두 발을 붓들고 비명식이가 눈을 찡긋찡긋호며 즈긔의 두 팔목을 다님짝으로 동여미던 모양 그러혼 뒤에 「이년이 발길년! 이제도」 호고 김현슈가 썰썰 웃던 모양이 더욱 분명호게 보인다53)

또한 영채가 자신이 겁탈당하는 장면을 떠올리며 분노하는 장면은 형식이나 노파의 상상보다도 훨씬 자세하고, 구체적이다. 처음 사건이 일어난 장면의 묘사에서 "알에 입술에서는 쌜간 피가 흐른다"는 부분이나 형식이 다시 상상해보는 장면에서 "영치의 입술에 피가 흐르던 것"을 생각

---

52) 이러한 『무정』의 영채 강간 장면에 주목한 것으로는 박영준의 「<무정>의 강간 모티프 연구」(『현대소설연구』 22호, 한국현대소설학회, 2004)와 또한 『무정』의 선정성을 육체의 의미로 푼 이영아의 「이광수 『무정』에 나타난 '육체'의 근대성 고찰」(『한국학보』 106호, 일지사, 2002. 3)을 들 수 있다.
53) 『무정』 41회(실제로는 42회임), 『매일신보』, 1917. 2. 23.

하는 부분 등 영채의 입술의 피가 끊임없이 강조된다. 특히 영채의 기생
어미인 노파가 영채를 불쌍히 여겨 영채의 피묻은 입술을 닦아주는 위의
장면에서는 닦아도 닦아도 계속 나오는 영채의 입술의 붉은 피가 강조된
다. "명쥬수건은 그만 피로 울긋붉웃ᄒ게 되고 말앗다"라는 것은 영채의
처녀성 상실을 비유하고 있는 것이다. 13일 가량 끊임없이 상상되고 재구
되는 영채의 강간 장면에는 영채의 처녀성 상실의 유무에 대한 궁금증을
유발함과 더불어 입술의 빨간 피를 강조하는 것으로 나타난다. 이는 처녀
성에 대한 간접적인 제시와 더불어 선정성을 드러내는 간접적인 방법이
라 할 수 있다. 직접적으로 제시하지 않고 우회적으로 돌림으로써 독자들
로 하여금 상상하게 하고 또 이러한 면이 독자들의 흥미를 자극하여 독
자들은 『무정』의 연재에 촉각을 곤두세우게 되는 것이다.

> 형식의 눈은 모긔장으로셔 문달린 벽으로 돌앗다 형식은 문칫ᄒ얏다
> 그 벽에는 찌져진 치마가 걸렷다 형식의 머리 속에는 청량리 광경이 빙그
> 르 돈다 그 치마 압ᄌ락에는 피가 무덧다 형식은 남모르게 쩔리는 슘소리
> 를 죽이고 입슐을 꼭 물엇다 그러고 「나도 영치 모양으로 입슐을 무는고
> 나」ᄒ고 참 치마에서 눈을 쩨엇다 동대문 오는 뎐챠 속에서 영치가 치마
> 의 찌져진 것을 감초는 양을 보고 계집이란 이러ᄒ 째에도 인사를 챠린다
> ᄒ던 싱각이 ᄂ다 바로 치마밋헤 피무든 명지수건 조각이 형식의눈에 들
> 엇스나 형식은 그것이 무엇인지 몰랏다 지금것 형식의 링정「泠靜」ᄒ던
> 가삼에는 차차 쓰거온 풍랑이 일어나기 시작ᄒ다 「웨 평양을갓슬가」 ᄒ
> 는 싱각이 무슨 무서운 뜻을 품은 드시 형식의 마음을 괴롭게 ᄒ다 형식
> 은 어서 우션이가 로파에게 영치가 평양에 간 리유를 들엇스면 ᄒ엿다[54]

실제로 영채가 처녀성을 잃었다는 가장 근접한 제시는 13회나 지난 후
48회 연재에서였다. 즉 영채의 방에 간 형식은 벽에 걸린 찢어진 치마와
그 치마 앞에 묻은 피를 보고 입술을 깨물게 된다. 또 바로 치마 밑에 있
던 피 묻은 명지수건 조각 역시 형식의 눈에 띈다. 이는 앞서 제시되지

---

54) 『무정』 48회, 『매일신보』, 1917. 3. 2.

않은 장면에 대한 설명과 함께 나온다. 즉 영채의 강간 사건 이후 돌아오
는 전차 속에서 영채가 끊임없이 감추려던 찢어진 치마 부분은, 찢어진
것 자체가 아니라 자신이 처녀성을 잃은 상황이라는 것, 즉 피 묻은 치마
를 보이지 않으려던 것이었다. 결국 13일에 걸쳐 상상과 재구 속에 드디
어 영채의 강간 사건이 정확한 전모를 드러내게 된 것이다. 처음부터 이
렇게 제시되었다면, 13일간 유추되어 오는 동안의 긴장감은 없었을 것이
다. 이광수의 뛰어난 솜씨는 이렇게 끊임없이 독자의 욕망을 자극하고,
'훔쳐보기'적 수법으로 보여줌으로써, 독자들의 긴장을 끝까지 잡아두고
있는 것이다.

> 니가 웨 기싱이 되엿던고 웨 눔의 종이 되지 안이ᄒ고 기싱이 되엿던고
> 남의 종이 되거나 아이 보는 계집이 되거나 바느질품을 팔고 잇셧더면 형
> 식을 대ᄒ야 이러케 붓그러온 마음이 싱기고 이러케 졔 속에 잇는 말을
> 못ᄒ지는 안이ᄒ려믄 아아 웨 니가 기싱이 되엿던고[55]

> 이리ᄒ야 영치는 기싱이 된 것이라 영치는 결코 기싱이 되고 십허셔 된
> 것이 안이오 힝혀나 늙으신 부친을 구원ᄒᆯ가 ᄒ고 기싱이 된 것이라 가실
> 제 몸을 판 돈으로 부친과 형데를 구원치만 못ᄒᆯ 쑨더러 주션ᄒ여 쥬마ᄒ
> 던 그 사룸이 영치의 몸갑이 빅원을 바다가지고 집과 안ᄒ도 다 니어바리
> 고 어디로 도망을 갓건마는 ᄯᅩ 영치가 그 부친을 구ᄒ랴고 졔 몸을 팔아
> 기싱이 되엇단 말을 듯고 그 아버지가 졀식ᄌᆞ살을 ᄒ엿건마는—그러나
> 영치가 기싱이 된 것은 졔가 되고 십허된 것이 안이라 온젼히 늙으신 부
> 친과 형데를 구원ᄒ랴고 ᄒ엿다[56]

그런데 한편으로 『매일신보』 번안소설의 독자 가운데 여성들, 특히 기
생들이 많은 수를 차지하고 있었다는 것으로 미루어 볼 때, 그 당대 기생
들은 영채의 모습 속에서 자신들의 모습을 발견했을 수도 있고 스스로를

---

55) 『무정』 13회, 『매일신보』, 1917. 1. 19.
56) 『무정』 15회, 『매일신보』, 1917. 1. 21.

합리화시켰을 수도 있다. 영채가 자신이 기생이 된 것에 대해 후회하는 모습은 『무정』을 읽는 기생들의 마음과 공감되었을 것이다. 그 당시에는 스스로 원해서 기생이 되는 경우보다도 어쩔 수 없는 어려운 경제 형편 때문에 돈에 팔려서 기생이 된 경우가 많았을 것이다.

따라서 이러한 영채의 후회는 상당 부분 기생들의 마음을 애잔하게 만들며 자기 자신을 되돌아보게 했을 것이다. 남성들에 의해 짓밟혔다는 생각과 실제로 그러했거나 혹은 착각하거나 간에 기생들은 아마 많은 부분 공감을 느꼈을 것이다. 일반 대중들은 이러한 선정적인 부분에 흥미를 느끼고 이광수는 이러한 대중의 취향을 잘 잡아내어 대중의 흥미를 만족시켜 주고 있는 것이다. 영채가 "니가 칠년간 가진 고락을 다 격근 것도 져 로파 째문이오 니가 십구년동안 지켜오던 뎡절을 이러케 더럽히게 됨도 져노라 쩌문이로고나"[57]라고 절규하는 영채의 모습이 단순히 고소설의 정절의 의미와는 다르게 바라보도록 한다.[58] 즉 영채의 강간당

---

57) 『무정』 41회(실제로는 42회), 『매일신보』, 1917. 2. 23.
58) 조선 후기 기녀 중심 소설과 비교해볼 필요가 있는 부분이다. 특히 "<채봉감별곡>, <강남홍전>, <화옥쌍기>, <유록전>의 채봉, 강남홍, 척경화, 유록"이 "경제적인 궁핍이나 전란으로 부모와 헤어져 의지할 곳이 없어 기녀가 된 것"이라고 볼 때 상당 부분 유사한 부분도 존재한다. 특히 <채봉감별곡>의 채봉은 아버지 김진사의 빚을 갚기 위해 기녀의 길을 선택하는 것으로 나오기 때문에 영채의 상황과 매우 유사하다. <강남홍전>의 강남홍의 경우, 황여옥은 강남홍을 전당호 뱃놀이에 불러들여 접근하자, 강남홍은 강물에 자신의 몸을 던진다. 강남홍은 정절을 지키기 위해 결국 자살의 방법을 선택한 것이다. <유록전>의 유록 역시 병자호란이 일어나 호병에게 끌려가던 도중 강에 투신하지만, 기녀 계월향의 영혼이 나타나 구해주는 것으로 나타난다(조선 후기 기녀 중심 소설의 내용은 서혜은, 「고전소설에 나타난 기녀의 애정 성취 기반과 그 의미」, 238~239면 참조). 이러한 부분은 영채의 상황과 매우 유사하다. 다른 점이 있다면, 실제로 영채는 그러한 강간을 당한다는 것이고, 이것 때문에 영채의 처녀성의 상실은 근대적인 계기로 전환되게 된다. 또한 기생들이 정절을 지키기 위해 자살을 택하는 방법 역시 『쌍옥루』, 『장한몽』 등에 녹아 있듯이 『무정』에도 드러난다. 또한 유록을 구해주는 기녀 계월향과 영채의 기생 이름이 같다는 것과, 자살하려던 영채를 구해주는 병욱은 유록을 구해주는 기녀 계월향의 근대적 현신이라고도 할 수 있다(『무정』을 『채봉감별곡』 등의 고전소설과 연계하여 본 논의는 한승옥의 「系譜考」(『이광수 연구』, 선일문화사, 1984)를 들 수 있다).

하는 장면은 여성의 정절이 훼손되었다는 의미보다는 남성의 힘과 강압에 의한 겁탈과 강간이라는 측면에서 강조된다. 이는 인간으로서의 성, 그리고 신분을 떠난 여성으로서의 기본 권리에 대한 이해와 연결될 수 있는 부분이다.

사실 이러한 면은 번안소설 등에서 보였던 의식들과도 밀접하게 연계된다. 조중환이 연재한 『국의향』(1913. 10. 2~1912. 12. 28)에서는 기생도 생계수단으로서의 직업으로 표현된다. 여학교까지 다녔던 국회(국향)는 인신매매로 진주에서 기생으로 팔린다. 그러나 진주집의 도움으로 그곳에서 벗어나 서울로 올라와서는 진주집의 아들 김용남과의 결혼 후에도 생계 때문에 다시 기생 일을 시작한다. 이러한 측면에서 기생이기 때문에 정실 며느리로 받아들일 수 없다는 진주집에 대해서, 그의 둘째 아들 김용학은 "일샹 이젼 안목만 가지고, 보시는 말슴이지오, 셰샹이라는 것은 졈졈, 풍속이 변ᄒ야 가는 것인터, 녜닛젼ᄒ고, 지금ᄒ고, 엇지 비교"[59]하느냐며 그 어머니를 비판한다. 이러한 측면은 기생이라 하더라도 자신의 의지에 따라 남편을 가질 수도, 그리고 생계를 위한 수단으로 기생직을 직업으로 가질 수도 있음을 보여 주고 있다. 또한 조중환의 『속장한몽』에서 나타난 "임의 사실상 부부가 된 이상에는 유쳐취쳐의 죄는 면ᄒ지 못홀 터이니 만일 최만경씨가 고쇼롤 ᄒ면 로형은 형수피고인이 될 것이오 지판결과에는 로형의 디위가 엇지 될는지 알 슈 업고 리슈일의 집안은 결단나는 날이니 그 일을 싱각ᄒ여 보아야지"[60]라며 첩의 권리를 말하는 부분 역시 이러한 면에서 해석될 수 있다. 이것은 기생에 대한 인권 의식을 보여 주는 면이라 할 수 있는데, 이러한 면이 『무정』에서도 이어지고 있다. 술과 몸을 파는 기생에서 첩으로 끊임없이 오가던 당대 하층 여성들의 모습에 대한 이해가 『무정』에 담겨 있는 것이다.

---

59) 『국의향』 52회, 『매일신보』, 1913. 12. 9.
60) 『속장한몽』 66회, 『매일신보』, 1915. 9. 12.

또 량인이 다 지금 평양에 일흠난 기싱이라 모히난 지 금평양에 일흠난 기싱이라 모히는 사람들 중에 손가락질 ᄒᆞ고 속은속은 ᄒᆞ는 것이 보인다 월화와 영치난 회중을 헤치고 들어가 져편 구석에 가지런히 안졋다 엇던 사룸은 일불어등을 밀치기도 ᄒᆞ고 발을 발찌도 ᄒᆞ고 혹 제 손으로 두 사룸의 손을 스치기도 ᄒᆞ고 혹 엇던 사룸은 월화의 겨드랑에 손을 넛는 쟈도 잇다 월화는 「너희는 기싱이란 것만 알고 사룸이란 것은 모르는구나」 ᄒᆞ고 영치를 아는 드시 압셰우고 들어간 것이라[61]

월화가 발언하는 것은 바로 그전 조중환의 소설에서 보이던 기생에 대한 생각과 맞아 떨어지는 부분이다. 기생 이전에 사람이요, 각자 인권을 지녔다는 의식은 『매일신보』 독자들, 특히 일탈적인 여성 독자들과, 기생인 독자들에게 많은 공감을 자아내었을 것이다. 이와 마찬가지로 이광수 역시 『무정』에서 "그네의 싱각에 기싱 ᄀᆞᆺ흔 계집은 식히는 말을 안이 드르면 강간을 ᄒᆞ야도 관계치 안이라 ᄒᆞᆫ다 그네는 려염집 부인이 남의 남ᄌᆞ와 희롱홈이 죄인 줄을 알건만은 기싱 ᄀᆞᆺ흔 것은 의례히 아모나 희롱 ᄒᆞᄂᆞᆫ 것이 맛당ᄒᆞ다 ᄒᆞᆫ다 려염집 부녀에게는 정절이 잇스되 기싱에게는 정절이 업는 것이라 ᄒᆞᆫ다"[62]라고 묘사하면서 남작 김현수와 배명식을 비판하는 점에서도 여성 독자들의 공감을 많이 얻었을 것이다.

『무정』에서도 기생 역시 인간이라는 점이 강조되고 있다. 여성성의 면에서도 많이 나아간 면이 있다. 작품 전체에서 여전히 가부장제적인 분위기가 흐르고 남성인 형식에 의해 계몽된다는 측면에서 연구자들로부터 비판받고는 있으나, 『무정』이 번안소설로부터 더 나아간 면 역시 간과될 수는 없는 것이다. 영채가 기생이 될 수밖에 없었던 가난했던 현실과 또 강간까지 당하는 부분은 기생의 마음과 많은 부분 교감작용을 일으켰을 것이다. 물론 이들을 교화시키고 계몽시키고자 하는 이광수의 의도는 강하나 이를 매우 현실적이고 사실적으로 묘사하고 전개시킴으로써 재미와 흥미, 계몽

---

61) 『무정』 33회, 『매일신보』, 1917. 2. 13.
62) 『무정』 40회, 『매일신보』, 1917. 2. 21.

을 대중적으로 섞어 내고 있다.[63]

(2) 여성 독자층의 욕구의 반영

『무정』은 앞에서 본 바와 같이 번안소설의 영향과 대중적인 지향을 보여준다. 또한 『무정』에서는 『매일신보』의 소설 독자층의 욕구를 반영하는 면 역시 발견할 수 있다. 즉 번안소설이 여성 독자들의 욕구를 반영했듯이, 『무정』에서도 그러한 여성 독자층의 욕구를 담아내고 있다. 무엇보다도 『무정』에서는 강한 여성, 교육받은 여성의 강인함을 보여준다. 『무정』은 대체로 형식을 중심에 두고 읽는 경우가 많다. 이를 역으로 뒤집어 세 여성을 중심으로 읽는다면, 독자의 욕구 특히 대중 독자, 여성 독자층의 욕구와 맞닿는 부분 역시 발견할 수 있을 것이다.

우선 병욱의 경우, 영채를 변화시키는 병욱은 단순한 구조자가 아니다. 즉 병욱은 스스로 교육받고 강해져야 한다고 느끼는 여성이며, 병국이라고 스스로 이름 붙이고 싶을 만큼 중성적이 되고 싶은 인물이다. 결국 병국으로는 이름을 바꾸지 못하고, 병옥을 병욱으로 바꾸는 정도에 그치지만 그만큼 진취적인 인물이라 할 수 있다.

　「첫지 영치씨는 속아 살아왓셔요 리형식이란 사롬을 스랑ᄒ지도 안이
　ᄒ면서 공연히정절을 직혀왓셔요 부친끠셔 일시 롱담삼아ᄒ신 말삼 한
　마듸 ᄯᆞ문에 영치씨는 칠판년 헛된 졀을 직힌 것이외다 스랑ᄒ지 안는 사

---

63) 『무정』이 연재되던 비슷한 시기에 『청춘』에 실은 이광수의 단편을 보면 수동적인
여성과 남성 우위적 시각이 상당 부분 나타난다. 「소년의 비애」(『청춘』 8호, 1917.
5)의 경우 문호의 가르침에 감탄하는 수동적 여성 난수의 모습이 부각되고 「어린
벗에게」(『청춘』 9회, 1917. 7)에서 '나'는 일연에게 사랑의 편지를 보내었을 때, 전
혀 거절당할 것이라고 생각지 않는다. 도리어 얼마나 일연이 기뻐하고 부끄러워할
까를 상상한다. 이는 선택하는 여성이 아니라, 선택받는 여성이라는 사고가 이광수
의 애정관에 혹은 여성관에 자리 잡고 있었음을 보여주는 한 단초가 된다. 물론 이
러한 면이 『무정』에서도 보이고 있으나, 『무정』에서는 여성의 선택과 여성의 인권
을 생각하는 면들이 대중성과 맞물리면서 독특한 형식으로 나타나고 있다.

롬을 위히셔 피츠에 허락도 안이흔 사롬을 위히셔 절을 직히는 것이 헛된
일이 안이야요? 마치 죽은 사롬 셰상에 업는 사롬을 위히셔 절을 직히는
것이나 다름이 잇셔요 영치씨의 마음은 아름답지오 절은 굿지오 그러나
그뿐이외다 그 아름다운 마음과 그 구든 절을 바칠 사롬이 짜로 잇지안이
홀가요 흐닛가 지금 영치씨가 그이를 스랑흐시거던 지금부터 그에게 몸
과 마음을 바치실 것이오 만일 그러치 안커든 다른 남ᄌ 즁에 구흐실 것
이오」64)

또한 영채를 구조하는 자가 병욱이 됨으로써 남성이 아닌 여성의 힘에
의해 그것도 그 여성이 자살하고자 하는 그 순간이 아니라 기차간에서
설득하는 것으로 되어 있는 것 역시 고소설적 요소의 근대적 변이이자
강인한 여성, 교육받은 여성의 적극적 정신이 나타나고 있는 것이라 하겠
다. 병욱은 즉 사랑하지도 않는 사람에게 공연히 정절을 지켜왔으며, 부
친의 일시 농담에 칠팔년을 헛된 정절을 지킨 것이라고 말한다. 즉 사랑
하지 않는데 정절을 지킬 이유가 없다고 설파하는 것이다. "「흥 그 삼종
지도라는 것이 여러 쳔년간 여러 쳔만 녀ᄌ를 죽이고 쏘 여러 쳔년 남ᄌ
를 불힝흐게 흐얏셔요 그 원수에 글ᄌ 몃ᄌ가 흥」"65)이라며 삼종지도가
엄청나게 많은 여성을 자살하게 만들었고, 또한 남성에게 버림받았음에
도 자유를 속박당하게 했으며, 그 때문에 남성들까지 불행하게 되었다고
이야기하는 것이다. 이것은 번안소설이나 통속소설의 인식보다도 더 진
보적인 여성관이라 할 수 있으며, 여성 독자들의 경우 이에 대해 많은 부
분 공감했을 것이다. 이러한 면이 독자를 의식하여 독자의 가려운 데를
긁어주는 이광수의 뛰어난 부분이라 할 수 있다.

병욱은 경찰셔에 들어가 셔장에게 면회흐기를 쳥흐엿다 셔장은 이상흔
드시 병욱을 보더니
「무슨 일이오?」 흔다

---

64) 『무정』 89회, 『매일신보』, 1917. 4. 26.
65) 『무정』 90회, 『매일신보』, 1917. 4. 27.

「다른 일이 안이라」 ᄒᆞ고셔 슈지를 당ᄒᆞᆫ 사ᄅᆞᆷ들 즁에ᄂᆞᆫ 병인도 잇고 태모도 잇고 졋먹이 가진 부인도 잇ᄂᆞᆫ데 조반도 못 먹고 비를 맛고 쪄ᄂᆞᆫ 졍경이 가련ᄒᆞ며 더구나 어머니가 무엇을 먹지 못ᄒᆞ얏슴으로 젓이 안이 나셔 어린 ᄋᆞ희들의 우ᄂᆞᆫ 양은 참아 못보겟다ᄂᆞᆫ 말을 ᄒᆞᆫ 뒤에

그러셔 맛참 부산 가ᄂᆞᆫ 렬챠가 비에 걸녀셔 오후ᄭᆞ지 머물게 되얏스니 음악회를 열어 거기셔 슈입된 돈으로 불샹ᄒᆞᆫ 사ᄅᆞᆷ들에게 ᄯᅡᆺ듯ᄒᆞᆫ 국밥이라도 만드러 먹이고 십다ᄂᆞᆫ ᄯᅳᆺ을 말ᄒᆞ고 허가와 원죠ᄒᆞ여 쥬기를 쳥ᄒᆞ얏다[66]

삼랑진 수해 사건이 났을 때 실제로 큰일을 한 것은 형식보다는 병욱이었다. 즉 남성 중심적으로 일이 해결된 것이 아니라 실제로 모든 일은 여성인 병욱이 주선하고 병욱이 실천하여 일어난 것이다. 사실 여관방에서 형식은 연설만 강하게 했을 뿐, 실천의 면에서는 근대적 여성인 병욱에 뒤지고 있다. 또한 형식이 그러한 장황한 연설을 하게끔 깨닫게 해준 것 역시 근대적 여성 병욱의 실천이었다는 면은 매우 중요하다고 하겠다. 이 부분에 대한 강조는 뒤에 여관방에 모여 있는 곳에 우선이 나타나 고백하는 부분에도 나온다. 신우선은 "더구나 졂은 녀ᄌᆞ가"[67]라고 하면서 그 모든 실천을 병욱이 해 내었음에 놀라워 하는데 이것 역시 여성이 해낸 것을 강조하고 있는 것이라 할 수 있다.

이로브터 영치ᄂᆞᆫ ᄎᆞᄎᆞ 남ᄌᆞ가 기리워진다 젼브터 외롭게 젹막ᄒᆞ게 지나왓거니와 지금은 그 외로옴과 그 젹막과ᄂᆞᆫ 류다른 젹막이 더 굿세게 영치의 가삼을 누른다 이젼에ᄂᆞᆫ 넓은 텬디에 져 혼ᄌᆞ만 잇ᄂᆞᆫ 듯ᄒᆞᆫ 젹막이더니 지금은 졔몸이 반편인 듯ᄒᆞᆫ 젹막이로다 다른 반편이 잇셔야 졔 몸은 온젼ᄒᆞ야질 것 ᄀᆞᆺ다 공연히 가삼이 울넝울넝ᄒᆞ고 얼골이 홋홋ᄒᆞ야 진다 피곤ᄒᆞᆫ 듯도 ᄒᆞ고 슐취ᄒᆞᆫ 듯도 ᄒᆞ다 무엇에 기ᄃᆡ고 십고 누구에게 안기고 십다

영치ᄂᆞᆫ 가만히 안져셔 이ᄯᅢ것 졉ᄒᆞ여오던 여러 남ᄌᆞ를 ᄉᆡᆼ각ᄒᆞ여 본다 ᄌᆞ긔의 손목을 잡아ᄭᅳᆯ던 사ᄅᆞᆷ 겨드랑으로 손을 너어 ᄭᅳ러안던 사ᄅᆞᆷ 억지로 ᄲᅡᆷ을 ᄃᆡ던 사ᄅᆞᆷ 음란ᄒᆞᆫ 눈으로 ᄌᆞ긔를 유혹ᄒᆞ며 교만ᄒᆞᆫ 말로 ᄌᆞ긔를

66) 『무정』 122회, 『매일신보』, 1917. 6. 7.
67) 『무정』 125회, 『매일신보』, 1917. 6. 13.

위협도 ㅎ던 사롬 그때에눈 그르케 원슈스럽고 미워보이던 남즈들좃차 무어라고 말홀 수 업눈 쌋쯧훈 감각을 준다 남즈의 살이 즈긔의 살에 와 닷던 감각이 자릿자릿ㅎ게 시로워진다 지금 닉 겻헤 남즈가 한아 잇셧스면 작히 됴ㅎ랴 누구던지 손을 달나면 손을 주고 안아 준다면 안기고 십다68)

영채는 고소설이나 『무정』 앞서 연재된 번안소설보다도 더 남성에 대해서 적극적이다. 즉 노골적으로 남자를 그리워하는 여성의 욕망이 드러나고 있는 것이다. 이 부분은 고소설과 완전히 결별하는 부분이라 할 수 있다. 사랑하지 않는 남자를 위해 정절을 지킬 필요는 없다고 느낀 영채는 욕망을 지닌 여성으로서 남성을 생각하게 되는 것이다. 여성의 욕망을 드러내는 이러한 면은 사실 번안소설에서도 등장했던 부분이다. 그러나 번안소설에서는 대체로 여주인공을 대적하고 방해하는 악인으로 등장하는 여성 즉 반동인물에게서나 나타나던 부분이다. 물론 진순성의 『홍루』의 경우는 뒤마 피스의 소설 『춘희』를 번안한 것이기에 노는 여자의 분방한 면이 드러난 것도 사실이다. 그러나 『홍루』는 『무정』(1917. 1. 1~6. 14)이 연재된 이후 심우섭의 『산중화』(1917. 4. 3~9. 19)가 연재되고 그 이후 1917년 9월 21일부터 1918년 1월 16일까지 연재된다. 사실 매춘부가 사랑하는 사람을 만나면서도 다른 남성들과 성관계를 끊임없이 맺는 『홍루』의 이야기가 연재될 수 있었던 것은 결국 번안소설과 『무정』이 있었기에 가능했다고 할 수 있을 것이다.

병욱은 물끄럼히 영치를 보더니 영치의 겻헤 가 안져서 한팔로 영치의 허리를 안으며

「형식씨가 벌셔 혼인을 ㅎ얏다 지금 동부인ㅎ고 미국가는 길이란다」

「에? 혼인?」ㅎ고 영치는 병욱의 팔을 납는다 병욱은 위로ㅎ는 쇼리로

「앗가 여긔왓던 션형이라는 이가 그의 부인이란다」

---

68) 『무정』 94회, 『매일신보』, 1917. 5. 2.

「그러면 그 째에 벌셔 약혼을 ᄒ엿던가」 ᄒ고 영치ᄂᆞᆫ 병욱의 팔을 잡
ᄂᆞᆫ다 병욱은 위로ᄒᄂᆞᆫ 쇼리로
　「앗가 여긔왓던 션형이라ᄂᆞᆫ 이가 그의 부인이란다」
　「그러면 그 째에 벌셔 약혼을 ᄒ엿던가」 ᄒ고 지나간 일에 실망을 ᄒ다
ᄌᆞ긔의 지나간 싱활이 더욱 슬퍼지고 원통ᄒ여진다 ᄌᆞ긔ᄂᆞᆫ 셰상에 속아
셔 사나마나ᄒᆫ 싱활을 ᄒᆡ온 것ᄀᆞᆺ고 지금 것 젼력을 다ᄒᆞ야 오던 것이 아
모 ᄯᅳᆺ이 업ᄂᆞᆫ 것 ᄀᆞᆺ하셔 실망과 슬픔이 한꺼번에 터져나온다 더구나 ᄌᆞ긔
ᄂᆞᆫ 몸과 마음을 다바쳐셔 형식을 싱각ᄒᆞ야 왓거ᄂᆞᆯ 형식은 ᄌᆞ긔를 쵸기ᄀᆞᆺ
히 밧게 아니 역기ᄂᆞᆫ 것 ᄀᆞᆺ다
　「언니 웨 그런지 원통ᄒᆫ 싱각이 나요」
　「그러나 쟝ᄅᆡ가 잇지안야」 ᄒ고, 힘것 영치를 안아준다[69]

또한 영채는 기차간에서 형식을 마주쳤을 때, 형식이 선형과 결혼한
것을 알고 난 후 형식에 대해 분노를 느낀다. 이러한 면 역시 현모양처의
다소곳한 여성의 모습과는 거리가 멀다. 영채는 자신의 잘못이 아니라 하
더라도 정절을 잃은 상황이다. 따라서 전통적인 남녀 관계에서 본다면,
형식에 대해서 영채는 떳떳한 상황이 될 수 없는 것이다. 그러나 영채는
형식이 선형과 만나 벌써 약혼까지 한 것에 대해 원망하게 된다. 이러한
면은 전근대적인 순종하는 여성의 입장이 아니라, 자신의 욕망을 그대로
표출하는 근대적 여성의 모습을 보여 주는 것이라 할 수 있다. 그 외에도
영채가 기생이었음에도 공부를 하여 새로운 미래를 개척하려는 측면이나
새로운 남성을 만나 연애를 하고 싶어하는 측면 등은 근대적인 요소로
볼 수 있을 것이다.

선형의 경우 역시, 남편의 말에 순종하고 무조건 기다리는 여성의 모
습과는 거리가 있다.

「올치 영치가 업스닛간 나를 ᄉᆞ랑ᄒ얏지」 ᄒ고 션형은 얼골을 찌푸
린다 「그러면 나ᄂᆞᆫ 리형식의 노리기가 되얏던가」 ᄒ고 한번 몸을 흔든다

---

69) 『무정』 106회, 『매일신보』, 1917. 5. 18.

「올치 아마 형식이가 미국류학에 탐을 니어서 날과 약혼을 흐게다」 흐고 쥬먹을 불끈 쥐인다 형식을 정직흔 사롬으로 밋엇던 것이 후회도 난다 「나를스랑흐시오?」 흘 쎄에 「안이오 나는 당신을 조곰도 스랑흐지 안이 흐오」 흐고 실쩍 도라셔지 못흔 것도 분흐고 형식이가 손을 잡을 쌔에 슌슌히 잡힌 것도 분흐고 모든 것이 다 분흐여진다 션형은 다시 펄젹 쥬져 안즈며 「아아 니가 그러흔 사롬을 짜라 미국을 가누나」 흐고 방금 울음이 터질 쓰시 코를 실룩실룩 흔다 (중략)
　지금와셔 션형은 더욱 형식을 더럽게 본다. 한참 악감정이 일어난 이 슌간에는 션형의 보기에 형식은 모든 더러운 것 악흔 것을 다 갓춘 사롬 갓다[70]

형식이 기차 안에서 영채를 만나고 오자 선형은 점점 그 상황을 상상하다가 분노를 느낀다. 이것은 그 이전에 안존한 여인, 즉 지아비를 가진 아녀자가 가지는 다소곳함과는 거리가 멀다. 그 이전에 연재된 번안소설 특히 이상협의 소설에서는 남편이 과오를 범해도 여성들은 오로지 참아내었다. 물론 조중환의 『속장한몽』에서는 남편의 잘못을 꼬집는 경우도 있었으나 대체로는 남편에 대해 직접적으로 화를 낸다거나 하지는 않았다. 그런데 위의 인용은 선형이 형식의 과오를 하나하나 짚어내며 화를 내고 더럽다고 생각하는 부분이다. 이렇게 혼자만의 생각일지라도 이런 식으로 남편을 마음대로 욕하는 것은 매우 진취적인 여성관을 보여주는 부분이라 할 수 있다. 그것도 악인이 아닌 입장에서 이러한 입장을 취하는 아내의 모습은 잘 드러나지 않는다고 할 수 있다.

물론 『무정』 117회(『매일신보』, 1917. 6. 1)에서도 "니가 엇지 되엇는가" 하고 자기 스스로의 마음에 놀라는 부분은 역시 작가가 개입하여, 선형을 다시 다소곳한 아내의 모습으로 돌려놓고 있다. 그러나 선형이 가지고 있는 심경의 변화와 분노에 치를 떨다가 더럽다는 표현까지 쓰고 있는 것은 단순히 남편을 용서하는 것은 아님을 보여 주는 부분이라 할 수 있다.

---

70) 『무정』 116회, 『매일신보』, 1917. 5. 31.

특히 잡지에 나온 이광수의 소설과 비교해 볼 때, 여성의 적극적 의식은 『무정』에서 훨씬 더 강하게 드러난다. 이러한 부분이 바로 독자와 연관되는 부분이 될 수 있다.

독자적 측면에서 볼 때, 이러한 면이 번안소설과 『무정』 독자층의 공유 지점이라 할 수 있다. 『무정』은 지식인 독자층과 중하층 독자층이 섞이고 있다.71) 이미 매체적 차원과 『무정』 독자에 관한 연구72)가 활발히 이루어진 바대로 지식인 독자들은 편지투고 방식으로 『무정』에 대해서 극찬하고 있다. 이러한 독자들의 편지투고 방식은 이상협의 번안소설 『정부원』에서 시작된 형태로 1917년 <독자투고란>이 폐쇄된 상황에서 편지투고 방식 외에는 독자들이 자신들의 발언을 할 수 없었다. 이상협의 번안소설에 대한 독자들의 관심이 편지투고 방식으로 이어졌고, 이러한 소설에 대한 편지투고 방식이 이미 신문 속에 자리 잡았기에 독자들의 발언이 폐쇄된 상황에서 『무정』의 독자들도 이 통로를 이용할 수 있었던 것이다. 따라서 이 통로를 통해 국여 양건식이 『무정』에 대해 언급하게 된 것이다. 지식인 독자층 역시 『무정』의 독자로 합세하고 있었던 것이다.

따라서 『매일신보』 독자층의 의미에서 볼 때도 『무정』은 매우 중요한 분기점이 된다. 이 『무정』의 성공은 대중적 취향을 고려한 지식인의 계

---

71) 그 대표적 논의로 김영민의 「1910년대 신문의 역할과 근대 소설의 정착과정」(연세대 근대학국학연구소 기초학문연구팀 편『한국 근대 서사양식의 발생 및 전개와 매체의 역할』, 소명, 2005)을 들 수 있다. 그는 『무정』이 "최초로 일반 대중과 지식청년을 함께 독자로 끌어들이는데 성공한 소설이라는 점에서도 의미가 인정"된다며, "이른바 문체에 따라 철저하게 분리되어 있던 독자층의 통합에 성공한 최초의 소설"(166면)이라고 평가 내린다. 또한 그는 『해왕성』, 『홍루』, 『무궁화』가 대중 독자를 겨냥한 한글 소설인 반면, 『매일신보』가 원했던 것은 "지식인을 대상으로 하는 국한문 소설"이었다고 설명하면서 국한문 혼용체인 『개척자』는 "국한문혼용 소설을 통해 지식청년들을 끌어들이는 일이 필요"(165면)에 의해 출현되었다고 설명하고 있다.

72) 대표적 논의로 이재봉의 「한국 근대 소설의 형성과정 연구」(부산대 박사논문, 2000), 정백수의 『한국 근대의 식민지 체험과 이중언어문학』(아세아문화사, 2002)과 손정수의 「1910년대 문학에 나타난 계몽성의 변모양상」(『개념사로서의 한국근대비평사』(역락, 2002)를 들 수 있다.

몽을 주장한다는 점에서 양쪽 모두에서 인기를 얻었다고도 할 수 있다. 이러한 면은 이광수가 평생 『무정』을 소설의 전형으로 여기게끔 만든 면이 되었을 수도 있다.[73]

독자의 면에서 볼 때 남성 고급 독자는 번안소설로부터 이광수의 『무정』에서 다시 1920년대 지식인 소설의 독자 경로로 가거나, 이광수의 『무정』에서 1920년대 대중소설로 빠지게 된다고 할 수 있다. 또한 여성 독자를 포함한 중하층 독자의 경우는 번안소설에서 이광수의 『무정』으로, 다시 1920년대 대중소설의 독자의 길로 빠지거나 일부는 1920년대 여성 잡지와 여성 소설 독자로 넘어갔을 것이다.

사실 1910년대의 번안소설의 독자로 자리매김하던 기생들이 20년대에 들어서면서 기생 잡지 『長恨』을 창간하기도 했고, 정칠성(丁七星)은 기생 출신으로 동경에 유학하고 동경 여자 유학생들로 조직된 사회주의 여성 단체인 삼월회의 간부로 활약하기도 했다. 정칠성은 기생 생활을 통해 여성이 성적 주체성을 갖지 못한 채 남자에게 희롱을 받는 현실을 경험하였다. 정칠성에게 여성의 해방은 첫째는 교육을 통해 자신의 인격을 쌓아 올리는 것이고, 둘째는 그 바탕 위에서 불합리한 구제도를 무너뜨리기 위해 강렬한 계급의식을 가지고 행동하는 것이었다.[74] 이러한 경우를 보면 1910년대 기생이나 하층 여성 그리고 일탈적 여성들의 의식이 이미 성장하고 있었고 그러한 의식과 맞물리고 있는 것이 번안소설이라고 할 수

---

73) 김영민은 『한국근대소설사』(솔출판사, 1997, 450면)에서 이광수가 『무정』을 집필할 때, 신문이라는 매체와 대상 독자를 함께 고려하여 "의도적으로 문체의 변화를 시도"했다고 설명한다. 즉 "발표매체와 대상독자를 함께 생각한 후" 국한문체를 국문체로 바꾸었다는 것이다. 이광수는 『무정』을 연재할 때, 그만큼 독자를 의식하고 있었고 대중적 취향에 민감해 있었다는 것을 의미한다.

74) 정칠성은 "신여성이란 구제도의 불합리한 환경을 부인하는 강렬한 계급 의식을 가진 무산 여성으로서 새로운 환경을 창조코자 하는 정열이 있는 새 여성"(정칠성, 「신여성이란 무엇」, 『조선일보』, 1926. 1. 4)이라고 정의를 내리고 있다(박용옥, 「신여성에 대한 사회적 수용과 비판」, 문옥표 외 저, 『신여성』, 청년사, 2003, 71~72면 참조).

있다. 또한 이는 이러한 번안소설들의 역할을 부정적으로만 판단할 수 없게 만든다. 여성 잡지와 소설의 출현을 가져오고 신여성 담론의 촉발에 대한 번안소설의 영향을 간과할 수 없다.

2) 대중소설에 끼친 영향

1910년대 번안소설은 대중적인 인기를 얻은 전략과 구조를 통해 독자의 호응을 받는 데 성공하였다. 조중환의 번안소설에서 보여준 여성의 일탈적인 면모나 사랑을 찾아나서는 당당한 요구와 남녀 주인공들이 서로 얽히는 삼각 구도, 이상협의 번안소설에서 보여준 '다음 호에 계속' 기법과 남녀의 연애, 그리고 민태원의 번안소설에서 보여준 '지금·여기'에 맞는 당대성과 시의성 등은 신문연재소설의 전형이 되었다. 이들 번안소설이 가지는 가장 큰 특징은 그 당대 독자들의 관심에 민감했다는 것과 독자가 관심 있어 하는 것을 번안하여 가져왔다는 것, 그리고 그것을 조선 실정에 맞게 변환하고 부분적이나마 창의성을 가하였다는 것이 될 것이다. 또한 모두 공통적으로 남녀의 연애, 특히 선정성이나 삼각 구도의 연애를 통해 긴장감을 강화하고, 효과적인 '다음 호에 계속' 기법을 통해 독자들의 흥미를 매회 붙들어 두고 있었다는 것이다.

이러한 면은 1920년대 민태원이 『동아일보』에서 『무쇠탈』 등의 번안소설을 계속 연재하는 데에로 이어진다. 또한 『장한몽』의 전형적인 삼각 구도는 1920년대의 지식인 소설에도 영향을 주게 된다. 또한 이광수의 『재생』, 현진건의 『적도』, 나도향의 『환희』 등에 영향을 준 것은 앞서 언급한 바 있다. 그런데 이러한 대중소설적인 인기는 사실 1930년대에 통속소설론 등의 공방을 일으키고, 이것이 지식인 소설가들에게도 엄청난 영향을 주었다는 점75)에서 이 1930년대의 김말봉의 『찔레꽃』이나 박계

---

75) 1930년대 후반 지식인 작가들이 대중성의 요소를 작품에 차용했다는 논의는 좀 더 주의 깊게 논의될 필요가 있다. 이는 단순하게 『찔레꽃』과 『순애보』와 같은 대중소

주의 『순애보』는 대중소설사에서 매우 중요한 위치라 할 수 있다. 따라서 우리 소설사에서 대중소설이라는 이름으로 가장 크게 자리 잡고 있는 이 두 작품이 사실상 그 이전 1910년대 번안소설과 연계되어 있음을 밝히는 것은 1910년대의 번안소설이 결국 우리 문학사에서 근대 대중소설의 모형이 되고 있음을 드러내게 되는 것이다.

『찔레꽃』은 김말봉(金末峰)의 장편소설로 1937년 3월 31일부터 10월 3일까지 『조선일보』에 연재되었다. 이 『찔레꽃』이 연재되었을 때, 그 문학적 여파는 매우 컸다고 할 수 있다. 그것은 "1) 이 작품들이 애초부터 대중성을 표방했다는 것, 2) 독자들의 반응이 상상을 초월할 정도의 것이었다는 점, 3) 이 작품으로 인해 소위 '통속소설'에 대한 검토의 필요성이 제기되었고, 이 작품과 유사한 경향의 작품이 속출하게 되었다"[76] 점에서 발견할 수 있다. 이 김말봉의 『찔레꽃』은 그 당대 대중문학에 대한 새로운 논의와 함께 사회주의 문학 속에서도 대중성에 대한 고민을 일으킨 문제적인 출현이었다고 할 수 있었다. 또한 박계주(朴啓周)가 『매일신보』 천원장편소설 현상모집에 첫 장편 『순애보』로 당선되어 본격적인 작품활동을 시작하였다. 이 『순애보』는 『매일신보』에 1939년 1월 1일부터 6월 15일까지 총 160회로 연재되었다. 당시 엄청난 인기를 누렸던 『순애보』는 1958년, 박계주의 다른 작품들과 더불어 영화화되기도 했다. 『찔레꽃』이나 『순애보』나 모두 통속적인 주제와 연애의 삼각 구도, 그리고 여주

설의 경향을 따라갔다기보다는 지식인 작가들에게 고민을 안겨주었다는 측면으로 이해되는 것이 맞을 것이다. 이원동은 이기영의 대중성과 관계하여 카프시기 이전과 이후를 나누어 설명한다. 즉 카프시기 이기영이 독자들의 정서를 자극하고 훈련하기 위해 '대중성'을 추구했다면, 30년대 후반에는 뒤떨어진 대중들에 영합하지 않는 순문학적 작품을 추구했다는 것이다. 물론 이기영은 순문학적 작품을 추구하고자 했고, 문학 작품이 상품으로서의 예외성이 존재한다고 주장하기도 했으나, 30년대 대중소설의 범람 속에서 문학작품의 존재 조건으로서 저널리즘과 시장 제도를 인정할 수밖에 없었을 것이다(이원동, 「일제강점기 이기영 소설의 담론적 실천 연구」, 경북대 박사논문, 2005, 73~74면).

76) 전영태, 「한국 근대소설의 대중성에 대한 고찰」, 『한국학보』 33집, 일지사, 1983 겨울, 92면.

인공의 순결성 유지 등 대중소설의 전형적인 모습을 보여주고 있다고 평가받고 있다.[77]

이러한 대중소설을 표방하고 나온『찔레꽃』이나, 대중적인 흥미위주의 신문연재소설을 중심으로 기독교적인 사랑과 희생, 순결성을 내세운『순애보』의 구조가 갑자기 등장했다기보다는 앞 시대에 형성되어 있던 문화적 기반 속에서 나타났다고 보는 것이 맞을 것이다. 1930년대 후반 대중소설의 전형인 두 소설을 통해 그 기반에 내재되어 있는, 혹은 그 앞 시대로부터 추동되고 이어진 부분들을 살펴봄으로써, 번안소설이 우리 대중 문학에 준 영향과 또 현시성과 교호하면서 새롭게 변용되어 나타나게 된 부분을 짚어내는 것도 대중 문학사 속에서 의미 있는 작업이 될 것으로 기대된다.[78]

(1) 삼각 구도와 선정성을 통한 독자의 흥미 유발

먼저, 이러한 대중소설의 가장 큰 구조를 형성하는 부분으로 등장하는 남녀의 연애 사건은, 대중소설의 전형이라 할 수 있는 삼각 구도이다.

『찔레꽃』의 삼각 구도는 두 개의 구조를 가지고 진행된다. 1) 한 축에는 안정순과 이민수를 중심으로 정순을 사랑하는 조경구, 후처로 삼으려는 경구의 아버지 조만호, 또한 민수를 사랑하는 조만호의 딸 경애가 서

---

77) 박종홍은「김말봉『밀림』의 통속성」에서 도식성과 통속성의 특징적 하위 요소를 "성의 관능성, 폭력의 선정성, 몽상의 환상성, 극단의 감상성, 낯섬의 신기성, 우연의 경이성"으로 잡고 있다(박종홍,『현대 소설의 시각』, 국학자료원, 2002, 229면).
78) 30년대 대중 소설과 관련하여 대중성과 삼각관계, 독자에 대해 주목해 본 논의로는 김현주의「한국 대중 소설의 전개와 '독자'의 문제」(『독서연구』 13호, 한국독서학회, 2005. 6)와 서동훈의「1930년대 후반 대중소설 연구」(『어문학』 79집, 한국어문학회, 2003), 서영채의「1930년대 통속소설의 존재방식과 그 의미」(『민족문학사연구』 4호, 민족문학사연구회, 1993), 김동환의「『찔레꽃』의 대중 지향성」,『국어국문학』 127호, 국어국문학회, 2000)를 들 수 있다. 또한 여성의 적극적 의식을 다룬 이정옥의「『찔레꽃』, 전망 없는 현실에 대한 초월적 대응 방식」(『여성문학연구』 20호, 한국여성문학학회, 1999) 역시 30년대 통속소설을 다룬 대표적인 논문이다.

로 얽혀 있다. 2) 또 다른 축은 기생 백옥란을 중심으로 진정한 사랑을 바치는 최근수와, 그저 옥란을 노리개로 생각하는 조만호가 삼각 구도를 형성하고 있다. 전자가 남성의 배신에 초점을 맞추고 있다면, 후자는 여성의 배신에 초점이 맞추어져 있다.

두 개의 구조 중 1)의 정순과 민수의 구조는 서로를 처음부터 연인이라 밝히지 않음에서 형성된다. 즉 오해 때문에 발생한 것으로 서로가 서로를 의심하면서 나타나게 된다.

> 『나의 맘은 악몽을 보는 것과 가티 혼란하다! 흐흥 바로 금색야채(金色夜叉)의 미야(小宮)식이군』
> 민수는 즉석에서 정순에게 회답을 썼다.
> 『편지는 보앗습니다. 한 사람은 다른 한 사람의 운명을 지배할 권리는 업습니다 그렷습니다. 정순씨 당신과 나는 분명코 한 독립한 인격을 가지고 잇습니다. 예-스니 노-오니 이런 것을 내게 뭇는 당신의 맘이 새삼스럽게 쑥스럽게 보입니다. 정순씨! 인간은 좀더 솔직해야 될 줄 압니다. 좀더 과단성이 잇어야 합니다. 자기의 성격이 자기의 운명을 지배한다는 말을 이 기회에 당신에게 충고도 드리고 시픕니다』[79]

조만호의 아들 경구는 정순에게 자신의 동생 경애와 민수를 이어 주자고 설득하고, 경애는 민수에게 경구와 정순을 이어 주자고 이야기한다. 이 때문에 정순과 민수는 서로 오해하게 된다. 고민 끝에 정순은 경애와 민수가 사귈 것인지 아닐 것인지에 대한 답을 달라고 민수에게 편지하는데, 사전 정황에 대한 부연설명 없이 예스 또는 노로 대답해 달라고 함으로써 오해는 더욱더 불거지게 된다. 민수는 이를 정순과 경구의 교제로 받아들이게 되어 돈 앞에서 굴복한 『금색야차』의 오미야(『장한몽』의 심순애 역)에 정순을 비교하기에 이른다.

---

79) 김말봉, 『찔레꽃』, '사랑의척도 (七)', 『신문연재소설전집』 2권, 깊은샘, 1987, 251면 (이하 쪽수만 표시).

『이 모든 것을 나는 다만 민수씨 당신을 위하여 참엇습니다』

정순은 손바닥으로 얼굴을 쌋다. 뜨거운 눈물이 쉴새 업시 밝으스래한 정순의 손가락사이로 흘러내렸다.

정순은 느껴울면서도 그는 머리속으로 부르지젓다.

『이러케도 돈이 귀중한 물건인가 민수씨가 나를 버리고 돈을 취한다면 정말 돈은 퍽 소중한 물건이지?』

이러케 생각하는 정순은 흠칫하고 몸서리를 첫다.

윤영환이가 주는 돈 오천원을 고시라니 물리치는 민수를 오늘까지 숭고하고 위대한 청년으로 미더온 자신이 얼마나 어리석은고,

오천원으로 경애와 또한 경애 뒤에 서잇는 찬란한 배경을 바꾼 민수는 좀더 영리하지 안흐냐 과연 수학을 잘하는 사람의 두뇌는 한 처녀의 순정만으로는 측량하기 어려운 것이 아닐까?[80]

결국 민수가 정순을 찾아와, 우리는 자유연애를 하는 사이였으니, 자신이 알아서 하라며 아주 냉정하게 말하고, 정순은 이를 민수가 자신을 버리고 부자집 딸인 경애를 선택한 것으로 받아들이게 된다. 정순의 입장에서는 오해로부터 파생되었기는 하나 이수일―심순애가 역할이 변화된 경우로 생각될 수 있다. 어쨌든 돈에 팔리는 사랑에 대한 비판인 것이다. 보통 이럴 경우 1910년대 번안소설의 경우, 여성이 끝까지 참아내는 것으로 나오지만, 정순은 마치『장한몽』의 이수일의 분신인 양 복수를 꿈꾼다. 즉 "무슨 기적의 힘이 나타날 수 있다면―자기자신이 경애만큼 아니 경애보다 좀 더 부유하고 화려한 배경을 가질 수 있다면 그리고 민수가 자기에게 무릎을 꾸는 것을 본다면 진실로 내일 죽어도 한이 없을 것 같다"(252면)며 돈에 치를 떤다. 이수일이 돈이 그렇게 중요하냐며, 스스로 집달리가 되어 돈을 모으고자 한 것처럼 정순 역시 그러한 배경을 꿈꾸며 복수를 다짐하는 것이다.

2)의 구조인 최근수―백옥란―조만호의 구조는『장한몽』혹은 그 원작인『금색야차』의 구조 그대로 보여 준다. 변화가 있다면, 심순애가 백옥

---

80)『찔레꽃』, '영혼의시장(一)', 252면.

란이라는 기생으로 화했을 뿐이다. 조중환이 『금색야차』를 『장한몽』으로
번안할 때, 미야가 결혼하여 아이까지 낳았으면서도 간이치를 사랑하게
되는 장면을 심순애가 결혼하고서도 정조를 지킨다는 무리한 설정으로
바꾸어 놓았던 것과 병치될 수 있는 부분이다.[81] 즉 여성의 자유로운 연
애와 문란한 삶을 사는 모습을 보다 강하고 편리하게 보여줄 수 있는 방
법으로 백옥란을 기생으로 삼은 것이다.

> 약대가 바눌구멍으로 드러갈지언정 기생으로써 남의 정식 안해가 될
> 수 잇슬가 그나마 명망과 세력과 황금의 왕자(王者)인 조만호씨의 법적수
> 속까지 마친 안해가 될 수 잇슬가.[82]

> 그러나 황금을 가지고 사람을 사는 사나이의 말은 어데까지 미더야 조
> 흘지 불행한 여인 아니 자기의 순진한 사랑의 대상을 돈이라는 우상과 바
> 꾸어 버린 기생 옥란은 그런 것을 자질할만한 총명은 가지지 못하엿다[83]

이렇게 기생으로 설정된 옥란은 돈 때문에 최근호 대신 조만호를 선택
한다. 옥란은 기생인 자신과 예전 남자와의 소생인 수만에게까지 따뜻한
애정을 쏟던 최근호를 버리고, 생활고에 쫓겨 조만호를 선택하게 된 것이

---

81) 당대 제국주의 담론은 여성에게 근대적 신문명의 혜택을 주고자 했고, 이러한 신교
   육을 통해 현모양처로 양육하고자 했다. 이를 통하여 남편에게 순종하듯이, 천황
   일원적 체계 속에서 절대 복종과 충, 효의 실천을 이루려고 했다. 이러한 상황에서
   다른 남자의 아내가 되었던 심순애가 미혼 남성인 이수일과 재혼한다는 것은 정절
   과 의리를 지키는 현모양처의 모습에 위배되는 부분이라 할 수 있다. 오구리 후요
   의 『금색야차종편』과 신파극 <금색야차>에서 이미 긍정적 결말이 등장하고 있었
   으며, 이에 영향을 받은 조중환은 그러한 긍정적인 결말 앞에서 제국주의 담론과
   현모양처에 위배되는 모습 사이에서 갈등했을 것이다. 이 상황하에서 조중환은 근
   대적 여성의 모습을 보다 제국주의 담론에 합당하게 만들기 위해서 심순애가 4년
   간 정조를 지켰다는 설정과 순결을 잃고 자살하는 장면을 삽입하여, 심순애의 결백
   을 증명하고자 했으며, 이를 통해서 유부녀인 여성이 미혼 남성을 사랑하는 것에
   대한 면죄부로 삼고자 했다(전은경, 「번안 과정에 나타나는 『장한몽』의 양가성 연
   구」, 『어문학』 제85집, 한국어문학회, 2004. 9, 450~455면 참조).
82) 『찔레꽃』, '팔리는사랑(五)', 224면.
83) 『찔레꽃』, '팔리는사랑(五)', 225면.

다. 옥란은 최근호와의 인연은 끊고, 조만호의 원처가 죽으면 자신이 정식 아내가 되는 것으로 조만호의 약조를 받아낸다. 그러나 황금과 진실한 사랑을 바꾼 여자에게, 사랑이 아닌 황금으로 유혹하는 남자의 말을 믿을 수 없다는 것이 이 소설의 결론으로 나타나고 있다. 즉 기생이 정식 아내가 될 수 있을 것인가에 대한 의문을 서술자가 독자를 향해 말하고 있는 것이다. 이러한 부분은 돈에 팔려 사랑을 버리는 것으로 『장한몽』적인 요소가 다분하다고 할 것이다. 또한 "황금에 팔려간 애인을 못잊어 사나이의 체면을 복수라는 순간적 쾌감과 바꾸어버릴 결심"[84]을 하며 칼을 들고 옥란을 죽이러 찾아든 최근호는 이수일의 복수심과 연결되고 있는 것이다.

결국 『찔레꽃』은 기본적인 연인인 남성과 여성을 중심으로 이 관계 속에 여러 남녀가 얽혀 들어 오면서 갈등을 형성하는데 그 갈등은 '돈'이라는 문제로 연결되고 있다. 이는 1930년대 당시 계급적 문학에서 나타나던 계급성이 유행적인 측면으로 대중소설에 잠입함과 동시에 1910년대의 '돈'과는 또 다른 30년대의 '돈'의 의미로 나타나고 있는 것이다.

『순애보』 역시 큰 두 축의 연인 구도를 보여준다. 첫 번째의 삼각관계는 1) 최문선-윤명희-김인순-(황인수)로 나타나며, 두 번째의 삼각관계는 2) 장혜순-이철진-신옥련-이명석의 관계로 나타난다. 1)의 경우는 최문선과 윤명희의 사이를 가로막는 것은 인순이라기보다는 오해로 인한 사형선고, 감옥, 혹은 뜻하지 않은 장애(장님)가 된다. 실제로 전형적인 통속적 삼각관계를 보여주는 것은 2)라 할 수 있는데, 이는 결혼 전의 연애담이 아니라 결혼 후의 문제라는 점이 이전까지와 다른 점이라 할 수 있다. 실제로 혜순은 전형적인 번안소설의 인물로 나타난다. 철진 역시 번안소설에 등장하던 남자 주인공처럼 본처의 순결함과 아름다움을

---

84) 『찔레꽃』, '찔레꽃(十六)', 271면.

다시 깨닫는 인물로 등장한다. 본처 혜순을 제치고 철진을 차지한 옥련과, 결혼 이후 철진의 친구 명석과의 관계가 가장 통속적이고 자극적인 관계로 나타나며 묘사도 매우 선정적이다.

1)의 구도와 2)의 구도가 거의 반으로 나누어져서 명희와 혜순이 친한 선후배로 연결되어 있을 뿐, 두 개의 구조는 독립적으로 나타난다. 전반부는 1)의 구도가 주류를 이루고 후반부는 2)의 구도가 주류를 이루고 있다. 총 33장 중, 1)은 18장, 2)는 15장에 이르며 특히 2)의 구도는 13장부터 29장까지 주류를 이루며 나타나고, 1)은 1장부터 12장까지, 14장, 23장 그리고 다시 30장부터 33장까지 이어지고 있다. 1)의 구도가 순결성과 희생성의 강조라면 2)의 구도는 퇴폐성과 선정적인 부분이 매우 많은 양을 차지하고 있다.

이러한 대중소설인 『찔레꽃』과 『순애보』에서 보이는 남녀 연애의 삼각관계는 독자의 흥미와 결합되어 있다고 할 수 있다. 따라서 단순한 남녀의 연애 교제가 아니라 이 속에서 선정적이면서 자극적인 장면들이 많이 연출된다.85)

어린애를 달래며 자기방으로 오려고 안방을 나오려든 순간 뜻밖게도 어둠속에 커-다란 괴물이 서잇는 것을 발견하자 정순은 등골에서 선듯 진땀이 내솟았다.
『안선생님 미안합니다……』
굵다란 그러나 약간 떨려나오는 목소리의 주인이 조만호씨인 것을 인

---

85) 박종홍(『현대소설의 시각』, 앞의 책, 229면)은 관능성이 "주로 금기되는 성적 체험을 제공함으로써 말초신경을 자극하여 직접적이고 즉각적인 반응을 야기하고자 하는 것"으로 설명한다. 즉 "관능성은 문명의 억압으로 인해 우리에게 잠재된 욕망으로 존재하는 성적 욕구를 분출하게 한다는 것이다." 이러한 면에서 이 책에서는 이러한 자극적이고 선정적인 장면을 이러한 관능성의 의미로 해석할 것이다. 즉 독자가 사회성에 의해 억압해 두었던 잠재된 욕망으로서의 성적 욕구를 소위 통속소설이 끄집어내어 주고 있다는 것이다. 통속소설의 작가는 그만큼 독자의 욕망을 제대로 읽어낼 때, 독자의 흥미를 붙잡게 되는 것이다.

식한 정순은 속으로 혀를 차며 안방을 향하여 도라섯다.

  정순은 아이를 안은 자기양팔이 환이 전등아래 노출되여 잇는 것이 위
선 불쾌하엿다.

  양장을 하면 두팔 양가슴…의복에 따라 등어리까지도 드러나는 옷이
잇지만……정순의 입은 옷은 침의(寢衣)엿다. 그리고 비록 새벽이 가까워
오기는 하지만 밤은 밤이다.

  정순은 조씨라는 사나의 아페 자리 속에서 금방 튀어나온 자기 자신을
폭로하엿다는 사실이 무슨 커-다란 재변을 당한 것처럼 억울하고 불쾌하
여졋다.86)

"아이를 안은 채 잠자코 돌아서있는 정순의 뒷덜미를 바라보"는 조만
호의 시선은 정순의 파인 옷과 뒷덜미, 그리고 벗은 팔에 이르기까지 정
순의 몸을 훑고 있다. 이 후 조두취(조만호)는 침모의 권유에 따라 영자를
정순인 줄 알고 겁탈하게 된다. 물론 방에는 정순이 아니라 침모의 딸 영
자가 있었으나, 침모는 조만호에게 정순이라 거짓말을 하고 자신의 딸과
조만호가 관계를 맺어, 자신의 딸이 조만호의 후처가 되게끔 계략을 꾸민
다. 조만호가 떨리는 호흡으로 방에 들어가 아무 저항 없는 정순, 실제로
는 영자를 겁탈하는 장면 역시 매우 선정적으로 처리되고 있다. 이러한
모습은 남성 화자에 의해 훔쳐보기의 형식으로 나타나는 것으로 독자의
선정적인 흥미를 유발하고 있다고 할 수 있을 것이다.

  벽우에 달력도 겨우 석장이 남아 이해도 완전히 저물고 말엇다. 두취실
에 안저잇는 조만호씨는 지난 밤에도 약속을 어기지 안코 참다랏케 자기
침실로 들어온 정순을 생각해보자 그는 찌르르 시쳐가는 중추신경의 야욕
을 느끼면서 만족한듯이 우섯다. 비록 저편의 주문대로 캄캄하게 불은 껏
다. 그리하여 사랑스러운 여자의 얼굴을 정면으로 볼 수는 업스나 그 부드
럽고 탄력 잇는 정순의 육체로부터 발산하는 향기는 언제나 도취시키고도
남음이 있음에랴? 잠자코 자기품으로 드러와서 한 시간 그렇다 분명코 한
시간안으로 도라가 버리는 젊은 여자의 매력은 진실로 꿀보다 더 달게 두

---

86) 『찔레꽃』, '꽃은피엿건만(十一)', 247면.

취 자신을 사로잡는 것이 결단코 다른 여자에게서 경험하지 못한 기묘한
황홀경이 아닌가[87]

이후 침모는 조만호에게 정순이 아니라 자신의 딸 영자였음이 들킬까
봐 정순에게 내색하지 말 것을 조만호에게 부탁한다. 대신 일주일에 한번
씩 영자가 불꺼진 조만호의 방에 가기 시작한다. 조만호는 이 영자를 정
순으로 착각하면서, 자신의 방으로 들어오는 정순의 육체를 상상하고 감
상한다. 위의 인용 부분은 조만호가 다시 생각하는 부분으로 매우 선정적
으로 나타난다. 남성 화자의 시선으로 정순의 육체가 벗겨지는 것으로 남
성에 의해 벗겨지는 여성의 육체를 독자로 하여금 상상하게 하여 통속성
의 전형을 보여주는 것이라 할 수 있다.

『순애보』에서는 『찔레꽃』보다 훨씬 더 자극적이고 선정적으로 남녀
관계를 묘사한다. 특히 적나라한 성관계의 묘사나 여성의 육체에 대한 탐
욕적인 시선 등이 여과 없이 나타나고 있다.

청년의 이 대답을 듯는 인순은 자기 몸이 알지 못하는 그 남자에게 안
겨서 쏘-트우에 눕피여슬 것을 생각하고 더욱이 인공호흡을 식히노라고
그 남자의 손이 자기의 팔을 만지고, 자기의 젓가슴과 배를 주물럿슬 것
을 생각하고 처녀의 귀중한 자랑의 절반을 일흔 것만 가태서 얼굴이 쓰거
워남을 느꼇다. (중략)
아직까지 남자 손에 만지여 보인 일이 업고 이성에게 안겨 보인 일이
업는 자기의 몸을 만지고 주물르고 그리하야 위기에서 자기생명을 구하여
준 그 은인을 인순이는 두근거리는 가슴으로 들어오기를 기다리고 잇다.[88]

인순이는 바다에서 보트 놀이를 하다가 다른 보트와 충돌하여 전복 사
고를 당한다. 이 때 문선이 인순을 인공 호흡하여 살려냄으로써 서로를
알게 된다. 그런데 인순이가 인공호흡 당하는 장면에 대해 1장에서부터

---

87) 『찔레꽃』, '영혼의시장(十九)', 259면.
88) 『순애보』 4회, '죄업는거줏말(一)', 『매일신보』, 1939. 1. 5.

아주 세세하게 설명하고 있다. 단지 인공호흡을 했다는 것뿐이지만 인순이는 생면부지의 남자가 자신의 육체를 탐한 듯 느끼고 있다. 이는 인순의 상상을 통해 한번 더 묘사가 반복되고 있는데, 이는 불필요한 부분이나 계속 반복함으로써, 독자의 상상력을 훨씬 더 선정적으로 자극한다. 또한 인순은 처음에 기분나빠하던 것과 달리 두 번째 상상할 때는 가슴을 두근거릴 정도로 그 손길을 그리워하는 것으로 묘사된다. 연재의 앞부분부터 이러한 선정적이고 자극적인 묘사를 통해 독자의 시선을 잡아 두려는 전형적인 통속소설의 모습인 것이다.

남녀의 교제 부분에서도 남녀의 정신적인 사랑보다는 세밀한 육체의 부딪침에 주안점을 두고 설명한다. '포옹'이라는 장과 '마음의정조'라는 장에서는 문선과 명희가 어떻게 서로 포옹하게 되는지, 자세히 묘사된다. 즉 "부드러운 명히의 젓가슴이 문선의 가슴에 다힐 째, 그리고 명히의 두 팔이 자기의 목을 쓰러 안고, 그 얼굴이 자기의 얼굴을 쓰처서 자기의 어깨에 언저젓슬 째 문선은 육체의 촉감이라는 것을 감각하엿다"[89]며 그들의 육체적 접촉을 매우 자세히 설명한다. 또한 "명히는 지금 문선에게서 그 어쩐 짜뜻한 감촉을 느끼게 되는 간지러움이 자기의 부드러운 살결에 흐르고 잇슴을 감각하엿다"[90]라며 이러한 포옹을 다시 상기하면서 부끄러워하면서도 그리워하는 명희의 상상 등과 이어진다. 이러한 묘사가 계속 반복되는 것 역시 독자의 흥미를 유발하기 위함인 것이다. 즉 남녀의 교제 역시 단순한 정신적 교제나 묘사의 생략이 아니라, 구체적으로 육체적 접촉을 묘사함으로써 통속성을 보여주고 있는 것이다.

> 이러한 말 저러한 말 그것이 근 두 시간을 잡어 먹건만 명석은 일어서기가 실헛다. 말하는 동안에도 명석의 시선은 옥련의 몸의 곳곳을 도적하여 보기에 부즈런 하엿다. 그럿케 옥련의 몸은 강한 매력을 가젓섯다. 아름다운 얼골 애교에 넘치는 우슴 불룩한 젓가슴 안정한 몸맵시. 이러한 모

---

89) 『순애보』 33회, '포옹(2)', 『매일신보』, 1939. 2. 3.
90) 『순애보』 37회, '마음의정조(貞操)(4)', 『매일신보』, 1939. 2. 7.

든 것이 그 어쩐 충동을 일으켜주는 것을 명석은 억제하기가 힘들엇다.[91]

이명석의 눈에 보이는 옥련의 모습은 매우 자극적이면서 선정적이다. 특히 육체에 대해 매우 자세히 묘사함으로써, 독자들의 '훔쳐보기'와 같은 심리를 만족시켜주고 있다고 할 것이다.[92] 옥련의 육체 위로 가는 시선의 경우, 이는 서술된 화자의 눈을 통해 독자의 '훔쳐보기'적 욕망이 투영되고 있으며, 작가는 이러한 면을 매우 잘 잡아내어 그러한 독자의 욕망을 채워주고 있다고 할 것이다.

> 옥련이도 짜라 일어서서 명석의 몸에 다히면서 박글 내여다 본다. 그것은 넘어도 계획적인 육박이엇다. 이 육박에 명석은 다시 일어서는 충동의 불길을 금할 길이 업섯다.
> 가즈런히 서서 달을 우러러 보는 그들. 그러나 옥련의 강한 제이의 육박에 명석은 전당석화격으로 쪄안는다.
> 명석의 가슴에서 색색 거리는 옥련은 머리를 명석의 가슴에 파부더 버리고만다.[93]

이명석이 옥련을 유혹하려는 의식도 있지만, 실제로 옥련 역시 이명석에 대해 매우 적극적이다. 옥련 스스로 육체의 향락을 취하고자 하며, 또한 나중에 옥련의 육체는 형석을 그리워하게까지 된다. 옥련은 "철진 하나만으로서는 도저히 애욕을 만족 식힐 수가 업섯"[94]던 것이다. 그래서 옥련은 찾아오지 않는 철진을 향해 먼저 전화를 걸어 만나게 된다. 그리고 "술과 고기를 가저오는 심부름꾼 청년이 방안에 드나드는 것도 불구하고

---

91) 『순애보』 83회, '유혹(3)', 『매일신보』, 1939. 3. 27.
92) 피터 브룩스는 소설의 전개가 육체의 벗기기 과정으로 설명한다. 또한 독자의 '훔쳐보기'의 심리가 소설에 투사되어 나타난 것으로도 설명될 수 있을 것이다. 따라서 불필요한 부분에서도 이렇게 선정적인 묘사가 끊임없이 반복되는 것은 독자의 흥미를 유발하는 통속소설의 전형성을 획득하게 하는 것이다(피터 브룩스, 이봉지·한애경 역, 『육체와 예술』, 문학과 지성사, 2003, 179~245면 참조).
93) 『순애보』 86회, '애욕분류(三)', 『매일신보』, 1939. 3. 30.
94) 『순애보』 87회, '애욕분류(四)', 『매일신보』, 1939. 3. 31.

명석이와 옥련이는 서로 기대안저서 환락에 도취"95)하게 된다. 이렇게 옥련과 명석의 애정 행각이나 옥련의 육체적인 면에 대한 묘사는 선정적이고 자극적인 효과로 독자들의 흥미를 붙잡아 두고 있는 것이다.

이렇게 통속소설의 작가는 독자의 흥미를 돋우면서 독자를 환기시켜 말을 건네기도 하고 앞으로 일어날 사건에 대해 미리 복선을 주어, 독자로 하여금 앞으로 일어날 일에 대해 기대하도록 만든다. 이러한 면들은 이미 1910년대 번안소설들에서 사용되었던 것으로 '다음 호에 계속' 기법으로 나타난다. 예를 들어 『순애보』에서 문선이 사형 선고를 받아 사형 집행 직전에 소설이 끊어지고 다른 이야기로 넘어 갔다가 그 사형이 집행되지 않은 것을 보여줌으로써 독자의 흥미를 다음 호까지 잡아두는 것이다.

(2) 여성 독자의 욕망과 대중소설의 당대적 의미

1910년대의 신문에 연재된 번안소설에는 독자의 흥미를 자극하기 위해 당대 사회의 요구와 욕망이 담겨 있었다. 이것은 시대의 현시성이라는 측면에서 이러한 신문연재소설에 담겨지는 것이라 할 것인데 그러한 면에서 독자의 욕망은 또 다른 면으로 나타난다. 이러한 통속소설의 주 독자라 할 수 있는 여성들의 의식들이 독자의 욕망이라는 측면으로 다양하게 드러나게 되는 것이다. 또한 이 부분이 대중소설이 가지는 당대적 의미를 획득하는 부분이라고도 할 수 있을 것이다.

여성적인 면을 보면 1910년대의 번안소설에 비해 1930년대의 소설들이 훨씬 더 적극적으로 나아가 있다고 할 것이다.

우슴! 기생들의 우슴!
그것은 두텁에 올린 지분아래 좀 먹고 잇는 슬픔을 가리우는 오즉 한가

---

95) 『순애보』 39회, '조락(凋落)(二)', 『매일신보』, 1939. 4. 2.

지의 탈박아지다.

　짧은 한 세상을 수고와 눈물과 한숨으로 그러나 창녀음부라는 부끄러운 운명의 락인(烙印)을 일평생 질머지고 가지 안흐면 안 되는 그들은 인간이란 무대에서 가장 불리한 역활(役割)을 마튼 가련한 희극 배우들이다.
　『학대받는 백색노예(白色奴隷)여!』[96]

『찔레꽃』에 드러난 기생에 대한 생각은 1910년대 번안소설에서 보이던 직업적 기생에 대한 이해에서 더 나아가 동정과 연민에 대한 느낌이 강하다. 특히 기생이 될 수밖에 없었던 그 배경에 주목함으로써 기생을 무산자 계급의 하나로 위치지우고 있다. 기생은 단지 웃음을 팔고 혹은 자신의 안위를 위해 몸을 파는 정도로 묘사되어 왔던 것에서 더 나아가, 기생 하나하나의 이름이 호명되면서, 그들의 개인적 삶이 서술된다. "아침 집달리의 붉은 딱지가 자기의 경대설합에까지 붙어버린 홍도가 백만장자의 딸처럼 명랑하게 웃고 있"으며, "어제밤 도박현장에서 유치장으로 붙들려간 아버지를 생각하면서도 계월의 얼굴에서는 행복스러운 웃음이 흐르고 오늘 저녁 밥쌀이 떨어졌다고 걱정하는 어머니의 말을 듣고 나온 춘심" 역시 "즐거운 표정"을 짓고 있다. 이들에 대한 서술은 하층민으로서의 처절한 삶을 배경으로 기생을 바라보고 있다는 점에서 그 당대 현실성을 획득하고 있다고 할 것이다.

　다섯 달이 지나고 화로와 대야놋그릇이 마즈막으로 전당포로 가던 날
　『애, 너 그 비렁뱅이 월급쟁이를 밋고 언제까지 이러커고만 잇슬 생각이냐? 식구들이 각꾸로 벗고 잇는데 두 여름 옷감은 드려올 생각은 아니허구……이 지경이 되면 수남(옥란의 아들)이도 래년에 학교에 못 넛는다』
　『……………』
　옥란의 입가에는 쓸쓸한 미소가 흘러갓다
　『정조란 것도 결국 밥 있고 옷 있는 사람들만이 가질 수 있는 사치품이야』[97]

---

96)『찔레꽃』, '팔리는사랑(二)', 223면.

이러한 기생이 되도록 내어 몬 가난은 옥란이의 모습에서 두드러진다. 단순히 돈이 좋아서 일생의 편안함을 위해 조만호를 택한 것이 아니라 사랑을 쫓아 최근호와 살림을 차리고서도, 그 사랑과는 달리 생활 자체는 옥란을 조여오고 있었다. 옥란은 이전까지 만나오던 남자들을 다 끊고 최근호와의 사랑에 삶을 바쳐 보았으나, 생활과는 상관 없는 최근호의 사랑 타령은 가난 속에 찌들어야 하는 옥란의 삶을 피폐하게만 할 뿐이었던 것이다. 옥란의 말처럼 정조라는 것도 결국 부자들의 사치일 뿐, 가난한 자와는 상관없는 것이다. 이러한 기생에 대한 서술은 결국 당대 사회 의식의 반영과 더불어, 피폐해진 삶이 통속이라는 현실 속에 담아질 수밖에 없었음을 보여 주는 것이라 하겠다.

> 『모든 것은 나의 천박한 탓이엇습니다 정순씨!……어제밤 경애씨와 함께 극장을 나와서 두어군데 찻집을 돌고 경애씨를 바라다드리려고 이 곳으로 온 때 벌서 일이 저질러젓습듸다……모든 것을 인제야 깨다랏소이다……정순씨!』(중략)
> 『모든 것은 될 대로 되지 안엇서요?……민수씨! 임의 한 녀자를 울렷으니, 또다시 한 녀자를 울리는 것은 너무 잔인하지 안어요?……두 분은 임의 약혼을 하섯스니……행복되시기만 빕니다』[98]

정순 역시 1910년대 번안소설의 여자 주인공이라면, 자신의 잘못을 뉘우치고 돌아온 남성을 애인이나 혹은 남편으로 받아들여 행복한 결말로 끝을 맺어야만 한다. 그러나 『찔레꽃』의 정순은 그와는 다른 선택을 한다. 위의 인용처럼 정순은 돌아온 민수를 버린다. 정순이 자신을 배신한 것으로 알고, 민수는 조만호와 정순에게 복수하기 위해 경애를 이용하여, 경애가 자신을 사랑하는 것을 이용하여 경애를 유린하고 약혼까지 하게 된다. 옥란이 조만호에게 복수하기 위해 칼을 가지고 들어와 조만호와 영

---

97) 『찔레꽃』, '팔리는사랑(二), 223면.
98) 『찔레꽃』, '찔레꽃(十七)', 271면.

자를 찌름으로써, 조만호와 관계를 맺은 것은 정순이 아니라 영자임이 밝혀지게 된다. 따라서 민수는 다시 돌아오고 싶다며 정순에게 말하지만, 정순은 받아들이지 않고, 또 다른 여자를 울리지 말라며 냉정하게 돌아선다.

> 방싯문이 열렷스나 창밧게 날르는 눈만 직히고 잇는 정순은 자기 뒤에 사람이 가까이 오는 것을 알지는 못하엿다.
> 『정순씨!』
> 나즈막이 불르는 소리에 흘깃 뒤를 도라보니, 그것은 매마진 어린아이 처럼 눈물어린 두 눈에 미소를 띈 경구엿다.[99]

정순은 민수를 거부하고, 경구를 택할 지도 모른다는 암시하는 장면으로 소설은 끝맺고 있다. 결국 민수가 꼭 이수일처럼 질투심에 불타 다른 여성을 통해 정순에게 복수하려 했다면, 정순은 그러한 민수를 버리고 새로운 남자를 만나는 것으로 암시한다. 혹은 열린 결말의 형태로 둠으로써 다시 만날 남자가 경구일 수도 있고 혹은 제3의 다른 남자일 수도 있도록 결말을 열어두었다. 이러한 면은 이수일과 심순애의 변형으로 보이나 여성의 인권적이라는 측면에서는 매우 앞서 나가고 있다고 하겠다.

이수일과 심순애의 역구조를 통해 여성 편에서 쓴 『장한몽』의 한 모습이라 할 수도 있다. 그러나 이 여성은 한 남자에게만 매달리는 일편단심형 인물이 아니라 새로운 관계를 스스로 개척해 나가는 인물로 그려짐으로써 당대 독자들 특히 여성 독자들의 욕구와 맞아떨어졌다고도 할 수 있을 것이다.[100]

---

99) 『찔레꽃』, '찔레꽃(十七)', 271면.
100) 민수가 복수로 경애의 몸을 요구하는 장면에서도 경애는 매우 진보적이고 급진적인 결혼관을 말한다. "글세요 결혼식이라는게 무얼가요? 난 결혼식이라는 것은 다른 사람에게 광고하는 것이라고 해석을 하고 시픕니다. 참 결혼은 발서 두 사람의 의사가 합하게 될 그때 이루워진 것이 아닐가요……결혼식이란 형식이 두 사람을 결합시킨다는 것은 나로써는 리해할 수 업서요"(『찔레꽃』, '찔레꽃(五)', 226면)라는 경애의 말은 결혼식은 형식일 뿐이라고 생각함으로써 순결해야 한다는 고정관념을 깨고 있다고 할 것이다. 이러한 면 역시 1930년대 당대 여성들의 의식을 반

사실 박계주의『순애보』는『찔레꽃』에 비해서 여성에 대한 면이 많이 비판적이라 할 수 있다. 기생이나 여성에 대한 부정적인 시각과 더불어 혜순 역시 다른 여자와 바람났던 남편을 받아주고, 옥련 역시 마음대로 유부남과 관계를 맺지만 나중에 후회하고 수도원으로 가게 된다. 그러나 혜순이 남편을 향해 "마음 없고 애정 없는 결혼이 간음 생활일진대 매일 육체를 제공하고 밥 얻어 먹는 매음부는 되지 않으렵니다"라며 남편을 비판하는 면들은 역시나 당대 여성들의 욕구의 반영이라 할 것이다.

또한 옥련 친구의 입을 통한 말이기는 하지만, "<입센>의 ≪인형의 집≫에서는 여자가 남자의 노리개도 되고 인형도 되었지만 이제부터는 남자가 여자의 노리개도 되고 인형도 되도록 역사를 바꿔놔야" 한다는 발언은 진보적 여성의 모습을 보여주고 있기도 하다. 이만큼 자유롭고 선정적인 대화를 보여주는 데에는 정숙하지 못한 여성들에 대한 화자의 비판도 엿보이지만, 이러한 발언을 읽는 독자들, 특히 여성들은 대리만족과 같은 후련함을 느꼈을 것이다. 결국 이러한 유부녀의 일탈적 행동, 성적 해방, 탈출 등의 모습은 매우 강한 여성의 욕망의 표현이었을 것이며, 소설로나마 일탈을 즐기던 당대 여성들의 욕망을 채워주었을 것으로 생각된다.

이러한『찔레꽃』과『순애보』는 1910년대 번안소설의 유형과 유사한 면이 많이 발견된다. 또한 그 번안소설이 연재되던 바로 그곳에 출현한『무정』과의 유사성 역시 간과할 수 없다.

무엇보다 독자층에 대한 의식은 신문연재소설의 전형적인 형태로 나타난다. 이미 1910년대 번안소설들에서 보인 독자에 대한 발견과 독자 의식적 발언, '다음 호에 계속' 기법 등 독자를 참여시키고자 하는 서술이 가장 돋보인다고 할 것이다. 또한 선정적이며 자극적인 연애담과 여성 육체에 대한 묘사는 독자의 '훔쳐보기'라는 욕망의 표현이라 할 수 있을 것이다.

통속성을 모험성과 연애소설적 경향으로 집약해 본다면, 이러한 부분

영한 것으로 해석해 볼 수도 있으리라 생각된다.

역시 독자를 자극하고 홍미를 유발하고자 하는 한 단면으로 이해될 수 있다. 이 연애소설적인 면 역시 1910년대 번안소설의 전형을 그대로 따른다고 할 것이다. 특히 두 축의 삼각 구도가 이어지면서 하나를 표본으로 삼아, 다른 한 축을 계도하려는 방향으로 가는 것은 선정적이되, 도덕적으로 회귀하려는 통속소설의 기본적인 방침을 보여준다고 할 것이다.

따라서 독자의 욕망을 자극하고 홍미를 유발하는 측면으로 여성의 입장에서 비도덕적인 삼각 구도의 한 축을 사용하면서, 결국에는 바람직한 다른 삼각 구도의 축을 통해 도덕적으로 회귀시키려는 전형적인 수법인 것이다. 이러한 통속소설의 전형적인 수법은 『장한몽』에서 이수일–심순애–김중배–최만경의 한 축과 기생 옥향–최원보의 도덕적인 축의 이중 구조를 통해 통속성과 도덕성을 함께 가져가려는 방향으로 나타난 것이다.

『찔레꽃』 역시 도덕적인 축인 정순–민수–경구–경애의 축과, 비도덕적인 축인 백옥란–최근수–조만호의 이중적인 삼각 구도의 형식을 보여준다. 『순애보』도 도덕적인 축인 명희–문선–인순의 축과, 옥련의 입장에서 볼 때 비도덕적이라 할 수 있는 혜순–철진–옥련–형석의 축이 얽힌 이중 구조를 보여주고 있는 것이다.

『순애보』의 경우는 특히 『무정』과 매우 유사하게 전개 되고 있다. 혜순–철진–옥련–형석의 축에서 볼 때, 남녀의 갈등 구조가 수해 후 철진이 살신성인하며 수해민을 도와주는 행위를 통해 모두 해결되고 있다. 이광수를 표본으로 삼은 듯으로 보이며, 이는 이 책의 이광수의 서문에서 보이는 박계주에 대한 애착에서도 보이는 부분이다.[101]

이런 부분은 선정적인 부분을 통한 독자의 요구에 대한 인정과 자신의

---

101) "나는 이 <순애보>의 예술적 가치 여하를 말하려 하지 아니한다. 그것은 독자 스스로 판단할 것이나 나는 오직 저자가 이 소설에서 표현하려고 한 큰 동기만을 독자에게 주장하고 싶다. 재미있는 소설, 묘한 소설, 문장의 유려한 소설은 얼마든지 있을 것이어니와 전인류의 근본 문제 즉 개인 생활의, 가정 생활의, 국가 생활의, 세계 평화의 근본 문제를 포착하려는 소설은 그리 흔한 것은 아니다. 그런데 박군의 <순애보>는 이러한 부류의 소설의 하나다."(이광수, 『순애보』 서문, 홍신문화사, 1978, 4면).

도덕적 계몽성을 섞는 부분에서 드러나게 된다. 박계주 역시 그러한 면을 따르고 있다. 그러나 이러한 선정정이고 여성들의 일탈적인 면모를 보여주는 것은 1910년대와 1930년대의 것은 그 의미가 다르다고 할 수 있다. 1910년대의 여성의 일탈적인 측면은『매일신보』의 현모양처 담론에 위배되는 한편, 여성 독자들의 일탈성과 맞물려,『매일신보』를 분열시키는 결과까지 초래하였다. 따라서 이러한 면에서『매일신보』와 어긋나고 있다고도 할 수 있다. 그러나 1930년대의『순애보』의 선정성과 자극성은『매일신보』의 정책과 어긋나고 있다기보다는 독자의 흥미 유발에 오락적 차원에서의 통속소설의 양상을 띠고 있다.

이러한 통속소설의 의의를 살펴본다면, 결국 통속소설이 발견해 낸 독자들의 흥미를 유발하는 의식과 독자를 끌어들이려는 적극적인 자세라 할 수 있다. 임화가「통속소설론」에서 김말봉의 출현을 획기적으로 느끼며 평가한 대로 성격과 환경의 일치에서 나타나는 것이라 할 수 있다.

"멜로 드라마는 시의성에 기울어 있고 비극은 영원성에 기울어져 있다. 다시 말하면 한편에서는(멜로 드라마) 우리는 저항과 문제극의 세계를 갖고 있고, 다른 한편에서는(비극) 명상과 신화의 세계를 갖고 있다"102)는 로버트 B. 헤일만의 말처럼 멜로 드라마의 전형적 형식을 가진 통속소설은 바로 이러한 시의성이라는 특징을 지니고 있는 것이다. 시의성이란 결국 "시간과 함께 변화하는 주제에 이끌리는 것"으로, 대중이라는 현실을 안고 있는 것이 된다. 다시 말해 예술성을 포기한 대신에 그 시대를 끌어안고 독자의 욕망을 고스란히 담아내면서 다수의 대중성을 표현해 내고 있는 것이라 할 것이다. 이러한 면에서 이러한 통속소설 혹은 대중소설은 그 당대의 현실을 가장 현실 그대로, 욕망이라는 이름으로 담아내고 있다고 해도 좋을 것이다.

---

102) 로버트 B. 헤일만,「비극과 멜로드라마」, 송옥 외 역,『비극과 희극, 그 의미와 형식』, 고려대학교 출판부, 1995, 94면.

묘사의 정신이란 과학에 있어 분석의 정신이다. 분석은 필연적으로 종합을 전제하는 것인데, 이 종합을 전혀 주관적으로 하느냐 분석의 자연적 결과에 의하느냐 하는데서 아이디얼리즘이나 리얼리즘이 생긴다.

그러므로 精緻한 묘사라는 것은 최후의 어떠한 정신이 그것을 통합해 가든지 간에 우선 소설로서의 성질을 획득한다.

마치 사변적인 결말에 도달하는 것일지라도 정확한 분석은 과학적 가치를 갖는 것과 같이……. 그러나 최초부터 묘사 대신에 서술의 방법을 중시하는 것은 분석하지 않은 과학처럼 항상 상식에서 출발하여 상식에서 끝나는 것이다.

이 오로지 상식적인데 통속소설로서의 특징이 있는 것으로 묘사란 묘사되는 현상을 그 현상 이상으로 이해하려는 정신의 발견이고, 상식이란 현상을 그대로 사실 자체로 믿어 버리려는 엄청난 긍정의식이다.

그러므로 통속소설은 묘사 대신 서술의 길을 취하는 것이며, 혹은 묘사가 서술아래 종속된다.

또한 통속소설이 줄거리를 중시하고, 혹은 도저히 만들어 낼 수 없는 곳에서 용이하게 줄거리를 만들어 내는 것은 묘사를 통하여 그 줄거리와 사실의 논리와를 검증할 필요를 느끼지 않고 俗衆(그것은 사회의 현상적 부분이다)의 생각이나 이상을 그대로 얽어 놓아 조금도 책임을 느끼지 않기 때문이다.[103]

따라서 임화가 말한 상식은 바로 현시성, 시대성으로 설명되어야 할 것이다. 분석하고 정치한 종합을 해 내는 임화가 말한 '묘사'는 어떤 면에서 예술이라는 이름으로 상식, 바로 당대를 떠나게 되는 분열을 초래할 수도 있는 것이다. 그러나 통속소설은 줄거리를 중시하고 서술을 중시하여 상식, 즉 현상을 그대로 사실 자체로 믿어 버리려는 의식을 담아냄으로써, 당대 대중의 삶 즉 문화가 드러나게 되는 것이다.

이는 결국 비슷한 전형화된 모델 속에서도 당대의 상황과 맞추어 나가는 부분이라고 할 수 있으며, 이를 현시성의 특징으로 설명할 수 있을 것이다. 이것이 바로 대중문화를 이끄는 현시성, 당대성의 힘이며, 이는 대중화라는 이름으로 진행되고 있는 것이다.

---

103) 임화, 「통속소설론」, 『문학의 논리』, 학예사, 1940, 409~410면.

제5장 의사소통의 장과 문화공간의 형성

1910년대의 번안소설은 『매일신보』의 판매 부수 확장을 위한 전략적 차원에서 출현한다. 『매일신보』에 연재된 대다수의 번안소설들은 일본 가정소설이거나 서양 소설이더라도 日譯에 대한 重譯이었다. 이는 『청춘』에 실렸던 번역문학들과 차이가 있다. 1910년대 『청춘』에 실린 서양 문학은 외래어 표기나 지명, 이름까지 최대한 살리면서 내용적인 면에서도 가정소설과는 거리가 먼 인간 자체에 대한 고민을 담고 있었다. 이에 반해 『매일신보』에 실린 소설들은 원전에 대한 철저한 번역이라기보다는 각색이 가미된 번안이었다. 또한 번안 작가가 쓴 창작물의 경우에도 자신들이 앞서 번안한 소설의 아류 차원에 머무르고 있었다.

『매일신보』는 인기 있던 일본 가정소설을 번안 연재하여 독자들의 관심을 유도했다. 이 1910년대 『매일신보』 번안소설은 1900년대 『대한매일신보』에 실렸던 『국치전』, 『매국노』 등의 작품과 달리 애국 계몽적인 경향이 아니라 오락적인 경향을 보였다. 이는 일제 기관지인 『매일신보』가 피식민지인의 관심을 오락적이고 향락적인 것으로 옮겨오고자 한 전략이기도 했다. 민족적인 색채를 지우고 선정적이고 자극적인 소재로 관심을 돌려 식민지인을 우민화하려던 것이었다.

『매일신보』의 독자들 즉 <독자투고란>에 등장하는 독자들은 소설의 잠재적 독자라 할 수 있다. 이는 『매일신보』가 유일한 신문이었다는 점, 번안소설이 인기를 얻어감에 따라 <독자투고란> 역시 확장되어 갔다는 점, 그리고 번안소설이 실렸던 4면이 순한글체를 사용해서 독자층을 확장했다는 점 등에서 이 <독자투고란>의 독자들이 번안소설의 잠재적 독자였을 가능성을 보여준다. 신문 독자의 분석을 통해 소설 독자들의 성향을 재구해낼 수 있다.

식민지 초기인 1910년부터 1912년까지 『매일신보』는 미개한 조선 상황의 고발을 통해 식민지 지배의 합리화를 유도하고 있었다면, 중기인 1914년에서 1915년에 이르러서는 식민지의 혜택을 강조하면서 식민지를 안정화시키는 전략을 취했다. 이러한 『매일신보』의 강력한 정책 하에서 독자층은 활기를 띠기 시작했다. 따라서 초기에는 조선의 일탈된 상황이 식민지 지배에 대한 합리화의 도구가 될 수 있었는데 반해, 중기에는 이러한 상황이 역전되어 식민지 안정화를 뒤흔들 수 있는 위험요소로 변하게 된다. 1915년 이후에 와서 『매일신보』는 식민지인을 교화하는 효, 열에 관한 기사를 싣고자 하지만 독자들은 매음기사가 왜 없느냐, 연극장 기사가 왜 없느냐 등의 질문과 함께 편집계를 질타한다.

독자들은 『매일신보』가 자신들의 요구를 들어주지 않자 스스로의 목소리로 사회 전반을 고발하기 시작했다. 물론 독자들은 그러한 일탈적 기사에 재미를 느끼고 있었다. 특히 연극장을 둘러싼 행태에 대해 연일 많은 이야기를 쏟아내었다. 이에 대해 『매일신보』는 "계집의 말이나 남 욕하는 말은 사회의 안녕과 질서 유지에 소용이 없다"며 세상 사람에게 모범될 만한 교화적인 내용이 아니면 싣지 않겠다고 경고한다. 그러나 독자들은 그 경고를 무시하고 여전히 자신들의 흥밋거리에만 관심을 가진다. 심지어 이러한 독자의 소리 자체를 즐겨보는 열성적인 독자마저 생기고, 독자의 소리에 여러 번 투고해도 게재되지 않자 항의하는 독자도 나타난다. 이러한 독자의 불평과 편집진의 강경한 입장이 부딪쳐 <독자투고란> 안에서 실제 싸움이 일어난다.

식민지 조선인들에게 있어서 독자가 신문 매체에 글을 싣는다는 것은 새로운 흥밋거리였다. 기자들의 시각으로 본 세상이 아니라 자신들의 눈으로 본 세상을 그려낸다는 것에 대한 호기심이었던 것이다. 이와 동시에 독자들은 자신들이 근대적 매체에 참여하고 있다는 기쁨 역시 누리고 있었다. 소통되는 것에 대한 새로움으로 독자들끼리 대화를 나누기도 한다. 이것은 독자들이 매체를 통하여 영향력을 행사할 수 있게 된 것을 의미한다.

결국 편집진은 사회체제를 위협하는 독자의 소리를 막고자 1916년 2월 16일부터 1919년 6월 15일까지 <독자투고란>을 폐쇄시킨다. 그러나 이 폐쇄된 순간조차 36번의 간헐적인 <독자투고란>을 발견할 수 있다. <독자투고란>의 개·폐쇄가 반복되는 상황 속에서도 독자들은 자신들의 불만과 살기 힘든 사정을 토로했다. 3·1운동 이후 1919년 6월 16일이 되어서야 <독자투고란>은 다시 재개되기에 이른다.

만약 <독자투고란>이 폐쇄된 3년 4개월 동안 36번의 재개 시도가 없었다면, 『매일신보』의 <독자투고란> 정책은 단순한 민심 수습 정도로 해석할 수도 있다. 그러나 이 36번의 <독자투고란>에서도 신문 독자와 『매일신보』 편집진은 여전히 싸움을 계속한다. 편집진이 사전 검열을 함에도 불구하고 독자들의 불만은 완전히 감춰지지 않았다. 검열을 거친 내용임에도 불구하고 36번의 간헐적인 <독자투고란>에는 피폐한 식민지의 모습이 고스란히 담겨 있다. 실제 식민지 상황은 신문에 게재된 것보다 훨씬 더 피폐했고, 삶이 피폐한 만큼 식민지인들의 저항의 강도가 위험 수위를 넘어서서 저항운동으로까지 확대되었다. 이미 작동하기 시작한 근대적 의사소통의 장으로서의 <독자투고란>의 기능을 『매일신보』는 더 이상 규제할 수 없었다. 즉 작동하는 공론장인 의사소통의 장은 자율적인 성격을 통해 매스 미디어의 통제로부터 이탈해서 『매일신보』의 식민 지배 담론에 균열을 가하기 시작한 것이다.

식민지 독자들의 다양한 목소리를 담아내고 저항적 색채까지 띠게 된

<독자투고란>은 조중환의 번안소설과 함께 성장했다. 이상협과 민태원의 번안소설이 실리던 때에는 <독자투고란>이 폐쇄되었으나, 독자들은 <독자 편지> 양식을 통해 여전히 참여하고 있었다. 이러한 신문 독자 즉 번안소설의 잠재적 독자를 형성시킨 데에 번안소설의 역할이 매우 컸던 것이다.

『매일신보』가 추구한 대중화는 신문 사회면의 순한글체의 사용과 대중의 흥미를 유발하는 자극적인 가정소설의 번안을 통해 이루어졌다. 그러나 이 1910년대 신문 매체에 의해 주도된 대중화는 역설적인 힘을 지니게 된다. 즉 이 대중화는 결국 식민지 대중의 결집과 의사소통의 장을 형성함으로써 3·1운동의 교두보 역할을 했다고 할 수 있다. 그 정점에 바로 1910년대 번안소설이 자리 잡고 있었던 것이다.

『매일신보』의 대중화 정책과 판매 부수 확장을 위해 정책적으로 사용한 번안소설의 연재와 신파극의 연계는 <독자투고란>과 맞물리면서 1910년대의 근대 소설 독자들을 양산하기 시작했다. 이러한 독자들을 불러낸 데에는 번안소설이 큰 역할을 했다고 할 수 있다. 번안소설이 가지는 역할과 그것이 식민지 대중과 교호하면서 나타나게 되는 1910년대의 문화적 상황은 번안소설의 가치를 되짚게 한다. 이 책은 그러한 번안소설을 재조명하면서 새로운 독자층의 형성이라는 측면에서 논의하였다.

특히 신파극의 대본으로 출발했던 신문연재 번안소설은 독자들에게 소설 읽는 법을 훈련시킨다. 이를 통해 소설은 연극으로부터 분리되어 나와 소설 장르 그 자체로 자리 잡게 된다. 연극이라는 음독의 확장된 형태에서 '책상' 앞에서의 개인적인 독서인 묵독으로 이어지는 가운데, 근대 독자가 형성되고 있었다. 또한 이러한 근대 독자로 '훈련'시킨 데에 1910년대의 번안소설의 역할은 매우 컸다고 할 수 있다. 첫째, '다음 호에 계속' 전략 등을 통해 매회 연재에 대한 끊어 읽는 훈련, 둘째, 신파극 공연 등으로 신문연재소설을 장기간 보는 훈련, 셋째, 시의성과 현실성 있는 소재로 독자와 소설의 상호소통성과 더불어 독자와 독자의 상호소통성을 제공, 넷째, <독자투고란>이 폐쇄되자, <독자 편지>란을 통해 자신의 감상을 장편 편지로 투고해서 스스로 소설을 즐기는 법을 훈련시켰던 것이다. 이러한 면은 결국 번안소설에 의해 '독서 행위'를 훈련받고 또 한 편으로 소설을 읽는 습관으로 이어졌다고 할 수 있다.

『매일신보』는 조선 대중을 '상상된 독자'로 상정함과 동시에, 이 '상상된 독자'를 '문자화된 독자'로 문면화(文面化)하였다. 이러한 문자화된 독자는 신문의 대중화 정책에 의해, 그리고 자신들의 담론 유포를 위해 전략적으로 사용되었지만, 조선 현실을 기록해내고 자신들의 욕망을 문자화시킴으로써 새로운 국면을 만들어내게 되었다. 사실 문자화된 독자는 완전한 문학 독자, 혹은 소설 독자라고는 말할 수 없을 지도 모른다. 그러나 이 문자화된 독자가 <독자투고란> 속에 신문 독자·소설 독자·연극 관객이 통합된 채로 나타남으로써, 조선 현실이 다각도로 반영된 것으로 볼 수 있다. 신문 독자·소설 독자·연극 관객으로 구성된 융합된 독자층이 소설 독자의 문면화로 이어지게 된 것이다.

언론이 완전히 통폐합된 1910년대 상황에서 유일한 신문인『매일신보』는 일본 제국주의의 효과적인 지배를 위해 대중화 전략으로 여성을 불러내고, 여성의 관심을 유발하고자 노력하였다. 이렇게 볼 때,『매일신보』가 전략적으로 불러낸 독자는 일반 대중들 속에서도 여성에 더 많이 집중되어 있었다. 여성들의 욕망은 '문자화' 속에서 키워지고 유포되면서 1910년대 조선 내부를 만들어 가고 있었다. 이미 독자들은 매체와의 상호소통 속에서 자신들도 모르게 그 다음 시대의 여성 담론의 토대를 형성해 나가고 있었던 것이다.

결국 번안소설의 고급 독자인 한문이나 국한문 혼용체를 쓰던 남성 독자들은『무정』의 독자를 거쳐 일부 20년대 지식인 독자에 편입되기도 하였다. 번안소설의 중하위층 독자라 할 수 있는 일반 여성 독자와, 중하위층 남성 독자들은『무정』의 독자를 거쳐 20년대 대중 소설 독자층을 형성하였을 것으로 보이며, 특히 여성들의 욕구분출은 20년대 여성 잡지의 원동력이 되었을 것이다. 이러한 1910년대의 번안소설과 독자층의 상호 연관 측면, 그리고 고급 독자층의 경로와 번안소설로부터 촉발된 중하위 남성 독자층이나 여성 독자층이 『무정』의 독자층을 형성하면서 『무정』과 교호함으로써, 우리 근대문학에 새 줄기를 열어갔다.

결국 이러한 면은 '대중화'의 양가성 때문이라고도 할 수 있다. 일제 식민 지배 담론을 유포하는 『매일신보』의 정책적 대중화와, 독자들의 대중적 반응이 서로 교차하면서도 갈등을 일으키는 가운데 번안소설이 탄생함으로써 1910년대의 번안소설은 양가적 경향을 띠게 되었다. 즉 『매일신보』를 통해 유포된 식민 지배 담론의 욕구라는 하나의 경향과, 1910년대 독자들의 욕망이라는 다른 하나의 경향이 갈등을 빚고 이러한 갈등은 일본과 서양의 근대적 원본의 이입을 시도하던 작가에 의해 조절된다. 이러한 갈등과 조절의 장 가운데 1910년대 번안소설은 이질적인 경향으로, 혹은 1910년대 식민지 조선의 독특한 경향으로 탄생했던 것이다. 이러한 1910년대의 번안소설은 이 후 『무정』과 신문연재소설에 큰 영향을 미쳤다.

따라서 이러한 모습은 식민자의 문화와, 이를 피식민지의 언어로 번역한 매개자, 그리고 그것을 받아들이는 피식민지의 수용자인 독자가 신문 매체 안에서 서로 상호 소통하는 가운데 형성된 것이라 할 수 있다. 이러한 상호소통은 소설 독자를 통합된 독자체계에서 분리시키고, 연극이라는 장르에서 벗어나 소설 그 자체로 자리 잡게 함으로써, 작가·소설·독자라는 문화의 공간을 형성하여 근대문학의 토양을 생성했다. 이는 문학이 문화에 영향을 주고, 또 문화가 다시 문학으로 되돌아오는 소통의 구조 역시 보여주고 있는 것이라 할 수 있겠다.

지금까지 문화론적 관점에서 1910년대 번안소설을 고찰한 내용을 요약적으로 제시하였다. 이제부터는 이 글에서 이룬 성과를 정리하는 한편 앞으로 남은 과제에 대해서 생각해보려고 한다.

첫째, 이 글은 1910년대의 번안소설의 의미를 작가론적 관점이나 구조주의적 관점만으로 파악하는 것을 비판하면서 시작했다. 그 대안으로 번안소설이 위치하고 있는 사회문화적인 맥락 속에서 매체·작가·독자의 상호소통적 차원의 문화론적 관점을 제시했다. 따라서 번안소설이 단순한 모방이나 표절이 아니라, 내적 토대로 제시되는 문화와 수용자인 독자에 의해 변용되어 새로운 형태의 문학 장르를 탄생시켰음을 밝혀내었다. 그리하여 1910년대 번안소설의 가치를 새롭게 이해할 수 있었다.

둘째, 이 글은 상호소통 관계에 주목하면서 단순히 소설 독자 정리에만 머무르지 않고 『매일신보』의 <독자투고란>의 독자들을 면밀히 분석하였다. 이 <독자투고란>의 독자들은 『매일신보』라는 신문의 독자임과 동시에, 신문에 연재되었던 번안소설의 잠재적 독자이기도 했다. 따라서 이 신문 독자를 도표화하여 자료사적으로 정리함으로써 이 속에서 1910년대 번안소설의 독자를 재구하였다. 이를 통해 근대 소설 독자층의 형성 과정을 밝히는 단초를 마련하였다. 또한 신문 독자에서 소설 독자로 분화되어 나오는 과정을 밝히면서 매체와 연관된 번안소설의 영향력을 분석하였다. 이를 통해 이제까지 논의되지 못한 <독자투고란>의 독자의 성향과 번안소설과의 영향관계를 밝혀낼 수 있었다.

셋째, 이 글은 1910년대 번안소설 텍스트를 작가별로 본격적으로 다루었다. 그 이전까지 학계에 잘 알려지지 않았거나 소홀히 다루어 졌던 『매일신보』의 번안소설을 전반적으로 다룸으로써 『매일신보』의 정책 변화에 따른 번안소설 작가들의 성향과 그 변화를 밝혀 볼 수 있었다. 이 과정에서 식민 지배 담론과 결탁하여 독자의 흥미를 얻기 위해서 노력한 번안 작가들의 작가별 특징을 살필 수 있었다. 그러나 아직 원본이 밝혀지지 않은 작품과, 창작으로 알려져 있더라도 일본 소설에 영향을 받았을 것으로 추정되는 작품을 일본 소설과 상호비교 대조할 과제가 여전히 남아 있다. 그러나 단순한 비교문학적 연구방법보다는 이러한 비교문학적 연구와 문화론적 연구를 접목시켜 식민지 독자들의 능동성에 의한 작품 변화까지 세밀하게 검토할 필요가 있다.

넷째, 이 글은 1910년대의 번안소설의 가치와 역할을 분석하여 신소설에서 근대 소설인 『무정』 사이에 번안소설의 위치를 강조하여 문학사의 연계성을 꾀하였다. 이는 연속성이라는 측면에서 소설사를 풍부하게 할 뿐만 아니라, 근대 소설의 형성 과정을 살펴보게 만드는 계기가 될 수 있었다. 또한 이 글은 더 나아가 1910년대 번안소설의 독자와 소통하는 신문연재소설의 특징을 면밀히 분석하여 한국 대중 문학 형성의 과정 역시 살펴볼 수 있었다.

차후의 과제는 문학사 속에서의 연계성, 연속성의 측면에서의 연구이다. 번안소설은 신문연재소설이자 대중소설이었으며, 하층 여성 독자와 대중 소설 독자층을 형성시켰다. 이러한 의미에서 그늘에 가려져 있던 조선 후기 소설들과 그 독자들의 존재 양식을 밝혀야 한다. 1900년대 애국 계몽기에는 민족 담론 아래 통속적인 조선 후기 소설들과 그 독자들이 양지로 드러나지 못하고 음지에 갇혀있었던 반면, 1910년대 이후에는 이러한 대중문학과 그 향유자들이 『매일신보』의 독자란을 통해 문면으로 드러났다. 따라서 이 독자들과 1920년대 잡지의 독자들과의 연계성, 그리고 1910년대 이후 신문연재소설과 대중문학의 변모 양상과 독자층의 연계성에 대한 고찰이 필요한데 이러한 대중문학사와 대중독자층의 성립을 고찰하는 작업은 다음의 과제로 남겨둔다.

제2부

근대계몽기 매체와 독자의 욕망

■『국치전』과 후쿠자와 유키치(福澤諭吉)의 상관관계

■『대한매일신보』의 국문 정책과 번안소설의 대중성

■ 1910년대 지식인 잡지와 여성

『국치전』과 후쿠자와 유키치(福澤諭吉)의 상관관계

1. 내적 토대의 작용과 서양의 이식

최근 초기 근대 문학의 기원과 변환 과정에 대한 관심으로 매체와 연관된 문학사의 논의가 활기를 띠고 있다. 임화가 말한 전통과의 단절, 이식문학론을 좀 더 적극적으로 해석해 본다면, 이식과 단절 역시 하나의 변용으로 이해할 수 있으리라고 본다. 즉 변용이란 임화의 말처럼 외부 문화의 이식이 내적 토대에 의해 전환되고, 새로운 문화가 탄생하는 것을 의미하는 것이다. 따라서 이식과 단절 역시 내적 토대의 작동에 의해 생성된 것인 만큼 아이러니하게도 변용 그 자체로서 이미 자문화의 연속성을 담지하고 있다고 말할 수도 있을 것이다.

이러한 시각에서 본다면, 문학의 입장에서 그 이식의 최전선에 서 있는 것은 바로 번안소설이라 할 수 있다. 1900년대 가장 영향력 있었던 『대한매일신보』는 근대의 초기를 탐구하는 연구자들에 의해서 활발하게 연구되고 있다. 그러나 『국치전』과 같은 번안소설은 보기 드물게 신문에서 장기간 연재되었음에도 불구하고 이러한 번안소설 연재에 대한 논의는 여전히 미궁을 헤매고 있다.1)

그렇다면 왜 이 시점에서 『국치전』과 같은 『대한매일신보』의 번안소설을 연구해야 하는가? 그것은 우리 문학사 속에서 이러한 번안소설이 내적 토대 문화와 외국 문화의 이식 사이에 놓여 있기 때문이다. 이 번안소설이 한편으로는 우리 문학사를 단절시키기도 하지만, 다른 한편으로는 연결시키기도 하는 교량의 역할을 하고 있는 것이다.[2] 다음으로는 『대한매일신보』가 당위적으로 주장하는 저항적 민족주의적 경향과 그 속에서 연재되는 번안소설의 씨실과 날실의 교차를 들여다봄으로써 접합과 분열 속에서 『국치전』의 의미를 재구해보고자 한다.

이러한 면에서 이 글은 첫째, 이제까지 연구되지 못한 『국치전』의 모델을 밝혀보는 것을 목표로 한다. 즉 일본이라고 알려져 있지만 구체적으로 어떠한 인물에 대한 이야기이며, 어떠한 사상과 내용이 접합되어 있는지를 심도있게 논의해 보고자 한다. 둘째, 민족 저항 신문인 『대한매일신보』에 후쿠자와 유키치(福澤諭吉)의 내용이 실린 이유와 그 의미를 밝히고자 한다. 셋째, 『국치전』의 배경과 인물의 유추를 통해 그 속에서의 변형과 변용, 그리고 그 향후의 방향에 대해서 살펴볼 것이다. 마지막으로 우리 근대 초기 개화의 의미와 방향성 혹은 변화와 특징을 살펴봄으로써 1900년대에서 1910년대를 잇는 번안소설의 교량적 역할을 밝혀볼 것이다.

---

1) 『국치전』에 대한 논의는 거의 이루어지지 못하고 있다. 그 가운데 한원영은 『한국개화기신문연재소설연구』(일지사, 1990)에서 『국치전』이 일본소설의 번역일 것으로 추정했으며, 이에 더 나아가 박수미는 「개화기 신문소설 연구」(성균관대 박사논문, 2005. 6)에서 이 『국치전』이 일본소설일 것이라는 근거 제시와 함께 내용적인 면에서 적극적인 여성의 참여에 주목하였다.

2) 일반적으로 근대 문학의 효시를 이광수의 『무정』으로 간주한다. 사실 이 『무정』은 1910년대 번안소설의 영향을 많이 받았다고 할 수 있다. 그러나 실제로 근대적 신문 매체 속에서의 번안소설의 시작은 1910년대보다도 더 일찍 나타났다고 볼 수 있다. 즉 1910년대의 번안소설이 소위 최초의 근대 소설 『무정』에 영향을 미쳤다고 한다면, 그 시작은 1900년대, 혹은 그 이전에 이미 생성되기 시작했을 가능성이 있다. 따라서 그 이전 시대로 거슬러 올라가 우리 근대 소설의 형성과 그 초기 생성의 영향력을 재구해 보아야 한다(1910년대 번안소설의 역할과 『무정』과의 연관관계는 전은경의 「1910년대 번안소설 연구—독자와의 상호소통성을 중심으로」(경북대 박사논문, 2006. 6) 참조.

따라서 이 글에서는 국문판『대한매일신보』의 소설란의 성립과 번안소설 정책에 대해 먼저 살펴보고, 이를 바탕으로『국치전』과 후쿠자와 유키치의 사상이 어떻게 수용되고 변용되는지를 분석해 볼 것이다. 이를 토대로 문명개화에 대한 개화기 지식인들의 의식과 그 역할을 밝히고, 그 속에서 1900년대의 번안소설『국치전』의 의미와 역할을 짚어낼 수 있을 것으로 기대한다.3)

2. 국문판『대한매일신보』의 소설란 확장과 번안소설

1)『대한매일신보』의 소설란의 형성과 판매 부수의 증가

1900년대 민족주의 신문의 대표격인『대한매일신보』는 그 발행 상황을 두고 볼 때 총 4기로 구분할 수 있다. 첫째 시기는 2개 국어 신문 발행기 (1904. 7. 18~1905. 3. 10)로 영문판, 한글판 신문으로 이루어졌다. 둘째 시기는 국한문판 영문판 분리 발행기(1905. 8. 11~1907. 5. 22)로 국한문판과 영문판이 독립된 두 개의 신문으로 분리되어 발행된 시기이다. 셋째 시기는 국한문판, 영문판, 한글판으로 3개의 신문이 발행된 때(1907. 5. 23~1908. 5. 31)이다. 지식 수준이 높은 지식층을 대상으로 한 국한문판과, 서민층과 부녀자층을 대상으로 한 한글판으로 대별되었다. 네 번째 시기는 국한문판과 한글판 2판만 발행된 시기(1908. 6. 1~1910. 8. 28)4)이다.

---

3) 가토 슈이치는 마루야마 마사오와의 대담에서 번역의 문제를, "무엇을 번역했나, 어떻게 번역했나, 사회가 번역된 개념과 사상을 어떻게 수용했나."라는 측면에서 세 가지로 나누었다. 이 글에서는 이 세 가지 문제 중 첫 번째에 해당하는 "무엇을 번역했나"에 집중하여 그 번역, 번안의 내용, 대상을 고찰하는 데 목적을 둔다. 번역의 모본 확정과 대조·비교, 번역의 메커니즘에 대한 논의, 독자들의 반응과 수용에 관한 논의는 차후의 과제로 돌리고 본 논문에서는 그 일차적 작업으로서 번역의 내용 상의 대상을 밝히는 데 주안점을 두고자 한다(마루야마 마사오·가토 슈이치, 임성모 역,『번역과 일본의 근대』, 이산, 2003, 175면).

이 글에서 대상으로 삼는 『국치전』(1907. 7. 9~1908. 6. 9)은 셋째 시기, 즉 기존의 국한문판과 영문판에 이어 한글판이 신설되었던 때에 연재되었다. 국한문판 『대한매일신보』에서 '쇼셜'란은 간헐적으로 등장하고 있으며, '쇼셜'란의 고정적 입지는 국문판 『대한매일신보』가 발행되면서부터라고 할 수 있다.5) 국한문판과 국문판(한글판) 『대한매일신보』에 한 달 이상 장기 연재된 서사물은 다음 표와 같다.

한 달 이상 연재된 『대한매일신보』 서사물6)

국한문판				국문판			
게재란	제목	날짜	본문 표기	게재란	제목	날짜	본문 표기
잡보	鄕 향老 로訪 방問문 醫의 生싱이라	1905. 12. 21. ~1906. 2. 2.	국문	쇼셜	라란부인젼	1907. 5. 23. ~1997. 7. 6.	국문
잡보	時 시事 사問 문答답	1906. 3. 8. ~1906. 4. 12.	국문	쇼셜	국치전	1907. 7. 9. ~1908. 6. 9.	국문
위인 유적	水軍第一偉人 李舜臣	1908. 5. 2. ~1908. 8. 18.	국한문	쇼셜	수군의 뎨일 거룩흔 인물 리슌신젼	1908. 6. 11. ~1908. 10. 24.	국문
위인 유적	東國臣傑 崔 都統	1909. 12. 5. ~1910. 5. 27.	국한문	쇼셜	매국노 (나라픗는 놈)	1908. 10. 25. ~1909. 7. 14. (미완)	국문
				쇼셜	미국독립사	1909. 9. 11. ~1910. 3. 5.	국문
				쇼셜	동국에 뎨일 영걸 최도통전	1910. 3. 6. ~1910. 5. 26.	국문

---

4) 정진석, 「『대한매일신보』 창간의 역사적 의의와 그 계승문제」, 한국언론사연구회 편, 『대한매일신보 연구』, 커뮤니케이션스북스, 16~21면 참조.
5) 『대한매일신보』의 한글 사용의 의의와 소설란의 신설에 관한 연구는 김영민의 『한국의 근대신문과 근대소설』(소명출판, 2006) 제2장 3절과 배정상의 「『대한매일신보』의 서사 수용 과정과 그 특성 연구」(『현대문학의 연구』 27집, 2005) 참조.
6) 본 서사물 정리는 김영민의 『한국의 근대신문과 근대소설』(앞의 책) 총목록을 참조하여 작성함.

위의 도표를 확인해보면, 국한문판에서는 한 달 이상 장기 연재된 소설이 '쇼셜'란이 아닌 잡보나 위인 유적 등에 실린 반면, 국문판에서는 고정적인 '쇼셜'란에 실려 있음을 알 수 있다. 특히『이순신전』과『최도통전』의 경우, 국한문판에서는 위인유적에, 국문판에서는 쇼셜에 실려 있다. 이러한 면은 소설이 국문과 연관되어 있음을 보여주는 것이다.[7] 또한 국한문판과 국문판 통틀어서 한 달 이상 연재된 소설은 총 10편이었으며, 6개월 이상 장기 연재된 소설은 국문판의『국치전』,『매국노(나라프는 놈)』,『미국독립사』 등 3편이다.『미국독립사』가 일종의 역사물에 해당되므로 실제 소설의 장르로 볼 수 있는 것은 번안소설인『국치전』과『매국노(나라프는 놈)』단 2편이다. 특히『국치전』은『대한매일신보』전체 소설 가운데 가장 장기간인 만 11개월 동안 연재되었다.

사실 국문판(한글판)이 발행되기 시작하면서『대한매일신보』의 발행 부수는 급속하게 증가하였다. 국문판 창간일인 1907년 5월 23일 5,000부로 시작하여 1907년 9월 국한문판 8,000부, 국문판 3,000부로 증가했다. 또한 1908년 5월에는 국한문판 8,143부, 국문판 4,670부, 영문판 463부로 총 1만 3,256부까지 판매 부수가 늘어났다.[8]

『국치전』 연재 당시『대한매일신보』 판매 부수

날 짜	국한문판	국문판
1907. 9.	8,000부	3,000부
1908. 5.	8,143부	4,670부
총 증가 부수	143부	1,670부

1907년 7월 9일부터 1908년 6월 9일까지 연재된『국치전』과 이 시기『대

---

7) 김영민은 한글 독자에게 '소설'은 유인력이 있는 어휘였지만, 국한문혼용 독자에게는 그렇지 않았다고 설명한다. 그에 따르면 근대 계몽기의 '소설'은 곧 '한글' 독자를 떠올리는 문학 양식이었다는 것이다(김영민, 앞의 책, 98~99면 참조).

8) 정진석,『한국언론사』, 나남, 2001, 239면 참고.

한매일신보』의 급속한 판매 부수의 성장은 서로 맞물리고 있다. 국한문판의 경우 거의 성장의 폭이 없다. 8,000부에서 8,143부로 143부 정도 늘었다. 실제 판매 부수 확장에 기여한 것은 국문판의 성장이다. 즉 국문판은 3,000부에서 4,670부로 1,670부로 확장한 것이다. 1900년대 다른 4개의 신문들의 발행부수 총합이 8,000부였음을 감안한다면 이 성장은 매우 큰 것이라 할 수 있다.

이것이 시사하는 바는『국치전』의 흥미성과 국문판『대한매일신보』의 발행부수의 증가가 맞물려 있다는 것이다. 비록『국치전』자체가 이 발행부수의 확장을 직접적으로 이끌었다고 확언할 수는 없을지라도 간접적인 영향력을 미쳤음은 부인할 수 없다. 독자들이『국치전』에 대해 흥미로워하지 않고서는 1년여 간의 연재는 불가능했을 것이다. 역으로 말하면 그 늘어난 독자들의 수만큼의 독자가『국치전』을 읽었을 것이라는 추측이 가능하다.9)

또한 이렇게 장기 연재가 가능했던 것은 이『국치전』이 원본을 가진 번안소설이기 때문이다. 아직 근대문학적 틀이 잡히지 않은 조선적 현실로 볼 때, 이렇게 장기간 동안 창작 연재를 하는 것은 어려운 일이다. 창작이 가능한 지식인 계층의 경우는 계몽에 치중하여 남녀의 연애담 등의 대중적 요소를 삽입하기는 힘들었을 것이다. 이에 비해 번안소설은 장기 연재가 가능하다. 번안소설은 원본이 있어서 전체 내용을 미리 볼 수 있으므로 계몽적 요소를 갖추면서도 대중적 요소를 갖춘 소설을 선택하기 용이했을 것이다.10)

---

9) 내용적인 면에서의『국치전』의 대중의 흥미를 끌만한 요소를 목록화해 보면 ① 연애담－계몽이 중심이지만 상당수 연애담이 존재, ② 선정적 혹은 감정의 표현, ③ 여성의 의식에 대한 변환, ④ 남성들이 여성을 대하는 태도의 변환, ⑤ 대리 만족 : 여성들의 진취적 활동, ⑥ 흥미, 신문소설의 수법 등을 들 수 있다(전은경, 「『대한매일신보』의 '국문' 정책과 번안소설의 대중성 연구」,『어문연구』54집, 어문연구학회, 2007. 8, 470~471면 각주 30번 참조). 독자들의 구체적 반응과 양상은 차후의 글에서 다루어 보고자 한다.

10) 물론『국치전』은 1910년대『매일신보』에 연재되었던『장한몽』등과 같은 소설들

2) 『대한매일신보』의 소설관과 번안소설의 역할

『대한매일신보』의 논설에서 드러나는 '소설'에 대한 생각은 어리석은 서민층과 부녀자층을 계몽하여 사회를 변화시키는 데 그 목적을 두고 있다.

> 나는 닐ㅇ디 텬하에 큰 ㅅ업은 우부우부와 ㅇ동주졸이 지어내ᄂᆞᆫ거시라 홈이며 고명ᄒᆞ고 졍직ᄒᆞᆫ 션비가 엄졍ᄒᆞᆫ션ᄉᆡᆼ 좌셕에 잇셔셔 텬연ᄒᆞ고 졍대ᄒᆞᆫ면목으로 사롭의 셩픔과 ᄆᆞ옴과 ㅅ물샹 깁흔 리치를 의론ᄒᆞ고 녜와 이제의 흥ᄒᆞ고 망ᄒᆞᆫ력ㅅ를 말홀 때에ᄂᆞᆫ 그것헤 둘너셔셔 듯ᄂᆞᆫ쟈ᄂᆞᆫ 유식ᄒᆞᆫ쟈가 몃사롭에 지나지 못홀 뿐더러 이로 인ᄒᆞ야 얼마간 지식은 계발ᄒᆞ더리도 그 긔질을 변화ᄒᆞ야 악ᄒᆞᆫ쟈를 션ᄒᆞ게ᄒᆞ고 흉ᄒᆞᆫ쟈를 슌ᄒᆞ게ᄒᆞ기ᄂᆞᆫ 어려울거시나 뎌 샹말과 쇽담으로 지어노흔 칙즈ᄂᆞᆫ 그러치 아니ᄒᆞ야 일톄 우부우부와 ㅇ동주졸의 편벽되이 즐겨보ᄂᆞᆫ바이라 만일 그말이 조금긔 이ᄒᆞ며 그조ㅅᄒᆞᆫ거시조곰 웅장ᄒᆞ면 빅사롭이 그것힉셔보미 빅사롭이 칭찬ᄒᆞ며 쳔사롭이 그 겻희셔 드르미 쳔사롭이칭춘ᄒᆞ디 심지어 그 졍신과 혼빅이 그 칙으로 옴겨 가셔 비참ᄒᆞᆫ일을 닑으미 눈물이 졀노흐름을 ᄭᅢ닷지 못ᄒᆞ며 장ᄒᆞ고 쾌ᄒᆞᆫ일을 닐그미 긔운의 분발홈을 금치못ᄒᆞ야 듯고보ᄂᆞᆫ디 졈졈 ᄌᆞ미가들면 ᄌᆞ연 그셩픔을 감화ᄒᆞ기 ᄭᅵ지 니르리니 그런고로 나는 닐ㅇ디 샤회의 크게 붓좃ᄂᆞᆫ바ᄂᆞᆫ 국문 쇼셜이 바르게 ᄒᆞᆫ다홈이로라 오호ㅣ라 영웅호걸을 도와셔 텬하 ㅅ업을 일우ᄂᆞᆫ쟈ᄂᆞᆫ 우부우부와 ㅇ동주졸이오 우부우부와 ㅇ동주졸의 하등샤회로 시작ᄒᆞ야 인심을 변화ᄒᆞᄂᆞᆫ 능력을 ᄀᆞ촌쟈ᄂᆞᆫ 쇼셜이니 그런즉 쇼셜을 엇지 쉽게 볼거시리오[11]

위의 논설에 따르면, 나라의 장래와 그 변화는 하층에서부터 일어나는 것이며 이 하층민들을 움직일 수 있는 것이 소설이라고 보고 있다. 『대한매일신보』는 소설의 가치를 아주 높이 평가하고 있는 것이다. 어려운 사상은 지식인들이 설명한다고 해도 알아듣는 이가 매우 적지만, 소설은 가

의 인기만큼 독자들의 입장에서 큰 호응도나 수용의 반응이 뚜렷하지는 않다. 또한 정교한 서사적 호흡을 따라가기에도 아직은 무리가 있었다고 할 수 있다. 그러나 『국치전』은 독자들이 장기 연재물인 텍스트를 따라가는 연습을 서서히 해 나가게 해 주었다는 측면에서 그 의미를 적극적으로 파악하고자 하는 것이다.

11) 「근일 국문쇼셜을 져슐ᄒᆞᄂᆞᆫ쟈의 주의홀일」(론셜), 『대한매일신보』, 1908. 7. 8.

볍고 쉽게 적혀 있어서 직접 읽거나 옆에서 듣기만 하더라도 그 사회의
계몽과 변혁을 이루어낼 수 있다는 것이다. 따라서 『대한매일신보』에서
상정된 '소설'은 이미 본질적으로 '대중지향적'일 수밖에 없었다. 그것은
대중을 계몽하기 위해서 재미와 흥미라는 요소로 대중을 붙들어 두겠다
는 의지 역시 내포하고 있다.

> 그러나 문명의 샹퇴가 번잡ᄒ고 학과의 명목이 허다ᄒ 중에 셰계의 변
> 환ᄒᄂ 정황은 박휘ᄀᆺ치 쌜니 돌며 다른 사롬의 진보ᄒᄂ 능력은 화륜거
> ᄀᆺ치 속ᄒ니 (중략) 나ᄂ 이런 사롬들에게 일개 편리ᄒ 방법을 말ᄒ여 알
> 게 ᄒ노니 근리 셰계의 ᄉ긔를 닑ᄂ 거시 그 가ᄒ다 ᄒ노라
> 이국심을 비양ᄒ기에ᄂ 본국 ᄉ긔롤 불가불 닑을 거시오 문명연원을
> 연구ᄒ기에ᄂ 각국의 녯적 ᄉ긔를 불가불 닐글거시나 ᄒ 줄 쳡경으로 향
> ᄒ야 텬하대셰를 알고져 ᄒ면 오죽 이 셰계의 근리ᄉ긔 일편이면 죡ᄒ다
> 홀지로다
> 국가의 흥ᄒ고 망ᄒᄂ 리치도 이에 잇스며 민족의 셩ᄒ고 쇠ᄒᄂ 리치
> 도 이에 잇스며 영웅호걸의 힝젹도 이에 잇스며 구라파의 풍운과 아셰아
> 에 우로의 경개도 이에 잇스며 졍치와 외국 교셥의 변화도 이에 잇스며
> 학문과 기슐의 발달홈도 이에 잇고 그 외에 수쳔년젼 셩현과 호걸의 꿈에
> 도 싱각지 못ᄒ던 오늘날 신셰계의 밍렬ᄒ 바롬과 웅장ᄒ 죠슈롤 력력히
> 그려내엿스니[12]

『대한매일신보』의 소설을 두 가지 경향으로 나눈다면 우리 역사·전
기물과 외국물로 대별할 수 있다. 위의 기자는 "이국심을 비양ᄒ기에ᄂ
본국ᄉ긔롤 불가불 닑을거시오 문명연원을 연구ᄒ기에ᄂ 각국의 녯적 ᄉ
긔를 불가불 닐글"것이라고 당부한다. 앞서 우부우부와 아동주졸을 계몽
하기 위한 방편이 소설이라면, 그 소설은 애국심을 향상시키는 우리 역사
전기물이거나, 문명과 개화를 배울 수 있는 외국물이어야 한다는 것이다.
이러한 서양물은 결국 번안소설을 의미한다.

---

12) 「셰계의 근리식긔를 불가불 닑을 일」(론셜), 『대한매일신보』, 1908. 7. 16.

　　글을 번역ᄒᆞᄂᆞᆫ 거슬 닐ᄋᆞ디 문명의 슈입이라 ᄒᆞ며 글을 번역ᄒᆞᄂᆞᆫ 거
슬 닐ᄋᆞ디 학문의 근본이라 ᄒᆞ며 글을 번역ᄒᆞᄂᆞᆫ 거슬 닐ᄋᆞ디 부강ᄒᆞᄂᆞᆫ
지료ㅣ라 ᄒᆞ나 이거슨 디 됴코 아롬다온 글의 번역을 닐옴이어니와 글
을 번역ᄒᆞᄂᆞᆫ 사롬들이 그 길을 알지못ᄒᆞ여 그 나라ㅅ정신을 해롭게 ᄒᆞ
며 영광을 타락케 ᄒᆞ면 쏘혼 국가에 큰 죄인이로다
　　근일 한국에 글을 번역ᄒᆞᄂᆞᆫ 거시 졈졈 셩ᄒᆞ민 글을 번역ᄒᆞᄂᆞᆫ쟈들이 혹
외국을 존슝ᄒᆞᄂᆞᆫ디 졍신이 취ᄒᆞ며 혹 됴리가 붉지 못ᄒᆞ여 다만 외국셔젹
이라ᄒᆞ면 모다 문명셔젹으로 밋으며 다만 외국인의 말ᄒᆞᆫ바ㅣ라 모다 문
명의 말인줄노 알어셔 즈긔 나라는 이뎍이 되든지 도죡은 우마가 되든지
외국인민 존슝ᄒᆞ고 외국인만 신죵ᄒᆞ니 이도 쏘혼 국가의 혼 가지 크게 불
힝혼 일이로다[13)]

　　『대한매일신보』의 논설에서는 번역을 문명의 수입, 학문의 근본, 부강
하는 재료로 설명한다. 또한 잘못된 사상을 가진 서적을 번역했을 때의
문제점을 들면서 "글을 번역ᄒᆞᄂᆞᆫ 졔공들은 ᄒᆞᆼ상 쥬의ᄒᆞ여 외국인의 됴혼
것은 본밧고 그른 것은 본밧지 말며 나의게 리로온 것은 취ᄒᆞ고 리롭지
못혼거슨 ᄇᆞ려셔 됴코 아롬다온 번역이 만히 나기를 ᄇᆞ라노라"라고 당부
한다. 중요한 것은 서양의 문명을 그대로 가져오는 축자번역이 아니라 좋
고 나쁨을 구분할 수 있는 능력을 갖추는 것이다. 즉 번역의 문제는 번역
가 스스로가 생각과 사상을 가지고 국가의 이익이 되는 번역을 해야 한
다는 것이다.

　　셔칙이라는 것은 일국의 인심과 풍속을 변화ᄒᆞ고 정치와 실업을 진보
케ᄒᆞ며 문무의 교화와 셰력을 싱ᄒᆞ게 ᄒᆞ고 력디의 셩현과 영웅과 지ᄉᆞ와
츙신과 졀의협긱의 힝젹과 위의롤 못ᄒᆞ야 젼파ᄒᆞᄂᆞᆫ 쟈이니 셔칙이 업스
면 그 나라도 업슬지라도 (중략) 한국의 새셔젹은 필연코 한국의 풍속과
학업에 당연혼 특별본식을 발달ᄒᆞ며 셔양에셔 젼ᄒᆞ여 온 신학문을 셕거
셔 국민의 심디롤 활발케 ᄒᆞ여야 이거시 한국의 새 셔칙이니 그런즉 오늘
날 외국셔칙을 슈입홈도 급ᄒᆞ거니와 본국의 녜적 셔칙을 슈습홈이 더욱

---

13) 「글을 번역ᄒᆞᄂᆞᆫ 사롬들에게 혼번 경고홈」(론셜), 『대한매일신보』, 1909. 1. 9.

급ᄒ다홀지니 엇지ᄒ여 그러ᄒ뇨ᄒ면 외국 새셔젹은 오늘날에 슈입지아
니ᄒ여도 다른날에 슈입홀 사롬이 잇스려니와 본국 녜셔칙은 오늘날에
슈습지 아니ᄒ면 다른날에 슈습홀곳이 업슬지니라[14]

위의 논설에서 『대한매일신보』 기자는 한국의 새서적을 도모하고자
한다. 한국의 새서적은 "필연코 한국의 풍속과 학업에 당연흔 특별본식을
발달ᄒ며 셔양에서 젼ᄒ여온 신학문을 셕거셔 국민의 심디롤 활발케ᄒ여
야" 한다고 주장한다. 한국의 옛 책을 정리하고 그 연후에 서양의 신학문
이 접합되어 한국의 새서적이 탄생할 수 있다는 것이다.

따라서 위의 논설들로부터 추출하고 재구해낼 수 있는『대한매일신보』
의 소설관은 역사전기물을 통한 애국심 고취와 서양문물을 통한 문명개
화 의식의 신장이 그 주된 임무라 할 수 있다. 이 가운데 번안소설은 문
명개화를 위한 '번역된 서양'이라 할 수 있다. 이러한 의식 중 주목해보
아야 하는 것은 '새서적'을 정의하는 부분이다. 서양의 것을 그대로 번역
하는 것만으로는 '새서적'이 될 수 없음을 설명하고 있다. 이 '새서적'은
우리의 전통과 서양의 문물이 접합될 때에만 비로소 형성될 수 있는 것
이다. 이것은 바로 임화가 말한 내적 토대와 외부 문화가 만나 새로운 문
화를 형성하는 것에 다름 아니다. 이러한 상황 가운데 그 정점에 서 있는
번안소설이 바로『국치전』이라 할 수 있다.[15]

1)의 표에서 본다면 국문판『대한매일신보』에서 1달 이상 연재된 소설

---

14) 「녯젹셔칙을 발간홀 의론으로 셔격츌판ᄒ는 졔씨에게 권고홈」(론셜), 『대한매일신
보』, 1908. 12. 18.

15) 『대한매일신보』에서는 각 나라의 역사물들의 수용에 관한 것과 서책에 대한 번역
의 문제를 언급하고 있다. 물론『대한매일신보』가 직접적으로 번안소설에 대한 중
요성을 주장하고 있는 것은 아니다. 그들은 옛 것을 살리고, 우리의 전통과 서양의
문물이 접합되는 '새서적'에 대한 희망을 말하고 있는 것이다. 이것이 바로『대한
매일신보』가 가지고 있는 서양역사류에 대한 생각과 새서적관이라 할 수 있다. 번
안소설로서의『국치전』은 이러한『대한매일신보』의 사상과 접합되는 면이 많다는
것이 본 논의의 초점이다. 즉『대한매일신보』의 서적관 안에서『국치전』의 유용성
과 위치를 적극적으로 해석해보고자 한 것이다.

중 『이순신전』, 『최도통전』은 우리 역사·전기물에 속하며, 『라란부인
전』, 『국치전』, 『매국노(나라프는놈)』, 『미국독립사』는 서양 문명의 번역에
해당한다고 할 수 있다. 이 가운데 11개월 간 장기 연재하면서 새로운 문
물을 소개한 『국치전』이 『대한매일신보』가 말한 '한국의 새서적'일 수
있었는지는 다음 장에서 밝혀볼 것이다.

3. 『국치전』과 후쿠자와 유키치의 연관관계

1) '국치구랑'과 후쿠자와 유키치의 유사성

『대한매일신보』의 논설을 살펴보면 일본에 대해 강력히 비판하면서도
그러한 일본의 명치유신이나 자유 정신을 매우 긍정적으로 평가하는 모
습이 보이거나, 또는 일본을 문명국으로 인정하는 모습들이 나타난다. 따
라서 한편으로 일본을 거부하면서 또 한편으로는 일본을 닮고자 하는 양
가적 형상을 띠게 된다.16)

이러한 모습을 극명하게 보여주는 것이 바로 『국치전』이다. 『국치전』
은 기존 논의에서 밝혀진 대로 일본적인 요소가 많은 소설이다.17) 따라

---

16) 1907년 12월 29일자 3면 <기서>란에 김만식이라는 독자는 "나라의 흥흐고 폐흠
   이 일심과 리심에 잇슴"이라는 글을 통해 "태양의 붉은 빗이 동양에 다시 빗최매
   일본이 몬져 빗츨밧아 기명을 몬져 엇엇다흐나 우리 대한강산에도 이 영광이 다시
   빗칠거슨 텬디간 즈연흔 리치로다 텬도가 엇지 무심흐시리오"라고 하면서 동양의
   첫 빛이 일본에 먼저 비쳤다고 설명한다. 이는 일본이 이미 문명화 대열에 들어섰
   음을 인정함과 더불어 부러워하는 모습이 들어 있는 것이다.
17) 박수미는 일본식이름이라는 점, 연설자가 칼을 휴대한다는 점, 유학을 간 나라가
   영국이라는 점, 작품 속에 룡마 선생이 일본의 사카모토 료마라는 인물과 연관될
   수 있다는 점을 들어 일본 번역임을 추측하면서 이렇게 왜색이 짙은 작품이 장기
   간 연재된 이유에 의문을 표하고 있다. 그만큼 이 『국치전』은 논설에서 보이는 일
   본 배격 정신과는 대치될 정도로 일본적인 색깔이 많이 나타나는 소설이다(박수미,
   앞의 논문, 55~58면).

서 이러한 면이 저항적 민족주의를 표방한『대한매일신보』속에 실릴 수
있는지 의문을 가질 수밖에 없다. 이는 바로『대한매일신보』논설에서
그 해답을 찾을 수 있다.『대한매일신보』는 민족자결주의적 의식으로 일
본에 대해 배타적이면서 동시에, 개화에 성공한 일본 명치유신을 그 표본
으로 삼고 있었다. 독립이라는 대전제 속에서 일본을 배척하면서도 일본
의 유신을 표본으로 삼아 황권을 세우면서 개화를 받아들일 것을 주장하
고 있는 것이다.[18] 이는『국치전』이 구연학의『설중매』와 비슷하다는 점
에서도 찾을 수 있다.[19] 당시 개화기 지식인에게 명치유신의 산물인 정
치소설은 큰 모범이 되는 것이었다.

　이러한 면은『국치전』에서 보였던 연설의 내용과 흡사한 것이다. 이는
국가를 새롭게 세우고 정치적으로 개혁된 정부를 건설하려는『대한매일
신보』의 의지와도 연관된다.[20]

　　噫흐도다 현금시디를 엇어훈 시디라 흐느냐 흐면 내 몸과 내 집과 내
　나라이 위급흐고 존망흐는 찌로다 태셔의 문명훈 각국은 날노 셩흐여 가
　고 동양의 쇠잔훈 삼국은 찌로 변흐여 가는지라 이찌를 비유흐여 말흐면
　방휼지셰라 흐겟스니 방휼지셰는 무엇시냐 흐면 방이라흐는 것은 죠기방
　즈요 휼이라하는 것은 새휼즈이니 새가 죠기를 찍어 먹으랴고 주둥이로
　죠기살을 콕 쏘으니 고기가 입을 버려 새의 주둥이를 셔로 물고 찍으랴

---

18) 뢰당싱, '파괴와 유신의 문뎨', 기서(『국치전』59회 연재중),『대한매일신보』, 1907.
　　10. 16.
19) 구연학의 번안소설『설중매』의 내용 리태순의 연설회의 내용은 서양 선진국과 동
　　등함을 주장하는 애국적 내용을 담고 있다. 또한 그러한 선진국과 동등케 하기 위
　　한 근대적인 정부 설립과 국가의 개혁을 설파한다(구연학, '리태순의 연설',『설중
　　매』,『신소설·번안(역)소설』3권, 아세아문화사, 1978, 10, 13면).
20) 일본의 정치소설은 1881,2년에 절정을 이루었던 민권운동과 분리될 수 없다. '자
　　유' '평등' '독립'처럼 봉건적인 사회관계를 타파하는 데 사용했던 이념이 단순히
　　정치적인 관념이 아니라 인간 생활에 전반적으로 연관성을 갖고 있는 한, 당시 자
　　유민권운동은 단지 정치운동 이상으로 시대의 깊은 움직임에 대한 상징인 셈이다.
　　정치운동과 정치소설은 같은 줄기에서 나온 두 개의 가지라고 할 수 있다(나카무라
　　미스오, 고재석·김환기 역,『일본 메이지 문화사』, 동국대출판부, 2001, 71~72면
　　참조).

ᄒᆞᄂᆞᆫ 새와 아니 썩히려ᄂᆞᆫ 조기나 힐란ᄒᆞᄂᆞᆫ 중에 고기잡각라 ᄃᆞ니던 늙으
니 ᄒᆞ나히 달녀들여 새도 잡고 조기도 주어 가지고 갓디ᄒᆞ니 동양 삼국이
셔로 강포ᄒᆞᄂᆞᆫ 썸에 태셔 각국이 달녀들어 쎄앗슬거시라[21]

그런데 국치의 연설은 자유와 민권을 이야기하고 있고, 근대적 정부의
건설을 설명하고 있으나 또 한편으로는 그의 연설 속에서 동양 삼국을
하나로 보는 면을 발견할 수 있다. 즉 동양의 삼국이 서로 싸운다면 서양
에만 좋은 일을 시킨다는 것이다. 이는 두 가지 측면을 가지고 있다. 즉
하나는 동양이 서로 싸워서는 안 된다는 의미에서 동양 삼국이 힘을 합
쳐야지 서로의 영토를 탐내어서는 안 된다는 의미로 해석될 수 있다. 물
론 이러한 면은 바로 『대한매일신보』가 노리는 것이다. 즉 『국치전』을
번안하여 실은 데에는 이러한 측면을 설파하고 싶은 욕구에 의해서일 수
도 있다. 그러나 다른 측면의 해석 역시 가능하다. 일본이 동양 삼국을
통일 시켜 서양에 대적해야 한다는 의미와도 유사한 것이다. 서양의 강력
한 문명과 무기 앞에서 동양이 각각 따로 싸운다면 승패가 없다는 것이
다. 이는 일본이 조선을 강점하고자 할 때의 감언이설과도 같고 일본 제
국주의의 대동아정신과도 유사한 형태를 띠고 있다.

　사실 『국치전』이 번역되었다는 것, 그리고 원본이 일본의 것이라는 정
도만 확인되었을 뿐, 누구의 이야기인지 혹은 저자는 누구인지 전혀 알려
지지 않은 상태이다. 그런데 연설문의 내용이나 상황을 보면 일본 개화의
절대적 인물이라고 하는 후쿠자와 유키치(福澤諭吉)의 삶과도 매우 유사하
다. 실제로 후쿠자와 유키치 자서전이나 전기문 등이 일본에서 유행했고,
그러한 영웅을 소재로 한 정치소설의 형식 역시 많이 등장했었던 점으로
미루어 『국치전』은 이러한 영향관계 속에서 번안된 것으로 보인다.[22]

---

21) '뎨삼덕 연설회', 『국치전』(33회 연재분), 1907. 8. 31.
22) 명치유신을 전후하여 정치를 논하고 개혁을 주장한 사람들의 대개가 복택유길의 『서
　　양사정(1866)』을 자료로 삼았다는 일화가 있다(임종원, 『후쿠자와 유키치 연구 – 문
　　명사상』, 제이앤씨, 2001, 75면). 사실 이러한 면에서 소설 속에 나오는 연설회의

가장 유사하다고 판단되는 점은 사건의 동일성이다. 『국치전』에서는 국치구랑이 악인 3명으로부터 암살당할 뻔한 사건과, 영국의 유나부인과의 관계와 영국과의 대치, 서양 유람 후 유람잡지의 발간 등의 상황이 등장한다. 그런데 후쿠자와 유키치의 삶 역시 이와 비슷한 일이 나타난다.

> 고림이왈 나라집에셔 그러흔 큰 뷔로 쓸지 아니흐는 거시 분흐도다 일젼밤 야만이란 주식이 쥭지부인 좌셕에셔 국치라 흐는 놈과 슈작흐다가 짓 망신을 당흐엿네 나도 보앗지
> 야만이왈 그러흔즉 엇지흐면 큰 뷔로 국치ス흔 놈을 쓸어다가 다람쥐 구명에 너허죽일고
> 고림이왈 그놈을 죽일 지됴가 업슬가 그놈이 독실흔 덕힝이 업슬디경이면 무슴 죄고에 너허셔 죽여불가
> 야만이왈 그놈이 근일에 연셜이라고 돈니면셔 정부대관들을 험담흐는 선둙으로 스면에 미움을 밧는디 셕산대신이 뎨일 통증히 녁이는 놈이니 엇더케 모함흐던지 셕산대신의게 흔번 리간 붓쳐보셰[23]

먼저, 세 무뢰배에 의해 당하게 되는 모함과 암살 계획 장면의 경우이다. 고림, 야만, 우산은 죽지부인과 함께 있던 국치로부터 꾸짖음을 당하자 앙심을 품게 된다. 이 셋은 모여서 국치를 죽일 계교를 꾸미고 모함하게 된다. 실제 후쿠자와 유키치 역시 이러한 암살의 대상이 된 적이 있었다. 당시 나카쓰의 유지자인 젊은이들은 후쿠자와에 대해 "최근 오쿠다이라의 젊은 도노사마를 부추겨 미국에 넘기려고 갖은 획책을 다하고 있으니 괘씸하다, 용서할 수 없다"라고 생각하여 매국노를 처단하기 위한 암살 계획이 있었다. 그러나 후쿠자와는 요행히 그것을 피하게 된다. 사실 문명개화 연설과 당대 정치인 비판은 위험의 요소일 수밖에 없었다. 이러한 면에서 국치의 문명개화 사상과 비판 정신은 후쿠자와 유키치의 문명

내용은 후쿠자와 유키치의 사상을 바탕으로 나오거나 그것을 배경으로 하여 쓰였을 확률이 높다.

23) '뎨칠뎍 잔악흔계교', 『국치전』 57회 연재분, 『대한매일신보』, 1907. 10. 13.

사상과 닮아 이러한 의식에 반발하는 무리로부터 암살과 모함을 받을 수 밖에 없었다.24)

> 현금 텬하시셰와 셰계형편으로 말슴ᄒ면 나라마다 기화를 슝상ᄒ야 부강호 긔초를 세우ᄂᆞᆫ딕 귀국에셔ᄂᆞᆫ 아직ᄭᅵ지도 기명이 되지 못ᄒ야 혼두 사룸의 지식과 경륜으로ᄂᆞᆫ 속히 문명홈을 발달키 어려온지라
>
> 이럼으로 본국에셔도 동양삼국을 일톄로 기명케 ᄒ기를 위ᄒ야 귀국으로 미구에 대ᄉ를 파송ᄒ고 만일 슌죵치아니면 병력으로홀지라도 긔어히 기화케 ᄒ려 혼다 ᄒ오니 이 사룸은 비록 녀ᄌ이나 시셰와 형편을 대강짐작홀 ᄲᅮᆫ 아니라 션싱의 지극호 졍셩과 고명호 지식을 흠앙ᄒ고 이즁ᄒ와 이런 긔관을 미리 알게ᄒ오니 량쵹ᄒ옵소셔
>
> 극력 도모ᄒ고 진심 찬셩ᄒ와 기화의 령슈가 되야 동희의 돗 날빗슬 나타나게 ᄒ쇼셔 글노 뜻을 다ᄒ지 못ᄒ노니 보즁ᄌ익ᄒ시기를 쳔만번 옹죽이라ᄒ엿더라25)

두 번째로는 유나부인에 관한 부분이다. 위의 내용은 국치를 사모하는 영국의 정치가 유나부인이 국치와 일본을 위해 띄운 편지의 내용이다. 유나부인은 자신이 영국의 정치가임에도 불구하고 영국이 동양 삼국을 개화시키 위해 병력까지도 동원할 지경이라는 사실을 국치에게 알려준다. 이 일로 인해서 국치가 개화 연설을 하게 된 것이다. 또한 국치는 이 내용을 통해 서양을 두려운 존재로 인식하고 빨리 우리가 개화해야 함을 주장한다. 사실 국치는 영국 등 서양 각국을 유람하면서 자신의 깨달은 바를 잡지의 형태로 쓴 바 있으며 소설에서는 이를 그대로 싣고 있다. 1908년 4월 2일 168회분부터 5월 24일 204회분까지 '뎨삼십륙뎍 유람잡지'라는 제목으로 서양의 문물과 정치, 사회, 문화 전반적인 모습을 기술하고 있다. 사실 이러한 면은 『대한매일신보』의 논설과도 맞는 부분이라 할 수 있다.

---

24) 『후쿠자와 유키치 자서전』, 앞의 책, 258~261면.
25) '뎨삼십칠뎍 다졍호편지', 『국치전』 207회 연재분, 『대한매일신보』, 1908. 5. 31.

『이순신전』이 연재되고 있던 사이 게재된 「세계의 근러시긔를 불가불 낡을 일」이라는 제목의 논설은 『대한매일신보』가 서양 문학을 번역하는 이유를 보여준다. 즉 애국심을 배양하기 위해 조선의 역사서를 읽어야 하며 문명을 연구하기 위해서는 외국의 역사서를 읽어야 한다는 것이다.[26) 이는 번역소설의 의의를 유추해 낼 수 있는 부분이라 할 수 있다. 신문은 문명을 배우는 도구로 신문번안소설을 이용하고 있었던 것이다. 따라서 『국치전』에서 '유람잡지'에 해당하는 37회분의 서양 문화의 소개는 매우 유용했을 것이다. 후쿠자와 유키치가 역시 서양 유람 후 『서양사정』(1866)을 펴내는데 서양 문명의 실정을 알려준 안내서였다고 하니 『국치전』과 유사하다고 할 수 있다.[27)

또한 유나 부인의 편지에서처럼 영국이 개화라는 미명 아래 무력을 동원해서라도 동양 삼국을 치겠다는 위협은 실제로 일본에서도 있었던 사건이다. 『국치전』에서는 단순한 편지로 소개되었으나 영국은 일본 번주에 의해 사상당한 영국인의 피해를 들어 전쟁까지 일으켰던 '나마무기 사건'을 통해 배상금을 일본에 공식적으로 요청한다.[28) 이러한 사건은 유나부인의 편지 내용과 비슷하게 전개되는 것이다. 서양 문명 사정을 이미 눈으로 보고 확인한 후쿠자와에게는 두려움으로 다가왔다. 이러한 두려움은 『국치전』에서 고스란히 드러나고 있다.

마지막으로 문명에 관한 생각이다. 탈아론의 주창자인 후쿠자와 유키치는 『문명론의 개략』(1875)에서 인류문명의 발전단계를 '야만', '반개(半開)', '문명'의 3단계로 설명한 바 있다. 후쿠자와는 또한 극동 3개국의 문

---

26) "나는 이런 사롬들에게 일개 편리혼 방법을 말ᄒ여 알게ᄒ노니 근러세계의 스긔를 낡는거시 그 가ᄒ다ᄒ노라 익국심을 비양ᄒ기에는 본국스긔롤 불가불 낡을거시오 문명연원을 연구ᄒ기에는 각국의 녯적 스긔를 불가불 닐글거시나 혼줄쳡경으로 향ᄒ야 텬하대셰를 알고져ᄒ면 오즉 이세계의 근러스긔 일편이면 죡ᄒ다ᄒ지로다"(『대한매일신보』, 1908. 7. 16)
27) 정일성, 『후쿠자와 유키치―탈아론을 어떻게 펼쳤는가』, 지식산업사, 2001, 277~283면 참조.
28) 『후쿠자와 유키치』, 앞의 책, 29~31면 참조.

명 단계를 모두 반개로 인식하고 있다. 즉 "서양에 대적하기 위한 3개국의 연대가 그 어느 때보다 시급한 상황에서 중국과 조선도 문명의 단계에 도달할 수 있다고 보았"던 것이다.29) 이러한 면은 동양 삼국이 서로 싸울 것이 아니라 힘을 합쳐 서양에 대적해야 한다는 국치의 생각과 거의 일치하고 있는 것이다.

> 이 여러 가지 기화가 구비호 연후에야 가위 기화라 홀지라 기화라 호는 것이 삼등에 구별호엿스니 골ㅇ디 기화라 호고 반기화라 호고 미기화라 호니 첫재 기화는 ᄉ물샹에 기화요 둘재 반기화는 ᄉ물샹에 궁구도못호고 구챠히 기화에 도모호는것이요 셋재 미기화라 호는 것은 곳 야만의 죵류이미 ᄉ물샹에 기화도 못호고 구챠히 도모호지도 못호고 긔망과 례졀도 업시 눔의 압졔나 밧는거시 ᄀ쟝 가련호도다 기화의 등급이 이 ᄀᆺ호나 힘을 쓰고 ᄆᆞ옴을 다호면 반기화호 나라와 미기화호 나라이라도 기화호 나라디경에 니르나니 속담에 닐ㅇ기를 시작이 반이라 호엿스니 힘을 쓰고 ᄆᆞ옴을 다호면 일우지 못홀 일이 어디 잇스리요
>
> 기화호는 일을 쥬쟝호야 힘을 쓰는 쟈는 개화의 쥬인이요 개화호는 쟈를 흠션호야 비호기를 깃거호는 쟈는 기화의 손님이오 기화호는 쟈를 미워호고 두려호디 부득이호야 기화호는 쟈는 개화의 노례라호니 쥬인개화의 디위에 잇지 못홀진디 출하리 손님자리에나 안질니언뎡 노례의 자리에는 서지도 아니홀 것이라30)

또한 국치의 개화 연설 가운데 보여주는 개화의 3단계 역시 후쿠자와 유키치가 말하는 3단계와 완전히 일치한다. 반개화한 나라나 미개화한 나라(야만)라도 국민이 힘을 쓰면 개화한 나라가 될 수 있다는 것 역시 같은 맥락이라 할 수 있다.31)

---

29) 『후쿠자와 유키치』, 앞의 책, 37~38면 참조.
30) '뎨삼십팔뎍 기화의 연론', 『국치전』 209회 연재분, 『대한매일신보』, 1908. 6. 3.
31) "三段に區別して其有樣を記せば文明と半開と野蠻との境界分明なれども、元と此名稱は相對したるものにて未だ文明を見ざるの間は半開を以て最上とするも妨あることなし此文明も半開に對すればこそ文明なれども半開と雖どもこれを野蠻に對すれば亦これを文明と云はざるを得す"(『文明論之槪略』 卷之一, 『福澤全集』 4권, 태산문

　　결국 일본의 정치가인 후쿠자와 유키치의 모습과 유사한 『국치전』을 독립의식을 강조하는 『대한매일신보』에 실었다는 것은 논설의 이중적인 면이 그대로 투영된 것이라 할 수 있다. 따라서 『국치전』은 그대로 번역되지 못하고 번안되었을 확률이 높을 것이다. 일본적 색채를 지우고 조선의 입장에 맞추었을 확률이 높다.[32] 또한 『대한매일신보』는 명치유신을 통해 먼저 개화를 이루어 문명국 대열에 들어간 일본에 대한 부러움으로 명치를 배우고자 했을 것이며, 또 한편 문명화, 개화를 독립의 방편으로 내세워야 했을 것이다. 이것이 바로 『대한매일신보』의 저항과 모방이라는 이율배반적인 경향이 드러나는 이유일 것이다.

2) 『서양사정』의 수용과 변형

　　앞 장에서 설명한 바대로 『국치전』의 국치선생과 일본의 문명개화 주창자인 후쿠자와 유키치의 모습은 상당 부분 비슷하게 나타나고 있다. 이 『국치전』의 인물 국치구랑이 후쿠자와 유키치라고 가정할 때, 이 책의 원본에 관한 의문이 남게 된다. 저자가 스스로 번역했다고 말하고 있기 때문에 번안소설일 확률이 높다. 그렇다면 세 가지의 가설을 세울 수 있다. 하나는 『국치전』의 모본이 일본에서 나온 후쿠자와 유키치에 관한 이야기책이라는 것이다. 이것을 그대로 번안·번역했을 확률이 있다. 둘

화사, 1986, 12면) 후쿠자와 유키치는 문명, 반개, 야만의 삼단계로 나누어 설명한다. 그 각각은 절대적이라기보다는 상대적이면서 진보하는 개념이다. 일본이 서양에 비해서는 반개에 해당하지만, 또한 문명으로 나아갈 수 있음을 주장하고 있다.

32) "쏘 오늘날 형세를 보건디 안흐로는 경장이라 보호라 ᄒᆞᆸᄂᆞᆫ 큰 일이 잇고 밧그로는 평화라 됴약이라 ᄒᆞᆸᄂᆞᆫ 큰 일이 잇스오니 이 나라와 이 시디에 엇지 편안히 안져셔 등한히 셰월을 보내며 좀좀ᄒᆞ게 혼말도 업시 지내오릿가"(『국치전』 10회분 연재, 『대한매일신보』, 1907. 7. 20)의 내용을 보면, 안으로 경장, 밖으로 평화 조약이라는 말이 나온다. 사실 일본식이었다면 경장 대신 유신이라는 말이 나왔어야 되었을 것이다. 『대한매일신보』 입장에서는 논설을 통해 일본을 그렇게 배격하면서 일본소설을 그대로 표현하기란 어려웠을 것이다. 따라서 우리의 상황과 맞게 '갑오경장'의 의미로 대체시켰을 것으로 보인다.

째는 일본의 모본과 번역가의 창작이 접합된 경우이다. 이 가운데 번역가의 창작은 한국 내에 존재하는 모본과 결합되었을 수도 있다. 셋째는 번역자의 창작과 한국 내의 모본의 접합으로, 한국 내의 모본은 국한문판일 수 있다. 스스로 번역했다고 밝히고 있고, 국한문체를 국문판『대한매일신보』에서 번역하여 싣는 경우가 많았기 때문에 이 역시 하나의 가설로 둘 수 있다.

이를 밝히기 위해서는 『국치전』 가운데 '유람잡지'가 무엇을 번안한 것인지를 먼저 살펴보아야 한다.

『국치전』과 『서양사정』, 『서유견문』 비교

(연재회분) 날짜	『국치전』의 '유람잡지'	후쿠자와 유키치의 『서양사정』	유길준의 『서유견문』
(170) 1908. 4. 4.	런던 1) 런던 도시 설명 2) 왕궁		19편 영국의 여러 대도시 런던 1) 1. 런던설명 2) 2. 왕궁
(171) 1908. 4. 5.	국회의사원	외편 2권 國法及ひ風俗 (참조)	19편 영국의 여러 대도시 3. 국회의사원
(172) 1908. 4. 7.	템즈강		19편 영국편 4. 템즈강
(173) 1908. 4. 10.	박람회관	초편 1권 備考 博覽會 (참조)	19편 영국편 5. 박람회관
(174) 1908. 4. 11.	1) 수정궁(박물관) 2) 예배당	1) 초편 1권 備考 博物館 (참조)	19편 영국편 1) 6. 박물관 2) 7. 예배당
(175) 1908. 4. 12.	1) 선렴슈 공원 2) 해군성, 육군성, 탁지부		19편 영국편 1) 8. 공원 2) 9. 해군성・육군성・탁지부
(176) 1908. 4. 14.	1) 이름난 곳 통계 2) 리버풀 – 도시설명		1) 9. 통계 리버풀 – 2) 1. 도시설명
(177) 1908. 4. 15.	리버풀 번영		1. 도시설명
(178) 1908. 4. 16.	1) 부두창집(창고) 2) 만톄스터 – 철도		19편 영국편 1) 2. 부두, 창고 맨체스터 – 2)철도
(179) 1908. 4. 22.	감옥소 소개		19편 영국편 3. 감옥소
(180) 1908. 4. 23.	1) 정치하는 법 2) 문명개화 6가지 조목	1) 초편 1권 備考 – 政治 2) 초편 1권 備考 – 政治	1) 5편 정부의 정치제도 2) 5편 정부의 정치제도

(181) 1908. 4. 24.	인민자유권리 1항~4항	2편－1권 備考人間の通義	4편 국민의 권리 7
(182) 1908. 4. 25.	1) 인민자유권리 5항~6항 2) 교육 권리 3) 교육제도 4) 군사 양병제도	2) 초편 1권 備考－學敎 3) 초편 1권 備考－學敎	1) 4편 국민의 권리 7 2) 4편 국민의 권리 17 3) 9편 교육하는 제도 5~9 4) 9편 군대를 양성하는 제도 2－군사를 불러모으는 법
(183) 1908. 4. 26.	1) 군사 조련하는법 2) 군사의 행실		1) 9편 군대를 양성하는 제도 3－군사훈련 2) 9편 군대를 양성하는 제도 4－군사의 행실
(184) 1908. 4. 29.	1) 장관의 교육하는 법 2) 군사의 긔계		1) 9편 군사를 양성하는 제도 5－장수를 교육하는 일 2) 9편 군사를 양성하는 제도 6－군사의 기계
(185) 1908. 4. 25.	1) 군사의 긔계 2) 군의 셜치		1) 9편 군사를 양성하는 제도 6－군사의 기계 2) 9편 군사를 양성하는 제도 7, 9, 11－군의관 설치
(186) 1908. 5. 1.	1) 법률 2) 서양 법률역사 3) 영국정부		1) 10편 법률의 공도 1 2) 10편 법률의 공도 5 3) 10편 법률의 공도 6
(187) 1908. 5. 2.	영국경찰사무		10편 경찰제도 1
(188) 1908. 5. 3.	1) 경찰사무 2) 편당의 긔습		1) 10편 경찰제도 1 2) 11편 당파를 만드는 버릇 2
(189) 1908. 5. 5.	여권당		11편 당파를 만드는 버릇 2, 3, 4
(190) 1908. 5. 6.	1) 종교 2) 시애를 구ᄒᆞᄂᆞ 방법 3) 사환하는 자		1) 11편 당파를 만드는 버릇 4 2) 11편 생계를 구하는 방법 1 3) 11편 생계를 구하는 방법 2
(191) 1908. 5. 7.	교사되는 자		11편 생계를 구하는 방법 3
(192) 1908. 5. 9.	1) 발간하는 자 2) 의술하는 자 3) 법률학사	2) 초편 1권 備考－病院	1) 11편 생계를 구하는 방법 4 2) 11편 생계를 구하는 방법 5 3) 11편 생계를 구하는 방법 6
(193) 1908. 5. 10.	1) 함장 2) 경륜ᄒᆞᄂᆞ 쟈		1) 11편 생계를 구하는 방법 7 2) 11편 생계를 구하는 방법 8
(194) 1908. 5. 12.	1) 경륜ᄒᆞᄂᆞ 쟈 2) 양싱혼 규측		1) 11편 생계를 구하는 방법 8 2) 11편 건강을 돌보는 방법 1, 3

(195) 1908. 5. 13.	1) 음식 2) 의복		1) 11편 건강을 돌보는 방법 3 2) 11편 건강을 돌보는 방법 3
(196) 1908. 5. 14.	1) 물화의 교통 2) 농사짓는 법	1) 초편 1권 備考 — 商人社會	1) 14편 상인의 대도 7,11 2) 16편 농작과 목축의 현황 2, 3
(197) 1908. 5. 15.	1) 목축하는 것 2) 의복과 음식과 거처하는법		1) 16편 농작과 목축의 현황 5 2) 16편 옷, 음식, 집의 제도 2
(198) 1908. 5. 16.	의복, 남성옷		16편 옷, 음식, 집의 제도 2, 3, 4
(199) 1908. 5. 17.	1) 여성옷 2) 음식 3) 거처하는 집		1) 16편 옷, 음식, 집의 제도 14 2) 16편 옷, 음식, 집의 제도 28 3) 16편 옷, 음식, 집의 제도29,30
(200) 1908. 5. 20.	모여노는 모습		15편 친구를 사귀는 법 3, 4, 5
(201) 1908. 5. 21.	친구		15편 친구를 사귀는 법 6, 7, 8
(202) 1908. 5. 22.	1) 친구 2) 연희하야 노는 모습		1) 15편 친구를 사귀는 법 8 2) 15편 친구를 사귀는 법 2, 3, 4
(203) 1908. 5. 23.	야회		15편 친구를 사귀는 법 5
(204) 1908. 5. 24.	1) 유치회 2) 양빈원 3) 치아원 4) 광인원 5) 맹인원 6) 아인원 7) 교도소	2) 초편 1권 備考 — 貧院 3) 초편 1권 備考 — 痴兒院 4) 초편 1권 備考 — 癲院 5) 초편 1권 備考 — 盲院 6) 초편 1권 備考 — 啞院	1) 15편 친구를 사귀는 법 8 2) 17편 빈민수용소 3) 17편 정신박약아 학교 4) 17편 정신병원 5) 17편 맹아원 6) 17편 농아원 7) 17편 교도소

『국치전』에서는 국치구랑이 서구 유람을 다녀온 후 유람하면서 본 서양을 소개하는 잡지를 '유람잡지'라는 제목으로 싣고 있다. 이 '유람잡지'는 1908년 4월 4일(170회 연재분)부터 1908년 5월 24일(204회 연재분)까지 총 35회로 장기간 실린다. 앞의 도표를 살펴보면, 이 '유람잡지'와 후쿠자와 유키치의 『서양사정』, 유길준의 『서유견문』이 서로 맞물리는 부분이 많음을 알 수 있다. 특히 '유람잡지'와 『서양사정』의 유사성보다 '유람잡지'와 유길준의 『서유견문』이 훨씬 더 유사한 부분이 많음을 볼 수 있다.

정치ᄒᄂᆫ 법은 문명기화의 여섯가지 됴목이 잇ᄂᆫ디

데일은 ᄌᆞ유임의니 ᄌᆞ유임의라 홈은 결단코 국법을 두려워 아니ᄒᆞ고 방탕ᄒᆞ게 ᄌᆞ힝ᄌᆞ지ᄒᆞᄂᆫ 거슬 닐옴이 아니라

그 나라에 살아셔 무슘일을 힝ᄒᆞ든지 국법을 어긔지 아니ᄒᆞ고 그됴화ᄒᆞᄂᆫ 바를 임의로 히 국법을 어긔지 아니ᄒᆞ고 그됴화ᄒᆞᄂᆫ바를 임의로 힝ᄒᆞ게 홈이니 이ᄂᆫ 국가의 법률이 엄명ᄒᆞ고 관후ᄒᆞ야 인민의 권리를 보호ᄒᆞ야 인민이 각기 됴화 ᄒᆞᄂᆫ 것을 좃차 ᄉᆞ농공상에 각각 ᄌᆞ긔 소쟝과 소원디로 되야 각기 디위의 고하 분별이 업스며 문벌을 닷토지 아니ᄒᆞᄂᆫ 고로 죠뎡에 벼슬ᄒᆞᄂᆫ 이가 사롬을 경홀히 보지 아니ᄒᆞ고 샹하귀쳔이 각기 쳐디를 엇어 다른 사롬의 권리를 쎼앗지 못ᄒᆞ고 각기 텬품의 지됴로 ᄉᆞ업을 셩취케ᄒᆞ니 귀쳔의 분별은 국법을 시힝ᄒᆞ기 위ᄒᆞ야 죠뎡관인을 알 ᄯᆞ름이오 ᄉᆞ민의게ᄂᆫ 셔로 분별이 업셔 학문을 힘쓰며 리학을 통ᄒᆞ쟈ᄂᆫ 군ᄌᆞ라 ᄒᆞ야 지극히 존슝ᄒᆞ고 교육을 밧지 아니ᄒᆞᄂᆫ쟈ᄂᆫ 쇼인이라 ᄒᆞ며[33]

—『국치전』'유람잡지'

文明の政治と稱するものには六ヶ條の要訣おりと云へり卽ち左の如し
　第一條　自主任意國法寬に人を束縛せす人々自から其所好を爲し士を好をむものは士となり農を好むものは農となり士農工商の間に少しと區別を立てす固より門閥を論することなく朝廷の位を以て人を輕蔑せす上下貴賤各々其所を得て毫も他人の自由を妨けすして天稟の才力を伸へしむるを趣旨とす但し貴賤の別は公務に當て朝廷の位を尊ふのみ其他は四民の別なく字を知り理を辯し心を勞するものを君子とそて之を重んじ、文字を知らずして力役するものを小人どするのみ[34]

—후쿠자와 유키치, 『서양사정』

위의 예문은 '유람잡지'에서 '문명개화의 여섯가지 원리'를 설명하는 부분 중 제1조의 내용이다. 이는 후쿠자와 유키치의『서양사정』초편 '備考'의 내용과 같다.『서유견문』에서는 5편 '정부의 정치 제도'에 이 부분이 실려 있다.

---

33) '데삼십륙뎍'『국치전』180회 연재분,『대한매일신보』, 1908. 4. 23.

34) 福澤諭吉,『西洋事情』初編　卷之一,『福澤全集』제1권, 태산문화사, 1986, 12~13면.

정부의 종류에는 정치 체제의 차이가 나타나 있다. 그러나 다스리고자 하는 뜻을 세운 강령을 살펴보면, 결국 하나의 근본으로 귀결된다. 그러므로 서양의 정치 학자가 말하기를, "문명이 개화된 정치는 여섯 가지 요결에서 벗어나지 않는다"고 하였다. 이제 그 여섯 가지를 적겠다.
　제1조 : 국민들이 자유롭고 임의롭게 행동하도록 해준다.35)

─유길준, 『서유견문』

『서양사정』과 『서유견문』의 내용은 거의 같으나 문명 개화 요목을 설명하는 부분의 작은 차이를 제외하곤 그대로 번역한 것이라고 보아도 무방하다. 그런데 『국치전』의 '유람잡지'는 그 작은 차이 중 『서양사정』의 편에 조금 더 가깝다.

　데이는 종교를 슝신홈이니 빅셩이 각기 무옴디로 어느교던지 주유로 존슝케흐고 정부는 다만 민간에셔 셔로 갈등되는 풍습만 금지흐며
　데삼은 기슐과 문학을 권쟝흐야 새 물건의 발명흔 길을 넓히 열게홈이니 (중략)
　데ㅅ는 학교를 확쟝흐야 인민을 교육홈이니 이는 인민의 지식을 고명케흐고 지예를 발달케흐며 공업을 분발케흐는거시며
　데오는 정치가 안졍흐야 변기홈이 업스며 호령을 시힝흐야 검아홈이 업셔 인민이 국법을 이뢰흐야 싱명재산을 각기 평안케흐느니 만일 국채를 갑지 못홈을 인흐야 통용흐는 화폐롤 변통흐거나 혹 샹민회샤의법을 훼파흐는 것은 정치의 담임흐는 본의가 아니라 흐며36)
　데륙은 인민의 긔한과 질병을 구졔흐는 일이니 병원과 빈원의 여러쳐소를 비치흐야 병들고 빈곤흔 사람을 구휼케 흐는지라(하략)37)

─『국치전』 '유람잡지'

第二條　信敎人々の歸依する宗旨を奉して政府より其妨をさゝるを云ふ
　　　　(중략)

---

35) 유길준, 허경진 역, 『서유견문』, 한양출판, 1995, 150면.
36) '뎨삼십륙뎍', 『국치전』 180회 연재분, 『대한매일신보』, 1908. 4. 23.
37) '뎨삼십륙뎍', 『국치전』 181회 연재분, 『대한매일신보』, 1908. 4. 24.

第三條　技術文學を勵まして新發明の路を開くこと
第四條　學校を健て人才を敎育すること
第五條　保任安穩政治一定して變革せす號令必ず信にして欺僞なく人々國
　　　　法を賴み安して産業を營むを云ふ譬へば或は國責をはず或は通
　　　　用金の位を卑くし或は商人會社の法を破り或は爲替問屋の分散す
　　　　る等皆其政治に保任の趣意を失ふものなり
弟六條　人民飢寒の患なからしむること卽ち病院貧院等を設て貧民を求ふを云ふ38)

―후쿠자와 유키치, 『서양사정』

항목 자체만 비교해 보면, 『국치전』의 '유람잡지'와 후쿠자와 유키치의 『서양사정』과 완전히 일치한다. 그런데 『국치전』의 유람잡지"의 3항과 6항에는 부연 설명이 더 되어 있다. 이는 간단히 적혀 있는 『서양사정』의 항목에 좀 더 부연 설명을 더 넣은 것이다. 이는 항목 자체의 내용만으로는 일반 대중이 이해하기 어려웠기 때문에 설명을 덧붙였다고 할 수 있을 것이다. 그런데 유길준의 『서유견문』 5편 '정부의 정치제도'39) 역시 3항과 6항에 설명을 덧붙여 놓았으며 그 내용이 『국치전』의 '유람잡지'와 같다.

이를 정리해 보면 『국치전』의 '유람잡지'는 유길준의 『서유견문』을 가지고 요약, 정리한 것이라 할 수 있다. 그런데 단순히 『서유견문』만을 본 것이 아니라 후쿠자와 유키치의 『서양사정』 역시 번역 상에 개입되고 있다. 『서유견문』 자체가 이미 후쿠자와 유키치의 『서양사정』에 영향을 받아 『서양사정』을 번역하면서 거기에 유길준의 자신의 사상과 직접적인 자신의 경험, 그리고 자신이 영향 받은 여러 서양 서적을 종합하여 쓴 책이라 할 수 있다.40)

이렇게 볼 때, 『국치전』은 전반부에 후쿠자와 유키치의 전기를 중심으

---

38) 福澤諭吉, 『西洋事情』 初編 卷之一, 『福澤全集』 제1권, 태산문화사, 1986, 13~14면.
39) 『서유견문』, 앞의 책, 151면.
40) 『서유견문』과 『서양사정』의 상관성과 유길준의 개화사상에 대한 논의는 이광린의 「유길준의 개화사상―서유견문을 중심으로」(『역사학보』 75집, 역사학회, 1977) 참고.

로 하면서 약간의 허구가 가미된 일본 모본 소설을 기본으로 하며, 후반부에는 후쿠자와 유키치의 『서양사정』에 영향을 받은 유길준의 『서유견문』을 요약 정리하면서 단순한 번역이 아닌 번안의 형식을 갖추고 있었다고 할 수 있을 것이다.

4. 『서양사정』과 『서유견문』의 접합과 균열

『대한매일신보』는 독립이라는 대전제 속에서 일본을 배척하면서도 일본의 유신을 표본으로 삼아 황권을 세우고 개화를 받아들일 것을 주장하였다.

> 대뎌 파괴ᄒᆞᄂᆞᆫ 스업이라ᄂᆞᆫ 거슨 즈긔의 집이 썩고 문허질 디경이면 그 집을 불과불 파괴ᄒᆞ고 즈긔의 손으로 새집을 세우ᄂᆞᆫ 거시 파괴라ᄂᆞᆫ 스업이라 ᄒᆞᆯ 터인디 졔 ᄂᆡ각대신들은 즈긔의 집을 즈긔손으로 파괴ᄒᆞ고 다른 사ᄅᆞᆷ의 솜씨고 집을 짓게 ᄒᆞ니 이거시 파괴ᄒᆞᄂᆞᆫ 스업이라ᄒᆞᆯ가 ᄒᆞᆫ 가지 무를 거시오 유신스업이라 ᄒᆞᄂᆞᆫ 거슨 셔양에 영국이나 법국이나 덕국이나 미국이며 셔양에 일본과 ᄀᆞ치 강셩케 ᄒᆞᄂᆞᆫ거시 유신ᄒᆞᄂᆞᆫ 스업이지 파이나 익급이나 안남과 ᄀᆞ치 혹ᄒᆞ게 믄드ᄂᆞᆫ 거시 유신ᄒᆞ 스업인가 (중략) 일본의 유신ᄒᆞᆫ 공신들은 황권을 죤즁히 ᄒᆞ며 션비의 긔운을 기르며 빅셩의 권리를 주어 나라를 강ᄒᆞ게 ᄒᆞ엿거ᄂᆞᆯ 이제 ᄂᆡ각대신들은 나라 가온디 그물을 치고 함정을 노화 션비와 빅셩으로 ᄒᆞ여곰 ᄒᆞᆫ마디 말을 임의로 못ᄒᆞ게 ᄒᆞ며 ᄒᆞᆫ발 거름을 임의로 못ᄒᆞ게 ᄒᆞ야 일뎜 싱긔가 업게 ᄒᆞᄂᆞᆫ 거시 유신ᄒᆞᄂᆞᆫ 스업인가[41]

위의 글은 기서이지만 『대한매일신보』 1면에 실리면서 신문의 논설적 성향과 유사함을 보여주는 글이다. 이 글에서 주의할 것은 서양과 일본을

---

41) 뢰당싱, 기서(1면) '파괴와 유신의 문뎨'(『국치전』 59회분 연재중), 『대한매일신보』, 1907. 10. 16.

제대로 유신한 사업을 했다고 높이 평가한 반면, 후진국에 대해서는 비판적이라는 것이다. 즉 서양과 일본을 같은 수준으로 파악하고 있다는 것이다. 또한 일본의 명치유신을 매우 높이 평가하여 우리 역시 그러한 유신의 방법을 써야 한다고 주장한다. 즉 파괴하되 일본의 유신처럼, 황권과 기존의 것을 유지하면서 파괴하라는 것이다. 일본을 강대국으로 생각하고 모범으로 생각하는 모습을 볼 수 있다. 이러한 의식은 사실 일본을 배격하면서도 그 문명성에 대한 동경과 모방의식이 엿보이는 것이라 할 수 있다. 이러한 『대한매일신보』의 의식은 논설 가운데서도 후쿠자와 유키치와 비스마르크를 동급으로 취급하는 데서 드러난다.

> 그런고로 쎄스막크가 말ᄒ기를 국가롤 안녕ᄒ논쟈는 피를 흘니논더셔 된다ᄒ엿고 복틱유길이 말ᄒ기를 만국공법이 대포일방만 못ᄒ다ᄒ엿스니 이논 다강권의 진샹을 잘아논말이라 강권이 가논곳에야 언의논 무엇이며 도덕은 무엇이뇨[42]

이는 세계의 정치적 경향이 약육강식으로 변해가고 있다는 것을 설명하기 위해 비스마르크와 후쿠자와 유키치의 말을 빌어온 것이다. 그러나 여기에서 주목해야 할 것은 두 가지이다. 하나는 후쿠자와 유키치와 비스마르크가 동급으로 취급되면서 개화와 근대 문명 사상가로 권위있게 생각했다는 것이다. 다른 하나는 복택유길이란 이름을 언급하는 것은 『대한매일신보』의 기자들이 후쿠자와 유키치의 사상을 이미 알고 있다는 것, 그리고 그의 사상을 인정하고 있다는 것을 보여주는 것이다.[43]

---

42) 론셜 「셰계에논 강권이 첫지」, 『대한매일신보』, 1909. 7. 21.

43) 후쿠자와 유키치의 개화 사상과 『대한매일신보』의 사상을 비교해 보면 개화에 대한 의식이 비슷함을 알 수 있다. 특히 『대한매일신보』의 논설을 분석해 보면, 국내 문제 중 교육(개화문제)에 대한 논의가 가장 많았다. 국내 문제 총 154건(긍정 42개, 중립 37개, 부정 75개) 가운데 개화 문제는 긍정 17개, 중립 8개, 부정 5개로 총 30건이 넘어 전체 가운데 30%를 차지하고 있었다. 그만큼 관심 있었던 분야였음을 알 수 있다. 『대한매일신보』는 특히 개화사상과 그 교육에 대해 매우 긍정적으로 평가하고 있는 부분이 많았다. 이러한 면에서 후쿠자와 유키치의 개화 사상과 『대

　사실 문명과 개화에 대한 욕구, 그리고 문명을 받아들이되, 허와 실을 구별하여 실제적인 개화에 대한 생각을 피력하는 등의 논설의 논지는 사실 후쿠자와 유키치의 사상의 영향이라고 볼 수도 있다. 막부 말기 시대 최고의 베스트셀러는 후쿠자와 유키치의 『서양사정』과 휘턴의 『만국공법』이었던 만큼 후쿠자와 유키치의 문명개화사상이 개화 초기 조선 지식인들에게 영향을 준 것은 매우 당연한 상황이었을 것이다. 유길준 역시 일본에서 윤치호와 함께 후쿠자와 유키치에게 직접 사사를 받았던 만큼 『서양사정』의 영향 하에서 『서유견문』을 집필했다.

　이러한 상황에서 『국치전』이라는 번안소설이 11개월간 연재되었다는 것은 간과되어서는 안 된다. 특히 이 소설은 후쿠자와 유키치의 전기적인 삶과 유길준의 『서유견문』이 적절히 혼합되어 나타난 것으로 축자번역이라기 보다는 번안소설이라 할 수 있다. 번안소설인 『국치전』은 역사전기물인 『이순신전』, 『최도통전』과 비교해 볼 때 그 차이가 확연하다고 할 수 있다. 역사전기물인 두 소설은 민족주의를 목적의식적으로 유포하고 있다. 소설이라기보다는 역사적 사실의 나열에 가깝다고도 할 수 있다. 따라서 국문판 『대한매일신보』의 하층민 독자들에게는 어려운 텍스트였을 것이다.

　이에 비해 『국치전』은 국치구랑이 연설 등을 통해 계몽적 발언을 많이 하고 있음에도 불구하고, 전반부의 대부분이 남성과 여성의 연애담이 주를 이루고 있어서 위의 역사전기물 보다는 좀 더 쉽게 흥미와 관심을 느꼈을 것이다. 따라서 『국치전』은 연설 등을 통해 후쿠자와 유키치로 대표되는 개화, 계몽사상을 유포함과 동시에 재미와 흥미를 붙잡아 둘 수 있는 전형적인 연재소설의 방법을 사용했다고 할 수 있다. 국문판 『대한매일신보』 자체가 대중의 계몽을 위한 대중지향성을 목표로 삼았기 때문에 당연한 귀결이라고 할 수도 있을 것이다.

　한매일신보』의 개화에 대한 관심이 일치하고 있음을 알 수 있다(한국언론사연구회 편, 『대한매일신보연구』, 커뮤니케이션북스, 2004, 197면 참조).

다시 말해서 『국치전』은 서양에 대한 저항과 모방 사이에서 탄생되었다고 볼 수 있다. 한편으로 약육강식의 서양 제국주의, 일본 제국주의적 성향을 강력하게 비판하면서도 다른 한편으로는 후쿠자와 유키치가 독립을 위해 서양을 본을 삼아 따라가자고 했던 것과 같은 방식으로 서양과 일본에 대한 모방을 할 수밖에 없었던 것이다. 따라서 서양의 것을 모방하는 가운데에서도 유길준의 『서유견문』을 가지고 와서 이것을 접목시키려고 했을 것이다. 즉 단순히 일본, 서양의 것을 옮겨오는 것이 아니라 서양을 모방하면서도 조선 내적 토대에 맞추어 변형시켰던 유길준의 『서유견문』을 통해 차이를 발생시켰던 것이다.

『서유견문』 자체가 저항을 담지한 텍스트라고 말할 수는 없다. 『서양사정』을 모방하면서 자신의 지식과 여러 저서를 통해 새롭게 첨가하면서 변이시킨 『서유견문』은 모방과 변이 혹은 모방과 차이를 내재한 텍스트이다. 그런데 이 모방과 차이를 담지한 『서유견문』이 『국치전』에 옮겨 올 때는 다른 양상이 될 수 있다는 것이다. 후쿠자와 유키치의 『서양사정』을 그대로 가져 오지 않고 영향을 받았으나 변이와 차이를 담지한 『서유견문』을 넣었다는 것 자체가 번안자의 의도가 담겨 있다는 것이다. 이러한 번안자의 의도가 바로 차이를 강화시켜주는 요인이라 할 수 있다. 번안자에 의해 의도적으로 변형된 『국치전』의 국치구랑은 후쿠자와 유키치 그대로일 수는 없는 것이다. 이러한 면에서 『국치전』은 『서유견문』이 가지고 있는 무표적 인식을 번안자의 의식을 가미한 유표적 인식으로 전환한 텍스트라고 할 수 있을 것이다.

물론 『국치전』이 유길준을 대상으로 한 완전한 창작물로 볼 수는 없다. 후쿠자와 유키치를 바탕으로 한 허구 소설을 모본으로 함과 동시에 후쿠자와 유키치의 『서양사정』, 『문명론의 개략』을 참고하였던 것이다. 이와 동시에 유길준의 『서유견문』으로 후반부를 연재함으로써 모방과 차이를 형성시킨 '한국의 새서적', 『국치전』이 탄생되었을 것이다. 유길준의 호가 '구당(矩堂)'이었고 『국치전』에서 주인공 이름이 국치구랑이라는 점에서도 비슷하다고 할 수 있다. 이것은 어떤 의미에서 유길준이, 한국의 복택유길 즉 문명과 개화를 부르짖고, 일신독립으로부터 시작해 국가독립을 주장했던 후쿠자와 유키치가 되기를 바라는 마음 역시 이 소설에 담겨있다고 할 것이다. 결국 이것이 바로『국치전』의 1900년대 장기적인 신문연재번안소설의 시작으로서의 의의이자 전통과 서양을 모방과 차이로 접목시킨 '한국의 새서적'으로서의 의의라 할 수 있을 것이다.

5. '한국의 새서적'으로서의 의의

　이 글에서는『국치전』을 축자적 번역이 아닌 최초의 장기 신문연재번안소설이라는 전제에서 출발하여 논의를 전개했다.『대한매일신보』는 국문판 '쇼셜란'에 독립과 애국심을 돋우기 위한 한국의 역사전기물 소설과 문명개화를 배우기 위한 서양 문물 번안소설을 싣게 된다. 이는 애국과 문명개화를 소설이라는 장르를 통해 이루겠다는『대한매일신보』의 의지라고 할 수 있다.

　이러한 상황 가운데 연재되기 시작한『국치전』은 일본의 문명 사상가인 후쿠자와 유키치의 삶과 상당수 유사한 내용이 담겨 있다. 연설 속의 사상이나 전개되는 사건이 매우 유사하며 동시에 일본 사회 풍토의 모습 역시 담겨 있어서 이『국치전』은 후쿠자와 유키치의 삶을 허구적 전기로 꾸민 모본을 대상으로 번안되었을 가능성이 높다.

　그런데 후쿠자와 유키치의『서양사정』과『문명론의 개략』의 내용이 상당수 포함되고 있음에도 불구하고『국치전』후반부에 전개되는 '유람잡지'와 '개화 연설'은 유길준의『서유견문』의 내용이 그대로 들어있거나 축약된 형식으로 나타나고 있다. 결국 이것은 후쿠자와 유키치의 문명사상과 유길준의『서유견문』이 결합된 형식이라 할 수 있다. 즉 전반부는 일본의 모본을 참고하여 번안하여 나갔을 확률이 높으며 후반부는 유길준의『서유견문』을 번역자의 사상과 의지로 그 모본과 다르게 전개해 나갔을 가능성이 있다.

　이러한 측면에서 『국치전』은 일본적이면서도 한국적인 요소를 담아 한국적 전통과 서양적 혹은 일본적 문명 사상이 접목되어 있다고 할 것이다. 이러한 면에서 『대한매일신보』가 주장한 서양의 문명개화 사상이 내부의 전통적인 토대와 만나 새로운 서적으로 창출되었으며, 이러한 '한국의 새서적'에 대한 욕구가 『국치전』이라는 새서적을 탄생시켰다고도 할 수 있을 것이다. 이것이 『국치전』이라는 번안소설의 의의이자 '한국의 새서적'으로서의 의의라 할 수 있을 것이다.

『대한매일신보』의 국문 정책과 번안소설의 대중성
-『국치전』과 『매국노』를 중심으로-

1. 근대 매체의 발달과 대중

근대 소설의 성립을 살펴보기 위해서는 그 출발 지점을 파악하고 그 문화적 상황에 대한 분석이 필요하다. 최근 학계에서는 매체에 대한 관심과 함께 매체가 문학에 미친 영향과 그 상호 관계에 대한 연구가 활발히 진행되고 있다. 특히 근대 계몽기 신문이라는 매체 속에서 근대 소설의 발생과 신문의 역할에 대한 심도 있는 논의가 전개되고 있다.[1]

『대한매일신보』에 연재된 소설에 대한 연구 역시 진행되어 왔으나, 단형서사 위주이거나 자료의 수집과 정리에 치우쳐 있다. 이 가운데 번역물에 대한 연구는 애국계몽소설이나 구국소설이라는 입장에서 논의되었을 뿐, 장기적으로 연재한 『국치전』이나 『매국노』 등에 대한 논의는 매우 적다고 할 수 있다. 『국치전』과 『매국노』 등의 장기 번안소설에 대한 대표적인 논의는 근대의 번역문학사를 사적으로 정리한 김병철의 연구[2]와,

---

1) 최근의 대표적인 논의로 김영민의 『한국의 근대신문과 근대소설』(소명, 2006)과 연세대근대한국학연구소 편, 『한국 근대 서사양식의 발생 및 전개와 매체의 역할』(소명, 2005) 등을 들 수 있다.
2) 김병철, 『한국근대번역문학사연구』, 을유문화사, 1975.

개화기 신문자료를 분석하고 신문연재라는 특성을 연구한 한원영의 논의,[3] 그리고 최근에 개화기 신문소설의 성격을 분석하고 번역문학의 경로와 원전과의 비교를 시도한 박수미의 논의[4]를 들 수 있다. 이러한 성과물에도 불구하고 『대한매일신보』 장기 연재된 번안소설의 그 성격과 매체와의 상호 관계는 아직 제대로 밝혀지지 못하고 있다.

그렇다면 왜 이러한 1900년대 신문번안소설 특히 장기적으로 연재된 번안소설에 주목해야만 하는가. 이는 신문 매체에서 장기간 연재된 소설이 그 다음 시기의 대중문학을 형성시켰을 것이라는 문제의식 때문이다. 즉 장기적인 연재는 그만큼 독자들의 호응이 있었기 때문에 가능한 일이었다. 대중문학이 형성된 것은 문학 향유 계층의 다양화로 설명할 수 있을 것이다. 이 문학 향유 계층의 다양화는 결국 다수 대중 독자층의 확보를 의미한다. 이러한 의미에서 대중문학의 형성의 시초는 조선 후기 한글소설일 것이다. 그러나 그 당시는 독자의 요구에 의해 매우 활발했을 것이나 그 독자들이 공시화 되지는 못했다.

실제로 이러한 다수 대중 독자를 공적인 영역으로 공시화한 것은 신문이나 잡지 매체 발달이 그 시작이라 할 수 있을 것이다. 또한 이러한 근대 매체가 대중문학의 향유 계층의 공유화를 더욱 촉진시켰을 것은 말할 필요도 없다. 그렇다면 조선 후기 대중 소설이 발달한 이후[5] 이 대중소설은, 1900년대 애국계몽소설의 시대 속에서 음지로 내려갔다가 1910년

---

3) 한원영, 『한국개화기신문연재소설연구』, 일지사, 1990.

4) 박수미, 「개화기 신문소설 연구」, 성균관대 박사논문, 2005.

5) 민찬은 조선 후기에 영웅소설과 남녀 이합형 소설이 접목되어 나타나고 있음에 주목한다. 이는 조선 후기에 이르러 고전소설의 독자층에 부녀자들이 대거 참여하고 있기 때문이라고 볼 수 있다. 부녀자들이 소설 독자로 참여하면서 그들은 자기들의 취향에 맞게 작품을 요구하고, 여성의 적극적 대응, 남녀 이합 등을 강조하는 등 여성들의 의식이 상당히 가미되었을 것이다(민찬, 「여성영웅소설의 출현과 후대적 변모」, 서울대 석사논문, 1986, 116~117면). 조선후기의 소설과 1900년대 이후의 대중소설적 연계성은 다음 글로 돌리고, 이 글에서는 1900년대의 번안소설에 초점을 맞추어 논의를 전개할 것이다.

대의 상업적이고 오락적인 분위기 속에 다시 문면으로 드러나기 시작했다고 할 수 있다.6)

이렇게 볼 때, 계몽의 시대라고 할 수 있는 1900년대는 대중문학이 문면으로 드러날 수는 없었던 시기라고 할 수 있다. 그러나 아무리『대한매일신보』가 계몽의 시대의 대표적 신문이라 하더라도, 이윤과 상업성을 배제할 수 없는 근대 신문 매체였고 민족 계몽의 입장에서라도 독자 확보는 매우 중요한 문제였을 것이다. 따라서 대중문학이 겉으로 자신의 목소리를 낼 수 없는 시대였음에도 불구하고, 신문은 독자의 기호를 고려할 수밖에 없었을 것이다. 결국 이 계몽의 시대 속에서도 대중문학적 발판이 마련되고 있었던 것이다.

이는 국문의 시작과 동시에 나타난 대중성의 공시화라고도 할 수 있다. 공공의 장으로 나오게 된 대중의 의욕은 신문의 국문 정책으로부터 시작되었다. 또한 이 국문 정책에 힘을 입은 대중의 욕구는 신문번안소설과 접목되어 나타난다.7)

따라서 이 글에서는 대중적인 신문번안소설을 파생시킨『대한매일신보』의 국문 정책의 성격과 이와 연관된 번안소설의 역할을 먼저 살펴보고자 한다. 이러한 분석을 통해 1900년대의 번안소설이 담당한 대중문학

---

6)『매일신보』는 1910년대의 상업적이고 오락적인 분위기를 이끌었다. 그러나 이 대중소설 혹은 통속번안소설과 그것을 향유한 대중 독자들의 역할은 이『매일신보』의 식민담론과는 정반대로 그것을 교란시키는 등 저항적인 모습까지 보였다. 1910년대『매일신보』의 번안소설과 그 대중 독자들의 역할은 전은경의「1910년대 번안소설 연구─독자와의 상호소통성을 중심으로」(경북대 박사논문, 2006) 참조.

7) 사실 6개월 이상 장기 연재한 소설은 국문판『대한매일신보』에서『국치전』,『매국노』,『미국독립사』단 세 편에 불과하다. 그 가운데『미국독립사』는 역사물에 가깝다고 볼 때 실제로 소설의 형식을 갖추고 사건과 등장인물의 갈등을 일으키는 것은『국치전』과『매국노』둘 뿐이라고 하겠다. 두 편 모두 장기간 연재하게 되는데, 이렇게 장기간 연재할 수 있었다는 것만으로도 그만큼 대중의 지지와 호응이 있었기 때문에 가능한 것이다. 따라서 이 글에서는 이렇게 장기 연재하면서 역사물이 아닌 소설적 사건과 인물의 구성을 보여주는『국치전』과『매국노』를 대상으로 1900년대 신문번안소설의 성립과 발전, 대중적 성향을 밝혀보고자 한다.

의 성립과 연계라는 측면에서의 의의와 그 한계를 파악해 볼 것이다. 또한 조선 후기로부터 자생적으로 생성된 자기 욕구의 발현이라는 측면에서의 대중문학이 개화기 속에서도 내적 잠재력으로 이어져 오고 있었으며, 이것이 또한 우리 근대 대중 문학의 성립과 발전에 영향을 미쳤음을 밝혀낼 수 있을 것으로 기대한다.

2. 『대한매일신보』의 국문 정책

기존 연구에서 이미 논의된 바와 같이 『대한매일신보』는 강력한 애국계몽신문으로 민족 개념이 가장 강하게 나타난, 독립정신을 고취시킨 신문이라 할 수 있다. 또한 개화기 신문 가운데에서도 최고의 판매 부수를 자랑한 신문이며 영국인 배설을 사장으로 내국인 신문보다는 조금 더 자유로운 논설과 주장을 실을 수 있었다. 논설 속에서는 대타자로 설정된 일본에 대한 비판과 조선국민에 대한 반성과 자강을 위한 민족을 재정비하는 내용이 주를 이루고 있다.8)

『대한매일신보』의 주필들뿐만 아니라 조선인들의 일본에 대한 분노역시 대단했음을 '녀인의긔'라는 잡보의 내용을 통해 확인할 수 있다. 여기에서는 한 여인이 돌을 주워 "나라집이 위험흔 째에 일인을 만나면 곳쳐죽이기로 쟉뎡하고 작야예 너가주어 모핫다"라고 대답한 이야기를 소

---

8) 김덕모가 조사한 『대한매일신보』의 논설의 대주제별 빈도수를 보면 '한국 국내 문제'가 총 158건(77.1%)로 가장 많고, 다음으로 '일본의 대한정책' 21건(10.2%)로 나타난다. 그런데 일본의 대한정책에 대한 논설은 1907년의 21.4%에서 1908년부터는 현저히 줄어 10%대를 겨우 유지해간다. 이에 반해 한국 국내 문제는 해가 갈수록 꾸준히 증가해 1907년에 60.7%에서 1910년에는 91.3%로 급격히 증가하는 추세를 보이고 있다. 김덕모는 이를 일본의 정책보다 우리 국민의 자세와 대처가 중요하다는 현실인식에 기인하고 있다고 볼 수 있으며, 민족의 자각과 자강을 강조함이라 할 수 있다고 설명한다(김덕모, 「『대한매일신보』 논설 분석」, 한국언론사연구회 편, 『대한매일신보 연구』, 커뮤니케이션북스, 2004, 192~194면 참조).

개한다.9) 그만큼『대한매일신보』가 일본의 만행에 대한 비판이 강했다는 것을 보여주며, 독자들 역시 이와 같았다는 것을 의미한다.『대한매일신보』는 일인에 대한 여인의 반감을 칭송하며, 이것이 국가를 위하는 여인이라 치하하고 있는 것이다. 또한 이러한 반일적인 사상 속에 근대적 민족으로의 정비를 위해 나라 정신, 통일된 정신을 세우려 한다.

나라 혼을 크게부르다

광무구년 십일월십팔일이 발서 삼년이라 허허 기가 막히고 가슴이 미여지네 우리가 뎌 원슈 일본의게 노례된 년셰가 발서 삼년이로셰 지금 이십셰긔(이천년)은 곳 평화셰계라 놈은 다 잘사눈 셰상에 다만 우리눈 엇지하야 이러혼 참혹혼 쳐디를 당ㅎ엿느뇨 토디가 적어 그러ㅎ뇨 아니라 (중략) 이와 ㅈ치 화려혼 강토와 샹등의 인종과 풍부혼 물픔을 가지고 도로혀 천층 디하에 써러져 놈의 노례가 된거슨 무슨 ㅼ닭이뇨 다름이 아니라 다만 우리 이쳔만 동포가 각각 대한국혼(나라위ㅎ눈졍신)이 업눈 ㅼ닭이로다10)

이 별보의 주제는 결국 나라 혼이 없는 나라는 노예를 면치 못하고 나라 혼이 있어야 자유와 독립을 누릴 수 있다는 것이다. 이는 단순한 원형 민족주의로부터 근대 민족주의로 변화하고자 하는 의지로 볼 수 있다.11) 이러한 근대 민족주의의 전환은 역사 세우기를 통한 단일 민족 강조, 국문을 통한 언어적 통일, 여성과 아이까지도 국민으로의 재통합 등의 형태

---

9) 잡보,『대한매일신보』, 1907. 7. 23.

10) 별보 (상항공립신문등지)(『국치전』 15회분 연재중),『대한매일신보』, 1907. 7. 30.

11) 홉스봄은 원형 민족주의로부터 근대 민족주의 사이에 연속성이 있거나 또는 있어 보이는 곳에서도 그 연속성은 완전한 허위라고 말한다. 즉 원형 민족주의만으로는 국가는커녕 민족을 형성하는 데도 불충분하다는 것이다. 사실 원형 민족주의는 종족, 인종과 연관되어 있으며, 아주 오랜 시간 역사를 같이 하면서 자연스럽게 형성된 감정이라 할 수 있다. 홉스봄은 중국, 한국, 일본의 경우에는 종족과 정치적 충성이 실제로 연계될 수도 있다고 하지만, 그렇더라도 근대 국가를 형성하는 것은 작위적 조작 개입을 통한 근대 민족주의의 성립을 통해서라고 설명한다(E. J. 홉스봄 저, 강명세 역,『1780년 이후의 민족과 민족주의』, 창비, 1994, 107~110면).

로 진행된다.12)

독립을 성취하기 위해서는 우선 우리가 단일민족임을 강조해야 했으며, 동시에 역사, 신화로부터 우리 민족의 뛰어난 역량을 재구해 내어야 했다. 한글판 신문의 1면에는 <대한고적>이라는 고정란을 두어 왕적이나 신화, 전설을 소개하였다. 한 예로 1907년 7월 3일자 1면에 실린 <대한고적>은 가야국 시조 수로왕의 능소와 관련된 고사로, 왕릉 속에 도둑이 들었으나 장사와 큰 뱀이 나타나 도둑을 죽였다는 이야기가 실려 있다. 1907년 5월 23일자에는 박혁거세 탄생 신화가 실리고, 1907년 7월 6일자에는 고구려 유리왕과 태자 해명의 이야기가 실리는 등 역사 속의 신화와 전설을 신문에 게재함으로써 역사의식을 고취시키고자 하였다.13)

이러한 배경 속에서 행해진 국문에 대한 강조는 국한문판과 영문판으로만 발행하던 『대한매일신보』가 국문을 발행하면서 본격화하게 된다.14)

---

12) 사실 이러한 균질화된 공간을 만들려는 근대 국가의 작위적 성격은 여러 차례 다른 논의에서도 언급되고 있다. 이 글에서는 『대한매일신보』 내부에서 형성된 근대 '민족' 개념과 더불어 정책적으로 제시되고 있는 '국문'에 초점을 맞추어 논의하고자 한다. 즉 민족 개념으로부터 필연적으로 파생된 '국문' 정책이 미친 신문소설의 대중성을 3장과 4장에서 자세히 설명할 것이다. 근대 민족 형성에 관한 대표적인 논의로 고미숙의 『한국의 근대성, 그 기원을 찾아서』(책세상, 2001)와, 정여울의 「근대계몽기 민족담론의 경계와 그 균열」(『한국근대문학연구』 8호, 한국근대문학회, 2003. 10)이 있다.

13) 「한국과 만쥬」((『이순신전』 1회분 연재 중), 『대한매일신보』, 1908. 7. 25)라는 '론설'은 『대한매일신보』의 서양 제국주의적 영향을 보여주는 것으로서 역사의 재발견과 팽창 정책적 면에서 논자들에 의해 자주 인용되어 왔다. 이 부분에서는 만주 땅 복원에 대한 희망을 엿볼 수 있다. 특히 단군 이래, 고구려 주몽, 광개토, 대조영 등 강력한 정벌 전쟁을 했던 이들을 영웅으로 설명함으로써 식민사관과 제국주의적 민족주의 의식이 드러난다고 할 수 있다.

14) 이 글에서는 『대한매일신보』 간행 첫해인 1904년 7월에서 1905년 3월까지 8개월 동안 잠깐 발간되었던 한글판은 논외로 하고, 본격적으로 국문판의 이름으로 구분되어 나오기 시작한 1907년 5월 23일자부터 폐간된 1910년 8월 28일까지를 논의의 범위로 삼는다.

국문신보발간

    대져 셰계렬국이 각기 제 나라 국문과 국어(나라방언)로 제 나라 정신을 완젼케 ᄒᆞᄂᆞᆫ 긔쵸를 삼ᄂᆞᆫ 것이어날 오직 한국은 제 나라 국문을 ᄇᆞ리고 타국의 한문을 슝샹홈으로 제 나라말ᄭᆞ지 일허ᄇᆞ린 쟈가 만흐니 엇지 능히 제 나라 정신을 보존ᄒᆞ리오 (중략) 대져 국문의 공부로도 그 사ᄅᆞᆷ이 현량ᄒᆞ고 그 나라이 부강ᄒᆞᆺ스면 그 사ᄅᆞᆷ은 헌철ᄒᆞᆫ 사ᄅᆞᆷ이 되고 그 나라 흔읏듬 나라이 될지니 엇지 구구히 한문의 능불능을 말ᄒᆞ리오 폐일언ᄒᆞ고 한국은 국문이 발달되야 사ᄅᆞᆷ의 지혜가 열니고 나라힘이 츙실홀지라 이러홈으로 본샤에서 국문신보 일부를 다시 발간ᄒᆞ야 국민의 정신을 ᄭᆡ여 니르키기로 쥬의ᄒᆞᆫ 지가 오래엿더니 지금셔야 제반 마련이 다 쥰비되여 리월일 이부터 발힝을 시작ᄒᆞ오니 한국진보의 긔관은 우리 국문신보의 확쟝되ᄂᆞᆫ 정도로써 징험홀지니 쳠군ᄌᆞᄂᆞᆫ 이 쥬의와 ᄀᆞᆺ치 ᄒᆞ기를 십분 ᄀᆞᆫ졀이 ᄇᆞ라노라15)

    위의 내용은『대한매일신보』에서 국문판을 개시하면서 국가의 부강함을 위해서 국문 사용의 중요성을 이야기하는 부분이다. 또한 자신의 나라 국문과 남의 나라 한문이라고 표현함으로써 한문을 숭상하는 것은 이미 노예가 된 것으로 설명한다. 다른 국가와 경계 짓는 도구로서 국문의 존재를 염두에 두고 있는 것이다. 또한 세계가 변하고 강호열국이 판을 치는 세계의 격동 속에서 조선의 개화되지 못함이 비판의 대상이 된다. "쳥국학문의 조박만 가지고 문채를 ᄭᅮ미면 엇지 능히 강호폰렬국의 셔리 ᄀᆞᆺ흔 검과 우박 ᄀᆞᆺ흔 대포가 교집ᄒᆞ야 츙돌ᄒᆞᄂᆞᆫ 령독ᄒᆞᆫ 위염과 예긔들 막으리오"라고 하면서, 청국의 문학으로는 급진적인 세계의 변화에 따라가지 못함을 경고하고 있다. 즉 학문의 실용적인 측면과 서양 열국과의 경쟁과 위협에서 살아남기 위한 대안으로 국문을 주장하고 있는 것이다.16)

---

15) 사설(『라란부인젼』 연재 시작),『대한매일신보』, 1907. 5. 23.
16) 1908년 1월 29일자 1면에서도 '국문학교의 증가'라는 제목으로 <론셜>이 실려 있다. "대개 국어와 익국심이 셔로 밀졉ᄒᆞᆫ 관계가 잇셔셔 나라의 셩픔을 보젼홈도 국어로써 되고 나라의 혼을 ᄭᅢ게 홈도 국어로써 되나니 그 나라에 국민이 된 쟈ᄂᆞᆫ 반ᄃᆞ시 그 국어를 존숭히 녁이며 그 나라의 말은 통일ᄒᆞ기를 위ᄒᆞᄂᆞᆫ 바인ᄃᆡ 국문이

『대한매일신보』는 그 전에 사용되었던 용어인 언문 대신 '국문'이라고
명시하여 사용하고 있다.17)

국문판에서 쓰인 용어 빈도수(1907. 5. 23.~1910. 8. 28.)

	논설	잡보	사고	기서	시사평론	잡동산이	편편긔담	별보	광고	총계
국문	13	61	10	13	9	2	0	7	268	384
언문	2	0	0	1	1	1	2	3	0	10
한글	0	0	0	0	0	0	0	2	0	2

위에서 제시된 표를 보면, '국문'이 총 383번 사용으로 전체의 97.4%를
차지하고 있다. '언문'은 10번, '한글'은 별보 <배설씨의 공판전말>에서
2번 사용되었을 뿐 다른 기사에서는 전혀 나타나고 있지 않다. 사실 '언
문' 용어의 사용은 한글을 비하시키는 말로 사용된다. 즉 '언문' 용어는
한글이 이때까지 '언문'이라 하여 비하해 왔다는 등의 과거를 설명하기
위해 사용되고 있다. 사실 『대한매일신보』에서 언문, 한글이 아닌 '국문'
이라는 말을 사용하고 있다는 것은 의미가 깊다고 할 수 있다.

또한 '한어'라는 말은 <본샤고빅>란에서 1904년 8월 4일부터 "이 신
보는 영어와 한어로 석거 매일 출판하읍"이라는 말로 언급되고 있다. 그
러나 1905년 3월 9일까지 보이다가 더 이상 보이지 않는다. 즉 8개월가량
잠시 영어와 한어로 간행되다가 그만둔 이후로는 '한어'라는 말은 사용되

라 ᄒᆞᆫ 쟈ᄂᆞᆫ 곳 그 국어와 일치되ᄂᆞᆫ 문즈인고로 국어의 발달됨은 쏘ᄒᆞᆫ 그 나라의
문화와 함끠 진ᄎᆔ가 되ᄂᆞᆫ 거시어ᄂᆞᆯ"이라고 하여 국어과 애국심을 동일하게 보면서
나라의 혼을 깨게 하기 위한 장치, 나라의 정신을 하나로 묶는 장치로 설명한다.
17) 김영민은 『대한매일신보』 이전에도 『독립신문』을 필두로 하여 국문의 중요성을 피
력한 신문들이 많았으나 그 간행 기한이 짧고 그 영향력이 약했음에 비해 『대한매
일신보』는 우리 문자의 중요성과 국문 사용의 필요성을 가장 크게 역설한 신문이
었다고 설명한다. 특히 한글의 사용은 근대 문학사의 범세계적 보편성과 근대문학
의 대중화를 이루는 데 중요한 요인으로 작용했음을 피력하고 있다(김영민, 앞의
책, 71~72면).

고 있지 않다. 또한 1907년 5월 23일 국문판 발행 이후에 '한어'라는 용어는 일어나 영어에 대응되는 글이 아닌 말로서의 조선어를 의미하는 것으로 쓰이고 있다. 즉 『대한매일신보』는 1907년 5월 23일 국문판을 새로 시작하면서 조선글에 대해서 '국문'이라는 용어를 의도적으로 선택했음을 알 수 있다.

이는 국가 개념으로부터 시작되어, 과거의 역사 속에서 민족의 위대함을 찾고, 이러한 국가와 민족, 역사에 맞춘 '국문'이 필요하다고 생각했기 때문에 설정된 용어라 할 수 있다.[18] 또한 이는 일본 국문, 서양 국문이라는 용어에 대타적 의미로 쓰이고 있음에 주목해볼 만하다. '국문'이라는 용어는 비하적 의미인 '언문'이나 무표적 어휘인 '한글', '한어'와는 다른, 가치지향적인 유표적 어휘라 할 수 있다. 가치상승하고자 하는 의식과 계몽에 대한 의지, 독립에 대한 염원, 근대국가 성취를 향한 목마름이 『대한매일신보』의 '국문'이라는 용어에 용해되어 있었던 것이다.

『대한매일신보』의 〈논설〉과 〈기서〉에 사용된 '국문' 용어

	논설날짜	논설제목	기서날짜	기서제목	기서투고자명	성별
1	1907. 5. 23.	국문신보발간	1907. 5. 23.	대범신문은 천하의이목이라	스립광동학교장 신소당	여
2	1908. 1. 29.	국문학교의 증가	1907. 5. 23.	복계자ㅣ 대저 학문이란거슨	하방교 강용숙	여
3	1908. 2. 20.	한국로동쟈의 긔원될만혼일	1907. 5. 23.	첩은 일기 녀즈나	리동신원	여
4	1908. 2. 25.	국문론	1907. 7. 9.	남녀동등	금화산인	남
5	1908. 3. 22.	국한문의 경중	1907. 7. 10.	이 씨가 어느 씨뇨	빅경니부인한씨	여

---

18) 권보드래는 부녀·아동·노동자 등 주변적 위치에서 〈국민〉의 일원으로 승격된 집단이 사용하는 언어 〈국어〉의 위치로 끌어올리려 했다고 지적하면서 이전의 〈언문〉과 새로운 언어로서의 1900년대의 〈국문〉은 서로 다를 수밖에 없다고 설명한다(권보드래, 「한국 근대의 '소설' 범주 형성에 관한 연구」, 서울대 박사논문, 1999, 111면).

6	1908. 3. 24.	국한문의 경중	1907. 8. 8.	경계쟈는 고국 산쳔을	하와이에거ᄒᆞᄂᆞᆫ 최씨졍슌	여
7	1908. 4. 28.	학싱쳥년들에게 졀ᄒᆞ고 치하홈	1907. 8. 30.	대뎌한문이라 ᄒᆞᄂᆞᆫ거슨	삼화항 거ᄒᆞᄂᆞᆫ 죠영태·김경디	남
8	1908. 5. 1.	졍부 당국쟈의 힝식	1907. 9 .10.	인싱의미리힘 쓸일	안주셩ᄂᆞ동사ᄂᆞᆫ 녀학도 비봉녀 (년이십삼세)	여
9	1908. 6. 14.	옛글을수습하는 것이 필요홈	1908. 1. 19.	혹은우리나라 국문을극히반 디하고	죠규형	남
10	1908. 7. 3.	교육월보의 발간홈을하례홈	1908. 2. 8.	유시무죵의 관계	국문야학교싱도 박윤근·김현봉	남
11	1908. 7. 18.	아직 늣지 안타	1908. 3. 12.	희죠신문취지셔	편집인	
12	1909. 6. 30.	오늘날 교육의 졍신	1908. 8. 30.	국어와 국문의 독립론	습두싱	남
13	1909. 7. 9.	셔격계를 ᄒᆞ번 평론홈	1910. 2. 2.	문명을널리퍼 지게 홀 됴ᄒᆞᆫ 방법	구신즈	

『대한매일신보』 <논설>과 <기서>에는 '국문'과 관련하여 각각 13개씩 실려 있다. 대체로 논설은 1908년에, 기서는 1907년, 1908년에 기사화되었다. 잡보의 경우에도 1907년과 1908년에 집중되어 있으며, 1909년과 1910년에는 대부분이 광고가 실려 있을 뿐, 폐간 즈음에는 '국문'이라는 용어를 거의 사용하지 못하고 있다. 위의 도표로 보면, 1907년 5월 23일 국문신문을 간행한 이후, 독자들의 열렬한 반응과 찬사를 받았음을 알 수 있다.

당초의 국문과 영문으로 합ᄒᆞ야 발간ᄒᆞ든 것을 영문은 ᄯᆞ로 ᄂᆡ고 국문은 변ᄒᆞ야 한문으로 츌간ᄒᆞ니 그시에 한문으로 츌간홈은 한국 풍긔가 남자ᄂᆞᆫ 국문을 보지도 안코 여자ᄂᆞᆫ ᄒᆞᆫ문을 비ᄒᆞ지도 안ᄂᆞᆫ 고로 시ᄉᆞ의 급급홈을 응ᄒᆞ야 위션 남자ᄉᆞ회를 위ᄒᆞ야 발힝ᄒᆞ고 국문을 즁지홈이 본ᄉᆞ의 유감이 되얏더니 ᄒᆞᆫ문 신보ᄂᆞᆫ 익독ᄒᆞ시ᄂᆞᆫ 쳠군자의 권고ᄒᆞ심을 닙어 본

사가 차차 흥왕ㅎ여 오쳔여장이 발간되며 (중략) 한문을 모르시는 쳠위와
부인녀자의 사회를 위ㅎ와 슌국문으로 신보 일부를 다시 발간ㅎ되 히외
젼보를 즉졉ㅎ고 니외국간 탐보를 민쳡활발ㅎ게 보도ㅎ오며 쏘 타인의
반대ㅎ고 혹 혐의ㅎ는거슬 죠곰도 긔탄치 안니ㅎ고 강경흔 론셜노 시셰
와 물졍을 쫀라 공정히 쥬필ㅎ오며 려염간 풍기과 질고와 션악까지라도
소샹히 긔지홀 터이오니 쳠위 동포는 다슈히 구람ㅎ사 남자와 녀즈가 동
등으로 문명샹에 진달ㅎ심을 본사에셔 희망이옵[19]

국문판『대한매일신보』는 위의 인용한 바대로 부인 여자 사회를 위해
서 발간됨을 알 수 있다. 이는 여성에 대해 국민으로 부르기 위한 준비
작업임과 동시에 국민화 하기 위한 여성 교육까지 이어지게 된다. 같은
날 3면에 실린 <寄書(기서)>를 보낸 '강용슉'이라는 인물은 "불셕문금에
녀즈학교를 쳐쳐에 설립ㅎ시고 우리 녀즈사회로 금슈에 비ㅎ물 면케 ㅎ
시니"라고 하며 여성 교육을 부르짖는다. 또한 이 독자는 국문발간을 매
우 기뻐하며 "신문이란 거슨 춘츄필권을 잡고 도덕심으로 혹 찬양ㅎ며
혹 견칙ㅎ야 악헌 즈를 착허도록 경계ㅎ며 착헌 즈를 더욱 착허도록 권
고ㅎ야 민지를 기발케 ㅎ는 스롬 씌우는 종이라 남녀를 무론ㅎ고 만약
신문을 보지 안는 즈ㅣ면 문명에 도젹이로다"라고 하면서 신문의 중요성
을 강조한다. 신문은 문명을 위한 최고의 선택이자 민지개발 혹은 견책의
도구라는 것이다. 이는 신문을 통해 민중의 알 권리를 실현한다거나 지적
욕망을 채우는 도구가 아니라 경계체(警戒體) 혹은 유교적 서책이 대중화
된 것으로 생각하고 있음을 보여준다.

이와 같이『대한매일신보』는 국문을 발간하고 이를 통해 보통 교육,
여성 교육을 강조하게 된다. 그런데 이렇게『대한매일신보』가 여성 교육
을 강조하는 이유는 아이 교육을 위해서였다. '한국에 녀즈교육의 필요'
라는 론셜에서는 "녀즈의 사롬을 산츌흠이 던답의 곡식을 산츌흠과 궃흐
니"라고 하여 좋은 전답에 곡식이 잘 자라듯이, 여성의 신체가 건강하고

---

19) 社告(3면),『대한매일신보』, 1907. 5. 23.

기력이 왕성하면 자녀 생산이 잘 된다고 강조한다.[20] 교육받은 여성은
자식 교육을 잘 시켜 자식이 명철한 선비가 될 수 있게 한다는 것이다.
즉 여성은 생산의 도구로서 국민으로 부름 받고 있는 것이다.

이렇게 역사를 다시 세우고, 국문을 유포하며 새로운 국가의 국민으로
부녀자와 평민을 불러냄으로써 나라의 정신을 하나로 만들려는 의도는
사실 세계 강국에 대한 부러움과 문명화에 대한 욕구의 다른 표현이라
할 수 있다. 이는 물론 독립을 위한 도구로서의 문명화를 의미한다. 이는
또한 일본에 대한 부러움으로 표현되거나 일본을 모방하고자 하는 욕망
으로 드러나기도 한다. 즉 일본을 비판하면서도 일본을 모방하고 싶은 이
율배반적인 감정이 나타나고 있는 것이다.

3. 문자의 자율성과 개인 욕망의 발현

"정치에서 정확히 민족적인 구호는 무엇을 말했는가, 구호는 상이한
사회계층에게 의미하는 바가 같았는가 달랐는가, 그것은 어떻게 변화했
는가, 그리고 그러한 구호는 어떤 조건에서 시민을 동원할 수 있는 여타
구호들과 결합하거나 또는 후자와 양립할 수 없었던가, 그리고 어떻게 그
것은 여타의 것들보다 우세하거나 열세했던가."[21]를 분석해보아야 한다
는 홉스봄의 말은 개화기 지식인층과 조선 대중들의 각각의 의미 전달과
수용에 대해 고민해보게 한다. 개화기 신문에서 말하는 민족과 민족 자강
에 대해 민중들은 강하게 반응했을 것인가, 아니면 일방적인 교육에 불과
했을 것인가.

앞 장에서 살펴본 바대로 『대한매일신보』가 의도한 '국문' 정책은 '근
대국가'에 대한 염원으로부터 나왔다고 할 수 있다. 즉 대타적인 독립적

---

20) 론셜(『국치전』 99회분 연재중), 『대한매일신보』, 1907. 12. 10.
21) 홉스봄, 앞의 책, 4장 민족주의의 변화 참조.

의식의 소산이라 할 수 있으며 같은 민족정신으로 뭉쳐진 국민들이 사용하는 언어를 '국문'으로 규정했다. 또한 이 국문의 사용자는 서민층, 부녀자, 노동자였으며 국문의 목적은 결국 국민으로의 호명, 계몽, 문명개화였다. 의도와 효과면에서 근대국가라는 균질적 공간 형성과 '국문'으로의 정신적 일원화, 독립과 의식 계몽에 초점 맞추어져 있었다고 할 수 있다.

이러한 면에서 『대한매일신보』의 주필들의 목적은 조선의 국민을 하나로 묶어 독립을 쟁취하는 것이라 할 수 있다. 그래서 끊임없이 조선인을 각성시키고 계몽시키고자 하였다. 그러나 그러한 의도는 의도와는 다른 부작용 혹은 분열적 요소를 갖기 마련이다. 사실 논설을 통해서도 하층민들과 부녀자들의 힘에 대해 언급한 바 있다.

근일 국문쇼셜을 져슐ᄒᆞᄂᆞ쟈의 주의ᄒᆞᆯ일

여 샹말과 쇽담으로 지어노흔 칙ᄌᆞᄂᆞ 그러치 아니ᄒᆞ야 일톄 우부우부와 ᄋᆞ동주졸의 편벽되이 즐겨보ᄂᆞ 바이라 만일 그 말이 조금 긔이ᄒᆞ며 그 조ᄉᆞ흔 거시 조곰 웅장ᄒᆞ면 빅사롬이 그것희셔 보믹 빅사롬이 칭찬ᄒᆞ며 쳔사롬이 그것희셔 드르믹 쳔사롬이 칭춴ᄒᆞᄃᆡ 심지어 그 정신과 혼빅이 그 칙으로 옴겨 가셔 비참흔 일을 닑으믹 눈물이 졀노 흐름을 씨닷지 못ᄒᆞ며 장ᄒᆞ고 쾌흔 일을 닐그믹 긔운의 분발홈을 금치 못ᄒᆞ야 듯고 보ᄂᆞᄃᆡ 졈졈 ᄌᆞ미가 들면 ᄌᆞ연 그 셩픔을 감화ᄒᆞ기ᄭᆞ지 니를리니 그런고로 나는 닐ᄋᆞᄃᆡ 샤회의 크게 붓좃ᄂᆞ 바ᄂᆞ 국문쇼셜이 바르게 혼다 홈이로라 오호ㅣ라 영웅호걸을 도와셔 텬하 ᄉᆞ업을 일우ᄂᆞ쟈ᄂᆞ 우부우부와 ᄋᆞ동주졸이오 우부우부와 ᄋᆞ동주졸의 하등샤회로 시작ᄒᆞ야 인심을 변화ᄒᆞᄂᆞ 능력을 ᄀᆞ촌 쟈ᄂᆞ 쇼셜이니 그런즉 쇼셜을 엇지 쉽게 볼 거시리오 라약ᄒᆞ고 음탕흔 쇼셜이 만흐면 그 국민도 이로써 감화를 밧을 거시오 호협ᄒᆞ고 강개흔 쇼셜이 만흐면 그 국민이 ᄯᅩ흔 이로써 감화롤 밧을지니 셔양션비의 닐온 바 쇼셜은 국민의 혼이라홈이 진실노 그러ᄒᆞ도다[22]

위의 논설은 나라의 장래, 변화는 하층에서부터 일어나며 이들을 움직

---

22) 론셜, 『대한매일신보』, 1908. 7. 8.

일 수 있는 것이 소설이라고 보고 있다. 즉 우부우부와 아동주졸, 하층민에 의해 나라가 변하는 것이니 그들을 변하게 하기 위해서는 큰 학문이 아니라 국문 소설을 바르게 해야 한다는 것이다. 따라서 소설의 가치를 매우 높게 평가하고 있음을 알 수 있다. 이렇게 중요한 소설은 그 가치 매김을 스스로 할 수 있어야 하며 계도하고 계몽할 내용이어야지 혼미하게 만들면 안 된다고 강조한다. 그러면서도 소설은 재미가 있어야지만 그 속에 빠져들게 되고 또한 그 성품이 감화될 수 있다고 설명한다. 지식인들조차도 소설이 가지는 힘을 인지하고 있었다는 것이다.

실제로 『대한매일신보』가 국문을 활용한 것은 하층민과 부녀자를 계몽시켜 국민으로 호명하고자 한 것이었다. 그러나 『대한매일신보』는 국문의 사용과 여성 교육을 주장함으로써 하층민과 부녀자에게 교육을 받을 수 있는 공식적인 자격을 주게 된다. 제대로 된 국민의 양성이라는 취지에도 불구하고 교육의 혜택 속에서 자율의 정신과 저항적인 정신이 배태되기 시작했다고 할 수 있다. '순한글', '국문'의 사용은 같은 국가로서의 의식을 만들어 주기 위해 사용되었지만, 그것을 만들기 이전에 여성들, 혹은 하층민들에게 자기만의 의식을 불러 일으켰을 것이다.

이것이 바로 문자 자체의 특성이라 할 수 있다. 『대한매일신보』의 원래 의도와는 이율배반적으로 나타나는 문자의 특성 즉 자율성인 것이다. 이미 던져진 매체에서 원래의 의도와는 다르게 가기 시작하는 문자의 파급 효과는 과히 놀라운 것이다. 이는 독자층의 욕망과 연관될 때 원래의 의도와는 다른 새로운 방향성을 가지게 된다.

이러한 문자의 자율성 안에서 여성들은 『대한매일신보』가 주장한 국문을 사용하여 국가와 국민의 이름으로 불만을 토로하는 것이다. 국가의 이름을 빌어 교육이 없었던 조선에 대해 강력히 비판할 수도 있고, 여성들을 교육시켜야 한다고 소리 높여 말할 수도 있게 된 것이다.[23)]

---

23) "안쥬셩뇌 염동 사는 녀학도" 빅봉녀(년이십삼세)가 <기서>로 보낸 것을 보면, 국가와 민족의 이름을 빌려 여자라고 교육시키지 않는 부모를 비판하고 남성과 같이

따라서 '문자의 자율성'은 근대적 매체 안에서 그 문자를 사용하는 언중들의 개인 욕망의 발현으로 나타나게 된다. 처음에는 신문의 의도와 '비슷하게 말하기'를 시도하다가 '조금 다르게 말하기'로 변화한다. 그리고 그 안에 '자신의 말 집어넣기'를 통해 욕망이 개입되고, 한편으로는 재미있는 말들이 유포되는 가운데 독자의 욕망이 드러나게 된다.

사실 이러한 독자의 욕망과 연계되어 있는 것이 소설의 욕망이라 할 수 있다. 근대 매체 속에서 신문연재소설의 욕망은 독자의 흥미에 대한 관심과 독자의 시선을 계속해서 붙잡아 두고자 하는 노력으로 나타난다. 『대한매일신보』는 '국문' 정책을 통해 하층민과 부녀자, 노동자를 국민으로 포섭하고자 했고, 이들을 계몽시키고자 했다. 그러나 이 계몽을 효과적으로 이루기 위해서는 대중 독자의 흥미를 유발하여 그 관심을 끊이지 않게 만들어야 했다.[24]

결국 계몽의 뒷면은 대중성으로 이어질 수밖에 없었다. 신문이라는 매체와 이야기라는 형식은 근본적으로 대중성을 담지하고 있었던 것이다. 즉 신문이 가지고 있는 계몽적 의식은 항상 독자를 향해 있었다. 이는 다시 말해 근대 매체인 신문의 특징이라 할 수 있다. 신문의 계몽적 의도와 독자들의 욕망은 근대 매체인 신문의 장에서 만나게 된다. 그런데 특히 이것이 가장 많이 드러나는 곳은 '소설'이라는 장르였다. 사실 1900년대에 완결된 문학을 기대하기는 어렵다. 그러나 민족적 의식을 담지하면서도 독자의 욕망을 함께 담아낸 번안소설 『국치전』과 『매국노』는 바로 신문의 계몽적 의도과 독자의 욕망이 함께 만나는 장인 것이다.

이러한 면에서 일반 여학도가 신문에 이렇게 강력히 당당하게 교육과

공부하여 "남녀합력ᄒ여 독립을 공고케" 하자고 주장한다(빈봉녀, <기서> 3면 '인성의 미리 힘쓸 일'(『국치전』 연재 중), 1907. 9. 10).

24) 배정상은 「『대한매일신보』의 서사 수용 과정과 그 특성 연구」(『현대문학의 연구』 27집, 2005, 249면)에서 국문판 『대한매일신보』의 '소설'이 부녀자들이나 아이들과 같은 하층 계급을 위한 효과적인 계몽의 도구로 활용될 때 그 가치를 인정받을 수 있었다고 설명한다.

나라의 독립을 주장할 수 있는 것은 당대 연재된 소설의 욕망과 연계되어 있다고 할 수 있다.

> 화원이라ᄒᆞᄂᆞᆫ 동산에 녀ᄌᆞ회가 잇스니 회쟝은 송엽이오 부회쟝은 죽지오 간ᄉᆞ원은 민화라ᄒᆞᄂᆞᆫᄃᆡ 그부인들은 외양이 단졍ᄒᆞ고 ᄆᆞ음도 안샹ᄒᆞ고 신학문에 힘을 ᄡᅥ서 지식이 유여ᄒᆞ고 지덕이 구비ᄒᆞᆫ 녀즁호걸이라ᄒᆞ야 졍치샹에 ᄉᆞ샹이 대단ᄒᆞ고 샤회샹에 명예가 놉흔 부인인ᄃᆡ (중략) 그 부인네 리력은 엇더ᄒᆞ오 ᄂᆡ 송엽은 동도에 ᄉᆞ족송하의 ᄯᅡ님이오 죽지ᄂᆞᆫ 이원이라ᄒᆞᄂᆞᆫ ᄯᅡ에 사족 셕산의 ᄯᅡ님이오 민화ᄂᆞᆫ 산구에 사ᄂᆞᆫ 츈신의 ᄯᅡ님이니[25]

국치선생의 연설회에 죽지, 매화가 온 것을 보고 그곳에 참여했던 남자들의 대화 중 한 부분이다. 그 대화를 통해 화원 여자회가 설명되고 있다. 송엽, 죽지, 매화 모두 교육이 있는 여성으로 여중 호걸로 이름불리며 사회적인 활동을 하고 있다. 이것이 1907년 9월 6일 실린 것으로 이러한 내용이 나온 3일 후, '빈봉녀'라는 독자가 기고하게 되는 것이다. 여성들의 적극적인 정치 참여와 연설회 참여, 그리고 자신들의 모임을 짜서 교육에 힘쓰는 모습 등은 그 당대 여학생들의 꿈이었다고 할 수 있을 것이다. 또한 이에 더 나아가 실제 정치에의 참여 역시 생각할 수도 있는 것이다.

> 헌법을 셜시코져 ᄒᆞ여 온 나라빅셩을 모화 졍치와 법률과 여러 가지 일을 의론ᄒᆞᄂᆞᆫᄃᆡ 국치가 의쟝이오 명헌이 부의쟝이오 우젼의 무리가 다 의원이 되여 ᄌᆞ유당의 회원들이 일톄로 단흡ᄒᆞ여 국회의 형세가 셩ᄒᆞᆫ 것이 물과ᄀᆞᆺ치챵일ᄒᆞ고 불과 ᄀᆞᆺ치 치셩ᄒᆞ여 능히 억계ᄒᆞ지 못ᄒᆞᆯ지라 외국과 완전치못ᄒᆞᆫ 됴약은 다 ᄇᆞ리고 국즁의 권리를 확쟝ᄒᆞ매 부녀들도 졍치의 론에 참예케 ᄒᆞ여 숑엽 죽지 민화 랑ᄌᆞ 염ᄌᆞ 챵ᄌᆞ 여러 부인들도 국회의원의 임명을 담당ᄒᆞ니 이것은 ᄌᆞ유당의 힘이러라[26]

---

25) '뎨삼뎍 연셜회', 『국치젼』 36회분 연재, 『대한매일신보』, 1907. 9. 6.
26) '뎨삼십ᄉᆞ뎍 샤회의 단톄', 『국치젼』 162회분 연재, 『대한매일신보』, 1908. 3. 26.

위의 부분은 여성들도 정치에 참여하여 국회의원이 되는 부분으로 문명한 사회의 이득을 보여주는 장면이다. 이것은 문명을 배워 깨우친 자들이 헌법과 법률을 고쳐 이루어진 것이라 할 수 있다. "셔양에 문명훈 운수가 동양 텬디로 도라왓"다고 말하는 것은 문명을 받아 개화되었다는 의미일 수도 있고, 힘의 입장이 서양으로부터 동양으로 넘어왔다는 것을 의미할 수도 있다. 그런데 문제는 여성들의 정치 참여가 이루어지고 있다는 점에서 교육만 받는다면 충분히 영웅호걸이 될 수 있다는 가능성을 보여주고 있다는 것이다.

> 비록 츌즁훈 지됴가 잇슬지라도 헛되이 뷘방을 직혀 질슴과 바느질노 빅년을 죵ᄉᄒ니 인민된 의무가 어디잇ᄂᆢ 동포ᄌ믜여 귀ᄒ신 총명지질노 문명발달만 ᄒ고 보면 남녀동등될 쑨 아니라 국권 회복이 결노 될지니 규즁에셔 자란 몸이라 붓그럽다 싱각 말고 ᄌ유독립 힘쓰시오 동물즁에 귀훈 것은 사롬이 뎨일인디 (중략)
>
> 비록 녀ᄌ라도 교육ᄒ면 녀즁군ᄌ도 가히 될거시오 규즁호걸도 가히 일울지니 이째를 일치말고 열심공부ᄒ야 남녀 동등의 권리를 찻고 보면 국가도 진보가 되고 ᄉ가에도 힝복이되리니 신학문과 신지식을 밧비밧비 공부ᄒ야 녀ᄌ된 우리들도 남ᄌ와 ᄀᆺ치 국가ᄉ를 힘써셔 셰계에 하등국 사롬의 일홈을 씨셔 ᄇ리기로 긔약ᄒ옵시다27)

위의 인용은 '리지츈'이라는 여성의 투고로 여성도 스스로 나라 일을 하자고 주장한다. 그 앞서 나왔던 단순한 여성 교육을 주장하거나 자식을 위해 교육을 하자는 내용에서 매우 발전된 단계라 할 수 있다.『국치전』 162회분에서 이미 여성들이 새 정부에 참여하여 국회의원이 되고 그 가운데 정사를 담당하는 모습이 나온 후 170회분 연재에서 위의 독자의 투고가 이어진 것은 우연이라고 말하기는 어렵다. 이 여성 독자는 여중군자, 규중호걸이라는 말을 들어가며 남성들과 여성들이 동등함을 말하고

---

27) 기서 '녀ᄌ 교육의 시급론'(『국치전』 170회 연재 중),『대한매일신보』, 1908. 4. 4.

있는 것이다.

따라서 『대한매일신보』가 국민으로 호명한 여성들은 도리어 그것을 자신들의 입장대로 받아들여 단순히 자녀 생산 차원에서의 교육을 넘어서서 정치에까지 나아가고자 하는 욕망을 드러내기 시작했던 것이다.

> 엇던 녀즈ㅣ 겻흐로 지나ㄱ눈더 비샹히 샐니 가더니 어느덧 더 여러 촌민들 가온더로 헷치고 드러가니 촌민들도 쏘혼 놀내여 즈연 좌우로 물너서며 길을 열어주니 다만 그 녀즈ㅣ 그 쌀으막혼 남즈에게로 다라드러 혼 뭉치가 되여 셔로 뒹굴다가 그 남즈가 거의 업더질 듯ㅎ며 그 손에 가진 단총을 그 녀즈가 쎄아스니 여남즈와 녀즈눈 엇던 사름인고 하회에 셜명홈을 볼지어다[28]

『매국노』에서는 남성인 요셔를 주인으로 모시는 율리는 자신의 몸을 바쳐 주인의 목숨을 구하는 여성으로 그려지고 있다. 율리는 여성이기 때문에 보호받거나 아무 일도 못하는 것이 아니라 요셔가 없는 사이 그 요셔의 아버지의 시신을 숨겨놓고, 요셔가 돌아온 이후는 요셔를 보호하기까지 한다. 이러한 율리의 모습은 사실 보통의 여성과는 다른 모습이다. 위의 상황은 목수노릇을 하던 율리의 아버지가 요셔를 죽이려 하자 율리가 자신의 몸으로 이를 막아 아버지와 격투를 벌이는 장면이다. 그 아버지는 자신의 딸인 율리를 총으로 쏘아 죽이려 한다. 이렇게 급박한 상황에서 이를 타결하는 것은 남성인 요셔가 아니라 여성인 율리인 것이다. 이는 보호받는 약한 여성의 모습이 아니라 좀 더 적극적이면서도 강인한 여성의 모습을 보여주는 것으로 결국 여성 독자들의 관심과 흥미를 불러일으켰을 것이다.

위에서 살펴본 이러한 모습은 결국 국문이 발달되면서 시작된 문자의 보편화가 가져온 것이라 할 수 있다. 문자가 대중화되면서 그 속에서 여성들, 하층민들은 자신들의 꿈을 키웠고, 처음 지식인들의 의도와는 다른

---

28) 『매국노』 51회 연재분, 1909. 1. 15.

분열의 계기들, 혹은 다음 시대를 열어가는 저항성을 키워가고 있었다고 할 수 있을 것이다.

결국 대중적인 독자들, 여성과 하층민으로 대표되는 독자들은『대한매일신보』가 국문을 사용하여 발간하기 시작하면서 적극적으로 매체 속에 나타나기 시작했다고 볼 수 있다. 또한 이는 사실 다음 시대의 적극적인 독자의 모습으로 이어지게 된다. 1910년대에는 1900년대의 국문판『대한매일신보』에서 더 나아가 <독자투고란>이 활성화되고, 이 속에서 독자들은 훨씬 더 적극적으로 자신의 욕망을 발현시킨다. 식민 지배 담론을 유포하는『매일신보』는 결국 이러한 대중 독자들의 적극적인 성향을 견디지 못하고 <독자투고란> 자체를 3년 여 간 정지시키기까지 한다. 이러한 독자들은 이미 1900년대 국문판『대한매일신보』로부터 자신들의 욕망을 발현시키고 있었으며 근대 대중 독자로 준비되어가고 있었다고 보아야 할 것이다.[29]

4. 국문의 향유와 재미의 추구

갑오개혁(1896)에 따라 국문에 대한 적극적 보급과 학교에서의 적극적인 사용으로 국문 자체에 대한 이용은 증가해 갔다고 할 수 있다. 이러한 가운데 민족정신의 함양과 부녀자와 하층민을 계몽시키고자 한『대한매일신보』의 국문 정책을 통해 조선의 대중들은『대한매일신보』라는 매체 속에서 국문을 향유하게 되었다. 국한문판『대한매일신보』에서는 그 매체를 향유하는 계층은 지식인 독자라 할 수 있으나, 국문판에서의 향유

---

29) 다음 시대를 열어가는 저항성을 키워가고 있었던『대한매일신보』의 적극적 독자층에 대한 논의는 차후의 논의로 돌리고 이 글에서는『국치전』과『매국노』에서 나타는 번안소설 자체의 성향을 분석하여 독자의 욕망과 연계되고 흥미를 유발하는 부분에 논의의 초점을 맞출 것이다(전은경, 「1910년대 번안소설 연구」, 앞의 논문 참조).

독자층은 그만큼 부녀자와 서민층의 하층 독자들이라 할 수 있다. 즉『대한매일신보』가 '국문' 정책을 폄으로써 하층 독자들, 대중 독자들은 재미와 흥미를 조금 더 자유롭게 누릴 수 있게 되었다는 것이다.

논설에서 이미 소설의 중요성을 말한 바대로 재미있고 흥미유발이 잘 된 소설이 세상과 민중을 움직일 수 있다. 번안소설이 아니고서는 이미 검증된 소설을 싣기는 어려웠을 것으로 보인다. 따라서 이미 나온 외국의 소설들 중에서 재미있으면서도 어느 정도 계몽성을 갖춘 소설을 선택하고자 했다. 계몽과 재미의 양면성이라는 면에서 이미『대한매일신보』는 교훈적이되 독자가 눈을 떼지 못할 흥미로운 소설을 번역·번안하고자 했다. 따라서 흥미를 끌기 위해서는 연애담이나 자극적인 소재를 찾으려 했을 것으로 보인다.30)

『국치전』의 총 213회분 중 135회분까지(1908. 2. 13)가 국치를 둘러싼 세 여성의 연애담이 차지하고 있다. 절반 이상을 차지하는 분량이라 할 수 있다.

> 장ᄉᆞ가 쏘 씰씰 우스며 골아디 만일 ᄌᆞ유로 결혼ᄒᆞᄂᆞᆫ 법을 허락ᄒᆞ오면 부인은 의중 지인이 과연 누구오닛가 반약과 두목지 ᄀᆞᆺ흔 사ᄅᆞᆷ이 어디 잇ᄉᆞᆸᄂᆞ잇가 미인이 골ᄋᆞ디 션싱의 말ᄉᆞᆷ이 그러ᄒᆞᆯ진디 쳡의 흠양ᄒᆞ여 욕심 내ᄂᆞᆫ 사ᄅᆞᆷ은 션싱이 알듯ᄒᆞ오이다
>
> 덕힝이 절등ᄒᆞ고 지식이 초월ᄒᆞ고 인ᄌᆞᄒᆞ고도 어리셕지 안코 위엄스러워도 사오납지 아니혼 사ᄅᆞᆷ이온디 그 사라마은 당쟝 이 자리에 안져 셔로 말ᄉᆞᆷᄒᆞᄂᆞᆫ 손님이라ᄒᆞ고 가느다른 손으로 귀밋츨 만지며 쏫ᄀᆞᆺ흔 얼골이 붉으스럼ᄒᆞ여 붓그럼을 스스로 이긔지 못ᄒᆞᄂᆞᆫ지라31)

---

30) 국문판『대한매일신보』는『국치전』,『매국노』를 매우 장기간 동안 연재했다. 이 두 소설 모두 공통적으로 계몽성과 재미를 가지고 있다. 대중의 흥미를 끌만한 요소를 목록화해 보면 ① 연애담―계몽이 중심이지만 상당수 연애담이 존재, ② 뚜렷한 선정적, 혹은 감정의 표현, ③ 여성의 의식에 대한 변환, ④ 남성들이 여성을 대하는 태도의 변환, ⑤ 대리 만족 : 여성들의 진취적 활동, ⑥ 흥미, 신문소설의 수법 등을 들 수 있다.

31) '뎨륙뎍 희롱ᄒᆞᄂᆞᆫ 말',『국치전』49회분,『대한매일신보』, 1907. 10. 2.

국치를 찾아온 죽지는 밤늦게까지 술을 마신다. 자유연애에 대한 이야기를 나누면서 국치는 자유연애로 결혼하려면 여자의 교육을 힘써야 한다고 말한다. 즉 자유연애에서 나오는 정욕에 의한 결혼의 폐단은 여자의 불학무식 때문이라고 설명한다. 그러면서 둘 사이에는 희롱하는 말이 오가는데 국치는 자유로 결혼한다면 누구를 선택하고 싶냐고 단도직입적으로 죽지에게 묻게 된다. 죽지는 연설회 날 밤에도 국치를 찾아왔으나 밤이 너무 늦어 거절당한 경험이 있었다. 따라서 이미 국치는 눈치를 채고 물어본 것이라 할 수 있다. 죽지는 매우 적극적으로 국치에게 수작을 걸었으며, 위의 부분 역시 '부끄러워한다'는 어휘로 방패를 치고는 있으나 여전히 적극적으로 국치에게 고백하는 것을 볼 수 있다.

사실 한 남자와 세 여자의 사랑 싸움과 시기, 질투는 매우 흥미로운 요소이다. 또한 고림, 야만, 우산 세 사람이 등장하면서 청춘남녀의 상황은 더욱더 얽혀들게 된다. 사실 죽지와 국치가 늦은 밤까지 행한 술자리가 이들에게 들키고 이들이 국치를 죽이려 간계를 꾸미게 된다. 이러한 면은 매우 자극적이면서 동시에 그 다음 상황 전개에 대해 궁금증을 유발하는 것이라 할 수 있다.

> 요셔ㅣ 손을 내여밧고져ᄒ다가 홀연 손을 들어 율리의 향긔로온 ᄲᅡᆷ을 ᄒᆞᆫ 번 만지니 율리ᄂᆞᆫ 셩셰이후에 이런 희롱ᄒᆞᄂᆞᆫ 거슬 처음 지내여 보ᄂᆞᆫ지라 엇지 붓그러온 ᄆᆞ옴이 발ᄒᆞ지 아니ᄒᆞ리오 그러나 감히 엇지ᄒᆞ지 못ᄒ고 의구히 의ᄌᆞ에 안져셔 아모 말도 아니ᄒᆞ더라 요셔ㅣ 붓그러온 ᄆᆞ옴이 나미 스스로 ᄉᆡᆼ각ᄒᆞᄃᆡ 내 심히 잘못ᄒᆞ엿도다 심즁에 불안ᄒᆞ여 다른 말노 덥고져ᄒᆞ나 창졸에 무슴 ᄒᆞᆯ 말이 업ᄂᆞᆫ지라32)

주인공이 적군과 내통한 아버지의 죄를 갚으려 노력하는 『매국노』에서도 흥미롭고 자극적인 부분들은 존재한다. 위의 내용은 주인 요셔와 충실한 종인 율리의 연애담이 구체적인 접촉 행위를 통해 나타나고 있다.

---

32) 『매국노』 69회분, 『대한매일신보』, 1909. 2. 10.

율리의 여성성은 처음에는 그리 발현되지 못했다. 열심히 주인을 위해 충
성하는 모습만 나타나며 자신의 몸을 던져 주인을 구하는 등 여성이라기
보다는 충실한 남성 종의 모습을 하고 있었다. 1909년 1월 10일 49회부
터 율리가 자신의 주인 요서를 구하기 위해 몸을 던져 총을 막은 이후,
요서는 율리에 대해 연애의 감정, 혹은 미묘한 감정을 나타내기 시작한
다. 스스로도 이상하게 생각하는 요서는 그렇게 감정의 말을 표현하기 전
에 행동으로 먼저 그러한 모습을 보여주고 있다.

또한 『매국노』에서는 흥미 유발적 측면에서 '다음 호에 계속' 기법이
사용된다. 사실 『국치전』에서는 '다음 호에 계속' 기법이 아직 사용되지
는 못하고 있다. 분량 상으로 끊어질 뿐, 흥미유발적 측면에서 의도적으
로 재단되어 연재되고 있지는 않다. 이러한 면은 『매국노』에서 등장하는
것이라 할 수 있다.

> 데오회 로교ᄉ는 셜법후야 장례를막고 쇼남작이발싱을여효도를극진히ᄒ다
> 　이 칙을 보시는 일반 신ᄉ는 례ᄉ로이 보나 당시 요셔의 당훈 경우를
> 싱각홀진디 실노 만분위급함이 탄환이 총을 쩌나며 활살이 시위를 쩌남
> 과 ᄀᆺ흐니 엇지 일시 일각을 지체ᄒ리오33)
> 　엇던녀ᄌㅣ 겻흐로 지나ᄀᆫ디 비샹히 쩰니 가더니 어느덧 뎌여러촌민
> 들 가온디로 헷치고드러가니 촌민들도 쏘훈 놀내여 ᄌ연 좌우로 물너서
> 며 길을 열어주니 다만 그녀ᄌㅣ 그 쌀으막훈 남ᄌ에게로 다라드러 훈 뭉
> 치가 되여 셔로 뒹굴다가 그 남ᄌ가 거의 업더질 듯ᄒ며 그 손에 가진 단
> 총을 그 녀ᄌ가 쩨아스니 여남ᄌ와 녀ᄌ는 엇던 사롬인고 하회에 셜명홈
> 을 볼지어다34)

위의 글은 "이 칙을 보시는 일반 신ᄉ"라고 부름으로써 독자의 흥미를
환기시킨다. 또한 총을 쥐고 있는 남자와 여자가 부딪쳐 싸우는 장면에서
연재를 마치면서 "엇던 사롬인고 하회에 셜명홈을 볼지어다"라고 언급함

---

33) 『매국노』 43회분 연재중, 『대한매일신보』, 1908. 12. 31.
34) 『매국노』 51회분 연재중, 『대한매일신보』, 1909. 1. 15.

으로써 다음 회에도 볼 것을 종용한다. 이러한 면은『매국노』에서 '다음 호에 계속' 기법이 사용되고 있다는 것을 보여주는 것이다. 이 소설이 서양의 번역물임과 동시에 이미 일본과 중국에 번역된 것을 또다시 재번역한 것이므로 누구에 의해서 덧붙여진 것인지 알기는 어렵다. 그러나 이러한 '다음 호에 계속'의 수법은 조선의 소설가들에게 영향을 주었을 것이다. 또한 이러한 글을 보는 독자들 역시 흥미를 느끼며 글을 읽어나갔을 것이다.

결국『대한매일신보』가 의도한 국문 정책은 부녀자와 하층민, 노동자에게 계몽적 의도로 내세워진 것이었다. 이는 이 대중들을 교화하여 국민으로 호명하고 민족과 국가를 위해 헌신할 것을 요구하는 것이었다. 즉『대한매일신보』가 대중을 민족과 국가를 위해 희생하라고 강요했다기 보다는, 독립이라는 거대 담론 안에서 대중 자체의 욕망을 생각할 겨를이 없었다는 것이다. 따라서 애국심 고취와 독립 사상을 목적으로 하는 가운데 결과론적으로 대중의 욕망은 민족 정신 다음으로 밀릴 수밖에 없었던 것이다.

그러나 '국문'이라는 문자가 근대 매체를 통해 유포되면서『대한매일신보』의 원래의 계몽적 의도와는 달리 대중들은 자신들의 욕망을 개입시키는 수단으로 국문을 사용하게 된다. 결국 욕망이 개입되고 욕망을 즐기면서 대중이 향유하게 된 '국문'은, 계몽의 도구로서의 '국문'과는 전혀 다른 것이 되었다고 할 수 있다. 또한 이는 대중의 욕망을 공공의 장으로 이끌어낸 근본적인 역할을 했다고 할 것이다.

사실 이것은 '국문'과 '매체'가 만나면서 나타난 상승효과라고도 할 수 있다. 근대 매체는 신문의 의도와 독자가 함께 만들어가는 공간이다. 근대 매체로서의 신문이 계몽을 주장한다 하더라도 그것은 독자를 대상으로 해서만 가능하다. 즉 목적 자체가 독자의 계몽이라 할 수 있다. 그런데 독자는 이미 반응과 욕구를 가지고 매체를 대한다고 할 수 있다. 혹은 단순히 간접적으로 읽는 행위만 하는 것이 아니라 매체에 직접 참여하고 독자들 스스로 서로에게 그 욕망을 퍼뜨리기도 한다. 이러한 의미에서 볼 때, 신문사가 가진 계몽적 의도는 독자를 겨냥함으로 인해서 처음부터 대중성을 담지하고 있다고 할 수 있을 것이다.

결국 『대한매일신보』가 계획하고 유포한 계몽과 독자들이 느낀 흥미, 재미는 서로 대립적인 것이 아니라 결국 동전의 양면이었다는 것이다. 그것이 최대한 많은 독자들을 매개로한 근대 매체인 신문인 한, 이는 대중 지향적이라는 면에서 그 목적이 동일했던 것이다. 따라서 이러한 계몽과 대중의 욕망이 만난 장이 바로 1900년대 국문판 『대한매일신보』에 연재되었던 번안소설이었던 것이다.

5. 1900년대 신문번안소설의 대중성의 의미

『대한매일신보』의 논설의 내용은 독립 정신의 고취라는 측면과 더불어 일본의 문명성에 대한 모방 의식이라는 측면이 이율배반적으로 공존하고 있다. 이러한 면은 근대의 서양 민족주의의 영향 속에 나타난 것으로 저항적 민족주의를 형성하고자 했던 그 당대 지식인의 고민이 담겨 있는 것이라 할 수 있다. 당대 지식인들로 구성된 『대한매일신보』는 국문 정책을 통해 그 저항적 민족주의를 부녀자와 하층민, 노동자들에게까지 의식화시키고자 하였다. 즉 단일민족으로 같은 역사를 지니면서 같은 언어인 국문을 쓰는 근대의 국민으로 계몽하고자 했던 것이다.

그러나 이러한 계몽의 의도와는 다르게 문자는 자율적으로 변용된다. 근대 매체 속에서 유포된 문자는 쉽고 가벼운 언어로 표기되고 언설되어 대중들이 쉽게 국문을 향유할 수 있게 만들었다. 개화기 이전의 언어는 대체로 지배층과 학식층의 언어였다. 따라서 말하는 언어와는 별개의 계급화되어 있는 범접할 수 없는 언어였다고 할 수 있다. 그러나 국문은 대중의 입말언어의 체화(體化)였다. 조선후기까지 대중의 입말언어는 뒤안,

여염집 방안에서 음성적으로 유통될 뿐이었다. 그러나 『대한매일신보』의 국문 정책은 국문이라는 이름의 대중의 입말언어를 공공 매체 속에 드러나게 만들었다. 이는 그 누구나 공공의 장에 참여할 수 있게 된 것을 의미한다.

이렇게 『대한매일신보』의 계몽적인 국문 정책과 국문을 향유하는 독자 대중의 욕망이 접합되어 나타나는 장이 바로 신문번안소설이라 할 수 있다. 일반 대중을 교화, 계몽시키고자 시도한 국문 정책이 실현된 장이 신문번안소설인 만큼, 번안소설은 계몽이라는 과제와 독자의 흥미 유발이라는 양면을 모두 감당해야 했다.

이러한 때에 『국치전』과 『매국노』는 장기간 연재하면서 독자들의 흥미를 붙잡아 두어야 했다. 따라서 두 신문연재소설은 문명과 계몽을 내세우면서도 대중의 흥미를 자극하며 대중의 욕망을 포섭해 내게 된다. 이러한 면은 국한문판과 국문판에 실렸던 『이순신전』 등의 역사전기물과는 전혀 다른 면이라 할 수 있다. 『국치전』의 경우 우리 신문연재소설 사상 처음으로 1년 가까이 연재되었다. 이는 1년가량 독자의 관심을 붙잡아 둘 수 있을 만큼 흥미로웠다는 것을 의미한다. 결국 신문번안소설은 독자와 교우하는 측면에서 독자의 욕망을 대리 만족시켜주는 장으로서의 역할을 했던 것이다. 『대한매일신보』 국문판에 실린 『국치전』과 『매국노』는 우리 신문번안소설의 첫 장기 연재로서의 의의를 가지며, 1910년대 이후 대중적인 신문연재소설의 첫 기수라 할 수 있을 것이다. 이러한 면은 지식인들이 요구한 민족 정신 교육과 계몽 의도와는 어긋난 부분이라 할 수 있다.

결국 근대 매체의 국문 정책은 자체적으로 생산되고 있던 대중의 욕망을 공공의 장으로 나오게 한 것이다. 이러한 면에서 1900년대의 『대한매일신보』의 국문 정책과 신문연재소설은 매우 중요하다. 그 전 시대까지 지식인들의 향유 문화와 일반대중의 향유 문화가 명백히 분리되어 있었다면 1900년대는 이 둘의 향유 문화가 접합되고 근대 매체를 통해 공시화되기 시작한 지점이라 할 수 있다.

국민으로 호명하고자 시도한 국문의 권장과 여성 교육의 강조는 하층민과 부녀자층의 의식을 드높이고 자신들의 욕구를 조금씩 분출해 내도록 만들었다. 이는 결국 1900년대 신문번안소설이 가지고 있는 저항성, 분열성으로 설명된다. 이것이 조선 후기로부터 이어져 온 개인의 욕망이 개입된 것이면서 동시에 1910년대의 분열적 의식으로까지 확장되어 간 것으로 볼 수 있다.

1910년대 지식인 잡지와 여성
-『학지광』과 『청춘』을 중심으로-

1. 근대 문학의 결여태로서의 여성

1910년대의 문학의 중요성이 대두됨에 따라, 이를 새롭게 조명하는 논의들이 대거 등장하고 있다. 특히 1910년대의 잡지의 영향력과 그 의의를 재점검하는 논의들[1]이 활성화되어 우리 문학사 내부에서의 1910년대 문학의 역할과 가치를 정립시키는 데 기틀을 마련하였다. 또한 연설·번역·편지 양식을 통해 1910년대의 근대적 글쓰기의 형성과정을 밝힌 권용선의 논의[2]와 여성이라는 기표를 사회적 맥락과 소설 속에서 읽어내고 있는 노지승의 논의[3]는 다양한 방식으로 1910년대를 밝혀낼 수 있는 가능성을 열어주고 있다.

---

1) 1910년대의 잡지에 대한 주목해 볼 최근의 논의는 한기형, 「최남선의 잡지 발간과 초기 근대문학의 재편」, 『대동문화연구』, 제45집, 성균관대학교 대동문화연구소, 2004. / 한기형, 「근대잡지와 근대문학 형성의 제도적 연관」, 『대동문화연구』, 제48집, 성균관대학교 대동문화연구소, 2004. / 이경훈, 「『학지광』의 매체적 특성과 일본의 영향1」, 『대동문화연구』, 제48집, 앞의 책 참조, 그 외에 독자문예란을 논의한 신지연의 「『청춘』의 독자문예란 연구」(『한국언어문학』, 제53집, 한국언어문학회, 2004. 12)가 있다.
2) 권용선, 「1910년대 '근대적 글쓰기'의 형성과정 연구」, 인하대 박사논문, 2004.
3) 노지승, 「한국 근대 소설의 여성 표상에 관한 연구」, 서울대 박사논문, 2005.

이러한 선행연구들은 『학지광』이나 『청춘』의 가치를 다시 부여하면서 그 중요성과 의의를 살려내고 있다. 그러나 1910년대 잡지 역시 긍정적인 면과 부정적인 면이 함께 공존하고 있다. 앞선 연구들이 1910년대 지식인 잡지[4]의 긍정적인 가치에 초점을 맞추고 있다면, 이 글에서는 1910년대 지식인 잡지가 은폐하고 있는 부정적인 부분을 밝혀내고자 한다. 즉 '여성'(주의)적 관점을 통해 당대의 잡지를 살펴볼 때 지식인 잡지의 또 다른 성향을 발견할 수 있을 것이다. 이는 엘리트 중심의 소설과 대중소설에 대해 선과 악이라는 획일적인 가치를 부가할 수 있는가라는 의문에서 출발한다.

근대의 담론 속에 가려진 여성을 1910년대 속에서 살펴보는 작업은 첫째, 민족담론 속에서 가려질 수밖에 없었던 여성을 밝혀내게 할 것이며 동시에 우리 문학사를 좀 더 객관적으로 바라보게 할 것이다. 둘째로 본 연구를 통해 우리는 1910년대의 우리 문학사의 여러 면모를 다각도에서 바라봄으로써 우리 문학이 성취한 것과 결여한 것을 동시에 성찰할 수 있는 기회를 가지게 될 것이다. 모든 결여태는 그대로 남겨지지 않는다. 이는 또 다른 운동의 시작으로서 자신의 결여를 채워나가게 된다. 따라서 1910년대의 근대문학의 태동 속에서 결여태를 밝히는 것은 1920년대의 새로운 운동의 연결고리를 잡는 작업이 되는 것이다.

이 글은 두 가지 문제의식에서 출발한다. 하나는 독자를 바라보는 신

---

4) 『청춘』과 『학지광』을 지식인 잡지로 보는 이유는 크게 세 가지로 제시할 수 있다. 첫째, 이 잡지의 주축 세력들이 당대 지식인이었다는 점이다. 『학지광』의 경우는 일본 유학 중인 지식인들의 잡지였기 때문에, 지식인들 외에는 들어올 수 없었다. 일종의 유학생의 친목지였다고도 할 수 있다. 『청춘』은 주축인 최남선과 더불어 『학지광』을 통해 자신의 이름을 알렸던 유학생들이 조선에 돌아오면서 대거 『청춘』에 자신의 글을 실었다. 둘째, 내용상으로도 학술이나 역사 등 지식인들이 주로 이해할 수 있는 수준의 내용이 실렸다. 일반인들도 쉽게 읽을 수 있었던 『매일신보』의 한글 면(3~4면)과 비교해 보면, 『청춘』이나 『학지광』은 훨씬 더 높은 수준을 요구했음을 알 수 있다. 셋째, 『학지광』이나 『청춘』은 상당부분 국한문이나 한문으로 쓰여 있어 지식인이 아닌 일반인들은 읽고 이해하기가 어려웠다. 따라서 이 글에서는 1910년대 『학지광』과 『청춘』을 지식인 잡지로 설명하고자 한다.

문과 잡지의 차이이다. 신문의 보편성과 잡지의 선택성에서 오는 대중성과 전문성 간의 틈이 그것이다. 이는 각각의 매체가 설정한 독자에 의해서 매체의 성격이 달라지는 데 기인한다. 특히 1910년대 지식인 잡지는 완전한 근대 잡지의 형태로 가는 도상에 있다는 측면에서 그 성격을 규명해볼 필요가 있다. 다른 하나는 여성 독자의 연계성의 문제이다. 이는 근대적 여성이 1920년대 초반에 갑자기 창출된 것인가라는 의문과 연관된다. 유학한 여성 지식인이 식민지 조선으로 돌아와 조선을 계몽시킴으로써 근대적 여성이 등장했다고 볼 것인지, 아니면 우리의 토대가 이들을 받아들이게끔 이미 형성되어 있었다고 할 것인지를 가늠하는 것이다. 다시 말해서 조선 후기 성행했던 소설의 여성 독자들과 개화기나 1910년대 여성 독자들, 그리고 1920년대 여성 독자들의 연계성에 대한 고민이라 할 수 있다. 이 두 가지의 문제의식이 접합되고 있는 부분이 여성 독자의 욕망, 혹은 여성 독자의 문면화(文面化)라 할 수 있다. 이를 짚어내기 위해서는 1920년대를 이끌어 온 1910년대의 식민지 조선의 토대를 먼저 점검해야 할 필요가 있다.

당대 유학생으로 식민지 조선의 지식인들이 펴낸 남성 중심 잡지인 『학지광』과 『청춘』을 '여성'의 코드로 다시 읽을 때, 근대 초기 조선의 문화적 토대는 또 다른 면모를 보여줄 것이다. 또한 이러한 지식인 남성의 여성에 대한 입장과 식민지의 수용자 대중이 어떠한 차이를 내포하는지, 그리고 그 차이의 의미가 어떤 식으로 1920년대 여성 문학 운동에 영향을 줄 것인지를 밝혀 낼 수 있다. 특히 1920년대는 여성 잡지의 대거 등장으로 여성 잡지와 남성 잡지의 분화 현상이 매우 강하게 나타난 때라고 할 수 있다. 즉 1910년대의 결여태의 작용이 그 다음 시대의 새로운 운동을 이끌어간다는 관점에서 1920년대의 여성 잡지의 대거 등장을 설명하고자 하는 것이다.

여성주의적 관점으로 읽을 때, 우리 문학의 지평은 또 다르게 읽힐 수 있다. 즉 1910년대의 지식인 잡지의 성향을 독자의 입장에서 살펴볼 것이다. 이를 통해 잡지가 가진 긍정적인 민족담론 이면에 감추어진 부정적인 면과 타자화시킨 대상을 분석하여 그 이유를 밝혀내고자 한다. 이 글에서는 1910년대 잡지가 가지고 있는 성향을 먼저 살펴본 후 그것이 잡지에 발표된 소설 작품들 속에서 내재화되는 상황을 분석하고 이를 독자의 입장에서 규명해 보고자 하는 것이다. 즉 성담론적으로 단순하게 분리된 여성 독자를 의미한다기보다는 독자로서의 대중이라는 입장에서 잡지를 바라보고자 하는 것이다. 이를 통해 지식인 소설과 대중 소설의 차이와 매체의 차이, 그리고 그것을 수용하는 대중에 의하여 새롭게 형성되는 식민지 조선의 토대를 살필 수 있을 것으로 기대한다.

2. 민족주의 담론의 이중성과 여성 계몽 담론

1910년대 조선인 발행 잡지는 일본에서 발간된 유학생 잡지인 『학지광』과 조선 내부에서 최남선에 의해 발간된 『청춘』이 그 대표적이라 할 수 있다. 『학지광』(1914. 4. 2~1930. 4. 5)과 『청춘』(1914. 10. 1~1918. 9. 26)은 모두 정간, 발매금지 등의 탄압을 받았고[5] 이러한 이력은, 이미 많은 논자들이 지적하듯이 이들 잡지가 가지고 있는 반일제적 혹은 민족주의적 성향을 보여주는 반증이라 할 수 있다.

『학지광』과 『청춘』에서 보이는 민족주의는 좀 더 세밀히 검토할 필요가 있다. 우선 이 민족주의의 개념 자체가 서양 민족주의에서부터 배태된 것이라는 문제이다. 물론 식민지 조선의 지식인들이 내세우는 민족주의는 서양으로부터 배워온 것이면서, 식민자에 대항하는 반제국주의라는

---

5) 『학지광』의 경우, 16년 동안 통권 29호밖에 간행되지 못할 정도로 일제에 의해 탄압을 받아 발매금지를 당했다. 『청춘』 역시 제6호가 나오자 <國是違反>이란 구실로 정간 당했고, 그 후 허가 취소를 당했다가 2년 후 1917년 5월 16일 속간하게 되었다. 그러나 결국 1918년 9월 16일을 마지막으로 일제의 탄압에 의해 종간하였다.

저항적 민족주의를 동시에 내포하고 있다. 이들 잡지 속에서 민족주의 담론은 교육의 문제 아래에 잠재해 있었다.6)

『청춘』의 주필인 최남선은 두 가지 점에 집중한다. 하나는 '서양 문명 배우기'7)이고, 다른 하나는 '조선 역사 다시 세우기'8)이다. 어떤 면에서 이 두 가지가 서로 이율배반적으로 보일 수도 있다. 그러나 그 이면을 볼 때, 서양주의라는 담론 속에서 배태된 동전의 양면이라 할 수 있다. 『청춘』에서 처음부터 주장한 교육은 모두 서양적인 문명을 배우자는 것이었다. 그런데 또 한편으로 조선 역사를 다시 쓰고자 하면서 삼국시대, 혹은 상고시대에 우리가 이루었던 영토확장과 민족정신을 강조하고 있다. 그러나 이것은 바로 서양에서 제국주의를 이루기 위해 정비한 두 가지 정신 즉 산업혁명을 통한 독단적 자본주의와 침략적 민족주의의 또 다른 표현이다. 제국주의화 되면서 서양에서 제일 먼저 한 일은 자신들의 역사를 재정비하여 국가 내의 민족정신을 고취시키고, 이를 통해 배타적인 민족정신으로 바꾸어 나간 것이었다. 따라서 이러한 민족주의는 다른 민족을 타자화하면서 자신들의 민족의 우월성을 강화시켜 나가는데 그 초점이 있었다.9)

---

6) 한기형은 「최남선의 잡지 발간과 초기 근대문학의 재편」에서 최남선의 인식이 "서구적 수준의 근대 창출과 식민지 해방은 필연적 상관성 속에 놓여 있었"으며, "근대의 창출이 없다면 식민지의 해방도 불가능"하게 여겼다고 보았다(한기형, 앞의 논문).

7) 최남선은 「아모라도 배화야」(『청춘』 1호, 1914. 10, 5면)에서 '무엇이든 닥치는 대로 배워야 한다'는 정언명제의 당위성으로 서양 문명 배우기를 강조한다. 실제로 『청춘』에는 매우 다양한 분야의 학술적 글이 실려 있다. 이는 이 모든 것들을 배워야, 우리가 좀 더 나은 세계로 갈 수 있다는 의미가 깔려 있다. 동시에, 「독일국」(『청춘』 2호, 1914. 11, 16면) 등을 통해 교육이 어떻게 서구 사회를 일으켰는지를 강조한다.

8) 최남선은 「稽古箚存」(『청춘』 14호)을 기고하는데, 이는 한국 고대사를 통하여, 우리의 민족정신을 불러오고자 한다. 한기형은 이를 "신화를 역사화하고 또 과장함으로써 민족국가 이데올로기 창출로 가게 된 것은 논리적 모순의 결과"로 설명한다(한기형, 위의 논문, 237면). 또한 최남선은 같은 호 별책에 「其人備官」이라는 제목으로 역대인물 銓衝儗案이라 하여 가상의 내각을 짜서 신기도 하였다. 이러한 시도들은 최남선이 가지고 있는 고대에 대한 향수로서, 보다 강력하고 정벌적인 국가를 희망하는 것으로 해석될 수 있다.

이러한 차원에서 미개한 구조선은 부정의 대상이 되었다. "과거가 만흔 것을 자랑하나 과거는 죽은 것이오 남이라"[10]라고 하면서, 현재 즉 오늘을 사는 나에게 어제의 나는 죽은 것에 불과하다고 보고, 과거와 단절을 선언한다. 또한 "현시 조선의 산업을 보아라 무엇 하나 이만하면 무던하다 할 것이 잇나"[11]라고 하면서 조선의 무능력함과 열등성을 강조했다. 이는 서양의 문명화 기준에서 조선을 바라보고 있기 때문에 나타날 수 있는 현상이다. 문제는 이러한 과거 부정, 조선에 대한 부정은 바로 조선총독부와 『매일신보』에서 노리던 것과도 유사하다는 데 있다.

> 泰西人은 遠○勿論이오 內地人의 生活程度로 見홀지라도, 個個히 勤儉을 是尙ㅎ야 量入計出ㅎ야 一分의 違越이 無홈으로 自然生活의 格足을 得ㅎ지라. (중략)
>
> 朝鮮人은 其知力이 內地人에 不及ㅎ고 其 衣食住는 反히 內地人보다 增加ㅎ니 엇지 可憫치 안이ㅎ리오 現時朝鮮人의 財産으로 言홀진더, 能히 自手에서 出훈 者가 幾何나 되겟나뇨…
>
> 嗚呼!라 一般朝鮮人은 朝鮮人의 生活程度룰 守ㅎ야 各種進步가 充滿ㅎ면 可히 他의 衣ㅎ는 바룰 衣ㅎ며, 他의 食ㅎ는 바룰 食ㅎ며 他의 住ㅎ는 바에 住홀지니 妄想으로 文明列邦의 皮相만 模習홈이 卽 奢侈의 弊害라 ㅎ노라[12]

『청춘』에서 보이던 서양 문명의 긍정과 구조선의 부정은 같은 시기 『매일신보』 사설의 내용과도 매우 흡사하다. 조선인의 사치한 생활상과 겉모습만 따라하는 피상적 모방을 비판하면서, 조선을 일본과 비교하고 있다. "舊日의 腐敗한 思想을 革袪ㅎ고 今日의 新鮮훈 思想을 注入"[13]해야 조선

---

9) 이 지점이 최남선이 「稽古箚存」의 '상고개관'에서 "以上二千年의 準備로써 朝鮮의 歷史—비로소民族的活動과 國家的發展을 記載하게되엇도다"라며 언급한 것과 연계된다 (「稽古箚存」, 『청춘』 14호 稿本, 1918, 53면).

10) 유영모, 「오늘」, 『청춘』 14호, 1918, 37면.

11) 임경재, 「청년의 自覺을 따함」, 『청춘』 14호, 1918, 89면.

12) 「文明國의 皮相만 模習홈이 不可」(사설), 『매일신보』, 1914. 7. 2.

13) 「新思想의 注入」(사설), 『매일신보』, 1910. 8. 31.

의 과거를 청산하고 신문명으로 갈 수 있다는 것이다. 이는 일본이 선진문
명국이라는 점이 전제되어 있는 것이라 할 수 있다. 이에 반해, 조선의 열
등성은 더욱 강조되고 있다.

1917년 6월에 간행한 『청춘』 8호에 何夢 이상협의 「咸興陸行陪從記」부
터 민태원, 선우일까지 『매일신보』의 주간들이 『청춘』에 참여하기 시작
한다. 1915년 『매일신보』의 편집장이었던 선우일, 1915년 연파주임과
1918년 편집과장을 지낸 이상협, 1918년 사회과장을 지낸 민태원 등 『매
일신보』의 주체세력들이 잡지 『청춘』에 글을 실었던 것이다.

> 오인은 오인의 일생으로써 우주에 擊(격)하고 氣息이 一日을 통하면 一
> 日의 所謂事를 勉勵할 의무가 유하니 優哉ㄴ뎌 悠哉(유재)ㄴ뎌 오인은 광
> 음을 徒費(도비)할 것이아니나 반다시 과거를 情婦와 如히 戀戀할것이 아
> 니니라 死者로하야곰 死者를 葬케하라하니 是豈達人(시기달인)의 大觀이
> 아니리오[14]

『청춘』 13호에 실린 선우일의 글은 먼저 실린 하몽의 기행문이나 우보
의 조류에 관한 글과는 달리 정치적인 문제를 다루고 있다. 즉 그는 위의
글에서 과거는 죽은 자일 뿐 더 이상 연연해할 필요도 없고, 죽은 자로
하여금 죽은 자를 장사지내라는 것으로 강하게 과거를 부정하고 있다. 이
를 구조선과 당대 현실인 일제 치하 식민지 조선으로 놓고 볼 때, 선우일
의 주장은 매우 친일적이라 할 수 있다. 구조선에 대해 연연해하는 것은
과거 잠깐 놀았던 情婦로 표현하면서, 과거 정부(情婦)에 대해 연연할 문
제는 아니라는 식으로 논지를 전개한다. 또한 이미 구조선은 죽은 것으로
표현된다. 장례 지내면 그만이지 그것에 더 이상 매달려서는 시간만 아깝
다는 것이다. 문제는 이러한 선우일의 주장이 『청춘』에서 주장하는 신문
명에 대한 극찬과 기대, 배움에의 의지라는 측면과 매우 유사하다는 것이

---

14) 鮮于日, 「光陰可惜胡」, 『청춘』 13호, 1917. 4, 10면.

다. 즉 『청춘』에서 주장하는 구조선에 대한 부정, 그에 더 나아가 저주까지 하는 행태는 신문명을 따라가야 한다는 당위론에서 출발된 것이다. 물론 『청춘』에서 근대화와 문명화를 주장하는 데에는 부국강병과 빼앗긴 나라에 대한 반성에서 나왔을 것이다. 그러나 이러한 조선에 대한 반박은 필자들의 민족 계몽적 의도에도 불구하고 선우일과 같은 『매일신보』의 주간, 혹은 조선 총독부의 주장과 매우 닮아 있다.

자의든 타의든 간에, 『청춘』에 매일신보의 주체 세력들이 대거 글을 싣고 있다는 것은 『청춘』 역시 일제에 의해 견제되고 있다는 의미이거나, 『청춘』이 스스로 그들에게 글을 부탁해서 자신들이 규제 대상에서 풀려나기를 바라는 의도였을 수도 있다. 그런데 『매일신보』가 지닌 친일적 제국주의적 성향과 『청춘』이 가진 저항적 민족주의적 성향은 그 목표가 전혀 달랐다. 그럼에도 불구하고 서양적 민족주의라는 측면과 문명화에 대한 욕구의 측면에서 서로 닮아 있기도 했던 것이다.

> 가장 健康한 身體에 가장 명철한 두뇌를 가지고져함은 누구나의 소원일지오 또 될 수 잇는 대로 병자 약자 불구자의 수를 소히하야 국민의 행복을 증진하며, 될 수 잇는 대로 강건한 신체에 천재를 겸한 국민을 산출하야 국가장래의 維持繁榮을 圖코져함은 어느 나라나의 소원이리라 (중략)
> 民種改善의 眞理想을 達함에 가장 安全하고 希望만흔 方策은 敎育에 依하야 各個人으로 하여금 民種改善의 必要를 알게하며 結婚에 際하야 男子는 女子를, 女子는 男子를 擇하되 一時的迷或은 風采態度(풍변태도)에 迷或하지 안코 理智의 引導에 의하야 선택하도록 함에 在하다[15]

서양적 제국주의[16]와 피식민자의 저항적 민족주의가 혼합된 채 식민

---

15) 「民種改善學에 就하야」, 『학지광』 15호, 1918. 3, 47·53면.
16) 이 글에서 사용하는 서양적 제국주의라는 의미는 서양 민족주의의 발흥을 통해 제국주의로 확산되어갔던 근대의 민족주의를 의미한다. 따라서 서양적이라는 용어는 서양의 제국주의적 경향을 강화하기 위해 덧붙인 것이다. 따라서 이 글에서는 서양적 제국주의와 서양 민족주의를 거의 비슷하게 사용하고 있으며, 특히 식민지를 건립하고 확장 정책을 펴는 민족주의의 경향을 강조하고자 서양 민족주의 가운데에

지 지식인에게 내재화된 민족담론은 국민생산의 문제로 관심이 전환된다. 여기에 바로 '여성'에 대한 입장이 개입되고 있다. 『학지광』 15호의 편집진에 의해 집필된 위의 글은 피식민지 지식인들의 자가당착적 성향을 여실히 보여주고 있다. '배움' 속에 식민지 조선에 대한 울분이 감추어져 있지만, 또 한편으로는 약한 조선, 배우지 못한 조선에 대한 경멸과 환멸 역시 동시에 가지고 있었던 것이다. 따라서 이는 서구와 같은 좀 더 강한 국가 혹은 일본을 닮고자 하는 욕망으로 바뀌게 되고, 그러기 위해서 좀 더 강력한 국가 형성을 위한 우성 집단의 양성에 초점을 맞추게 되는 것이다.17) 결국 이는 국가관에 예속된 결혼관을 보여준다. 특히 민족의 종족 개선이라는 취지에서 병자나 불구자를 없애고 건강한 국민으로 바꾸고자 하는 것은, 제국주의 혹은 전체주의적 발상이라 할 수 있다. 따라서 개인이 말살되고 국가로 귀속되면서 결혼 역시 개인의 감정과 개인의 권리라기보다는 개인에 앞선 국가라는 측면에서 논의되기에 이른다. 건강한 국민을 양성하고, 낳아 기르는 데 그 목적이 있음으로써 결혼 역시 국가 정책의 수단이 되고 만다. 이것은 일제의 정책과 맞아 떨어지는 부분이다.18) 결국 결혼은 국가에 이바지할 국민을 형성하는 매개로, 감정에 의해 결정될 것이 아니라, 理智에 의해 판단하여 종족 보존과 진화에 이바지해야 하는 것이다. 따라서 이미 '여성'은 국가라는 담론 속에서 '국민'이라는 의무를 진 존재에 불과하게 된다.

　서도 제국주의라는 용어를 직접 사용하였다.

17) 이광수 역시 「자녀교육론」(『청춘』 15호, 14면)에서 민족주의가 발달된 시대에 부모는 자녀를 "「내 아들」이라고 생각하지 아니하고 「내 종족의 일원」이라고 생각"해야 한다고 주장한다. 그 역시 근대 국가에서 개인에 우선하는 국민 양산에 더 가치를 두고 있다.

18) 『매일신보』는 특히 이러한 일제의 여성 교육 문제를 매우 크게 다루고 있다. 일제의 정책적인 현모양처 교육은 강력한 국가 건설이라는 목표로 이루어졌다. 『매일신보』 여성교육에 관한 정책은 전은경의 「조일재 신문연재소설에 나타난 근대적 여성관」(『현대소설연구』 23집, 2004. 9) 343~345면 참조.

실로 교육근원을 생각하면 아동성질의 적합한 가정교육을 施함에 구할
지니…天이 斯民을 降할 時에 育兒敎兒의 機能은 母氏의 職分으로 定하얏
스니 天賦를 엇지 違反하리오 세간에 대업을 立하고 偉勳을 成한 영웅호
걸이 그누가 慈母의 纖手保育으로 출치 아니하얏스리오 然前慈母가 育兒
함은 장부가 경세하기보다 위대하다 하리니 (중략)
　여자의 부형 제씨는 再思三省하고 여아교육을 勿怠하야 후일 賢母良妻
가되어 행복적 가정을 조직하고 문명적 가정을 조성하야 悲境에 勿陷케
할지어다[19]

따라서 위의 인용대로, 근대 여성은 국가주의 혹은 민족주의의 틀 속
에서 건강한 국민의 양성이라는 임무를 띠게 된다. 조동식이 말하는 현모
양처는 『매일신보』의 여성 교육 혹은 현모양처 교육과 매우 유사하다.
"여자라도 샹당훈 학문이 업스면 도뎌히 남의 안히 노릇도홀 슈 업"는
측면이나 "녀학교에셔는 본리 학싱의게 학문을 가라침보다 힝실을 가라
치기롤 쥬장을 삼아 힘을 씨는바라"[20]라고 행실교육을 강조하는 『매일신
보』의 현모양처 담론처럼 강한 국가 형성을 위한 수단으로써 여성을 호
명하고 있는 것이다. "良夫賢父의 敎育法은 아즉도 듯지 못 하얏스니, 다
만 女子에 限하야 附屬物된 敎育主義라"[21]고 주장한 나혜석의 글과 비교
해 볼 때, 남성 지식인의 한계를 볼 수 있다. 나혜석은 양부현부가 없는
데도 양처현모가 주장되는 것은 상업적이고 권력적인 일게책에 불과함을
간파하고 있다. 그러나 남성 지식인은 민족주의 담론 속에서 하위 수단으
로서만 여성을 바라보고 있는 것이다.

그런더 언니의 편지중 「여자는 허영심이 富호오 욕심이만소 이거시 큰
걱정이오」 호는 말솜에 큰 자극을 밧앗쇼이다 (중략) 우리의게도 급훈 디
로 위선 몃가지 욕심을 가진 후에야 사업을 할 수 잇다호오

---

19) 조동식, 「여자교육의 급무」, 『청춘』 14호, 94면.
20) 「女兒의 學校敎育의 可否」, 『매일신보』, 1914. 10. 27.
21) 나혜석, 「理想的婦人」, 『학지광』 3호, 1913, 13면.

일은 조선 여자도 스람이 될 욕심을 가져야겟쇼 (중략)
이는 자기 소유를 민들냐는 욕심이 잇셔야겟쇼
삼은 활동할 욕심을 가져야겟쇼 (중략) 우리가 욕심을 닉지 아니ᄒ면
우리 자손들을 무어슬 주어 살니잔 말이오. 우리가 비난을 밧지 아니면
우리의 역사를 무어스로 꿈이잔 말이오.[22]

위의 글은 교육받은 여성들이 빠질 수 있는 현모양처론에 대한 반박으로 읽혀질 수 있다. 근대적 교육을 받은 여성이라 할지라도 한 쪽은 도리어 유교적 여성, 현모양처의 면모를 보여주고 있는 반면에, 다른 한 쪽은 남성들로부터 비판을 받는다 하더라도 여성이 여성 스스로의 욕심을 가지고 제대로 일을 해내어야 한다는 쪽에 서 있다. 즉 여성의 양쪽 모습을 보여주고 있는 것이다. 또한 이는 여성들 스스로의 고민과 토론을 볼 수 있는 글로서, 사람들의 비판보다는 여성들 스스로가 스스로의 관습과 규율에 갇혀 있다는 것을 깨닫고 깨어야 한다는 것을 주장하고 있다.

정리해 보자면 남성 논설에서의 여성 계몽 담론은 국가와 민족에 예속된 결혼관을 통해 우성 민족 양성에 따른 현모양처의 여성 교육에 초점이 맞추어져 있다. 그런데 여성 논설에서 보이는 담론은 그러한 남성과 민족주의에 의한 현모양처 담론의 불합리성을 비판하면서 현모양처 담론을 유포하고 강요하는 남성과 그 담론을 따르는 여성들에 대해 날카로운 일침을 가하고 있다.

일본 자체가 서양을 전범으로 삼고 그러한 서양적 제국주의를 펼치고 있었기 때문에 조선 지식인들이 서양 민족주의를 전범으로 삼게 된다면 일본 식민주의와 맥을 같이하게 되는 것이다. 따라서 문명성에 대한 주장으로 나타나는 여성 교육 역시 이와 전혀 다를 바가 없다. 특히 남성 지식인들, 일본 유학생 지식인들의 여성 계몽 담론은 여성을 타자화한다. 여성은 남성에 의해 교화되어야 할 대상으로 상정될 뿐이다. 특히 민족을

---

22) C.W 생, 「雜感-K언니에게 與함」, 『학지광』 13호, 1917. 7. 19, 67면.

앞세우는 담론 앞에서 여성은 그 거대담론 하위에 위치하게 된다. 따라서 여성의 평등이나 성적 자유를 주장하는 것은 민족 내에 분열을 일으켜 민족을 배반하는 행위가 되었다.[23] 서양적 제국주의, 침략적 민족주의는 절대적인 하나를 위해 그 거대담론을 위해 모든 하위 주체를 희생시킨다.[24] 차이와 타자는 철저히 배척된다. 이것은 그들이 원하든 원하지 않든 간에 1910년대『학지광』,『청춘』잡지 안에서도 일어나고 있었던 사실이다.

『청춘』의 여성 담론과『매일신보』의 현모양처 담론은 매우 유사하다. 이미『청춘』혹은 남성 지식인 혹은 유학생의 사고는 서양 민족주의의 틀을 전범으로 삼고자 하였다. 이는 바로 일본 식민주의의 출발점이기도 하다. 지식인들에 의해 무시당한 1910년대의 여성들의 욕구불만은 1910년대의 한계이자 결여태이면서 동시에 1920년대를 이끌 또 하나의 움직임을 형성해가기 시작했다.

---

23) 이지명(『넘쳐나는 민족 사라지는 주체』, 책세상, 2004, 140~141면)은 여성이 민족의 구성원이 되기 위해서는 생식, 가족, 국가를 위한 성으로 위치할 때에만 가능했고, 이를 거부할 경우 '반민족적인 범죄자'로 몰렸다고 설명한다. 민족 담론 속에서 여성은 현모양처라는 모성으로서만 존재할 뿐, 자신의 욕망으로서의 성은 말할 수 없는 존재였다. 제국주의든 혹은 제국주의에 반대하는 저항적 민족주의든 이러한 억압은 동일했다.

24) Hans Kohn은「민족주의 개념」에서 "민족주의의 성장은 일반 민중을 공통의 정치적 형식으로 통합하는 과정"으로 설명한다. 따라서 민족주의는 현실로서든 하나의 이상으로든 경계가 뚜렷하고 규모가 큰 영토를 가진 중앙집권적 정부형태의 존재를 전제로 했다는 것이다. 또한 Ernest Gellner는「근대화와 민족주의」에서 민족에의 소속을 갖는 것은 자연스럽거나 보편적인 것이 아니며, 민족들의 욕구가 민족주의를 창출하는 것이 아니라, 민족주의가 민족을 창출한다고 설명한다. 이는 결국 민족주의의 이념적 성향이 근대화와 함께 민족을 창출했다는 것을 의미한다. 따라서 민족주의는 하나의 중앙 이념, 공통의 정치 이념 아래에 다른 의견들이나 차이들을 배제시켰던 것이다(Hans Kohn, 박순식 역,「민족주의 개념」, 백낙청 편,『민족주의란 무엇인가』, 창작과 비평사, 1981, 18면 참조. / Ernest Gellner, 백낙청 역,「근대화와 민족주의」, 같은 책, 132면 참조).

3. 관습과 민족에 갇혀있는 여성

1) 〈현상문예〉를 통해 본 『청춘』의 여성상

『청춘』의 〈현상문예〉는 새로운 전문작가의 등용문의 역할을 함으로써 이 모집을 통하여 주요한, 이상춘, 김성진, 김명순, 김동환 등의 역량 있는 작가들이 대거 진출했다.[25] 최남선과 이광수의 시각이 이들을 등용시켰기에, 이 작품들 속의 여성상을 살펴본다면, 『청춘』의 여성상 역시 볼 수 있을 것이다.

> 그리하고 歐洲戰爭으로 因하야 染料가 대단히 빗사졋스니 이틈을 타서 工場을 設立하야 染料를 製造하면 큰 利益을 볼 것이오 그리하면 自己의 집 財産이 一二年貞內姬에 回復되겟다는 말까지 하얏다 치명의 부친은 「아모쪼록 힘써 보아라」 말하고 치명의 모친은 「그러케 되면 작히나 조켓늬」 말하얏다 치선의 무릅에 안졋든 貞姬는 「옵바 그러거든 나 신 한켤네 사 주오」라 하얏다 방안에서 일시에 우섯다 치선은 고개를 숙이고 실심한 듯이 안졋다가 정희의 하는 말을 듯고 비로소 빙그레 우섯다 (중략) 치명은 밥을 먹다가 삼년 전에 털보선생님의 집에 처음 가든 날 행랑에 잇는 노파가 자기를 보고 웃든 일을 생각하얏다 그리하고 쌀쌀 우섯다 여러 사람은 치명의 웃는 싸닭도 모르고 짜라서 우섯다
>
> ―『청춘』11호, 53면

이광수에 의해 현상공모 단편소설의 장원으로 뽑힌 이상춘의 「岐路」(『청춘』11호, 1917. 5)는, 현대 문명을 받아들이는 것을 거부하는 한 몰락하는 가문에서 주위의 권유에 의해 그 아들 문치명이 서울로 유학가는 이야기를 그리고 있다. 그런데 내용상으로 볼 때, "工夫를 잘해서 그 사람들과 가치 文明의 利器를 發明하도록 하야라"(41면), "자기를 더와 가치 파

---

25) 〈현상문예〉의 의의와 등단 작가들에 관한 내용은 한진일의 「근대 단편소설의 형성과정 연구」(성균관대 박사논문, 2002), 58~75면 참조

괴하고 새로히 자기를 건설하여야 하지 아니할가 하는 생각이얏다 전일의 낡은 자기로는 도저히 될 수 업슴을 깨다랏다”(42면)고 하면서 구조선에 대한 거부와 신문명, 교육에 대한 예찬이 주류를 이루고 있다.

또한 신문명과 교육에 대해 문외한 구조선적 습관에 대해 맹렬히 비판한다. 이러한 생각은 처음 서울의 노파가 문치명을 보고 웃은 것이나 자신이 서울 유학 후 다시 돌아와 자신의 가족들을 보면서 웃는 것이나 같다는 식으로 전개된다. 즉 문명한 서울에 의해 열등한 존재, 타자였던 문치명이 공부를 끝내고 시골로 내려왔을 때에는 문명한 서울의 입장에서 구조선과 시골을 다시 타자화시키고 있는 것이다.

여기에서 좀 더 생각해 볼 것은 공부와 사업을 연계시키는 발언을 신명나게 하고 있던 치선이 왜 갑자기 “실심한 듯이 안졌다가 정희의 하는 말을 듯고 비로소 빙그레 우섯”는가 하는 것이다. 그렇게만 되면 오죽 좋겠느냐는 구세대의 말 속에서 구조선적 모습에 대한 회의를 느꼈다고도 볼 수 있을 것이다. 그러나 공장을 열고 성공하게 되면 신을 사달라는 여섯 살짜리 자신의 여동생의 말을 통해, 그는 서울에 처음 갔을 때 자신을 보고 웃던 노파의 ‘웃음’을 떠올린다. 여동생을 보고 웃은 웃음과 서울에서 자신을 향해 웃던 문명한 서울의 웃음, 그리고 마지막에 자신이 웃은 웃음은 조금씩 의미가 확장되고 있다. 이는 구조선에 대한 답답함과 부정에서 시작되어, 철모르는 어린아이인 여동생의 말을 통해, 조선인이 바로 이러한 어린아이와 같다고 생각하게 된 것이다. 이러한 깨달음 후에 웃는 웃음은, 먼저 된 자로서 또는 가진 자로서의 시혜적, 교육적 사명감으로서 배태된 것이다. 자신이 가르쳐야 할 조선, 바꾸어야 할 조선은 어린아이, 여자, 구조선인들이 그 대상으로 설정되어 있는 것이다.[26]

---

26) 노영덕이 직조공장을 설립한 경우(같은 책 44면)에도, “빈민을 직공으로 모집하야 생계를 도모”하는 등, 공장의 설립이 소유자의 이윤을 추구하는 것으로 묘사되기보다는 사회사업의 일환인 양 표현되고 있다. 이것은 구체적인 상황의 인식이라기보다는 문명화에 대한 욕망과 반성없는 기대가 불러일으킨 환상을 표현한 것이다.

그네들의 눈에는 아모 열도 업소 아모 감정도 업소. 다만 그저 먹고 닙기밧게 할 것이 업는가 보오. 나는 다시 가고저 함내다. 참으로 견댈 수 업소. 그네들은 밤낫 울기만 하오. 밤낫 걱정만 하오. 밤낫 중얼거리고 잇소. 참으로 견댈 수 업소. 숨이 맥히는 듯하오. 새 길이 생기고 새 집이 생겻다 하지만은 참으로 새로된 것은 하나도 업소. (중략) —쏘다시 도랄올는지도 알 수 업소. 언제나 그네들이 참 이해를 가질는지 알 수 업소 나는 이 쌍을 저주하고 써나려 하오. 나의 부모의 쌍 나의 祖先의쌍 이 쌍을 저주하려 하오.27)

副를 받은 주낙영의 「마을집」에서도 구조선상, 문명을 도외시하는 구습 사회에 대한 비판이 강하게 드러난다. 창호는 먹고 입는 것만 걱정하는 조선의 모습에 염증을 느끼며 조선 땅을 저주하기까지 한다. 조선인의 피폐함이나 경제상에 대한 고민 없이 조선이 무식해서 문명의 중요성을 잘 알지 못한다는 정도로만 비판하는 데 불과하다.

현상공모에서 1위와 2위를 한 이상춘의 「기로」와 주낙영(주요한)의 「마을집(농가)」은 모두 이러한 문명에 대한 극단적 옹호와, 구조선에 대한 극단적 배격과 부정이 주를 이루고 있다. 특히 식민지 조선에 대한 이해보다는 조선인의 무식함에 더 초점이 맞추어져 있고 조선인이 야만인임을 스스로 인정하고 명명화하고 있는 듯이 보이기도 한다. 결국 『청춘』에서 현상문예를 선정할 때, 교훈성을 배격함에도 불구하고 신사상의 맹아를 강조하고 구사회의 계몽을 촉구한다는 것은 아이러니가 아닐 수 없다.28)

---

27) 주낙영, 「마을집」, 『청춘』 11호, 1917. 5, 62면.
28) 이광수는 「懸賞小說考選餘言」(『청춘』 12호, 1917. 3)에서 김명순의 「의심의 소녀」가 교훈성을 완전히 벗어나 있다고 평하면서도(위의 글 99면), 이상춘의 작품을 대상으로 뽑았다. 물론 김명순의 소설이 가진 구조적 한계도 있겠으나, 이상춘이 보여주는 시혜적 지식인상을 더 중시하는 의식이 그 속에 있는 것이다. 김명순의 소설 「의심의 소녀」는 다음 절에서 논의할 것이다.

2) 남성 작가들이 조형한 민족과 동일시된 여성

식민지 지식인이라는 전제는 당대 남성들에게 큰 짐이 되었을 것이다. 식민지화된 조선과 그것을 해결할 방안에 대한 고민이 그들을 누르고 있었다. 그 당대 지식인 작가들 역시 최고의 엘리트로서 그들 자신의 역할에 대해 고민하고 있었다. 그 가운데 그들이 이루어낸 제국주의에 대한 대항으로서의 민족주의, 근대화의 탐구, 교육의 확대 등의 주장들은 그 의의가 상당하다고 할 수 있다. 그러나 시대가 그들에게 안긴 한계 역시 간과할 수 없다. 그 한계 속에 '여성'이 존재하고 있다.

> 다만 한마대 苦言으로써 奉贈(봉증)할 것은 사람이 눈으로는 하늘을 처다보지마는 발은 쌍을 쩌나지 못함을 아시라 함이니 쉽게 말하면 萬般 思行이 도모지 實地와 現勢와 目下의 요구와 당연한 질서를 무시하지 못함을 늘 염두에 두라 함이오 더 절실히 말하면 순리로 빗가지 말고 공상에 빠지지 말고 남의 집 醬(장)맛 걱정하지 말고 금일조선의 여자문제를 정면으로서 쏘 착실히 연구하시라 함이라 이제 諸姊(제자)는 경험 업는 생무지 군인이 일편의기만 가지고 전진을 향하야 突進함과 가트니 의기의 격하는 바에 혹 常軌(상궤)에 버서남이 잇기로 그다지 허물이 되리오마는 모처럼 諸姊의 귀중한 정력이 일반분이라도 실효가 더 잇도록 하자면 모든 문제의 전제로 늘 「今日朝鮮」 四字 혹 「그요구」까지의 七字를 명심하시란 말슴을 提醒(제성)치 아니치 못하노라[29]

동경에서 유학중인 여성들이 자신들의 잡지 「여자계」 제1호[30]를 간행

---

29) 「女子界」, 『청춘』 10호, 1917. 9, 11~12면.
30) 『女子界』는 재동경 조선 유학생 학우외의 기관지인 『학지광』의 여성판이라 할 수 있다. 또한 이 당시 『여자계』는 남성의 도움이 절대적이었던 잡지였다. 1915년 4월에 여자 유학생 친목회가 결성되었고, 1917년 이들을 주축으로 『여자계』가 발간되었음에도 불구하고 남성 필자 수가 매우 많을 수밖에 없었다. 남성 필자가 많았음에도 불구하고 『청춘』의 필자가 『여자계』를 향해 경고하는 것은 얼마되지 않는 여성 필자일 지라도 남성필자가 보기에 매우 급진적인 내용이 있었음을 보여주는 반증이라 할 수 있다. 『여자계』 관련 논의는 최혜실의 「신여성의 고백과 근대성」(『여성문학연구』 2호, 한국여성문학학회, 1999, 122면 참조).

하기에 이르렀다. 위의 필자의 논의로 볼 때, 나름대로 섬세하고 묘사의 정치함을 보여주고 있었으며, 남성 편집자가 보기에 매우 급진적인 소설 내용을 담고 있다고 판단되었다. "눈으로는 하늘을 처다보지마는 발은 땅을 써나지 못함을 아시라"라는 당부에는 지금 조선 땅의 현실을 간과하지 말라는 무언의 압력을 느낄 수 있다. 즉 실지와 현세와 목하의 요구, 당연한 질서를 무시해서는 안 된다는 것은, 한편으로 여성의 진보적, 혹은 급진적 사상이 현세와 혹은 현질서와 너무도 동떨어져 있다는 것으로 해석할 수 있는 것이다. 이렇게 요구할 수 있는 것은 조선이 요구하는 여성, 조선에 의무를 다하는 여성이라는 대전제가 이미 당위로 전제되어 있다고 보기 때문이다. 이러한 여성은 민족이라는 대의, 조선이라는 대의에 의해 희생되는 역할로 어느 정도 상정되어 있는 듯하다. 나라를 빼앗긴 조선이 여성에게 요구하는 의무는 무엇일까? 아니 남성 지식인들이 믿어 의심치 않았던 조선을 위하고, 조선에 대한 의무라는 것, 그것은 문명화에 대한 어쩔 수 없는 피해의식 속에서 오리엔탈리즘적 모방주의를 대의로 보고[31] 모든 것을 그 아래로 종속시켜 버리는 또 하나의 폭력으로 읽을 수도 있는 것이다. 이미 나라를 빼앗긴 상황에서 그들이 행한 문명화에 대한 외침은 일제 침략을 더욱 공고하게 만드는 데 이용되고 있지는 않았는지, 이러한 그들의 사고는 일제의 식민 지배 담론에 어떠한 분열도 일으키지 못하고 있었던 것은 아닌지, 좀 더 고민해볼 필요가 있을 것이다.

　조선의 남성 지식인이 요구하는 여성상이나 일본 조선 총독부에서 권장하는 여성상이나 가부장제에 종속되고 현모양처로서 질서와 의무에 이바지하는 여성이라는 점에서 매우 유사하다. 효과적인 식민 정책의 반항이 과연 무엇이었을지는 좀 더 고민해 볼 필요가 있다. 급진적인 여성의

---

31) 바로 다음 글 「문명의 발달은 우연이 아님」(『청춘』 10호)이라는 글에서도 문명화에 대한 절대적 신념을 볼 수 있다. 또한 『청춘』 10호에 특집으로 실린 <십대분투적 위인>도 모방과 피해의식의 소산물로 읽힌다.

성적 일탈과 자유주의가 정말 조선의 의무를 배반하고 조선의 부름을 거역하는 것인지는 재고될 여지가 있는 부분이다.

이광수의 「어린벗에게」도 남성 지식인과 여성의 문제로 다시 읽을 필요가 있다. 一鴻의 누이동생을 사랑하게 된 이광수가 그 누이동생(김일연)에게 거절 당한 뒤 낙심하고 있을 때, 일홍은 이광수가 기혼자임을 상기시킨다. 그러나 이광수는 그 앞에서 별 말은 하지 않았으나, 마음 속에는 나름의 이유와, 정당성을 가지고 있다는 것을 암시한다. 기혼 남자이지만, 여성을 사랑할 수 있다는 이광수의 정당성은, "우리 조선남녀는 그 부모의 완구와 생식하는 기계"(105면)일 뿐이라는 생각에서 비롯된다. 이러한 측면에서 다른 지식인 작가와 이광수의 입지는 조금은 분리되고 있다고도 할 수 있다. 그럼에도 불구하고, 이광수 역시 남성이라는 틀을 벗어나 여성을 생각하고 있지는 않다. 여성의 피해를 고발하고 있지만, 이것은 여성의 해방이나, 여성의 자유를 위함이라기보다는 사랑의 자유, 본질적으로 생식기계에서 놓여날 남성과 여성, 자유로운 연애를 할 수 있는 남성과 여성을 위함이다.

> 「애 이제 나하고 서울로 가자. 이밤차로 도망하자. 가서 내가 공부하도록 하여주마」, 하엿다. 그러나 난수는 문호의 말에 다만 놀랄 쑨이오 응할 생각은 업섯다. 「서울로 도망!」 이는 못할 일이라 하엿다. 그래서 고개를 흔들엇다. 문호는
> 「애, 이 못생긴 것아. 일생을 그 천치의 안해로 지날 터이냐」, 하며 팔을 쓸엇다. 그러나 난수는 도망할 생각이 업다. 문호는 울어 쓸어지는 난수를 발씰로 차며 「죽어라, 죽어!」 하고 쑤지젓다.32)

또한 그의 자전적 소설 「소년의 비애」 역시 여성은 수동적이다. 문호를 사랑하며 문호의 가르침에 감탄하는 학식은 있으나 수동적 여성인 난수는, "엇더한 태도를 취할줄을 모르고 다만 나는 불가불 천치와 일생을

---

32) 이광수, 「소년의비애」, 『청춘』 8호, 115면.

보내게 되거니 할 쏜"(114면)이다. 이 부분 역시 여성의 수동성과 단념을
신랄하게 비판하는 측면이라 할 수 있다. 남성에 의해 항상 가르침의 대
상이 된 여성 즉 근대적 남성에 의해 타자로 정립된 여성은, 항상 조선인
으로서의 의무라는 이름 속에서 타자로 자리매김하면서 수동적인 위치를
차지해야만 하는 존재로 상정된 것이다. 남녀의 문제를 조금 더 평등하게
조선의 관습과 연결하여 보고는 있으나, 그의 남성적 사고는 선구자 의식
으로부터 강화되어 있을 뿐이다. 「어린 벗에게」에서 '나'는 일연에게 사
랑의 편지를 보내었을 때, 전혀 거절당할 것이라고 생각지 않는다. 도리
어 얼마나 일연이 기뻐하고 부끄러워할까를 상상한다. 이는 선택하는 여
성이 아니라, 선택받는 여성이라는 사고가 이광수의 애정관에 혹은 여성
관에 자리잡고 있었음을 보여주는 단초가 된다.[33]

> 英玉도 남과 가치 속도 잇고 분도 잇건마는, 一心性 고든 마음으로 혀를
> 씃물고, 다만 晝夜長川 기나긴 歲月을 潤玉이 한 사람 돌아오기만 가물에
> 비 바라듯 하고 잇던 터이라. 조곰이나 쯧하얏을가 보냐―이러케 밋고 이
> 러케 바라던 이내남편이 모진 병마에 붓들녀 病勢危重하다고 가치 留하는
> 친구에게서 하로쩐이나 至急電報가 오도록 됨이야 엇더한 놀냄이리오, 산
> 이 문어지는 듯 짱이 터지는 듯 압히 보이지 안이하고 귀가 들니지 안이
> 하나 자기는 일개 약한 여자라 나는 듯이 가보고 십흔마음은 간절하나 이
> 리할 수도 업고[34]

현상윤 역시 『학지광』의 편집까지 맡는 등, 『학지광』, 『청춘』에서 매
우 활발한 활동을 했다. 또한 민족주의 관념 속에서 서양 문명을 배워 식
민지 조선을 개혁하고 바꾸어야 한다는 의식이 강했다. 그러한 현상윤의

---

33) 최혜실은 「신여성의 고백과 근대성」(앞의 논문, 110면)에서 사랑이 남성과 여성에
　　게 차별적으로 적용되었다고 설명한다. 지식인 남성들에게 있어서 여성은 결혼 전
　　에는 남성의 연애 감정을 불러일으키지만, 결혼 후에는 어머니의 자리로 옮겨진다
　　는 것이다. 따라서 신여성은 근대 지식인 남성들의 결혼 이데올로기의 타자였다고
　　설명한다.
34) 현상윤, 「薄命」, 『청춘』 3호, 1914. 11, 133면.

소설 속에서도 여성은 구조선이 추구하던 여성의 모습과 별반 다를 바가 없다. 「박명」에서 보이는 영옥의 태도는 남편 윤옥을 하염없이 기다리면서, 자식을 키우고 시부모를 봉양하는 전형적인 구여성의 모습을 띠고 있다. 일본에 가서 공부하고 오겠다는 남편의 말에 영옥은 "丈夫의 압길에 엇지 조고마한 兒女子의 情으로 거리낌이 되리오하야 아모 말도 못하고"(130면) 남편을 보낸다. 영옥이 스스로를 '일개 약한 여자'라고 표현하는 것이나 '조고마한 아녀자의 정'으로 자신의 마음을 다독이는 것은 바로 서술자 혹은 작가인 남성의 '여성'에 대한 시각이 표현된 것이다. 결국 기다리던 남편이 병으로 죽자, 영옥은 남편을 따라 자살하고 만다. 현상윤의 소설 속에서 보이는 여성은 남성 지식인이 나라를 위해 배우는 동안 참고 기다리는 역할로 상정된다. 부모에 대한 공양과, 자식을 양육하는 일이 가장 최우선이 되고, 남편에 대한 의리를 지키는 것이 가장 큰 덕목으로 여겨지고 있다.35) 이들이 근대적 교육을 받고 당대 지식인으로서의 역할을 하고 있음에도 불구하고 '여성'에 대한 입장은 전근대적 모습을 띠고 있었다.

현상문예를 통해 살펴볼 수 있었던 남성 작가들의 여성상이나『청춘』의 주필의 글에서 볼 수 있는 여성상은 거의 비슷한 성향으로 나타났다. 즉 이들 작품들은 대체로 민족이라는 대의 아래에 민족 계몽을 주장하고 있는 것이다. 그런데『청춘』현상문예 가운데 유일한 여성 작가인 김명순의 「의심의 소녀」에서는 이와는 경향이 많이 다르다.

> 조국장은 世世로 兩班이라 弄花에 巧하고 射的에 妙하다. 더는 세 번 妻를 밧구고 妾을 갈기도 十餘人이라. 화류에 놀고 朴百姓의 계집까지 戱弄

---

35) 이러한 남성들의 시각은 일본 근대문학의 남성작가의 작품 속에 등장하는 여성상과 상당부분 유사하다. 시마자키 토손(島崎藤村)이나 나쓰메 소세키(夏日漱石), 다자이 오사무(太宰治) 등의 소설의 여성상은 모성과 순결성을 지닌 이상적 여성상이거나, 타협적 여성, 타자화된 여성의 모습으로 나타난다(최연, 「일본 근대소설에 나타난 여성상」, 『일본어문학』 제24집, 2003, 285~312면 참조).

하엿고 그의 別業에서는 晝夜를 顚倒하고 놀앗다 夫人이 그에게 嫁하야
그 쌀 佳姬를 나엇다. 肉의 美는 시러지지 안키가 어려운 것이 매남편의
亂行은 夫人의 不幸과 가치 자랏다. 새로 드러온 妾은 남편의 사랑을 아섯
다 남편은 親戚間에도 쓴엇다. 前妻의 쌀은 每事에 틈을 타서 夫人을 誣陷
한다 사랑을 願하여도 엇지 못하고 自由를 願하야도 엇지 못하고 離別을
請하야도 안드러 疑心밧고 虐待밧고 갓치여 悲觀하든 남저지에 病든 몸을
이르켜 평양의 별장에서 自殺하엿다.36)

김명순의 「의심의 소녀」는 늙은 할아버지(범네의 외할아버지)와 밥해주는
아주머니와 함께 살고 있는 범네(가희)에 대한 이야기이다. 범네(가희)의 아
버지 조국장은 풍류남으로 화류계에서도 유명한 남자였다. 조국장은 처
도 세 번이나 바꾸고, 첩만 해도 십 여명으로 수많은 여인들을 만나왔다.
그 가운데 범네(가희)의 어머니는 재산가 황진사의 무남독녀로 자라나 조
국장의 끈질긴 구혼으로 조국장과 결혼하게 된 것이다. 그러나 조국장은
자신의 버릇을 감추지 못하고 새로운 여자를 만나 범네의 어머니의 이혼
요구도 들어주지 않은 채 그 부인을 괴롭힌다. 결국 범네의 어머니는 자
살하고 동네 사람들은 그러한 범네(가희)를 '불상한 어머니의 불상한 아
해'라며 가엽게 여긴다는 내용이다.

이 「의심의 소녀」에서는 이혼하고자 하나 이혼해 주지 않는 난봉꾼
남편 때문에 자살할 수밖에 없는 조선 여성의 모습을 보여주고 있다. 이
는 남성의 폭력을 고스란히 다 받을 수밖에 없는 여성의 피해를 담담하
게 보여준 글이라 할 수 있다. 이러한 모습은 『청춘』의 주필인 남성 작
가들이나 현상문예로 등단한 다른 남성 작가들의 작품에서 보이던 여성
의 모습과는 매우 다른 것이다. 김명순의 작품에서는 민족 계몽이나 근
대화에 대한 욕망 이전에 여성이 남성에 의해서 얼마나 많은 피해를 받
고 있는지, 왜 여성이 이혼 요구를 할 수밖에 없는지를 여성의 입장에서
설명하고 있다. 『청춘』의 주필은 이러한 여성의 문제를 현실적으로 짚은

36) 김명순, 「의심의 소녀」, 『청춘』 11호, 1917. 5, 67면.

소설보다는 이상춘의 작품들 즉 민족 계몽을 주장한 작품을 더 높이 평
가했던 것이다. 결국 이러한 면이 여성 작가들과 지식인 잡지가 서로의
시각차를 좁히지 못하도록 한 이유가 되었을 것이다. 특히 이러한 이유
때문에 여성 작가들은 1910년대 지식인 잡지 속에서 자신들의 목소리를
제대로 내지 못했으며, 1920년대에는 여성들만의 잡지를 꿈꾸게 되었을
것이다.

> 경희는 굳게 맹세하였다. '내가 가질 가정은 결코 그런 가정이 아니다.
> 나뿐 아니라 내 자손 내 친구 내 문인(門人)들이 만들 가정도 결코 이렇게
> 불행하게 하지 않는다. 오냐, 내가 꼭 한다' 하였다. / 그 무서운 아버지 앞
> 에서 평생 처음으로 벌벌 떨며 대답하였다. "(전략) 먹고만 살다 죽으면
> 그것은 사람이 아니라 금수이지요. 보리밥이라도 제 노력으로 제 밥을 제
> 가 먹는 것이 사람인 줄 압니다. 조상이 벌어놓은 밥 그것을 그대로 받은
> 남편의 그 밥을 또 그대로 얻어먹고 있는 것은 우리집 개나 일반이지요"
> 하였다.[37]

『청춘』의 남성 지식인에게 비판받았던 『여자계』에 실린 나혜석의 「경
희」 역시, 1910년대 남성 지식인이 생각하던 '여성'상과 좋은 대조를 이
룬다. 남성의 시선, 혹은 민족의 시선에서 보았을 때, 대의를 흐리거나 하
찮을 뿐인 여성 문제는 당대 여성 지식인의 입장에서는 가장 큰 골칫거
리였다. 당대 여성 지식인에게 좋은 집에 시집가서 현모양처로 자식 양육
을 제대로 하는 것을 요구하는 아버지에게 경희는 반항하며 외치는 것이
다. 경희는 아버지에게 그렇게 사는 것은 그 집 개지 사람이 아니라고 대
꾸한다. 1910년대 남성 지식인은 바로 아버지였으며, 경희와 같은 여성에
게 국가를 위한 현모양처를 강요했다.

---

37) 나혜석, 「경희」(『여자계』 2, 1918. 3), 이상경 편, 『나혜석 전집』, 태학사, 2000, 90 ·
102면.

4. 지식인 독자층의 강화와 타자화된 여성 독자

현상윤이 『청춘』 2호에 게재한 「한의 일생」은 『장한몽』과 많이 비교되었다. 이 작품 둘을 비교했을 때, 이 글에서 말한 대중소설의 가치에 대해 다시 생각해볼 수 있을 것이다.

> 「네 부모와 내 부모의 금석가치 매자준 언약은 돈 잇고 세력 잇는 사람의 달내는 말은 重하단 말이냐? 나는 네게 향하야 남과 가치 조흔 옷이나 맛잇는 음식은 줄 수 업스나 따쓧하고 變치 안는 사랑한아는 이마음 한아는 네 원하는 대로 남보다 만히 더하야 주기에 그리 졸니지 안는줄을 너도 아마 몰으지 안이하겟지!? 저놈의 사랑은 얼울은 잇으나 일시적의것이오 내 사랑은 얼울은 업스나 영구적의 것임을 네가 과연 몰으나냐?」 (중략)
> 「(상략) 엇지 알앗스리오 金錢 압헤는 永愛도 쌔앗기는 줄을 째째로 맛나는 영애의 얼골에는 어대인지 조곰 춘원이를 니저바리고져 하는 곳이 은은히 나타남을 춘원이가 발견하얏더라.」[38]

현상윤의 「한의 일생」의 구도는 『장한몽』의 구도와 매우 유사하다. 돈과 권력에 의해 심순애를 빼앗기는 이수일의 심정 그대로를 김춘원의 내면으로 묘사하고 있다. 그러나 『장한몽』과 다른 점은 단순한 남자와 여자의 연애 감정의 배신에 초점을 두고 있는 것이 아니라는 점이다.[39] 불공평한 세상이 공부를 못 배우게 했고 자신을 종으로 만들었다고[40] 김춘원은 말한다. 이는 주인과 하인이라는 차이를 통해 종으로서의 삶을 증오하면서 불평등한 세계를 비판하고 있는 것이다. 이 불평등한 세계가 사랑

---

38) 현상윤, 「한의 일생」, 『청춘』 2호, 1914. 11, 138 · 145면.
39) 권두연은 『장한몽』의 경우, "감정의 단계에 머물러 있던 연애의 차원을 구체적인 내면 표현이나 행동으로 옮김으로써" "연애는 개인의 욕망과 감정을 행동으로 표현, 표출하는 의사소통의 한 방법으로 제안되고 이때 남녀의 애정 표현은 새로운 연애의 심벌로 인식된다."고 설명한다(권두연, 「『장한몽』 연구」, 연세대 석사논문, 2003. 7, 62면 참조).
40) 현상윤, 「한의 일생」, 위의 책, 137면.

을 배신한 '여성'과 연계되어 남성을 배신한 여성은 '의리'의 입장에서
비판당하고 있다.

현상윤은 「强力主意와 朝鮮靑年」에서 조선이 다시 살고 조선이 다시
새로워질 수 있을까에 대해서 고민한다. "일국의 부동재산을 타인의게 영
구히 매여하고 거기서득한 대가로 일일이 사치품매입에 소비한다는 나리
이, 조선을바리고다시 세계상어느곳에나 이슬넌가"[41]라고 하면서 식민지
조선에 대해 답답해 한다. 따라서 현상윤은 실리적이고 과학적인 조선을
꿈꾸면서 예술가나 예술작품으로 조선이 알려지기보다는 발명가나 과학
자가 많이 배출되기를 바란다. 현상윤의 또 다른 글, 수필과 소설의 사이
에 위치한 글 「비오는 저녁」(『학지광』 5호, 1915)이라는 글에서도 그는 끊임
없이 민족과 자신에 대해서 고민한다. 그에게 있어 문학은 민족을 먼저
생각하고 자신을 성찰하게 하는 매개체로서 역할하고 있다. 이러한 면이
김억이 「예술적 생활(H군에게)」(『학지광』 6호, 1915)에서 보여주었던 예술지
상주의적 입장과는 대별되는 부분이기도 하다.

이러한 현상윤의 민족주의적인 문명화 담론 속에서 바라보게 되면, 「한
의 일생」에서의 여성에 대한 의리의 강조는 현상윤 스스로가 가지고 있는
민족에 대한 의리의 한 표현일 수도 있다. 남성을 배반하는 여성은 곧 민
족을 배반하는 인물이 되는 것이다. 이러한 대치의 공식은 여성에게 남성
을 향한 의리와 정조를 강조하는 한 표현이 된다. 결국 「한의 일생」에서
의 여성은 민족이라는 대의 앞에 자신의 권익을 말할 수 없는 존재로 전
락하게 되는 것이다.

이러한 면에서 볼 때, 『장한몽』과 「한의 일생」의 가장 큰 차이는 여성
성향에 있다. 즉 『장한몽』은 조중환이 끊임없이 현모양처 담론으로 여성
들을 호명하려고 해도 작품 자체가 가지고 있는 일탈적 성향이 있다. 이
는 일본으로부터 온 '근대의 여성'이 연재소설에 담김과 동시에, 당대 조

---

41) 현상윤, 「强力主意와 朝鮮靑年」, 『학지광』 6호, 1915, 47면.

선 여성의 욕구가 담겨 있기 때문에 나타난 현상이다. 『금색야차』에서 유부녀인 미츠에는 간이치에게 자신의 현재 남편은 자신에게 아무 것도 아니라고 말하면서 "제가 좋아하는 사람에게 빠져 있다 해도 전혀 지장이 없는 독신과 같은 몸"[42]이라며 사랑을 고백한다. 『장한몽』에서는 "내가 됴와ᄒᆞ는, 량반ᄒᆞ고, 내 마암디로 밋치든지, 됴와지닉든지, 아모 허물도, 될 것이 업슴니다"[43]라고 표현되어 있다. 여기에는 매우 미묘한 차이가 존재한다. 『장한몽』에는 『금색야차』에서의 유부녀의 적극적인 사랑 행위가 그대로 적용되어 나타난다. 그런데 한 수 더 나아가 『금색야차』 보다도 더 결혼 관념을 깨고 있다. 『금색야차』는 현재 남편인 '아카가시'가 자신을 금력으로 억지로 빼앗아서 이렇게 되었다고 변명함으로써, 지금 자신은 독신과 같다는 것을 강조한다. 미츠에가 아무리 유부녀라 하더라도 지금 남편은 남편과 같지 않다는 합리화의 조건이 전제됨으로써, 미츠에에 대한 비판을 차단한다. 그러나 『장한몽』은 그러한 모든 부분이 생략된다. 이는 유부녀라 하더라도 결혼과 상관없이 연애할 수 있다는 것이고, 구애를 받는 수동적 여성이 아니라, 여성이 남성에게 적극적으로 사랑을 고백할 수 있다는 것이다. 이는 심순애도 마찬가지이다. 아무리 심순애가 결혼 후 정절을 지켰다는 식으로 조중환이 무리하게 설정했어도 심순애는 유부녀였고, 그럼에도 불구하고 자신의 사랑을 적극적으로 찾아나간다.[44]

사실 이러한 측면들은 『매일신보』가 식민지인 교화와 학습을 위해 판매 부수 확장 전략과 이러한 전략의 하나로서의 번안소설 연재라는 상황이 얽혀 있다. 좀 더 많은 흥미를 유발시키기 위해 당대 조선 사회의 모습과 기대, 욕망을 반영할 수밖에 없었던 번안작가의 고민이 여기에 있는

---

42) 오자키 코요 저, 「속 금색야차」, 서석연 역 『금색야차』, 범우사, 1992, 298면.

43) '질투(소)', 『장한몽』 87회, 『매일신보』, 1913. 8. 23.

44) 『장한몽』과 『금색야차』의 차이와 더불어 적극적 여성의 발현이라는 측면은 전은경의 「번안과정에 나타나는 『장한몽』의 양가성 연구」(『어문학』 85집, 한국어문학회, 2004. 9, 452~457면) 참조.

것이다. 이는 『매일신보』의 사회면에서 고발당했던 당대 사회와 여성들의 일탈과 연계되어 있었다.45) 이러한 여성들의 관심을 유발하기 위해 조중환은 당대 현실의 반영과 더불어 좀 더 자극적인 것을 찾아 여성들의 욕망을 반영하였던 것이다.

이 부분이 바로 피식민지인이면서 유학한 지식인 남성의 작품과의 차이를 보여준다. 다시 말해 남성 지식인 소설과 대중지향적인 번안소설의 차이라 할 수 있다. 이러한 '여성'이 드러난 양상의 차이는 매체가 대상으로 삼은 독자와 그 독자를 향한 태도, 그리고 독자를 담아내는 형식에서 배태되었다. 이러한 차이는 매체가 그 매체를 유포할 대상으로 삼는 독자 즉 매체에 의해 '상상된 독자'와, 그 매체가 실제로 자신의 매체에 기록화한 '문자화된 독자'46)의 간극이 만들어낸 것으로 정리해볼 수 있다.47)

잡지에 등장하는 남성 작가의 작품 속 '현모양처 여성'의 조형은 그들의 지향점에서 출발되었다. 하나는 근대문명화에 대한 강렬한 욕구와 식민지 대중에 대한 철저한 이분법적 사고에 있다. 즉 조선에 대한 부정과

---

45) 당대 여성들의 일탈적 행위와 그 역할은 전은경의 「조일재 신문연재소설에 나타난 근대적 여성관」, 앞의 글 참조.

46) 이 '상상된 독자'는 1) 근대의 매체가 대상으로 삼는 독자계층을 의미한다. 또한 2) 그 대상으로 삼은 독자들이, 나아가야 할 바람직한 방향까지도 포함한다. 매체는 그러한 독자를 상정하여 두고, 그러한 목표에 맞게 계획을 짜나가게 된다. '문자화된 독자'는 1) 신문이 매체를 통해 '문자'의 기록으로 남긴 독자와 2) 확대할 경우, 스스로 자신의 목소리를 내고자 하는 독자를 의미한다. 이 '상상된 독자'와 '기록화된 독자'와 『매일신보』의 독자란에 관한 연구는 전은경의 「1910년대 번안소설 연구—독자와의 상호소통성을 중심으로」(경북대 박사논문, 2006, 179면) 참조.

47) 이 글에서 사용하는 '상상된 독자'와 '문자화된 독자'라는 용어는, 신문이나 잡지로 대표되는 근대 매체가 그들이 처음 겨냥한 대상과, 그들에게 실제로 반응하는 대상이라는 측면에서 구분하고자 쓴 용어이다. 즉 맨 처음 대상으로 한 독자를 '상상된 독자'로, 잡지에 의해 실제로 호명되면서 겉으로 드러난 독자를 '문자화된 독자'로 구분한 것이다. 물론 매체의 차이가 존재하지만, 1910년대까지만 하더라도 잡지와 신문 모두 이 독자상(상상된 독자와 문자화된 독자)에 대한 간극이 심했다고 할 수 있다. 1920년대 이후부터는 그러한 간극이 많이 좁혀졌다고 볼 수 있다. 따라서 이 글은 근대의 잡지로 완전히 성숙하기 전 초창기의 우리 잡지의 모습을 독자라는 측면에서 살펴보고자 한다.

동시에 식민지 대중을 열등한 인물들로 간주한 것이다. 다른 한 가지는 민족이라는 대의 아래 다양한 의견들을 일원화시켰다. 많은 소수자들 혹은 개개인의 권리들은 민족이라는 이름 앞에서 사장되고 말았다. 이러한 상황 가운데 1910년대 '여성'이 자리하고 있다.

결국 지식인 작가들이 바라본 '여성상'은 그들이 생각하는 독자 대중과도 연관되어 있다. 『청춘』이 생각한 독자는 교육 대상으로서의 조선인이다. 극단적인 배움에 대한 욕구를 쏟아낸 『청춘』의 경우, 조선은 계몽과 교육의 대상일 뿐이었다. 조선의 교육을 주장하게 된 데에도 조선 민중의 교육부재로 식민지가 되었다는 전제가 깔려 있다. 식민지를 해결하는 방법으로써 대중 교육을 주장하게 된 것이다. 『청춘』은 잠재적 대중인 식민지 조선을 향하여 '민족'이라는 이름 아래, 시혜적인 교화와 교육을 시행하고자 하였다. 『청춘』에 의해 '상상된 독자'는 무지몽매하여 교육이 아니고서는 안 되는 부정적 조선의 한 단면에서 출발되었다.

이러한 상황 가운데에서 잡지에 실제로 호명된 독자, 즉 잡지에 기록화된 독자인 '문자화된 독자'는 <독자문예란>과 <현상문예>에 의해 등단한 적어도 고등 교육을 받거나 상당한 지식을 갖춘 남성 지식인 작가들, 혹은 지식인급의 독자였다. 『청춘』이 키웠다고 할 수 있는 이상춘의 경우를 볼 때, 『청춘』이 호명하고 문자화시킨 독자 역시 남성 중심적임을 알 수 있다.

> 너의 말대로, 먼저 사랑함이 잇슨 後에 결혼의 의식을 취한다 하면 未家處女를 모다, 解放하야, 남자와 밀접한 교제를 맺게 하야, 서로 사랑을 與受케 하여야 할 것이니, 그리하자면 그 속에서 疊出 하는 惡弊를, 무엇으로 能히 防禦할 터이냐? 그야, 충분히 修養하고 確實히 自覺한 남녀간에는 惡弊가 잇슬 리가 만무하겟지마는, 그것도 現代 우리 朝鮮에셔는 아즉, 바라지도 못할 空想에 지나지 못하는 것이다
> 철상은, 소매로, 눈물을 씻으며
> 「아버니…………그러면, 그 空想이, 空想이 아니되고 事實이 되어 表現

될 째까지, 저는 娶妻하지 아니하겟슴니다」[48]

이상춘의 소설 「白雲」에서는 자유연애로 결혼하고자 하는 아들과 구조선의 표상으로 그러한 자유연애를 반대하는 아버지가 등장한다. 그런데 아버지의 말 속에는 아들과 대립되고 있으면서도, 이상춘 자신의 의견이 반영되어 있다. 그것은 구조선을 표상하는 아버지가 서양 문명을 긍정하는 면을 보임과 동시에, 자유연애의 폐해에 대해 논리적으로 설명하고 있다는 데 있다. 즉 "충분히 修養하고 確實히 自覺한 남녀간에는 惡弊가 잇슬 리가 만무하겟지마는, 그것도 現代 우리 朝鮮에셔는 아즉, 바라지도 못할 空想에 지나지 못하는 것"이라고 설명하는 것이다. 이는 자유연애 자체를 반대하고 있는 것이 아니라, 역으로 완전히 성숙하지 못한 조선 사회에 대한 비판인 것이다. 좋은 문물을 제대로 사용할 수 없고, 오용만 하는 조선 사회에 대한 비판은 결국 여성이 표출하는 성적 욕망을 자유연애의 부작용으로 보고 있다는 데 기인한다. 따라서 아들의 대답, 그것이 공상이 아니라 현실화될 때까지 결혼하지 않겠다는 것은, 아버지의 말에 대한 긍정, 즉 조선사회를 성숙한 자유연애를 할 만큼의 사회가 되지 못한다는 것에 대한 긍정인 것이다.

결국 지식인 잡지 『청춘』의 경우, 일반 식민지 대중인 '상상된 독자'와 지식인 계층의 '문자화된 독자'의 간극이 존재할 수밖에 없었다. 식민지의 실제 대중 혹은 실제 여성이 『청춘』이라는 잡지 속에서 문면화(文面化)되지 못함으로써 '여성'은 잡지가 상상한 대로만 위치될 수밖에 없었던 것이다.

이와 반대적 위치에 있는 것이 『매일신보』라 할 수 있다. 『청춘』은 식민주의를 벗어나기 위한 민족주의와 조선 대중의 계몽을 내세웠고, 『매일신보』는 일제 총독부 기관지로서 일본 식민 지배 담론을 유포하기 위

---

48) 이상춘, 「白雲」, 『청춘』 15호, 1918. 9, 54면.

해 대중화 정책을 폈다. 실제로『청춘』은 민족적인 계몽지로서, 혹은 일본인 잡지에 대한 대타적인 저항지로서의 역할을 톡톡히 하였다. 이에 비해『매일신보』는 그야말로 일제의 식민 지배 논리를 학습시키고 세뇌시키는 역할을 했을 뿐이다. 그러나 이렇게 이 둘의 목표는 완전히 상반되었지만, '여성'에 대한 담론의 형식은 매우 닮아 있었다는 데 문제가 있다.

여성의 입장에서 볼 때, 자유연애와 인습적 여성관을 벗고자 했던 여성들은 일본 제국주의의 현모양처 담론에 의해 비판받음과 동시에 조선의 저항적 민족주의자들에게도 비판받았다. 이들 모두에게 비판받은 이유는 이 둘 다 서양적 민족주의가 모본이었기 때문이라 할 수 있다. 민족주의는 여성, 아동, 약자(장애인)를 죄악시하고 대의에 의해 희생되는 수단으로 삼았다. 국가의 이데올로기 속에 통합시키고자 한다는 데에 여성의 성적·일탈적 욕망은 공동의 적이 될 뿐이었다.

『매일신보』역시『청춘』과 마찬가지로 대중을 교화와 계몽의 대상으로 바라보았다. 그러나『매일신보』의 목표는 좀 더 많은 식민지 조선인에게 자신들의 식민 지배 담론을 유포하고 그들을 규율화하려는 것이었다. 이러한 역할을 할 수 있었던 것이 언론이 완전히 통폐합된 후 유일한 신문이었던『매일신보』였다.『매일신보』는 순한글로의 표기와 대중소설의 기획을 통해 일반 대중들의 호응을 일으키려 하였다.

사실『매일신보』에 의해 '상상된 독자'는 현모양처인 여성, 혹은 일반 대중이었다. 그런데 신문에 의해 '상상된 독자'였던 대중은 '문자화된 독자'로 자리잡게 된다. 즉 독자의 성향을 반영하여 이를 기록화하게 된 것이다. 떠돌아다니는 것을 언어로 명시화할 때, 이의 영향력은 매우 커진다. 글을 읽지 못했어도 들을 수 있고 직접 참여가 가능했다. 잡지보다 수준이 떨어진다고 하더라도, 대중의 욕구는 반영될 수 있었다. 문자화된 것은 명시화됨으로써 또 다른 언어를 유포한다. 사실의 적재, 묘사가 가지는 역동성은 저항으로 가는 발판이 될 수 있는 것이다.[49]

전통적인 시각에서 볼 때, 『청춘』에서 보이는 지식인 소설과, 『매일신보』의 대중소설은 그 가치 면에서 월등히 차이가 난다. 조선 지식인 소설이 가지고 있는 여러 잠재력은 우리 근대문학사를 이끌어 온 원동력이었다. 그러나 여기에서 '여성'의 코드로 다시 재점검할 때, '대중'의 의미에 새로운 가치를 부여할 때, 그 가치는 역전될 수 있다. 이는 『청춘』의 의의가 부정되는 것을 의미하는 것이 아니다. 모든 작품에 일장일단이 있듯이, 『청춘』이 가진 성과와 한계가 공존하고 있다는 것이며, 이 한계 속에서 1920년대를 역동적으로 이끌 잠재력이 생성되고 있었다는 것이다. 이곳이 바로 '여성'의 기호로 읽을 때의 의의가 밝혀질 수 있는 지점이다.[50]

『청춘』과 같은 지식인 잡지와 『매일신보』의 차이는 먼저 잡지와 신문의 차이를 먼저 짚을 수 있다. 잡지가 열정적으로 참여하는 소수를 위한 것이었다면, 신문은 무관심한 다수들을 끌어들여야 하는 대중적인 것이었다. 따라서 신문은 신문의 대중화 정책상 <신문 독자란>이 필요했다. 이러한 특징에도 불구하고 『청춘』은 지향점을 소수 독자로 잡지 않고 식민지 대중의 교화로 잡음으로써, 식민지 조선 대중은 『청춘』에 의해 '상상된 독자'로 자리매김이 되었다. 그러나 『청춘』에 의해 기록된 독자는 이러한 '상상된 독자'가 아니라 지식인 독자층이었다. 『청춘』은 자신들이 직접 교육과 계몽의 대상으로 상정한 식민지 조선인들을 문면화(文面化)하

---

49) 『매일신보』가 '상상한 독자'로서의 현모양처의 여성과, 실제로 '문자화된 독자'인 일탈적 여성의 간극, 그리고 이 일탈적 여성들의 저항적인 모습은 전은경의 「1910년대 번안소설 연구」(앞의 논문, 161~184면) 참조.

50) 리타 펠스키(김영찬·심진경 역, 『근대성과 페미니즘』, 거름, 1998, 207면)도 코렐리의 대중 소설을 분석하면서 이러한 대중소설을 근대적인 것으로 만드는 것이 "그들의 특징적인 반근대주의"로 보고, 이것이 근대성의 전망을 포기하는 것이 아니라 "근대적 경험의 핵심에 자리잡고 있는 것으로 보이는 불안정과 불만의 의식 속에서 구원"이 있을 수 있음을 시사한다. 바로 이 불안정과 불만의 의식 속에서 새로운 대중 의식이 성장하고 있었고, 이 결여가 1920년대의 새로운 운동을 이끌어 오는 원동력이 되었던 것이다.

기보다는 남성 지식인 독자를 '문자화된 독자'로 기록함으로써 대다수의 '상상된 독자'는 상상될 뿐 명시화되지 못했다. 이렇게 상상된 존재 속에 여성이 있었다.

『매일신보』 역시 식민지 조선 대중을 '상상된 독자'로 상정하였고, 이 '상상된 독자'를 '문자화된 독자'로 문면화하였다. 이는 신문의 대중화 정책에 의해, 그리고 자신들의 담론 유포를 위해 전략적으로 사용되었다. 그러나 이 '문자화된 독자'는 조선 현실의 기록화를 해냄으로써, 그리고 자신들의 욕망을 문자화시킴으로써 새로운 국면을 만들어 내게 된 것이다. 식민지 조선의 여성들이 문자로 정착하게 되고 가시화되기 시작했던 것이다.

1910년대에서 『청춘』과 같은 잡지의 역할은 남성에 집중되고, 식민화된 조선 사회에 대한 대안으로서의 민족주의의 유포와 계몽에 있었다. 언론이 완전히 통폐합된 1910년대 상황에서 유일한 신문인 『매일신보』는 일본 제국주의의 효과적인 지배를 위해 대중화 전략으로 여성을 불러내고 여성의 관심을 유발하고자 노력했던 것이다.

결국 『청춘』은 민족이라는 이름 아래 여성을 타자화시켰다. 즉 『청춘』의 소설 속에 등장하는 여성은 의리와 명분 아래 자신의 욕망을 드러내어서는 안 되며, 오직 민족의 대의에 충실해야 했던 것이다. 이렇게 『청춘』 잡지 속에서 식민지 조선 여성들이 타자화된 것은, 『청춘』이 무지한 조선 대중 전체를 '상상된 독자'로 잡으면서도 지식인 남성들만 '문자화된 독자'로 호명함으로써 발생한 것이라 할 수 있다. 이와 반대로 『매일신보』는 상업성으로만 눈을 돌리게 하려는 전략 속에서 뜻하지 않은 수확으로 '근대적 여성성'을 획득할 수 있게 되었던 것이다.

이렇게 볼 때, 『청춘』은 완전한 근대 잡지 혹은 동인지로 가기 전의 미숙한 잡지의 형태를 가졌다고 할 수 있다. 비극적인 조선의 시운으로 이 잡지는 민족주의에 기울어질 수밖에 없었고, 그 안에서 여성관도 균형이 잡혀 있지 못했다. 잡지이면서도 소수의 열정적인 독자를 목표로 하지 않

고 전체 조선 대중을 독자로 삼아 계몽하고자 했던 과잉된 의욕이 바로
이러한 미숙성을 낳았다고도 할 수 있을 것이다. 덜 완성된 지식인 잡지
로 자기 과시적 성향으로 치우치면서 1910년대 지식인 잡지 속의 여성은
실제로 드러나지 못하고, 지식인들의 상상 속에 갇혀 있을 수밖에 없었던
것이다. 1910년대의 잡지 속에서 이러한 결여태로 존재했던 여성은 1910
년대 『매일신보』의 상업적 전략으로 문면으로 드러난 식민지 여성의 모
습으로 자신들의 욕망을 드러내었다고 할 수 있다.

　따라서 이 『청춘』의 결여태였던 식민지 실제 여성들의 욕망은 1920년
대의 여성 잡지 속의 여성성의 기저가 되었다고 할 수 있다. 사실 이는
조선 후기 활발했던 서민층의 문학, 여성들의 문학의 독자들이 개화기 민
족주의 담론 속에서 겉으로 드러나지 못하고 음지에 갇혀 있었다고도 할
수 있다. 이러한 가운데 1910년대 역시 지식인 잡지는 민족주의의 미명
아래 조선 후기부터 이어져 오던 독자들의 욕망을 감추어 두었던 것이다.
따라서 1910년대 지식인 잡지의 결여태인 여성성은 조선 후기 이래로 이
어져 온 것이라 할 수 있다. 결국 지식인 잡지 속에서 소외되고 타자화되
었던 여성들이 스스로 여성이라는 코드로 근대 여성 잡지를 1920년대에
만들기 시작했던 것이다. 또한 이 신여성들의 관심이 연애와 성에 집중되
어 있었다는 점, 그리고 적극적인 여성성의 발현으로 나아갔다는 점에서
1910년대 『청춘』을 통해 발현되지 못한 여성의 욕망과 『매일신보』를 통
해 문면화되었던 일탈적 여성성이 결합되어 1920년대 문학 잡지와 조우
했다고 할 수 있을 것이다.[51]

---

51)　송연옥은 신여성들이 자유연애에 대한 환상과 욕망을 가지고 있었다고 본다. 당시
　　나혜석이 <이혼고백장>을 통해 정조의 남녀불평등을 호소하기도 했고, 허정숙은
　　연애로 성립한 가정조차 남성이 폭군으로 변하는 현실을 고발하기도 했다. 이렇게
　　여성의 성에 대한 적극적 표출이나 이혼의 정당성이 1920년대 여성 잡지를 통해
　　나타나고 있었던 것이다(송연옥, 「조선 '신여성'의 내셔널리즘과 젠더」, 문옥표 외
　　저, 『신여성』, 청년사, 2003, 83~117면 참조).

5. 1920년대 문학의 새로운 주체로서의 여성

이 글은 '여성'의 코드로 1910년대의 매체와 소설을 바라보고자 하였다. 특히 지식인 잡지에 등장하는 여성성을 분석하여 이러한 여성성이 민족주의 담론의 하위에 놓여져 여성을 억압하고 있음을 밝히고자 하였다. 또한 지식인 잡지 속에서 남성 작가들이 가지고 있었던 여성성의 결여태가 단순히 결여로 남지 않고 1920년대의 여성 잡지의 등장과, 그러한 여성 담론 유포의 토대로 자리 잡아 새로운 운동으로 이어지고 있음을 짚고자 하였다.

『매일신보』라는 신문 매체는 통속성을 통해 일반 여성 독자를 끌어들이고자 하였다. 즉 다수의 확보가 목표였다고 할 수 있다. 그런데『학지광』이나『청춘』의 경우, 1910년대의 특수한 상황 속에서 민족 계몽 담론을 유포하고자 하였다. 즉 그 대상이 다수이기는 하지만, 다수의 독자의 확보뿐만 아니라 그 독자들의 질 역시 함께 생각했던 것이다. 즉 신문과 같이 단순한 다수의 확보가 아니었다는 것이다. 이 잡지들은 무지한 식민지 조선인을 그들의 '상상된 독자'로 삼았으나, 질적 수준에 이른 지식인 계층의 포섭이 주력되면서 실제로 '문자화된 독자'는 남성 지식인 계층이 주류를 이루게 되었다. 이는 바로 신문과 잡지의 성격 차이라고도 할 수 있다. 또한 한편으로는『청춘』의 경우, 특정인들이나 동인들 위주의 잡지와 전체 대중을 목표로 삼는 신문 매체의 사이에 존재했던 1910년대의 독특한 양식이라고도 할 수 있다.[52]

---

[52] 사실 이러한 잡지 매체 속에서 '상상된 독자'와 '문자화된 독자'를 완전히 일치시키게 되는 것은 거의『창조』나『폐허』,『백조』등의 1920년대의 문예지로부터 성립된다고 할 수 있다. 그러나 이들 남성 지식인 중심 잡지의 작품 속에 드러난 '여성성'은 1910년대『청춘』에서 보이던 수동적인 '여성성'과 크게 다르지 않다. 이러한 면에서 1920년대 여성잡지의 등장은 그러한 수동적이고 현모양처형인 '여성성'에 대한 반기이자 1910년대의 '여성성'의 결여태에 대한 욕구 충족을 동시에 보여주는 것이라 할 수 있을 것이다.

결국 잡지로부터 소외되고 타자화된 여성들의 입장과, 신문으로부터 문자화되어 나타났으나 끊임없이 배격당하던 일탈적 여성들의 욕망이 바로 1910년대의 결여태로 나타난 것이며, 이것이 1920년대의 여성 잡지와 문학을 끌어오게 한 원동력이 되었던 것이다.

참고문헌

기본자료

국문판『대한매일신보』.

福澤諭吉,『文明論之槪略』,『福澤全集』4권, 태산문화사, 1986.

福澤諭吉,『西洋事情』,『福澤全集』1권, 태산문화사, 1986.

오자키 코요 저, 서석연 역,『금색야차』, 범우사, 1992.

유길준, 허경진 역,『서유견문』, 한양출판, 1995.

『개벽』

『대한매일신보』

『독립신문』

『매일신보』

『백조』

『신문연재소설전집』 2권, 깊은샘, 1987.

『신소설·번안(역) 소설』 3권, 아세아문화사, 1978.

『신여성』

『여자계』

『조선일보』

『창조』

『청춘』

『폐허』

『폐허이후』

『학지광』

저서 및 논문

Alexandre, Dumas, 김성호 역,『몽테 크리스토 백작』Ⅰ, 청목, 1991.

______________, 김성호 역,『몽테 크리스토 백작』Ⅱ, 청목, 1993.

______________, 양원달 역,『춘희』, 신원출판사, 1999.

E. J. 홉스봄 저, 강영세 역,『1780년 이후의 민족과 민족주의』, 창비, 1994.

Hugo, Victor, 강명희 역,『레미제라블』, 하서, 2005.

강금숙,「신소설 <눈물> 연구」,『이화어문논집』7집, 1984.

강민성,「한국 근대 신문소설 삽화 연구」, 이화여대 석사논문, 2002.

강영안,『주체는 죽었는가』, 문예, 2001.

고미숙,『한국의 근대성, 그 기원을 찾아서』, 책세상, 2001.

공병혜, 『칸트 판단력 비판』, 울산대학교 출판부, 1999.

권두연, 「『장한몽』 연구」, 연세대 석사논문, 2003.

권보드래, 「한국 근대의 '소설' 범주 형성에 관한 연구」, 서울대대학원 박사논문, 1999.

______, 『한국근대소설의 기원』, 소명, 2000.

권영민, 「一齋 趙重桓의 翻案小說들」, 김열규·신동욱 편, 『신문학과 시대의식』, 새문사, 1981.

권용선, 「1910년대 '근대적 글쓰기'의 형성과정 연구」, 인하대 박사논문, 2004.

김경미, 「1910년대 이광수 문학에 나타난 '준비론'의 양가성」, 『어문학』 86집, 한국어문학
회, 2004. 12.

______ 외, 『1910년대 문학과 근대』, 월인, 2005.

______, 「1910년대 이광수 단편소설의 '정'의 양가성 연구」, 『어문학』 89집, 한국어문학회,
2005. 9.

김동식, 「한국에서 근대적 문학 개념의 형성과정 연구」, 서울대 박사논문, 1999.

______, 「연애와 근대성」, 『민족문학사연구』 18집, 민족문학사연구소, 2001.

김동환, 「『찔레꽃』의 대중 지향성」, 『국어국문학』 127호, 국어국문학회, 2000.

김병철, 『한국근대번역문학사연구』, 을유문화사, 1975.

김복순, 『1910년대 한국문학과 근대성』, 소명, 1999.

김석봉, 「신소설의 대중적 성격 연구」, 서울대 박사논문, 2003.

김석수, 「세계화와 신자유주의, 그리고 새로운 시민주체」, 사회와철학연구회 편, 『세계화와
자아 정체성』, 이학사, 2001.

김순전, 『한일 근대소설의 비교문학적 연구』, 태학사, 1998.

김영민, 『한국근대소설사』, 솔, 1997.

______, 『한국의 근대신문과 근대소설』, 소명, 2006.

김영옥 엮음, 『'근대', 여성이 가지 않은 길』, 또 하나의 문화, 2001.

김영희, 「『대한매일신보』 독자의 신문 인식과 신문 접촉 양상」, 한국언론사연구회 편, 『대
한매일신보연구』, 커뮤니케이션북스, 2004.

김윤식·김현 공저, 『한국문학사』, 민음사, 1973.

김윤식·정호웅 공저, 『한국소설사』, 예하, 1993.

김일영, 「조중환의 문학작품에서 드러나는 시대적 대응의식」, 『문학과 언어』 12집, 문학과
언어연구회, 1991.

김재석, 「근대극 전환기 한일 신파극의 근대성에 대한 비교연극학적 연구」, 『한국극예술연
구』 17집, 한국극예술연구회, 2003. 4.

______, 「<金色夜叉>와 <長恨夢>의 변이에 나타난 한일 신파극의 대중성 비교 연구」, 『어
문학』 84집, 한국어문학회, 2004. 6.

김주현, 「개화기 토론체 양식 연구」, 서울대 석사논문, 1989.

김진균·정근식 편저, 『근대주체와 식민지 규율권력』, 문화과학사, 1997.

김진두, 「1910년대 매일신보의 성격에 관한 연구」, 중앙대 박사논문, 1995.

김진송, 『현대성의 형성─서울에 딴스홀을 허하라』, 현실문화연구, 1999.

김태윤, 「1910년대 단편소설과 유학의 문제」, 연세대 석사논문, 2003.

김현주, 「식민지 시대와 '문명'·'문화'의 이념」, 『민족문학사연구』 20호, 민족문학사연구소, 2002.

_____, 「한국 대중 소설의 전개와 '독자'의 문제」, 『독서연구』 13호, 한국독서학회, 2005. 6.

김효중, 『번역학』, 민음사, 1998.

나카무라 미스오, 고재석·김환기 역 『일본 메이지 문화사』, 동국대출판부, 2001.

노지승, 「1920년대 초반, 편지형식 소설의 의미」, 『민족문학사연구』 20호, 민족문학사연구소, 2002.

_____, 「한국 근대 소설의 여성 표상에 관한 연구」, 서울대 박사논문, 2005.

大谷森繁, 「朝鮮朝의 小說讀者 연구」, 고려대 박사논문, 1984.

대중문학연구회 편, 『대중문학이란 무엇인가』, 평민사, 1995.

_____ 편, 『연애소설이란 무엇인가』, 국학자료원, 1998.

_____ 편, 『과학소설이란 무엇인가』, 국학자료원, 2000.

리타 펠스키, 김영찬·심진경 역, 『근대성과 페미니즘』, 거름, 1998.

마루야마 마사오·가토 슈이치, 임성모 역 『번역과 일본의 근대』, 이산, 2003.

문성숙, 『개화기소설론연구』, 새문사, 1994.

문옥표 외, 『신여성』, 청년사, 2003.

문학과사상연구회 편, 『임화문학의 재인식』, 소명, 2004.

尾崎紅葉, 서석연 역, 『금색야차』, 범우사, 1992.

민병덕, 「한국근대신문연재소설연구」, 성균관대 박사논문, 1988.

박수미, 「개화기 신문소설 연구」, 성균관대 박사논문, 2005.

박영준, 「<무정>의 강간 모티프 연구」, 『현대소설연구』 22호, 한국현대소설학회, 2004.

박정선, 「임화 시의 시적 주체 변모과정 연구」, 경북대 박사논문, 2005.

박종홍, 『현대 소설의 시각』, 국학자료원, 2002.

박진영, 「'이수일과 심순애 이야기'의 대중문예적 성격과 계보」, 『현대문학의 연구』 23집, 한국문학연구학회, 2004. 7.

_____, 「일재 조중환과 번안소설의 시대」, 『민족문학사연구』 제26호, 민족문학사학회, 2004. 11.

_____, 「1910년대 번안소설과 '실패한 연애'의 시대」, 『상허학보』 15집, 상허학회, 2005. 9.

_____, 「1910년대 번안소설과 '정탐소설'의 매혹」, 『대동문화연구』 52집, 성균관대 대동문화연구원, 2005. 12.

박헌호, 「초기 근대소설에 나타난 내면의 서사」, 『대동문화연구』 45집, 성균관대 대동문화연구원, 2004.

박현수, 「한국 문화에 대한 日帝의 視覺」, 『비교문화연구』 4호, 서울대학교 비교문화연구소, 1988.

배정상, 「『대한매일신보』의 서사 수용 과정과 그 특성 연구」, 『현대문학의 연구』 27집, 2005.

배주영, 「신소설의 여성 담론 구조 연구」, 서울대 석사논문, 2000.

백낙청 엮음, 『민족주의란 무엇인가』, 창작과 비평사, 1981.

______ 편, 『민주주의란 무엇인가』, 창작과비평사, 1981.

서동훈, 「1930년대 후반 대중소설 연구」, 『어문학』 79집, 한국어문학회, 2003.

서순화, 「『독립신문』의 독자투고 연구」, 충남대 박사논문, 1996.

서영채, 「1930년대 통속소설의 존재방식과 그 의미」, 『민족문학사연구』 4호, 민족문학사연구회, 1993.

서혜은, 「고전소설에 나타난 기녀의 애정 성취 기반과 그 의미」, 『어문론총』 42호, 한국문학언어학회, 2005. 6.

손정수, 『개념사로서의 한국근대비평사』, 역락, 2002.

수요역사연구회 편, 『식민지 조선과 매일신보 1910년대』, 신서원, 2003.

신근재, 『한일 근대문학의 비교 연구』, 일조각, 1997.

신승엽, 「이식과 창조의 변증법」, 『창작과 비평』, 1991 가을.

양문규, 「1910년대 단편소설의 구조와 작가의 세계관」, 『연세어문학』 제18집, 연세대학교 국어국문학과, 1985. 12.

양승국, 『한국 신연극 연구』, 연극과 인간, 2001.

양진오, 「이식과 전통의 문학사」, 『서강어문』 11호, 1995.

연세대근대한국학연구소 편, 『한국 근대 서사양식의 발생 및 전개와 매체의 역할』, 소명, 2005.

유제분 엮음, 『탈식민페미니즘과 탈식민페키니스트』, 현대미학사, 2001.

윤병로, 『한국근·현대문학사』, 명문당, 1991.

이광린, 「유길준의 개화사상—서유견문을 중심으로」, 『역사학보』 75집, 1977.

이동하, 「1910년대 단편소설 연구」, 서울대 석사논문, 1982.

이상경, 『인간으로 살고 싶다』, 한길사, 2000.

______ 편, 『나혜석 전집』, 태학사, 2000.

이영아, 「신소설의 개화기 여성상 연구」, 서울대 석사논문, 2000.

______, 「이광수 『무정』에 나타난 '육체'의 근대성 고찰」, 『한국학보』 106호, 일지사, 2002. 3.

이원동, 「일제강점기 이기영 소설의 담론적 실천 연구」, 경북대 박사논문, 2005.

이재봉, 「한국 근대소설의 형성과정 연구」, 부산대 박사논문, 2000.

이재선, 『한국개화기소설 연구』, 일조각, 1985.

이정복, 「일본신문의 정치적 특성」, 『한국과 국제 정치』 제2권 1호, 경남대학교 극동문제연구소, 1986 봄.

이정옥, 「『찔레꽃』, 전망 없는 현실에 대한 초월적 대응 방식」, 『여성문학연구』 20호, 한국여성문학학회, 1999.

이정은, 「『매일신보』에 나타난 3·1운동 직전의 사회상황」, 『한국독립운동사연구』 제4집, 독립기념관 한국독립운동사연구소, 1990.

이주형, 『한국 근대 소설 연구』, 창작과 비평사, 1995.

이지명, 『넘쳐나는 민족—사라지는 주체』, 책세상, 2004.

이태숙, 「여성성의 근대적 경험 양상 : 1920~30년대 문학을 중심으로」, 고려대 박사논문, 2000.

이희정, 「『매일신보』에 연재된 이해조 신소설의 근대성 연구」, 『현대소설연구』 22집, 한국
　　　현대소설학회, 2004. 6.
_____, 「1910년대 『매일신보』 소재 단편소설 연구」, 『현대소설연구』 25집, 한국현대소설
　　　학회, 2005. 3.
임　화, 『문학의 논리』, 학예사, 1940.
_____, 「조선소설에 관한 보고」, 임규찬·한진일 편, 『임화 <신문학사>』, 한길사, 1993.
임종원, 『후쿠자와 유키치 연구-문명사상』, 제이앤씨, 2001.
전광용, 『신소설 연구』, 새문사, 1986.
전영태, 「한국 근대소설의 대중성에 대한 고찰」, 『한국학보』 33집, 일지사, 1983 겨울.
전은경, 「번안 과정에 나타나는 『장한몽』의 양가성 연구」, 『어문학』 85집, 한국어문학회,
　　　2004. 9.
_____, 「조일재 신문연재소설에 나타난 근대적 여성관」, 『현대소설연구』 23호, 한국현대소
　　　설학회, 2004. 9.
_____, 「이상협 소설에 나타난 식민 지배 담론」, 『현대소설연구』 25호, 한국현대소설학회,
　　　2005. 3.
_____, 「1910년대 번안소설 연구-독자와의 상호소통성을 중심으로」, 경북대 박사논문,
　　　2006.
_____, 「1910년대 『매일신보』 소설 독자층의 형성과정 연구」, 『현대소설연구』 29호, 한국
　　　현대소설학회, 2006. 3.
_____, 「1910년대 지식인 잡지와 '여성'」, 『어문학』 93집, 한국어문학회, 2006. 9.
_____, 「『대한매일신보』의 '국문' 정책과 번안소설의 대중성 연구」, 『어문연구』 54집, 어문
　　　연구학회, 2007. 8.
_____, 「『국치전』과 후쿠자와 유키치의 상관관계 연구」, 『한국현대문학연구』 23집, 현대문
　　　학연구회, 2007. 12.
정선태, 「번역과 근대 소설 문체의 발견」, 『대동문화연구』 48집, 성균관대 대동문화연구원,
　　　2004.
정세화, 『한국여성사』 2, 이화여자대학교 출판부, 1993.
정여울, 「근대계몽기 민족담론의 경계와 그 균열」, 『한국근대문학연구』 8회, 한국근대문학
　　　회, 2003.
정일성, 『후쿠자와 유키치-탈아론을 어떻게 펼쳤는가』, 지식산업사, 2001.
정진석, 「每日申(新)報 硏究」, 인석박유봉박사화갑기념논총, 1980.
_____, 「민간 3대 신문의 언론인들」 7, 『신문과 방송』 253호, 1992. 1.
_____, 「총독부기관지 매일신보의 사람들」 6, 『신문과 방송』 252호, 1991. 12.
_____, 『한국언론사』, 나남, 2001.
정혜영·류종열, 「근대의 성립과 '연애'의 발견」-1920년대 문학에 나타난 '처녀성' 성립과
　　　정을 중심으로, 『한국현대문학연구』 18집, 한국현대문학회, 2005. 12.
_____, 『환영의 근대』, 소명, 2006.
_____, 『식민지기 문학과 근대성』, 소명, 2008.

차봉희 편저, 『독자반응비평』, 고려원, 1993.

川本綾, 「조선과 일본에서의 현모양처 사상에 관한 비교 연구」, 서울대 석사논문, 1998.

천정환, 「한국 근대 소설 독자와 소설 수용 양상에 대한 연구」, 서울대 박사논문, 2002.

최　연, 「일본 근대소설에 나타난 여성상」, 『일본어문학』 24집, 일본어문학회, 2003.

최원식, 「「長恨夢」과 위안으로서의 文學」, 『민족문학의 논리』, 창작과 비평사, 1982.

최태원, 「번안소설·미디어·대중성」, 사에구사 도시카쓰외 저, 『한국 근대문학과 일본』, 소
　　　명, 2003.

최향미, 「『금색야차』와 『장한몽』의 비교 고찰」, 단국대 교육대학원 석사논문, 1992.

최현주, 「일본 근대 여성의 신여성론 연구」, 서강대 석사논문, 1998.

최혜실, 「신여성의 고백과 근대성」, 『여성문학연구』 2호, 한국여성문학학회, 1999.

＿＿＿＿, 『신여성들은 무엇을 꿈꾸었는가』, 생각의 나무, 2000.

한광수, 「『金色夜叉』의 宮－超明治式 女人의 方向」, 『국제문화연구』 14집, 청주대학교국제
　　　문제연구소, 1997.

＿＿＿＿, 「尾崎紅葉의 「金色夜叉」, 그리고 小栗風葉의 「金色夜叉終篇」과 趙重桓의 「장한몽」」,
　　　『일어일문학연구』 42집, 한국일어일문학회, 2002. 8.

한국언론사연구회 편, 『대한매일신보 연구』, 커뮤니케이션북스, 2004.

한기형, 『한국 근대소설사의 시각』, 소명, 1999.

＿＿＿＿, 「최남선의 잡지 발간과 초기 근대문학의 재편」, 『대동문화연구』 45집, 성균관대 대
　　　동문화연구원, 2004.

＿＿＿＿, 「근대잡지와 근대문학 형성의 제도적 연관」, 『대동문화연구』 48집, 성균관대 대동
　　　문화연구원, 2004.

한승옥, 『이광수 연구』, 선일문화사, 1984.

한원영, 『한국개화기신문연재소설연구』, 일지사, 1990.

＿＿＿＿, 『한국근대신문연재소설연구』, 이회, 1996.

한진일, 「근대 단편소설의 형성과정 연구」, 성균관대 박사논문, 2002.

호미 바바 저, 나병철 역, 『문화의 위치』, 소명, 2004.

홍원표, 『현대정치철학의 지형』, 인간사랑, 2002.

후쿠자와 유키치, 허호 역 『후쿠자와 유키치 자서전』, 이산, 2006.

국외 이론서

Anderson, Benedict, 윤형숙 역, 『상상의 공동체』, 나남, 2002.

Arendt, Hanna, introduction by Ronald Beiner, *Kant's Political Philosophy*, the University of
　　　Chicago Press, 1982.

＿＿＿＿＿＿＿＿, 이정우 역, 『인간의 조건』, 한길사, 1996.

＿＿＿＿＿＿＿＿, 김정한 역, 『폭력의 세기』, 이후, 1999.

＿＿＿＿＿＿＿＿, 홍원표 역, 『정신의 삶』 1, 푸른숲, 2004.

Berman, Marshall, 윤호병·이만식 역, 『현대성의 경험』, 현대미학사, 1998.

Bhabha, Homi K., 나병철 역, 『문화의 위치』, 소명, 2002.

Brooks, Peter, 이봉지·한애경 역, 『육체와 예술』, 문학과 지성사, 2000.

Chen, Xiaomei, 정진배·김정아 역, 『옥시덴탈리즘』, 강, 2001.

Deleuze, Gilles, 김재인 역, 『베르그송 주의』, 문학과 지성사, 1996.

___________, 이경신 역, 『니체와 철학』, 민음사, 1998.

___________, 이진경 역, 『스피노자와 표현의 문제』, 인간사랑, 2003.

Douglas, Robinson, 정혜욱 역, 『번역과 제국』, 동문선, 2002.

Eagleton, Terry, 김명환 외 역, 『문학이론입문』, 창작과 비평사, 1997.

Eco, Umbert, 김운찬 역, 『소설 속의 독자』, 열린책들, 1994.

Fanon, Frantz, 이석호 역, 『검은 피부, 하얀 가면』, 인간사랑, 1998.

Felski, Rita, 김영찬·심진경 역, 『근대성과 페미니즘』, 거름, 1998.

Foucault, Michel, 이광래 역, 『말과 사물』, 민음사, 1987.

___________, 이정우 역, 『담론의 질서』, 서강대학교 출판부, 1998.

___________, 오생근 역, 『감시와 처벌』, 나남, 2003.

___________, 이규현 역, 『광기의 역사』, 나남, 2003.

___________, 이정우 역, 『지식의 고고학』, 민음사, 2003.

___________, 이규현 역, 『성의 역사 1』, 나남, 2004.

___________, 문경자·신은영 역, 『성의 역사 2』, 2004.

___________, 이혜숙·이영목 역, 『성의 역사 3』, 2004.

Freud, Sigmund, 김인순 역, 『꿈의 해석』, 열린책들, 2004.

___________, 임홍빈·홍혜경 역, 『정신분석강의』, 열린책들, 2004.

Harbermas, Jürgen, *Knowledge and Human Interests*(trans. by Jeremy J. Shapiro), Heinemann London, 1972.

___________, 한상진 편, 『현대성의 새로운 지평』, 나남, 1996.

___________, 한상진·박영도 역, 『사실성과 타당성』, 나남, 2000.

___________, 한승완 역, 『공론장의 구조변동』, 나남, 2001.

Hardt, Michel, 김상운·양창렬 역, 『들뢰즈 사상의 진화』, 갈무리, 2004.

Hegel, G. W. Freidrich, *Hegel's Philosophy of Right*(trans. by T. M. Knox), Oxford at the Clarendon Press, 1953.

___________. 임석진 역, 『정신현상학』 1, 2, 지식산업사, 1989.

Heilman, Robert B., 「비극과 멜로드라마」, 송옥 외 역 『비극과 희극, 그 의미와 형식』, 고려대학교 출판부, 1995.

Jeferson, Ann·Roby, David, 김정신 역, 『현대문학이론』, 문예출판사, 1991.

Kant, Immanuel, *Critique of Judgment*(trans. by J. H. Bernard), Hafner Publishing co., New York, 1964.

___________, 김석수 역, 『순수이성비판 서문』, 책세상, 2002.

Koselleck, Reinhart, 한철 역, 『지나간 미래』, 문학동네, 1998.

Lacan, Jacques, *The Four Fundamental Concepts of Psycho-Analysis*(trans. by Alan Sheridan), Penguin Books, 1979.

______________, 권택영 엮음, 『욕망이론』, 문예, 1998.
Levinas, Emmanuel, 강영안 역 『시간과 타자』, 문예, 2001.
Mohanty, Chandra Talpade, 문현아 역, 『경계없는 페미니즘』, 여미연, 2005.
Mosse. George L., 서강여성문학연구회 역, 『내셔널리즘과 섹슈얼리티』, 소명, 2004.
Negri, Antonio · Hardt, Michel, 윤수종 역, 『제국』, 이학사, 2001.
Remere, Anica, 이미선 역, 『자크 라캉』, 문예, 1996.
Robinson, Douglas, 정혜욱 역, 『번역과 제국』, 동문선, 2002.
Said, Edward W., 김성곤 · 정정호 역, 『문화와 제국주의』, 창, 1995.
______________., 박홍규 역, 『오리엔탈리즘』, 교보문고, 2002.
Selden, Raman, 현대문학이론연구회편, 『현대문학이론』, 문학과 지성사, 1990.
Spivak, Gayatri. C., 태혜숙 역, 『다른 세상에서』, 여성문화이론연구소, 2003.
______________, 박미선 · 태혜숙 역, 『포스트식민 이성 비판』, 갈무리, 2005.
Turner, Graeme, 임재철 외 역, 『대중 영화의 이해』, 한나래, 1994.
姜尙中, 이경덕 · 임성모 역, 『오리엔탈리즘을 넘어서』, 이산, 1997.
柄谷行人, 박유하 역, 『일본근대문학의 기원』, 민음사, 2003.
三好行雄, 정선태 역, 『일본 문학의 근대와 반근대』, 소명, 2002.
西川長夫, 윤대석 역, 『국민이라는 괴물』, 소명, 2002.
小森陽一, 송태욱 역, 『포스트콜로니얼』, 삼인, 2002.
______, 정선태 역, 『일본어의 근대』, 소명, 2003.
前田愛, 유은경 · 이원희 역, 『일본 근대 독자의 성립』, 이룸, 2003.
中村光夫, 고재석 · 김환기 역, 『일본메이지문학사』, 동국대학교출판부, 2001.
湯本豪一, 연구공간 수유 · 너머 동아시아 근대 세미나팀 옮김, 『일본근대의 풍경』, 그린비, 2005.
丸山眞男 · 加藤周一, 임성모 역, 『번역과 일본의 근대』, 이산, 2000.
檜山久雄, 정선태 역, 『동양적 근대의 창출』, 소명, 2001.

저자 전은경(全恩璟)

1975년 대구에서 출생하여 경북대학교 국어국문학과를 졸업하고 동대학원에서 2006년에 「1910년대 번안소설 연구―독자와의 상호소통성을 중심으로」로 문학박사학위를 취득하였다. 현재는 경북대학교 기초교육원 강의초빙교수로 재직하고 있다. 공저로는 『1910년대 문학과 근대』와 『우리 영화 속 문학 읽기』가 있고, 주요 논문으로는 「조일재 신문연재소설에 나타난 근대적 여성관―1910년대 신문·작가·독자의 상호소통성을 중심으로」, 「1910년대 『매일신보』 소설 독자층의 형성과정 연구―〈독자투고란〉을 중심으로」, 「『국치전』과 후쿠자와 유키치(福澤諭吉)의 상관관계 연구」, 「『대한매일신보』의 '국문' 정책과 번안소설의 대중성 연구」 등이 있다. 현재는 「20년대 독자들의 "쓰기" 욕망과 『개벽』의 〈독자란〉」, 「'창씨개명'과 『총동원』의 모성담론의 전략」 등의 논문을 통해 근대 매체인 신문과 잡지에 연재된 소설, 그것과 연관한 독자의 욕망에 대한 연구를 진행 중이다. 더 나아가 대중문학과 대중독자의 문학사를 문화공간의 형성이라는 측면에서 새로 쓰는 것을 목표로 그 연구 영역을 확장하고 있다.

근대계몽기 문학과 독자의 발견

초판 인쇄 2009년 3월 24일
초판 발행 2009년 3월 31일

지은이 전은경
펴낸이 이대현
편 집 권분옥·추다영

펴낸곳 도서출판 역락
　　　　서울 서초구 반포4동 577-25 문창빌딩 2층
　　　　전화 02-3409-2058, 02-3409-2060 | FAX 02-3409-2059
　　　　이메일 youkrack@hanmail.net
　　　　등록 1999년 4월 19일 제303-2002-000014호

ISBN　978-89-5556-644-4 93810
정 가 24,000원

* 잘못된 책은 교환해 드립니다.